문헌
과
주석

필자 (집필순)

염정삼(廉丁三, Yum Jung Sam) 서울대학교 인문학연구원 HK문명연구사업단 HK교수
김정현(金定炫, Kim Jung Hyun) 서원대학교 중어중문학과 강사
김광일(金光一, Kim Kwang Il) 서울시립대학교 중국어문화학과 교수
당윤희(唐潤熙, Dang Yun Hui) 서울대학교 중어중문학과 강사
문준혜(文準彗, Moon Joon Hye) 서울대학교 중어중문학과 강사
신원철(申杭哲, Shin Won Chul) 서울대학교 중어중문학과 강사
문수정(文秀貞, Moon Su Jeong) 서울대학교 중어중문학과 박사과정 수료

문헌과 주석

초판 인쇄 2013년 7월 5일 **초판 발행** 2013년 7월 15일
지은이 염정삼 · 김정현 · 김광일 · 당윤희 · 문준혜 · 신원철 · 문수정
펴낸이 박성모 **펴낸곳** 소명출판 **출판등록** 제13-522호
주소 서울시 서초구 서초동 1621-18 란빌딩 1층
전화 02-585-7840 **팩스** 02-585-7848 **전자우편** somyong@korea.com **홈페이지** www.somyong.co.kr

값 29,000원

ISBN 978-89-5626-850-7 93820

ⓒ 염정삼 외 6인, 2013

문헌과 주석

Canonical Texts and Characters
in Ancient China

염정삼
김정현
김광일
당윤희
문준혜
신원철
문수정

소명출판

서울대학교 중국어문학연구소 연구총서 발간사

인문학의 목적은 진실한 사람의 모습과 진실한 삶의 양식을 찾아가는 것이다. 이러한 길은 다양하다. 나를 보고 나를 찾아가거나 타인을 보고 나를 찾아가기도 하며, 나와 타인을 보고 진실한 인류의 모습과 진실한 인류의 삶의 양식을 찾아가기도 한다. 외국어문학 연구는, 이러한 방법 중에서, 시간과 공간과 종족과 문화의 경계를 넘어선 곳에서 살아가는 다른 나라 사람들의 모습에서 또 하나의 진실한 사람의 모습과 삶의 양식을 찾아가는 분야이다.

이 길을 걷는 사람들은 가끔 외로움을 느끼며 심지어 절망감에 젖기도 한다. 연구의 대상인 그들은 우리에게 낯선 사람들이며, 그들에게도 우리는 낯선 사람들이기 때문이다. 그러므로 길을 함께 가면서도 영원히 손잡을 수 없고 영원히 마주 볼 수 없을 것 같다는 적막감은 외국어문학 연구자들에게 피할 수 없는 숙명인지도 모른다. 그러나 외국어문학 연구자들은 이러한 생경함 속에서도 이 길을 묵묵히 걷고 또 걷는다. 그것은 언젠가는 그들의 모습에서 그들의 정신적 문화적 기반을 찾을 수 있고, 그리하여 마침내 진실한 사람의 모습과 진실한 삶의 양식을 찾게 될 것이라는 믿음이 있기 때문이다.

중국은 역사적으로 언제나 우리 옆에 존재해온 나라이다. 우리와 그들이 같은 곳을 바라보고 걸어가든, 서로 다른 곳을 바라보고 걸어가든, 그들은 영원히 우리 옆에 있을 것이다. 두 개의 평행선에는 합쳐지지 않는 배타성도 있지만 마주보며 나아간다는 친밀성도 존재한다. 중국어문학 연구는 이와 같이 우리 옆에 있는 사람들의 삶의 진실성을 찾아간다. 이 연구 대상에는 그들이 말하고 생각한 것이 포함되며, 우리가 관찰하고 보아낸 것도 포함된다.

우리가 찾아낸 그들의 진실한 사람의 모습과 삶의 양식이 우리와 같을 때 느끼는 희열은 크다. 이는 두 문화권, 나아가 인류의 보편적 삶의 체계를 확인할 수 있기 때문이다. 그들의 진실한 사람의 모습과 삶의 양식이 우리와 다를 때 느끼는 희열도 또한 크다. 이는 우리에게 새로운 사유와 삶의 질서를 더해줄 수 있기 때문이다. 같음과 다름은 이와 같이 인류의 정체성을 찾아가는 동일한 길 위에 빛나는 모습으로 놓여 있다. 이러한 같음과 다름의 기저구조를 찾아가는 것이 중국어문학 연구의 꿈이며 소망이다. 이제 이러한 꿈과 소망을 담아 '서울대학교 중국어문학연구소 연구총서'를 간행한다. 씨앗은 어둠 속에서 자란다. 씨앗은 넓은 땅을 필요로 하지 않는다. 그러나 광대하고 울창한 숲은 모두 한 알의 씨앗에서 움터 나온다. '서울대학교 중국어문학연구소 연구총서'가 언젠가 우리의 삶을 풍요롭게 하고, 나아가 인류의 삶을 풍요롭게 하는, 작지만 단단한 한 알의 씨앗이 되기를 기대한다.

서울대학교 인문대학
중국어문학연구소

'중국문학사연구회 총서'를 간행하며

1990년대 중반부터 소수의 중국어문학 연구자들이 '잡담회(雜談會)'라는 이름으로 모이기 시작했다. 모임의 이름으로, 흔히들 하는 집담회(集談會)에 점 하나를 덧붙여 '잡담회'라는 신조어를 만든 것은 형식에 구애받지 말자는 뜻이었다.

그렇게 모인 참가자들은 정말 자유롭게 이야기를 펼쳤다. 때로는 기원전 11세기 무렵의 서주(西周)에서 20세기 초엽의 민국(民國) 시기까지의 기나긴 역사를 몇 개의 단어로 엮어내기도 했다. 물론 항상 순탄했던 것만은 아니었다. 초기 잡담회에 참가했던 사람들 중 상당수가 선배 교수들로부터 엉뚱한 소리를 한다는 힐난을 받기도 했다. 그렇지만 우리는 이야기를 이어갔다. 연도별로 주제를 설정하기도 했고, 때로는 외부 인사를 초빙해서 발표를 들으며 그 내용을 자신의 화법으로 정리하기도 했다. 그렇게 여러 해가 지난 후에 이 모임은 '중국문학사연구회'로 개편되었다. 규모가 큰 학회도 아니고, 한국연구재단(구 한국학술진흥재단)에서 인정하는 학회도 아니었지만, 소수의 회원들은 꾸준히 나름대로의 담론을 개발하여 왔다.

애초에 의도한 것은 아니었지만 시간이 흐르면서 잡담회는 두 가지의 목적을 중심으로 진화해 왔다. 첫 번째는 다 같이 중국의 문학을 연구하면서도 개별 분야의 시각에 파묻혀서 서로간의 소통을 이루지 못하고 있던 상황을 극복해 보자는 것이었다. 두 번째로는 무작정 작품을 읽어내는 데 주력하기보다는 일정한 문제의식 또는 주제를 가지고 작품을 들여다보자는 것이었다. 대부분의 참가자들은 자신의 분야에서 텍스트를 읽어온 사람들이었고, 그래서 각자가 가지고 있던 지식을 모아서 커다란 덩어리를 만들어보는 것이 중요했다. 여기에는 분야별 텍스트를 우리가 공유하는 맥락 속으로 끌어들일 매개가 필요했으며, 그것이 바로 문제의식, 좀 더 구체적으로는 연도별 주제였다.

지금까지 잡담회, 그리고 그 후신인 중국문학사연구회에서는 '중국문학에서의 작자와 독자'·'중국문학의 아(雅)와 속(俗)'·'중국문학에서의 여성'·'중국문학에서의 언어와 문자' 등의 주제를 매개로 하여, 시·산문·소설·희곡·근현대문학·어학·지성사 등 분야의 전공자들이 토론을 진행해 왔다. 토론은 형식을 가급적 배제하고 자유롭게 발언하는 것을 원칙으로 했으며, 특별히 결론을 내리기 위해 노력하지는 않았다. 그것은 각각의 참가자들이 자신의 보따리를 풀어내면서 다른 사람의 보따리에서 필요한 것을 마음껏 집어갈 수 있도록 하는 '지식의 장마당'과 같은 역할을 했다.

제법 여러 해가 지나면서 이 모임은 무형적인 성과를 만들어내었다. 예컨대 '문학'이라는 영역을 새로운 눈으로 — 적어도 우리 학계의 기준으로 볼 때에는 — 바라보는 계기를 만들었다는 점은 자부할 수 있는 성과였다. 그렇지만 이보다 더 중요한 성과가 있었다. 그것은 전공 분야를 달리 하는 사람들이 모여 앉아 각자의 이야기를 하면서도, 공통 주제를 중심으로 자신의 전공이나 관심사를 전개하는 화법을 구사할 수 있게 되었다는 사실이다. 예전에는 미처 경험하지 못했던 이러한 수확을 통해 우리는 크고 작은 전공의 벽을 넘어 한결 폭 넓고 속 깊은 소통의 장을 마련할 수 있었다.

이제 그 소통의 장에서 생산해낸 성과들을 묶어 세상과 소통하고자 한다. 그들이 모두 빼어나고 농익었기 때문만은 아니다. 보기에 따라

개중에는 모자란 것도 있고 설익은 것도 있을 수 있다. 그럼에도 세상에 내놓고자 함은, 그 하나하나가 현재를 살찌우고 미래를 풍성케 할 찰진 거름이 될 수 있다는 판단 때문이다. 모쪼록 강호 제현의 논의 분운(紛紜)하는 바탕이 되었으면 한다.

아울러 '중국문학사연구회 총서'가 '서울대학교 중국어문학연구소 연구총서'의 일원으로 발간될 수 있도록 도움을 주고 이를 허락해준 서울대 중국어문학연구소에 감사의 뜻을 전한다.

제2부_『설문해자』를 통해 본 전통 주석의 실제

제3부_조선시대의 설문학

서론_문헌과 문자의 의미

염정삼

1. 들어가며

우리가 하려는 연구는 다음과 같은 거대한 질문들과 연관되어 있다. 고대 중국에서 문헌의 전승과 보존은 어떤 의미를 가지고 있는가. 그 시대, 혹은 그 이후에도 소위 중국의 전통이라는 이름으로 중요하게 간주된 문헌 혹은 서적의 의미는 무엇인가. 문헌을 작성하거나 보존한 저자들과 문헌과의 관계는 어떠한가. 문헌 작성과 보존에 필수적인 쓰기의 능력은 사회학이나 역사학, 그리고 사상과 학술의 측면에서 무엇을 의미하는가. 누구에 의해서 어떤 목적으로 어떤 시대에 글쓰기가 수행되었는가.

문헌에 대한 이해가 위와 같은 질문들과 연관되어 있다면, 그보다 더 근본적으로 문헌을 담고 있던 그 사회의 역사에 대한 이해를 배제

할 수 없을 것이다. 최근까지 중국에서 이루어진 고고학적 발굴 작업들은 지금까지 우리가 알고 있던 중국 고대 문헌의 전승과 보존을 포함하여 고대 중국 사회를 연구하려는 노력에 또 다른 시각과 방법론을 제공해주었다. 예컨대 팔켄하우젠(Falkenhausen)은 고고학 자료들을 통하여 문헌으로만 제공되어 이해하고 있던 정보들이 충분히 수정 보완될 수 있다고 주장한다.[1] 팔켄하우젠은 중국의 고전 문헌이 그 문헌들 자체의 사회정치적 맥락 이해에 상당한 정보를 제공하고는 있지만, 그 자료들이 대체로 불완전하고 편향적임을 지적한다. 당시의 사회적 현실을 개선하려는 주장은 바로 그 현실을 변화시키고자 하는 제안의 측면에서 나타나게 되므로, 그때의 주장을 담은 문헌의 기술은 그 의도에 따라 수사적으로 맞추어졌을 가능성이 크다는 것이다. 그런 위험성은 죽간이나 백서 등의 출토 문헌에 대한 해석에서도 발견되는데, 무엇보다 그러한 '문헌'을 무덤에 부장케 했던 의도, 즉 그때 그곳의 종교적 관념과 풍습에 대한 이해가 선행되어야 한다는 것이다. 그는 말한다. 고고학의 궁극적 목적이 역사 이해에 공헌하는 것임을 인정하지만, 그것을 효과적으로 수행하기 위해서는 문헌에 기초한 연구의 족쇄에서 해방되어야 한다. 문헌 중심의 연구는 이미 만들어진 관념이나 생각을 고고학적 기록에 투영시키려는 위험성을 안고 있으며, 연구와 분석의 범주를 새로운 정보로 수정하려는 노력과 준비가 턱없이 부족하다는 것이 결정적인 문제다. 그렇게 되면 고고학적 정보는 정말 새

---

[1] 그에 의하면 주 왕조의 의례 제도가 생각보다 실제로 상당히 늦은 시점에 비롯된 것임을 알려준다. 주 왕조는 처음 2백 년 동안은 상왕조의 전통을 본질적으로 지속하였으며, 새로운 정치질서를 고안한 시점은 서주 후기, 즉 기원전 850년경이었다. 주 왕조 시기 의례 개혁은 주 왕실 세력이 쇠락한 시기에 의례의 재편을 통해 사회 질서를 안정시키려는 시도였으며, 따라서 공자 시대의 의례에는 광범위하게 변화가 드러나고 있음을 알게 된다. 즉 공자 시대는 결코 안정된 사회가 아니었고, 오히려 정치적, 사회적, 기술적, 사상적 변화가 두드러졌던 시대였다는 것이다(로타 본 팔켄하우젠, 심재훈 역,『고고학 증거로 본 공자시대 중국사회』, 세창출판사, 2011).

로운 것이라 할 수 없고 주지하고 있던 지식을 유사한 말로 다시 진술한 것에 불과하며, 어떤 새로운 정보도 기존의 지식과 결합되고 연관되어 있음을 피할 수 없다. 즉, 가다머(Gadamer)가 이야기한 '해석학적 순환'[2]에 편입되지 않을 수 없게 된다. 그래서 그는 고고학과 문헌 사이의 관계에서 역사 자료를 통한 문헌적, 어휘적 증거는 이론이 아닌 자료로서의 지위만 부여해야 한다고 강조한다.

위의 논의를 통해보면, 고대 사회와 역사에 대한 요즘의 연구는 문헌 자료와 비문헌 자료 사이의 심연을 건너려고 하는 지난한 노력 속에 놓여 있다. 고고학과 인류학 등의 학문 방법론에 의해서 문헌에만 의존했던 과거가 새로운 모습으로 제시되고 있는 것이다. 비문헌자료를 연구하는 입장에서 보면, 팔켄하우젠의 주장대로 새로운 정보를 담을 만한 새로운 연구의 범주를 찾아내는 일이 시급하다. 그러나 이때의 '새로움'이라고 하는 것이 과거에 대한 잘못된 이해를 수정하고 보완한다는 측면에서가 아니라, 문헌 자료를 총체적으로 불신하고 소홀하게 간주해도 된다는 측면에서 이해되고 있다면 그것 또한 불완전하고 편향적임을 피할 수 없을 것이다. 그는 고대의 문헌과 어휘 증거는 어떤 해석학적 지층을 가진 '이론'이 아니라 '자료'로서의 지위만을 부여해야 한다고 하였다. 그러나 중국 고대의 문헌이 과연 해석에서 자유롭게 해방되어 비문헌 자료와 협조할 수 있는 '자료'로서만 작동하여 고대 중국의 새로운 이해에 제공될 수 있겠는가. 현대의 역사고고학은 전통의 문헌이 '자료'로서만 작용할 수 있다고 믿고 있는 또 하나의 '이론'은 아닌가.

유구한 전통을 가진 과거의 문헌자료일수록 오히려 적극적인 해석학의 순환 속에 놓여 있음을 우리는 어렵지 않게 발견한다. 특히 중국

2　Gadamer, Hans-Georg, Trans. and ed. David E. Linge, *Philosophical Hermeneutics*. Berkeley : University of California Press, 1977.

의 경우에, 가장 최초의 정통 역사 기록이라고 하는 『서(書)』와 『춘추(春秋)』는 시대적으로 다른 주석과 해석의 결을 보여주며, 중국 고대인의 사회적 정서와 문학적 표현을 담아내고 있다는 『시(詩)』 또한 오랜 세월 주석과 해석의 층위가 얼마나 다른지 보여준다. 『시(詩)』와 『서(書)』뿐만이 아니다. 이른바 경서(經書)와 제자서(諸子書)로 불리는 고대의 많은 문헌들은 각 시대를 주도했던 정치적, 혹은 사상적, 학술적 주체들에 의해 각각 다르게 이해되고 해석되었다. 그런 의미에서 중국 고대의 전통 문헌 연구는 고고학적인 비문헌 자료나 발굴에 의해 새롭게 출토되는 문헌 자료에 비해 소홀하게 취급되어야 할 대상이 아니라, 오히려 적극적으로 해석학의 지층으로 분석되어 연구되어야 할 대상이다. 중국 고대로부터 전승되고 보존된 전통의 역사적 문헌은 과거에도 그러하였지만, 지금도 여전히 해석을 기다리는 자료임을 잊지 말아야 한다.

2. 문헌 중심의 역사―공자(孔子)의 역할

고대 중국에서 문헌의 전승과 보존이라는 측면에서 누구보다도 먼저 언급되어야 할 사람은 바로 공자(孔子)다. 공자는 "옛 것을 잘 익혀야 새 것을 알게 된다"[3]고 말하고, 옛날 것을 "잘 전달할 뿐 마음으로 창작하지 않으며 믿음을 가지고 옛 것을 좋아하며",[4] 자신이야말로 타고난 천재가 아니라 "옛 것을 좋아하면서 열심히 그것을 구하고자 하는

---

3 子曰, 溫故而知新. 『論語』 「爲政」.
4 子曰, 述而不作, 信而好古. 『論語』 「述而」.

사람"[5]임을 강조하였다. 과거의 훌륭한 유산에 대한 공자의 태도는 『논어(論語)』전편에 걸쳐 거의 집착에 가까울 정도로 다가온다. 주(周) 왕조보다 이전의 왕조인 하(夏)나 은(殷)의 제도와 문화도 만약 문헌(文獻)만 충분했다면 분명히 좋은 점을 밝혀낼 수 있었을 것이라고 한탄했을 만큼,[6] 공자는 과거의 문헌을 중시했다. 그래서 공자는 자신에게 전해 내려오는 것 가운데 중요한 과거의 문헌이라고 할 만한 것에 대해 제자들에게 아낌없이 배우라고 권장하였다. 특히 『시(詩)』는, "지나간 것을 알려주어 다가올 것을 알게" 해 주는 것이므로,[7] "시를 배우지 않으면 무엇으로 말할 수 있을지" 모르겠다[8]고 하면서 제자들에게 끊임없이 시를 배우라 했고,[9] 자신의 아들에게는 사람으로 태어나 시를 잘 익히지 않으면 벽을 마주 대하고 서 있는 것 같다고 경고하였다.[10] 그 사람이 아무리 인자함과 지혜와 신의와 정직함과 용기, 강건함을 갖추었다고 해도 배움을 좋아하지 않으면 그 폐단을 벗어날 수 없다[11]고 강조한 공자에게 배움의 대상은 바로 과거의 훌륭한 문헌이었다.

공자의 시대는 물론 분열과 혼란의 소용돌이 속에서 새로운 변화를 모색하는 단계였다. 공자 또한 그 새로움에 대처하는 하나의 대안으로 온고(溫故)와 호고(好古), 호학(好學)을 제창하였으나, 공자를 계승한 이들은 새로움과 짝을 이루는 '옛 것'이 아니라 과거 그 자체만을 중시하게 되었다. 그 결과 '옛 것'은 공자의 시대 이전으로부터 전해 내려온

---

5 子曰, 我非生而知之者, 好古敏以求之者也. 『論語』「述而」.
6 子曰, 夏禮, 吾能言之, 杞不足徵也. 殷禮, 吾能言之, 宋不足徵也. 文獻, 不足故也. 足則吾能徵之矣. 『論語』「八佾」.
7 子曰, 賜也, 始可與言詩已矣. 告諸往而知來者. 『論語』「學而」.
8 不學詩, 無以言. (…중략…) 不學禮, 無以立. 『論語』「季氏」.
9 子曰, 小子何莫學夫詩. 詩可以興, 可以觀, 可以群, 可以怨. 邇之事父, 邇之事君, 多識於鳥獸草木之名. 『論語』「陽貨」.
10 人而不爲周南召南, 其猶正牆面而立也與. 『論語』「陽貨」.
11 好仁不好學, 其蔽也愚. 好知不好學, 其蔽也蕩. 好信不好學, 其蔽也賊. 好直不好學, 其蔽也絞. 好勇不好學, 其蔽也亂. 好剛不好學, 其蔽也狂. 『論語』「陽貨」.

성인들의 '문헌'으로 이해되었다. 정치적인 혼란을 포함하여 춘추전국의 다양했던 사상적인 혼전 속에는 공자와는 전혀 다른 입장에서 '새로움'을 만들어갔던 유파들도 공존했다. 그러나 분명한 것은 공자 사후 오랜 세월, 호고(好古)를 말한 공자를 본받아 과거 문헌에 대한 집착과 이상이 계승되었다는 점이다.

공자로부터 계승된 문헌 중심의 역사는 『한서(漢書)』「예문지(藝文志)」에 분명하게 정리되었다. 『한서』「예문지」에 의하면, 문헌은 올바른 대의(大義)를 표현하는 심오한 언어, 즉 미언(微言)이 담긴 곳이었다. 그러나 공자 사후 분열된 해석과 진위 분쟁으로 어지러워지고 특히 문헌을 증오한 진(秦)의 폭정으로 더더욱 세상에서 유통되지 못한 채 불완전한 모습이었다. 한(漢) 왕조가 시작되면서 비로소 천하의 서적을 널리 모으기 시작했다. 그리고 그 이후 점차 수집된 전적을 보관하고 전문적으로 문헌을 필사하는 관리를 두게 되었다.

공자가 죽고 난 후에 미언(微言)이 끊어졌으며, 그의 칠십 명의 제자가 죽고 난 후에 대의(大義)가 어그러졌다. 그래서 『춘추(春秋)』는 다섯으로 나뉘고, 『시(詩)』는 넷으로 나뉘고 『역(易)』은 여러 사상가들의 해석(傳)이 전해진다. 전국시대 종횡가(從衡家)들이 득세하면서, 진위(眞僞)가 나뉘어 다투었으며, 제자(諸子)들의 말이 세상에 산만하고 어지럽게 유포되었다. 진(秦)의 시대에 그것을 근심하여, 문장(文章)을 불살라 없애고, 백성들을 무지하게 만들었다. 한(漢)의 시대가 시작되자, 진(秦)대에서의 잘못을 고치고 편적(篇籍)을 대거 수합하기 위하여, 널리 헌서(獻書)의 길을 열었다. 무제(武帝) 시대가 되었을 때, 서적이 어지러워지고 탈간이 심해져서 예(禮)가 무너지고 악(樂)이 붕괴되는 것을 보고 황제가 탄식하면서 "짐이 몹시 걱정스럽다" 하시니, 이때부터 서적을 보관하는 대책[藏書之策]을 세우고, 서적을 서사하는 관리[寫書之官]를 두었다. 더 아래로는 제

자(諸子)의 해석과 주장들도 모두 비부(秘府)에 채워 보관하였다.[12]

한무제 때부터 '장서(藏書)의 대책'을 세우고, '사서(寫書) 전문 관리'를 두었다는 말은, 진대로부터 한무제 전까지는 왕실 주도하의 문헌 관리가 전혀 체계적이지 않았다는 뜻이기도 하다. 다시 말해서 문헌을 대거 수집하여 어딘가에 모아 놓긴 하였으나 아직 어찌해야 할 지 갈피를 못 잡고 있었다는 뜻이다. 한 왕조의 문헌 정리 사업에 결정적인 영향을 미쳤던 두 사람은 성제(成帝)와 애제(哀帝) 시절에 활동한 유향(劉向)과 유흠(劉歆)이었다.

성제 때에 서적이 상당히 흩어지고 없어져서, 알자(謁者) 진농(陳農)을 시켜서 세상에 버려진 책들을 구하게 하고 조서를 내리기를, 광록대부(光祿大夫) 유향(劉向)에게 경전(經傳)과 제자서(諸子書), 시부(詩賦) 등을 교정하게 하였으며, 보병교위(步兵校尉) 임굉(任宏)에게는 병서(兵書)를, 태사령(太史令) 윤함(尹咸)에게는 술수서(數術書)를, 시의(侍醫) 이주국(李柱國)에게는 방기서(方技書)를 각각 교정하게 하였다. 하나의 책의 교정이 끝날 때마다 유향이 그 편목(篇目)의 조리를 잡아서, 대의를 간략하게 취하여 기록한 후에 상주하였다. 유향이 죽고 난 후, 애제(哀帝)가 다시 유향의 아들 시중봉거도위(侍中奉車都尉) 유흠에게 아버지의 유업을 마치도록 하였다. 이때부터 유흠이 모든 책을 망라하여 일곱 개의 대략[七略]으로 나누어 상주하였다. 그래서 집략(輯略), 육예략(六藝略), 제자략(諸子略), 시부략(詩賦略), 병서략(兵書略), 술수략(術數略), 방기략(方技略)이 있게 되었다.[13]

---

[12] 昔仲尼沒而微言絶, 七十子喪而大義乖. 故春秋分爲五, 詩分爲四, 易有數家之傳. 戰國從衡, 眞僞分爭, 諸子之言紛然殽亂. 至秦患之, 乃燔滅文章, 以愚黔首. 漢興, 改秦之敗, 大收篇籍, 廣開獻書之路. 迄孝武世, 書缺簡脫, 禮壞樂崩, 聖上喟然而稱曰, 朕甚閔焉. 於是, 建藏書之策, 置寫書之官, 下及諸子傳說, 皆充秘府. 『漢書』「藝文志」.

유향의 작업은 각 분야의 문헌을 일일이 교정하고 해제를 붙이는 것이었다. 그것은 그의 한 생애에서 마무리되지 못하고 아들 유흠에게로 계승되었다. 유흠은 애제 시절 왕망(王莽)의 추천으로 아버지 유향의 유업을 이어 오경(五經)의 경전 정리 사업에 착수하였다. 위의 인용문대로 그는 당시 육예(六藝)를 포함한 모든 분야의 책들을 망라해서 보고 『칠략(七略)』을 지었고, 그것이 그대로 『한서』「예문지」로 계승되었다.

3. 고문(古文) 중심의 문헌 ― 유흠(劉歆)의 역할

유흠의 작업은, 중국 전통 문헌학사에서 문헌의 정리와 강조점이 문헌을 연구하는 이의 해석에서 자유로울 수 없음을 단적으로 보여주는 예이다. 『한서』에 전하는 내용은 다음과 같다. 그는 아버지 유향 밑에서 『춘추곡량전(春秋穀梁傳)』을 먼저 익혔는데 그 후에 고문(古文)으로 된 『춘추좌전(春秋左傳)』을 보고 대단히 좋아하였다. 원래 『좌씨전(左氏傳)』은 고자(古字)와 고언(古言)이 많아서 배우는 자들이 그저 훈고(訓故)를 전했을 따름이었는데, 유흠이 『좌전』을 연구하면서부터는 전(傳)의 문장으로 경(經)을 해석하여, 전과 경의 의미가 서로 주고받으며 분명해졌다. 이때부터 장구의 의미 해석(章句義理)이 갖추어지기 시작하였다. 유흠은 그의 직위가 황제와 가깝게 되면서 『좌씨춘추(左氏春秋)』와

---

13 至成帝時, 以書頗散亡, 使謁者陳農求遺書於天下. 詔光祿大夫劉向校經傳諸子詩賦, 步兵校尉任宏校兵書, 太史令尹咸校數術, 侍醫李柱國校方技. 每一書已, 向輒條其篇目, 撮其指意, 錄而奏之. 會向卒, 哀帝復使向子侍中奉車都尉歆卒父業. 歆於是總群書而奏其七略, 故有輯略, 有六藝略, 有諸子略, 有詩賦略, 有兵書略, 有術數略, 有方技略. 今刪其要, 以備篇籍. 『漢書』「藝文志」.

『모시(毛詩)』・『일례(逸禮)』・『고문상서(古文尙書)』 등을 모두 학관(學官)에 세우기를 원하였다. 그러자 애제(哀帝)는 영을 내려 유흠과 오경박사(五經博士)들이 그 사안을 토론하게 하였는데, 박사들 가운데에는 그 경전들을 학관에 세우기를 수긍하지 않는 이도 있었다. 유흠이 그 것으로 인하여 「이서태상박서(移書太常博士)」를 상주하였다.[14]

　여기에서 말하는 '고문(古文)'은 유흠 당시 유통되던 예서(隸書)가 아니라, 전서(篆書)를 포함한 그 이전의 자체로 필사된 것을 총칭한다. 그 가 고문으로 된 『춘추좌전』에 빠져들었던 이유는 그 이전까지 『춘추』 경문을 해설한 『공양전(公羊傳)』, 『곡량전』과 같은 금문으로 전해졌던 해석의 관점들과 달리, 『좌전』이 보다 조리를 갖춘 해석 체계를 가지 고 있었기 때문이었다. 이것은 유흠의 『좌전』 연구로부터 '장구의 의 미 해석[章句義理]'이 갖추어지기 시작했다는 『한서』의 서술이 방증하 고 있다. 실제로 『공양전』이나 『곡량전』이 경문에 나오는 문자와 어휘 풀이 모음처럼 구성된 것에 비하여, 『좌전』은 사건 중심의 서술과 풀 이가 갖추어져 있다. 애제로부터 왕망 정권으로 넘어가는 혼란기에 유 흠은 학술을 통한 혁신을 꿈꾸었던 학자였다. 그런데 그에게 놓여진 '새로움'이란 과거의 것, 즉 옛날의 문헌을 완전히 부정하고서는 불가 능한 것이었다. 게다가 그는 아버지 유향의 세대로부터 전수받아온 유 구한 전통 문헌학이 이미 체화되어 있었다. 과거의 문헌을 중시하는 전통은 전한(前漢) 시기 전체를 걸쳐서 충분히 강조되어 있었다. 이제 그의 눈앞에 새로운 시대의 새로운 방법론으로 제창되어야 할 것은 문 헌 그 자체의 정리가 아니라, 그 문헌에 대한 재해석이었고, 동시에 그

14　初左氏傳多古字古言, 學者傳訓故而已, 及歆治左氏, 引傳文以解經, 轉相發明, 由是章 句義理備焉. (…중략…) 及歆親近, 欲建立左氏春秋及毛詩, 逸禮・古文尙書皆列於學 官. 哀帝令歆與五經博士講論其義, 諸博士或不肯置對. 歆因移書太常博士. 『漢書』 「楚 元王傳」 「劉歆傳」.

것을 통한 과거의 재해석이었다. 술이부작(述而不作)을 제창한 공자를 계승했던 유학자로서, 유흠이 취할 수 있는 방법은 경전에 대한 이전의 해석을 비판하고 뛰어넘을 수 있는 어떤 계기를 찾는 일이 시급했다. 그때 그의 눈에 들어온 것은, 과거의 것이지만 동시에 당시의 학술을 비판할 수 있는 힘을 가진 새로운 수단으로서의 고문(古文) 필사본 경전들이었다. 유흠은 문헌 연구를 포함한 중국의 전통 학술에서 '문자가 왜 중요한 역할을 하게 되는지 알려주는 중요한 역사적 인물이 되었다.

이백 년 동안 아무런 문제 제기 없이 예서(隷書)로 쓰이고 연구되었으며, 그것으로 필사되고 재해석되어 주요한 전(傳)과 기(記)가 형성되고 유통되던 시대에, 유흠은 여태까지의 연구가 잘못된 필사본에 의한 것이었으며 더 오래된 문자로 쓰인 문헌이 있으니, 그것을 함께 연구해야 한다고 강력하게 주장하였다. 황제의 측근이 되자, 그는 곧 『좌씨춘추(左氏春秋)』와 『모시(毛詩)』·『일례(逸禮)』·『고문상서(古文尚書)』 등의 고문경전을 모두 학관(學官)에 세우기를 원하였다. 반대는 극심하였다.

금문과 고문의 문제는 문헌 고증의 학술적인 진위를 둘러싼 것이기도 하지만, 하나의 문자가 획 하나로 다른 글자, 다른 의미로 해석될 수 있는 중국 문자의 특성에서 보면 필사를 통한 다시 쓰기는 아주 사소한 필사자의 실수일지라도, 문자의 이동(異同) 때문에 재해석을 포함하지 않을 수 없다. 그리고 잘못된 문자가 포함된 구절은 전혀 다른 해석의 여지를 열어준다. 게다가 중국문자는 하나의 개념어로 수없이 넓은 의미 영역을 포괄할 수 있으므로, 자형의 차이를 떠나서도 재해석의 여지는 충분히 넓었다. 유흠에 의해 제기된 고문 경전의 문제는 한대 금문학자들과 고문학자들 사이의 정치적 대립을 포함하는 것이었으며, 동시에 과거의 문헌을 둘러싸고 주석과 해석의 층차가 얼마나 달라질 수 있는지 보여주는 사건이다.

유흠은 금문으로 된 경전과 그것에 대한 주석과 해석들이 번다해지면서 학술이 자리와 세의 다툼이 되어가는 것을 한탄했다. 과거의 문헌이 올바르게 이해되려면 과거의 문자 그대로 전승되어야 한다. 고문경학은 새로운 학문 방법론의 제시로서 부각되었다. 그의 한탄과 비판은 그대로『한서』「예문지」에 계승되었다. 다음은 육예략(六藝略)의 해제인데, 유흠이 올린「이서태상박서(移書太常博士)」의 시세분석을 빼어박았다. 경전 구절 몇 글자 해설하는데 수만 자가 필요하고, 그러다 보니 하나의 경전을 죽을 때까지 익혀도 자신 있게 무슨 뜻인지 말할 수 있는 학자가 거의 없게 되었다는 것이다. 학술이 이 지경이 되면 거의 동맥경화 현상을 보이고 사망 신고를 해야 한다.

후세에 경전(經傳)이 흩어지고 잘못되자, 박학자(博學者)들도 다문궐의(多聞闕疑)의 뜻을 새기지 못하고 자질구레한 뜻과 어려운 의미를 찾고자 힘쓰고 편의에 따르는 교묘한 설명에 치우쳐서 올바른 형체(形體)를 무너뜨리기 시작했다. 다섯 글자의 경문을 해설하는데 이삼만 자에 이를 정도였다. 후세로 갈수록 더욱 그 경향이 심해져서 어린 아이가 하나의 예(藝)를 익히려면, 백발이 되어서야 그에 대해 비로소 이야기를 할 수 있었다. 그나마도 익히고 있던 바에 안주하고[安其所習], 보지 못하던 것은 폄훼하여[毁所不見] 끝내 스스로 가두는 결과를 낳았다[終以自蔽]. 이것이 배우는 자들의 큰 병폐다.[15]

반고(班固) 또한 이곳에서 당시의 학자들이 '자신이 아는 것에만 안주하고, 자신이 모르는 것은 무조건 비난하면서' 자폐(自蔽)의 지경에

---

[15] 後世經傳既已乖離, 博學者又不思多聞闕疑之義, 而務碎義逃難, 便辭巧說, 破壞形體, 說五字之文, 至於二三萬言. 後進彌以馳逐, 故幼童而守一藝, 白首而後能言. 安其所習, 毁所不見, 終以自蔽. 此學者之大患也.『漢書』「藝文志」六藝略.

이른 것을 통렬하게 한탄하였다. 중국은 역대로 정치적으로 실패한 유흠을 인정하지는 않았지만, 이처럼 학술에 대한 그의 태도는 그대로 계승되었다. 특히 그는 문헌 해석과 문자를 관련짓는 데에서 결정적 역할을 하게 된다. 중국 문헌학에서 문자는 새로운 정치 질서와 이상을 요구하는 시대정신의 출현, 그리고 과거 중요한 경전의 재해석과 긴밀하게 연관되었다.

4. 진(秦)의 시대와 문자

중국 역사에서 문자를 이용하여 새로운 시대를 만들려고 했던 세력은 유흠보다 먼저 있었다. 그들은 바로 혼란한 전국(戰國)을 통일한 진시황(秦始皇)과 이사(李斯)다. 진시황과 이사의 상황은 유흠의 상황보다 유리한 측면이 있었다. 왜냐하면 그들의 정치적 맥락은 부담스럽게 '과거의 것'을 떠안고 가야 할 필요가 없었기 때문이었다. 특히 이사는 '옛것을 가지고 지금을 비난하는[以古非今]' 일은 허용해서는 안 된다고 주장하였다. 그들의 문자통일, 즉 '천하에서 글을 쓰는 일은 문자를 같게 한다[書同文]'는 이상은, 사사로운 학설과 주장이 유통되는 것을 금지하는 것이었다. 따라서 이때의 사사로움[私]에 대한 해석과 함의는 유흠의 것과 전혀 다르다. 태산은 흙덩어리를 마다하지 않기 때문에 거대한 산을 이루는 것이고, 대양은 흘러들어오는 시냇물을 가리지 않기 때문에 깊은 바다를 이루는 것이며, 왕은 무리들을 물리치지 않기 때문에 왕자의 덕을 밝힐 수 있는 것[16]이라 하면서 국외의 유세객들을 추방하지 말라[17]고 간하던 이사는, 진시황에 의해 천하가 통일되자 유가의 상고적인 학문은 사사로운 학문이라 하여 적극 배척하기에 이른다.

진시황 34년에 함양궁(咸陽宮)에서 주연을 베풀었는데, 박사복야(博士僕射) 주청신(周靑臣) 등이 진시황의 위엄과 덕망을 칭송하였다. 제나라 사람 순우월(淳于越)이 앞으로 나아가 다음과 같이 간언하였다. "신이 듣건대, 은주(殷周)의 왕들은 천여 년의 치세 동안 자제와 공신들을 보좌로써 봉했다 하였습니다. 이제 폐하께서 천하를 소유하셨으나 자제들은 필부가 되어 전상(田常)과 육경(六卿)의 환난을 만났고, 신하 가운데에는 보필할 만한 이가 없으니 무엇으로 어려움을 극복하시겠습니까? 일에는 옛날 것을 본받지 않고서 장구하게 지속되었다는 경우를 들어보지 못하였습니다. 이제 주청신과 같은 신하가 앞에서 아부하면서 폐하의 잘못을 거듭하게 만들고 있으니, 충신의 할 일이 아닙니다!" 진시황이 승상 이사에게 그 사안을 논의해보라고 하달하였다. 승상은 그 주장을 잘못되었다 하고 그 말을 내치면서 다음과 같이 글을 올렸다. "옛날 천하가 어지러웠을 때에는 하나로 통일되지 못하였습니다. 그 때문에 제후들이 다투어 일어나, 말마다 옛것을 이야기하고 지금의 것을 해롭다 여기면서[道古以害今] 허황된 말로 꾸며서 실상을 어지럽혔습니다. 사람들은 사사로이 배운 것[私學]을 좋다고 여기고, 주상께서 새로 세우신 것을 비난하였습니다. 이제 폐하가 천하를 소유하시고 흑백을 구별하여 하나의 높은 자리를 정하

---

16 太山不讓土壤, 故能成其大, 河海不擇細流, 故能就其深, 王者不卻衆庶, 故能明其德.『史記』「李斯列傳」.

17 臣聞地廣者粟多, 國大者人衆, 兵彊則士勇. 是以太山不讓土壤, 故能成其大. 河海不擇細流, 故能就其深. 王者不卻衆庶, 故能明其德. 是以地無四方, 民無異國, 四時充美, 鬼神降福, 此五帝・三王之所以無敵也. 今乃弃黔首以資敵國, 卻賓客以業諸侯, 使天下之士退而不敢西向, 裹足不入秦, 此所謂藉寇兵而齎盜糧者也. 夫物不產於秦, 可寶者多. 士不產於秦, 而願忠者衆. 今逐客以資敵國, 損民以益讎, 內自虛而外樹怨於諸侯, 求國無危, 不可得也. 秦王乃除逐客之令, 復李斯官, 卒用其計謀. 官至廷尉. 二十餘年, 竟幷天下, 尊主爲皇帝, 以斯爲丞相. 夷郡縣城, 銷其兵刃, 示不復用. 使秦無尺土之封, 不立子弟爲王, 功臣爲諸侯者, 使後無戰攻之患.『史記』「李斯列傳」.

셨으나, 사사로이 배운 학술[私學]로 서로 법교의 제도[法敎之制]를 비난하면서, 하달된 명령을 들으면 각자의 사학(私學)으로 그것을 의론합니다. 들어가서는 마음으로 비난하고, 나와서는 거리에서 쑥덕거리며, 주상을 비난하는 것으로 명예를 삼고 기이한 취향으로 고고하다 여기면서, 여러 무리들을 선도하여 비방을 만들고 있습니다. 이와 같은데도 금하지 않으시면, 군주의 세력은 위에서 강등될 것이며, 아래에서는 붕당을 만들 것입니다. 조속히 그것을 금하소서. 신이 청하건대, 문학(文學)·시서(詩書)·백가(百家)에 대해 말하는 사람들은 모두 제거하소서. 영이 도달한 지 삼십일이 되어도 제거되지 않으면 묵형에 처하여 노역에 종사케 하소서. 제거하면 안 되는 것들은 의약(醫藥)과 복서(卜筮)와 종수(種樹)에 대한 책들입니다. 만약 그것을 배우고자 하는 이들이 있다면 관리로 삼으시어 본받게 하소서." 진시황은 그의 주장이 옳다고 여겨서 시서백가(詩書百家)의 말을 제거하여 백성들에게 알지 못하게 하고, 세상에서 옛것을 가지고 지금을 비난하지[以古非今] 못하게 하였다. 법도(法度)를 밝히고, 율령(律令)을 제정한 것은 모두 진시황으로부터 시작되었다. 그리고 문자를 쓰는 것을 통일시켰다[同文書].[18]

이사는 문학(文學)과 시서(詩書)와 백가(百家)의 학술을 제거하기 위

---

18 始皇三十四年, 置酒咸陽宮, 博士僕射周青臣等頌稱始皇威德. 齊人淳于越進諫曰, 臣聞之, 殷周之王千餘歲, 封子弟功臣自爲支輔. 今陛下有海內, 而子弟爲匹夫, 卒有田常·六卿之患, 臣無輔弼, 何以相救哉. 事不師古而能長久者, 非所聞也. 今青臣等又面諛以重陛下過, 非忠臣也. 始皇下其議丞相. 丞相謬其說, 絀其辭, 乃上書曰, 古者天下散亂, 莫能相一. 是以諸侯並作, 語皆道古以害今, 飾虛言以亂實, 人善其所私學, 以非上所建立. 今陛下并有天下, 別白黑而定一尊, 而私學乃相與非法敎之制, 聞令下, 卽各以其私學議之, 入則心非, 出則巷議, 非主以爲名, 異趣以爲高, 率群下以造謗. 如此不禁, 則主勢降乎上, 黨與成乎下. 禁之便. 臣請諸有文學詩書百家語者, 蠲除去之. 令到滿三十日弗去, 黥爲城旦. 所不去者, 醫藥卜筮種樹之書. 若有欲學者, 以吏爲師. 始皇可其議, 收去詩書百家之語以愚百姓, 使天下無以古非今. 明法度, 定律令, 皆以始皇起. 同文書.『史記』「李斯列傳」.

하여 문자를 통일시켰다. 만약 당시 그에게 그 글자를 금문으로 할 것인가, 고문으로 할 것인가 물었다면 그는 반드시 당시 유통될 수 있는 쉽고도 바른 자형을 채택해야 하며 절대로 복잡하고 어렵게 쓰인 고문 경전의 문자는 배척해야 할 것이라고 말했을 것이다. 따라서 진대의 전서, 진전(秦篆)은 그런 이념 아래에서 정리된 것이라고 해야 옳다.

5. 한(漢)의 시대와 문자학

그러나 한 왕조의 문헌학이 유흠을 거쳐 성립할 즈음에는 과거의 문헌에 대한 시각은 더 이상 진 왕조의 것이 아니었다. 땅에 떨어졌던 '문학(文學)과 시서(詩書)와 백가(百家)'의 학술은 다시 조명을 받았고, 유가의 경전을 연구하면서 문자를 연구하는 소학의 위상은 날로 높아져갔다. 유흠이 고문경학을 제창하던 시절, 비난했던 금문 예서(隸書)로 된 학술은 무엇보다도 문헌이 부정확한 곳에서 신중하지 못하고 사사롭게 해석을 펼치고 있다는 비난을 받게 되었다. 반고는 공자의 궐문(闕文) 정신을 언급하면서 당시의 사사로움을 한탄하였는데, 이것은 다섯 글자 경문에 수만 자의 해설이 붙는다고 비난한 유흠의 견해와도 상통하는 것이었다.

옛 제도에 '쓰는 것은 반드시 문자를 같게 하고[書必同文]', 잘 모르면 '비워두었으며[闕]' 옛것에 밝은 원로들에게 물어보았다. 그러나 세상이 쇠퇴하면서 시비가 바르지 않게 되고, 사람들이 각자의 '사사로운 견해[私]'를 사용하였다. 그래서 공자가 말씀하시기를, "나는 여전히 옛날 사관이 잘 모르는 문장에서 비워두는 정신[史之闕文]에 미치고자 하는데, 지금은 그런 전통이 없어졌구나!"라고 하였으니 참람하여 바르지 못함을 상심하신 것이다.[19]

정치적 입장이 전혀 달랐던 진의 이사의 작업을 포함하여 자전이 정리되기 시작하는 것도 바로 이 무렵이다. 『한서』「예문지」 소학(小學) 부분에 소개된 문헌은 다음과 같은 것들이다. "『사주(史籒)』15편은 주선왕(周宣王)의 태사(太史)가 지은 대전(大篆) 15편을 말하는데, 건무(建武) 시절에 6편은 없어졌다. 『팔체육기(八體六技)』가 있다. 『창힐(蒼頡)』 1편은 상(上) 7장으로, 진의 승상 이사(李斯)가 지었다. 『원력(爰歷)』6장은, 거부령(車府令) 조고(趙高)가 지었다. 『박학(博學)』7장은, 태사령 호무경(胡母敬)이 지었다. 『범장(凡將)』 1편은, 사마상여(司馬相如)가 지었다. 『급취(急就)』1편은, 원제(元帝) 때 황문령(黃門令) 사유(史游)가 지었다. 『원상(元尙)』1편은, 성제(成帝) 때 장작대장(將作大匠) 이장(李長)이 지었다. 『훈찬(訓纂)』1편은, 양웅(揚雄)이 지었다. 『별자(別字)』13편과, 『창힐전(蒼頡傳)』1편이 있다. 양웅의 『창힐훈찬(蒼頡訓纂)』1편이 있고, 두림(杜林)의 『창힐훈찬(蒼頡訓纂)』1편이 있고, 두림의 『창힐고(蒼頡故)』 1편이 있다. 소학은 모두 10가이며, 45편이고, 양웅과 두림 두 사람의 2편이 그곳에 들어간다."[20] 한 왕조에서 그 때까지 정리된 자전들을 모으고 정리하고 올바른 독음을 수집했던 사정이 『한서』「예문지」에는 다음과 같이 소개되어 있다.

---

19 古制, 書必同文, 不知則闕, 問諸故老, 至於衰世, 是非無正, 人用其私, 故孔子曰, 吾猶及史之闕文也, 今亡矣夫. 蓋傷其浸不正. 『漢書』「藝文志」.

20 史籒十五篇. 周宣王太史作大篆十五篇, 建武時亡六篇矣. 八體六技. 蒼頡一篇. 上七章, 秦丞相李斯作. 爰歷六章, 車府令趙高作. 博學七章, 太史令胡母敬作. 凡將一篇, 司馬相如作. 急就一篇. 元帝時黃門令史游作. 元尙一篇. 成帝時將作大匠李長作. 訓纂一篇, 揚雄作. 別字十三篇. 蒼頡傳一篇. 揚雄蒼頡訓纂一篇. 杜林蒼頡訓纂一篇. 杜林蒼頡故一篇. 凡小學十家, 四十五篇. 入揚雄·杜林二家二篇. 『漢書』「藝文志」小學類.

한(漢)의 시대가 되자, 마을과 거리의 서사(書師)들이『창힐(蒼頡)』과 『원력(爰歷)』과『박학(博學)』의 세 편을 합하여 60자를 끊어서 1장으로 만들었는데 총 55장이었고, 합쳐서『창힐편(蒼頡篇)』이라 하였다. 무제(武帝) 때에는 사마상여(司馬相如)가『범장편(凡將篇)』을 지었는데 겹치는 글자가 없었다. 원제(元帝) 때에는 황문령(黃門令) 사유(史游)에게『급취편(急就篇)』을 짓게 하였고, 성제(成帝) 때에는 장작대장(將作大匠) 이장(李長)에게『원상편(元尙篇)』을 짓게 하였는데, 모두『창힐(蒼頡)』에서 바른 글자만 취하게 하였다. 그런데『범장(凡將)』만은 매우 달랐다. 원시(元始) 연간에 천하에 소학에 능통한 자 백여 인을 불러 모아서 각각 궁정에서 글자를 기록하도록 하였는데, 양웅(揚雄)이 그중 통용되고 있는 것을 취하여『훈찬편(訓纂篇)』을 지었다. 그것은『창힐(蒼頡)』을 계승하는 것인 동시에『창힐(蒼頡)』가운데에서 중복된 글자를 바꾼 것이었으니, 모두 89장이었다. 신(臣) 반고가 양웅(揚雄)을 계승하여 13장을 더하여 지으니, 모두 102장이고 중복된 글자가 없었다. 이것으로 육예(六藝)의 여러 문헌에 실린 글자들은 대략 갖추어졌다.『창힐(蒼頡)』에는 고자(古字)가 많아서, 세속의 학자들이(俗師) 그 독음을 알지 못했다. 선제(宣帝) 때에는 제나라 사람 가운데 올바른 독음을 하는 자를 불러 모았고, 장창(張敞)이 그들을 따라 전수받았으며, 외손자인 두림(杜林)에게까지 전해졌는데, 그것으로 훈고(訓故)를 지었으니 아울러 이곳에 배열해 놓는다.[21]

반고의 설명은 허신(許愼)의『설문해자(說文解字)』「서(敍)」에도 유사

---

21 漢興, 閭里書師合蒼頡、爰歷、博學三篇, 斷六十字以爲一章, 凡五十五章, 幷爲蒼頡篇. 武帝時司馬相如作凡將篇, 無復字. 元帝時黃門令史游作急就篇, 成帝時將作大匠李長作元尙篇, 皆蒼頡中正字也. 凡將則頗有出矣. 至元始中, 徵天下通小學者以百數, 各令記字於庭中. 揚雄取其有用者以作訓纂篇, 順續蒼頡, 又易蒼頡中重復之字, 凡八十九章. 臣復續揚雄作十三章, 凡一百二章, 無復字, 六藝群書所載略備矣. 蒼頡多古字, 俗師失其讀, 宣帝時徵齊人能正讀者, 張敞從受之, 傳至外孫之子杜林, 爲作訓故, 幷列焉.『漢書』「藝文志」小學類.

하게 반복된다. 그것에 의하면, "선제 때 창힐(倉頡)의 독음에 능통한 자를 불러들여서 장창(張敞)이 그를 따라 전수받도록 하였다. 양주자사(凉州刺史) 두업(杜業), 패(沛)지방 사람 원례(爰禮), 강학대부(講學大夫) 진근(秦近) 등도 또한 독음을 말할 수 있었다. 평제(平帝) 때에 원례 등 백여 사람을 불러 모아서 미앙정(未央廷)에서 문자의 뜻과 발음을 해설(說)하도록 하였다. 원례를 소학원사(小學元士)로 삼고, 황문시랑(黃門侍郎) 양웅(楊雄)에게 그것을 채록하여 『훈찬편(訓纂篇)』을 짓게 하였다. 총 『창힐(倉頡)』이하 14편이었고, 모두 5,340자였는데, 여러 책들의 글자가 모두 실려 있었으며 대략 갖추어져 그곳에 보존되었다."22

　『창힐편』과 같은 단순한 식자교재를 넘어서, 과거 문헌인 경전의 재해석을 둘러싼 문헌학적인 학술에 문자학이 봉사하게 되는 것도 바로 이 무렵이다. 『한서』 「예문지」를 쓴 반고나 『설문해자』를 쓴 허신 모두, 고문 경학을 주창하여 새로운 학술과 경전의 재해석을 이끌어 한 시대를 흔들었던 유흠에게 빚을 지고 있다는 점에서 보면 유흠의 후학들이다. 그런데 『설문해자』는 한 걸음 더 나아갔다. 문자야말로 모든 학술의 근본이라고 천명한 것이다. "문자는 경예의 근본이며 왕정의 시작이다. 선인들이 그것으로 후대에게 경예와 왕정을 전수하며, 후인들은 그것으로 옛날의 모습을 알게 된다. 그러므로 말하기를 근본이 서야 도(道)가 생겨난다 하였으니, 세상의 지극한 이치는 어지럽혀질 수 없음을 알겠다."23 마치 공자도 근본과 문자를 연결시키고 있는 듯이 이해되고 있는 이 구절은 바로 『논어』에 나오는 다음의 문장과 직

22　孝宣皇帝時, 召通倉頡讀者, 張敞從受之. 涼州刺史杜業, 沛人爰禮, 講學大夫秦近, 亦能言之. 孝平皇帝時, 徵禮等百餘人, 令說文字未央廷中, 以禮爲小學元士. 黃門侍郎楊雄, 采以作訓纂篇, 凡倉頡以下十四篇, 凡五千三百四十字, 羣書所載, 略存之矣. 『說文解字』 「敍」.

23　蓋文字者, 經執之本, 王政之始. 㓝人所㠯垂後, 後人所㠯識古. 故曰, 本立而道生, 知天下之至嘖而不可亂. 『說文解字』 「敍」.

결된다. "군자는 근본에 힘써야 하니, 근본이 서야 도(道)가 생겨난다."[24]

진과 한의 정치적 이념이 달라졌음에도 여전히 살아남게 되는 것은, 의미를 실어 나르는 수단으로서의 문자일 것이다. 그러나 문자에 담겨야 한다고 중시되는 초점은, 역사적 배경을 안고 형성된다. 과거 문헌의 올바른 전승이야말로 학술의 궁극적 의의라고 자리매김하게 되면, 문헌의 원래 의미는 '쓰인 것', '형태로 보이는 것'에서 가장 잘 보존된다고 해석되는 경향성이 생긴다. 이 지점은 문헌과 문자가 학술의 중심에 놓이게 되는 관건이 되기도 하고, 동시에 문자언어가 아닌 소리언어의 의미전달과 재해석을 부차적인 것으로 간주하게 되는 지점이기도 하다.

고대 중국은 공자로부터 문헌 중심의 역사를 벗어나기 힘들었다. 문헌 자료를 둘러싼 해석과 재해석, 그리고 새로운 정치적 학술적 이념들이 제시된 것은 분명하지만, 문헌 중심주의가 문자 중심주의를 낳고 그로 인해 배제되는 영역들이 생겨난다. 문헌과 문자성에서 제외되는 영역들은 바로 '구술되는 것', '목소리로 사라지는 것'들이다. 인간의 언어를 통해 전달되는 의미는 시각과 청각, 형상과 소리의 협조에 의해서 다듬어진다. 그런데 만약 그곳에 어떤 편향성이 생기면, 또 다시 불완전한 해석이 전승된다. 중국 문자에서 소리의 영역을 담당하고 있는 '성부'의 의미 해석이 그 편향성 안에 있다. 또한 말소리로 전달되었을 가능성이 큰 다음절 어휘 의미의 전승과 해석에서도 취약점을 안고 있다.

허신이 경예의 근본이 바로 문자(文字)라고 천명한 이후에, 문헌 해석을 둘러싼 학술에 '문(文)'과 '자(字)'의 주도성은 거의 압도적이었다. 그러나 이제는 소위 문헌과 문자의 중심성에서 비껴 있는 영역들을 학문적으로 조명해봐야 하지 않겠는가. 그렇다고 하여 우리의 방법론이

---

24 君子務本, 本立而道生. 孝弟也者, 其爲仁之本與. 『論語』「學而」.

곧바로 '비문헌'을 지향해야 함을 의미하는 것은 아니다. 여전히 우리의 연구는 문헌과 문자에 기대어 있지만, 전통적으로 오랜 세월 작동해왔던 중심축을 이동하여 소외된 영역에 관점을 맞추고 학술의 의미를 되새김질하는 주춧돌로 삼고자 한다.

6. 나오며 — 본문 내용 소개

지금까지 우리는 고대 중국에서 문헌의 의미, 문헌의 해석과 문자의 관계, 그리고 역사적 편향성을 지니는 학술의 방향 등을 논의하였다. 우리의 연구가 글을 시작하면서 제기했던 거대한 질문들, 즉 고대 중국에서 문헌의 전승과 보존은 어떤 의미를 가지고 있는가, 중국의 전통이라는 이름으로 중요하게 간주된 문헌 혹은 서적의 의미는 무엇인가, 문헌 작성과 보존에 필수적인 쓰기의 능력은 사회학이나 역사학, 그리고 사상과 학술의 측면에서 무엇을 의미하는가 등의 문제에 종합적으로 답할 수 있는 능력을 갖추고 있는 것은 아니다. 그러나『한서』「예문지」를 필두로 하여, 문헌 목록으로 정리되는 학술의 형성과 변화, 그리고 문헌 해석에 결정적인 영향을 미치는 문자학에서 주요한 저서로 간주되는『설문해자』와 그 주석에 대한 연구, 그리고 문자를 중심으로 한 학술이 우리의 조선시대에 미친 영향과 조선의 학술이 나름의 해석을 전개해 나가는 것 등을 일별함으로써, 문헌과 문자, 그리고 주석과 해석을 포함하는 연구의 초석으로 삼으려 한다.

제1부 '문헌학에 반영된 학술의 변천'에는『한서(漢書)』「예문지(藝文

志)」와『수서(隋書)』「경적지(經籍志)」의 목록 분류체계 및 목록지의 형성을 다룬 글들과, 『사고전서총목(四庫全書總目)』반영된 사상사적 고찰, 그리고 경전 텍스트와 언어 문자의 관계를 다룬 글들이 포함되어 있다.

우선 김정현의 글은『한서』「예문지」와『수서』「경적지」를 통해 '경(經)' 분류의 변화 양상을 살펴보고, 이를 바탕으로 '경' 분류의 변화가 나타나게 된 정치·사회·문화·학술적 배경을 고찰하려는 목적으로 작성되었다. 이 글에서는 연구대상의 개괄적인 이해를 위해 이들 목록의 전체 분류체계의 특징을 분석한다. 중국 전통사회에서 '경'에 대한 인식과 평가는 끊임없이 달라졌으며 이에 따라 경전의 지위도 변화되었다. 이러한 경전에 대한 인식·평가 변화와 경전의 해석 그리고 이와 관련된 논의는 당시 정치, 사회, 문화, 학술 상황과 밀접한 관계를 맺고 있다. 중국 전통사회에서 정치권력의 핵심은 곧 문화권력이었고, 그들은 정치권력의 권위와 정통성을 뒷받침하는 이론을 마련하는 차원에서 '경'을 연구하였다. 정치권력과의 끊임없는 관계맺음 속에서 '경'의 의미와 '경'에 대한 인식은 당시 정치·사회·문화, 학술 동향의 영향을 받아 변화되었고 '경'에 대한 인식이 변화함에 따라 경전의 위상도 변화되었다. 이 글을 통해서 경전 서지 목록이 편찬된 한·당대의 '경'에 대한 인식과 평가뿐만 아니라 정치, 사회, 문화, 학술적 상황이나 경향을 간접적으로 고찰할 수 있을 것이다.

두 번째 김광일의 「『수서』「경적지」는 어떻게 만들어졌는가」는 당(唐)대 문헌 수집과 소장, 그리고 정리편찬의 과정을 다룬 글이다. 당 초기에 시행된 대대적인 국가적 사업으로는 첫째 과거제 시행, 둘째 사관(史館) 설치, 셋째 오대사(五代史)·진서(晉書)·남북사(南北史) 등 전대 역사의 편찬, 넷째 오경정의(五經正義) 등 대형 서적의 편찬, 다섯째 문학관(文學館)·홍문관(弘文館) 등 문관의 설치 등을 들 수 있다. 이것들은

'무력을 멈추고 문화를 창달한다[偃武修文]'는 정관(貞觀) 시기 기본 이념과 관련이 있다. 이러한 주요 사업의 면모를 살펴보면 새로운 왕조의 문화 사업의 우선순위가 바로 문헌 정리 사업이었음을 알 수 있다. 정관 시기 문헌자료의 수집과 소장은 단지 황제 개인적 호사취미가 아니었으며, 황실의 서적은 당대 이후의 문관 정치를 뒷받침하는 중요한 자원이 되었다. 『수서』 「경적지」는 정관 연간 문화 자료의 구체적인 모습을 하나하나 담고 있을 뿐만 아니라, 그 자체로 정관 문화의 상징이자 문헌에 대한 중국의 전통적인 시각을 재확인 해주는 서지학 자료이다.

세 번째 당윤희의 글은 청(淸)대 『사고전서총목』의 자부(子部) 유가류(儒家類)에 반영된 유학 사상에 관하여 고찰한 것이다. 한대(漢代) 이래 전통문화의 형성은 유가가 위주가 되었으며 유가는 각 시대의 흐름과 함께 여러 사상과 충돌, 융합하며 심화되고 변용되기도 하였다. 그러나 대체로 유학 사상을 바탕으로 경학이 크게 발달하면서 중국의 학술사에서는 경학이 주류가 되었다. 이 글에서는 『사고전서총목』의 경·사·자·집의 분류 중에서 자부(子部)를 선택하고 그 하위분류 중에 포함된 유가류(儒家類)를 선택하여, 그 분류 체계와 각 서적에 대한 내용 서술을 고찰해보고, 이러한 분류 체계가 반영하고 있는 『사고전서총목』의 학술 연구 방법 및 유학 사상에 대해 이해해보고자 하였다.

1부 마지막으로 염정삼의 글은 중국 전통 목록학 속에 반영된 소학(小學) 개념이 어떻게 형성되고 변화해 왔는가를 고찰한다. 나아가 이 글은 현재의 중국의 언어문자에 대한 연구의 기점을 묻고 그것이 전통적인 소학과 어떤 관계를 맺어왔는가의 문제에 답하려는 시도다. 필자는 연구자로서 전통적인 의미의 중국 경학을 연구하는 것이나, 현대적인 의미의 언어학적인 소학에 집중하는 것이 서로 자유롭게 분리되지는 않는다는 점을 지적하면서, 수천 년 집적되어 상호영향관계를 끼치는 두 영역은 오히려 현대의 새로운 발견이나 새로운 접촉이 생길 때마다 연관된 문제들을 던지고 있음을 강조한다. 그리고 그것이 전통적으로 중국에서 문헌학과 문자학이 긴밀하게 연관될 수밖에 없는 이유와 맥락을 같이 하고 있음도 강조하고 있다.

　제2부 '『설문해자』를 통해 본 전통 주석학의 실제'에서는 문자학 저서인『설문해자(說文解字)』에 초점을 맞추고 있다. 주석과 판본을 통해 본『설문해자』연구와,『설문해자』연구에서 주요한 주석이라고 인정받는 단옥재(段玉裁)의『설문해자주』를 문자와 소리의 측면에서 탐구한 것들을 포함한다. 소위 문자 중심주의의 학술에서 소외되었던 다음절 어휘의미 연구가 설문해자(說文解字)』의 연면사(連綿詞) 연구를 통해 보완되고, 성부(聲符) 의미를 분석함으로써 문자 의미에 가려진 소리 의미 연구를 재조명할 수 있으리라 기대한다.

　첫 번째 문준혜의 글은 청대(淸代) 설문학(說文學)의 성립과 발전을 중심으로『설문해자』가 역사적으로 어떻게 수용되는지 살펴본 것이다. 이 글은 동한(東漢) 시대에 완성된『설문해자』가 이후의 각 역사 시대에 어떻게 수용되어 왔는지, 특히 명대(明代)에는 일부 학자들에 의해 겨우 명맥을 유지할 정도였던『설문해자』가 청대(淸代)에는 설문학(說文學)이라는 하나의 학문 분야를 형성할 만큼 많은 학자들에 의해 전면적으로 연구된 현상이 어디에서 기인했는지를 파악하려는 것이다. 청대에『설문해자』의 연구가 왕성하였던 것은 매우 특이한 현상이다. 왜냐하면 당시에 소전은 이미 통행되는 서체가 아니었고, 또 겨우 1만여 자의 본의를 해설한『설문해자』가 자전으로서 큰 가치를 지니는 것도 아니었기 때문이다. 청대 설문학의 성립과 발전에는『설문해자』자체의 가치를 넘어서는 다른 원인이 존재하고 있다는 추정을 가능하게 한다. 이 글은 이러한 문제의식에서 출발하여 청대를 기준으로『설문해자』의 수용 양상을 살펴보고, 청대 설문학의 성립과 발전의 양상을 고찰하여『설문해자』가 후대에 어떻게 수용되었고, 또 어떻게 하나의 학문 분야를 형성했는지 탐구하였다.

두 번째 염정삼의 글은『설문해자주』를 통하여 단옥재가 이해하는 문자관(文字觀)을 파헤쳐 본 것이다. 이 글은 청대 고증학의 방법론에 입각한 단옥재의 주석 작업이『설문해자』에 대한 이해에 기여한 부분과 그렇지 못한 부분을 구분하여 살펴보고 단옥재의『설문해자』이해가 서 있는 바탕은 무엇이었는지를 고찰한 것이다. 이 글을 통하여 우리는 단옥재(段玉裁)가 육서론을 전폭적으로 지지하면서도 문자를 통한 형이상학적 해석에 대해 거부하는 태도를 살펴보게 된다. 즉 문자에 대한 단옥재의 이해 자체가 불일치된 초점을 노정하게 되는데, 그이유는 단옥재가『설문해자』이해의 이론적인 근거로서 육서론을 받아들이긴 하였으나 정작 허신(許愼)의 육서론이 기초하고 있는 형이상학적 세계관을 수용하지 못하였기 때문이었다. 그 결과 단옥재는 형이상학적 '의미'망으로 구축된 허신의 문자 세계를, 실증할 수 있는 문자의 구조와 '음운'의 원리에 의해서만 재단하고자 하였다. '도(道)'의 형이상학과 그에 기반한 육서론, 그리고 역(易)의 순환적인 관계론이 결합한 허신의 문자론이, 단지 자형·자음의 관계론과 고증적이고 실증적인 단옥재의 문자 이해와 상충하게 된 것이다. 이 글은 주석이 또 하나의 해석일 수밖에 없음을 단옥재가 분명하게 보여준다는 사실을 지적하였다는 점에서 의의가 있다.

세 번째 신원철의 글은『설문해자주』에서 이해한 연면사(連綿詞)를 설명하려는 글이다. 이 글은『설문해자(說文解字)』에서 연면사(連綿詞)를 어떻게 설명하고, 그를 통해서 허신(許愼)과 단옥재(段玉裁)가 연면사에 대해 어떠한 관점을 가지고 있는지를 논의하였다. 우선『설문해자』내에서 연면사로 알고 있는 자(字)에 대해서 조사한 후, 그 구성 방식과 단옥재 등의 설명을 함께 살펴보았다. 또한 연면사에 대해서『설문해자』에서 이견을 보이는 경우도 함께 언급하였다. 이러한 점들을 기반으로『설문해자』에서의 연면사를 구성하고 있는 한자에 대한 허신과 단옥재의 관점을 살펴볼 수 있고, 나아가 연면사로 대표되는 음성 언어적 현상에 대한 청대 고증학적 시각을 관찰할 수 있는 근거가 될 것이다.

제2부 마지막 문수정의 글은『설문해자주』에서 보이는 고금자(古今字) 관계 설정 양상을 통해 의미의 공통성과 성부(聲符) 사이의 관계를 확인하고, 그것이 성부가 지닌 역사적 함의와 밀접한 관련이 있음을 제시한 것이다. 우문설(右文說) 및 이와 관련된 이후의 연구 흐름에서 보이는 형성자(形聲字) 성부의 속성은 단옥재가 설정한 고금자 관계에서 보이는 '공통된 성부'의 속성과 같은 맥락에서 설명된다. 이를 통해 과거와 현재의 사이의 간극을 두고 '주석'을 함에 있어, 단옥재가 주석가로서 어떠한 태도로써 대상 텍스트를 대하였는지, 또 그 행위에는 어떠한 의미가 내포되어 있는지를 파악할 수 있다.

제3부 '조선시대의 설문학'은 시와 산문을 위주로 하는 전통 한문학의 기초로서 조선시대 한자학의 역사와 내용을 살펴본다. 구체적으로는 조선시대 문집에 보이는 중국 언어 문자 연구와『설문해자익징(說文解字翼徵)』연구를 포함한다. 중국의 문자를 공유했던 조선시대의 학술이 나름의 해석과 주석의 역사를 가지고 있음을 이 연구를 통하여 구체적으로 확인할 수 있을 것이다.

첫 번째 문준혜의 글은 중국의 언어와 문자를 연구한 조선 학자들의 전문적인 연구 성과물을 목록화하고, 이덕무(李德懋)의『청장관전서(靑莊館全書)』를 중심으로 조선시대 문집에 보이는 중국 언어 문자 연구를 조망한다. 전통시대에는 학문의 연구가 시와 산문을 중심으로 하는 한문학(漢文學)이나 유가 경전을 연구한 경학(經學) 위주로 진행되어 왔지만, 한자학(漢字學)의 기초가 없었다면 수준 높은 한문학의 창작은 기대하기 어려웠을 것이다. 따라서 전통시대에 수행된 한자학의 내용과 수준에 대한 체계적인 연구는 한문학의 깊이 있는 이해를 위해서 뿐 아니라, 균형 잡힌 한국 학술사의 기술을 위해서도 반드시 필요하다. 이러한 관점에서 필자는 조선시대에 이루어진 중국의 언어 문자에 대한 연구 성과를 개괄하고, 그 내용과 수준이 어떠한지 살펴보고자 하였다.

  제3부 두 번째와 세 번째 글은 조선시대 유일하게 『설문해자』 전문 연구서를 저술한 박선수(朴瑄壽)의 『설문해자익징(說文解字翼徵)』을 소개하고, 그의 연구와 당시의 중국 학술을 비교해본 것이다. 조선 후기의 학자, 박선수의 『설문해자익징』은 현전하는 조선시대의 유일한 『설문해자』 주석서이다. 『설문해자익징』에는 『설문해자』의 문자 해설상의 오류를 지적하거나 부수(部首)와 부속자 귀속(歸屬)의 타당성을 논의하는 내용 이외에도, 한자의 구조에 관한 독창적인 이론과 경전(經典)의 문자에 대한 새로운 해석, 형성자(形聲字)와 성부(聲符)의 관계에 대한 새로운 분석 등 다양한 내용이 포함되어 있다. 이 때문에 『설문해자익징』은 단순히 『설문해자』를 주석했다기보다는, 『설문해자』를 토대로 한자를 연구하여 나름의 전문적인 이론과 해석을 만들어낸 문자학 저작이라고 말하는 것이 더 정확한 설명이라고 할 수 있을 것이다.

제
1
부

중국 고대 문헌의 정리와 학술의 변천

『한서漢書』「예문지藝文志」육예략六藝略과『수서隋書』「경적지經籍志」경부經部 분류체제 및 서적목록 비교 연구[*]

김정현

1. 들어가며

중국 전통사회에서 '경(經)'에 대한 인식과 평가는 끊임없이 달라졌으며 이에 따라 경전의 지위도 변화되었다. 이러한 경전에 대한 인식·평가 변화와 경전의 해석 그리고 이와 관련된 논의는 당시 정치, 사회, 문화, 학술 상황과 밀접한 관계를 맺고 있다. 중국 전통사회에서 정치권력의 핵심은 곧 문화권력이었고, 그들은 정치권력의 권위와 정통성을 뒷받침하는 이론을 마련하는 차원에서 '경(經)'을 연구하였다.

---

[*] 이 글은 필자의 석사논문 「漢書·藝文志와 隋書·經籍志의 '經' 分類에 대한 비교연구」(서울대 중어중문학과, 2006)를 수정·보완한 것이다.

정치권력과의 끊임없는 관계맺음 속에서 '경(經)'의 의미와 '경(經)'에 대한 인식은 당시 정치, 사회, 문화, 학술 동향의 영향을 받아 변화되었고 '경(經)'에 대한 인식이 변화함에 따라 경전의 위상도 변화되었다.

이 글은 『한서(漢書)』 「예문지(藝文志)」(이하 「한지(漢志)」로 지칭)와 『수서(隋書)』 「경적지(經籍志)」(이하 「수지(隋志)」로 지칭)를 통해 한대(漢代)와 당대(唐代) '경(經)' 분류의 변화 양상을 살펴보고 이를 바탕으로 '경(經)' 분류의 변화가 나타나게 된 정치, 사회, 문화, 학술적 배경을 고찰하려는 목적으로 작성되었다. 기존의 연구 중에 특정한 텍스트나 소항목(小類)[1]을 대상으로 중국 목록서 분류체제와 서적목록의 변화를 고찰하고 그러한 변화가 생기게 된 원인을 도출하고자 한 시도가 있었지만, 서적목록이 편찬된 당시의 정치, 사회, 문화, 학술적 상황과 관련된 논의는 부족한 실정이다. 따라서 이 글에서는 이러한 한계점을 보완하기 위해 연구 범위를 「한지」 육예략(六藝略)과 「수지」 경부(經部) 전체로 설정하고자 한다. 우선 이 글의 연구대상인 「한지」와 「수지」에 대한 개괄적인 이해를 위해 「한지」와 「수지」의 전체 분류체제의 특징을 비교분석한다. 다음으로 「한지」 육예략과 「수지」 경부 각 소항목의 배치와 각 소항목 서적목록의 출입(出入) 등 두 서적목록의 두드러진 차이를 고찰한다. 이러한 비교분석을 진행하면서 「한지」 육예략과 「수지」 경부 서적목록 양상의 정치, 사회, 문화, 학술적 형성 배경도 살펴볼 것이다. 본 연구를 통해서 우리는 「한지」와 「수지」가 편찬된 한대와 당대의 '경(經)'에 대한 인식과 평가뿐만 아니라 정치, 사회, 문화, 학술적 상황이나 경향을 간접적으로 고찰할 수 있을 것이다.

---

1 이 글에서 대항목(大類)은 서적목록의 최상위 분류체제를 말하고, 소항목(小類)은 대항목의 하위 분류체제를 말한다. 「한지」는 6개의 대항목과 38개의 소항목으로 구성되며, 「수지」는 4개의 대항목과 40개의 소항목(道經과 佛經 15개의 소항목 제외한 숫자)으로 구성되어 있다.

2. 『한서』「예문지」육략(六略) 분류체제에서 『수서』「경적지」사부(四部) 분류체제로

서적목록의 분류체제는 서적목록이 작성된 당시의 정치, 사회, 문화 상황 등의 변화와 학문에 대한 인식 차이의 영향을 받아 선택된다. 중국 서적목록 분류체제의 변화 과정을 개괄하면 육략(六略) 분류체제에서 사부(四部) 분류체제로 변화했다고 말할 수 있다. 현존하는 가장 이른 중국 서적목록인 후한(後漢) 반고(班固)의 「한지」는 유향(劉向)의 『별록(別錄)』과 유흠(劉歆)의 『칠략(七略)』 체제를 계승하여 육략 분류체제를 채택하였다. 『칠략』은 이미 일실되었기 때문에 그것을 계승한 「한지」를 통해서만 그 면모를 살펴볼 수 있다. 『칠략』은 집략(輯略), 육예략(六藝略), 제자략(諸子略), 시부략(詩賦略), 병서략(兵書略), 수술략(數術略), 방기략(方技略)으로 구분되었지만 집략은 목록의 범례 혹은 서문에 해당하고 서적목록이 아니기 때문에 6개의 대범주로 구분되었다고 추측할 수 있다.[2] 이후 『중경신부(中經新簿)』에서 사부(四部) 분류체제의 기초가 마련되었으며, 「수지」에서 경(經), 사(史), 자(子), 집(集)의 사부(四部) 분류체제가 확립된 이후로 사부(四部) 분류체제가 목록서 분류체제에 있어서 주도적인 지위를 차지해 왔다.

중국 목록서에서 최초로 사부(四部) 분류체제가 나타난 것은, 양(梁) 완효서(阮孝緒)의 『칠록(七錄)』서문(序文)과 「수지」 총서(總序)에 산재된 기록으로 남아 전하는 진(晉) 정묵(鄭默)의 『중경부(中經簿)』와 서진(西

---

2   "昔劉向校書, 輒爲一錄, 論其指歸, 辨其訛謬, 隨竟奏上, 皆載在本書. 時又別集衆錄, 謂之『別錄』, 卽今之『別錄』是也. 子歆撮其指要, 著爲『七略』. 其一篇卽六篇之總最, 故以輯略爲名, 次六藝略, 次諸子略, 次詩賦略, 次兵書略, 次數術略, 次方技略. (…중략…) 向, 歆雖云『七略』, 實有六條" 道宣, 이한정 역, 「廣弘明集」1, 「七錄」序文, 53쪽.

晉) 순욱(荀勖)이 『중경부』를 정리하여 만들었다는 『중경신부』이다.
『중경부』와 『중경신부』는 현재 일실되어 전하지 않지만 「수지」 총서
의 기록을 통해 그 분류체제를 살펴볼 수 있다.

위(魏)나라가 한(漢)나라를 대체하고, 없어진 서적들을 모아 비서(祕書)
의 중외(中外) 세 개의 누각에 수장하였다. 위나라 비서랑(祕書郞)인 정묵
(鄭默)이 비로소 『중경(中經)』을 만들었고, 비서감(祕書監)인 순욱(荀勖)
이 또한 『중경(中經)』에 근거하여 다시 『신부(新簿)』를 지어 사부(四部)로 나누
고 여러 서적들을 수렴하였다. 첫째는 갑부(甲部)로 육예(六藝)와 소학(小
學) 등에 관한 책이고, 둘째는 을부(乙部)로 고제자가(古諸子家), 근세자가
(近世子家), 병서(兵書), 병가(兵家), 술수(術數)에 관한 책이고, 셋째는 병
부(丙部)로 사기(史記), 구사(舊事), 황람부(皇覽簿), 잡사(雜事) 등의 책이
며, 넷째는 정부(丁部)로 시부(詩賦), 도참(圖讚), 급총서(汲冢書) 등이다.
모두 사부(四部)로 나누어지며 29,945권이다.[3]

위에서 인용한 「수지」 총서에 근거하면 『중경신부』의 갑부(甲部)는
이후 중국 목록서의 경부(經部)에, 을부(乙部)는 자부(子部)에, 병부(丙部)
는 사부(史部)에, 정부(丁部)는 집부(集部)에 해당한다. 『중경신부』의 갑
부와 정부는 「한지」의 육예략과 시부략을 계승했으나, 「한지」의 대항
목인 제자략, 병서략, 술수략, 방기략이 을부로 통합되었고, 역사서의
수량 증가로 인해 「한지」 육예략(六藝略) 춘추류(春秋類)에 귀속되었던
역사서들을 수록하는 새로운 대항목인 병부가 만들어졌다. 종합해 보
건대 중국 서적목록의 분류체제가 육략(六略) 분류체제에서 사부(四部)

---

3   "魏氏代漢, 采摭遺亡, 藏在祕書中, 外三閣. 魏祕書郞鄭默, 始制中經, 祕書監荀勖, 又因
中經, 更著新簿, 分爲四部, 總括群書. 一曰甲部, 紀六藝及小學等書, 二曰乙部, 有古諸
子家, 近世子家, 兵書, 兵家, 術數, 三曰丙部, 有史記, 舊事, 皇覽簿, 雜事, 四曰丁部, 有
詩賦, 圖讚, 汲冢書, 大凡四部合二萬九千九百四十五卷."『隋書』, 906쪽.

분류체제로 변화하게 된 주된 원인은 을부와 병부의 성립이라고 말할
수 있다. 또한 주목할 점은 이후 목록서의 사부(四部) 분류체제와 달리
사부(史部)에 해당하는 병부가 목록서의 세 번째에 배치되어 있었고, 자
부에 해당하는 을부가 두 번째에 배치되었던 것이다. 이후 동진(東晋)
때에 이충(李充)이 『진원제사부서목(晉元帝四部書目)』을 편찬하면서 을
부와 병부의 내용을 바꿔 사부(史部)가 사부(四部) 중 두 번째의 위치로
자리바꿈하였다. 이러한 과정을 거쳐 「수지」에 이르러 사부(四部) 분류
체제가 확립된다.

> 나중에 비록 한데 모았으나 뒤섞인 것이 이미 심하여 저작좌랑(著作佐
> 郎) 이충(李充)이 비로소 산정하였다. 순욱이 편찬한 옛 목록의 사부법(四
> 部法)에 근거하여 그 을부(乙部)와 병부(丙部)의 서첩을 교체하고 여러 편
> (篇)의 편명(篇名)을 생략 · 삭제하였고 총괄하여 갑자(甲字)와 을자(乙字)
> 로 목차를 정했다.[4]

그러나 「한지」의 육략(六略) 분류체제에서 「수지」의 사부(四部) 분류
체제로 변화하는 과정 중에 다른 분류체제를 채용하는 서적목록이 등
장하기도 하였다. 예를 들면, 현재 일실되어 전하지 않는 송(宋) 왕검
(王儉)의 『칠지(七志)』와 완효서의 『칠록』은 칠분분류법(七分分類法)으
로 서적을 분류하였다. 왕검의 『칠지』는 서적을 경전지(經典志), 제자
지(諸子志), 문한지(文翰志), 군서지(軍書志), 음양지(陰陽志), 술예지(術藝
志), 도보지(圖譜志)로 분류하고 도경(道經)과 불경(佛經)을 부록으로 첨
부하였으며,[5] 완효서의 『칠록』은 서적을 경전록(經典錄), 기전록(紀傳

---

4 "後雖鳩集, 淆亂已甚, 及著作佐朗李充始加刪正, 因荀勗舊簿四部之法, 而換其乙丙之
    書, 沒略衆篇之名, 總以甲乙爲次." 道宣, 이한정 역, 「廣弘明集」 1, 「七錄」 序文, 52쪽.
5 "元徽元年, 祕書丞王儉又造目錄, 大凡一萬五千七百四卷. 儉又別撰 『七志』, 一曰經典
    志, 紀六藝, 小學, 史記, 雜傳, 二曰諸子志, 紀今古諸子, 三曰文翰志, 紀詩賦, 四曰軍書

錄), 자병록(子兵錄), 문집록(文集錄), 술기록(術技錄), 불법록(佛法錄), 선도록(仙道錄)으로 분류하였다.[6] 『칠지』와 『칠록』은 모두 칠분분류법을 채용한 목록서이지만 두 서적목록의 대항목을 비교해보면 큰 차이를 보인다. 우선 『칠지』의 경전지는 「한지」에서 육예략의 춘추류에 역사서들을 귀속시킨 것처럼, 육예(六藝), 소학(小學), 사기(史記), 잡전(雜傳) 등의 서적들을 함께 수록하고 있다. 이와 달리 『칠록』에서는 경전록에 육예 관련 서적만을 수록하고, 기전록을 별도로 두어 역사서들을 수록하였다. 또한 『칠지』는 도경과 불경을 부록으로 첨부하였고, 『칠록』은 불법록과 선도록을 별도의 대항목으로 설정하였다. 이는 남북조시대 불교와 도교가 성행하면서 그와 관련된 문헌이 다수 출현한 것과 관련이 있을 것이다. 이외에도 『칠지』는 지리서와 도서들을 수록한 대항목인 도보지를 두었는데, 이는 다른 서적목록에서 보이지 않는 독특한 분류항목이다.

3. 『한서』 「예문지」와 『수서』 「경적지」 전체 분류체제 특징

위의 장에서 설명하였듯이 「한지」는 6개의 대항목으로 구성된 육략(六略) 분류체제를 채택한 서적목록이고, 「수지」는 4개의 대항목으로

志, 紀兵書, 五曰陰陽志, 紀陰陽圖緯, 六曰術藝志, 紀方技, 七曰圖譜志, 紀地域及圖書. 其道, 佛附見, 合九條." 『隋書』, 906~907쪽.

6 "普通中, 有處士阮孝緖, 沉靜寡慾, 篤好墳史, 博采宋, 齊已來, 王公之家凡有書記, 參校官簿, 更爲 『七錄』, 一曰經典錄, 紀六藝, 二曰記傳錄, 紀史傳, 三曰子兵錄, 紀子書, 兵書, 四曰文集錄, 紀詩賦, 五曰技術錄, 紀數術, 六曰佛錄; 七曰道錄." 『隋書』, 907쪽.

구성된 사부(四部) 분류체제를 채택한 서적목록이다. 「한지」와 「수지」의 전체 분류체제를 비교하여 표로 나타내면 다음과 같다.

「漢志」				「隋志」	
1. 六藝略				1. 經部	
易 書 詩 禮 樂 春秋 論語 孝經 小學				易 書 詩 禮 樂 春秋 孝經 論語 讖緯 小學	
(春秋)				2. 史部	
				正史 古史 雜史 霸史 起居注 舊史 職官 儀注 刑法 雜傳 地理 譜係 簿錄	
2. 諸子略	4. 兵書略	5. 數術略	6. 方技略	3. 子部	
儒 道 陰陽 法 名 墨 縱橫 雜 農 小說	兵權謀 兵形勢 陰陽 兵技巧	天文 曆譜 五行 蓍龜 雜占 刑法	醫經 經方 房中 神仙	儒 道 法 名 墨 縱橫 雜家 農 小說 兵 天文 曆數 五行 醫方	
3. 詩賦略				4. 集部	
賦(屈原 等) 賦(陸賈 等) 賦(孫卿 等) 雜賦 歌詩				楚辭 別集 總集	
				道經部(부록)	佛經部(부록)[7]
				經戒 餌服 房中 符錄	大乘經 小乘經 雜經 雜疑經 大乘律 小乘律 雜律 大乘論 小乘論 雜論 記

위의 표를 통해서 알 수 있는 「한지」와 「수지」 전체 분류체제의 차이점은 대략 세 가지이다. 첫째, 「한지」에는 역사서를 수록하는 별도의 대항목이 없으며 이러한 서적들을 육예략의 하위항목인 춘추류에 귀속시켰지만 「수지」는 사부(史部)라는 대항목을 별도로 설정하여 역사서를 수록하고 있다. 둘째, 「한지」의 대항목인 제자략, 병서략, 술수략, 방기략이 「수지」에서는 자부의 하위항목으로 통합되었다. 이러한 변화를 통해 당시 실용학문의 가치가 평가 절하되었다고 이해할 수도 있

---

7 도경부(道經部)와 불경부(佛經部)를 각각 독립된 하나의 부(部)로 보아 「수지」의 분류체제를 육부(六部) 분류체제로 이해하는 경우도 있다. 하지만 「수지」의 도경부와 불경부는 서적목록이 실려 있지 않은 부록으로 들어간 것이므로 독립된 하나의 부(部)로 이해하기 어렵다.

지만 수록된 서적의 종류와 수량은 오히려 늘어났다는 점도 주목해 볼 필요가 있다. 셋째, 「수지」는 도경부(道經部)와 불경부(佛經部)를 부록으로 첨부하였는데 비록 서적명이 열거되어 있지 않아 완전하진 않지만 이를 통해 당시 도경과 불경 관련 서적에 대한 관심을 엿볼 수 있다.

1) 역사서의 춘추류(春秋類) 귀속과 사부(史部)의 성립

「한지」와 「수지」 분류체제의 가장 큰 차이점으로 「한지」는 역사서를 육예략의 하위항목인 춘추류에 귀속시켰지만 「수지」는 사부(史部)라는 대항목을 별도로 설정하여 역사서를 수록하고 있는 것을 들 수 있다. 이러한 변화는 한대에서 당대로의 이행 과정에서 역사에 대한 관심이 더욱 고조되어 역사서의 수량이 증가하고 종류가 다양해졌을 뿐만 아니라 '경(經)'과 '사(史)'의 관계에 대한 인식의 차이가 나타났기 때문에 발생한 것으로 생각된다.[8]

중국학술계에서는 『춘추(春秋)』와 『상서(尙書)』를 중심으로 '경(經)'과 '사(史)'의 관련성에 대한 다양한 논의를 진행하였다. 때로는 '경(經)'과

---

8 요명달(姚名達)은 「한지」에서 역사서를 독립된 대항목에 귀속시키지 않고 육예략 춘추류에 포함시킨 원인에 대해 "『칠략』은 종종 같은 부류에 결코 같지 않은 종류의 서적을 잡다하게 부록한다. 예를 들면, 『국어(國語)』, 『세본(世本)』, 『전국책(戰國策)』, 『초한춘추(楚漢春秋)』, 『태사공(太史公)』, 『한대년기(漢大年紀)』 12가(家)의 책을 춘추류에 실었다. (…중략…) 만약 역사서의 수량이 너무 적어 독립시켜 배치할 필요가 없다면, 다른 6, 7가(家) 100여 권(卷)이 (독립된) 한 부류를 이루는 것이 있는데, 12가(家) 500여 편(篇)의 역사서는 오히려 독립된 한 부류로 세울 수 없다고 말할 수 있겠는가?(『七略』往往同一種中, 又復雜附絶不同類之書, 如附『國語』, 『世本』, 『戰國策』, 『楚漢春秋』, 『太史公』, 『漢大年紀』十二家之書於春秋. (…중략…) 若謂史書甚少, 不必獨立, 則其他各種, 每有六七家百餘卷則成一種者, 而謂以十二家五百餘篇之史書反不能另立一種乎?)"라고 의문을 제기하고 있다. 그는 수록된 서적의 수량 차이만이 「한지」가 춘추류에 역사서를 수록한 원인이 아니라고 지적한다.

'사(史)'의 연원을 동일하게 인식하였고, 때로는 '경(經)'과 '사(史)'의 연원을 다른 것으로 인식하기도 하였다. 이러한 '경(經)'과 '사(史)'의 관계에 대한 인식의 차이는 중국 서적목록에 잘 반영되어 있다. 한대에 '경(經)'과 '사(史)'는 일체로 파악되었기 때문에 「한지」에서는 사부(史部)를 독립시키지 않았고, 춘추류에 역사서를 수록하였다. 이는 고문경학자(古文經學者)인 반고의 고문(古文) 중시 의식이 투영된 것으로 이러한 '경사일체(經史一體)'의 인식은 「한지」 춘추류 후서(後序)에도 잘 드러난다.

옛날의 왕은 대대로 사관(史官)이 있어 군주의 행동거지를 반드시 기록하였는데, 언행(言行)을 삼가고 법식(法式)을 밝히기 위한 까닭이었다. 좌사(左史)는 말을 기록하고, 우사(右史)는 일을 기록하였는데, 일을 기록한 것이 『춘추』가 되고, 말을 기록한 것이 『상서』가 되었다. 제왕은 그와 같이 하지 않는 자가 없었다.[9]

위의 인용한 후서 내용에 근거하면 『춘추』와 『상서』는 모두 사관의 기록으로, 『춘추』는 우사(右史)가 군주와 관련된 역사적인 사건이나 사실을 기록한 서적이며, 『상서』는 좌사(左史)가 군주의 말을 기록한 서적이다. 「한지」는 『춘추』를 역사적 사실이 기록된 역사서로 인식하였다. 그러나 『춘추』는 노(魯)나라의 역사적 사건이나 사실을 소재로 차용했으나 독특한 필법을 통해 난신적자(亂臣賊子)를 두렵게 하고자 하는 정치적 효용성을 더욱 강조했기 때문에 역사서로서의 성격보다는 경학서로서의 성격이 더욱 부각되어 육경(六經)에 포함되었다.

「한지」 춘추류에 수록된 서적은 대부분 『춘추』와 관련된 것으로 『춘추고경(春秋古經)』12편 · 『경(經)』11권 이외에도 『춘추』를 해설한

---

9 "古之王者世有史官, 君擧必書, 所以愼言行, 昭法式也. 左史記言, 右史記事, 事爲『春秋』, 言爲『尙書』, 帝王靡不同之." 『漢書』, 1,715쪽.

『좌씨전(左氏傳)』30권, 『공양전(公羊傳)』11권, 『곡량전(穀梁傳)』11권, 『추씨전(鄒氏傳)』11권, 『협씨전(夾氏傳)』11권 등과 춘추결옥(春秋決獄) 과 관련된 『공양동중서치옥(公羊董仲舒治獄)』16편이 실려 있다. 그 밖에 『춘추』와 직접적인 관련이 없는 『의주(議奏)』39편, 『국어(國語)』21편, 『신국어(新國語)』54편, 『세본(世本)』15편, 『전국책(戰國策)』33편, 『초한춘추(楚漢春秋)』9편, 『태사공(太史公)』130편, 『태고이래년기(太古以來年紀)』2편, 『한저기(漢著記)』190권, 『한대년기(漢大年紀)』5편 등도 포함한다. 『사고전서총목(四庫全書總目)』사부(史部) 정사류(正史類)의 가장 앞에 수록되어 있는 『사기(史記)』가 「한지」춘추류에는 『태사공』이라는 서명으로 뒷부분에 배치되어 있으며, 보계류(譜系類)에 해당하는 『세본』이 잡사류(雜史類)인 『전국책』과 『초한춘추』보다 앞에 배치되어 있다. 이를 통해 볼 때 「한지」춘추류에 수록된 역사서들의 배치 순서는 임의적으로 정해진 것으로 뚜렷한 배치 기준이 없었던 것으로 보인다.

이와 달리 「수지」에서는 경부(經部)와 사부(史部)를 대항목의 명칭으로 직접 사용하여 '경(經)'과 '사(史)'의 경계를 뚜렷하게 구분했을 뿐만 아니라 서적의 성격과 종류에 따라 역사서를 분류하는 기준을 수립하고 그 기준에 근거하여 서적을 분류하였다. 양한(兩漢) 시기에는 앞에서 언급하였듯이 역사서가 '경(經)'으로 분류되었지만, 위진(魏晉) 때로 접어들면서 역사서의 수량이 늘어나고 역사서의 범주가 점차 세분화되어 춘추류라는 하나의 소항목만으로는 모든 역사서를 포괄하기 어려워졌을 뿐만 아니라 '경(經)'과 '사(史)'를 다른 학문으로 인식하게 되었다. 이에 『중경신부』의 병부(丙部)에서는 역사서를 사기(史記), 구사(舊事), 황람부(皇覽簿), 잡사(雜事) 4개의 항목으로 분류하였고, 이후 「수지」는 사부(史部) 아래에 정사(正史), 고사(古史), 잡사(雜史), 패사(覇史), 기거주(起居注), 구사(舊史), 직관(職官), 의주(儀注), 형법(刑法), 잡전(雜

傳), 지리(地理), 보계(譜係), 부록(簿錄) 13개의 소항목을 두었다. 이렇게 사부(史部)가 성립함에 따라 「수지」 춘추류에는 『춘추』와 관련된 서적만이 수록되게 되었다.

「한지」 춘추류에 수록되었던 서적 중 「수지」에도 보이는 서적들은 다음과 같다. 「한지」 춘추류에 수록되었던 서적 중 『공양동중서치옥』 16편이 「수지」 경부 춘추류에 『춘추결사(春秋決事)』 10권으로, 『태사공』 130편이 사부(史部) 정사류에 『사기』 130권 · 목록(目錄) 1권으로, 『전국책』 33편이 사부(史部) 잡사류에 『전국책』 32권(劉向 錄)으로, 『초한춘추』 9편이 사부(史部) 잡사류에 『초한춘추』 9권(陸賈 撰)으로 수록되어 있다.

2) 자부(子部)의 축소를 통해 본 제자학문과 실용학문에 대한 인식 변화

「한지」와 「수지」의 분류체제를 비교함에 있어서 제자학문과 실용학문 관련 서적 분류체제의 변화에 주목할 필요가 있다. 「한지」 제자략(諸子略)은 유가(儒家), 도가(道家), 음양가(陰陽家), 법가(法家), 명가(名家), 묵가(墨家), 종횡가(縱橫家), 잡가(雜家), 농가(農家), 소설가(小說家) 10가(家)로 구성된다. 「수지」 자부(子部)는 「한지」 제자략 중 음양가가 없어진 것을 제외하고[10] 나머지 9가(家)에 병가(兵家), 천문가(天文家), 역

---

10 「한지」 제자략의 하위항목이었던 음양가(陰陽家)의 항목이름이 「수지」에는 보이지 않으며 대신 자부 아래에 오행(五行)이라는 소항목이 있다. 또한 「한지」 음양가에 수록되었던 21종의 서적을 구체적으로 분석해보면 모두 소실되어 「수지」에 수록되지 않았다. 그러나 음양오행과 관련 있는 서적은 수량이 급증하여 「수지」 자부 오행류(五行類)에 수록되었다. 「한지」 제자략의 하위항목인 음양가의 변화와 관련하여 안정훈의 「고대 중국의 목록서 수록 양상의 변화 고찰―『漢書』「藝文志」 諸子略과 『隋書』「經籍志」 子部를 중심으로」(『中國文學』 제68집, 2012) 제4장 '(1) 사라진 陰陽家는 어디로 갔을까?'를 참고.

수가(曆數家), 오행가(五行家), 의방가(醫方家)가 추가되었다.

「한지」 제자략과 「수지」 자부에서 유가류(儒家類)는 모두 첫 번째 위치에 배치되어 있고, 이후의 목록서에서도 마찬가지이다. 「한지」와 「수지」는 육예략과 경부와는 별도로 각각 제자략과 자부 아래에 유가류를 두었다. 『사고전서총목(四庫全書總目)』의 자부 총서(總序)에 "육경(六經)이외에 학설을 세운 저서들은 모두 제자서(諸子書)이다. 처음에는 이 책들도 서로 섞여 있었지만 『칠략(七略)』에서 구별하여 나열한 이후로 (각 학파의) 이름이 정해지게 되었다"[11]라고 되어 있듯이 『칠략』 이후 등장한 중국의 목록서는 유가류를 육경(六經)과는 확연히 구분되는 항목으로 설정하였다. 한대 이래로 경전으로 확립된 육경(六經), 『논어(論語)』, 『효경(孝經)』, 경전을 이해하고 해석하는데 도움이 되는 소학서(小學書)들은 이미 학술 측면에서 확고한 지위를 점하고 있었고, 별도로 육예략이나 경부로 분류될 수 있었다. 그러나 당시 학자들은 경전과는 다르게 구분되는 유가류 서적들의 가치를 인식하고 있었다. 유가류 서적의 학술적 가치에 대해 「한지」 제자략 유가류 후서(後序)에서 "유학자들은 대체로 사도(司徒)의 직분을 담당하는 관리이다. 군주를 돕고 음양(陰陽)의 이치를 따르며 교화(敎化)를 밝히는 자이다. 문장은 육경 가운데 노닐고 뜻은 인의(仁義)의 일에 두며 요(堯)임금과 순(舜)임금을 시조로 삼아 서술하고 문왕(文王)과 무왕(武王)을 본받아 밝히며 중니(仲尼)를 스승으로 높여 그의 말을 중시하니 (유가가) 도(道)에 있어서 가장 높다"[12]라고 밝히고 있으며, 「수지」 자부 유가류 후서에서도 유가류 서적의 중요성을 지적하며 당시 일부 학자들이 유가의 가치를 훼손하

---

11 『四庫全書總目』 子部 總序 : "自六經以外, 立說者皆子書也. 其初亦相淆, 自『七略』 區而列之, 名品乃定."

12 「漢志」 儒家類 後序 : "儒家者流, 蓋出於司徒之官. 助人君, 順陰陽, 明教化者也. 游文於六經之中, 留意於仁義之際, 祖述堯舜, 憲章文武, 宗師仲尼, 以重其言, 於道最爲高."

는 것에 대해 우려를 표명하고 있다. 이러한 학술적 경향이 서적목록의 분류체제에 영향을 미쳐 유가류 서적이 자부의 첫 번째에 수록되게 되었다. 또한 「한지」 제자략과 「수지」 자부 유가류의 서적목록을 자세히 비교해보면 유가류 서적의 계승률이 높음을 확인할 수 있는데, 이는 당시 유가류 서적의 분류 기준이 상대적으로 확고했음을 보여준다.

「한지」 제자략과 「수지」 자부 분류체제의 두드러진 차이점은 「한지」에서 독립된 하나의 대항목이었던 병서략(兵書略), 수술략(數術略), 방기략(方技略) 등이 「수지」에서는 자부(子部)의 하위범주로 축소되거나 흡수 통합된 것이다. 「한지」 병서략은 당시의 병서(兵書)를 전술, 공격과 기습, 병법에 사용된 점술, 군사 훈련 등으로 체계화하여 병권모(兵權謀), 병형세(兵形勢), 병음양(兵陰陽), 병기교(兵技巧)로 분류하였는데, 「수지」에서는 이러한 서적들을 자부(子部)의 병가(兵家)로 통합하였다. 또한 「한지」 수술략 중 시귀(蓍龜), 잡점(雜占), 형법(刑法) 소항목이 「수지」에서는 없어졌으며, 「한지」 방기략 중 의경(醫經)과 경방(經方)만이 「수지」 자부의 의방가(醫方家)로 통합되고 방중(房中)은 「수지」 외편(外篇)의 도경부(道經部)로 옮겨졌다.

이러한 변화를 통해 한대에 편찬된 「한지」가 병서(兵書), 수술(數術), 방기(方技) 등의 실용학문 및 전문 학술을 상대적으로 더욱 중시했음을 유추해볼 수 있다. 이러한 경향은 서한(西漢) 말기(末期)에 음양오행설(陰陽五行說)이 성행한 것과 관련이 있다. 서한 말기에는 정치적, 사회적 혼란으로 인해 미신적 풍조가 만연했으며 특히 왕망(王莽)은 정권을 잡은 후 재이(災異) 현상의 해석을 통해 자신들의 정통성과 계승의 당위성을 설명하려고 하였다.

3) 불교(佛敎)와 도교(道敎) 전래와 서적목록에서의 출현

동한(東漢) 말기에 불교가 전래되어 고유의 음양참위설과 융합·발전했으며, 도교가 성립되어 점차 민간에서 보편적인 신앙으로 자리 잡게 되었다. 동한 이후 위진(魏晉) 시대를 거치면서 중국 사상계에는 매우 큰 변화가 일어나는데, 유가를 극단적으로 숭상하던 풍토에서 노자(老子)와 불교를 숭배하는 국면으로 변화되었고 도교와 불교가 대립하는 형세로 접어들게 되었다. 이러한 변화가 일어난 원인으로 한대(漢代) 경학에 대한 반발, 시대의 혼란, 노자와 불교학설의 영향 등을 들 수 있다. 한대 경학에 대한 반발로 위무(魏武) 등이 법술(法術)을 제창하고 하안(何晏)과 왕필(王弼) 등이 현학(玄學)을 불러일으켰다. 또한 한대 말기에는 황건적의 난이 일어나는 등 전쟁이 계속 되어 사회가 매우 혼란스러웠다. 이러한 시대적 상황에서 유가의 경세주의(經世主義)는 더 이상 지탱될 수 없었고, 유가의 공백을 도교와 불교가 채우게 되었다. 한편 왕필이 『노자(老子)』와 『주역(周易)』에 주(注)를 달아 육조(六朝) 현학(玄學)의 선도적인 역할을 하게 되자 학자들 사이에서 『노자』와 『주역』을 연구하는 새로운 풍조가 조성되었다. 그들은 유가 학설이 노장(老莊) 학설보다 심오하지 못하고 노장의 학설은 불교보다 심오하지 못하다고 여겨 유학을 버리고 노자를 배웠으며 다시 노자를 버리고 불교의 이치를 터득하고자 하였으니, 이러한 풍조가 당시 학술사상계에 보편화되었다. 이렇게 도교와 불교는 위진 시대를 거치면서 점차 중국 사회에 뿌리를 내리기 시작했고 당대(唐代)에 이르러 전성기를 구가하게 된다. 불교는 외래사상임에도 불구하고 유교·도교 등의 중국 고유의 사상과 결합하여 중국의 종교 사상 속으로 융화되었다. 도교는 노자(老子)의 성이 이씨(李氏)로 당 황실과 동성(同姓)이었기 때문에 정치권력의 정통성을 확보하는 과정에서 중시되어 당대에 성행하게 되었다.

이러한 사상·학술적 영향을 받아 남북조(南北朝) 시대부터 목록서에 도교, 불교와 관련된 항목이 등장하게 된다. 하지만 도교와 불교는 방외(方外)의 종교로 인정되어 도교, 불교와 관련된 항목은 남북조시대에 편찬된 『칠지』 및 『칠록』과 당대에 편찬된 「수지」에서 모두 서적목록에 포함되지 않고 부록으로 실려 있다.[13] 비록 서적목록이 실려 있지 않아 완정하지 않지만 「수지」의 도경부(道經部)와 불경부(佛經部)는 역사서에 보이는 최초의 도교, 불교 관련 목록 자료로 매우 중요한 의미를 지닌다.[14]

4. 『한서』 「예문지」 육예략과 『수서』 「경적지」 경부에 보이는 서적목록 특징

중국 목록서에서 '경(經)'을 수록한 대항목의 명칭은 변화가 있었지만 공통적으로 '경'을 수록한 대항목이 전체 분류체제에서 가장 앞에 배치되었으며 그 아래에 육경(六經)이 제일 앞에 나열되어 있다. 「한지」와 「수지」도 전체 분류체제상 차이가 있지만 '경(經)'을 수록한 육예

---

13 도교, 불교와 관련된 유목(類目)이 왕검이 편찬한 『칠지』에는 도경록(道經錄), 불경록(佛經錄)으로 되어 있고, 완효서가 편찬한 『칠록』에는 불법록(佛法錄), 선도록(仙道錄)으로 되어 있으며, 「수지」에는 도경부(道經部), 불경부(佛經部)로 되어 있다.

14 「수지」에서 도경부(道經部)와 불경부(佛經部)는 서적목록이 수록되어 있지 않은 부록으로 첨부되어 있다. 비록 서적목록은 수록되어 있지 않지만 하위의 소항목이 제시되어 있는데 도경부는 경계(經戒), 이복(餌服), 방중(房中), 부록(符錄)으로 구성되어 있으며, 불경부는 대승경(大乘經), 소승경(小乘經), 잡경(雜經), 잡의경(雜疑經), 대승률(大乘律), 소승률(小乘律), 잡률(雜律), 대승론(大乘論), 소승론(小乘論), 잡론(雜論), 기(記)로 구성된다.

략과 경부가 각각 「한지」와 「수지」의 분류체제 내에서 제일 처음에 배치되어 있다. 이러한 배치는 이후의 목록서에서도 계속 나타나고 있어, '경(經)'이라는 것에 대해 형식적 장르 구분 이상의 '성전(聖典)'으로서의 숭배의식이 포함되어 있다고 볼 수 있다.[15] 또한 이를 통해 중국 학술사에서 각 학문의 위상과 각 학문에 대한 인식이 끊임없이 변화했지만, 유학(儒學)이 줄곧 중국의 학술을 주도하였으며 '경(經)'은 항상 학술 전적의 첫 번째 위치를 차지해 왔음을 유추할 수 있다. 한대 통치 집단은 육경(六經)의 정치적 효용성을 인식하고 그것을 활용하여 백성들을 교육하고 통제하고자 했다. 따라서 많은 문헌에서 육경(六經)의 효용과 가치를 자주 언급하였고, 통치 집단은 육경(六經)을 익히는 것을 적극적으로 권장하였다. 이렇게 한대 사회에서 육경(六經)은 매우 중시되었으며, 육경(六經)에 대한 중시는 '경(經)'을 수록한 대항목 내의 배치 순서에 영향을 미쳐 육경(六經)이 제일 앞에 배치될 수 있었다.

「한지」육예략과 「수지」경부의 소항목을 비교해보면 「수지」경부가 「한지」육예략의 분류체제를 대체적으로 잘 계승하고 있는 것을 확인할 수 있다. 두 서적목록 모두 육경(六經)을 가장 앞에 배치하였고 그 뒤에 순서가 뒤바뀌기는 했으나 논어류(論語類)와 효경류(孝經類)를 소항목으로 두었고 소학류(小學類)를 가장 마지막에 배치하였다. 「수지」경부는 소학류 앞에 「한지」육예략에 수록되지 않았던 참위류(讖緯類)를 추가하였다.

건원(建元) 5년 한무제(漢武帝)가 박사제도(博士制度)를 개편해 오경박사(五經博士)와 전기박사(傳記博士)를 두었을 때 『논어(論語)』와 『효경(孝經)』은 '경(經)'으로 인식되지 않았고 '전(傳)'이나 '기(記)'로 인식되었다. 또한 그 당시 주진(周秦) 시대 이래의 자서(字書) 및 육서(六書)의 학문을

---

15 안정훈, 「中國文學과 目錄學에서의 類書의 자리」, 『中國文學』 제40집, 2003, 50쪽.

'소학(小學)'이라고 불렀다. 따라서 엄격히 말해 논어류, 효경류, 소학류는 「한지」 육예략의 소항목으로 설정될 수 없었다. 그렇다면 논어류, 효경류, 소학류는 어떤 분류 기준에 의해 육경(六經)에 더해져 육예략에 실리게 된 것일까? 그 이유를 살펴봄에 있어서 청대(淸代) 학자 왕명성(王鳴盛)의 주장은 시사하는 바가 크다.

> 『논어』와 『효경』은 모두 공자(孔子)의 말씀을 기록한 것으로 마땅히 경(經)에 포함되어야 하지만 그 문장이 간결하고 쉬워 아이들에게 가르칠 수 있다. 그러므로 따로 두 부분으로 만들었지만 실은 문자류와 더불어 소학(小學)이 된다. 소학이란 경(經)의 시작이요 기초이므로 경(經)에 붙인 것이다.[16]

왕명성의 주장에 따르면, 『논어』와 『효경』은 공자의 언행을 기록했기 때문에 '경(經)'과 매우 밀접한 관련이 있으며 한대 정권을 지탱하는 정치 철학으로 변모한 유학의 사상을 교육하고 전파하는데 적합했기 때문에 학습교재로 사용되어 육예략에 포함되었다. 또한 소학은 글자를 모르면 경전들을 읽을 수 없기 때문에 경전을 읽는 기초로 인식되어 육예략에 포함된 것이다.

「한지」 육예략과 「수지」 경부를 비교해보면 '목록의 안정적인 계승'이라는 특징이 두드러지지만 서적목록을 자세히 분석해보면 서적 수록의 변화 양상을 확인할 수 있다. 본 장에서는 「한지」 육예략과 「수지」 경부의 논어류(論語類), 효경류(孝經類), 참위류(讖緯類), 소학류(小學類)를 중심으로 서적목록의 변화를 살펴보도록 하겠다.

---

16 王鳴盛 『蛾術篇』 卷1 : "『論語』·『孝經』皆記夫子之言, 宜附於經, 而其文簡易, 可啓童蒙, 故雖別爲兩門, 其實與文字同爲小學. 小學者, 經之始基, 故附經也." 高路明, 『古籍目錄與中國古代學術硏究』, 江蘇古籍出版社, 2000, 4쪽에서 재인용.

1) 논어류(論語類)와 효경류(孝經類) 수록 서적을 통해 본 『효경(孝經)』의 위상 변화

「한지」 육예략과 「수지」 경부는 모두 논어류(論語類)와 효경류(孝經類)를 하위의 소항목으로 두고 있다. 그러나 「한지」와 「수지」의 논어류와 효경류에는 뚜렷한 두 가지의 차이점이 나타난다. 첫째, 논어류와 효경류의 선후 배치 순서의 차이를 들 수 있다. 「한지」 육예략에서 논어류가 효경류의 앞에 배치되어 있지만, 이와 반대로 「수지」 경부에서는 효경류가 논어류의 앞에 배치되어 있다. 효경류가 논어류의 앞에 배치되는 양상은 「수지」 이후의 중국 목록서에서 공통적으로 나타난다. 둘째, 논어류와 효경류에 수록된 서적의 차이를 들 수 있다. 예를 들면, 「한지」 육예략 효경류에 수록되었던 『이아(爾雅)』 등 경전을 이해하는데 도움이 되는 해설서나 공구서가 「수지」 경부에서는 논어류에 수록되었다.

당대(唐代) 학자 육덕명(陸德明)의 『경전석문(經典釋文)』도 논어류와 효경류에 대해 언급하고 있는데, 논어류와 효경류의 선후 배치 순서와 관련하여 육덕명은 『경전석문』 서록(序錄)의 차제(次第) 부분에서 다음과 같이 설명한다.

> 비록 『춘추(春秋)』와 더불어 모두 부자(夫子)가 지은 것이지만, 『춘추』는 주공(周公)이 후세에게 교훈을 전하는 역사서의 옛 문장이고 『효경(孝經)』은 오로지 부자(夫子)의 뜻만 담긴 문장이므로 마땅히 『춘추』의 뒤에 배치해야 한다. 『칠지(七志)』는 『효경』을 역류(易類) 첫머리에 두었으니 지금은 이 순서와 같지 않다.[17]

---

17 『經典釋文』 卷1 次第 『孝經』 條: "雖與 『春秋』 俱是夫子述作, 然 『春秋』 周公垂訓史書舊章, 『孝經』 專是夫子之意, 故宜在 『春秋』 之後. 『七志』 以 『孝經』 居易之首, 今所不同."

이것(옮긴이 주―『논어』)은 (공자의) 문도(門徒)들이 기록한 것이니, 『효경』 다음에 배치한다. (『한서』)「예문지」와 『칠록』은 『논어』를 『효경』 앞에 두었는데, 지금은 이 순서와 같지 않다.[18]

『경전석문』에서는 위에서 제시한 기준에 따라 권15부터 권22까지 『춘추좌씨음의(春秋左氏音義)』, 『춘추공양음의(春秋公羊音義)』, 『춘추곡량음의(春秋穀梁音義)』를 수록하였고, 그 뒤 권23에 『효경음의(孝經音義)』를 수록하였고, 또 그 다음 권24에 『논어음의(論語音義)』를 수록하였다.

그렇다면 「한지」 육예략과 「수지」 경부에서 논어류와 효경류의 선후 배치 순서가 달라진 배경은 무엇일까? 이는 '효(孝)' 이념이 중시되면서 『효경』의 가치와 그에 대한 인식이 『논어』보다 제고된 데에 있다.

중국 전통 사회에서 군주는 '효(孝)'로써 천하를 다스리는[以孝治天下] 치도(治道)를 강조하였는데, 이에 '효(孝)' 이념은 '충(忠)' 이념과 관련되어 통치 집단에 의해 의도적으로 강조되었다. 한무제(漢武帝) 말기에 여태자(戾太子)가 무고(巫蠱)의 화(禍)를 일으켜 어린 황제 소제(昭帝)가 즉위하는 과정에서 정권의 정통성이 위협 받는 정치적 상황에 처하게 되었다. 따라서 정권의 정통성을 공고히 하기 위해서 소제의 즉위에 당위성이 부여되어야만 했다. 또한 무고의 화 사건의 교훈을 통해, 한(漢) 황실 내에 황제의 명에 절대복종하는 윤리를 체계적으로 교육할 필요가 있었다. 이에 『효경』이 더욱 중시되었고, 『효경』은 유가의 경전으로서 무제(武帝) 이후 황제 지배체제를 계승하고 유지해야 했던 한(漢)제국의 통치 이념을 표상하는 '경(經)'으로 자리매김하게 되었다. 이에 황실 내에서는 육경(六經)을 비롯하여 『논어』와 『효경』을 체계적으로 교육하기 시작하였다. 또한 통치 집단은 효제(孝悌)를 장려하는 각

---

18 『經典釋文』 卷1 次第 『論語』 條: "此是門徒所記, 故次 『孝經』. 「藝文志」 及 『七錄』 以 『論語』 在 『孝經』 前, 今不同此次."

종 정책 및 제도를 추진하였으며 이 과정에서『효경』을 자주 인용하였다. 따라서 효치(孝治) 이론으로 황제 지배의 정당성을 절대적 · 영속적으로 제시하는『효경』은 점차 민간에 적극적으로 전파, 교육되었다.[19] 한편 위진육조(魏晋六朝) 시대에 이르러서 사회가 더욱 혼란해지자, 통치자들은 인륜(人倫)을 중시하는 통치 질서를 다시 세워 정권을 보호하고자 하였다.『효경』의 정치적 공능을 인식한 각 왕조는『효경』을 학관(學官)에 세웠고, 남북조(南北朝)의 많은 황제와 황태자는『효경』을 해설하고 주석하였으며, 특히 북위(北魏)의 효문제(孝文帝)는『효경』을 선비어(鮮卑語)로 번역하여 사람들에게 가르치게 하였다.[20] 당대(唐代)에『효경』은 오경(五經) 학관(學官)의 필수 공통 교과로 지정되는 한편『논어』와 함께 명경과(明經科)의 필수과목으로 부과되었으며, 고종(高宗) 의봉(儀鳳) 3년(678)『노자(老子)』와『효경』을 '상경(上經)'으로 숭상하여 모든 공거자(貢擧者)의 필수 겸습서(兼習書)로 지정하기도 하였다. 한대(漢代) 이후 당대(唐代)까지『효경』의 주해(注解)가 백가(百家)에 이르렀고, 당현종(唐玄宗)은 친히『효경』에 어주(御注)를 달기도 하였다.[21] 한대(漢代)와 당대(唐代)를 거치면서 이러한 정치, 사회, 문화, 학술적 배경하에서『효경』은 더욱 중시되었고,『효경』이 중시되는 현상은 중국 서적목록에도 반영되어 효경류가 논어류의 앞에 배치된 것이다.

「한지」 육예략과 「수지」 경부에서 논어류와 효경류의 선후 배치 순서가 달라진 것 이외에도 서적목록을 자세히 살펴보면 수록 서적의 변화를 발견할 수 있다. 우선 「한지」 육예략 논어류와 효경류에 수록된

---

19 김진우,「前漢 武帝末 이후의 황실교육과『孝經』」,『史叢』57집, 역사학연구회, 2003, 170쪽.
20 「수지」 경부 효경류에 '「국어효경(國語孝經)」 1권'이 수록되어 있는데, 이 책에 대해 효경류 후서(後序)에서 다음과 같이 설명한다. "又云魏氏遷洛, 未達華語, 孝文帝命侯伏侯可悉陵, 以夷言譯『孝經』之旨, 敎于國人, 謂之『國語孝經』. 今取以附此篇之末."
21 이성규,「漢代『孝經』의 普及과 그 理念」,『韓國思想史學』第10輯, 한국사상사학회, 1998, 219쪽.

서적을 살펴보면, 효경류는『효경』과 관련된 서적만을 모아놓은 것이 아니라 경전과 관련된, 특히 경전을 이해하는데 도움이 되는 해설서나 공구서까지도 포함하는 부류임을 알 수 있다. 즉,「한지」효경류에는『효경(孝經)』고공씨(古孔氏) 1편,『효경(孝經)』1편과『효경』을 해설한『장손씨설(長孫氏說)』2편,『강씨설(江氏說)』1편,『익씨설(翼氏說)』1편,『후씨설(后氏說)』1편,『잡전(雜傳)』4편,『안창후설(安昌侯說)』1편 이외에『오경잡의(五經雜議)』18편,『이아(爾雅)』3권 20편,『소이아(小爾雅)』1편,『고금자(古今字)』1권,『제자직(弟子職)』1편,『설(說)』3편이 수록되어 있다. 이와 달리「한지」논어류에는 대체로『논어』나 공자와 관련된 서적들이 수록되었다. 논어류에 수록된 서적들의 공통점은 쉽게 발견할 수 있지만, 효경류에 수록된 서적 사이에서는 공통점을 발견하기 어렵다. 이를 통해「한지」에서 효경류가『효경』관련 서적 이외에도 경전과 관련된 서적들을 포함하는 기타류의 역할을 담당했음을 알 수 있다. 경전을 이해하는데 도움이 되는 해설서나 공구서는 수량이 적어 별도로 분류하기 어려웠을 것이고, 이에 이러한 서적들을 기타류의 성격을 가진 효경류로 분류한 것이다.

다음으로「수지」경부 효경류와 논어류에 수록된 서적을 살펴보면,「한지」육예략과 달리 효경류에『효경』과 관련된 서적들만 수록되어 있는 반면, 논어류에는『논어』관련 서적 이외에도 다량의 소학서 및 경전 해설서와 공구서가 수록되어 있다.「수지」논어류에는『논어』관련 서적 26부가 가장 앞에 나열되어 있고, 그 뒤에 공자(孔子) 관련 서적『공총(孔叢)』7권,『공자가어(孔子家語)』21권,『공자정언(孔子正言)』20권 3부가 나열되어 있으며, 또 그 뒤에 이후의 목록서에서 소학류(小學類)로 분류되는『이아(爾雅)』,『광아(廣雅)』,『소이아(小爾雅)』,『방언(方言)』,『석명(釋名)』등의 서적들을 나열하였고 마지막으로『오경음(五經音)』부터『강도집례(江都集禮)』까지 경전을 해설하거나 경전을 이해하고 해설하는데 도움이 되는 서적 33부가 실려 있다.[22] 이름과 달리 「수지」 논어류에는 『논어』와 직접적인 관련이 없는 서적이 『논어』 관련 서적보다 많이 수록되어 있음을 확인할 수 있다. 특히 「한지」 육예략 효경류에 수록되었던 『오경잡의』, 『이아』, 『소이아』 등의 서명이 「수지」에서는 논어류에 보이는 것에 주목할 필요가 있다. 「수지」 논어류 후서(後序)는 『공총』, 『공자가어』, 『이아』 등의 서적을 논어류에 수록한 이유를 다음과 같이 설명한다.

> 『공총(孔叢)』, 『가어(家語)』는 모두 공씨(孔氏)가 공자의 뜻을 전하는 바이다. 『이아(爾雅)』 등 여러 서적은 고금(古今)의 뜻을 풀이하고 오경(五經)의 종합적인 뜻을 모았기에 이 편에 부록하였다.[23]

「한지」와 「수지」의 논어류와 효경류 사이에 나타나는 수록 서적의 변화 양상은 한대(漢代)와 당대(唐代)의 정치, 학술, 문화 상황과 밀접한 관련이 있다. 위에서 언급했듯이 『효경』은 한무제 시기부터 중시되기 시작하였으며, 당대(唐代)에는 더욱 그 가치가 높게 평가되었다. 이러한 영향하에 『효경』의 위상이 높아짐에 따라 「한지」에서 효경류가 담당한 기타류의 역할을 「수지」에서는 논어류가 담당하게 된 것이다.

---

22 「수지」 논어류에 수록된 소학서들이 『구당서(舊唐書)』 「경적지(經籍志)」와 『신당서(新唐書)』 「예문지(藝文志)」에서는 경부 소학류에 수록되었다. 또한 경전을 해설하거나 경전을 이해하는데 도움이 되는 서적은 대부분 『구당서』 「경적지」에서는 경부(經部) 칠경잡해류(七經雜解類)에, 『신당서』 「예문지」에서는 경해류(經解類)에 수록되었다.(예외적으로 『오경석의(五經析疑)』는 자부(子部) 법가류(法家類)에, 『강도집례(江都集禮)』가 『구당서』 「경적지」에서는 경부(經部) 예류(禮類)에 『신당서』 「예문지」에서는 사부(史部) 의주류(儀注類)에 수록되었다.)

23 "其『孔叢』, 『家語』, 並孔氏所傳仲尼之旨. 『爾雅』諸書, 解古今之意, 并五經總義, 附于此篇." 『隋書』, 939쪽.

2) 참위설(讖緯說)의 출현과 「수지」의 참위류(讖緯類) 서적 첨부

『후한서(後漢書)』「장형전(張衡傳)」에 "도참(圖讖)은 애제(哀帝)와 평제(平帝) 때에 성립되었다[圖讖成於哀平之際也]"라고 되어 있는데[24] 참위설(讖緯說)은 서한(西漢) 말기에 출현하기 시작하여 동한(東漢) 때에 매우 성행하였다.[25]

서한 말기 왕망(王莽)은 정치적, 사회적 혼란을 막고 정권의 정통성과 계승의 당위성을 확보하기 위해 재이설(災異說)을 활용했다. 이러한 과정에서 재이설을 획기적으로 변용시키기 위해 도참(圖讖)을 수용하였다. 당시 금문경학자(今文經學者)들은 자신들이 주장하는 학설(學說)의 공허함을 자각했으며 고문경학(古文經學)이 주공(周公)을 공자보다 중시하는 등 다른 주장을 펴자 그들의 도전에 대응하기 위해서 새로운 돌파구를 마련해야 했기 때문이다. 이와 같이 참위설은 원래 정치권력의 정통성을 보장하기 위해서 수용되었으나 이후에는 경문(經文)을 예언적으로 해석하고 공자를 신격화하는 지경에까지 이르렀다.[26] 이렇게 되자 금문경학의 공허한 관념성이 더욱 강화되었고 그 반작용으로 동한(東漢) 때에 고문경학이 급속하게 대두하였다. 참위설은 당시 침체되어 있던 경학에 새로운 발전 계기를 제공했을 뿐만 아니라 경서 해석 및 훈고학의 발전에도 일조를 했다.

중국의 목록서 중에서 참위류(讖緯類)가 최초로 출현한 것은 「수지」이다. 『칠록』술기록(術技錄)에 위참부(緯讖部) 32종이 수록되었다는 기

---

24 『後漢書』卷89「張衡傳」.
25 장형(張衡)은 참위설이 애평(哀平) 시기에 성립되었다고 단정한다. 그러나 참위사상이 조직된 것은 서한(西漢) 말기(末期)라는 것이 대체적인 정설이다. 이와 관련하여 金谷治, 조성을 譯, 『중국사상사』, 서울 : 이론과실천, 1990, 139쪽 참고.
26 일부 학자들은 공자가 참위(讖緯)에 관여하였다는 주장을 하기도 하는데, 이러한 주장은 이미 후한(後漢)의 순상(荀爽)과 순열(荀悅)에 의해 부정되었다.

록이 『광홍명집』에 남아있고, 『구당서』「경적지」에 도위류(圖緯類)[27]
가, 『신당서』「예문지」에 참위류(讖緯類)가 경부의 소항목으로 설정되
어 있지만 이후 중국 목록서에 더 이상 보이지 않는다. 『신당서』「예문
지」 이후의 목록서에서 참위서(讖緯書)만을 독립적으로 수록하는 소항
목을 설정하지 않았지만 참위서를 각 경전의 소항목 끝부분에 수록하
였다.

「수지」 참위류 서적목록에는 육경(六經)과 『효경』의 참위서가 나열
되어 있다. 『역(易)』의 위서로는 『하도(河圖)』 20권, 『하도용문(河圖龍
文)』 1권, 『역위(易緯)』 8권이, 『서(書)』의 위서로는 『상서위(尙書緯)』 3
권, 『상서중후(尙書中候)』 5권이, 『시(詩)』의 위서로는 『시위(詩緯)』 18
권이, 『예(禮)』의 위서로는 『예위(禮緯)』 3권, 『예기묵방(禮記默房)』 2권
이, 『악(樂)』의 위서로는 『악위(樂緯)』 3권이, 『춘추(春秋)』의 위서로는
『춘추재이(春秋災異)』 15권이 수록되었다. 이외에도 『효경』의 위서인
『효경구명결(孝經勾命決)』 6권, 『효경원신계(孝經援神契)』 7권, 『효경내
사(孝經內事)』 1권이 수록되어 있는데, 육경(六經)의 위서와 『효경』의 위
서를 합쳐서 칠위(七緯)라고 일컫는다.

3) 소학류(小學類) 수록 서적을 통해 본 '소학(小學)'의 개념 변화

중국 전통 사회에서 '소학(小學)'의 의미는 오랜 세월에 걸쳐 변천되
어 왔다. 일찍이 주대(周代)에 '소학'은 중국 언어문자를 연구하는 학문

---

27 『구당서』「경적지」 총서(總序)에는 도위류로 되어 있지만, 실제 서적목록에는 경위
류(經緯類)라는 소항목으로 칠경잡해류(七經雜解類) 서적과 함께 수록되어 있다. 수
록된 서적은 『역위(易緯)』 9권, 『서위(書緯)』 3권, 『시위(詩緯)』 3권 又 10권, 『예위(禮
緯)』 3권, 『악위(樂緯)』 3권, 『춘추위(春秋緯)』 38권, 『논어위(論語緯)』 10권, 『효경위
(孝經緯)』 5권이다.

이 아니었고 '대학(大學)'과 상대적인 의미로 귀족자제를 위해 설치한 초급학교를 가리켰다.[28] 시간이 지나면서 '소학'이 가진 원래의 의미는 변화하여 점차 중국 언어문자학을 지칭하게 되었다. 이렇게 '소학'의 의미가 변천하는 과정은 중국 고대 목록서에 잘 반영되어 있다. 또한 각 목록서의 소학류(小學類) 서적목록을 분석해보면 후대로 갈수록 수록된 서적의 수가 증가하고 서적의 종류가 다양해지는 경향을 살펴볼 수 있다.

선진(先秦) 시기에는 공자(孔子)와 순자(荀子) 등에 의해 문자의 명(名)과 실(實)의 관계를 탐색하는 것이 중시되었다. 이후 한대(漢代)에는 육서(六書) 등 문자(文字)가 매우 중시되었는데, 「한지」 소학류 후서(後序)에 한대의 문자 중시 풍조가 다음과 같이 설명되어 있다.

옛날에는 8세가 되면 소학(小學)에 들어갔다. 그리하여 주관(周官)인 보씨(保氏)는 귀족자제들의 교육을 담당하여 육서(六書)를 가르쳤는데, 상형(象形) · 상사(象事) · 상의(象意) · 상성(象聲) · 전주(轉注) · 가차(假借)를 말하며 이는 글자를 만드는 근본이다. 한(漢)이 흥하자, 소하(蕭何)가 법률을 초안하여 그 법을 기록하였다. 태사(太史)가 학동(學童)들에게 시험을 실시하는데, 9천 자 이상을 외워서 쓸 수 있는 사람은 사(史)가 될 수 있다. 또한 여섯 가지 문자체로 시험하여 최고 점수로 합격한 사람은 상서(尙書) · 어사(御史) · 사서영사(史書令史)로 선발된다. 관리와 백성이 글을 올릴 때, 글자가 혹 바르지 않으면 적발하여 처벌한다.[29]

---

28 胡奇光, 李宰碩 譯, 『中國小學史』, 서울 : 東文選, 1997, 8쪽. 『설문해자주(說文解字注)』15권 上에 "『주례(周禮)』에는 8세에 小學에 들어갔다[周禮八歲入小學]"라고 되어 있는데, 이를 통해 주대(周代)에 소학(小學)은 중국의 언어문자학과 다른 의미로 사용됐음을 알 수 있다.

29 「漢志」小學類 後序 : "古者八歲入小學, 故周官保氏掌養國子, 教之六書, 謂象形, 象事, 象意, 象聲, 轉注, 假借, 造字之本也. 漢興, 蕭何草律, 亦著其法, 曰 : 太史試學童, 能諷書九千字以上, 乃得爲史. 又以六體試之, 課最者以爲尙書御史史書令史. 吏民上書, 字

위의 인용문을 통해 한대의 문자 중시 풍조와 글자를 이용해 관리를 선발했던 사실을 알 수 있다. 이러한 학술 배경하에서 한대에는 주진 (周秦) 시대 이래의 자서(字書) 및 육서(六書)의 학문을 '소학'이라고 불렀다. 한대에는 『사주(史籒)』와 『창힐(倉頡)』의 전통을 계승하여 한무제 때 사마상여(司馬相如)가 지은 『범장(凡將)』, 원제(元帝) 때 사유(史游)가 쓴 『급취(急就)』, 평제(平帝) 때 양웅(揚雄)이 쓴 『훈찬(訓纂)』 등 수많은 식자교본(識字敎本)이 편찬되었다. 또한 한무제가 '독존유술(獨尊儒術)' 을 제창하는 등 유학(儒學)을 중시하자 경학 문헌 언어를 고석(詁釋)하는 것이 필요하기 시작하였다. 잇달아 자서(字書)들이 출현하였고, 고문경(古文經)이 발견되자 사람들은 더욱 훈고(訓詁)를 연구하고 고자(古字)를 탐구하였다. 이를 반영하여 「한지」 소학류는 『사주(史籒)』 15편, 『창힐(蒼頡)』 1편, 『범장(凡將)』 1편, 『급취(急就)』 1편, 『원상(元尚)』 1편, 『훈찬(訓纂)』 1편, 『별자(別字)』 13편 등의 자서(字書)와 육서(六書) 관련 서적 및 식자교본 등을 주로 수록하였다.

　이후 수(隋)·당(唐)·오대(五代)에 이르러 '소학'의 범위는 더욱 확대되었다. 당대(唐代)에는 여전히 유교(儒敎)가 국교였지만 도교(道敎)와 불교(佛敎) 등 다양한 종교가 성행하였다. 이의 영향으로 문자학(文字學)과 훈고학(訓詁學)에서 새로운 발전이 나타났을 뿐만 아니라 음운학(音韻學)이라는 새로운 학문이 대두되었다. 우선 '소학'은 불학(佛學)의 영향을 받아 각 방면에 걸쳐 새로운 모습이 나타났다. 불경(佛經)이 전해진 동시에 산스크리트어 병음학 원리가 전해져 중국 음운학 발달에 큰 영향을 주었다. 따라서 「수지」 소학류에는 다수의 음운 관련 서적이 수록되었다.[30]

　　或不正, 輒擧劾." 『漢書』, 1721쪽.
30　「수지」 소학류에 수록된 음운 관련 서적은 다음과 같다. 『雜字音』一卷, 『借音字』一卷, 『音書考源』一卷, 『聲韻』四十一卷, 『聲類』十卷, 『韻集』十卷, 『韻集』六卷, 『四聲

또한 당대(唐代)에는 통치자들이 직접 경전을 강론하는 일이 많아졌으나 이전의 훈고가 오래되어 이해하기 어려웠을 뿐만 아니라 틀린 부분이 있어 이전의 주석을 편집하는 작업이 필요하게 되었다. 이에 새로운 주석 형식인 집주(集注)·집해(集解)·음의(音義)·의소(義疏) 등이 등장하게 되었다.

이외에도 당대(唐代)에는 속어(俗語)와 방언(方言) 및 외국 언어에 대한 관심이 증가하여 「수지」 소학류에는 이와 관련된 서적이 많이 수록되었다.[31] 「수지」 소학류 후서(後序)에서 이와 같은 서적들에 대해 다음과 같이 설명하고 있다.

후한(後漢) 때 불법(佛法)이 중국에 행해진 이후로 서역의 글을 얻게 되었다. 14자(字)로 일체의 음을 관통하며 문자는 간략하면서도 의미는 넓어 그것을 『바라문서(婆羅門書)』라고 하였는데, 팔체(八體) 여섯 가지 조자 방법[六文]의 의미와는 매우 달랐다. 이제 그것을 '체세(體勢)' 아래에 부록한다. 후위(後魏)가 중원(中原)을 평정한 이래로 군대에서 사용하는 구령은 모두 오랑캐의 말[夷語]이었으나, 뒤에는 중화의 습속에 물들어 통할 수 없게 된 것이 많았다. 그 때문에 본래의 성음을 기록하여 서로 전수하고 익히게 하였는데, 이를 『국어(國語)』라고 하였다. 이제 '음운(音韻)'의 끝에 부록한다.[32]

韻林』二十八卷,『韻集』八卷,『群玉典韻』五卷,『韻略』一卷,『修續音韻決疑』十四卷,『纂韻鈔』十卷,『四聲指歸』一卷,『四聲』一卷,『四聲韻略』十三卷,『音譜』四卷,『韻英』三卷,『文字音』七卷,『字書音同異』一卷,『敍同音義』三卷.

31 「수지」 소학류에 수록된 속어, 방언 및 외국 언어 관련 서적은 다음과 같다.
　① 속어 관련 서적 : 『通俗文』一卷,『訓俗文字略』一卷,『證俗音字略』六卷.
　② 방언 관련 서적 : 『翻眞語』一卷,『眞言鑒誡』一卷,『河洛語音』一卷,『國語』十五卷,『國語』十卷,『鮮卑語』五卷,『國語物名』四卷,『國語眞歌』十卷,『國語雜物名』三卷,『國語十八傳』一卷,『國語御歌』十一卷,『鮮卑語』十卷,『國語號令』四卷,『國語雜文』十五卷,『鮮卑號令』一卷,『雜號令』一卷.
　③ 외국 언어 관련 서적 : 『婆羅門書』一卷,『外國書』四卷.

속어와 방언 및 외국 언어에 대한 관심이 증가한 현상은 위진남북조(魏晉南北朝) 시대에 장기간 국가가 분열되어 백성들이 다른 지역으로 이주하게 되면서, 의사소통을 위해 해당 지역의 속어와 방언에 대한 학습이 요구된 것과 관련이 있다.[33] 또한 불교가 유입되고 외국과의 교류가 활발해져 외국 언어에 관한 서적이 많이 편찬된 것과도 관련된다.

「수지」소학류 서적목록 끝부분에는 각석문(刻石文)들이 수록되어 있다.[34] 이 서적들은 당(唐) 정관(貞觀) 초기에 위징(魏徵)이 돌에 새겨놓은 이전의 경문(經文)을 찾아 편집한 것이다. 「수지」소학류 후서는 각석문을 수록하게 된 배경에 대해 다음과 같이 설명하고 있다.

> 후한(後漢) 때에 칠경(七經)을 새겨 비석에 기록하였는데, 모두 채옹(蔡邕)이 썼다. 위(魏) 정시(正始) 연간에 또 삼자석경(三字石經)을 세웠고, 이어서 칠경정자(七經正字)를 만들었다. (…중략…) 수(隋)나라 때에 혼란하게 되자, 일은 마침내 점점 폐하여졌고, 영조(營造)를 담당하는 관리는 (그것들을) 기둥과 주춧돌로 사용하였다. 정관(貞觀) 초에 비서감신(祕書監臣)인 위징(魏徵)이 비로소 그것들을 수집했으나 열 중 하나도 남아있지 않았다. 탁본을 서로 전수해 비부(祕府)에 보관하였다. 또한 진제각석(秦帝刻石)도 이 편에 부록하여 소학(小學)을 갖춘다.[35]

---

32 "自後漢佛法行於中國, 又得西域胡書, 能以十四字貫一切音, 文省而義廣, 謂之『婆羅門書』. 與八體六文之義殊別. 今取以附體勢之下. 又後魏初定中原, 軍體號令, 皆以夷語. 後染華俗, 多不能通, 故錄其本言, 相傳敎習, 謂之『國語』. 今取以附音韻之末."『隋書』, 947쪽.

33 周大璞, 정명수·장동우 역,『훈고학의 이해』, 서울 : 동과서, 1997, 474쪽.

34 「수지」소학류에 수록된 각석문(刻石文) 관련 서적은 다음과 같다.『秦皇東巡會稽刻石文』一卷,『一字石經周易』一卷,『一字石經尙書』六卷,『一字石經魯詩』六卷,『一字石經儀禮』九卷,『一字石經春秋』一卷,『一字石經公羊傳』九卷,『一字石經論語』一卷,『一字石經典論』一卷,『三字石經尙書』九卷,『三字石經尙書』五卷,『三字石經春秋』三卷.

35 "後漢鐫刻七經, 着於石碑, 皆蔡邕所書. 魏正始中, 又立三字石經, 相承以爲七經正字. (…중략…) 尋屬隋亂, 事逐寢廢, 營造之司, 因用爲柱礎. 貞觀初, 祕書監臣魏徵, 始收聚之, 十不存一. 其相承傳拓之本, 猶在祕府, 幷秦帝刻石, 附於此篇, 以備小學."『隋書』, 947쪽.

문화적, 학술적 배경의 영향을 받아 당대(唐代)에 '소학'의 내용 범위가 점차 확대되었지만 「수지」가 편찬된 당대까지도 '소학'은 오늘날의 문자학 범주인 문자(文字)·음운(音韻)·훈고(訓詁)를 모두 포함하지는 않았다. 이는 『이아(爾雅)』가 「한지」에서는 효경류에, 「수지」에서는 논어류에 배치된 사실로부터 유추해 볼 수 있다.

중국 목록서 중에서 『이아』를 처음으로 소학류에 포함시킨 목록서는 『구당서(舊唐書)』 「경적지(經籍志)」이다. 『구당서』 「경적지」는 이전의 목록서와 달리 경부(經部) 열한 번째 소항목으로 고훈류(詁訓類)를 독립적으로 배치하였다. 이 분류에 의하면 오늘날 '소학'에 포함되는 문자·음운·훈고 세 개의 영역 중 훈고가 따로 독립되어 있고, 문자와 음운이 소학류로 분류되어 있어 이 당시 훈고는 '소학'에 포함되지 않은 독립된 개념이었음을 알 수 있다.[36] 그러나 『구당서』 「경적지」의 총서(總序)에서 열한 번째로 분류된 고훈류가 실제 서적목록에서는 분류가 명확하지 않아 혼동을 초래한다.[37] 당시 훈고의 개념이 완전히 확립되지는 않았지만 훈고가 '소학'과는 다른 개념을 함의하고 있었기 때문에 『구당서』 「경적지」에서 고훈류를 독립적으로 분류했을 것이다.

명확하게 '소학'으로 문자·음운·훈고의 학문을 지칭한 것은 송대(宋代)로부터 시작된다. 송대에 편찬된 『신당서(新唐書)』 「예문지(藝文志)」에서는 『구당서』 「경적지」에 보이는 고훈류가 없어지고, 문자·음운·훈고와 관련된 모든 서적을 소학류에 포함시켰다. 서체 및 서론에

---

36 손민정, 「目錄을 통해 본 『爾雅』의 多重性 연구─十三經과 小學書의 사이에서」, 『中國語文學』 제36집, 大邱 : 嶺南中國語文學會, 2000, 10쪽.

37 『구당서』 「경적지」의 실제 서적목록을 살펴보면 총서(總序)에서 언급한 아홉 번째 항목인 도위류(圖緯類)와 열 번째 항목인 경해류(經解類)에 대해 "右三十六部, 經緯九家, 七經雜解二十七家, 凡四百七十四卷"이라고 하였고, 열두 번째 항목인 소학류(小學類)에 대해 "右小學一百五部, 爾雅·廣雅十八家, 偏傍音韻雜字八十六家, 凡七百九十七卷"이라고 되어 있다. 고훈류(詁訓類) 서적은 실제 서적목록에 수록하지 않았다.

대한 책들이 계속 수록되었을 뿐만 아니라 금석문 관련 서적과 동몽교육서 등도 수록되었다. 이후『수초당서목(遂初堂書目)』은 소학류를 문자(文字)와 성운(聲韻)으로 세분하였고,『사고전서총목(四庫全書總目)』은 훈고(訓詁), 자서(字書), 운서(韻書) 세 부분으로 나누어 서적을 자세히 분류하였다.[38]

5. 나오며

지금까지 이 글은「한지」와「수지」전체 분류체계를 비교하고「한지」육예략과「수지」경부를 중심으로 한대(漢代)와 당대(唐代) '경(經)' 분류의 변화 양상을 살펴보고 이러한 양상이 나타나는데 영향을 미친 당시의 정치, 사회, 문화, 학술 등 제 방면의 동향을 고찰하였다.

비록 역사서에 수록된 서적목록인「한지」와「수지」를 통해 당시의 정치, 사회, 문화, 학술 제 방면을 개괄해내는 것은 한계가 있다. 그렇지만「한지」와「수지」에서 서적을 어떻게 분류하고 또 각 유목(類目)에 어떤 서적이 포함되어 있는지 살펴봄으로써 당시 학문 인식과 정치, 사회, 문화 상황이나 경향을 간접적으로 고찰할 수 있었다. 특히「한지」와「수지」가 서로 다른 대항목에 역사서를 수록하고 있는 것을 통해 '경(經)'과 '사(史)'라는 학문에 대한 인식 변화를 살펴볼 수 있었고, 자부(子部) 하위항목의 변화를 통해 당시 제자학문과 실용학문에 대한

---

38 『사고전서총목』소학류 후서(後序)는 소학류를 훈고, 자서, 운서 세 부분으로 구분한 기준을 다음과 같이 제시하고 있다. "惟以『爾雅』以下編爲訓詁,『說文』以下編爲字書,『廣韻』以下編爲韻書, 庶體例謹嚴, 不失古義. 其有兼擧兩家者, 則各以所重爲主."

인식의 변화가 발생했음을 확인할 수 있었다. 이외에도 서적목록에 불교와 도교 관련 항목이 설정되는 등 불교와 도교가 전래된 현상도 반영되었음을 알 수 있었다. 또한 「한지」 육예략과 「수지」 경부를 중심으로 한대(漢代)와 당대(唐代)의 '경(經)' 분류를 구체적으로 분석하였는데, 논어류·효경류·참위류·소학류 등에 수록된 서적이 두드러진 차이를 보였다.

이 글이 경학(經學)의 시각으로 중국 서적목록을 연구한 점, 한대(漢代)와 당대(唐代)의 학술사의 흐름을 「한지」와 「수지」의 분류체제와 서적목록을 직접 비교분석함으로써 증명하려고 시도한 점 등은 의미를 가진다. 그러나 서명과 서적의 저자를 중심으로 「한지」 육예략과 「수지」 경부 서적목록을 비교분석했기 때문에 예외와 한계를 많이 허용했다고 할 수 있다. 서적목록에 수록된 서적의 서명과 저자뿐만 아니라 편·권수, 편찬 시기 및 내용을 좀 더 자세하게 분석한다면 보다 정확하고 구체적인 논의를 진행할 수 있을 것이다. 위에서 제기한 추후의 과제를 해결하고 연구의 범위를 이후 출현한 여러 서적목록으로 확대한다면 중국 서적목록 연구를 통해 더욱 완벽한 중국 학술사 지도를 그려낼 수 있을 것이다.

참고문헌

강순애, 「中國의 史志書目에 대하여－六史藝文·經籍志의 分類 및 編目體裁
　　　比較를 중심으로」, 『한국문헌정보학회지』 24, 1993.

김진우, 「前漢 武帝末 이후의 황실교육과 『孝經』」, 『史叢』 57, 역사학연구회, 2003.

손민정, 「目錄을 통해 본 『爾雅』의 多重性 연구－十三經과 小學書의 사이에
　　　서」, 『中國語文學』 36, 嶺南中國語文學會, 2000.

안정훈, 「中國文學과 目錄學에서의 類書의 자리」, 『中國文學』 40, 2003.

＿＿＿, 「고대 중국의 목록서 수록 양상의 변화 고찰－『漢書』 「藝文志」 「諸子
　　　略」과 『隋書』 「經籍志」 子部를 중심으로」, 『中國文學』 68, 2012.

염정삼, 「小學의 형성과 변천－경전 텍스트와 언어문자의 관계」, 『中國文學』
　　　63, 2010.

이성규, 「漢代 『孝經』의 普及과 그 理念」, 『韓國思想史學』 10, 한국사상사학회, 1998.

김정현, 「漢書·藝文志와 隋書·經籍志의 '經' 分類에 대한 비교연구」, 서울대
　　　중어중문학과 석사논문, 2006.

金谷治, 조성을 역, 『중국사상사』, 서울 : 이론과실천, 1990.

道　宜, 이한정 역, 『廣弘明集』 1, 서울 : 동국대 부설 동국역경원, 2001.

周大璞, 정명수·장동우 역, 『훈고학의 이해』, 서울 : 동과서, 1997.

胡奇光, 李宰碩 역, 『中國小學史』, 서울 : 東文選, 1997.

(漢) 班固 編選, 顧實 講疏, 『漢書藝文志講疏』, 上海 : 上海古籍出版社, 1987.

(漢) 班固, 『漢書』, 北京 : 中華書局, 1997.

(唐) 陸德明, 『經典釋文』, 上海 : 上海古籍出版社, 1985.

(唐) 魏徵 等, 『隋書』, 北京 : 中華書局, 1997.

(後晉) 劉昫 等, 『舊唐書』, 北京 : 中華書局, 1997.

(宋) 歐陽修宋祁, 『新唐書』, 北京 : 中華書局, 1997.

(宋) 范曄, 『後漢書』, 北京 : 中華書局, 1997.

(淸) 紀昀 等, 『欽定四庫全書總目』, 北京 : 中華書局, 1997.

高路明, 『古籍目錄與中國古代學術研究』, 南京 : 江蘇古籍出版社, 2000.

姚名達 撰, 嚴佐之 導讀, 『中國目錄學史』, 上海 : 上海古籍出版社, 2002.

李致忠 釋評, 『三目類書釋評』, 北京 : 北京圖書館出版社, 2002.

興膳宏·川合康三, 『隋書經籍志詳攷』, 東京 : 汲古書院, 1995.

『수서隋書』「경적지經籍志」는 어떻게 만들어졌는가*

김광일

1. 서기 622년 도서 수몰사건

서기 622년 낙양(洛陽)을 떠나 황하를 거슬러 오르며 장안(長安)으로 향하던 배가 난파되었다. 사고는 황하의 '지주(砥柱)'를 지날 때 발생했는데, 이 지주에 대해서 역도원(酈道元)은 다음과 같이 설명하고 있다.

> 지주(砥柱)는 산 이름이다. 옛날 우공(禹公)이 홍수를 다스릴 때 산릉이 물길을 막고 있어 파내어 버렸다. 말하자면 산을 부수어 물길을 뚫은 것이다. 이 때문에 황하의 물길이 산을 감싸며 두 갈래로 나뉘어 흐르게 되었는데, 이

---

* 이 글은 『중국문학』 제56집에 게재되었던 논문을 수정 · 보완한 것이다.

산이 꼭 물 가운데 솟은 기둥처럼 보였기 때문에 지주(砥柱)라고 부른다.[1]

한(漢)이나 당(唐)과 같이 도읍을 장안(長安)에 정한 왕조는 화북(華北) 평야와 관중(關中)을 연결하는 황하의 조운(漕運)이 국가 운영에 상당히 중요했기 때문에, 이 지주 부근의 지리적 조건은 큰 골칫거리였다. 황하의 물길이 세 갈래로 나뉘어 흐르는 삼문협(三門峽)의 협곡을 지나자마자 바로 강 가운데 지주가 버티고 있어 물길이 거칠기로 악명 높았기 때문이다. 이것이 이른바 '지주지험(砥柱之險)'이다. 즉, 장안을 도읍으로 정한 왕조들은 평야지대에서 조세를 걷어 육로와 수로를 통해 수도로 운반해야 했는데, 이 지주 부근의 험한 물살로 인해 선박이 난파되어 생기는 손실량이 엄청났고 이에 따라 운반비용도 크게 증가할 수밖에 없었다. 『통전(通典)』과 『신당서(新唐書)』 조운(漕運) 조(條)에는 '지주지험'이라는 난제를 극복하여 효율적인 황하의 수운 시스템을 구축하려는 역대 왕조들의 시도와 노력이 잘 묘사되어 있다.[2] 이런 상황을 고려한다면, 622년의 난파사고 역시 황하의 수운사(水運史)에서는 그리 대서특필할만한 것이 못 된다.

하지만 이 사고는 문헌사(文獻史)나 도서관사(圖書館史)에서는 매우 큰 사건이었다. 난파된 배에 실려 있는 화물의 성격이 일반 품목과는 달랐기 때문이다. 화물은 바로 수나라의 왕실 소장 도서와 전적이었다. 『수서(隋書)』 「경적지(經籍志)」(이하 「수지(隋志)」)에서 설명하는 사고 경위는 이렇다.

---

1 酈道元, 『水經注』 卷4, 「河水」: "砥柱, 山名也. 昔禹治洪水, 山陵當水者鑿之, 故破山以通河. 河水分流, 包山而過, 山見水中若柱然, 故曰砥柱也."

2 『新唐書』 卷53 「食貨三」; 『通典』 卷10 「食貨十」; 박한제, 「황하는 그래도 굽이굽이 동쪽으로 흘러가야 한다」, 『강남의 낭만과 비극』(서울: 사계절출판사, 2003) 참조. 최근 三門峽과 砥柱를 답사한 박한제의 기행문에 따르면, 기존의 三門峽을 기반으로 三門峽 댐이 건설되어 예전의 자취를 전혀 찾아볼 수 없다고 한다.

(621) 정(鄭)나라를 물리치고, 당(唐) 무덕(武德) 5년(622)에 (낙양(洛陽)의) 전적과 서화를 최대한 모아 사농소경(司農少卿)인 송준귀(宋遵貴)에게 배로 운반하라 명했다. 황하를 서쪽으로 거슬러 올라가 수도 장안에 거의 다다랐을 때, 저주(底柱, 즉 지주)를 지나다가 싣고 가던 도서 대부분이 수몰되어 떠내려가서 남은 것은 열에 하나 둘도 되지 않았다.[3]

이와 유사한 기록이 『당육전(唐六典)』, 『구당서(舊唐書)』 「경적지(經籍志)」, 『신당서(新唐書)』 「예문지(藝文志)」 등에서 보이는데, 『신당서』 「예문지」에 "배가 뒤집어졌다(覆舟)"는 기술이 나오고 있을 뿐, 어떻게 배가 난파되었는가 하는 구체적인 사고발생 과정에 대해서는 별다른 기록을 찾아볼 수 없다. 아마 여타의 사고와 마찬가지로 지주 부근의 거센 물결에 배가 전복되거나 지주에 부딪혀 파손되어 침몰했을 것이다.

도서는 주로 죽간이나 목독, 비단, 종이 등 가연성 물질로 만들어지기 때문에, 서적의 재액은 정치적인 분서, 전란 중의 방화, 번개 등에 의한 자연발화와 같이 주로 불에 의한 것이었다. 화재로 인한 서적의 피해는, 그 매체가 되는 물질 자체가 연소되어 복원이 불가능하게 되고 결국 전적의 망일로 이어질 위험성이 크다. 중국 역대로 도서가 망일되는 경우는 전란 중의 화재가 가장 많았다.[4]

그에 비해 물에 의한 서적의 피해는 화재의 경우처럼 심각하지는 않았다. 대체로 장서각의 누수로 인해 서적이 물에 젖거나 습기 때문에 곰팡이가 피고 썩는 정도였는데, 이때는 대개 도서의 망일과 같은 심각한 상황으로 이어지지 않는다. 역대로 장서각에서 정기적으로 폭서(曝

---

3   『隋書』卷32「經籍志」: "大唐武德五年, 克平僞鄭, 盡收其圖書及古跡焉. 命司農少卿宋遵貴載之以船, 泝河西上, 將致京師. 行經底柱, 多被漂沒, 其所存者, 十不一二."

4   牛弘, 「請開獻書之道表」, 『隋書』卷49「牛弘傳」; 『隋志』總序; 程千帆, 徐有富, 『校讎廣義－典藏編』, 濟南: 齊魯書社, 1998; 陳登原, 『古今典籍聚散考』, 上海: 上海書店, 1983, 民國叢書 본 참조.

書)를 시행하는 등 습기에 의한 피해를 방지하기 위해 상당히 주의를 기울였기 때문이다. 물에 의해 비교적 큰 피해를 입는 것으로 대형 홍수가 발생해 장서각 자체가 물에 떠내려가는 경우가 있다. 이때는 문헌의 망일로 이어지기도 하는데, 중국 역사에서 그러한 사태는 그리 많지 않았다.[5] 그 밖에, 개인적인 부주의로 한 두 종의 서적이 물에 의해 망일되는 경우도 있었지만,[6] 그 피해 규모가 결코 크다고 볼 수는 없었다.

물에 의해 도서가 망일되는 상황은 주로 수로를 통해 도서를 운반할 때 발생한다. 특히 남북조시대 이후 강남 개발과 대운하 개통으로 수운이 발달하게 되면서, 배로 대량의 문헌을 운반할 때 전적이 망일될 가능성이 있다. 그 첫 번째 실례가 수(隋) 양제(煬帝) 시기에 있었다. 장회관(張懷瓘)의 기록에 따르면, 수양제가 대운하를 타고 강남에 행운(幸運)할 때 많은 수량의 황실 내부의 도서를 함께 가져갔는데 배가 침몰하면서 반 이상이 젖거나 물에 떠내려갔다고 한다.[7]

622년의 난파 사고는 한 국가의 최고급 도서관의 장서가 수몰되어 그 대부분 망일되었던 역대 최대 규모의 도서 수재(水災)이었다. 무덕(武德) 4년에 멸망한 정(鄭)나라는 수말(隋末) 혼란기에 왕세충(王世充)이 낙양에 세운 정부로서, 수나라 황실 소장 서적과 문서를 장악하고 있었다. 과장된 어조가 섞여 있긴 하지만『송사(宋史)』「예문지(藝文志)」는 당시 수(隋)의 황실 장서가 역대 최고였다고 말하고 있다.[8] 수나라에서 도서를 어떻게 얼마나 수집했는지에 대해서는 아래 부분에서 자세히 살펴보겠지만, 일단 수십만 권은 족히 넘는 수량이었다고 한다.

---

5   程千帆, 徐有富, 앞의 책; 陳登原, 앞의 책 참조.
6   程千帆, 徐有富, 앞의 책; 陳登原, 앞의 책 참조.
7   張懷瓘,「二王等書錄」, 張彦遠,『法書要錄』, 瀋陽 : 遼寧教育出版社, 1998, 新世紀萬有文庫본 참조.
8 『宋史』「藝文志」: "歷代之書籍, 莫厄於秦, 莫富於隋, 唐. 隋嘉則殿書三十七万卷, 而唐之藏書, 開元最盛, 爲卷八万有奇."

이 많은 전적들이 수(隋) 양제(煬帝) 말 혼란의 와중에 많이 소실되기는 했지만,[9] 기본적인 수량은 무덕(武德) 초기까지 낙양에 비교적 양호하게 보존되고 있었다. 수나라 황실이 소장하고 있던 대량의 최고급 전적들을 낙양(洛陽)에서 장안(長安)으로 운반하던 중에 발생한 사건이 622년의 난파사고였던 것이다. 만약 이 사고가 없었다면 그 이후 중국의 문헌사는 상당히 다른 모습이 되었을지도 모른다. 적어도 남북조 시기의 학술과 문화에 대한 더욱 풍부하고 상세한 정보를 얻을 수 있었을 것이다.

2.『수서(隋書)』「경적지(經籍志)」와 관련된 몇 가지 문제

이러한 역대 최대 규모의 도서 수몰 사고에서 그나마 다행인 점은 운반하던 서적의 목록을 불완정하게나마 확보할 수 있었다는 점이다. 이렇게 확보한 서목이 바로 「수지(隋志)」를 작성하는 데 꽤 중요한 참고 자료가 되었기 때문이다.

그 목록[其目錄] 역시 물에 젖어 없어진 부분이 있었다. 지금 현존[見存]하는 것을 살펴서, 사부(四部)로 나누고 조리에 맞게 배치해보니 모두 14,466부, 89,666권이었다. 그 옛 목록[其舊錄]에 기록된 것 중에 표현과 내용이 천하고 속되어 교화에 도움이 되지 않는 것들은 삭제했고, 그 옛 목록에서 기록하지는 않았지만 글도 좋고 내용도 좋아 널리 도움이 되는 것

9　張懷瓘, 앞의 글 참조.

들은 보충해 넣었다. 멀리는 사마천(司馬遷)의 『사기(史記)』와 반고(班固) 의 『한서(漢書)』, 가깝게는 왕검(王儉)의 『칠지(七志)』와 완효서(阮孝緖)의 『칠록(七錄)』을 참조하여 그 방식과 체제를 끌어왔다. 부박하고 비속한 부분은 삭제하였으며, 서로 관련이 적은 부분은 나누고 밀접하게 연관된 부분은 통합했다. 또한 글을 축약하여 내용을 간단하게 풀어내었으니 모두 55편으로, 각 조목 뒷부분에 덧붙여 「경적지(經籍志)」를 갖추었다.[10]

위에 인용한 것은 「수지」의 총서(總序)에서 「수지」의 편찬과정을 설명하는 부분이다. 문면에 나타난 것을 살펴보면 수대의 전적을 모아서 역대의 서목의 체계를 참조하여 새롭게 분류하고, 각 분류항목에 대한 간단한 설명을 덧붙여 「수지」를 작성했다는 것이다.

현재 「수지」의 체제를 살펴보면 총서(總序), 사부(四部 : 經部, 史部, 子部, 集部), 도경부(道經部), 불경부(佛經部)로 구성되어 있다. 사부의 경우 각각 경부(經部) 10류, 사부(史部) 13류, 자부(子部) 14류, 집부(集部) 3류로 세분화하였고, 각 항목에 해당하는 서적을 배치하여 서명과 권수를 명기했다. 또한 사부(四部)의 마지막에는 각각 후서(後序)가 있으며, 소류의 뒷부분에도 각각 소서(小序)가 있다. 도경부(道經部)와 불경부(佛經部)는 조금 특수한 형식인데, 소류로 나누고 그 소류에 해당하는 서적들의 전체적인 수량은 적어놓았지만 구체적인 서명은 저록하지 않았다. 대신 상당히 장문의 후서(後序)를 작성해 도교와 불교의 역사를 서술하고 있다.

---

10 『隋書』卷32 「經籍志」: "其目錄亦爲所漸濡, 時有殘缺. 今考見存, 分爲四部, 合條爲一萬四千四百六十六部, 有八萬九千六百六十六卷. 其舊錄所取, 文義淺俗, 無益敎理者, 並刪去之. 其舊錄所遺, 辭義可采, 有所弘益者, 咸附入之. 遠覽馬史, 班書, 近觀王, 阮志, 錄, 挹其風流體制, 削其浮雜鄙俚, 離其疏遠, 合其近密, 約文緖義, 凡五十五篇, 各列本條之下, 以備經籍志."

「수지」의 구조

	사부				도불경부		
	경부	사부	자부	집부	도경부	불경부	
총서 (1편)	10류, 소서 총10편	13류, 소서 총13편	14류, 소서 총14편	3류, 소서 총3편	4류, 도서를 저록하지 않음, 소서 없음	11류, 도서를 저록하지 않음, 소서 없음	총후서? (1편)
	후서	후서	후서	후서	후서	후서	

각각의 소서(小序)와 후서(後序)에서는 해당 항목의 학술적 연원과 관련 사항을 설명하고 있으며 비판적 평가를 담고 있는 경우도 있다. 이는 「수지」의 편찬자가 상당히 높은 수준의 학술사적 인식을 갖추고 있었기 때문에 가능했을 것이다. 실제로 「수지」의 작자는 『칠략(七略)』과 『한서(漢書)』 「예문지(藝文志)」 이후에 작성된 서목에서 서명만을 저록한 것에 대해 상당히 불만이었던 듯하다.[11] 또한, 소서와 후서에서는 친절하게도 해당 항목의 서적의 합계를 기록해두고 있다. 거기다 현존하는 서적의 수량뿐만 아니라 일실된 서적[亡書]의 수량의 합계까지 소주(小注)의 형식으로 기록하고 있다.

하지만 「수지」를 자세히 살펴보면 많은 문제점을 쉽게 발견할 수 있다.

첫째, 총서에서 언급한 서적의 수량과 본문에 저록한 서적의 실제 수량이 서로 크게 어긋난다는 점이다. 총서에서 언급하고 있는 수량뿐만 아니라 각각의 소서와 후서에서 언급하고 있는 수량도 실제 목록에 기록한 서적의 수량과 일치하는 경우가 거의 없다. 또한 각 소서의 합계를 단순히 더한 것도 후서의 합계와 차이가 난다. 가장 심한 경우가 자부(子部)로 후서에 기록한 수량(853부, 6,437권)은 각 소서에서 기록한

---

11 「隋志」 史部 簿錄類 小序: "古者史官旣司典籍, 蓋有目錄, 以爲綱紀, 體制堙滅, 不可復知. 孔子刪書, 別爲之序, 各陳作者所由. 韓, 毛二詩, 亦皆相類. 漢時劉向別錄, 劉歆七略, 剖析條流, 各有其部, 推尋事迹, 疑則古之制也. 自是之後, 不能辨其流別, 但記書名而已. 博覽之士, 疾其渾漫, 故王儉作七志, 阮孝緖作七錄, 並皆別行. 大體雖準向·歆, 而遠不逮矣."

수량의 합계(1,140부, 11,033권)와는 상당한 차이를 보이고 있다.[12]

둘째, 단일 서적에 대한 정보가 중복되거나 모순되는 경우가 적지 않다. 예를 들어, "『고승전(高僧傳)』6권(六卷), 우효경(虞孝敬) 찬(撰)"과 "『중승전(衆僧傳)』20권(二十卷), 배자야(裵子野) 찬(撰)"은 「사부(史部)·잡전(雜傳)」과 「자부(子部)·잡가(雜家)」에 모두 저록되어 있다. 또한, 「경부(經部)·예(禮)」에 저록된 "『대대례기(大戴禮記)』13권(十三卷)"의 小注에는 "양(梁)나라에는 후한(後漢) 한남태수(安南太守) 유희(劉熙)가 주석을 단『시법(諡法)』3권이 있었는데, 현재는 망일되었다"[13]는 기록이 보이는데, 「경부(經部)·논어(論語)」 부분의 본문에는 "『시법(諡法)』3권(三卷), 유희(劉熙) 찬(撰)"으로 저록하고 있다. 이러한 중복 저록이나 일서(逸書)에 대한 모순된 기록은 「수지」에서 어렵지 않게 발견할 수 있다.

셋째, 「수지」의 전체적인 구조에도 문제가 있다. 총서에서는 55편을 언급하고 있는데, 이는 실제 「수지」의 각 서의 편수와 일치하지 않는다. 현존하는 「수지」의 경우, 사부에 해당하는 소류 40가지 항목에 각각 소서가 있으며(총 40편), 각 부마다 후서가 있다(총 4편). 부록인 도경부, 불경부에는 사부(四部)의 후서에 해당하는 글이 각각 한 편씩 있다(총 2편). 마지막으로 도불을 함께 논하면서 4부의 서적, 망일된 서적, 도불 서적의 총합을 기록한 것이 있는데, 이를 총후서(혹은 도불후서)로 간주한다 하더라도, 「수지」의 서는 총서까지 합해 최대 48편이다. 이에 대해, 요진종(姚振宗)은 다음과 같이 추측한다. 즉, 「수지」는 원래 『칠록(七錄)』의 체제를 따라 도경부와 불경부의 소류에도 각각 소서(小序)를 덧붙이려 했다. 즉, 도경부 4류와 불경부 11류에 소서가 있어서, 경사자집(經史子集) 사부의 소서 40편과 도불부(道佛部)의 소서 15편이

12　興膳宏, 川合康三,『隋書經籍志詳考』, 東京：汲古書院, 1995 참조.

13　"梁有『諡法』三卷, 後漢安南太守劉熙注, 亡."

되는 것이다. 하지만 이미 경사자집 사부의 분량이 너무 방대하여, 부록격인 도불부에는 소서를 생략하고 요점만 적은 후서만을 덧붙여 전체적인 분량을 줄였다. 그런데, 총서에서는 미처 55라는 숫자를 고치지 못한 것이다.[14] 이러한 요진종의 의견은 가장 일반적으로 받아들여지고 있기는 하지만, 분량 때문에 도불부의 소서 15편을 싣지 않았다는 설명이 조금은 구차하다.[15]

「수지」가 현존하는 중국의 도서목록 중에서 『한서』「예문지」 다음으로 오래된 서목이라는 점에서, 또한 위진남북조 시기에 편찬된 전적을 포괄적으로 반영하는 거의 유일한 목록이라는 점에서, 이러한 문제점들은 쉽게 간과할 수 없다. 우선 「수지」에 저록된 서적의 실제 수량과 그 존망(存亡) 상황에 대해서는, 다소 번거로운 방법이긴 하지만, 저록된 개별 서적들을 기타 여러 다른 전적들과 비교하는 것이다. 즉, 시미즈 요시오[淸水凱夫]가 제안한 것과 같이, 「수지」와 거의 동시대에 편찬된 『양서(梁書)』, 『진서(陳書)』, 『북제서(北齊書)』, 『주서(周書)』, 『수서(隋書)』, 『남사(南史)』, 『북사(北書)』 등 사서(史書), 『경전석문(經典釋文)』, 『군서치요(群書治要)』, 『북당서초(北堂書鈔)』, 『예문유취(藝文類聚)』, 『초학기(初學記)』 등 종합적인 주석서나 여러 책들을 재편집하여 편찬한 서적, 『안씨가훈(顔氏家訓)』, 『세설신어(世說新語)』 유효표(劉孝標) 주(注), 『문선(文選)』 이선(李善) 주(注) 등 남북조시대의 전적을 풍부하게 인용하고 있는 저작들을 이용해 「수지」에 저록된 서적들을 일일이 대조하는 것

14 姚振宗, 『隋書經籍志考證』, 『二十五史補編』, 北京 : 中華書局, 1998, 重印본 참조.
15 만약 원래 기획과는 다르게 道佛部의 小序를 포기했다면, 그것은 「隋志」 편찬자들의 역량이나 다른 외부적인 요인과 관계가 있을 가능성이 더 커 보인다. 즉, 道經이나 佛經의 小序를 작성하려면 해당 전적에 대한 상당 수준의 전문지식이 필요했을 텐데, 「隋志」 편찬자 중에서 그러한 역량을 갖춘 인사를 찾지 못해, 결국 四部에서와 같이 소류의 내용을 정치하게 분석하기보다는 도교와 불교의 역사적 전개를 길게 서술한 후서를 작성하는 데에 그쳤는지도 모른다. 혹은 정치적인 문제와 같은 외부적 요인이 개입되었을 수도 있다.

이다.[16] 이런 방법을 이용하면, 시미즈 요시오가 『통속문(通俗文)』의 예시를 통해 보여주는 것처럼,[17] 「수지」에 저록된 서적의 작자, 권수 등을 비교적 정확히 고정(考定)할 수 있다.

하지만, 그러한 작업을 통해 「수지」가 반영하고자 했던 전적들의 실상을 복원한다고 해도, 「수지」 자체의 모순과 문제점이 모두 해결되어 완벽한 「수지」로 복원되는 것은 아니다. 다시 말해, 여타 전적과의 꼼꼼한 비교와 착실한 고증을 통해 남북조 시기 전적들을 더욱 정확하게 반영하는 또 다른 목록을 얻을 수 있을지는 몰라도, 그것을 「수지」의 원본이라고 할 수 없다는 뜻이다.[18]

사실 「수지」가 내포한 모순과 문제는 그 자체로 문화사적 의미를 함장하고 있다. 왜 「수지」가 수많은 결함을 지닌 모습이 되었는가 하는 문제를 추적하다 보면, 「수지」의 본래적 성격과 위상에 대한 기존의 설명을 재조정해야 할 필요성이 제기된다.

이 글에서는 「수지」가 흔히 생각하는 것처럼 사지목록으로서 찬수된 것 아니라, 본래는 정관(貞觀) 초기 황실 도서관의 장서목록이었을 가능성을 탐색한다. 이 문제는 비단 「수지」만의 문제가 아니기 때문에 더욱 중요하다. 「수지」가 관장서목(官藏目錄)이었다면 「수지」의 편찬 당시 황실 도서관의 장서의 구체적인 실상을 파악할 수 있을 뿐만 아니라, 더 나아가 정관 시기 대규모의 국가적인 편찬 사업의 문헌적 토대를 유추할 수 있기 때문이다. 정관 연간의 엄청난 편찬 사업은 이후

---

16 清水凱夫, 「『隋書 · 經籍志』的錯訛及其改訂復原法」, 四川大學中文系, 『新國學』第一卷, 成都 : 巴蜀書社, 1999, 79쪽.

17 清水凱夫, 위의 글, 85~91쪽.

18 이러한 언급이 그런 지난한 고증의 작업을 폄훼하고자 하는 것은 결코 아니며, 그러한 작업의 학문적 가치가 무엇보다 심대하다는 것을 잘 알고 있다. 또한 그것을 수행하기 위해서는 넓고 깊은 학술적 역량이 필수적이라는 점도 인정한다. 다만, 이 글에서는 「隋志」가 품고 있는 문제점들에 대해 다른 시각에서 검토하는 것이 또 다른 의미를 밝히는 데에 도움이 된다는 것을 언급하고 싶다.

중국 역사에서 상당히 큰 영향을 미쳤는데, 「수지」의 작성 과정을 따라가다 보면, 그러한 편찬 사업의 물질적 조건을 이해하는데 도움을 준다. 이때 「수지」 내부에 보이는 모순된 진술들이 역으로 당시의 역사적 진실을 밝힐 수 있는 힌트를 제공하는 것이다.

3. 『수서(隋書)』와 『오대사지(五代史志)』

원래 「수지(隋志)」는 『수서(隋書)』의 '경적지(經籍志)'가 아니라 『오대사지(五代史志)』 편찬 기획의 일부분이었다. 따라서 우선 『수서』와 『오대사지』의 편찬과정을 재구성해 볼 필요가 있다.

『수서』의 편찬은 당(唐) 무덕(武德) 4년(622)으로 거슬러 올라간다. 무덕 원년부터 기거사인(起居舍人)으로 당(唐) 고조(高祖)를 측근에서 보필하던 영호덕분(令狐德棻)은 무덕(武德) 5년에 비서승(秘書丞)이 된다. 영호덕분은 기거사인 시절부터 전대(前代)의 역사를 편찬해야 한다고 고조에게 건의했는데, 무덕 5년 12월에 결재를 받는다.[19] 수대(隋代)의 역사 편찬도 이 기획의 일부분이었는데,[20] 중서령(中書令) 봉덕이(封德彝)와 기거사인(起居舍人) 안사고(顔師古)가 실제 찬수 작업을 맡았다.[21] 하지만 작업은 지지부진해서 몇 년이 지나도록 완성되지 못했다. 아마도 무덕 초기 불안정한 정국의 영향 때문이었을 것이다.

---

19 『舊唐書』 권73; 『新唐書』 권102; 『唐會要』 권63 참조. 『唐會要』에는 令狐德棻이 武德 4년 11월에 건의를 했다는 기록이 나온다.

20 이때 편찬 기획에 들어있던 것은 梁, 陳, 北魏, 北齊, 北周, 隋의 六代였다.

21 「宋天聖二年隋書刊本原跋」, 『隋書』 中華書局 본 참조.

본격적으로 전대(前代)의 역사편찬 작업에 착수한 것은 정관(貞觀) 3년(629)이었다. 태종(太宗)은 중서성에 비서내성(秘書內省)을 설치하여 다시 양(梁), 진(陳), 북제(北齊), 북주(北周), 수(隋)의 오대사(五代史)의 편수를 명한다.[22] 이 오대사 편수 작업의 총감독은 비서감(秘書監) 위징(魏徵)과 상서좌복야(尙書左僕射) 방현령(房玄齡)이 공동으로 맡았다.[23] 『수서』의 경우 위징(魏徵)이 책임자가 되어 직접 사론을 썼으며,[24] 그 외에도 공영달(孔穎達)과 허경종(許敬宗)이 실제 찬수 작업에 참여했다.[25] 이 오대사 편수 작업에는 이들 외에도 영호덕분(令狐德棻), 잠문본(岑文本), 이백약(李百藥), 요사렴(姚思廉) 등 당대 최고의 두뇌 집단이 투입되어, 정관(貞觀) 10년(636) 1월에 완성된다.[26]

그렇지만 이때 완성된 오대사(五代史)는 기(紀)와 전(傳)뿐이었다.[27] 기와 전으로 인물 중심의 정치사는 파악할 수 있어도, 경제, 사회, 문화 등 각 영역의 변화와 발전은 담아내기 어려웠다. 이에 태종은 정관 15년(641)에 『오대사지(五代史志)』를 따로 편수할 것을 명한다. 이 작업에 참여한 기록이 있는 인물은 좌복야(左僕射) 우지녕(于志寧), 태사령(太史令) 이순풍(李淳風), 저작랑(著作郎) 위안인(韋安仁), 부쇄랑(符璽郎) 이연수(李延壽),[28] 저작좌랑(著作佐郎) 경파(敬播),[29] 간의대부(諫議大夫) 저수량(褚遂良)[30] 등이었다. 이 작업은 『오대기전(五代紀傳)』을 편수할 때보

---

22 『唐會要』 권63 참조. 이때는 논의를 거쳐 魏代의 경우 魏收의 『魏書』로 대신하기로 하고 五代史만 편수하기로 한다. 『舊唐書』 권73 令狐德棻傳 참조.

23 『舊唐書』 권73 令狐德棻傳; 「原跋」 참조.

24 『舊唐書』 권71 魏徵傳 참조.

25 『舊唐書』 권71 魏徵傳 참조.

26 『舊唐書』 권3 太宗紀下; 권73 令狐德棻傳; 『唐會要』 권63 참조.

27 그래서 『五代史志』와 구별하기 위해서 『五代紀傳』, 『五代史紀傳』으로 부르기도 한다. 물론 후대 唐宋 사이 약 50년의 역사를 기술하고 있는 『舊五代史』와 『新五代史』와도 다르다.

28 劉知幾, 「古今正史」, 浦起龍, 『史通通釋』(上海 : 上海古籍出版社, 1978); 「原跋」 참조.

29 『舊唐書』 권73 李延壽 條; 권189 「儒林傳」 敬播 條 참조.

다 더 오래 걸려, 태종이 죽고 고종(高宗)이 즉위한 다음에야 완성된다. 완성된 『오대사지(五代史志)』는 당(唐) 고종(高宗) 현경(顯慶) 원년(元年, 656) 5월에 태위(太尉) 장손무기(長孫無忌)가 대표로 진상한다.[31] 그래서 현재 『오대사지(五代史志)』의 제명(題名)은 보통 장손무기(長孫無忌)로 되어있긴 하지만, 진상할 때를 제외하고 실제 작업에 참여했다는 기록이 없어, 일반적으로 장손무기(長孫無忌)는 실제적인 작업은 하지 않았다고 본다.[32]

위에서 살펴본 바와 같이 『수서(隋書)』와 『오대사지(五代史志)』는 본래 별개의 책이었다. 이는 찬수와 진상할 때에 『오대사지』라는 명칭을 사용한 데서도 알 수 있다. 하지만 『오대사지』가 진상된 이후 약 50년이 지난 시기에는 『오대사지』가 『수서』에 이미 편입된 것으로 보인다. 이후 『구당서(舊唐書)』 「경적지(經籍志)」에서도 『수서』를 85권으로 저록하고, '위징 등 찬(魏徵等撰)'이라고 제명(題名)하고 있는 것을 보면[33] 개원(開元) 중기에는 『오대사지』가 완전히 『수서』에 편입되었다는 것을 알 수 있다. 유지기(劉知幾)에 따르면 『오대사지』가 "비록 『수서』에 편입되었지만, 실제로는 별도의 책으로 통행되어, 흔히 사람들이 '『오대사지』'라고 부른다"[34]는 것이다. 즉 개원(開元) 초에 이미 공식적으로는 『오대사지』가 『수서』에 편입되었지만, 여전히 독립적인 『오대사지』로 유통되었다는 것을 알 수 있다.

그 두 책은 찬수 시기와 찬수자에 있어서 명백한 차이를 보이기 때문에, 여전히 그 봉합의 흔적을 남기고 있다. 북송(北宋) 천성(天聖) 2년

---

30 『北史』 권100 傳序 참조.
31 『舊唐書』 권4 「高宗紀」; 『唐會要』 권63 참조.
32 「原跋」; 黃永年, 「『隋書』說略」, 『經史說略』(北京 : 北京燕山出版社, 2002) 참조.
33 『舊唐書』 「經籍志」 참조. 『舊唐書』 「經籍志」는 開元中期 毌煚의 『古今書錄』을 거의 그대로 베꼈다.
34 劉知幾, 앞의 글 참조.

(1024) 판각본의 발문(이하 「원발(原跋)」)에는 기전(紀傳)은 '위징(魏徵)'으로, 지(志)는 '장손무기(長孫無忌)'로 제명하고 있으며,[35] 이러한 제명법은 『사고제요(四庫提要)』까지 계속된다.[36] 이와 같은 『수서』의 「지(志)」의 특수성을 고려하여 조익(趙翼) 같은 학자는 『수서』의 「지」를 『남사(南史)』, 『북사(北史)』의 뒤로 옮겨야 한다고 주장한다.[37] 『수서』의 「지」 부분은 수대(隋代)에만 한정된 것이 아니라 남북조사(南北朝史)를 전체적으로 다루고 있기 때문이다.

더 복잡한 문제는 『수서』의 각 지(志)의 찬수자가 구체적으로 누구인가 하는 점이다. 지(志)의 경우 기(紀)나 전(傳)과는 달리 어느 정도 전문 지식을 갖춘 사람이어야 찬수하기가 용이하다. 그 구체적인 예는 이순풍(李淳風)이다. 『오대사지』의 「율력(律曆)」, 「천문(天文)」, 「오행(五行)」은 태사령(太史令)이었던 이순풍이 작성한 것이 거의 확실하다.[38] 위의 세 지는 천문학과 역학(曆學)에 전문적인 지식을 갖춘 태사령(太史令)이 쓰기에 적당한 주제였을 것이다.

나머지 일곱 지의 경우 저자가 확실치는 않다. 사실 어차피 주어진 자료를 가지고 오대의 역사를 기록하는 것이므로, 언제 누가 썼는지는 그리 중요치 않은 문제일 수 있다. 단, 한 가지 예외가 있는데 바로 「경적지」이다. 622년 '지주의 난파' 사건 이후 『오대사지』가 진상되기까지 약 35년이라는 시간이 있는데, 누가 언제 썼느냐에 따라 「수지」가 의거한 자료들의 실상이 달라지기 때문이다. 이 35년 동안 당나라는 수말의 혼란을 극복하고 이른바 '정관지치(貞觀之治)'라고 불리는 안정기에 접어든다. 만약 「수지」가 수대(隋代)나 그 이전의 장서상황을 반

---

35 「原跋」 참조.
36 『四庫提要』의 『隋書』 條 참조.
37 趙翼, 『陔余叢考』 卷9 "隋志應移南北史之後" 條 참조.
38 『舊唐書』 卷79 李淳風傳; 興膳宏, 「解說」, 『隋書經籍志詳考』 참고.

영하는 것뿐만이 아니라, 정관 시기(貞觀時期) 실제 장서 상황을 반영하는 것이라면 작자와 시기의 문제는 더욱 중요해진다.

그런데 천성(天聖) 2년 「원발(原跋)」 소주(小注)에는 흥미있는 기록이 남아있다.

> 위징(魏徵) 본전(本傳)을 보면, 위징은 정관(貞觀) 7년에 시중(侍中)이 되었고, 정관 10년에 『오대사(五代史)』(즉 『오대기전(五代紀傳)』)가 완성되어 광록대부(光祿大夫, 종2품) 품계가 더해지고 정국공(鄭國公)에 봉해졌다고 나온다. 얼마 후에 시중의 직위에서 물러나니 특진(特進, 정2품)의 품계를 받았다. 요새 여러 책들에서는 위징의 품계를 '특진'으로 기록하고 있다. 그런데 유독 경적지(經籍志) 4권에만 "시중 정국공 위징 찬"이라고 기록하고 있다.[39]

다시 말해, 북송 시기의 『수서』에는 다른 지(志)와는 달리 「경적지」만 작자를 위징으로 명기하고 있고, 그것도 특정 시기를 언급하고 있는 것이다. 『구당서』「위징전(魏徵傳)」을 살펴보면 정관 10년에 정국공이 되었고, 같은 해에 사직을 청원하자 태종이 '특진'의 품계를 내린 것으로 나온다. 송대 간행된 「수지」에 '시중 정국공 위징'으로 제명되어 있는 것을 인정한다면, 『오대사지』10지 중 「경적지」는 『오대기전』과 거의 동시에 작성된 것으로 파악할 수 있다. 당(唐) 현종(玄宗) 시기의 무경(毋煚)은 마회소(馬懷素)의 『군서사부록(群書四部錄)』을 비판하면서 "『군서사록(群書四錄)』이 서문은 위문정공(魏文貞公, 즉魏徵)의 글을 따왔고, 분류체계는 『수서』「경적지」에 의거했다"[40]고 했는데, 이러한 언급도

---

39 「原跋」: "案魏徵本傳, 貞觀七年爲侍中, 十年, 『五代史』成, 加光祿大夫, 進封鄭國公. 俄請遜位, 拜特進, 今諸本並云特進. 又「經籍志」四卷, 獨云侍中鄭國公撰."
40 毋煚, 「古今書錄序」: "所用書序, 咸取魏文貞; 所分書類, 皆據隋經籍志. 理有未允, 體

하나의 방증이 된다. 그리하여 왕중민(王重民)과 같은 목록학자는 「수지」가 정관 3년(629)에서 정관 10년(636) 사이에 위징에 의해 완성된 것으로 본다.[41] 다시 말해 위징이 비서감에 취임한 때부터 시중에서 물러나기까지의 기간에 작성된 것으로 생각하는 것이다.

하지만 여기에 대해서는 이설도 많다. 요진종(姚振宗)은 이연수(李延壽)와 경파(敬播)가 초고를 작성하고 위징이 그 초고를 바탕으로 정리했다고 주장한다.[42] 장구예[張固也]는 위징이 작성한 『정관서목(貞觀書目)』의 존재를 주장하기 때문에, 「수지」의 찬수자는 '장손무기(長孫無忌)'로 남겨둔다.[43] 고젠 히로시[興膳宏]는 『오대사지』가 위징 사후 15년 후에 완성되었다는 점을 들어 「원발」의 기록을 믿기 힘들다고 주장하며, 『오대사지』 완성 당시 예부시랑(禮部侍郎)이자 홍문관(弘文館) 학사(學士)로 『오대사지』 수찬을 감수했던 영호덕분(令狐德棻)의 손에서 나왔을 가능성이 크다고 본다. 또한 「수지」의 서 부분은 각 분야의 전문가가 나누어 집필했을 가능성도 있으며, 특히 「수지」 도경부의 서는 도교와 밀접한 관련이 있었던 이순풍이 썼을 가능성이 크다고 한다.[44]

有不通. 此則事實未安, 五也." 『舊唐書』 「經籍志」 참조.

41 王重民, 「中國目錄學史」, 『中國目錄學史論叢』(北京 : 中華書局, 1984) 참조.

42 姚振宗, 『隋書經籍志考證』 참고. 하지만 姚振宗은 별다른 근거는 제시하지 않고 있다. 개인적으로 姚振宗의 주장의 근거를 유추해보면, 「原跋」과 李延壽 傳에 나오는 기사를 단순히 연결한 것 같다. 사실, 貞觀 15년에 『五代史志』의 수찬이 시작되었는데, 魏徵은 貞觀 17년에 사망한다. 姚振宗의 설은 그 이 년 동안 「隋志」가 완성되었다는 것인데, 위징은 『五代史志』 찬수에 참여하지 않았다는 점을 상기하면 무척 억지스럽다. 또한 「原跋」의 '侍中 鄭國公'이라는 품계와도 맞지 않는다. 姚振宗의 『隋書經籍志考證』이 『隋志』에 관한 역대 최대의 성과 중 하나이긴 하지만, 실제로 조금은 부자연스러운 주장이 많이 보인다.

43 張固也, 「『隋書經籍志』 所據 '舊錄' 新探」, 『古籍整理研究學刊』 1998년 3기 참조. 張固也가 주장한 『貞觀書目』에 대해서는 아래에서 상론할 것이다.

44 『隋書經籍志詳考』. 興膳宏, 川合康三의 『隋書經籍志詳考』 역시 「隋志」에 관한 역대 최고의 성과 중 하나이지만, 이 책의 주요한 관심은 「隋志」에 저록된 서적이 이후에 어떻게 유전되고 있는가에 있다. 「隋志」 자체의 편찬 時期와 참고 자료에 대해서는 간략하게만 언급하고 있다.

「원발」에 나오는 "시중(侍中) 정국공(鄭國公) 위징(魏徵) 찬(撰)"의 기록을 불신하는 주장은, 「수지」가 『오대사지』의 일부분이라는 생각에 사로잡혀 있는 듯하다. 「수지」가 『오대사지』의 일부라는 생각은 다음 두 가지 사항을 전제하고 있다. 첫째, 정관 15년 이후에 「수지」가 찬수되었다는 것, 둘째 오대(五代)의 장서 상황을 반영해야 한다는 것이다.

하지만 『오대사지』 열 편이 모두 반드시 찬수 조령이 내려진 다음에 착수되었다고 판단해야 할 필연성은 없다. 특히 「수지」와 같은 목록은 실제도서 정리 작업을 통해 작성되기 때문에 공식적으로는 반포, 유통되지 않은 황실 내부 자료로서 『오대사지』 찬수 조령이 내려지기 이전부터 만들어졌을 가능성이 있다. 다시 말해 「수지」는 본래 사지목록(史志目錄)이 아닌 황실 도서관 내부의 장서목록이었다고 생각할 수 있는 것이다. 만약 이러한 목록이 존재했다면, 위에서 언급한 여러 가지 증거로 다음과 같은 사실을 유추할 수 있다. 즉, 처음 이 서목의 분류체계를 잡고 서문을 썼던 것은 비서감을 맡고 있을 당시의 위징이었으며, 그 이후에는 여러 사람들이 약간씩 체계를 변경하거나 새로 입수한 서적들을 체계에 맞게 끼워 넣었을 가능성이 크다. 그리고 이 목록은 끊임없이 보충과 분류 변경이 이루어졌을 것이다.

4. 사지목록(史志目錄)과 관장목록(官藏目錄)의 사이

「수지」가 본래 관장목록(官藏目錄)이었다면, 관장목록과 사지목록(史志目錄)은 역사적으로 어떤 관계가 있는지, 또 사지목록 작성의 일반적 방법은 어떤 것인지 살펴볼 필요가 생긴다. 목록학에서 서목의 유형 분류와 그 명칭은 학자들마다 다를 수 있지만, 기본적으로 작성 주체와 내용(官方書目 / 私家書目), 저록 대상의 성격(藏書目錄 / 史志目錄), 저록한 서적의 범위(綜合目錄 / 專門目錄) 등을 기준으로 삼는다. 이러한 기준 외에도 현실적으로 다양한 목록이 존재할 수 있다. 즉 각각 목록의 두드러진 특징에 주목하여, 출판 목록, 일서(佚書) 목록, 해제(解題) 목록 등으로 부르는 것들도 있다. 물론 당연히 개별적인 하나의 목록이 여러 가지 성격을 띨 수 있다.

그중 사지목록은 '예문지'나 '경적지'라는 명칭이 붙어 있는 글로 기전체(紀傳體) 정사(正史) 가운데 지(志)의 한 부분이다. 말하자면 서술하고자 하는 시대의 도서 상황을 기술하는 것이다. 이러한 전통은 『한서(漢書)』의 「예문지」부터 시작하는데, 모든 정사에 다 「예문지」나 「경적지」를 싣고 있는 것은 아니다. 이십사사(二十四史) 중에는 『한서(漢書)』, 『수서(隋書)』, 『구당서(舊唐書)』, 『신당서(新唐書)』, 『송사(宋史)』, 『명사(明史)』 등 여섯만이 「예문지」나 「경적지」를 담고 있다. 『명사』의 경우를 제외하면, 이들 사지목록은 해당 시기에 만들어진 저작만 저록 대상으로 삼는 것이 아니라, 기본적으로 해당 시기까지 전래되어 소장하고 있던 서적을 모두 저록했다.

그런데 사지목록은 특히 관장목록과 그 태생부터 친연성을 갖는다. 사지목록을 편찬할 때는 주로 당시 관방의 장서목록에 의거하기 때문이다. 최초의 사지목록인 『한서』 「예문지」부터 그러한 방법이 사용되었다. 주지하다시피, 『한서』 「예문지」는 관장목록인 유흠(劉歆)의 『칠략(七略)』을 바탕으로 작성되었다. 서한(西漢) 말기 관방의 장서 목록이 어느 정도 가공을 거쳐 사지목록으로 편입된 것이다. 그 이후에도 사지목록을 편찬할 때는 해당 시기의 관장목록에 의거하는 경우가 대부분이었다. 『구당서』 「경적지」와 『송사』 「예문지」가 가장 노골적인 경우이다. 『구당서』 「경적지」의 경우 개원(開元) 연간의 『고금서록(古今書

錄)』을 거의 그대로 베껴 썼다.『송사』「예문지」도 송대(宋代)의 국사(國史) 예문지 4종을 별다른 가공과정을 거치지 않고 막무가내로 편집해 넣어 중복과 착오로 악명이 높은데,[45] 송대 국사 예문지는 모두『함평관각서목(咸平館閣書目)』,『숭문총목(崇文總目)』,『비서총목(秘書總目)』,『중흥서목(中興書目)』등 당시 관장서목에 근거한 것이었다.[46]

하지만『구당서』「경적지」나『송사』「예문지」의 작성 방법은 전대의 도서목록을 작성할 때 그리 훌륭한 예가 아니다.『구당서』「경적지」와 같이, 특정 시기에 작성된 단수의 관장서목에만 의거한다면, 자료의 빈약을 면할 수 없다.『송사』「예문지」와 같이 여러 시기에 작성된 관장서목을 동시에 이용한다면, 착실한 비교·대조의 작업을 통해 중복된 서적을 감별하는 작업이 필요하고, 또한 체제를 통일하고 일관된 분류원칙을 세워야 비교적 믿을 수 있는 목록을 얻을 수 있다. 목록 작성자의 높은 학술적 식견과 충분한 시간이 필수적이라는 것은 말할 것도 없다.

사지목록 작성의 가장 모범적인 예는『신당서』「예문지」이다.『신당서』는 송(宋) 인종(仁宗) 경력(慶曆) 5년(1045) 5월에 찬수 조서가 내려진 후 가우(嘉祐) 5년(1060)에야 완성되어, 비교적 오랜 시간을 확보한 상태에서 편찬될 수 있었다. 그중, 지(志) 부분은 지화(至和) 원년(1054) 구양수(歐陽修)가 찬수관이 된 이후 완성되었는데,「예문지」도 구양수의 주재하에 작성되었을 것이다. 다시 말해, 뛰어난 학술적 식견을 갖춘 인물이 찬수 기간을 충분히 확보한 상황에서 작성한 것이다.『신당서』「예문지」는 다음과 같은 세 가지 자료를 바탕으로 하고 있다. 첫째, 개원 이전의 저작에 대해서는, 약간 빠뜨린 것도 있긴 하지만『구당서』「경적지」(사실상『고금서록』)에 수록된 것을 거의 모두 담고 있다.

---

45 『四庫提要』「崇文總目」條 참조.『欽定四庫全書總目(整理本)』, 北京 : 中華書局, 1996.
46 王重民, 앞의 글 참조.

둘째, 송 인종(仁宗) 시기에 구양수의 주재하에 편찬된 관방도서 목록인『숭문총목』을 위주로 하여,『태청루사부서목(太淸樓四部書目)』,『한단서목(邯鄲書目)』등 사가서목도 이용했다. 셋째, 당오대(唐五代)의 사전(史傳), 비지(碑志), 문집(文集), 필기(筆記) 등에 보이는 서적들도 일일이 찾아서 저록하였다.[47] 이와 같은 방법은 청대 학자들이 각 정사의 예문지(藝文志)를 보찬(補撰)하거나 증정(增訂)할 때 사용했던 방법과 거의 유사하다.[48] 그 찬수 원칙만 고려한다면,『신당서』「예문지」는 사지목록 작성의 완벽한 이상을 보여주고 있는 것이다.

위에서 살펴본 것과 같이, 사지목록 작성은 해당 시기의 관장서목을 바탕으로 하여, 사지목록 작성 당시 도서 현황과 그 밖의 여러 자료를 참고하여 작성하는 것이 일반적인 방법이다. 이러한 통례에 비추어 보면,『수서』「경적지」 역시 수대에 존재하고 있던 서목을 바탕으로 서적을 저록한 것이라고 생각할 수 있다. 이 때문에 많은 학자들이『수대업정어서목록(隋大業正御書目錄)』(이하『정어서목록』) 등 당 이전 시대의 관장서목이 「수지」의 자료가 되었다고 전제한 것이다. 하지만 「수지」의 문제는 그리 간단하지 않다. 사실 다른 사지목록도 자료 출처가 상당히 중층적이어서 하나하나 모두 간단치가 않지만, 「수지」의 경우는 조금 더 복잡하다.

첫째, 다른 「예문지」나 「경적지」는 근거로 삼은 서목을 특정해서 밝히거나 혹은 노골적으로 베꼈기 때문에 자료의 내원을 비교적 쉽게 파악할 수 있지만, 「수지」는 그러한 서목을 구체적으로 명시하지 않고 있다. 둘째,『정어서목록』이나 다른 서목이 현존한다면 「수지」와 대조

47　陳尙君,「『新唐書・藝文志』補—集部別集類」,『唐硏究』第一卷, 北京：北京大 出版社, 1995, 169쪽 참조.

48　張固也,「『新唐書藝文志』的資料來源」,『吉林大學社會科學學報』제2기, 1998년, 87쪽 참조.

해 자료의 내원을 비정할 수 있겠지만, 현재로서는 모두 망일되었다. 셋째, 전대의 목록에만 의거해 작성했다면 나오기 힘든 모순점이 수없이 발견된다는 점이다. 예를 들면, 서적 수량의 통계가 서로 어긋난다거나, 서문과 실제 체제가 불일치한다는 점은 「수지」가 기존 서목에만 의존하여 짧은 시간 내에 작성된 것이 아니라고 유추할 수도 있다.

　명대(明代) 호응린(胡應麟) 이래로[49] 대부분의 학자들은 정관(貞觀) 시기 관장서목의 존재를 처음부터 상정하지 않거나 아예 부정했기 때문에, 당대 이전의 서목이 「수지」의 주요한 자료내원이라고 당연시했다. 대표적인 사람이 요진종(姚振宗)으로, 그는 "당(唐) 초기에 모은 서적들은 『구당서』 「경적지」에 실려 있는 것이지, 「수지」에 저록된 것이 아니다. 「수지」가 저록한 것은 수대(隋代)의 현존서목에 근거한 것으로서, 그 서적 하나하나를 검토하여 작성한 것은 아니다"[50]라고 주장한다. 하지만 정관 시기 새롭게 작성된 관장서목이 존재했다면, 「수지」가 그 목록에 의거하여 작성되었거나 혹은 그 목록이 거의 그대로 「수지」로 전환되었다 해도 전혀 무리가 없다. 「수지」에 저록된 도서가 열에 아홉은 『구당서』 「경적지」와 『신당서』 「예문지」에 다시 저록되어 있다는 점[51]도 한 가지 방증이 된다. 신구당지(新舊唐志)에 저록되었다는 것은 당대(唐代)에 현존했다는 의미인데, 만약 「수지」가 전대의 목록만을 근거로 하여 작성되었다면 그 수량이 훨씬 줄어들 수밖에 없기 때문이다.

　요컨대, 관장목록(官藏目錄)과 사지목록(史志目錄)의 일반적인 관계를 고려한다면, 「수지」의 경우 의거한 관장목록(官藏目錄)이 수대 이전의

49　胡應麟, 『經籍會通』 卷一 참조.

50　姚振宗, 『隋書經籍志考證』 後序 : "唐初所收圖籍在 『唐經籍志』, 不在本志. 本志所錄據隋人見存書目, 非一一見其書而著之也."

51　姚振宗, 『隋書經籍志考證』 후서 참조.

것이냐, 아니면 당초(唐初)의 것이냐 하는 것이 문제의 핵심이다. 이 문제를 해결하기 위해서 우선 수대(隋代)와 당대(唐代) 초기의 도서 수집 관리 사업과 그때 작성된 도서 목록에 대해 살펴볼 필요가 있다.

5. 수대(隋代)와 당(唐) 초기(初期)의 황실 도서의 수집과 관리

「수지」에서도 언급하고 있듯이 주(周) 이전 중국에서 도서를 관장하는 직책은 바로 '사(史)'였다. 여러 가지 이설이 있기는 하지만, 왕국유(王國維)의 설명에 따르면 '사(史)'라는 글자 자체가 손으로 도서를 잡고 있는 것을 형상화한 것이다.[52] '사'란 당시 정부의 공식적인 기록을 남기면서 또한 역대의 기록을 관리하는 직능으로, 주로 문자와 관련된 업무를 맡았다고 할 수 있다. 그러다가 춘추전국 이래로 문자를 다룰 수 있는 사람들이 늘어나면서 정부 기록 이외에도 많은 서적이 생산되고, 이에 따라 도서 관리 기구도 다원화된다.

역대 도서와 비기(秘記)를 전문적으로 관장하는 비서감(秘書監)의 관직이 처음 설치된 것은 동한(東漢) 말기였다. 『통전(通典)』에서는 "후한 시기에는 도서를 동관(東觀)에 두었는데, 환제(恒帝) 연희(延熹) 2년에 처음으로 비서감(秘書監) 일인을 두어 도서와 고금의 기록을 관리하고 문자를 교감하게 했다"는 기록이 나오고 "도서비기(圖書秘記)를 다루기 때문에 비서(秘書)라고 부르게 된 것이다"라고 설명하고 있다.[53] 비서

---

52 王國維, 「釋史」, 『觀堂集林』 영인본, 北京 : 中華書局, 2003 참조.
53 『通典』 권26 「秘書監」 참조. 『唐六典』과 『文獻通考』에도 『通典』과 거의 유사한 기록

감(秘書監)은 당대(唐代)에 홍문관(弘文館)과 집현전서원(集賢殿書院)이 설치되어 도서 관리 업무를 주도하기 이전까지 황실 도서의 수집과 관리에 중추적인 역할을 했다.

위진남북조 시기에는 비서감이 중서성(中書省)에 편입되는 등 몇 차례 편제 조정과 직능 변화를 겪지만,[54] 국가의 전적과 도서를 관리한다는 직능은 기본적으로 유지했다.[55] 진(晉) 혜제(惠帝) 영평(永平) 연간에 비서감이 중서성에서 분리 독립하여, 저작국(著作局)을 통솔하고 삼각(三閣)의 도서를 관장하게 된다. 양(梁)과 진(陳)에서는 비서성(秘書省)을 설치해서 비서감이 그 장관을 맡는다. 북조의 정부도 비서성(秘書省)을 설치해 남조와 유사한 직능을 맡긴다.[56]

남북을 통일한 수대부터 비서성 조직이 확대·개편되었다. 수(隋)의 비서성은 상서성(尙書省), 문하성(門下省), 내사성(內史省), 전내성(殿內省)과 더불어 오성(五省)의 하나가 되어, 저작조(著作曹)와 태사조(太史曹)를 하위 관서로 거느린다.[57] 수대(隋代)의 비서성(秘書省) 조직은 조금 더 자세히 살펴볼 필요가 있다.

첫째, 명칭이 조금씩 달라지긴 하지만,[58] 당 초기 정관(貞觀) 연간까지 수대(隋代)의 비서성(秘書省) 조직구조가 그대로 이어졌다. 둘째, 수대(隋代)에는 남북조를 통일하고 도서의 수집과 정리 사업을 대대적으로 진행하는데, 그 중심에 비서성(秘書省)이 있었다. 셋째, 당 정관(貞觀) 연간에는 후대에 지대한 영향을 주는 수많은 문화사업이 진행되는데,

---

이 나온다. 『唐六典』 권10; 馬端臨, 『文獻通考』 권56 秘書監 참조.

54 가령 魏武帝 時期에는 秘書令이 설치되어 상주문을 작성하는 중서령의 직능을 맡게 되고, 晉武帝 時期에는 중서성에 편입되기도 한다. 『通典』 권26 참조.

55 『唐六典』 권10 참조.

56 『通典』 권26 참조.

57 『通典』 권26 참조.

58 가령 隋 煬帝 時期에는 秘書少監 직을 증설하고 監을 令으로 바꾸었는데, 당 武德 초에 다시 監으로 회복한다. 『通典』 권26 참조.

그 주무 부처가 비서성이었을 것이다. 하지만 의외로 정관 연간의 비서성에 대해서는 기록이 상세하지 않다. 그래서 수대의 비서성의 역할을 살펴보는 것이 정관 시기의 비서성의 역할과 기능을 유추하는 한 가지 방법이다.

수(隋) 문제(文帝) 시기에는 비서성에 속한 관직으로는 비서감 1인, 비서승(秘書丞) 1인, 비서랑(秘書郎) 4인, 교서랑(校書郎) 20인, 정자(正字) 4인, 녹사(錄事) 2인이 있었다. 이 시기에는 우홍(牛弘), 요찰(姚察), 왕소(王劭), 허선심(許善心), 이문박(李文博) 등 여러 학자들이 비서성에서 업무를 진행하면서, '개황(開皇)' 시리즈 관장서목 3부를 작성해낸다.[59] 또한 허선심은 비서승의 경력을 살려 사적으로 『칠림(七林)』이라는 서목을 만들기도 한다.[60] 개황 연간에 특히 주목해야 할 인물은 우홍인데, 그는 개황 3년에 비서감 직을 수행하면서 문제에게 천하의 서적을 모아 정리할 것을 건의한다.[61] 이후 수·당대(隋·唐代)의 대대적인 관방의 도서 사업은 우홍부터 시작한다고 할 수 있다.

양제(煬帝)가 즉위하면서 비서성(秘書省)은 조직개편을 단행해 비서감 이외에도 비서소감(秘書少監) 자리를 증설한다. 또한 유림랑(儒林郎) 10인을 설치해 경전을 관리하게 하고, 문림랑(文林郎) 20인을 두어 문장과 역사를 쓰고 지난 일들을 검토하게 한다. 가장 중요한 것은 교서랑(校書郎)을 40인으로 증원하고, 해서랑(楷書郎) 20인을 추가로 설치하여 황실도서를 베껴 쓰고 정리하게 한 점이다.[62] 교서랑(校書郎)과 저작랑

---

59 『開皇四年四部書目錄』,『開皇八年四部書目錄』,『開皇二十年四部書目錄』이 바로 그 것이다. 그중 『開皇二十年四部書目錄』은 「隋志」에는 저록되지 않았고 新舊唐志에 저록되었다. 대신 「隋志」에는 『香廚四部書目』이 저록되어 있는데, 이에 대해서 來新夏는 開皇 年間의 서목이라고 판단하고, 興膳宏·川合康三은 그것이 곧 『開皇二十年四部書目錄』일 수도 있다는 의견을 개진한다.

60 『玉海』 卷52「書目」 참조.

61 『隋書』「牛弘傳」 참조.

62 『隋書』「百官志」 참조.

(楷書郎) 등 실제 실무인원이 대대적으로 확충되었다는 점에서 당시 도서 수집과 정리의 업무량이 엄청났다는 것을 유추할 수 있다. 대업(大業) 연간에 진행된 도서정리 성과가 바로 『정어서목록(正御書目錄)』이다.

이 『정어서목록』은 당대 초기의 도서 소장상황과 밀접한 관련을 맺고 있는데, 이를 파악하기 위해서는 우선 당시 대업(大業) 연간에 비서감을 맡았던 류변(柳䫙)의 행적에 주목할 필요가 있다. 『수서』 권58의 류변 전(傳)에는 그의 비서감 시절 행적이 자세히 나오지 않지만, 『옥해(玉海)』 권52 「서목(書目)」에 『북사(北史)』의 일문(佚文)을 인용한 부분이 있다.

> 수(隋)나라 서경(西京, 즉 長安) 가칙전(嘉則殿)에는 도서 37만 권이 있다. 양제가 비서감 류고언(柳顧言, 즉 柳䫙) 등에게 명해 중복되고 뒤섞인 것을 정리하고 체계를 잡게 했다. 그리하여 정어본(正御本) 삼만 칠천여 권을 얻어 동도(東都, 즉 洛陽) 수문전(修文殿)에 수용하였다. 또 50개의 부본(副本)을 만들어 세 등급으로 나누고 서경과 동도의 궁성과 관부에 분리 보관했다.[63]

『정어서목록』은 이렇게 류변의 작업으로 탄생했다. 그런데 흥미를 끄는 것은 50개의 부본을 작성했다는 기록이다. 만약 37만 권 모두 50개의 부본을 만들었다면 그 수량이 엄청나다. 「수지」 총서에서는 "限寫五十副本"이라는 언급이 나오는데, 아마도 선택적으로 부본을 제작한 듯하다.

또한 위의 기술은 「수지」 총서에서는 설명하지 않은 당시 장안의 장

---

63 『玉海』 卷52 「書目」: "隋西京嘉則殿有三十七萬卷. 煬帝命秘書監柳顧言等詮次除其重複猥雜, 得正御本三萬七千餘卷, 納於東都修文殿. 又寫五十副本簡爲三品, 分置西京東都宮省官府.

서 상황에 대해 알려주고 있다. 낙양의 정어본 만큼의 수량은 아니어도 장안에 소장된 서적 역시 적지 않았다. 낙양의 정어본은 수말(隋末)의 전란과 '지주의 난파'로 많은 부분 일실되었지만 장안의 장서는 큰 재액을 겪지 않아 대부분 잘 보존되어 있었다. 당대 초기의 비서성에서는 이 장안의 장서를 바탕으로 도서의 정리 작업을 시작했을 것이다. 거기다가 정국이 안정 국면으로 들어선 당대 초기 비서감들이 도서수집에 들인 노력도 간과할 수 없다.

당(唐) 무덕(武德) 5년에 비서감이 된 영호덕분(令狐德棻)은 고조(高祖)에게 망일된 서적을 다시 구매할 것을 건의한다. 해서랑(楷書郎)도 증원해서 몇 곱절의 값을 쳐서 사들인 책들을 다시 정리해서 쓰게 하는 등의 노력 끝에 황실의 서적이 어느 정도 갖추어졌다[群書略備].[64]

영호덕분 뒤를 이어 정관 연간에는 위징(魏徵)이 도서사업을 지휘한다. 정관 2년에 비서감이 된 위징은 전국의 학자들을 모아 전란 중에 흐트러진 사부의 서적을 교정하는 사업을 기획해 진행한다. 그래서 몇 년 후에는 황실의 도서를 눈부실 만큼 갖출 수 있었다[粲然畢備].[65] 『당회요(唐會要)』는 정관 초 홍문전(弘文殿)에 모은 사부(四部)의 서적이 20만여 권이 된다고 기록하고 있다.[66]

그런데 이러한 방대한 작업을 수행하면서 목록을 작성하지 않았을 가능성은 거의 없다. 수대 개황 연간이나 대업 연간의 예를 볼 때, 전국적인 수서(收書) 작업에는 목록작업을 병행하고 있음을 알 수 있다. 정관 시기에도 대대적인 도서 수집과 정리 사업을 진행하면서 목록작성 작업은 필수적이었다. 이 목록은 단지 이미 입수한 서적뿐만 아니라 수집해야할 서적도 표기했을 수도 있다. 왜냐하면 당대 초기의 도서

---

64 『舊唐書』卷73 참조.
65 『舊唐書』卷71 참조.
66 『唐會要』卷64 참조.

수집은 수년간의 전란에 의해 산일된 도서를 발굴하여 수장(收藏)하는 것이 목적이었으므로, 그 수집 대상을 정리하는 작업이 필요했을 것이기 때문이다. 또한 이러한 전적정리 작업은 위징 이후에도 계속되어 고종이 즉위한 다음에도 끝나지 않았다는 점을 고려하면,[67] 그 목록의 구성과 서적 수량이 시간에 따라 변화를 겪는 것도 당연하다.

6. 『수서(隋書)』「경적지(經籍志)」 편찬의 실제 자료

이러한 상황을 염두에 두고 이제 「수지」 자체의 기록을 통해 그 구체적인 편찬의 자료가 무엇이었는지 검토해야 할 차례이다. 「수지」 편찬의 실제적인 자료와 그 구체적인 작업에 대한 가장 직접적인 언급은 위의 2장에서 인용한 「수지」 총서의 마지막 부분이다. 그런데 총서에 나오는 '기목록(其目錄)', '기구록(其舊錄)'과 '현존(見存)' 등이 구체적으로 무엇을 지칭하느냐는 점이 문제가 된다. 처음에 나오는 '목록'과 '구록'은 같은 것인지, 같다면 어떤 목록을 지칭하는 것인지, 다르다면 각각 어떤 목록을 지칭하는 것인지, 현존이라는 것이 '현존하는 목록'인지, 아니면 '현존하는 서적'인지 확실치가 않다.

이러한 문제는 총서에서 '목록'을 구체적으로 지칭하지 않았고, 총서와 후서, 소서에서 언급한 수량과 실제 저록된 서적의 수량이 다르기 때문에 발생한다. 총서에서 언급한 '14,466부, 89,666권'은 목록에 저록된 책의 수량인지, 그 목록은 단수인지 복수인지, 아니면 정관 연

---

67 『舊唐書』 권81 「崔行功傳」 참조.

간에 실제 도서 상황을 말하는 것인지, 그렇다면 복본(複本)은 제거한 수량인지 등의 문제가 생기는 것이다.

이 문제를 해결하려면 우선 수대와 당초의 낙양과 장안의 서적 상황을 알 필요가 있다. 하지만 여러 가지 역사서에 기재된 서적의 수량이 모두 다르다.

> 『당육전(唐六典)』 권9 : 당나라가 왕세충을 평정하고 그 도서를 수습했다. 그것을 가지고 황하를 거슬러 오르다 대부분 물에 빠뜨렸는데, 남은 것이 8만여 권이었다.[68]
>
> 『구당서』「경적지」 후서 : 당나라가 왕세충을 평정하고 그 도서를 수습했다. 그것을 가지고 황하를 거슬러 오르다 대부분 물에 빠뜨렸는데, 남은 것이 복본을 포함해서 8만여 권이었다.[69]
>
> 『신당서』「예문지」 서 : 당초에 수나라 가칙전(嘉則殿)에 책이 37만 권이 있었는데, 무덕 초에는 8만여 권이었다. 왕세충을 평정하고 수나라의 옛 책 8천여 권을 얻었는데, (…중략…) 배가 뒤집혀 거의 일실했다.[70]

또한 「수지」 자체의 통계에 따르면 일서까지 포함한 저록 서적의 총수는 6,520부, 56,881권이다. 일서를 제외하고 실제 저록한 서적의 수량은 5,496부, 44,614권이다. 이를 통해 유추해 본다면, 현존서이든 목록상에만 있는 책이든 그 존재에 대한 정보가 있었던 서적의 수량은 대략 팔만 권이고, 복본을 정리하면 약 오만오천 권 정도였다는 것을 알 수 있다.

---

68 大唐平王世充, 收其圖籍, 泝河西上, 多有漂沒, 存者猶八萬餘卷.

69 國家平王世充, 收其圖籍, 泝河西上, 多有沈沒, 存者重複八萬卷.

70 初, 隋嘉則殿書三十七萬卷. 武德初有書八萬卷, 重複相糅. 王世充平, 得隋舊書八千餘卷, (…중략…)舟覆, 盡亡其書.

그런데 기존의 많은 학자들은 정관 시기 현존서에 대해서는 크게 고려하지 않고, 「수지」가 수대의 서목을 재편집해 만들어졌을 것이라 생각한다. 그중, 『정어서목록』을 처음 언급한 사람은 위자시(余嘉錫)였다.[71] 왕중민(王重民)도 위자시의 언급을 보충해서, 「수지」가 기본적으로 『정어서목록』에 근거해서 당시 장안에 남아있던 책들과 비교해서 작성되었다고 주장한다. 이 견해에 따르면, 「수지」 총서에 나오는 '기목록'과 '기구록'은 모두 『정어서목록』이며, '현존'은 현존하는 서적이다. 즉, 물에 젖은 『정어서목록』과 당시 현존하는 서적을 검토해보니 '총 14,466부, 89,666권'이었는데, 복본 등을 정리해서 만든 것이 「수지」인 것이다.[72] 총서의 '89,666권'도 『신당서』 「예문지」의 기술과 대략 합치한다. 이러한 설명은 사지목록의 작성 통례에서도 그리 벗어나지 않으며, 총서와 본문의 수량 불일치도 쉽게 이해할 수 있어, 현재는 통설로 받아들여지고 있다.

그러나 요진종(姚振宗)의 설명은 조금 다르다. 「수지」가 복수의 서목에 근거해서 작성되었다는 것이다. 「수지」의 '현존(見存)'은 현존하는 복수의 '서목'이며, '기목록'에 대해서도 『정어서목록』이라고 특칭하지 않는다.[73] 라이신샤(來新夏) 경우도 복수 서목설을 지지하지만, '기목록'은 『정어서목록』이고, '현존(見存)'은 현존하는 책을 가리킨다고 본다.[74] 라이신샤의 설명은 왕중민과 요진종의 주장을 절충한 것이다.

그런데 최근에 장구예(張固也)는 구체적으로 정관 시기에 위징에 의해 작성된 『정관서목(貞觀書目)』의 가능성을 주장한다.[75] 장구예는 기존 학자들이 「수지」를 대하는 두 가지 편견을 비판한다. 하나는 「수

---

71 余嘉錫, 『目錄學發微』, 上海 : 上海古籍出版社, 2001 참조.
72 王重民, 「中國目錄學史」, 『中國目錄學史論叢』, 北京 : 中華書局, 1984 참조.
73 姚振宗, 앞의 책 참조.
74 來新夏, 『古典目錄學淺說』, 北京 : 中華書局, 2003 참조.
75 張固也, 앞의 글, 1998, 3기 참조.

지」가 정관 시기 장서가 아니라 기존의 목록을 바탕으로 작성되었다는 통설이다. 위에서 살펴본 것처럼 그러한 생각은 거의 모든 학자들의 기본 전제이다. 다른 하나는 정관 시기에는 장서목록이 작성되지 않았다는 생각이다. 당대 초기에 도서 목록이 새롭게 작성되지 않았다는 명대 호응린(胡應麟)의 언급 이래로 정관 시기 장서목록이 존재했을 가능성은 일단 배제되어 왔다.[76]

장구예는 정관 연간에 대대적인 도서 수집과 교서 작업이 진행되었다는 점을 들어 『정관서목』(혹은 그에 상응하는 명칭의 서목)의 존재를 강력하게 주장하는데, 그의 논점을 요약하면 다음과 같다. 『정관서목』의 결정적인 증거는 청말(清末)에 출토된 장현필(張玄弼)의 묘지(墓誌)이다. 이 묘지에서는 묘주(墓主)가 정관 연간에 참여한 교서(校書) 작업에 대해 많은 분량을 할애하여 서술하고 있는데,[77] 이를 통해 당시 교서와 목록 작성 작업이 대대적으로 행해졌다는 것을 알 수 있다. 이러한 작업을 통해 만든 서목이 바로 위징이 만든 『정관서목(貞觀書目)』이고, 「수지」의 각 급 서문도 『정관서목』에서 그대로 따온 것이다. 또한 장현필의 묘지에는 "오십오부, 사십사가(五十五部, 四十四家)"라는 말이 나오는데, 이 '오십오부'는 「수지」 총서에 나오는 '55편'을 가리키는 것이며, '사십사가'는 도불경부를 제외한 사부의 분류체계이다. 그리고 총서에 나오는 '기구목(其舊目)'과 '기구록(其舊綠)'고 구분되니, '기구목'은 수대의 목록이고 '기구록'은 『정관서목』을 지칭한다. 한 가지 문제가 되는 것은 총서의 '기구록' 이하의 구절인데, 장구예는 이 부분에 대해

---

76 하지만, 張固也의 설명과는 달리, 王重民과 來新夏 등의 학자들은 唐代 초기에 장서 목록이 없었다고 단정하지는 않는다.

77 「唐故益州大都督府功曹參軍事張君墓志銘幷序」: "張君諱玄弼, 字神匡, 范陽方城人也. (…중략…) 五歲而孤, 志學, 伏膺於大儒谷那律. 律爲諫議大夫, 紬書秘府. 府君以明經擢第, 隨律典校墳籍. 八儒分畛, 五墨殊途. 劉歆析九流之區域, 鄭默變三閣之異同. 五十五部, 四十四家, 訪寧朔之新書, 禮窮壓敬; 覽南陽之統論, 易盡精微." 張固也, 앞의 글에서 재인용.

위징이 죽고『오대사지』를 진상할 때 끼워 넣은 것이라고 주장한다. 요컨대「수지」는 정관 시기 어느 때 확정된『정관서목』에 근거하여 작성된 서목이라는 것이다.

위와 같은 장구예의 주장은 방증만 있을 뿐 직접적인 증거가 없다는 것이 결정적인 약점이다. 즉,『정관서목』을 언급하는 직접적인 역사기록이 없는 것이다. 특히 총서에서 말하고 있는 '기구록'이『정관서목』이며, '기구록' 이하의 부분이『오대사지』를 편찬할 때 끼워 넣은 것이라는 주장도 조금은 억지스럽다. 따라서 비교적 짧은 특정 시기의 장서상황만 반영하는 고정된『정관서목』이 독립적으로 존재했다는 주장은 일단 유보할 수밖에 없다. 하지만『정관서목』의 존재에 대한 장구예의 주장은 여전히 흥미롭고, 기존 학자들에 대한 비판도 충분히 납득할 만하다.

적어도「수지」가, 장구예가 말한「정관서목」처럼 완성된 형태로 고정된 것은 아니지만, 정관 연간에 끊임없이 증보되어 유동하는 황실 장서기구 내부의 서목이었을 가능성은 충분히 존재한다. 다시 말해, 여타 사지목록이 주로 해당 시기의 관장서목에 의거하고 기타 자료를 보충하여 작성하거나, 혹은 직접 해당 시기의 관장서목을 노골적으로 전재하는 것과 달랐던 것이다.「수지」는 정관 연간에 위징이 비서감으로 있으면서 관장서목 작성에 대한 원칙을 세우고 총서를 써서 그것을 천명한 이후, 그 틀에 맞추어 지속적으로 보충, 수정된 것이라고 보는 것이 타당성이 있다.「수지」에서 백출하는 모순과 결함이 그 점을 강력히 반증한다.

7. 나오며 - 『수서(隋書)』「경적지(經籍志)」와 정관지치(貞觀之治)

「수지」에 대한 기존의 연구에서는 그 찬수 시기, 찬수자, 자료내원, 성격 등의 문제에서 사지목록이라는 전제에서 논의를 진행해 왔다. 이 글에서는, 일반적으로 생각하는 것처럼 「수지」가 주로 수대(隋代)의 목록에 의거하여 작성되었다기보다는, 당대 초기의 장서 상황을 반영한 관장서목이었을 가능성을 탐색해 보았다. 그렇게 만들어진 관장서목이 『오대사지』를 진상할 때 약간의 수정을 거쳐 혹은 거의 그대로 「경적지」로서 편입되었을 것이다. 즉, 일반적으로 추정하는 것처럼 '전대(前代)의 목록→「수지」'가 아니라, '전대의 서목→정관 시기의 관장서목 ≒「수지」'의 경로를 따랐다는 것이다.

그 주요한 논거를 요약하자면 다음과 같다.

① 「수지」 자체의 여러 가지 모순과 결함은 그것이 장기간에 걸쳐 끊임없이 수정, 증보되었다는 것을 나타낸다.

② 유독 「경적지」의 편찬인으로 "시중 정국공 위징 찬[侍中鄭國公魏徵撰]"이 제명되어 있다. 그렇다면, 「수지」는 『오대사지』의 편수와 관계없이 작성되었다는 것을 알 수 있다.

③ 사지목록과 관장목록은 본래 친연성이 강한데, 「수지」의 경우 정관 시기의 관장서목이 『오대사지』의 「경적지」로 편입되었을 가능성이 크다. 「수지」에 저록되어 있는 대부분의 서적이 『구당서』「경적지」와 『신당서』「예문지」에도 수록되어 있는 점이 이를 방증한다.

④ 대대적인 도서 수집과 정리 사업에는 목록 작업이 필수적이기 때문에, 정관 시기의 작업에도 그러한 목록이 분명히 존재했을 것이다. 이러한 사업은 수말당초 전국적인 전란 직후에 진행되어, 수집해야

할 서적을 병기하는 등 특수한 형식을 갖추었을 수도 있다.

⑤ 청말에 출토된 장현필(張玄弼)의 묘지(墓誌) 기록에서 정관 시기의 전적 정리 작업의 일단을 파악할 수 있는데, 이를 통해 당시 목록이 작성되었음을 유추할 수 있다.

이와 같은 논의를 통해 정관 시기에 관장서목이 존재했으며 그것이 곧 「수지」로 편입되었다고 추측할 수 있다. 물론 이 관장서목이 「수지」에 바로 연결되기에는 여전히 두 가지 부분에서 문제가 제기될 수 있다.

첫째는 당나라가 건립된 후 정관 시기 관장목록이 작성될 때까지 저작되거나 편찬된 서적의 저록 문제이다. 「수지」가 정관 시기의 관장서목이라면 이러한 서적들이 저록되었어야 하는데, 그것들이 「수지」에는 저록되지 않았기 때문이다. 이 문제에 대해서 다음과 같이 추측할 수 있을 듯하다. 만약 그러한 서적들이 정관 시기 관장서목에 저록되어 있었다면, 『오대사지』를 진상할 때 그것들을 삭제했을 것이다. 물론 다른 수많은 문제점을 수정하지 않은 채 그 부분만 삭제했을 가능성이 크지 않다는 반론도 가능하다. 하지만 당나라 건립 후 정관 10년까지 십여 년간 생산된 서적은 손가락으로 꼽을 정도이다. 즉, 『예문유취』, 『군서치요』, 『오경정의』 등을 들 수 있는데, 이런 책들은 관방에서 편찬된 대형 서적이었다. 『오대사지』를 진상할 때 이런 서적들이 저록되었다면 너무나 확실히 눈에 들어왔을 것이기 때문에 삭제했을 가능성이 크다.

둘째는, 남북조 시기에는 존재했지만 정관 시기에는 망실(亡失)된 일서(逸書)에 대한 정보를 소주(小注)에서 상당히 자세히 수록하고 있다는 점이다. 「수지」가 원래 정관 시기의 관장서목이었다면 이러한 정보는 필요치 않았을 것이라는 의견이 제기될 수 있다. 그런데, 소주의 일서에 대한 기록이 역으로 '「수지」 늑 관장서목'이라는 주장의 예증이 된다. 「수지」 본문에 저록된 서적은 모두 일서가 아닌 당시 현존서이며, 일서의 경우는 모두 소주에 기록되었다는 점이 중요하다. 예를 들어, 경부(經部) 역류(易類)에는, 본문에 '『주역(周易)』 2권(二卷)'이라 저록하고 소주(小注)에 "위문후사 복자하 전, 잔결권. 양 6권[魏文侯師卜子夏傳, 殘缺. 梁六卷]"이라고 기록하고 있다. 즉, 「수지」 본문은 현재의 구체적인 소장 상황에 대한 기록이다. 반면, 일서에 대한 소주의 기록은 모두 본문에 저록된 소장 도서에 대한 참고자료로서, 해당 서적의 내용과 찬자와 관련이 있는 서적을 기록해 둔 것이 확실하다.

그렇다면 왜 이런 기록을 기록해 둔 것일까? 이는 정관 시기 관장목록의 특수성에서 기인한 듯하다. 정관 시기의 관장서목은 고정된 장서를 정태적으로 저록한 것이 아니라 수집과 정리를 병행해서 작성된 동태적인 기록이다. 소주(小注)에 일서로 기록된 서적이 다른 부분에서 본문에 현존서로 저록되는 현상도 그 일례라고 할 수 있다. 소주(小注)에 그와 같은 기록을 병기한 것은, 위에서 언급했던 것처럼, 적극적으로 수집해야 할 서적들에 대한 정보를 남기기 위한 목적이었을 것이다.

당 초기에 시행된 대대적인 국가적 사업으로는 ① 과거제 시행, ② 사관(史館)의 설치, ③ 오대사(五代史), 『진서(晉書)』, 『남북사(南北史)』 등 전대 역사의 편찬, ④ 『오경정의(五經正義)』 등 대형 서적의 편찬, ⑤ 문학과(文學館), 홍문관(弘文館) 등 문관의 설치 등을 들 수 있다. 이것들은 "무력을 멈추고 문화를 창달한다[偃武修文]"는 정관 시기 기본 이념과 관련이 있다.

이러한 문화 사업에서 영호덕분(令狐德棻), 위징(魏徵), 안사고(顔師古), 잠문본(岑文本), 이연수(李延壽) 등 비서성(秘書省) 출신 관료들의 활약이 두드러진다. 말하자면 비서성은 국가적 문화사업의 총기획 집단이자 시행 기관이었던 것이다. 이는 문화 사업의 일차적 조건이 바로 서적이었기 때문이었을 것이다. 정관 시기 서적의 수집과 소장은 단지 황제 개인의 호사취미가 아니었다는 점이 중요하다. 황실의 서적은 당대 이후의 문관 정치를 뒷받침하는 중요한 자원이 된다. 말하자면 「수지」는 정관 연간 문화 자료의 구체적인 모습을 하나하나 담고 있을 뿐만 아니라, 그 자체로 정관 문화의 상징인 것이다.

참고문헌

박한제, 「황하는 그래도 굽이굽이 동쪽으로 흘러가야 한다」, 『강남의 낭만과 비극』, 서울 : 사계절출판사, 2003.

王國維, 「釋史」, 『觀唐集林』 영인본, 北京 : 中華書局, 2003.

王重民, 「中國目錄學史」, 『中國目錄學史論叢』, 北京 : 中華書局, 1984.

張固也, 「『新唐書藝文志』的資料來源」, 『吉林大學社會科學學報』 1998 제2기.

_____, 「『隋書經籍志』所據 '舊錄' 新探」, 『古籍整理研究學刊』 1998 제3기.

張懷瓘, 「二王等書錄」, 張彦遠, 『法書要錄』, 審陽 : 遼寧敎育出版社, 1998, 新世紀萬有文庫 本.

陳尙君, 「『新唐書 · 藝文志』補－集部別集類」, 『唐研究』 第一卷, 北京 : 北京大 出版社, 1995.

淸水凱夫, 「『隋書 · 經籍志』的錯訛及其改訂復原法」, 四川大學中文系, 『新國學』 第一卷, 成都 : 巴蜀書社, 1999.

黃永年, 「『隋書』說略」, 『經史說略』, 北京 : 北京燕山出版社, 2002.

歐陽修 等, 『新唐書』, 北京 : 中華書局, 1975(2003).

杜　佑, 『通典』, 北京 : 中華書局, 1988(2003).

來新夏, 『古典目錄學淺說』, 北京 : 中華書局, 2003.

酈道元, 『水經注』, 北京 : 中華書局, 1991.

劉昫 等, 『舊唐書』, 北京 : 中華書局, 1975(1997).

四庫全書硏究所 整理, 『欽定四庫全書總目(整理本)』, 北京 : 中華書局, 1996.

余嘉錫, 『目錄學發微』, 上海 : 上海古籍出版社, 2001.

王　溥, 『唐會要』, 北京 : 中華書局, 1955(1998).

王應麟, 『玉海』, 揚州 : 廣陵書社, 影印本, 2003.

姚振宗, 『隋書經籍志考證』, 『二十五史補編』, 北京 : 中華書局, 1998 重印本.

魏徵 等, 『隋書』, 北京 : 中華書局, 1973(2000).

劉知幾 · 浦起龍注, 『史通通釋』, 上海 : 上海古籍出版社, 1978.

李延壽, 『北史』, 北京 : 中華書局, 1974(2001).

李林甫, 『唐六典』, 北京 : 中華書局, 1992(2005).

程千帆 · 徐有富, 『校讎廣義－典藏編』, 濟南 : 齊魯書社, 1998.

趙　翼, 欒保群, 呂宗力 校點, 『陔余叢考』, 石家莊 : 河北人民出版社, 1990.

陳登原,『古今典籍聚散考』, 上海 : 上海書店, 1983 民國叢書本.
脫脫 等,『宋史』, 北京 : 中華書局, 1977(2001).
胡應麟,『經籍會通』,『少室山房筆叢』, 上海 : 上海書店出版社, 2001.
興膳宏・川合康三,『隋書經籍志詳考』, 東京 : 汲古書院, 1995.

『사고전서총목四庫全書總目』의 자부子部 유가류 儒家類에 반영된 유학儒學 사상 고찰[*]

당윤희

1. 들어가며

『사고전서(四庫全書)』는 청대(清代) 건륭(乾隆) 연간에 조정에서 기획하여 편찬한 대규모의 총서이다. 건륭 37년(1772) 청 조정에서는 중국 역대의 전적들을 모두 모아 총서로 엮어내는 대규모의 편찬 사업을 계획하고 흩어져 있는 책들을 모아들이라는 명을 내렸다. 이듬해에 사고전서관(四庫全書館)이 설립되었고, 우민중(于敏中) 등이 총재(總裁)를 맡고 기윤(紀昀) 등이 총찬관(總纂官)을 맡아 360명에 달하는 사고관신(四

---

[*]   이 글은 중국어로 작성한『중국문학』41집「『四庫全書總目提要』子部儒家類所反映的 學術思想傾向」을 번역하고 몇 가지 논점을 더 수정하고 보충하여 작성한 것이다.

庫館臣)들이 10년 동안 작업을 하여 총서를 완성하였다. 사고관신들이
옮겨 적은 정본(正本)은 모두 7부로서 7개의 누각에 나누어 저장하였으
니, 즉 청 궁중의 문연각(文淵閣), 봉천(奉天, 지금의 심양瀋陽) 고궁에 있는
문소각(文溯閣), 원명원(圓明園)의 문원각(文源閣), 열하(熱河) 피서산장
(避暑山莊)의 문진각(文津閣), 진강(鎭江)의 문종각(文宗閣), 양주(揚州)의
문휘각(文彙閣), 항주(杭州)의 문란각(文瀾閣) 등이 그곳이었다. 앞의 네
곳을 '내정사각(內廷四閣)' 혹은 '북사각(北四閣)'이라 칭하고 뒤의 세 곳
을 '절강삼각(浙江三閣)' 혹은 '남삼각(南三閣)'이라고 칭한다. 이 총서는
모든 전적들을 크게 경(經), 사(史), 자(子), 집(集)의 네 부분으로 분류하
여 수록하였고 『사고전서(四庫全書)』라고 불리게 되었다. 이 총서는 청
대 건륭 이전의 주요 전적들을 거의 모두 수록하였으므로 중국 고전의
집대성 혹은 중국 전통문화의 총화로 평가된다.[1]

　　『사고전서총목(四庫全書總目)』200권은 관부에서 편찬한 대형의 해제
(解題) 서목(書目)으로 『사고전서총목제요(四庫全書總目提要)』라고도 한다.
이 책은 『사고전서』의 부록이라고 할 수 있는 책으로, 그 내용은 『사고
전서』의 찬수자(纂修者)들이 『사고전서』의 서목을 작성하면서 내용의
이해와 취사, 교열(校閱)을 위해 작성하였던 원고들을 마지막에 총찬관
(總纂官) 기윤(紀昀)이 내용을 다듬고 보충한 뒤 취합하여 만들어낸 것이
다. 중화서국(中華書局) 영인판(影印版) 『사고전서총목』의 출판 설명에
따르면, "건륭(乾隆) 47년(1782) 7월, 『총목(總目)』의 초고(初稿)가 완성되
었다. (…중략…) 『총목』에 수록된 책들은 자세히 통계를 내본 결과,
『사고전서』 중에는 3,461종, 79,309권이 있고 존목(存目) 중에는 6,793종,
93,551권이 있었다. 이 중에는 기본적으로 건륭 이전의 중국 고대의 중
요 저작들이 모두 포함되어 있다. 만여 종 이상 되는 책들에 대해 각각

1　趙國璋, 潘樹廣, 『文獻學辭典』, 南昌 : 江西敎育出版社, 1991, 270~277쪽.

그 대강의 내용을 요약하여 소개하였고 또 체계적으로 분류하였으므로 고대의 각종 저작들을 이해하기에 매우 편리하다"²라고 소개하고 있다.

『사고전서총목』(이하에서 『총목』으로 약칭한다)은 서문에서 "학술을 구분하고, 원류를 고찰한다(辨章學術, 考鏡源流)"라는 목적을 밝히고 있다. 중국 고대의 목록서는 일종의 종합적인 사유 체계라고 말할 수 있다. 『총목』의 편찬 체계는 중국 고대 목록 중에서도 가장 완비하다고 할 수 있는데, 이 서목은 "나열된 여러 서적들에 대해 각각 제요(提要)를 작성하여 이것을 나누면 각각의 편목이 되고 합치면 총목이 된다(于所列諸書, 各撰爲提要, 分之則散弁諸編, 合之則共爲總目)." 제요들은 원서의 요점과 관련된 논점을 설명하여 그 저작의 문화사적, 학술적 가치를 드러낸다. 또한 43류(類)의 첫머리에 붙여 놓은 소서(小序)와 사부(四部)의 처음에 붙여 놓은 총서(總序)와 함께, 3470종에 달하는 서적들에 대한 제요는 종합적으로 구성된 하나의 통합적인 지식 체계를 형성하고 있다. 총목은 이와 같이 지식의 종합성과 각 부류의 지식이 상호 의존하는 관계를 드러내어 중국 문화의 총체적인 사유 방식과 그 체계의 특징을 잘 반영해내고 있다.³

『총목』에 수록된 제요는 각 서적들의 구체적인 내용을 간략히 서술하면서도 종합적으로 개괄하여 학문의 발전과 변천에 대한 총체적인 이해를 기술하고 있다. 그러므로 『총목』을 이해하기 위해서는 먼저 『총목』의 분류 체계를 이해하고 파악해야 한다. 왜냐하면 그러한 분류 체계에 대한 통찰을 통하여 그 안에 반영된 편찬 주체의 사상 및 학술적 관점 등을 확인할 수 있기 때문이다. 그러므로 이 글에서는 『총목』의 경, 사, 자, 집의 분류 중에서 자부(子部)를 선택하고 그 하위 분류 중에 포함된 유가류(儒家類)를 선택하여, 분류 체계와 각 서적에 대

2　(淸)永瑢, 紀昀 主編, 『四庫全書總目』, 北京 : 中華書局, 1965, 1~4쪽.

3　周積明, 『文化視野下的四庫全書總目』, 北京 : 中國靑年出版社, 2001, 12쪽.

한 서술을 고찰해보고, 유가류의 분류 체계가 반영하고 있는 『사고전서총목』의 학술 연구 방법 및 유학 사상에 대해 이해해보고자 한다. 『총목』의 유가류는 존목(存目)을 제외하고 모두 112조(條)의 제요로 이루어져 있으므로, 아래에서 이 일백여 종의 제요 내용을 고찰하고 귀납하였다.

2. 유가(儒家)의 유파(流派)와 종주(宗主)에 대한 정의

1) 유가의 창시

유가는 중국의 최초의 목록서인 『칠략(七略)』에서 이미 「제자략(諸子略)」의 한 분류로 포함되었다. 당시에 「제자략(諸子略)」에 수록된 유가의 저서들은 『논어』, 『맹자』, 『중용』 등으로 주로 원시 유가류에 속하는 저작들이었다. 유학자들이 경전으로 여겼던 유가의 저작들, 즉 『시경』, 『서경』, 『예기』 등은 모두 이미 육예략(六藝略)에 귀속되어 분류되었다.

「자부총서(子部總敍)」에서는, "유가는 일찌감치 시작되었다(儒家尙矣)"라고 하며 유가류의 역사가 오래 되었음을 천명하고 그 분류의 기준에 대해 다음과 같이 설명하였다.

육경(六經)을 제외한, 이론을 세운 다른 저서들은 모두 제자서이다. 처음에는 이 책들이 모두 섞여 있지만 『칠략(七略)』에서 구별하여 열거한 이후로 그 이름이 정해지게 되었다. 초기에는 역시 서로 상충되는 부분이

있었지만, 동중서(董仲舒)가 분명하게 구별한 이후로는 정통의 이론과 잡스런 논의가 나뉘게 되었다.[4]

　중국 고대의 목록서에서 분류한 유가류의 서목에는 유가에서 숭상하는 도덕, 윤리, 정치사상 등을 천명하는 저작들이 포함되어 있었고, 육경과는 처음부터 구별되었으며, 간혹 유가 이외의 저서들이 섞여있었다. 유가류는 중국의 유가 사상의 발전과 함께 그 학술적 가치와 독보적 지위를 확보하며 중국 목록서에서 불가결한 분류 항목이 되었다. 『총목』에서도 경부(經部)와 별도로 자부(子部)에 유가류의 항목을 두고 있다. 그리고 경부와 구별되는 자부 유가류의 학술적 의의에 대해, "학자들은 경(經)을 연구함으로써 천하의 시비를 정할 수 있고, 사(史)를 고증함으로써 고금의 성패를 밝힐 수 있으니, 나머지는 모두 잡학이라고 하겠다. 그러나 유가는 본래 육예(六藝)의 지류로서, 풀이나 나무가 뻗쳐나가듯이 문호(門戶) 간의 사사로운 주장이 없지 않으나 그래도 여러 대유(大儒)들이 도를 밝힌 주장들이 분명히 갖추어져 있으므로 역시 경사(經史)와 함께 두어 참고할 만하다"[5]라고 설명하였다. 중국의 학술사에서는 경학이 위주가 되었으므로, 유가는 지류라고 할 수 있다. 즉 경학이 본(本)이라면 유가는 말(末)이라는 설명이다. 그러나 유가 역시 명도치세(明道治世)의 작용을 하는 바가 있으므로 그 장점을 버릴 수 없기에 역시 『총목』의 자부(子部)에 포함시켜 두었다는 설명이다.

　이로부터 『총목』에서 자부 유가류를 세우고 서적들을 선별하였던

4　"自六經以外, 立說者皆子書也. 其初亦相淆, 自七畧區而列之, 名品乃定. 其初亦相軋, 自董仲舒別而白之, 醇駁乃分." (淸) 永瑢, 紀昀 主編, 『四庫全書總目提要』, 「子部總敍」, 海南 : 海南出版社, 1995, 471쪽.

5　"夫學者硏理於經, 可以正天下之是非, 征事於史, 可以明古今之成敗, 餘皆雜學也. 然儒家本六藝之支流, 雖其間依草附木, 不能免門戶之私, 而數大儒明道立言, 炳然具在, 要可與經史旁叅." 위의 글, 471쪽.

기준을 유추해볼 수 있다. 첫째는 경학의 영역에 속하는 저작들을 제외하는 것이었다. 역대로 자부 유가류의 목록에 포함된 저작 중 유학자들이 매우 중시하였던 『논어』, 『맹자』, 『대학』, 『중용』 등은 송대 이후에는 『십삼경(十三經)』 중의 일부가 되어 모두 경부(經部)의 사서류(四書類)에 귀속되었다. 청대(淸代)에 『총목』을 편찬할 당시에 경학은 이미 정치와 학술 사상 방면에서 흔들림 없는 확고한 지위를 지니고 있었다. 그리하여 『십삼경』과 관련된 저술들은 학술적인 의미에서나 규모 면에서 이미 별도로 경부(經部)라고 분류할 수 있는 가치 체계를 형성하고 있었다. 유가류는 원시 유가의 지파이지만 전통적인 경학의 주류와 다른 흐름을 가지고 있거나 다른 관점 등으로 인하여 전통적인 경부에 포함되지 못한 서적들이 다시 모여 형성한 가치 체계라고 할 수 있을 것이다. 둘째, 『총목』에서는 비록 전통적인 경학에 포함되지는 못하였으나 공맹(孔孟)의 정도(正道)에 근접한 서적들을 선별하여 유가류에 수록하였다. 즉 「유가류소서」에서 밝힌 바와 같이, "무릇 유자(儒者)들은 무리를 이루거나 명예를 가까이 하지 않으며, 대단한 논의가 없어도 부끄러워하지 않고, 공허한 담론을 늘어놓지 않으며, 등용되지도 않으니, 즉 공맹(孔孟)의 도를 바르게 전하기를 바랄 뿐이라는 것을 보이려 한 것"[6]이라는 말처럼 유가류의 서적들은 유학의 이념을 중심 내용으로 삼고 있으며, 공맹의 도를 이해하는 데 도움이 되어야 했다.

『총목』에서는 이러한 유가류의 선별 기준을 밝히고 「유가류」 1에서 주로 송대 이전의 유가 관련 서적들을 선별하여 수록하였다. 예를 들어 『순자(荀子)』의 제요에서는 "순경(荀卿)의 학문은 본래 공문(孔門)에서 나왔으니 제자(諸子) 중에서 가장 정도에 가까운 것이 장점이요, 그

6　"凡以風示儒者無植黨, 無近名, 無大言而不慚, 無空談而鮮用, 則庶幾孔, 孟之正傳矣." 『四庫全書總目提要』 「儒家類小序」, 471쪽.

주장이 너무 과도하거나 혹은 말의 뜻이 지나친 것이 단점이다"[7]라고
하여,『순자』가 비록 결점이 있긴 하지만 그 학문이 공자에 근원을 두
고 있기에 역시 유가류에 수록될 수 있는 것이라고 설명하고 있다. 또
『신어(新語)』의 제요에서는 "즉 대강의 뜻은 모두 왕도(王道)를 숭상하
고 패술(覇術)을 배척하며 수신용인(修身用人)에 그 근본을 두고 있는 것
이다. 이 책에서『노자(老子)』를 인용한 것은 「사무편(思務篇)」에서 '상
덕부덕(上德不德)'의 한 마디 뿐이다. 나머지는 모두 공자를 종주로 한
것이며 그가 인용한 근거들은 대부분『춘추』와『논어』의 문장들이다.
한유(漢儒) 중에 동중서(董仲舒) 이외에는 이와 같이 순정(醇正)한 것이
없다"[8]라고 하여 역시『신어』의 가치가 공자를 종주로 하고 왕도(王道)
와 수신(修身) 등의 도리를 숭상하는 데 있다고 피력하였다.

「유가류」1의 서목들은 대부분 역대의 목록서에 수록된 유가류를
계승하였다. 그러나『총목』이 맹목적으로 역대 목록서의 분류를 따른
것은 아니었으며, 서적이 유전되어 온 상황과 학술적 원류를 고찰하고
그 분류의 타당성 여부를 검토하는 과정을 반드시 거쳤다. 이는 「자부
총서(子部總敍)」에서 설명한 바와 같이, "그중에서 혹 일실되어 전하지
않는 것이나 혹 전해지기는 하나 계승되지 않은 것, 혹 예전에는 그 항
목이 없었으나 지금 더해진 것 등, 예전에는 각기 분류되었던 것이 지
금은 합하여졌다."[9] 예를 들어『염철론(鹽鐵論)』의 제요를 살펴보면, "논
하고 있는 바는 비록 재화를 늘리는 것에 관한 것들이지만, 그 이야기

---

7 『荀子』條, "卿之學源出孔門, 在諸子之中最爲近正, 是其所長 ; 主持太甚, 詞義或至於
   過當, 是其所短." 위의 글, 471쪽.
8 『新語』條, "則大旨皆崇王道, 黜覇術, 歸本于修身用人. 其稱引『老子』者, 惟『思務篇』
   引"上德不德一語, 餘皆以孔氏爲宗, 所援據多『春秋』, 『論語』之文. 漢儒自董仲舒外,
   未有如是之醇正者." 위의 글, 472쪽.
9 "其中或佚不傳, 或傳而後莫爲繼, 或古無其目而今增, 古各爲類而今合."『四庫全書總
   目提要』「子部總敍」, 471쪽.

는 모두 선왕(先王)의 일들을 서술하고 있으므로 육경(六經)의 뜻에 비견된다고 하겠다. 그러므로 여러 역사서에서 이를 유가로 열거하였다. 황우직(黃虞稷)의 『천경당서목(千頃堂書目)』에서는 이를 바꾸어 사부(史部)의 식화류(食貨類)로 예속시켰는데, 그 명목에 부합하는 것 같지만 그 실질을 잃은 것이다"[10]라고 하였다. 『염철론』의 내용은 비록 경제와 관련된 것이 위주이지만, 『총목』에서는 그 책의 사상에 근거하여 유가류에 포함시키는 것이 타당하다고 여겼던 것이다.

『소리자(素履子)』의 제요를 보면 "『신당서(新唐書)』 「예문지(藝文志)」와 조공무(晁公武)의 『군재독서지(群齋讀書志)』, 진진손(陳振孫)의 『직재서록해제(直齋書錄解題)』, 우무(尤袤)의 『수초당서목(遂初堂書目)』에는 모두 수록되어 있지 않다. 다만 정초(鄭樵)의 『예문략(藝文畧)』과 『송사(宋史)』 「예문지(藝文志)」에는 수록되어 있다. 문장이 평이하여 후대에 나온 것으로 보이며 한(漢)과 위(魏)의 제자(諸子)와 견줄 수 있는 수준이 아니므로 송대 이래로는 세상에 드러나지 않게 되었다. 송렴(宋濂)이 지은 『제자변(諸子辨)』에도 역시 이 책이 언급되지 않았다. 그러나 이 책에 인용된 경사(經史)의 사실들을 보면 모두 도리에 근거하고 있고 모두 성현의 뜻을 본받아 정도로 돌이키려 하는 것이니 역시 유가의 지류라고 할 수 있다"[11]라고 하였다. 『소리자』는 당 장호(張弧)의 저작이다. 장호는 『당사(唐史)』에 전기(傳記)가 수록되어 있지 않으며 이 책도 줄곧 중시되지 않았다. 그러나 『총목』에서는 그 내용이 유가의 도에 근거하고 있음을 인정하였고 이 책을 유가류에 수록하였다. 이로부터 『총목』의 편찬자

---

10 『鹽鐵論』條, "所論雖食貨之事, 而言皆述先王, 稱六經, 故諸史列之儒家. 黃虞稷『千頃堂書目』改隷史部食貨類中, 循名而失其實矣." 위의 글, 472쪽.

11 『素履子』條, "『新唐書·藝文志』, 晁公武『讀書志』, 陳振孫『書錄解題』, 尤袤『遂初堂書目』皆未著錄, 惟鄭樵『藝文畧』, 『宋史·藝文志』有之. 蓋其詞義平近, 出於後代, 不能與漢, 魏諸子抗衡, 故自宋以來不甚顯於世. 宋濂作『諸子辨』亦未之及. 然其援引經史, 根據理道, 要皆本聖賢垂訓之旨, 而歸之於正, 蓋亦儒家者流也." 위의 글, 474쪽.

들이 날카로운 안목으로 서적들을 반복하여 검토한 후에 그 학술의 원천을 판단하였음을 볼 수 있다.

「유가류」 1에 수록된 서적들은 대부분 송대 이학이 성행하기 전에 간행되었던 것들이다. 이러한 서적들의 공통점은, 내용면에서 유가와 기타의 사상들이 함께 섞여 있어서 바로 경전의 지위로 승격될 수 없는 것들이지만, 역시 공맹(孔孟)의 도를 종주로 삼고 있다는 점이다. 그러나 「유가류」 1에 수록된 서적들은 또한 유가 사상의 계승과 변천을 드러내고 있다. 「유가류소서」에서는, "옛날의 유학자들은 입신하여 스스로 실천하고, 선왕의 법도를 암송하며 경전에 통달하여 적용하려고 힘쓸 따름이지, 감히 스스로 성현을 자임하지 않았다"고 하였고 또 "왕통(王通)은 하분(河汾)에서 수업을 하면서 처음으로 니산(尼山)을 모방하였는데 마침내는 서로 표방하기에 이르렀으니 점차 세태가 변한 것이라고 하겠다"[12]라고 설명하며, 송대 이학으로 발전해가는 유가의 변화 양상에 대해 언급하고 있다.

『유지편(儒志編)』의 제요에서는, "당시에 염(濂), 락(洛)의 학설이 아직 크게 성행하지 않았으며 강학자들은 각자가 듣고 배운 바를 존중하여 따랐다. 손복(孫復)은 명유(名儒)로 일컬어졌으나 양웅(揚雄)을 존경하여 모범으로 삼았다. 사마광(司馬光)은 삼조(三朝)를 섬긴 노유(老儒)였지만 맹자를 의심하고 양웅을 중시하였다. 왕개조(王開祖) 만이 홀로 다른 길로 가지 않고 공맹의 도를 강론하였다. 비록 그 학설이 이리저리 돌며 유전되었지만 반드시 무익한 것만은 아닐 것이다"[13]라고 하였다. 『유지편』은 송 왕개조가 편찬한 저작으로, 제요에서 송대 유학가

---

12 "古之儒者立身行己, 誦法先王, 務以通經適用而已, 無敢自命聖賢者.", "王通敎授河汾, 始摹擬尼山, 遞相標榜, 此亦世變之漸矣." 『四庫全書總目提要』 「儒家類小序」, 471쪽.

13 『儒志編』條, "當時濂, 洛之說猶未大盛, 講學者各尊所聞. 孫複號爲名儒, 而尊揚雄爲模範. 司馬光三朝耆宿, 亦疑孟子而重揚雄. 開祖獨不涉岐趨, 相與講明孔孟之道. 雖其說輾轉流傳, 未必無所附益." 위의 글, 475쪽.

들이 이미 전통적인 경학에 대해 회의를 느끼고 개인의 견해로서 유가의 도리를 찾고자 하는 경향을 보이고 있음을 언급하였다. 이는 또한 『총목』은 유가에 대해 염, 락의 학술 사상을 전환점으로 보고 있음을 반영하는 것이다.

『총목』의 「유가류」 1 편찬 의도는 「유가류1안어(儒家類一案語)」에 밝혀져 있다. 즉, "이상의 제유(諸儒)들은 모두 염(濂), 락(洛)의 학술이 아직 나오기 이전의 사람들이다. 그 학문은 수기(修己)와 치인(治人)에 핵심을 두었으며, 소위 말하는 이기(理氣), 심성(心性) 등의 오묘한 이론은 없었다. 그 학설은 성인의 말을 암송하고 따르는 것에 불과했으니, 별도로 한 선생을 존경하여 따르고 천하의 선비를 불러 모으는 일은 없었다. 그 가운데 다만 왕통이 사사로이 사제간을 표방하였으나 그래도 문호(門戶) 간에 서로 공격하는 일은 없었다. 지금 이것을 함께 기록하여 유가의 초기 모습과 더불어 그 변화의 발단을 보이고자 한 것이다"[14]라고 하여, 유가가 송대에 이학으로 발전하기 이전에 유가류로 분류되었던 서적들의 내용상의 특징과 개념을 정의하고 또한 유가가 점차 이학으로 변화해가는 방향에 대한 실마리를 드러내고자 하였음을 밝혔다.

2) 유가 학파의 종주(宗主)

「유가류」 2에서는 송대 이학의 주요 저작들을 주로 다루었는데, 유가의 종주가 되는 학파의 형성과 특성에 대해 주로 설명하고 있다. 『총

---

14 "以上諸儒, 皆在濂, 洛未出以前. 其學在於修己治人, 無所謂理, 氣, 心, 性之微妙也. 其說不過誦法聖人, 未嘗別尊一先生, 號召天下也. 中惟王通師弟私相標榜, 而亦尙無門戶相攻之事. 今並錄之, 以見儒家之初軌, 與其漸變之萌蘗焉." 『四庫全書總目提要』 「儒家類一案語」, 475쪽.

목』은 「유가류소서」에서 "지금 기록한 것들은, 대개 염(濂), 락(洛), 관(關), 민(閩)을 종주로 삼는다"[15]라고 설명하고, 유가의 종주를 염, 락, 관, 민 지역에서 형성된 학파로 보았다. '염(濂)'이란 주돈이(周敦頤)를 가리키고, '락(洛)'이란 이정(二程), 즉 정호(程顥, 1032~1085), 정이(程頤, 1033~1107)를 지칭하며, '관(關)'은 장재(張載)를 가리키며, '민학(閩學)'이란 복건(福建)에서 정이(程頤)의 학문을 전하던 양시(楊時), 나종언(羅從彦), 이동(李侗), 주희(朱熹) 등등을 일컫는다. 즉, 『총목』의 편찬자들은 주돈이, 정이, 정현 등에서 시작하여 주희로 이어지는 송대의 정주이학(程朱理學)이 유가의 발전과 연변을 주도하는 종주가 되었다고 인식한 것이다.

『총목』에서 송대의 정주이학을 유학의 종주로 인정하였던 원인은 다음과 같다. 첫째, 송대 이학은 비록 한당(漢唐)의 '주소지학(註疏之學)'을 반대하였지만 여전히 유가 경전을 근본으로 삼아 연역하여 발전시킨 것이었다. 송대에 이르러 유학가들은 "경(經)은 도(道)를 담은 것이다經所以載道"라고 생각하며, 유가 경전과 도학(道學)의 '도'를 결합하여 이학(理學)의 사상 체계를 수립하였다. 이학에서 주장하는 철학과 정치사상, 윤리사상 등은 경학과 매우 긴밀하게 연결되어 있었으니, 이학은 유가 경전에 대한 논의와 해설을 통하여 우주론, 인성론, 윤리론, 정치론 등을 도출해내었기 때문이다. 그러므로 송대 이학은 비록 유가 경전을 연구하는 한당(漢唐)의 경학을 반대하는 입장에 있었지만 스스로 유가 경전을 분리해서 생각할 수는 없었다.

『총목』의 「유가류」 2의 앞부분에는 송대 이학의 대표적인 저서들인 『태극도설술해(太極圖說述解)』, 『통서술해(通書述解)』, 『서명술해(西銘述解)』, 『장자전서(張子全書)』, 『이정유서(二程遺書)』, 『이정외서(二程外書)』, 『이정

15　"今所錄者, 大旨以濂, 洛, 關, 閩爲宗." 『四庫全書總目提要』 「儒家類小序」, 471쪽.

수언(二程粹言)』, 『근사록(近思錄)』 등이 수록되어 있다. 『근사록』의 제요를 보면, "이 책은 모두 662개의 조목을 14문(門)로 나누었으니 실로 후대의 성리학서들의 조종(祖宗)이 되었다. 주자(朱子)의 학문은 격물(格物)과 궁리(窮理)에 큰 뜻을 두고 두루 공부하여 요약한 것으로, 『육경(六經)』에 근거하고 백가의 학문을 참고하였고 자만하며 한 스승의 말만을 고수하지 않았다"[16]라고 하였으니, 이학의 조종(祖宗)이 된 이 책이 육경에 바탕을 두고 있는 것임을 긍정하는 것이다.

둘째, 『총목』은 명대에 유행하였던 심학(心學)의 학풍이 공소(空疏)하다고 여겼으며 심학의 유행을 반대하였다. 「유가류4안어(儒家類四按語)」를 보면, "송에 이르러 문호(門戶)가 크게 갈라지고 서로 반목하며 사이가 벌어졌다. 학자들이 각자 (스승에게서) 들어 배운 것만을 존중하고 따르며 서로 다투기를 멈추지 않은 지 사오백 년이 넘는다. 중간에 학파들이 번갈아서 흥하고 망하기를 몇 번이나 하였는지 모른다. 그중에 가장 두드러진 것은 신안(新安, 주희)과 금계(金溪, 육구연)의 두 종파이다. 명 하동(河東) 일파는 주자의 남은 여파를 따라갔고, 요강(姚江) 일파는 육구연의 남은 불꽃을 불어 살리려 하였으니, 그 변화무쌍한 나머지들도 모두 이 두 종파의 사이에서 약간의 이동이 있을 따름이다"[17]라고 하여, 송대 이후의 유학이 변천되어 가는 주요한 추세를 총괄하고, 그 변화의 양대 물결이 이학과 심학임을 확언하였다.

그러나 『총목』은 이학을 지지하며 심학을 반대하는 유학자들을 칭찬하였고, 심학의 대표적 저작들은 자부(子部)의 유가류에 싣지 않고

---

16 『近思錄』條, "書凡六百六十二條, 分十四門, 實爲後來性理諸書之祖. 然朱子之學, 大旨主於格物窮理, 由博反約, 根株『六經』, 而參觀百氏, 原未暖暖姝姝守一先生之言." 위의 글, 478쪽.

17 "至宋而門戶大判, 釁隙相尋. 學者各尊所聞, 格鬥而不休者, 逾越四五百載. 中間遞興遞滅, 不知凡幾. 其最著者新安, 金溪兩宗而已. 明河東一派沿朱之波, 姚江一派噓陸之焰, 其餘千變萬化, 總出入於二者之間." 『四庫全書總目提要』「儒家類四按語」, 489쪽.

집부(集部)의 별집류(別集類)에 수록하였다. 예를 들어 육구연(陸九淵)의
『상산집(象山集)』은 집부 별집류 제13권에 수록되었으며, 육구연의 제
자 양간(楊簡)의 『자호유서(慈湖遺書)』역시 집부 별집류 제13권에 수록
되었다. 왕수인(王守仁)의 『왕문성전서(王文成全書)』는 집부 별집류 제
24권에 실려 있다. 이러한 분류 체계는 『총목』이 유학사에서 심학(心
學)의 작용 및 가치를 부정하였다는 것을 보여준다.

　셋째, 『총목』에서는 송 이후의 유학이 문호를 나누고 서로 논쟁하는
현상에 대해 비판하였다. 「유가류소서」에서 설명한 바와 같이, "당시
에 소위 도학자들은 두 갈래의 유파로 나뉘어 필설로 서로 공격하였
다. 이때 이후로, 천하는 주자의 학파인지 육구연의 학파인지를 다투
며 문호(門戶)를 나누고 붕당(朋黨)이 일어나 은인과 원수로 나뉘어 서
로 보복하였다. 이와 같은 세태가 수백 년간 만연하였다."[18] 송대에 이
르러서는 점차로 유가와 불가(佛家), 도가(道家)의 삼대 사상이 서로 흡
수되며 융합되는 현상이 나타나는데, 이러한 과정 가운데 다양한 사상
이 분화되었다. 이학은 유학가들이 불가와 도가에서 제기한 우주론,
인성론 등 형이상학적 사상의 영향을 받아 만들어낸 새로운 사상체계
라고 할 수 있다. 육구연은 불가와 도가의 사상을 깊이 있게 받아들였
으며 이로부터 주관적인 경향이 강한 유심주의(唯心主義)의 철학 체계
를 세웠다. 그리고 주소(註疏)를 위주로 한 전통적인 한당(漢唐) 경학을
부정하고 "육경이 나를 부연하고, 내가 육경의 주석이 된다[六經注我, 我
注六經]"는 주장을 내세우며 주관적으로 경전의 의미를 해석하고 설명
하였다. 명대에 이르러서는 또 왕수인(王守仁)이 육구연의 학술 사상을
계승하여 심학을 창도하였고 이로부터 유학의 분파는 더욱 복잡하게
되었다.

18　"當時所謂道學者, 又自分二派, 筆舌交攻. 自時厥後, 天下惟朱, 陸是爭, 門戶別而朋黨
　　起, 恩讐報復, 蔓延者垂數百年."『四庫全書總目提要』「儒家類小序」, 471쪽.

『총목』은 이렇게 문호가 서로 논쟁하는 상황은 유학의 본질과 목표로부터 매우 멀어진 것이라고 여기었고 더 나아가 문호의 분파와 서로 간의 논쟁이 명대 사회의 붕괴라는 결과를 초래했다고 분석하였다. 즉, 「유가류소서」에서 "명 말엽에는 그 화가 종사(宗社)에까지 미치게 되었으니, 오직 명예와 승부를 추구하는 사심(私心)을 스스로 억제하지 못하고 서로 공격하다가 이에 이르게 된 것이다"[19]라고 설명한 것이다. 이와 같이『총목』은 명대 유학의 공소한 학풍을 철저히 비판하였고 또 상대적으로 유가의 전통 경학에 근접한 정주이학을 송대 이후의 유학의 주류로 여겼다.

3. 유가의 계승과 발전의 흐름에 대한 기술

1) 송대(宋代) 유가의 계승과 발전

『총목』의 「유가류」 2와 「유가류」 3에 수록된 서적들은 송, 명, 원의 이학 관련 서적들이 위주가 되며 이러한 서적들을 통하여 이학 사상을 형성하고 종주가 된 학자들과 그 계승자들이 순차적으로 설명되어 있다.『총목』은 정주이학을 유학의 중심으로 여기고, 정주이학의 계승과 발전에 대해서 분명히 밝히었다.『이정유서(二程遺書)』의 제요에서는, "정자(程子)가 죽은 이후로 어록(語錄)을 전한 사람들로 이유(李籲), 여대림(呂大臨), 사량좌(謝良佐), 유초(遊酢), 소병(蘇昞), 유현(劉絢), 유안절(劉

---

19 "明之末葉, 其禍邃及于宗社, 惟好名好勝之私心不能自克, 故相激而至是也. 聖門設敎之意, 其果若是乎?"『四庫全書總目提要』「儒家類小序」, 471쪽.

安節), 양적(楊迪), 주부선(周孚先), 장역(張繹), 당체(唐棣), 포약우(鮑若雨), 추병(鄒柄), 창대은(暢大隱) 등 여러 명이 있었다"[20]고 하여, 이정(二程)의 문호에서 나온 제자들을 열거하였다. 또 이정(二程)과 주희의 사승(師承) 관계에 대해서는 주희의 『연평답문(延平答問)』의 제요에서, "정자(程子)의 학문은 첫 번째로 양시(楊時)에게 전해졌고 다시 나종언(羅從彦)에게 전해졌으며 후에 다시 이동(李侗)에게 전해졌다"[21]고 하였으니, 이동은 다시 주희에게 전수하였으므로, 주희는 이정(二程)의 사전제자(四傳弟子)인 셈이다.

건순(乾淳)의 삼선생(三先生)이라고 일컬어지는 주희, 여조겸(呂祖謙), 장식(張栻) 사이의 논쟁과 주자 사상의 확립 과정 역시 일련의 서적들의 제요를 통하여 그 흐름을 확인할 수 있다. 송 호굉(胡宏)의 『지언(知言)』의 제요에는, "호굉의 학문은 본래 그 아버지인 호안국(胡安國)에게서 나왔고 호안국의 학문은 양시(楊時)에게서 나왔으나 또한 동림(東林) 상총(常總)의 학문을 겸하여 배웠다. 상총은 일찍이 본연지성(本然之性)이 악(惡)과 대칭하여 말할 수 없다고 하였다. 호안국이 그 학설을 이어서 논하였으니 마침내 본연(本然)의 성(性)과 선악과 상대되는 성(性)의 두 가지로 나누었다. (…중략…) 주자는 그 잘못을 강력히 비난하며 『지언의의(知言疑義)』를 저술하고 여조겸(呂祖謙)과 호굉(胡宏)의 문인 장식(張栻) 등과 서로 논변을 벌였고, 장식 역시 스승의 학설을 모두 옳다고 여기지 못하게 되었다"[22]라는 설명이 있다. 이로부터 이학의 전

---

20 『二程遺書』條, "自程子旣歿以後, 所傳語錄有李籲, 呂大臨, 謝良佐, 遊酢, 蘇昞, 劉絢, 劉安節, 楊迪, 周孚先, 張繹, 唐棣, 鮑若雨, 鄒柄, 暢大隱諸家" 위의 글, 476쪽.

21 『延平答問』條, "程子之學一傳爲楊時, 再傳爲羅從彦, 又再傳爲李侗." 위의 글, 478쪽.

22 『知言』條, "然宏之學本其父安國, 安國之學雖出於楊時, 而又兼出於東林常總. 總嘗謂本然之性, 不與惡對言. 安國沿習其說, 遂以本然者, 與善惡相對者, 分成兩性, (…중략…) 朱子力詆其非, 至作『知言疑義』, 與呂祖謙及宏門人張栻互相論辨, 卽栻亦不敢盡以其師說爲然." 위의 글, 479쪽.

승을 본다면, 이정(二程)의 학문은 양시와 사량좌를 거쳐 호안국에게 전수되었고 그 아들인 호굉에게 전수되었으며 다시 장식에게 전수되었다. 장식은 이정(二程)의 '사전제자(四傳弟子)'로서 이정의 인성론을 계승하여 새로운 개념으로 연역해내었으니, '천명지성(天命之性)'과 '기질지성(氣質之性)'을 주장하며 '악성(惡性)'도 역시 있다는 것을 인정한 것이다. 또 이는 기질과 품성(氣稟)이 다르기 때문에 생긴 결과라고 하였다. 주희는 이정의 학설을 계승하며 '성본선(性本善)'을 주장하였으므로 장식과 논쟁을 벌였으며, 마침내 다른 학설들을 설복시키고 정주이학에서 독보적인 권위와 지위를 차지하게 되었다.

여조겸(呂祖謙)은 철학 방면에서 이학과 심학 간의 모순을 조화시키려고 노력하는 한편, 다른 한편으로 영가학파(永嘉學派)의 경세치용 사상을 받아들여 이로부터 '여학(呂學)'이라는 학파를 형성하였고 당시의 사상계에 자못 영향을 주었다. 여조겸과 주희의 분기는 역시 『여택논설집록(麗澤論說集錄)』의 제요로부터 찾아볼 수 있다.

여조겸은 처음에 주자와 서로 마음이 맞았으나, 후에 『모시(毛詩)』의 논쟁에서 의견이 맞지 않아 결국은 서로 심하게 배척하게 되었다. (…중략…) 탁극탁(托克托) 등은 『송사(宋史)』를 편수하면서 여조겸을 『유림전(儒林傳)』중에 배치하여 '도학(道學)'의 반열에 끼지 못하도록 하였다. (…중략…) 도학은 유림을 조롱하면서 '도를 듣지 못하였다[不聞道]'라고 하고, 유림은 도학을 비난하면서 '옛것을 상고하지 않는다[不稽古]'라고 하며 서로 말다툼을 하니 지금까지 그치지 않는다. 무릇 유자들은 경의(經義)를 궁리하여 연구하여야 비로소 이치의 시비를 판단할 수 있으며, 사서를 두루 편람하여야 비로소 사건의 득실을 판명할 수 있다. 그러므로 '두루 학습하고 돌이켜 요약한다[博學反約]'라고 하고 아직 넓지 않아도 먼저 요약한다고 하지는 않는 것이다. 주씨(朱氏)의 학문이 정채롭지만, 여씨(呂

氏)의 학문을 역시 어찌 모두 폐할 수 있겠는가?[23]

주희, 장식, 여조겸은 모두 이정(二程)을 스승으로 삼아 배운 제자들이며 이정(二程)의 학술 사상을 연역하고 발전시켰다. 그러나 주희가 장식과 여조겸과 서로 논변하는 과정을 통하여 스스로 이정(二程) 사상의 정통적인 계승자로 자임하게 되었다. 『총목』은 일련의 서적들의 제요를 통하여 이러한 정황을 간략하게 설명하면서 이학에서 문호들 간에 벌인 논쟁의 병폐를 간접적으로 비판하였다.

남송 이후 주자와 육구연(陸九淵) 문파의 분기 역시 송 양간(楊簡)의 『선성대훈(先聖大訓)』 제요 안에 드러나 있는데, "그 입언(立言)의 종지(宗旨)를 고찰해보면 이미 신회(新會), 여요(余姚)의 문파를 개창하였다. 그러므로 이 책에 주석을 붙일 때 왕왕 주석을 빌려 심학의 이론을 펼쳤으므로 견강부회한 점이 없지 않다"[24]고 하였으니, 양간(楊簡)이 육구연 심학의 전도자로서 육구연의 철학심본론(哲學心本論)을 좇아 발전시킨 상황을 보이고 있다. 『총목』은 비록 육구연 본인의 저작들을 언급하지 않았지만, 양간의 예를 들어 "견강부회한 점이 있다"는 결점을 지적하고 암암리에 심학을 비판하였다. 이러한 제요들을 통하여 『총목』이 송대 이학을 유가의 종주로 여겼고, 또 그 문인들과 대표작들을 기록하여 이학의 계승과 연변을 고찰할 수 있도록 하였음을 볼 수 있다.

---

23 『麗澤論說集錄』條, "祖謙初與朱子相得, 後以爭論『毛詩』不合, 逐深相排斥, (…중략…) 托克托等修『宋史』, 因置祖謙『儒林傳』中, 使不得列於'道學'. (…중략…) 道學之譏儒林也, 曰"不聞道", 儒林之譏道學也, 曰"不稽古", 齗齗相持, 至今未已. 夫儒者窮研經義, 始可斷定之是非, 亦必博覽史書, 始可明事之得失, 故云博學反約, 不云未博而先約. 朱氏之學精矣, 呂氏之學亦何可盡廢耶?" 위의 글, 479쪽.

24 『先聖大訓』條, "考其立言宗旨, 已開新會, 余姚之派, 故注是書, 往往藉以抒發心學, 未免有所牽附." 위의 글, 481쪽.

2) 명대(明代) 유가의 계승과 발전

명대에 이르러 통치자들은 행정력 등을 동원하여 유학의 학문적 지위를 확고히 하고자 하였으며 정주이학은 그 전성기에 달하였다. 영락(永樂) 연간에 명성조(明成祖)는 유학으로 사상을 통일하기 위해 호광(胡廣) 등의 유신(儒臣)들에게 명하여 『사서대전(四書大全)』, 『오경대전(五經大全)』, 『성리대전(性理大全)』 등을 편수하고 조서를 내려 천하에 반포하였다. 명 호광(胡廣) 등이 왕명으로 편찬한 『성리대전서(性理大全書)』의 제요를 보면, "이 책은 『오경(五經)』, 『사서대전(四書大全)』과 함께 영락 13년 9월에 완성하고 진상하였다"[25]고 한다. 명대의 학자들은 대부분 정자(程子)와 주자의 학설을 고수할 뿐이었고 새로운 점이 없었는데, 이는 명대의 문화 정책이 이와 같이 학술 사상을 통제하였던 데서 기인한다.

그러나 명대 이학에도 분기는 존재했다. 일부의 유학가들은 정주이학을 다시 검토하고 반성하며 비판하기 시작하였다. 왕수인(王守仁)은 정주이학을 비판하며 육구연의 심학을 계승하여 발전시켰고 또 강문(江門)의 학술과 불학(佛學)의 영향을 받아 '치량지(致良知)', '지행합일(知行合一)'을 특징으로 하는 심학(心學)의 체계를 수립하였다. 왕수인의 심학은 명대 중·후기에 정주이학의 지위를 대신하며 유학의 발전에 큰 영향을 끼쳤다. 명 호거인(胡居仁)의 『거업록(居業錄)』 제요에 따르면, "호거인(胡居仁)과 진헌장(陳獻章)은 모두 오여필(吳與弼)의 문중에서 나왔다. 오여필의 학문은 주자와 육구연의 중간에 있다. 두 사람은 각각 자신에게 가까운 것을 배워왔으니, 진헌장은 위로는 금계(金溪, 육구연)를 계승하였고 아래로는 요강(姚江, 왕수인)의 길을 열었다. 호거인

25　『性理大全書』條, "是書與『五經』, 『四書大全』同以永樂十三年九月告成奏進." 위의 글, 483쪽.

은 삼가 신안(新安, 주희)의 학문을 지키고자 하였으므로 '경(敬)'이라는 글자로 서재의 이름을 지었다. 그리고 이 책에서 진헌장이 선학(禪學)에 가까운 것을 변론한 곳이 상당히 많다."[26] 여기서 오여필, 진헌장, 호거인, 육구연, 왕수인, 주희 등이 거론되면서 그 학승(學承) 관계를 밝히고 있다. 오여필과 설선(薛瑄)은 동시대의 사람으로 세상 사람들은 두 사람을 남북의 대유(大儒)라고 칭하였다. 오여필은 명대 유학사에서 심학의 발단을 일으킨 장본인이며, 따르는 제자들도 매우 많았다. 그 중 호거인과 진헌장이 대표적인 학자들로서, 각각 두 파의 전수자가 되었다. 호거인은 주희의 사상을 위주로 하였고, 진헌장은 육구연의 심학에 편중된 연구를 하였으며 또한 왕수인에게 영향을 미쳤다.

명대의 이학가들은 대부분 정주이학을 좇았을 뿐 독창적인 의견을 내지 못하였다. 『총목』은 그중에서 이학의 전통 관념을 고수하며 육구연과 왕수인의 심학을 반대하는 학자들을 주로 수록하였다. 명 서문(徐問)의 『독서찰기(讀書箚記)』의 제요에 따르면, "그가 논한 천문, 역상(曆象), 산천, 성리(性理), 육경(六經), 사자서(四子書)에 관한 논설은 모두 선유(先儒)의 기존의 학설을 따른 것이다. 그가 논한 학문은 정자(程子)와 주자를 본받고 있으며 요강(姚江)의 학문을 극력 배척하였다"[27]고 하였고, 또 명 여남(呂柟)의 『경야자내편(涇野子內篇)』의 제요를 보면, "여남(呂柟)의 학문은 격물(格物)과 궁리(窮理)에 있으며 먼저 안 연후에 행하고자 하였다. (…중략…) 그는 앎을 실천함에 가장 독실하였던 사람으로 왕수인의 '양지(良知)'의 오류를 비판하였다"[28]고 하였다. 또 명 나흠

---

26 『居業錄』條, "居仁與陳獻章皆出吳與弼之門. 與弼之學, 介乎朱, 陸之間. 二人各得其所近, 獻章上繼金溪, 下啓姚江. 居仁則恪守新安, 不踰尺寸, 故以'敬'名其齋, 而是書之中, 辨獻章之近禪, 不啻再三." 위의 글, 484쪽.

27 『讀書箚記』條, "所論天文, 曆象, 山川, 性理, 六經, 四子書, 皆守先儒成說. 其論學則一本程, 朱, 而力黜姚江之學." 위의 글, 485쪽.

28 『涇野子內篇』條, "柟爲學在格物以窮理, 先知而後行. (…중략…) 其踐履最爲篤實, 嘗

순(羅欽順)의 『곤지기(困知記)』 제요에서, "무릇 학문이란 것은 점차 체험이 쌓여 체득되는 것이므로 오로지 궁행실천(躬行實踐)만을 힘쓸 뿐, 요강(姚江) 등의 '양지(良知)'의 오류를 심하게 배척하였다"[29]라고 하였다. 나흠순(羅欽順)은 사회의 위기가 계속 심화되고 정주이학이 날로 세력을 잃어가던 상황 속에서 정주이학과 육왕심학을 비판하고 경세재물(經世宰物)의 실학(實學)을 창도하였는데, 『총목』에서는 그가 심학을 비판하면서 도출해낸 학술적 성과에 대해 칭찬하였다. 이러한 제요들은 명대에 이학을 존숭하고 심학을 배척하였던 일련의 학술적 경향을 보여주고 있으며 또한 『총목』의 학술적 경향을 드러내 보이고 있다.

3) 청대(淸代) 유가의 계승과 발전

명말에는 왕수인 심학의 '공허한 말의 병폐[空言之弊]'가 날로 심해졌다. 특히 왕학(王學) 말류의 선비들은 왕수인의 "선도 없고 악도 없는 것이 심(心)의 본체이다[無善無惡是心之本體]"라는 학설에 근거하여 공허한 담론을 늘어놓고 유가를 버리고 선학(禪學)으로 들어간다든지, 정치에 관심을 가지지 않고 실제의 일에 힘쓰지 않는 모습을 보였다. 기존의 사상적 성과를 흡수하여 사회의 수요에 적응하고 명대의 쇠퇴를 돌이키고자 하는 '실학(實學)' 사상도 함께 대두되기 시작했다. 이러한 실학 사상은 경세치용을 목적으로 하면서 청초 유학의 발전에 직접적인 영향을 끼쳤다. 그러나 청 왕조가 시행한 문화억압정책에 따라, 청대 중기 이후로는 고증학의 열풍이 크게 일어났으며 건륭(乾隆), 가경(嘉

斥王守仁言良知之非." 위의 글, 485쪽.

29 『困知記』條, "蓋其學由積漸體驗而得, 故專以躬行實踐爲務, 而深斥姚江'良知'之非." 위의 글, 484쪽.

慶) 연간에는 그 전성기를 이루어 학자들은 한대(漢代) 유학의 소박하고 실질을 추구하는 학풍을 존숭하여 따르게 되었다.

명대 유학의 공소한 학풍을 비판하고 한대(漢代)의 경학을 다시 진흥시키려는 분위기 속에서 청대 이학은 다시 분기되지 않았고 도리어 통치자들의 비호를 받았다. 청조의 통치자들은 한족(漢族) 사대부들의 지원을 얻기 위해 유학을 통치 계급의 지도 이념으로 선택하였다. 순치(順治)부터 건륭(乾隆) 전기에 이르기까지 통치자들은 줄곧 "경학을 표방하여 드러내고, 선유(先儒)를 존중하며[表章經學, 尊重儒先]", "공맹(孔孟)과 정주(程朱)의 도와 교훈으로서 더욱 연마하는[以孔孟程朱之道訓迪磨厲]" 문화정책을 실시하였다. 순치, 강희, 옹정, 건륭 황제 등은 친히 이학의 저서들을 찬정하였고 또 이광지(李光地), 탕빈(湯斌), 장백행(張伯行) 등의 이학 명사들을 중용하여 그들에게 『어찬성리정의(御纂性理精義)』, 『어찬주자전서(御纂朱子全書)』 등의 저서를 편찬하도록 하고 반포하였다. 이로써 정주이학은 청대에 흥성하게 되었다. 『어찬성리정의』의 제요에서, "『성리대전서(性理大全書)』는 방대하고 잡다하며 이러저리 나뉘어져 있으나, 내용이 많은 것만을 귀하게 여기고 체재가 없었다. 강희제[聖祖仁皇帝]께서는 당우(唐虞)의 통치를 이으시고 공맹(孔孟)이 전하는 것을 잘 알아 『육경(六經)』에 근거를 두고 수많은 유학자들의 경중을 참작하였다. 무릇 송유(宋儒)의 저서들 가운데 도(道)의 깊이와 입언(立言)의 순박함이 모두 드러났으며, 또한 작은 것이나 애매한 것도 연구하여 하나도 놓치는 것이 없었다. 호광(胡廣) 등이 편찬한 것은 부질없이 강학자들의 이름만을 많이 실었으나 명성을 얻고자 하는 행동에 불과하고, 체계 없이 늘어놓아 후대에까지 좋지 않은 영향을 미쳤다. 이에 대학사 이광지(李光地) 등에게 이 책을 간행하라고 명하고 친히 교정을 하셨다"[30]라고 설명하고 있으니, 여기에서 청초 통치자들의 이학에 대한 경도와 통치자 본인의 이학에 대한 조예를 엿볼 수 있다.

『총목』이 「유가류」 4에서 황제의 어서(御書)들과 함께 열거한 청대 유학가들은 청대 이학을 대표하는 명유(名儒)들이다. 청 이광지(李光地)의 『용촌어록(榕村語錄)』에 의하면, "이광지의 학문은 주자에 근원을 두고 있으니 그는 주자의 본뜻을 마음 깊이 이해하고 시대에 따라 변통할 줄 알아 문호의 사사로운 견해에 얽매이지 않았다. 그는 경전에 주석을 붙일 때 한당(漢唐)의 학설도 겸하여 취하였으며, 강학(講學)에는 육구연과 왕수인의 뜻을 참고하기도 하였으나, 시비득실과 큰 견해의 차이를 유발하는 미세한 차이 등에 대해서는 매우 분명하게 변별하여 왕왕 한 마디로 그 의심스러운 점을 결론짓곤 하였다. 그리고 무리를 지어 다른 문파를 공격하는 부류들에 대해서는, 요강(姚江, 왕수인)을 공격하는 사람에 대해서도 비판하였고, 자양(紫陽, 주희)을 공격하는 이에 대해서도 조롱하였다."[31] 이광지는 학문적으로 정자와 주자를 종주로 삼아 정주이학을 힘써 제창하였으며 정주이학의 윤리적 가치와 의의를 충분히 긍정하였다. 그는 비록 정자와 주자를 존숭하는 입장이었지만, 각 학자들의 장점을 취하여 정주이학의 단점을 보완하고 여러 문호의 의견들을 수용하여 유가의 정도를 널리 알리고 고양시키려고 하였다.

청 육농기(陸隴其)의 『독주수필(讀朱隨筆)』의 제요에 따르면, "육농기(陸隴其)의 학문은 주자를 종주로 삼으니 근래의 유학자들 가운데서도 가장 순정하다고 일컬어졌다. 이 문장의 대의는 이설들을 물리치고 자양

---

30 『御纂性理精義』條, "其『性理大全書』尤龐雜割裂, 徒以多爲貴, 無復體裁. 我聖祖仁皇帝接唐虞之治統, 契孔孟之心傳, 原本『六經』, 權衡百氏, 凡宋儒論著於其見道之淺深, 立言之醇駁, 並究知微曖, 坐照無遺. 病胡廣等所編徒博講學之名, 不過循聲之擧, 支離冗碎, 貽誤後來, 乃命大學士李光地等刊其書, 復親加厘定." 위의 글, 487쪽.

31 『榕村語錄』條, "光地之學源于朱子, 而能心知其意, 得所變通, 故不拘墟於門戶之見. 其詁經兼取漢唐之說, 其講學亦酌采陸, 王之義, 而於其是非得失, 毫釐千里之介, 則辨之甚明, 往往一語而決疑似, 以視薰同伐異之流, 斥姚江者無一字不加排詆, 攻紫陽者無一語不生訕笑." 위의 글, 488쪽.

(紫陽, 주희)의 학문을 비호하려는 데 있었으므로 유교와 불교의 이동(異同)을 변별하고, 금계(金溪, 육구연)와 요강(姚江, 왕수인)이 섞여 있는 폐해를 지적하였다"[32]고 하였다. 육농기는 주자를 높이고 육구연과 왕수인을 배척함으로써 세상에 이름이 알려졌다. 청대의 유학가들은 명 중후기에 사상계에서 지도적인 지위를 차지했던 양명학설(陽明學說)이 명의 멸망을 초래하게 된 근본적인 원인이라고 생각하였다. 주학(朱學)과 왕학(王學)이 조성한 확연히 서로 다른 사회적 영향력과 그 결과를 놓고 본다면, 사회의 안정과 국가의 번영을 추구하기 위해서는 '존주벽왕(尊朱闢王)'하는 방법밖에 없다고 본 것이다. 청대 유학가들은 대부분 육왕심학의 병폐에 대해 공통적인 인식을 가지고 있었으므로, 정주이학의 학설을 지지하는 한편 육왕심학을 극력 배척하였다. 이것이 또한 청대의 유학자이기도 했던 『총목』 편찬자들의 공통된 인식이기도 하였으며, 『사고전서』를 편찬하고 정리하는 학술 연구의 기준의 하나로 작용하였다.

4. 유가 학파 간의 이동(異同)과 우열(優劣)에 대한 논평

1) 정주이학(程朱理學)과 육왕심학(陸王心學)

『총목』이 정주이학을 위주로 하여 기타 학술간의 공통점과 차이점 등을 밝히고자 하면서 주로 사용한 방법은, 다른 학술 사상들의 결점을 비판하는 것이었다. 『총목』에서는 먼저 명대의 이학 사상에 대한 불

---

32 『讀朱隨筆』條, "隨其之學, 一以朱子爲宗, 在近儒中最稱醇正. 是編大意尤在於辟異說 以羽翼紫陽, 故於儒, 釋出入之辨, 金溪, 姚江蒙混之弊." 위의 글, 488쪽.

만족을 표시하였다. 명대의 이학은 비록 정주이학을 계승하였지만, 그 명맥을 유지할 뿐 정주이학의 정수를 완전히 체득하고 있는 것은 아니었으며 게다가 문호 상호 간에 벌인 논쟁은 정통 유가 사상의 이념 및 전통을 어지럽혔다고 여겼다. 그래서 명 원질(袁袠)의 『세위(世緯)』의 제요에서는, "그러니 원질이 말하길 '지금의 위선자들이 읽고 암송하는 것은 주공(周公)과 공자의 『시』, 『서』요, 강론하고 익히는 것은 정자와 주자의 전(傳)과 소(疏)요, 담론하는 것은 불로(佛老)의 찌꺼기 같은 것들이다. 비슷한 무리끼리 당을 지어 다른 이들을 공격하면서, (서로) 육구연을 존중하고 주자를 훼손시킨다'고 하였다. 이는 심학의 말류의 병폐를 매우 격하게 지적한 것이다. 명대의 세태를 보면 원질은 가히 '작은 것으로부터 뚜렷한 특징을 볼 수 있었던' 사람이다. 어찌 자신에게 해가 미칠 것을 알고 지적하여 도학을 억제하도록 한 것인가?"[33]라고 하였다. 또 명 여곤(呂坤)의 『신음어적(呻吟語摘)』의 제요에서는, "명대에 강학을 하던 여러 유학자들은 거칠고 천박하기는 하지만, 사소한 것 하나하나에도 규범을 지키기 위해 힘썼고 또 정리(情理)에서 크게 벗어나지 않았다. 육학(陸學) 말류의 미친 듯한 행동과 주학(朱學) 말류의 아둔함을 보면, 그 득실에 역시 차이가 난다"[34]고 하였다. 이러한 제요들은 모두 『총목』이 정주이학을 견지하는 유학가들을 지지하고 있음을 보여준다.

『총목』은 또 육구연과 왕수인의 학문을 비판하는 이유로, 그들의 사상이 불교에 가깝고 전통적인 유학에 위배된다는 점을 지적하였다. 명

---

33 『世緯』條, "然袠之言曰 : '今之僞者, 其所誦讀者, 周, 孔之『詩』, 『書』也, 其所講習者, 程, 朱之傳, 疏也. 而其所談者, 則佛老之糟粕也. 黨同而伐異, 尊陸而毀朱'云云. 蓋指姚江末流之弊, 有激言之. 觀于明季, 袠可謂見微知著'矣. 又烏得惡其害己, 指爲排抑道學乎?' 위의 글, 486쪽.

34 『呻吟語摘』條, "在明代講學諸家, 似乎粗淺, 然尺尺寸寸, 務求規矩, 而又不違戾於情理. 視陸學末派之倡狂, 朱學末派之迂僻, 其得失則有間矣." 위의 글, 486쪽.

여남(呂柟)의 『주자초석(朱子抄釋)』의 제요에서, "명대 사람들은 서로 번갈아가며 선록하였으므로 거의 사람마다 한 편씩의 저서가 있었다. 그러나 그 대의는 여전히 이기고자 서로 논쟁하며 문호를 구분하는 것이었으니, 주자를 빌려 명분으로 삼은 것에 지나지 않았고 진실로 도를 밝힐 생각은 없었다. 여남의 이 글은 적절하고 간요한 문장들만을 뽑았고, 공격만을 일삼지 않았으므로 학문의 대강이 간단명료해졌다. 그러나 '여육자정론의견(與陸子靜論意見)'의 조항에서는 그 아래에 주를 붙여 '육씨(陸氏)는 결국 선(禪)에 가깝다'라고 했으니, 즉 시비의 분별만큼은 엄격하지 않을 수 없었던 것이다"[35]라고 비평하였다. 즉, 육구연과 왕수인의 심학이 불교에 가깝다는 점에 동의한 것이다.

『총목』은 더 적극적으로 불교가 유학에 끼친 영향을 배척하였다. 즉, 「유가류소서」에서 말한 바와 같이, "분명하게 불가(佛家)의 말로서 경(經)을 해석한 것들은 모두 추려내어 잡가(雜家)로 넣었다."[36] 『총목』은 명대의 유교, 불교, 도교의 삼교(三敎) 융합 현상에 대해 분명하게 인식하고 있었지만 유가의 전통을 계승하는 저작들을 지지하였다. 청 주소(周召)의 『쌍교수필(雙橋隨筆)』 제요에서, "비록 스스로 자랑함이 지나치지만, 말하는 바가 모두 예교를 숭상하고 이단을 배척하는 것이며, 또 명말 사대부들이 유학사상을 천명하면서 불교적인 해석을 하고 공허하게 성명(性命)을 논하는 폐해에 대하여 적절하게 언급하였다. 그러므로 인심과 풍속(을 교화하는 데)에, 자못 도움 되는 바가 있다"[37]라고

---

35 『朱子抄釋』條, "明人遞相選錄, 幾於人有一編. 其大意乃在於勝負相爭, 區分門戶, 不過借朱子爲名, 未嘗眞爲明道計也. 柟作是編惟摘切要之詞, 而不甚以攻擊爲事, 於學問大旨轉爲簡明. 然于'與陸子靜論意見'一條, 注其下曰: '陸氏終近禪.' 則是非之辨, 亦未嘗不謹嚴矣." 위의 글, 485쪽.

36 "惟顯然以佛語解經者, 則斥入雜家." 『四庫全書總目提要』「儒家類小序」, 471쪽.

37 『雙橋隨筆』條, "雖自詡似乎太過, 而所言皆崇禮敎, 斥異端, 于明末士大夫陽儒陰釋, 空談性命之弊, 尤爲言之深切, 于人心風俗, 頗有所裨." 위의 글, 488쪽.

한 것 등이 그 예이다.

　　그러나『총목』은 언급할 만한 가치가 있는 심학의 계승자들을 소홀히 다루지는 않았다. 즉,「유가류소서」에서 "금계(金溪)와 요강(姚江)의 유파도 역시 그 장점을 폐하지 않는다"[38]고 밝혔는데, 요강(姚江)은 왕수인을 지칭하고 금계(金溪)는 육구연을 가리키니 이들의 학술과 주장도 참고하고자 하는 신중한 학문태도를 견지하였던 것이다. 명 유종주(劉宗周)의『성학종요(聖學宗要)』제요에서는, "'양지(良知)'의 말류에 대해 그 고질적인 병폐를 매우 경계하였으므로, 평생 나아간 학문은 모두 왕학(王學)의 장점을 얻고 그 단점을 없앨 수 있었다. 마침내는 대절(大節)이 환연하게 빛났으며 시종 결점이 없었으니 일대의 인륜의 모범이 되었다. 자양(紫陽, 주희)을 조종으로 삼고 금계(金溪, 육구연)를 공격하는 자라고 하더라도 다만 문호가 다르다는 이유로 유종주를 비난하지 못했다. 유학자가 입신하는 시작과 끝은 그 인품에서 비롯되는 것이지 그 언사로부터 비롯되는 것이 아님을 알겠다"[39]라고 하였다. 유종주의 초기 사상은 정주이학에 편중되어 있었으나, 중년 이후로는 양명지설(陽明之說)을 믿고 따르기 시작하여, '양지설(良知說)', 왕문(王門)의 '사구교(四句敎)'의 내재적 모순에 대하여 심도있는 분석을 시도하였고 왕학(王學) 말류의 선학(禪學) 경향을 극복하고자 부단히 노력하였다. 유종주는 이학과 심학 및 역대 명유들의 학설을 깊이 있게 연구하여 일정한 성과를 거두었으므로『총목』은 유종주가 심학의 결점을 극복하기 위해 노력한 점을 긍정하며 그의 학문적 성과들을 칭찬하였다.

　　그 외에 청대 왕홍찬(王弘撰)의『정학우견술(正學隅見述)』의 제요에서

38　"金溪, 姚江之派, 亦不廢所長."『四庫全書總目提要』「儒家類小序」, 471쪽.

39　『聖學宗要』條, "蓋爲'良知'末流深痼瘤疾, 故其平生造詣, 能盡得王學所長, 而去其所短. 卒之大節炳然, 始終無玷, 爲一代人倫之表. 雖祖紫陽而攻金溪者, 亦斷不能以門戶之殊並詆宗周也. 知儒者立身之本末, 惟其人, 不惟其言矣." 위의 글, 486쪽.

는, "주자(周子)의 무극지설(無極之說)은 육구연이 앞에서 쟁론하였고 주자의 격물지설(格物之說)은 왕수인이 후에 반대하니, 모든 유생들이 쟁송을 벌인 것이 수백 년이 지나도 그치지 않았다. 주자를 존중하는 사람은 모두 육구연과 왕수인을 배척하고, 육구연과 왕수인을 존중하는 사람은 모두 주자가 잘못되었다고 비판하니, 지금까지 공평하게 시비를 가늠하는 사람이 없었다. 왕홍찬(王弘撰)의 이 책은 격물지설(格物之說)은 마땅히 주자의 주석이 옳고, 무극지설(無極之說)은 마땅히 육구연의 변석이 옳다고 하였으니, 그의 논점이 비교적 공평하다"[40]라고 하였다. 여기서는 왕홍찬의 학술성과와 그가 비교적 공정하게 이학과 심학의 장단점을 논평하였음을 언급하였다. 이러한 제요들은 『총목』이 목록서와 해제서로서 공정한 학술적 평가를 내리고자하는 태도를 보여준다. 그렇긴 하지만, 어떠한 제요들은 역시 청대의 유학 풍조를 지지하는 태도를 보이고 있다.

2) 청대 유학의 척도 제시

『총목』은 유가류의 제요를 통하여 청대 유학의 모범과 척도를 제시하였다. 바로 「유가류소서」에서 설명한 "무릇 유자(儒者)들은 무리를 이루거나 명예를 가까이 하지 않으며, 대단한 논의가 없어도 부끄러워하지 않고, 공허한 담론을 늘어놓지 않으며 등용되지도 않으니, 오직 공맹의 도를 바르게 전하기를 바랄 뿐이라는 것을 보이는 것"[41]이 유가

---

40 『正學隅見述』條, "是編以周子無極之說, 陸九淵爭之于前, 朱子格物之說, 王守仁軋之
    于後, 諸儒聚訟, 數百年而未休, 大抵尊朱者則全斥陸, 王爲非 ; 尊陸, 王者則全斥朱子
    爲謬, 迄無持是非之平者. 弘撰此書, 則以爲格物之說, 當以朱子所注爲是, 無極之說,
    當以陸九淵所辨爲是. 持論頗爲平允." 위의 글, 488쪽.
41 "凡以風示儒者無植黨, 無近名, 無大言而不慚, 無空談而鮮用, 則庶幾孔孟之正傳矣."『四

류 서적들의 선별 기준이었다. 수록된 제요들의 고찰과 분석을 통하여
『총목』이 반영하고 있는 유학의 표준을 열거하면 다음과 같다. 첫째,
전통적인 유가의 도(道)를 존숭하고 전수하는 것을 중시하였다. 송 유
염(劉炎)의 『이언(邇言)』의 제요에서, "그 입언(立言)이 순수하고 바르며
믿음직스럽고 내실이 있어, 인정에 부합하고 사리에 가깝다. 물정과
달라 행할 수 없는 학설도 없고 너무 엄격하게 고증하거나 너무 고상
한 논리도 없다"[42]라고 하였으니, 유염의 학술이 실질에 부합하고 유가
의 공맹의 도에 가까운 점을 칭찬하고 있다. 또 명 장무(章懋)의 『풍산
어록(楓山語錄)』에 대해서는, "그 학술과 정치는 비록 누구나 익숙하게
보았던 이론이지만, 분명하고 순수하고 바른 점을 보면 역시 유학자의
언사라고 하겠다"[43]라고 하여, 장무(章懋)의 학술을 칭찬하는 동시에
그 성과가 독창성에 있다기보다는 공맹의 도를 바르게 전하고 있는 것
임을 분명히 하였다.

둘째, 『총목』은 학술의 수준이 높고 성과가 참신하며 연구에 깊이가
있는 서적들을 중시하였다. 청 육농기의 『삼어당잉언(三魚堂剩言)』의
제요를 보면, "육농기는 주자의 학문을 전하고 있으니 국조(國朝)의 순
유(醇儒) 중에서도 제일간다. 이 책은 그 남은 실마리를 잇고 있으며,
더욱이 명물(名物)의 훈고와 전장(典章) 제도와 법칙 등에 대해 일일이
정밀하게 대조하였다. 무릇 한주(漢注)와 당소(唐疏) 등은 강학자들이
말하지 않는 바인데, 모두 연구하고 탐색하여 이로부터 취한 것들도
많다. (…중략…) 주자와 육구연의 이동(異同)에 대해서는, 모두 곡진하
게 세세히 설명하고 유사한 것들을 분석하면서도 언사가 온화하여 저

庫全書總目提要』「儒家類小序」, 471쪽.

[42] 『邇言』條, "其立言醇正篤實, 而切於人情, 近於事理, 無迂闊難行之說, 亦無刻核過高之
論." 위의 글, 480쪽.

[43] 『楓山語錄』"其學術, 政治, 雖人人習見之理, 而明白醇正, 不失爲儒者之言." 위의 글,
484쪽.

절로 설복된다"⁴⁴라고 하였다.『총목』은 육농기의 장점이 명물(名物)의 훈고에 뛰어나고 전장(典章) 제도와 법칙 등을 정교하게 대조하여 매우 정밀하게 주자를 분석할 수 있는 점이라고 하였다.

청대의 유학자들은 이미 고증학의 영향을 받았고『총목』역시 청대의 유학이 한대 경학의 전통을 바탕으로 정주이학의 깊은 이해를 겸비하여 유가의 학술 수준을 높일 수 있었음을 자랑하고 있다. 청 강영(江永)의『근사록집주(近思錄集注)』제요에서는, "대개 강영(江永)은 경학의 연구가 깊은데다, 고의(古義)에 오랫동안 관심을 가지고 공부하여 전적을 깊이 파고 들어갔다. 비록 이 책은 그 남은 여력으로 지은 것이지만 역시 체례를 갖추고 있으니 공허한 담론으로 주자를 높이는 자들과는 다르다"⁴⁵고 하였다. 강영(江永)은 청대 초기의 저명한 고증학자이다. 이 제요는 그가 고증학의 학문 방법을 사용하여 전문적인 이학 서적을 정리하였음을 설명하고 있으니, 이로부터『총목』이 세상에 나올 때에 고증학의 학풍이 이미 풍미하고 있던 것과 제요 중에도 고증학의 영향이 있었음을 볼 수 있다.

셋째, 학자들의 인품을 중요하게 여겼다. 이것은『총목』에서 목록을 선정한 특징적인 기준 중의 하나로서, 소위 "사람을 논하고 책을 논함 [論人論書]"이라고 칭하는 것이다. 즉 내용이 훌륭한 책을 수록하고 해설하며, 혹 학문적인 성과가 뚜렷하지 못하더라도 학자로서 명망을 얻은 사람의 저서를 수록한다는 뜻이다. 그리하여『총목』은 평론할 때 종종 학자의 인품이 매우 중요하다는 태도를 내비치곤 한다. 예를 들

---

44 『三魚堂剩言』條明, "隴其傳朱子之學, 爲國朝醇儒第一. 是書乃其緒余, 而於名物訓詁, 典章度數, 一一精核乃如此. 凡漢注, 唐疏爲講學諸家所不道者, 亦皆研思探索, 多所取裁. (…중략…) 其于朱, 陸異同, 非不委曲詳明, 剖析疑似, 而詞氣和平, 使人自領." 위의 글, 488쪽.

45 『近思錄集注』條, "蓋永邃于經學, 究心古義, 穿穴於典籍者深, 雖以餘力爲此書, 亦具有體例, 與空談尊朱者異也." 위의 글, 478쪽.

어 명 주기(周琦)의 『동계일담록(東溪日談錄)』에 대해서 "주기(周琦)의 인품은 단정하고 강직하며 삼가고 후덕하여 마을에서 존중을 받았다. 그책 역시 염(濂), 락(洛)의 학설에 근거를 둔 한 가지이며 내용이 순수하고 바르다라고 할 수 있다"[46]고 하였으니, 여기서는 주기의 인품이 성실하고 믿음직스러우며 또 그의 학문이 순수하고 바르다는 것을 칭송하고 있다.

『총목』의 비평은 대부분 정주이학 이외의 학술 경향을 배척하는 태도를 드러내었다. 그 내용을 보면 다음과 같다. 첫째, 학술의 순수성과 정통성을 중시하였기 때문에, 『총목』은 표면적으로 정주이학에 의존하면서도 기실 다른 학술의 영향을 받은 학자들을 경시하였다. 명대의 대부분의 이학 저서들은 모두 정주이학의 지류에 지나지 않거나 혹은 정주(程朱)를 빌려서 사사로운 의견을 천명하고 피력한 것들이었다. 청 강희제가 직접 편정한 『어찬주자전서(御纂朱子全書)』의 제요에서는, "유학자들은 널리 지식을 갖추고자 애쓰며 주자의 이름을 믿기만 할 뿐, 그 바름을 구하지 않고 그 말류가 됨을 따지지 않아 종종 한 마디 말을 붙들고 『육경(六經)』처럼 받드니, 주자의 본뜻이 도리어 주자를 존숭한다는 사람들에 의해 흐려질 따름이다. (…중략…) 주자의 책을 읽는 사람들이 진실과 거짓, 시비를 따지지 않고 명성을 따라 영합할 뿐이니 이것이 어찌 주자의 뜻이겠는가!"[47]라고 개탄하였다. 이는 주자를 추숭하는 이학가들이 "명성을 따라 영합하고(隨聲附和)" 주자의 본의를 잊는 것을 적극적으로 반대하고 있음을 보여준다. 또 송 황진(黃震)의 『황씨일초(黃氏日抄)』의 제요를 보면, "그 밖에 경의(經義)를 해설하는 것을 보면, 혹은

---

46 『東溪日談錄』"琦爲人以端直謹厚見重鄕裏. 其書亦一本濂, 洛之說, 不失醇正." 위의 글, 484쪽.

47 『御纂朱子全書』條, "儒者務博, 篤信朱子之名, 遂不求其端, 不訊其末, 往往執其一語 奉若『六經』, 而朱子之本旨轉爲尊朱子者所淆, (…중략…) 然則讀朱子之書者, 不問其 眞贗是非, 隨聲附和, 又豈朱子之意乎哉!" 위의 글, 487쪽.

제가(諸家)를 인용하여 주자의 학설을 돕고자 하고, 혹은 주자를 버리고 제가의 학설을 취하여 문호의 사사로운 견해를 고집하지 않았다. 대개 황진이 주자를 학습한 방법은 주자가 정자(程子)에게서 배운 것과 같아서 반복하여 설명을 하며 옳은 것을 힘써 구하고자 하는 것이니, 심중에 깨달음도 없이 헛되이 명성을 빌리려는 자가 아니다"[48]라고 하였다. 『총목』은 정주이학을 전념하여 학습하며 그 정수를 체득할 수 있었던 황진의 학술 활동을 칭찬하고 있다. 이러한 원칙은 「유가류소서」에서도 보이니, "문호의 명성에 기대고, 도를 지키려 한다고 빙자하는 자들은 단지 서명만 목록으로 두었다"[49]는 규정이 그러하다.

둘째, 유가가 문호를 세우로 서로 논쟁하며 싸우는 것에 반대하였는데, 왜냐하면 문호 간의 분쟁이 공맹의 도를 전수하는 데 도움이 되지 않는다고 여겼기 때문이다. 「유가류4안어(儒家類四按語)」에서는 "유학가의 우환은 문호를 가지는 것이 가장 크다. 후인들이 논쟁을 멈추고 공평하게 타협하려고 하여도 예전처럼 문호로서 제한을 두니, 이것은 천하를 이끌어 서로 싸우게 하는 것일 뿐이지 학문에 무슨 도움이 되겠는가! 지금 목록을 남겨둔 것은 시대의 선후를 순서로 삼고 그 기원이 어디에서 왔는지 따지지 않았으니, 그 책이 공맹의 뜻을 잃지 않기만을 원하였을 따름이다. 각자 자신의 소종(小宗)을 존숭하여 따르며 대종(大宗)은 방치하고 묻지도 않으니 어떻게 학문의 본원을 알 수 있겠는가!"[50]라고 설파하였다. 여기서 『총목』은 문파 간의 논쟁의 폐해는

---

48 『黃氏日抄』條, "其他解說經義, 或引諸家以翼朱子, 或舍走者而取諸家, 亦不堅持門戶之見. 蓋震之學朱, 一如朱之學程, 反復發明, 務求其是, 非中無所得而徒假借聲價者也." 위의 글, 481쪽.

49 "而依附門牆, 藉詞衛道者, 則僅存其目." 『四庫全書總目提要』「儒家類小序」, 471쪽.

50 "然儒者之患莫大於門戶. 後人論定在協其平, 圻仍以門戶限之, 是率天下而鬥也, 于學問何有焉! 今所存錄, 但置時代先後爲序, 不問其源出某某, 要求其不失孔孟它旨而已. 各尊一繼禰之小宗, 而置大宗於不問, 是惡識學問之本原哉!" 『四庫全書總目提要』「儒家類四按語」, 489쪽.

공맹(孔孟)과 정주(程朱)의 학문의 본질을 흐리게 만드는 것이라고 질책하고 있다. 그러므로 『총목』은 문호의 논쟁 가운데 매몰된 학자들의 저술과 장점을 논평하고 공정한 평가를 내리고자 하였다. 예를 들어 송 유창(劉敞)의 『공시선생제자기(公是先生弟子記)』의 제요에서는, "견해가 매우 바르다. 홀로 남은 경전들을 끌어안고 명예에는 담담하였으며 이(伊), 락(洛)의 사람들과 뜻을 함께 하며 어울린 바가 없었다. 그러므로 강학자(講學者)들이 그를 이당(異黨)으로 보았으며, 제압하고 칭찬하지 않았다. 그러나 그는 실은 원풍(元豐), 희녕(熙甯) 간에 탁월한 성과를 보였던 순유(醇儒)이다"[51]라고 하였다. 즉 유창(劉敞)에 대해 새로운 평가를 내림으로써 『총목』이 문호 간의 경쟁을 경계하였던 태도를 반영하고 있다.

5. 나오며

유가는 중국 전통문화의 주류로서 중국사회의 형성과 발전에 큰 영향을 미쳤다. 한대(漢代) 이래 전통문화의 형성은 유가가 위주가 되었으며 유가는 각 시대의 흐름과 함께 여러 사상과 충돌, 융합하며 심화되고 변용되기도 하였다. 『총목』은 자부 유가류를 세우고 전통적인 경학에 포함되지는 못하였으나 공맹(孔孟)의 정도(正道)에 근접한 서적들을 선별하여 유가류에 수록하였다. 그리고 유가 역시 명도치세(明道治世)의 작용을 하는 바가 있다는 것을 중요한 근거로 삼아 『총목』의 자

---

51 『公是先生弟子記』條, "所見甚正, 徒以獨抱遺經, 淡於聲譽, 未與伊, 洛諸人傾意周旋, 故講學家視爲異黨, 抑之不稱耳. 實則元豐, 熙甯間, 卓然一醇儒也." 위의 글, 476쪽.

부(子部)에 포함시켜 두었다.

『총목』의 자부 유가류의 제요는 기본적으로 정주이학의 가치를 인정하고 이학 사상을 위주로 유학의 기강을 수립하는 동시에 송대 이후의 유가류의 변화와 착종 현상을 개괄하고자 하는 것이다. 그리고 서적의 제요들을 통하여 『총목』이 반영하고 있는 유가 사상을 많은 사람들에게 인지시키고 전파시키는 활동이 은연중에 일어났으니, 『총목』자부의 유가류가 반영하고 있는 이러한 학술사상과 연구방법론이 청초의 학술 동향과 밀접한 관계가 있다는 것을 간과할 수 없을 것이다.

청초의 학술 동향 중 주목할 만한 것은 고증학의 학풍이 점차 풍미하는 가운데, 통치자가 정주이학을 존중하는 정책을 폈다는 것이다. 순치제(順治帝)가 명하여 편찬한 『어정내칙연의(御定內則衍義)』의 제요에서는 "집안을 바로 잡고 천하를 바르게 하는 것이니, 천하가 각각 그 집안을 바로 잡고 풍속을 순하고 아름답게 하면 백성과 만물들이 태평해진다. 그러므로 선왕(先王)이 치세할 때 반드시 내정(內政)을 근본으로 삼았다. 이 책은 왕께서 계획하셨고 또 감수하셨으니, 인륜의 시작을 바르게 함으로써 풍화의 근원을 파악하고, 경의(經義)를 통하게 하여 따라야 할 바를 알게 하였고, 역사와 문장으로 인증하여 지키고 경계할 바가 있게 하였다. 이로써 내전(內殿)의 교육을 바르게 닦고 영원한 모범을 드러내고자 하였으니, 풍경(豊京)과 호경(鎬京)의 기초를 닦았던 (周의) 정치에 비해 더함이 있을 뿐 부족함은 없을 것이다"[52]라고 하였다. 여기에서 『총목』은 선왕의 치세지법(治世之法)이 유가의 정치 이론과 사상에 근거하고 있다는 사실을 빌려 『어정내칙연의』의 가치와 의의를 증명하였다. 또 순치제가 명을 내려 편찬한 『어정자정요람

---

52 『御定內則衍義』條, "蓋正其家而天下正, 天下各正其家而風俗淳美, 民物泰平. 故先王治世, 必以內政爲本也. 此編出自聖裁, 並經慈鑒, 端人倫之始, 以握風化之原, 疏通經義, 使知所遵循, 引證史文, 使有所法戒, 用以修明閫敎, 永著典型, 以視豊, 鎬開基之治, 有過之無不及矣." 위의 글, 487쪽.

(御定資政要覽)』의 제요에는, "세조장황제(世祖章皇帝, 순치제)께서 하(夏)와 은(殷)의 예를 살피시고 승국(勝國)이 패망하게 된 이유를 깊이 깨달았으므로, 간곡하게 권고하는 뜻을 담아 이 책을 손수 편찬하였다. 이는 조정의 관료들과 출사하지 않은 선비들이 모두 그 간곡한 권계를 깨달아 함께 태평성시를 누리고자 한 것이다"[53]라고 설명하였다. 『총목』은 황제가 직접 편찬한 서적을 자부 유가류에 수록하였다. 이는 청초 통치자들이 유가를 중시하였던 학문적 경향을 보여준다.

1644년에 만청(滿淸)이 중국에 들어와 왕조를 세운 후, 청초의 통치자들은 봉건통치를 공고히하기 위해 정치와 경제 방면에서 일련의 유효한 조치들을 취하였다. 또한 문화교육을 치국의 근본적인 방안으로 삼아 "경학을 표방하여 드러내고, 선유를 존중하며[表章經學, 尊重儒先]", "공맹(孔孟)과 정주(程朱)의 도와 교훈으로서 더욱 연마하는[以孔孟程朱之道訓迪磨厲]" 문화정책을 사용하였다. 순치 원년(1644), 순치제가 입관(入關)한 후 한 달이 지났을 때, "공자의 65대손 공윤식(孔允植)을 연성공(衍聖公)"에 봉하였고, 순치 2년(1645)에는 국자감(國子監)의 공자 신위(神位)를 "대성지성문선선사공자(大成至聖文宣先師孔子)"라고 바꾸어 주었다. 강희제가 즉위한 후, 친히 곡부(曲阜)에 가서 공묘(孔廟)에 참배하고 삼궤구고수(三跪九叩首)의 예를 올렸으며, 공자의 선세(先世)에게 작위를 봉하여 존경을 표하였다. 이렇게 공자를 존숭하는 동시에 또한 정자와 주자를 공자와 유학의 정통성을 잇는 학자들로 세움으로써 정주이학을 크게 선양하였다.[54] 『총목』은 통치자의 계획하에 편찬되었고, 편수관이 작성한 제요는 총찬관과 총재를 거치며 수정되고 마지막에 황제가 열람하였다. 그러므로 『총목』은 자연스럽게 이러한 청초 문화

---

53 『御定資政要覽』條, "世祖章皇帝監夏監殷, 深知勝國之所以敗, 故丁寧詰誡, 親著是書, 俾朝野咸知所激勸, 而共躋太平." 위의 글, 486쪽.

54 苗潤田, 『中國儒學史』「明淸卷」, 廣東 : 廣東敎育出版社, 1998, 8~9 · 184~185쪽.

정책의 영향을 받지 않을 수 없었을 것이다.

결론적으로, 『총목』 자부 유가류의 제요에 반영되어 있는 『총목』의 학술 연구방법론은 청대의 학술문화 동향과 더불어 청조의 문화정책과도 관련이 있다고 하겠다. 청조는 왕조가 세워진 후, 봉건 통치를 강화하기 위해 정주이학을 받들어 '정학(正學)'으로 세웠으며, 봉건 통치의 정통 사상으로 여겼다. 그러므로 건륭 연간에 편수된 『총목』 역시 청 왕조가 지지하는 유학 사상을 담지 않을 수 없었으며, 정주이학이 유학의 종주가 된다는 사실을 긍정하였다. 비록 『총목』이 '양한억송(揚漢抑宋)', 즉 한학을 숭상하고 송학을 부정하는 고증학의 학풍을 기본으로 하고 있었지만, 경학을 제외한 유가류에서 종주가 되는 것은 역시 정주이학임을 인정한 셈이다.

그러므로 『총목』 자부 유가류의 유가 사상은 청초의 유가 사상이 정주이학을 적극적으로 지향하던 경향을 반영하고 있다고 볼 수 있다. 그리고 이러한 학술 연구 방법론의 궁극적 목적은 유가의 변화 발전을 정리하고 그로부터 청대 유학의 정통성과 청조 왕권의 정통성을 세우는 데 있었다고 하겠다.

참고문헌

(淸) 永瑢, 紀昀 主編,『四庫全書總目提要』, 海南：海南出版社, 1995.

呂思勉,『理學綱要』, 北京：東方出版社, 1996.

苗潤田,『中國儒學史・明淸卷』, 廣東：廣東敎育出版社, 1998.

石訓 等,『中國宋代哲學』, 河南：河南人民出版社, 1992.

周積明,『文化視野下的四庫全書總目』, 北京：中國靑年出版社, 2001.

陳鍾凡,『兩宋思想述評』, 北京：東方出版社, 1996.

중국 전통 목록학에 반영된 소학(小學) 개념의 변천[*]
경전 텍스트와 언어문자의 관계

염정삼

1. 들어가며

이 글은 현재의 중국의 언어문자에 대한 연구의 기점을 묻고 그것이 전통적인 소학과 어떤 관계를 맺어왔는가의 문제에 답하려는 시도다. 그리고 언어학과 전통 소학의 관계에서 나아가 경전 해석학과 연계된 광의의 학문 분야와 소학의 관계가 미래의 학문 연구에 어떤 문제를 제기하는지 살펴보려는 시도 가운데 하나임을 밝힌다.

소위 언어학이라는 학문이 독립하게 된 것은 서구의 근대학문이 도입된 결과였다. 서학동점의 시대가 되자 전통적인 학문 방법을 반성하는 근대적인 조류가 출현하였다. 이러한 전환은 중국어 연구의 전통과

---

[*] 이 글은 『중국문학』 제63집에 게재되었던 논문, 「소학(小學)의 형성과 변천」을 수정·보완한 것이다.

146   문헌과 주석

서구 언어 연구 전통을 초보적으로 '결합'시켰고 중국 언어학에 중요한 변화를 낳았다. 우선 중국어의 연구가 경학의 부속적인 지위에서 독립된 학과가 된 것이고, 자료식의 고증에서 벗어나 계통적이고 이론적인 연구를 할 수 있는 토대를 마련하기 시작한 것이다.

그 최초의 시도는 마건충(馬建忠, 1845~1900)의 『마씨문통(馬氏文通)』이다.[1]

이 책을 서양에서는 그래머(葛郎瑪, grammar)라고 한다. '그래머'라는 발음은 그리스어에서 기원하였으며 단어의 법식[字式]이라는 뜻으로, 글의 격식을 배운다는 말과 같다. 모든 나라는 각각의 그래머를 지니는데 이는 대체로 유사하며, 다른 점은 음운과 자형뿐이다. 어린이들이 처음 글방에 가면 먼저 발음을 배우고 그런 후에 그래머를 전수받으니 단어의 분류와 이를 배합하여 구를 만드는 방식이 모두 여기에 포함된다. 이것을 이해하면 문장에 순조롭지 않은 바가 없게 되어 후에 과학, 수학을 배우거나 더욱 넓혀서 지도, 역사 등을 배움에 있어서도 넉넉하게 힘이 남아 약관에 이르기 전에 이미 성취한 바가 생기게 된다. 이 책은 그래머를 모방하여 지은 것이며 선후 순서도 모두 정해진 격식이 있다. 이 책을 보는 사람이 일부분을 가볍게 보고 넘어간다면 반드시 깨닫게 되는 바가 없게 될 것이다. 만약 처음부터 끝까지 순서에 따라 점진적으로 읽어나가면 조항을 따라 상세하게 체득할 수 있게 되어, 중국 고문을 공부함에 재주, 덕을 갖춘 묘함을 지닐 수 있을 뿐만 아니라 서양 고금의 모든 문자를 배움에도 도움이 되니 공이 배가 될 것이다.

此書在泰西名爲葛郎瑪. 葛郎瑪者, 音原希臘, 訓曰字式, 猶云學文之程式也. 各國皆有本國之葛郎瑪, 大旨相似, 所異者音韻與字形耳. 童蒙入塾, 先學切音, 而後授以葛郎瑪, 凡字之分類與所以配用成句之式具在. 明於此, 無不文

---

1   呂叔湘, 『馬氏文通』「例言」, 2000 참조.

從字順, 而後進學格致數度, 旁及輿圖史乘, 綽有餘力, 未及弱冠, 已斐然有成矣. 此書係仿葛郎瑪而作, 後先次序, 皆有定程. 觀是書者, 稍一凌躐, 必至無從領悟. 如能自始至終, 循序漸進, 將逐條詳加體味, 不惟執筆學中國古文詞卽有左宜右有之妙, 其於學泰西古今之一切文字, 以視自來學西門者, 蓋事半功倍矣.

　마건충은 처음으로 중국에 '그래머[葛郎瑪](문법)'와 '품사[字類]'와 '구문(構文)'의 개념을 도입하고 그것을 중국의 언어에 적용하려 하였다. 그는 "명칭이 바르지 않으면 말을 순조롭게 할 수 없다. 『논어』에서 '반드시 그 이름을 바르게 해야 한다'하였으니 이 책에서 논하는 것은 3가지이다. 이름을 바르게 함[正名]을 우선으로 하고 그 다음은 글자의 분류[字類], 그리고 구두이다"[2]라고 하면서 '정명'과 '구두'의 전통적인 중국의 언어해석전통과 서구어의 품사 연구 전통을 '결합'시키려고 하였다.

　마건충의 자류론(字類論)에서 더 나아가 그 이후 백여 년이 넘는 세월 동안 중국의 언어학자들은 서구의 형태론에 종속하는 품사론에 입각하여 중국어 연구에는 오직 사(詞), 즉 단어만이 의미가 있으며 전통적으로 언어연구의 기본이 되어 왔던 자(字)에 대한 이해가 품사론을 중심으로 재배치되어야 한다고 주장하였다. 다시 말해서 대체로 중국어법에 관한 저작들은 '어법의 기본 단위'를 말할 때, 어소, 단어[詞], 어구[詞組]와 문장[句子]을 말하고 자(字)를 말하지 않게 되었다. 그것이 근본적으로 언어학의 연구 대상이 아니라고 보기 때문이었다. 그것이 『마씨문통』이래의 서구 언어이론이 수입되면서 만들어진 중국어 연구의 기본 전제였다.

　최근 중국어 연구의 경향은 조금씩 다른 논의들이 등장하기 시작하

2　"夫名不正則言不順, 語曰, 必也正名乎. 是書所論者三, 首正名, 次字類, 次句讀." 『馬氏文通』「例言」.

는 것이다. 예를 들어 쉬통치앙(徐通鏘, 1997) 등은 "전통적으로 중국어 연구가 문자, 음운, 훈고, 방언, 구두 등 무엇이든 모두 '자'를 기초로 하고 어소나 사를 이야기하지 않은 것, 그와 연관된 주어, 위어, 빈어, 명사 / 동사 / 형용사 등을 이야기하지 않은 것은 중국의 고대인들이 낙후되어 있거나 어법관념이 없어서가 아니라 중국어 구조 자체가 그런 연구를 허용하고 그런 연구를 필요로 하기 때문이다"라고 말한다.[3] 문법과 품사론, 그것에 근거한 구문론이 아니라면 무엇으로 중국의 언어를 연구해야 하는가. 그에 의하면 "중국에는 스스로의 언어학 이론이 없었다"고 반성하면서 일방적으로 '서구어[4]의 시각'을 중국어 연구에 도입하여 꿰어 맞추려는 것은 일종의 방향성의 상실이었다. 근대 서양의 이론과 접하면서 서양의 용어와 개념을 들여왔는데 새로운 학문이 세워지는 초기에 소개와 도입은 필요한 것이라 해도, 언제까지나 서양의 이론과 방법이라는 '큰 상'에서 남들이 '먹어버린' 것을 씹을 수는 없는 일이라고 그는 주장한다. 그 가장 주요한 방향성의 상실은 바로 중국어의 구조적 기점이 되는 '자(字)'를 버린 일이었다. 그에 의하면 중국어의 올바른 연구를 위해서는 올바른 입지점에 기초해야 하고 무엇이 중국어의 구조적 기점인지 찾아야 한다. 그는 그것이 바로 '자'이며 그것을 기초로 서방의 언어이론과의 결합을 실현해야 한다고 강력하게 주장한다.

이 글에서는 쉬통치앙의 논의를 전적으로 받아들여 지난 백여 년간 축적되어온 중국어 구문론의 연구사를 총체적으로 부정하자는 주장을 하려는 것이 아니다. 이 글의 초점은 서구의 품사론과 구문론으로 설명되지 않거나 그 이론 안에 적합하지 않은 요소들이 어떻게 중국 언어의

3 　徐通鏘, 『語言論 ― 語義型語言的結構原理和研究方法』, 長春 : 東北師大學出版社, 1997 참조.
4 　쉬통치앙은 이것을 '印歐語'라고 명명하였다.

현상으로 드러나고 왜 그렇게 되는지를 연구하려면 그의 주장대로 자(字)를 중심으로 한 전통적인 연구들을 살펴봐야 하지 않을까 하는 것이다. 만약 '자'를 구조의 기본 단위로 설정하면 중국어 구조 그 자체는 전통 소학적 연구 영역을 필요로 한다. 결국 중국어 연구는 '언어' 중심에서 '언어문자' 중심으로 선회해야 하며 전통 소학의 언어학적 성과들을 적극적으로 수용하지 않을 수 없다. 그것은 한대(漢代) 이후로 경전 텍스트 주석을 둘러싼 경전 해석학의 영역에서 자기 자리를 잡기 시작한 소학이 여전히 언어학에 심각한 영향을 끼치고 있다는 것을 인정하는 셈이다. 이 글에서는 우선 소학의 형성과 역사적 변천 과정을 간단하게 일별하고 그것이 근대 언어학과 만나는 지점을 논의하면서 우리에게 남겨지는 문제점을 지적하는 순서를 밟아나가도록 하겠다.

2. 소학의 탄생

중국에서 소학은 정확하게 말한다면 한대 자학(字學)으로부터 시작된 것이다. 그리고 이것은 소위 중국의 『시(詩)』와 『서(書)』를 비롯한 경전 텍스트의 연구와 불가분의 관계를 가지고 있다. 선진 시기 중국에서 소학(小學)은 문자로 기록되었거나 기록될 필요가 있는 텍스트를 보다 정확하게 필사하여, 그것을 보존하고 전파하기 위한 목적에서 출발하였다. 전국 시기의 다양성과 혼란을 통일한 제국의 형성은 고대 중국의 역사에서 무엇보다 중요하게 간주되어야 하는 사건이다. 이것은 그 이전까지 존재하던 텍스트의 보존과 전승이라는 측면에서도 주의해야 할 점들을 남겨놓았다. 예를 들어 크고 작은 제후국 안에 유통되던 갖가지의 서적들은 중앙권력이 관리하는 한 곳으로 집중되기 시작하였고 지식인들은 함부로 지식을 전파하고 재생산하는 일을 하지 못하도록 통제되었다. 문자의 통일을 시도했던 진시황의 노력으로부터 한대 초기 오경박사제도의 확립까지, 그리고 그 이후로도 반복적인 패턴으로 보여주는 유사한 역사적 사실들은,[5] 제국의 집중된 권력이 그것을 뒤흔들 수 있는 요소들에 대하여 어떻게 대처하려고 하였는지 보여주고 있다. 그 과정에 가장 깊숙하게 그리고 가장 광범위하게 관련되어 있는 것은 역시 전승되어 오던 과거의 기록물이었다. 사상을 품고 있던 지식인들은 그것을 통해 치세의 이상을 말하고자 했으며, 질서와 통일을 원했던 황제들은 그것 안에 지식인들을 가두고 조종할 수 있기를 원했다. 텍스트는 결코 그 자체로는 이야기하지 않았으며 그것을 대상으로 하는 집단의 사회적, 정치적 요구에 따라 언제든 변용되고 재해석될 수 있었다. 중국에서 '소학'의 탄생을 '경학'을 제쳐두고 이야기할 수 없는 것은 바로 이러한 정치권력과 문화권력 간의 갈등과 길항 관계 속에서 텍스트 해석을 둘러싼 외피를 입고 있기 때문이다.

서한 말엽의 유흠(劉歆)은 중앙정치권력이 약화되면서 나타나는 대표적인 문화권력의 지식인일 것이다. 그는 박학했고 실제로 천하에 유통되던 모든 텍스트를 장악할 수 있는 위치에 있었다. 그에 의해서 최초로 도서 분류 목록이 체계화되었으며 그때까지 전해 내려오던 모든 텍스트는 들어가야 할 서가를 부여받은 셈이 되었다. 유흠의 분류론을 담고 있었다고 하는 『칠략』은 없어졌지만 그것을 그대로 이어받은 반고의 『한서』「예문지」에 의하면 '소학'은 '육예략'에 속해있고, 육예는 바로 유가의 경전을 지칭하는 것이었다. 그런데 『한서』「예문지」의

---

5 前後漢을 걸친 경학의 성립과 문자의 정비, 당대 해서체의 확립, 청대 문자옥 등에 이르기까지.

'소학십가(小學十家)' 속에 들어있는 것은 대부분 글자를 모아서 외우고 익히게 하는 습자용 교재와 같은 것이었다. 이때 등장하는 서적류가 『사주편(史籒篇)』, 『창힐편(蒼頡篇)』, 『원력(爰歷)』, 『박학(博學)』, 『범장(凡將)』, 『급취(急就)』, 『원상(元尙)』, 『훈찬(訓纂)』, 『창힐훈찬편(蒼頡訓纂篇)』, 『창힐고(蒼頡故)』 등의 자서들이다. 이들 자료 가운데 현재까지 전해지는 편린들을 살펴보면 이것들은 당시 혼란스럽게 유통되던 문자들을 정리하고 그것을 다음 세대에게 올바로 학습시키기 위한 목적을 지닌 것으로서, 소위 경전이라고 하는 텍스트와 반드시 바로 직결되는 것은 아니었다. 이런 자료와 연결되었던 인물들도 반드시 경학에 조예가 있었던 인물이라고 할 수는 없는데, 예를 들어 진의 승상 이사(李斯)이나, 한나라에서 관직을 지낸 조고(趙高), 호무경(胡母敬) 등이 그렇고, 그 밖에 거론된 사마상여(司馬相如), 사유(史游), 이장(李長), 양웅(揚雄), 두림(杜林) 등도 전후한대를 걸쳐서 박학했던 지식인들의 전형을 보여줄 수는 있으나 이들을 두고 반드시 유가 경전이라는 텍스트를 두고 소학적 작업을 진행하였을 것이라고 단정할 수는 없다.

경전에 대한 비평과 학문적 연구가 소학과 깊은 관련을 맺기 시작하는 것은 역시 유흠의 활약과 『설문해자』의 탄생 시기를 염두에 두고 이야기하지 않을 수 없다. 경전에 쓰인 문자의 이동(異同), 특히 고금(古今)의 변화에 따른 차이를 어떻게 처리할 것인가 하는 문제 앞에서 한대의 지식인 그룹은 팽팽하게 두 파로 나뉘었다. 한무제 이후 확립된 경학박사제도 덕분에 유가 경전을 익히고 전승시키는 것은 경전마다 학파의 계보를 만들 수 있을 정도로 정교해졌으며, 몇 세대를 거쳐 자자구구를 따지는 것이 숭배되다 보니 한 구절에 대한 해석이 수십만 언에 이를 정도였다. 동맥경화 증세를 보이는 당시의 경학에 대해 고문으로 된 경전을 들고 나와 쇄신을 꾀하였던 사람은 유흠이었는데, 그가 강조한 것은 단순히 문자의 문제만은 아니었다. 그는 하나의 경전, 그것도 한 구절에만 매달리는 풍조를 비난하면서 포괄적인 지식이 필요함을 절감하였고, 여러 가지 경전을 통하여 과거의 이상적인 제도를 체계화시키고 그것을 실현화시킬 것을 꿈꾸었다. 실제로 전한 시기 말엽, 후한 시기 초엽부터는 여러 가지 경전을 동시에 통달하는 학자들이 나타나기 시작한다. 정현(鄭玄)이나 허신(許愼) 등은 그런 학자 그룹에 속했던 사람들이다.

습자형의 소학에서 벗어나 경세의 이상을 담은 경학의 목적에 봉사하는 학문으로서 소학의 탄생은 그런 과정을 거친 것이었다. 당시 오경에 달통했다고 하는 허신은 『설문해자』를 통해 경전의 문자가 어떻게 서사되고 해석되어야 하는지 확정하고자 하였다. 허신은 『설문해자·서』에서 "주례(周禮)에 의하면 여덟 살이 되면 소학(小學)에 들어가고, 보씨(保氏)들이 나라의 자제들을 가르쳤다[周禮八歲入小學, 保氏敎國子]"라 하여 소학을 주대의 제도와 연관시키고 그 뒤에 그것을 육서와 연관시키고 있다. 그러나 현재 전해지는 『주례·지관(地官)·보씨(保氏)』[6]를 살펴보면 허신이 말하는 육서가 『주례』에서 말하는 육서와 반드시 일치하는지 알려주지는 않는다. 아마 당시의 사정으로 추측컨대 육서에 대한 논의는 유흠 계열의 학자들에게서 어느 정도 정리되어 공유되었던 것이 아닐까 한다.[7] 허신은 복희 팔괘로부터 시작되는 중국 문자

6　"保氏, 掌諫王惡. 而養國子以道乃敎之六藝. 一曰五禮, 二曰六樂, 三曰五射, 四曰五馭, 五曰六書, 六曰九數. 乃敎之六儀. 一曰祭祀之容, 二曰賓客之容, 三曰朝廷之容, 四曰喪紀之容, 五曰軍旅之容, 六曰車馬之容. 凡祭祀賓客會同喪紀軍旅王擧, 則從聽治亦如之使其屬守王闈."

7　『한서』「예문지」에 소학류에 대한 반고의 해설에서도 그것이 어느 정도 공유된 견해였음을 발견할 수 있다. 예컨대 허신의 『설문해자』 「서」와 유사한 기술이 상당히 많이 보인다. 다음은 『한서』 「예문지」 원문이다.

"易曰, 上古結繩以治, 後世聖人易之以書契, 百官以治, 萬民以察, 蓋取諸夬. 夬, 揚於王庭", 言其宣揚於王者朝廷, 其用最大也. 古者八歲入小學, 故周官保氏掌養國子, 敎之六書, 謂象形·象事·象意·象聲·轉注·假借, 造字之本也. 漢興, 蕭何草律, 亦著其法, 曰, 太史試學童, 能諷書九千字以上, 乃得爲史. 又以六體試之, 課最者以爲尙書御

의 계보학을 만들고 그것을 고문 경전의 문자와 연결시켜 경전의 문자 해석을 둘러싸고 난무하던 금문가들의 견해를 잠재우려고 하였다. 이 때 비로소 소학은 경학과 밀접한 관련을 맺기 시작한다. 그리고 그 이 후로 전통 시기 내내 소학은 경학의 하위 범주에서 벗어나지 못했다.

3. 소학에 편입된 분야들

경전 텍스트의 해석과 불가분의 관계를 벗어나지 못했지만 역대로 소학의 개념은 그 안에 몇 가지 이동이 있어 왔다. 『이아(爾雅)』를 위시 한 정통 훈고 저작이 포함되고, 음운이나 서체에 관한 것들이 망라되고 송대(宋代) 이후 계몽소학이 포함되기까지, 문자와 관련되지만 당시에 는 독립된 학문 영역으로 간주되기 힘든 것들이 소학 안으로 들어왔다.

우선 먼저 특기할 점은 후한대에 『설문해자』가 출현하고 당시 『이 아』가 이미 오래 전부터 유행하였지만, 한대 사람들이 이들을 '소학'의

史史書令史. 吏民上書, 字或不正, 輒擧劾. 六體者, 古文・奇字・篆書・隷書・繆篆・
蟲書, 皆所以通知古今文字, 摹印章, 書幡信也. 古制, 書必同文, 不知則闕, 問諸故老,
至於衰世, 是非無正, 人用其私, 故孔子曰, 吾猶及史之闕文也, 今亡矣夫! 蓋傷其浸不
正. 史籀篇者, 周時史官敎學童書也, 與孔氏壁中古文異體. 蒼頡七章者, 秦丞相李斯所
作也, 爰歷六章者, 車府令趙高所作也, 博學七章者, 太史令胡母敬所作也, 文字多取史
籀篇, 而篆體復頗異, 所謂秦篆者也. 是時始造隷書矣, 起於官獄多事, 苟趨省易, 施之
於徒隷也. 漢興, 閭里書師合蒼頡・爰歷・博學三篇, 斷六十字以爲一章, 凡五十五章,
幷爲蒼頡篇. 武帝時司馬相如作凡將篇, 無復字. 元帝時黃門令史游作急就篇, 成帝時
將作大匠李長作元尚篇, 皆蒼頡中正字也. 凡將則頗有出矣. 至元始中, 徵天下通小學
者以百數, 各令記字於庭中. 揚雄取其有用者以作訓纂篇, 順續蒼頡, 又易蒼頡中重復
之字, 凡八十九章. 臣復續揚雄作十三章, 凡一百二章, 無復字, 六藝群書所載略備矣.
蒼頡多古字, 俗師失其讀, 宣帝時徵齊人能正讀者, 張敞從受之, 傳至外孫之子杜林, 爲
作訓故, 幷列焉."

범주 안에 넣고 이해한 것은 결코 아니었다는 점이다. 수당대가 되어서야 비로소 경전의 훈고가 당연히 소학 안에 포함되어야 한다는 것을 공식적으로 체계화시킨다. 그렇다면 왜 그 이전까지 소위 경전의 훈고에 속하는 저작들을 소학 속에 포함시키지 않았는가? 분명한 것은 후한 시대 훈고를 중심으로 경전을 연구했던 정현 등의 학자에게 당신이 지금 『한서』「예문지」적인 의미의 소학을 하고 있는 것이냐고 물었다면 아마 결코 동의하지 않았을 것이라는 점이다. 이 질문은 허신에게 물었어도 마찬가지였을 것인데, 이들의 작업을 단순히 자학(字學)이라고 제한하기에는 그들의 목표와 이상, 그리고 대상으로 삼았던 텍스트가 그렇게 단순하지 않았기 때문이다. 이것은 『한서』「예문지」를 정리한 반고의 의식 속에서도 반증이 되는데, 반고가 유가 경전 속에 등장하는 동의어군을 정리하고 분류한 사전 『이아』를 '소학류'에 넣지 않고 '효경십일가(孝經十一家)' 속에 편입시키고 있다는 점에서도 드러나고 있다.[8]

그런데 수대가 되면 『설문』 등을 소학 속에 편입시키는 체제를 갖추기 시작한다. 『수서』「경적지」 소학류 후서에서는 "위나라 시기에 훈고, 설문, 자림, 음의, 성운 체세 등에 관한 여러 책이 있었다(魏世又有訓詁, 說文, 字林, 音義, 聲韻, 體勢等諸書)"[9]라고 하면서 『설문(說文)』 십오권(十

---

8 "孝經古孔氏一篇. 二十二章. 孝經古孔氏一篇. 二十二章. 孝經一篇. 十八章. 長孫氏·江氏·後氏·翼氏四家. 長孫氏說二篇. 江氏說一篇. 翼氏說一篇. 後氏說一篇. 雜傳四篇. 安昌侯說一篇. 五經雜義十八篇. 石渠論. 爾雅三卷二十篇. 小爾雅一篇. 古今字一卷. 弟子職一篇. 說三篇. 凡孝經十一家, 五十九篇." 『한서』「예문지」, 「六藝略」의 마지막 부분.

9 "魏世又有八分書, 其字義訓讀, 有『史籀篇』·『蒼頡篇』·『三蒼』·『埤蒼』·『廣蒼』等諸篇章, 訓詁·『說文』·『字林』·音義·聲韻·體勢等諸書." 『수서』「경적지」. 참고할 것은 『한서』「예문지」에서 소학류가 육예략으로 분류되어 있는 것과 비교하여 『수서』「경적지」에서는 '경사자집'으로 서적을 크게 분류하고 소학을 '經'에 속하는 것으로 분류하였다는 점이다. 물론 그것은 더 큰 범주의 이름이 바뀌었을 뿐, 소학류를 광의의 경전 텍스트의 범주에 속하는 것으로 간주하였다는 점에서 기본적인 틀이

五卷)(許愼 撰)과『자림(字林)』칠권(七卷)(晉 弦令 呂忱 撰)을 포함하는 자서들과『성운(聲韻)』사십일권(四十一卷)(周研 撰), 『성류(聲類)』십권(十卷)(魏 左校令 李登 撰), 『운집(韻集)』십권(十卷), 『운집(韻集)』육권(六卷)(晉 安複令 呂靜 撰), 『사성운림(四聲韻林)』이십팔권(二十八卷)(張諒 撰) 등의 운서를 나열하였고, 동시에『사체서세(四體書勢)』일권(一卷)(晉 長水校尉 衛恆 撰)와 같은 서체를 논한 책들도 소학류에 포함시켰다.[10] 다음은『수서』「경적지」에서 설명하고 나열한 소학의 하위 분과들이다.[11]

공자께서 말씀하셨다. "반드시 이름을 바로잡아야[正名] 할 것이다!" 이 때의 이름[名]은 쓰인 글자[書字]를 말하는 것이다. "이름이 바르지 않으면 말이 순리에 따르지 않고 말이 순리에 따르지 않으면 일이 완성되지 않는다." 설명하는 사람들은 쓰는 것의 기원이 황제(黃帝)와 창힐(蒼頡)에게서 시작되었다고 여겼다. 류(類)를 비교하여 모양을 본뜬 것[比類象形]을 두고 문(文)이라고 하고, 자형과 발음이 서로 더해진 것[形聲相益]을 두고 자(字)라고 하며, 죽백(竹帛)에 쓴 것을 두고 서(書)라고 한다. 그래서 상형(象形) · 해성(諧聲) · 회의(會意) · 전주(轉注) · 가차(假借) · 처사(處事)의

변화한 것은 아니었다.

10 그러나『이아』나『석명』,『방언』등은 경전과의 관계가 더 밀접한 것으로 이해되었다. 그것은 이들 책이 배열되어 있는 자리를 살펴보면 바로 드러난다. "『論語義疏』二卷 張沖撰. 梁有『論語義注圖』十二卷, 亡.『孔叢』七卷 陳勝博士孔鮒撰. 梁有『孔志』十卷, 梁太尉參軍劉被撰, 亡.『孔子家語』二十一卷王肅解. 梁有『當家語』二卷, 魏博士張融撰, 亡.『孔子正言』二十卷 梁武帝撰.『爾雅』三卷 漢中散大夫樊光注. 梁有漢劉歆, 犍爲文學 · 中黃門李巡『爾雅』各三卷, 亡.『爾雅』七卷 孫炎注.『爾雅』五卷 郭璞注.『集注爾雅』十卷 梁黃門郎沈注.『爾雅音』八卷 秘書學士江泂崔撰. 梁有『爾雅音』二卷, 孫炎 · 郭璞撰.『爾雅圖』十卷 郭璞撰. 梁有『爾雅圖贊』二卷, 郭璞撰, 亡.『廣雅』三卷 魏博士張揖撰. 梁有四卷.『廣雅音』四卷 秘書學士曹憲撰.『小爾雅』一卷 李軌略解.『方言』十三卷 漢揚雄撰, 郭璞注.『釋名』八卷 劉熙 撰.『辯釋名』一卷 韋昭撰.『五經音』十卷 徐邈撰.『五經正名』十二卷 劉炫撰.『白虎通』六卷.『五經異義』十卷 後漢太尉祭酒許愼撰. (…중략…)『爾雅』諸書, 解古今之意, 並五經總義, 附於此篇." 『수서』「경적지」.

11 『隋書』「經籍志」, 小學類 後序 참조.

여섯 가지 조자 방법[六義]의 구별이 있게 되었다. 옛날에는 아이들을 가르칠 때에는 미혹되지 않게 하기 위하여 여섯 살에는 숫자와 방위 이름을 가르치고, 열 살에는 소학(小學)에 들어가게 하여 글씨쓰기와 산수[書計]를 배우게 하였다. 스무 살에 성년이 되면 처음으로 선왕의 도(道)를 익히게 하였는데 그 때문에 그 덕(德)을 완성하고 임무를 마칠 수 있었다.

그러나 창힐로부터 한초에 이르기까지 문자의 체제[書]는 다섯 차례 변화를 겪었다. 첫 번째는 고문(古文)으로 바로 창힐이 만든 것이다. 두 번째는 대전(大篆)으로 주선왕(周宣王) 때의 사주(史籀)가 만든 것이다. 세 번째는 소전(小篆)으로 진나라 때 이사(李斯)가 만든 것이다. 네 번째는 예서(隷書)로 정막(程邈)이 만든 것이며 다섯 번째는 초서(草書)로 한초에 만들어졌다. 진대에 고문을 없애면서 처음으로 팔체(八體)를 사용하기 시작했는데 대전(大篆)·소전(小篆)·각부(刻符)·모인(摹印)·충서(蟲書)·서서(署書)·수서(殳書)·예서(隷書)의 여덟 가지 서체가 있었다. 한대에는 육체(六體)를 가지고 학동을 가르쳐서, 고문(古文)·기자(奇字)·전서(篆書)·예서(隷書)·무전(繆篆)·충조(蟲鳥)의 여섯 가지가 있었고, 아울러 고서(槁書)·해서(楷書)·현침(懸針)·수로(垂露)·비백(飛白) 등의 20여 종의 필세[勢]가 있었는데 이것들은 모두 위의 여섯 가지 서체[六書]로부터 생겨나서 상황에 따라 변화한 것이다. 위대에는 다시 팔분서(八分書)가 있었다. 문자의 의미 해석과 독음 면에서는 『사주편(史籀篇)』·『창힐편(蒼頡篇)』·『삼창(三蒼)』·『비창(埤蒼)』·『광창(廣蒼)』 등의 여러 편장이 있었으며, 훈고(訓詁), 『설문(說文)』, 『자림(字林)』, 음의(音義), 성운(聲韻), 체세(體勢) 등에 관한 책이 있었다. 후한대에 불법이 중국에 유행하면서 서역의 외국서적[胡書]들이 들어오고 14글자로 모든 발음을 관통할 수 있게 되어 문자는 간략해지고 의미가 확대되었으니 그것을 바라문서(婆羅門書)라고 부른다. 그것은 팔체(八體)나 여섯 가지 조자 방법[六文]의 의미와는 매우 다르니 여기에서는 체세(體勢)에 관한 책 아래에 부쳐둔다. 또한 후위(後魏)가 처음으로 중원(中原)을 평정하고 군대를 거느리고 호령하였을 때에는 모두 이어(夷語)를 사용하였는데 후에 중원의 풍속에 교화되어 대부분 통할 수 없게 되었다. 그래서 그 본래의 말을 기록하여 서로 전하며 배우고 익히게 하였고 그것을 두고 '국어(國語)'라고 하였다. 여기에서는 음운(音韻)의 끝에 부쳐둔다. 또한 후한에서는 칠경(七經)을 새겨서 석비(石碑)에 남겼는데 모두 채옹(蔡邕)이 쓴 글씨였다. 위(魏)의 정시(正始) 연간에는 삼자석경(三字石經)을 세워서 칠경(七經)의 정자(正字)를 계승하도록 하였다. 후위의 말엽에는 제(齊) 신무(神武)가 정권을 잡아 낙양(洛陽)에서 업도(鄴都)로 그것을 옮기고자 하여, 하양(河陽)에까지 이르렀는데 강변이 무너지면서 그것이 물속에 잠겨버렸다. 무사히 업(鄴)까지 이르렀던 것은 채 반이 되지 않았다. 수(隋)의 개황(開皇) 6년에 다시 업(鄴)에서 장안(長安)으로 실어 옮겨서 비서내성(秘書內省)에 두고 보충할 것을 건의하여 국학(國學)에 세워두었다. 얼마 뒤에 수(隋)에서 반란이 일어나 그 일은 모두 폐기되고 건물을 건축하면서 주춧돌로 사용되었다. 정관(貞觀) 초엽에 비서감(秘書監)의 신하 위징(魏徵)이 비로소 그것들을 수합하였는데 열 가운데 하나도 남아있지 않았다. 세상에 전해지는 탁본(拓本) 중에 아직도 비부(秘府)에 있는 것과 진시황제의 각석(刻石)을 이곳에 붙여서 소학(小學)류를 보충하고자 한다.

孔子曰：“必也正名乎!” 名謂書字. “名不正則言不順, 言不順則事不成.” 說者以爲書之所起, 起自黃帝蒼頡. 比類象形謂之文, 形聲相益謂之字, 著於竹帛謂之書. 故有象形・諧聲・會意・轉注・假借・處事六義之別. 古者童子示而不誑, 六年教之數與方名. 十歲入小學, 學書計. 二十而冠, 始習先王之道, 故能成其德而任事. 然自蒼頡訖於漢初, 書經五變：一曰古文, 卽蒼頡所作. 二曰大篆, 周宣王時史籒所作. 三曰小篆, 秦時李斯所作. 四曰隷書, 程邈所作. 五曰草書, 漢初作. 秦世旣廢古文, 始用八體, 有大篆・小篆・刻符・摹印・蟲書・署書・殳書・隷書. 漢時以六體教學童, 有古文・奇字・篆書・隷書・繆篆

·蟲鳥, 并槀書·楷書·懸針·垂露·飛白等二十余種之勢, 皆出於上六書, 因事生變也. 魏世又有八分書, 其字義訓讀, 有『史籀篇』·『蒼頡篇』·『三蒼』·『埤蒼』·『廣蒼』等諸篇章, 訓詁·『說文』『字林』·音義·聲韻·體勢等諸書. 自後漢佛法行於中國, 又得西域胡書, 能以十四字貫一切音, 文省而義廣, 謂之婆羅門書, 與八體六文之義殊別, 今取以附體勢之下. 又後魏初定中原, 軍容號令, 皆經夷語, 後染華俗, 多不能通, 故錄其本言, 相傳教習, 謂之'國語', 今取以附音韻之末. 又後漢鐫刻七經, 著於石碑, 皆蔡邕所書. 魏正始中, 又立三字石經, 相承以爲七經正字. 後魏之末, 齊神武執政, 自洛陽徙於鄴都, 行至河陽, 値岸崩, 遂沒於水. 其得至鄴者, 不盈太半. 至隋開皇六年, 又自鄴京載入長安, 置於祕書內省, 議欲補緝, 立於國學. 尋屬隋亂, 事遂寢廢, 營造之司, 因用爲柱礎. 貞觀初, 祕書監臣魏徵, 始收聚之, 十不存一. 其相承傳拓之本, 猶在祕府, 并秦帝刻石, 附於此篇, 以備小學.

이곳의 설명에서 재미있는 것은 공자의 '정명'과 창힐의 문자 창조로부터 시작하여 여섯 가지 조자법인 육서, 팔체·육체 등의 갖가지 서체와 20여 종의 체세론 및 훈고·설문·음운에 관한 것이 망라되었을 뿐 아니라 범어(梵語)의 영향을 받은 책들과 당시의 방언인 '국어(國語)'를 설명하는 서적들, 그리고 각석의 탁본들까지 '소학' 속에 편입되어 있다는 점이다. 수대의 '소학' 속에 훈고의 항목이 나열되어 있긴 하지만 후대에 훈고의 대표저작으로 이해되는 『이아』는 이때의 소학류 속에는 들어있지 않았다.

그런데 당대가 되면 비로소 『이아』 등을 소학 속에 편입시키는 체제를 갖추기 시작한다. 후진(後晋) 유후(劉昫) 등이 편찬한 『구당서』 「경적지」에 와서 『이아』를 최초로 '소학'류에 귀속시키게 된다. 『구당서(舊唐書)』 「경적지(經籍志)」에서는 경부(經部)를 모두 12류로 나누고[12] 그곳에 소학류를 부속시켰다. 그리고 이곳에서 최초로 명확하게 『이아』류의 저작이 소학류에 자리를 잡게 된다. 이런 관점은 『신당서·예문지 (藝文志)』에도 그대로 계승된다.[13]

송대의 소학 또한 수대나 당대를 계승하여 경부에 소학류를 귀속시키고[14] 『신당서』 「예문지」에 수록된 서적들을 대체로 포함하게 된다. 그런데 송대 소학류 저작의 특징으로는 유견오(庾肩吾)의 『서품론(書品論)』 일권(一卷), 이사진(李嗣眞)의 『서후품(書後品)』 일권(一卷), 『속고금서인우열(續古今書人優劣)』 일권(一卷), 왕지명(王之明)의 『술서후품(述書後品)』 일권(一卷), 장회관(張懷瓘)의 『서고(書詁)』 일권(一卷), 『서단(書斷)』 삼권(三卷), 안진경(顔眞卿)의 『필법(筆法)』 일권(一卷) 등 서체 및 서론에 대한 책들이 여전히 포함되어 있었으며, 또한 여대림(呂大臨)의 『고고도(考古圖)』 십권(十卷), 이공린(李公麟)의 『고기도(古器圖)』 일권(一卷), 장유(張有)의 『복고편(複古編)』 이권(二卷), 『정화갑오제예기관지(政和甲午祭禮器款識)』 일권(一卷), 왕초(王楚)의 『종정전운(鍾鼎篆韻)』 이권(二卷), 조명성(趙明誠)의 『금석록(金石錄)』 삼십권(三十卷), 설상공(薛尙功)의 『중광종정전운(重廣鍾鼎篆韻)』 칠권(七卷), 『역대종정이기관지법첩(曆代鍾鼎彝器款識法帖)』 이십권(二十卷) 등 금석문에 대한 서적들도 포함되어 있었다는 점이다. 특히 주목할 것은 주희(朱熹)의 『소학지서(小

---

12 "『易』類一, 『書』類二, 『詩』類三, 『禮』類四, 『樂』類五, 『春秋』類六, 『孝經』類七, 『論語』類八, 讖緯類九, 經解類十, 詁訓類十一, 小學類十二." 『舊唐書』「經籍志」. 이때부터 비로소 문자, 음운, 훈고를 대표하는 저작들이 모두 소학류에 배치되지만 흥미로운 것은 『수서』 「경적지」 이래로 서체에 대한 서적들이 소학류에 편입된 것이 그대로 계승된다는 점이다. 예를 들어 『五十二體書』一卷(蕭子雲 撰), 『書品』一卷(庾肩吾 撰), 『書後品』一卷(李嗣貞 撰), 『筆墨法』一卷 등의 책이 소학류에 포함되어 있다. 이점은 청대 『사고전서총목제요』에 의해 비판받는다.

13 "自漢以來, 史官列其名氏篇第, 以爲六藝·九種·七略. 至唐始分爲四類, 曰經·史·子·集.(…중략…)甲部經錄, 其類十一·一曰『易』類, 二曰『書』類, 三曰『詩』類, 四曰『禮』類, 五曰『樂』類, 六曰『春秋』類, 七曰『孝經』類, 八曰『論語』類, 九曰讖緯類, 十曰經解類, 十一曰小學類." 『新唐書』「藝文志」.

14 "經類十·一曰『易』類, 二曰『書』類, 三曰『詩』類, 四曰『禮』類, 五曰『樂』類, 六曰『春秋』類, 七曰『孝經』類, 八曰『論語』類, 九曰經解類, 十曰小學類." 『宋史』「藝文志」.

學之書)』사권(四卷),『사자(四子)』사권(四卷), 정단몽(程端蒙)의『소학자훈(小學字訓)』일권(一卷), 여조겸(呂祖謙)의『소의외전(少儀外傳)』이권(二卷) 등 윤리적인 계몽 교육 서적들이 이곳에 포함되기 시작했다는 점이다. 이런 계몽 소학류의 서적은 명대의 소학적인 이해에 큰 영향을 끼쳤다.

　기본적으로 명대 서지학적인 분류는 이전의 큰 틀을 계승하였으나,[15] 소학류에 있어서만은 명대 소학의 특징이 드러난다. 무엇보다 주희의『소학』류를 이은 계몽교육 교재들이 강화되어 중요한 자리를 차지하게 되었다는 점을 들 수 있을 것이다. 명대에는 충효와 여인의 절개를 강조하는 윤리적인 서적들이 소학 가운데 포함되었다.[16] 또한『홍무정운(洪武正韻)』십육권(十六卷), 손오여(孫吾與)의『운회정정(韻會訂正)』사권(四卷) 등의 운서와 조이광(趙宧光)의『설문장전(說文長箋)』칠

15　"四部之目, 昉自荀勗, 晉・宋以來因之. 前史兼錄古今載籍, 以爲皆其時柱下之所有也. 明萬曆中, 修撰焦竑修國史, 輯『經籍志』, 號稱詳博. 然延閣廣內之藏, 竝亦無從遍覽, 則前代陳編, 何憑記錄, 區區掇拾遺聞, 冀以上承『隋志』, 而贗書錯列, 徒滋訛舛. 故今第就二百七十年各家著述, 稍爲釐次, 勒成一志. 凡卷數莫考・疑信未定者, 寧闕而不詳云. 經類十: 一曰『易』類, 二曰『書』類, 三曰『詩』類, 四曰『禮』類, 五曰『樂』類, 六曰『春秋』類, 七曰『孝經』類, 八曰諸經類, 九曰『四書』類, 十曰小學類." 『明史』『藝文志』.

16　예컨대 "趙古則『學範』六卷,『童蒙習句』一卷. 方孝孺『幼儀雜箴』一卷. 張洪『小學翼贊詩』六卷. 鄭眞『學範』六卷. 砵逢吉『童子習』一卷. 吳訥『小學集解』十卷. 劉實『小學集注』六卷. 丘陵『要敎聲律』二十卷. 廖紀『童訓』一卷. 陳選『小學句讀』六卷. 王雲鳳『小學章句』四卷. 湛若水『古今小學』六卷. 鍾芳『小學廣義』一卷. 黃佐『小學古訓』一卷. 王崇文『蒙訓』一卷. 王崇獻『小學撮要』六卷. 砵載瑋『困蒙錄』一卷. 耿定向『小學衍義』二卷. 吳國倫『訓初小鑒』四卷. 周憲王有燉『家訓』一卷. 砵勤美『諭家邇談』二卷. 鄭綺『家範』二卷. 王士覺『家則』一卷. 程達道『家敎輯錄』一卷. 周是修『家訓』十二卷. 楊榮『訓子編』一卷. 曹端『家規輯略』一卷. 楊廉『家規』一卷. 何瑭『家訓』一卷. 程敏政『貽範錄』三十卷. 周思兼『家訓』一卷. 孫植『家訓』一卷. 吳性『宗約』一卷,『家訓』一卷. 楊繼盛『家訓』一卷. 王祖嫡『家庭庸言』二卷." 등이 소학류 가운데에서도 다시 '小學'으로 하위분류되었고 "『女誡』一卷 洪武中命儒臣編. 高皇後『內訓』一卷. 文皇後『勸善書』二十卷. 章聖太後『女訓』一卷 獻宗爲序, 世宗爲後序. 慈聖太後『女鑒』一卷,『內則詩』一卷 嘉靖中命方獻夫等撰. 黃佐『姆訓』一卷. 王敬臣『婦訓』一卷. 王直『女敎續編』一卷." 등이 '女學'으로 하위분류되었다.

십이권(七十二卷), 『육서장전(六書長箋)』 십삼권(十三卷), 매응조(梅膺祚)의 『자휘(字彙)』 십이권(十二卷) 등의 자서를 포함하여 양렴(楊廉)의 『철산거례(綴算擧例)』 일권(一卷), 『수학도결발명(數學圖訣發明)』 일권(一卷), 고응상(顧應祥)의 『측원산술(測圓算術)』 사권(四卷), 『호시산술(弧矢算術)』 이권(二卷), 『석측원해경(釋測圓海鏡)』 십권(十卷), 당순지(唐順之)의 『구고등육론(句股等六論)』 일권(一卷), 주재육(硃載堉)의 『가량산경(嘉量算經)』 삼권(三卷), 이찬(李璸)의 『동문산지통편(同文算指通編)』 이권(二卷), 『전편(前編)』 이권(二卷), 양휘(楊輝)의 『구장(九章)』 일권(一卷) 등의 수학책들 또한 '서수(書數)'라는 이름으로 소학 아래에 하위분류되어 포함되었다.

4. 전통 소학의 완성

이런 저런 분야가 망라되던 소학은 청대에 와서 고증학의 시각에 힘입어 엄밀하게 제한되고 훈고·문자·음운이라는 전통적인 소학의 하위 범주가 명확하게 자리를 잡게 된다. 청대 이전까지 이어지는 소학류의 분류에는 반드시 경학이라는 상위 범주가 전제되어 있었고 큰 틀에서는 경전 텍스트의 습득을 위한 기초 학문임을 역대로 확인하였으나, 문자에 대한 분야를 광범위하게 포함하는 이상, 예컨대 서체와 서론에 대한 저작 등을 소학류에 귀속시키지 않을 수 없었다. 수당대의 소학류에 대하여 청대의 학자들이 비평하는 이유는 그 경계선이 불명확하다는 점이었다. 그래서 『사고전서총목제요』에서는 "『수서』「경적지」에서 금석각문을 증가시키고, 『구당서』「경적지」에서 서법과 서품의 책을 증가시킨 것은 이미 원래의 뜻이 아니다"[17]라고 비판하였다.

청대의 소학은 역대의 혼란스러웠던 소학의 개념을 정리하고 전통적인 소학으로 무엇을 의미하는지 확정하게 하였다. 예를 들어『사고전서총목제요』에서는 "『이아』이하는 훈고로 편성하고,『설문해자』이하는 자서로 편성하며,『광운』이하는 운서로 편성한다[惟以爾雅以下編爲訓詁, 說文二下編爲字書, 廣韻以下編爲韻書]"고 분명하게 밝히고 있다.『사고전서총목제요』의 소학류 서문에서는 다음과 같이 말하고 있다.

옛날 소학(小學)에서 가르치던 것은 육서(六書)의 부류에 지나지 않았다. 그래서『한서』「예문지」에서는『제자직(弟子職)』을『효경(孝經)』아래에 붙이고『사주(史籒)』등 10여가 45편은 소학에 나열하였다.『수서』「경적지」에서 금석각문(金石刻文)의 것을 증가시키고『당서』「경적지」에서 서법(書法), 서품(書品)의 것을 증가시킨 것은 원래의 뜻을 아니다. 주자(朱子)가『소학(小學)』을 지어서『대학(大學)』과 짝을 이루게 하면서부터, 조희변(趙希弁)이『독서부지(讀書附志)』에서 마침내『제자직(弟子職)』류의 책을 소학(小學)에 집어넣고, 또한 몽구(蒙求)류의 것을 섞어서 병렬하게 되면서 소학은 더욱 그 갈래가 많아졌다. 그 원류를 고증해보면 오직『한서』「예문지」만이 경전의 뜻에 근거한 것으로 요컨대 옛 모습에 가까울 것이다. 이제 여기에서는 유아기의 예의[幼儀]를 논한 것들은 따로 '유가(儒家)'에 넣고, 필법(筆法)을 논한 것들은 따로 '잡예(雜藝)'에 넣었으며, 몽구(蒙求)에 속하는 것은 '고사(故事)' 아래에 넣고, 암송의 편의를 따른 것들은 따로 '유서(類書)'에 넣었다. (소학류에서는) 오직『이아』이하의 책들은 훈고로 편제하고,『설문』이하의 것은 자서로 편제하고『광운(廣韻)』이하의 책들은 운서로 편제하였을 뿐이다. 모든 체례가 엄중하여 옛 뜻을

---

17 "隋志增以金石刻文, 唐志增以書法書品, 已非初旨." 經部, 小學類 序.

잃지 않도록 하였다. 그 가운데 양쪽의 부류를 겸하는 것은 각각 치중된 바를 위주로 하였다. 모든 조항의 장단점에 대해서는 본문에서 상세하게 갖추어 설명하였다.

古小學所教, 不過六書之類. 故漢志以弟子職附孝經, 而史籒等十家四十五篇列爲小學. 隋志增以金石刻文, 唐志增以書法書品, 已非初旨. 自朱子作小學以配大學, 趙希弁讀書附志遂以弟子職之類幷入小學, 又以蒙求之類相參幷列, 而小學益多岐矣. 考證源流, 惟漢志根據經義, 要爲近古. 今以論幼儀者別入儒家, 以論筆法者別入雜藝, 以蒙求之屬隷故事, 以便記誦者別入類書, 惟以爾雅以下編爲訓詁, 說文以下編爲字書, 廣韻以下編爲韻書. 庶體例謹嚴, 不失古義. 其有兼擧兩家者, 則各以所重爲主. 悉條其得失, 具于本篇.[18]

초기에는 효과적인 식자교육을 위해 시작되었지만, 소학의 방향은 점차 고대 문자언어상에 나타나는 실제 문제를 해결하는 경향을 띠게 되었다. 만약 경전 텍스트와 독립적으로 이런 문제들을 나열해본다면 예를 들어, 낱개 문자는 어떤 의미로 해석되어야 하는가, 문자들을 소리 내어 읽기 위해서는 어떤 발음이 정확한 것인가, 역대로 변화해온 문자의 자형들은 어떻게 써야할 것인가 등의 문제들이 열거될 수 있을 것이다. 『이아』류의 저작들이 소학류에 편입되는 과정과 운서들이 포함되고, 금석문에 과한 저작 및 서체·서품론이 추가되는 사정은 이런 문제들과 연관되어 있기 때문이었다.

그러나 전통 시기 동안 소학은 궁극적으로 문자로 기록된 경전을 어떻게 연구해야 할 것인가의 문제에서 벗어나지 못했다. 경전의 전본으로서 금문과 고문의 문제 등이 대두되었을 때 소학의 성립을 선언한 사람이 다른 사람이 아니라 바로 고문경학의 창시자인 유흠이라는 사

---

18 『四庫全書總目提要』 卷40, 經部四十, 小學類 序.

실은 우연한 일이 아니었으며 그 이후의 소학의 이해에도 필연적인 영향을 미쳤다.

5. 근대 언어학과의 만남

소학의 하위 범주로 분류된 훈고학, 문자학, 음운학 등이 그 학문의 범위와 경향이 상당부분 경전을 중심으로 진행되었다는 점에서 본다면 소학은 경전해석학의 주요한 방법론이 될 수밖에 없다.[19] 앞에서 살펴보았듯이 한대에 이미 훈고와 문자 연구는 경전 해석과 깊이 맞물려 있었고, 청대(淸代)에 와서 개화한 상고음운 연구는 경전 해석의 새로운 지평을 열어주었다. 경전에 대한 이해와 재해석이 이러한 미시적인 분석에 의해 거대한 체계를 달리 할 수도 있다는 것을 고려한다면, 경전 해석학으로서의 소학은 결코 무시하지 못할 영역이다. 그런데 또한 다른 한편으로 보면 소학이 중국의 경전 텍스트를 구성하는 미세 단위, 즉 글자나 구절 등을 어떻게 해석할 것인가의 문제를 중심으로 진행되었다는 점에서 본다면, 그것은 중국의 언어와 문자가 가지는 고유한 특성에 대한 연구와 결코 분리되는 것이 아니다. 결국 중국의 언어와 문자가 가지는 특성에 대한 연구는 전통적인 소학의 방법론, 그리고 고전 텍스트 해석학의 영역과 깊이 맞물려 있는 셈이다. 어떻게 보면 간단한

---

19 이들 가운데 전통적으로는 외면상 음운의 연구가 조금 경학과는 관련성이 떨어져 보이지만, 韻書류의 저작에서 탈피하여 청대 고증학자들이 음운 연구를 바탕으로 한 경전 해석학에 상당한 성과를 보여줌으로써, 小學의 하위 범주인 음운연구가 결코 경학과 유리되는 것이 아님을 증명해 주었다.

이러한 생각의 전환은 실은 중국에 있어서는 근대 이후의 산물이다.

전통과 근대 사이에서 20세기 초반이 되어서야 비로소 소학과 언어학이 연계되고 있음을 밝히는 학자가 나타난다. 그는 장태염이다. 장태염(張太炎)은 『국수학보(國粹學報)』(1906) 12, 13호에 「언어문자학을 논함(論言語文字之學)」이라는 제목의 글을 발표하여, "소학은 옛 명칭을 습용한 것으로서 지시하는 데는 편리하지만 실제로는 언어문자학이라고 명명해야 타당하다"고 주장하였다.[20] 이로써 소학을 보는 관점은 언어학의 현대화를 이끌었다. 전통 소학의 일단락을 짓고 중국 현대 언어학이 시작된 것이다.

그러나 소학에서 비중 있게 다루어지던 분야가 현대 언어학에서는 위상을 잡아내기 힘들게 되는 문제가 남게 되었다. 서구의 언어학에서는 그들의 역사에서 한 번도 주목을 받아본 적이 없었던 분야이기 때문이다. 바로 문자학이다. 문제는 중국의 언어학사에서 문자에 대한 연구를 도외시한다면 그것은 오랜 전통을 등에 업고 현재를 탄생시킨 중국의 언어사를 올바르게 이해할 수 없게 만든다는 점이다. 아래의 표는 전통 소학에서 형(形)·음(音)·의(義)의 삼 요소에 해당하는 분과 학문을 문자·음운·훈고라고 지칭했다면, 현대 언어학의 하위분과에서는 그것들이 각각 어디에 해당될 수 있는지 대응시켜 본 것이다.

서구 언어학의 어법학이 중국의 소학 안에 대응시킬 수 있는 것이 모호하다면, 소학 가운데 문자학이 서구 언어학에 대해서 그렇다. 언어학에 있어서 중국적 특성으로서 문자학이 남겨지는 것은 전통적 소학이 경전으로 간주되는 텍스트 해석에 깊이 관여하고 있다는 점과 관련된다.

---

20 그에 의하면 문자, 음운, 훈고의 관계는 삼자가 정립해있는 관계가 아니라 삼위일체의 관계이므로, 乾嘉 시대의 학자가 창도한 '음운으로 훈고와 통하게 하고, 음운으로 자형을 증명한다(以音韻通訓詁, 以音韻證字形)'는 원칙을 특별히 칭찬하게 된다.

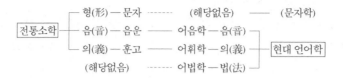

이렇듯 깊이 맞물려 있는 경학의 역사와 소학의 역사를 두고 우리는 무엇을 반성해야 하는가. 현대적으로 말해서 소학의 다른 이름들, 즉 어휘학(훈고학),[21] 음운학(성운학), 문자학 등은 각각 나름의 학문적 체계화를 거치고 있으니 그것을 이용하여 경전을 재해석하는 것이 바람직한가, 아니면 이들 각각은 나름의 학문적 목적과 의미를 가지고 있으니 전통적인 경전의 해석으로부터는 해방되어야 하는 영역인가. 물론 이 질문들은 연구자가 무엇을 자기 학문의 대상과 목적으로 하고 있는가에 따라 다르게 답해질 수밖에 없는 것들이다.

6. 남겨진 문제

우리가 살펴보았듯이 소학으로서의 언어학, 혹은 언어학으로서의 소학은 결코 문법학이나 구문론 위주의 언어 연구에 국한되지 않는다. 소학은 크게는 상위에서 경전 해석학이 지배하고 있고, 넓게는 체세나 금석학 등 예술적인 분야와 계몽 소학 등 윤리적인 분야에까지 확대될

---

21 이것은 정확히 대응되는 것은 아니다. 예컨대, 현대적인 의미에서 훈고는 매우 애매한 개념인데 '어휘의미론', 혹은 간단한 '통사론' 정도를 포함하고 있다.

수 있는 소지를 가지고 있다.

결국 연구자로서 우리가 닥치는 문제는 예컨대 전통적인 의미에서 중국 경학을 연구하는 것이나, 현대적인 의미에서의 언어학적인 소학에 집중하는 것이 서로 자유롭게 분리되지는 않는다는 점이다. 수천 년 집적되어 상호영향관계를 끼치는 두 영역은 오히려 새로운 발견이나 새로운 접촉이 생길 때마다 연관된 문제들을 던진다.

19세기가 저물고 20세기가 시작되면서 갑골문이 발견된 것은 그 대표적인 예일 것이다. 근대에 서구와 동아시아의 문명이 충돌하면서 조금씩 서구의 문명에 본격적으로 다가가던 중국의 지식인들은 갑골의 발견에 충격을 받고 당황스러워했다. 용골이라고 알려져서 수천 년 동안 한약재로 갈아먹던 뼛조각에서 상고 시기의 문자가 새겨져 있었음을 그때서야 알게 되었는데, 그것은 크게 두 가지 면에서 의미 있는 사건이었다. 첫 번째는 서구의 문자에 비해서 매우 오래된 기원을 가진 중국문자가 어떻게 그 원형을 보존해왔는지 보여줌으로써 중국문명 고유의 특성을 과시했다는 점이다. 그런데 두 번째로는 첫 번째 의미와는 조금 다른 측면인데, 한대 이후로 청대까지 중국의 지식인들이 하늘과 같은 경전으로 떠받들고 있었던 텍스트의 문자는 그러면 도대체 무엇이었느냐는 질문을 던지게 했다는 점이다. 경전을 중심으로만 소학을 연구하던 학자들은 문자학을 독립시켜야 하는 필요성을 절감했다. 그리고 실제로 그 이후 갑골문 등을 '고문자'[22]로 정의하면서 중국 문자 고유의 생성, 변화 등을 이론적으로 다루는 '고문자학'이 출현한다.

중국 문자 그 자체가 진정으로 텍스트와 관련 없이 자기만의 이론을 보여줄 수 있는가에 대한 대답은 반드시 긍정적이지 않다. 요즘 몇 십 년 사이 중국 각지에서 전국시대로부터 한대 초엽의 것이라고 알려진

---

22 대표적인 학자는 唐蘭이다.

출토문헌자료들이 쏟아져 나오고 있다. 문자는 언제나 필요와 목적을 가진 텍스트를 통해서만 드러나게 되어, 결국 텍스트 연구가 문자 고석과 분리될 수가 없는 것이다. 요즘 중국 고대를 연구하는 학자들은 출토문헌의 자료와 전통적으로 확정되어 전해지던 문헌 자료 — 즉 한대 주석가들의 손을 거쳐 현재 우리에게 전해지는 중국 고전 문헌 — 사이에서 새로운 방향을 설정하기 위해 모색 중이다. 한대 이후의 주석에만 의지하여 고전을 이해하고 해석해왔던 것에 대하여 출토된 문헌들이 던지는 문제는 의외로 심각하다. 잘 이해가 되지 않던 고전을 보다 명료하게 이해하게 해 준다는 이점을 넘어서 고전 텍스트는 어떻게 만들어졌으며 어떤 필터를 통해 변형되거나 왜곡되었는지의 문제를 들추고 있기 때문이다.[23]

리쉬에친[李學勤]은 다음과 같이 말하고 있다. "중요한 것은 출토문헌의 정리와 연구를 통하여 고서가 역사적으로 어떻게 형성되었는지를 더 명료하게 이해할 수 있다는 점이다. 또한 우리는 한진(漢晉) 시기의 학자들이 선진의 고서들을 정리하고 전승하면서 어떤 복잡한 문제에 부딪혔으며 얼마나 많은 노력을 들였는지, 후대인들이 미심쩍게 생각하는 각종 결점과 실수는 또한 어떻게 만들어졌는지 체득할 수 있게 된다."[24] 결정적인 문제는 출토된 자료들은 각종 해독하기 어려운 고대의 이체자(소위 전국문자)들로 이루어져 있는데, 이것들을 어떻게 해석할 것인가 하는 것이다. 이것은 위에서 제기한 질문과 연계되어 입장 차이를 가진다. 크게는 전세문헌의 가치와 독법을 우선순위에 놓고 출토문헌을 고증하는 방법과, 출토된 문헌 자체가 고유한 가치를 가지므로 전세문헌과는 구별하여 연구하는 방법이다. 이 대립되는 입장은 중국의 고전학자와 서구의 중국고전학자 사이에서 극명하게 드러난

---

23 쇼우네시[夏含夷]의 「簡論'閱讀習慣 : 以上博『周易 · 井(井水)』卦爲例」를 참고함.
24 李學勤, 「談 '信古 · 疑古 · 釋古'」, 『走出疑古時代』, 遼寧大出版社, 1997, 347~348쪽.

다. 예를 들어 워싱턴 대학의 윌리엄 볼츠(William G. Bolt)는 "(출토된) 사본에 대한 석문(釋文)은 그곳에 쓰인 문자를 분명하게 반영하여야 하며 해석자가 어떤 주관이나 그 사본 이외의 정보를 가지고 첨가해서는 안 된다. 즉 석문(釋文)은 100% 사본에 쓰인 그 내용만을 반영해야 한다"고 하였다. 그러나 펑성쥔(馮勝君)과 리링(李零)은 다음과 같이 반박하였다. "2000년의 역사를 가진 통가(通假)의 규율과 '열독습관(閱讀習慣)'은 기본적으로 합리적인 중국적 연구방법이다. 이것은 서양의 학자들보다 중국학자들이 가지는 고전 연구 방면의 장점인데 왜 스스로의 장점을 버리고 왜 국제 학술의 규범을 구하려고 하는지 그 이유를 모르겠다"고 주장하였다. 에드워드 쇼우네시(Edward L. Shaughnessy)는 전통적인 훈고나 '열독습관'에 익숙한 중국학자 리링(李零)이 출토자료를 석문(釋文)한 것과 볼츠가 석문한 것을 비교하면서 중국적 학문 방법이라는 이 습관이 출토자료를 해석하는 데에 어떻게 작용하고 있는지 보여주었다.[25] 그는 다음과 같이 지적하여 출토문헌과 전통문헌과의 관계 설정을 어떻게 할 것인가라는 문제를 상기시켰다.

---

25 쇼우네시는 『예기』 「緇衣」본의 비교 분석(상박본, 곽점본, 『죽서기년』과 전본 등을 중심으로) 후 판본의 차이가 漢代 정리자의 오해 때문이었음을 밝히고 이천년 동안 완벽한 유가경전으로서 의심받아 온 적이 없던 「치의」는 곽점본과 상박본의 출현으로 해서 비로소 얼마나 결점이 있고 잘못된 것인지 알게 되었다고 주장하였다. 마찬가지로 『주역』의 경우에는 아직까지 완벽한 본경이 출현하지는 않았으니 혹 이것은 현재 보이는 주역의 체계가 단지 하나의 계통일 뿐이며 모든 원시적인 체계들이 마지막에 체계적인 정리를 거쳤을 가능성을 말해 주는 증거일 수도 있다. 게다가 漢人들이 古經을 당대의 문자로 확정했을 때 비록 고대로부터 멀지는 않지만 그렇다고 원의를 반드시 알고 있었다고 할 수는 없다. 그렇지 않다면 각종 이체자와 다른 해석법이 나왔을 리가 없다. 그는 『주역』 '정'괘를 예로 들어 상박의 출토본 문자 고석과 李零의 석문과 전본 『주역』의 문자를 비교한 후 두 가지 석문의 장단점을 토론하였는데 주역은 매우 독특한 문헌이므로 조금 다른 해석 방법을 취해야 하며, 각종 사본과 전본의 이체자가 반드시 잘못된 것은 아니지만 또한 반드시 정확한 것도 아니므로 『주역』에 대해서는 불변하는 해석 원칙을 취해서는 안 된다고 주장하였다.

고문자학자들은 흔히 전통문헌이 출토문헌을 독해하는 열쇠라고 여긴다. 그러나 어떤 열쇠가 모든 문을 열 수 있다고는 생각하지 않는다. 어떤 때에는 문은 이미 열려 있어서 우리가 단지 직접 들어가 쓰인 문자를 독해해야 할 수도 있다. 그뿐만 아니라 어떤 때에는 출토문헌을 독해할 때 전통문헌이 족쇄로 변하는 때도 있다. 우리가 과거 보아온 고서는 한인(漢人)들이 편집한 것이다. 그러므로 그들의 편견은 곧 우리의 편견이 된다. 지금은 마침내 그런 매개물을 초월할 수 있는 기회를 얻었는데 그것은 직접 선진 시대의 문헌을 볼 수 있다는 사실이다. 만약 이전의 열독습관을 견지하여 반드시 한인의 눈으로만 고문자자료를 봐야한다면 지극히 얻기 어려운 정보를 잃어버리게 될 지도 모른다.

'소학'을 중심으로 한 논의를 마무리하면서 마지막으로 몇 가지 질문을 던지려 한다. 우리는 무엇 때문에 중국의 고전 텍스트를 연구하고 중국의 언어와 문자를 연구하는가. 우리는 무엇을 알고 싶고 왜 지금 그것을 알려고 하는가. 연구자로서 먼저 우리의 문제를 분명하게 할 필요가 있을 것이다. 그것은 연구자마다 목적과 대상이 다를 수 있다. 필자의 경우에는, 중국의 언어와 문자가 무엇인가를 현대 언어론에 비추어 규명하고자 하며, 특히 중국 문자가 영향을 미쳐 작동시켜온 중국 문명의 양상을 보다 명료하게 설명하고 싶다. 그때 도출되는 문제들은 다음과 같은 것이다. 중국어의 연구에서 문자 지향적 굴레를 넘어설 수 있겠는가, 넘어서는 것은 어떤 의의를 가지고 있는가. 중국 고대에는 문자의 논리만이 지배하고 언어의 논리는 아무런 역할을 하지 못했는가. 서구의 어법학이 전제하는 언어와 논리의 문제 등은, 경학을 중심으로 한 소학에서는 결코 다룰 수 없게 된다. 선진 시기의 묵가, 공손룡자등의 제자학에서만 약간 언급되었을 뿐 오랜 시기 잊어버렸던 문제들은 이제 어떻게 풀어야 하는가. 전통적인 경학과 단절되어

서구의 근대학문이 도입되던 시기에 호적, 양계초 등이 『묵자』안의 「묵경(墨經)」의 논리에 파고들었던 이유도 바로 거기에 있을지 모른다.

만약 논의의 영역이 확대된다면 중국 문명의 기원적 모습과 그것이 인간 삶의 보편성과 어느 정도 닿고 있는지 탐구하게 되는데, 그렇다면 수천 년 축적된 경전 해석학을 지식 고고학적인 지층으로 분리시키고 고대의 원형으로 돌아가는 것은 무슨 의미를 가지고 있는가. 연구의 목적이 미시적인 각론에서 거대담론으로 넘어가는 것은 결코 쉬운 일은 아닐 것이다. 평생 경전의 한 구절만 집중해서 연구하다가 생을 마친 한대 경학가, 혹은 소학가들의 학문적 태도와 방법을 비교해보면 때로는 엄청나게 위험하고 발칙한 발상이기까지 하다. 그럼에도 우리는 알고 싶은 것을 향해 과감하게 한발자국을 내밀어야 한다고 생각한다. 그런 의미에서 서구의 중국학자들이 거대 담론으로 중국고대를 설명하려는 노력은 충분히 참고할 가치가 있다. 예를 들어 마크 에드워드 루이스(Mark Edward Lewis)나 마틴 컨(Martin Kern) 등의 연구가 그렇다.[26] 루이스는 갑골문, 금문, 죽간백서 자료들과 경전을 위시한 전통적인 텍스트를 총동원하여 고대 중국에서 텍스트의 형성 과정을 연대기적인 영향관계로 해석하려 한다. 그의 작업은 전통의 중국학자들이 당연하게 받아들였던 경전의 성립 과정을 총체적으로 반성하게 하고 도대체 중국의 문자를 통한 '쓰기(Writing)' 그 자체가 어떤 사회사, 정치사, 문화사적인 의미를 가지는지 규명하려고 하였다. 이것은 갑골이나 금문 연구, 혹은 출토문헌 자료를 통한 축적된 연구를 바탕으로 고대 중국의 면모를 종합적으로 파악하여 제시하려는 거대 담론들이다. 이

---

26 Mark Edward Lewis, *Writing and Authority in Early China*, Albany : State University of New York Press, 1999; Martin Kern, "Review", *China Review International* Vol.7 No.2, University of Hawaii Press, Fall 2000; Martin Kern eds., *Texts and Ritual in Early China*, Seattle and London : University of Washington Press, 2005.

속에서도 소위 경학과 소학은 결코 각론으로 구분되지 않는 채로 동원된다.

참고문헌

裘錫圭, 李鴻鎭 譯, 『中國文字學』, 서울 : 신아사, 2001.
胡奇光, 李宰碩 譯, 『中國小學史』, 서울 : 東文選, 1997.

許愼, 『說文解字』 「敍」.
『漢書』 「藝文志」.
『隋書』 「經籍志」.
『唐書』 「藝文志」.
『舊唐書』 「經籍志」.
『宋史』 「藝文志」.
『明史』 「藝文志」.
『四庫全書總目提要』.
李學勤, 「談 '信古 · 疑古 · 釋古'」, 『走出疑古時代』, 沈陽 : 遙寧大出版社, 1997.
張太炎, 「論言語文字之學」, 『國粹學報』 12 · 13號, 1906.
唐　蘭, 『古文字學導論』, 濟南 : 齊魯書社, 1981.
馬建忠, 『馬氏文通』; 呂叔湘, 『馬氏文通讀本』, 上海 : 上海敎育出版社, 2000.
徐通鏘, 『語言論－語義型語言的結構原理和硏究方法』, 長春 : 東北師範大
　　　　出版社, 1997.
龍宇純, 『中國文字學』, 臺比 : 臺灣學生書局, 1967.

Edward L. Shaughnessy(夏含夷), 「簡論閱讀習慣－以上博『周易 · 井(井水)』卦
　　　　爲例」.
Mark Edward Lewis, *Writing and Authority in Early China,* Albany : State University
　　　　of New York Press, 1999.
Martin Kern, "Review", *China Review International* Vol. 7 No. 2, Hawaii : University of
　　　　Hawaii Press, Fall 2000.
＿＿＿＿＿＿ eds., *Texts and Ritual in Early China*, Seattle and London : University
　　　　of Washington Press, 2005.

『설문해자』를 통해 본 전통 주석의 실제

주석과 판본을 통해 본 『설문해자說文解字』 연구사[*]

청대淸代 설문학說文學의 성립과 발전을 중심으로

문준혜

1. 들어가며

이 글은 동한(東漢)에 완성된 『설문해자(說文解字)』가 이후의 각 역사 시대에 어떻게 수용되어 왔는지, 특히 명대(明代)에는 일부 학자들에 의해 겨우 명맥을 유지할 정도였던 『설문해자』가 청대(淸代)에는 설문학(說文學)이라는 하나의 학문 분야를 형성할 만큼 많은 학자들에 의해 전면적으로 연구된 현상이 어디에서 기인했는지를 파악하려는 동기에서 시작되었다.

---

[*] 이 글은 『중국문학』 제62집(2010.2)에 발표된 「『설문해자(說文解字)』의 수용양상─청대(淸代) 설문학(說文學)의 성립과 발전을 중심으로」를 수정·보완한 것이다.

『설문해자』는 중국 최초의 자전(字典)이다. 허신(許愼)은 이전의 단편적인 문자 연구 성과들을 흡수하여 처음으로 한자의 형(形), 음(音), 의(義)를 체계적으로 분석하고, 당시에 볼 수 있었던 소전(小篆), 주문(籀文), 고문(古文) 등의 고문자(古文字)를 총망라했으며, 「서문(叙文)」에서는 한자의 기원과 발전, 변화의 역사를 언급하고 육서(六書)에 대한 정의와 예를 제시하였다. 이 때문에 『설문해자』는 최초의 자전일 뿐 아니라 최초의 문자학 저서라고 평가받는다. 실제로 중국의 문자학은 『설문해자』의 성립으로 시작되었고 『설문해자』를 중심으로 전개되었다고 해도 과언이 아니다.

『설문해자』가 출현한 이후, 그것은 한자의 본의(本義)를 수록한 실용적인 자서로 이용되어 정현(鄭玄)의 『주례주(周禮注)』와 『의례주(儀禮注)』, 응소(應劭)의 『풍속통의(風俗通義)』에 인용되었고,[1] 당대(唐代)에는 안지추(顔之推), 공영달(孔穎達), 가공언(賈公彦) 등이 높이 평가하고 자주 인용하였으며, 육덕명(陸德明)의 『경전석문(經典釋文)』과 이선(李善)의 『문선주(文選注)』, 현응(玄應)과 혜림(慧琳)의 『일체경음의(一切經音義)』에서도 여러 차례 인용되었다.[2]

『설문해자』는 주석에 이용되었을 뿐 아니라 자전의 전범(典範)으로 여겨져, 후대의 많은 자전들은 『설문해자』의 체제를 따라 만들어졌고, 또 『설문해자』의 뜻풀이를 수록하거나 인용하였다.

당대(唐代)에는 시(詩)로 관리를 선발하고, 해서(楷書)를 표준 글자체로 삼았기 때문에 『절운(切韻)』과 『옥편(玉篇)』이 유행하고, 소전을 대상으로 한 『설문해자』는 그리 성행하지 않았다. 그래도 국자감(國子監)

---

1   황간(黃侃), 「논자한지송위설문지학자(論自漢至宋爲說文之學者)」, 용우순(龍宇純), 『중국문자학(中國文字學)』, 대만학생서국(臺灣學生書局), 1984, 382~383쪽에서 재인용.

2   정복보(丁福保), 『설문해자고림(說文解字詁林)』 「자서(自序)」·「제1권(第1卷)」, 중화서국(中華書局), 1982, 55~75쪽.

에 설치된 서학(書學) 박사 중에 설문박사(說文博士)가 있었던 것이나,[3] 여러 주석서나 자전에서『설문해자』를 인용했던 것, 그리고 일부이기는 하지만『당사본설문해자(唐寫本說文解字)』의 존재를 통해『설문해자』자체는 계속 전승되었던 것을 알 수 있다. 그러나 남송(南宋)부터 원(元)·명대(明代)까지는 육서를 중심으로 문자를 연구하고『설문해자』는 거의 연구하는 사람이 없었다.[4] 그러다가 청대에 다수의 학자들이『설문해자』를 연구하여 '설문학'이라는 하나의 학문 분야를 형성하는 상황이 벌어진다.

청대에『설문해자』의 연구가 왕성하였던 것은 매우 특이한 현상이라고 할 수 있다. 왜냐하면 당시에 소전은 이미 통행되는 서체가 아니었고, 또 겨우 1만여 자의 본의를 해설한『설문해자』가 자전으로서 큰 가치를 지니는 것도 아니었기 때문이다. 청대 이전에『설문해자』가 거의 해체 상태에 있었던 것도 효용이라는 측면에서 가치를 잃었기 때문이라고 할 수 있다. 그렇다면 청대 설문학의 성립과 발전에는『설문해자』자체의 가치를 넘어서는 다른 원인이 존재하고 있다는 추정을 가능하게 한다. 이에 이 글은 청대를 기준으로『설문해자』의 수용 양상을 살펴보고, 청대 설문학의 성립과 발전의 양상을 고찰하여『설문해자』가 후대에 어떻게 수용되었고, 또 어떻게 하나의 학문 분야를 형성했는지 탐구하고자 한다.

---

3 국자감에 설치된 서학(書學) 박사 중에는 설문박사(說文博士), 석경박사(石經博士), 자림박사(字林博士) 등이 있었다. 황덕관(黃德寬)·진병신(陳秉新), 하영삼(河永三) 역,『한어문자학사(漢語文字學史)』, 동문선(東文選), 2000, 93쪽.

4 남송의 이도(李燾)가 서현(徐鉉)의『설문해자』를 운목(韻目)에 따라 재배열하여『설문해자오음운보(說文解字五音韻譜)』를 만들었는데, 명말까지 이것이 서현의『설문해자』로 유통될 정도로 사람들은『설문해자』의 본래 모습을 알지 못했다고 한다.

2. 청대 이전의『설문해자』수용 양상

청대 이전, 즉 한말(漢末)에서부터 명대까지『설문해자』는 크게 세가지 방면으로 수용되었다. 첫째는 자전으로 이용되어 각종의 주석서(註釋書)에 인용되거나 후대 자전의 전범이 된 것이고, 둘째는『설문해자』를 주석하거나 간행한 것이며, 셋째는『설문해자』「서(叙)」에서 정의한 육서를 문자학의 연구 주제로 확대한 것이다.

1) 자전의 전범

『설문해자』는 자전으로 이용되었고, 또 자전의 전범으로 여겨졌다. 역대로 많은 서적들이『설문해자』를 문자 해설의 근거로 이용하였으며, 또『설문해자』의 체제를 모방한 자전들과 자서들이 간행되었다. 주석서에 인용된 예는 방대하고 또 산발적이므로 논의에서 제외하고, 본 절에서는 자전의 전범으로 수용된 양상만을 서술한다.

한자의 자형을 분석하고 아울러 음과 의미를 풀이하며, 부수를 세우고 그 아래에 글자를 배열하는 방법은『설문해자』에서 처음으로 시도되었다. 이것은 이전의 식자류(識字類) 자서와는 근본적인 차이가 있는 것으로,『설문해자』이후에 편찬된 자전들은 대부분『설문해자』의 체제를 모방하여 만들어졌다. 대표적인 것으로는 위(魏) 장읍(張揖)의『고금자고(古今字詁)』(3권),[5] 진(晉) 여침(呂忱)의『자림(字林)』(6권),[6] 북위(北

---

5 일찍이 실전되었지만 강식(江式)의 「상고금문자표(上古今文字表)」에서 "『자고(字 詁)』는 허신의 저작을 모방하여 고금체(古今體)를 사용하였는데, 혹 얻은 것도 있고 잃은 것도 있다[字詁方之許愼篇古今體用, 或得或失矣]"(『위서(魏書)』권(卷)91「강식

魏) 양승경(陽承慶)의 『자통(字通)』(20권)[7]과 강식(江式)의 『고금문자(古今

文字)』,[8] 양(梁) 고야왕(顧野王)의 『옥편』(30권),[9] 송(宋) 왕수(王洙) 등의

『유편(類編)』(15권)[10]과 장유(張有)의 『복고편(復古編)』(2권),[11] 요(遼) 행균

6·11과 각주 영역

전(江式傳)」고 한 것을 통해 『설문해자』를 모방하였음을 알 수 있다. 황덕관·진병
신은 이 책이 당대에 『자고』라는 약칭으로 인용된 것을 근거로, 적어도 당대 이후에
실전되었다고 하였다. 황덕관·진병신, 하영삼 역, 앞의 책, 92쪽.

6 『설문해자』의 부족한 부분을 보충하려는 목적으로 지어졌기 때문에 『설문해자』와
마찬가지로 540부로 구성되었고, 문자의 배열순서도 『설문해자』와 같았다. 수록한
글자는 12,824개로 『설문해자』보다 많았고, 『설문해자』에 누락된 글자들을 찾아서
보충하였을 뿐 아니라, 속자(俗字)와 상용자(常用字)도 수록하였다(字林六卷, 尋其
況趣附託許愼說文, 而按偶章句, 隱別古籒奇惑之字, 文得正隷, 不差篆意也. 『魏書』卷
91 「江式傳」). 당대(唐代)에는 『설문해자』와 함께 매우 중시되었고, 송원 시기에 실
전되었다. 장기윤(張其昀), 『설문학원류고략(說文學源流考略)』, 귀주인민출판사(貴
州人民出版社), 1998, 53쪽.

7 이미 실전되었지만, 당(唐) 봉인(封演)의 『봉씨견문기(封氏見聞記)』 「문자(文字)」에
서 "후한의 양승경이라는 사람이 다시 『자통(字通)』 20권을 지었다. 모두 13,734자를
수록했고, 『설문해자』를 근거로 삼았지만, 자체(字體)를 논함에 있어서는 때로 (허
신의 견해와) 차이가 있었다(後魏楊承慶者復撰字統二十卷凡一萬三千七百三十四字
亦憑說文爲本其論字體時復有異)"(『사고전서(四庫全書)』 「자부(子部)」 「잡가류(雜家
類)」)고 한 것을 통해 『설문해자』를 모방했음을 알 수 있다.

8 일찍이 실전되어 정확한 면모를 알 수 없다. 그러나 강식의 「표」에서 『설문해자』를
위주로 하고 여러 책을 참고하여 40권으로 편찬했다고 하였다("字詁方之許愼篇古今
體用, 或得或失矣", 『위서』 권91 「강식전」). 장기윤, 앞의 책, 57~58쪽.

9 『설문해자』 이후로 지금까지 보존되고 있는 가장 오래된 자전이며, 해서로 편찬된
최초의 자전이다. 양(梁)의 대동(大同) 9년(543)에 고야왕이 편찬하였는데, 『설문해
자』의 540부를 542부로 증가시키고 부수의 순서를 조정하였다. 본래는 16,917자를
수록하였는데, 송대에 진팽년(陳彭年), 오예(吳銳), 구옹(丘擁) 등이 중수(重修)하면
서 22,561자로 늘어났다. 해서로 편찬되었고, 본의 뿐 아니라 해당 한자가 가지고 있
는 여러 의미를 모두 나열했기 때문에 일반적인 용도에서 『설문해자』보다 사용가치
가 높았다. 왕력(王力), 이종진(李種振)·이홍진(李鴻鎭) 공역(共譯), 『중국언어학
사(中國言語學史)』, 계명대 출판부, 1983, 154~155면; 장기윤, 위의 책, 67면; 황덕
관·진병신, 앞의 책, 106~107쪽.

10 북송 때에 『집운』과 『옥편』에 수록된 글자에 차이가 생기자, 『옥편』을 대신해 『집운』
과 서로 보완이 되도록 만든 자전이다. 『설문해자』를 모방하였고, 부수 아래에는 『설
문해자』의 해석을 전부 옮겨 놓은 후 다시 주석을 덧붙였다. 총 31,319자와 중복음
21,846개를 수록하였다. 다만 초(艸)부, 목(木)부, 수(水)부는 부속자가 많다는 이유
로 상하로 나누었기 때문에 부수는 543개이고, 와(臥), 신(身), 은(冃) 등의 세 부수를
인부(人部)의 뒤에다 옮겨 놓았다. 황덕관·진병신, 위의 책, 110쪽.

(行均)의 『용감수감(龍龕水鑒)』(4권),[12] 금(金) 한효언(韓孝彦)의 『사성편해(四聲篇海)』(15권),[13] 원(元) 이문중(李文仲)의 『자감(字鑑)』(5권),[14] 명(明) 매응조(梅膺祚)의 『자휘(字彙)』(14권)[15]와 장자열(張自烈)의 『정자통(正字通)』(12권),[16] 청(淸) 황생(黃生)의 『자고(字詁)』(1권)[17]와 『강희자전(康熙字

---

11 전적으로 『설문해자』에 근거하여 속체의 잘못을 분별하고, 2,761자를 사성으로 나누어 수록하였는데, 정체는 전서를 사용하였고, 별체와 속체는 주(注)에 수록하였다. 장기윤, 앞의 책, 65~66쪽.

12 불경을 읽고 연구하는 데에 도움을 주기 위해 편찬한 자전이다. 당시에는 대부분의 불경이 필사본이었는데, 필사하는 과정에서 불경의 문자들이 속화(俗化)되어 해독이 어려운 문제가 생겼다. 이 때문에 속문자(俗文字)를 정리하여 불교 신자들이 문자를 쉽게 이해하도록 하려는 목적으로 편찬되었다. 『용감수감』은 모두 242개의 부수를 선정하고 각 권마다 부수자와 그 부수에 속하는 글자들을 4성의 순서에 따라 배열하였다. 본래 이름은 『용감수경(龍龕手鏡)』이었는데 송대에 책을 다시 펴내면서 '경(鏡)'자가 송 태조(太祖) 조광윤(趙匡胤)의 할아버지 조경(趙敬)의 '경'자와 발음이 같다는 이유로 '감(鑒)'으로 바뀌었다. 이병관, 『중국언어학사(하)』, 도서출판 보성, 2008, 11쪽.

13 본래 금(金)의 왕여비(王與秘)가 편찬하였던 것을 금 장종(章宗) 때에 한효언(韓孝彦)이 개편하였다. 『옥편』의 542부에 『유편』과 『용감수감』 등을 참고하여 세운 잡부(雜部) 37부를 더해 부수가 579개로 늘어났다. 부수를 36자모 순서에 의거하여 배열하고, 동일한 자모의 부수는 사성에 따라 순서를 매겼으며, 각 성조 안에서는 필획의 다소에 따라 배열하였다. 위의 책, 12~14쪽.

14 『설문해자』를 근거로 하여 당시의 운서나 자서 등에 존재하는 잘못된 글자들을 바로잡으려는 목적으로 편찬되었다. 위의 책, 15~16쪽.

15 『설문해자』에서 제창한 540부수 체제를 해서를 대상으로 한 자전에 알맞게 재조정한 개혁적인 자전이다. 자의를 무시하고 오로지 자형에만 근거하여 『설문해자』의 540부수를 214부로 합병하고, 부수를 필획의 많고 적음에 따라 배열하였으며, 각 부수 안의 글자도 필획의 다소에 의해 배열했다. 장기윤, 앞의 책, 71~73쪽.

16 『자휘』를 바탕으로 편찬된 것으로 체제는 『자휘』와 동일하지만, 『자휘』보다 고증과 인용이 더 광범위하며, 동일한 글자의 다양한 이체자, 즉 고문, 주문, 전서, 예서, 속체, 와각체(訛刻體) 등을 각 글자의 아래에 배열하여 본자를 찾는 동시에 그것의 다른 형체를 알 수 있게 하였다. 『사고전서총목』에서는 "『설문해자』를 배척하기를 좋아했으며 견강부회한 것도 많아 좋은 책이라고 할 수 없다[喜排斥許愼說文, 尤不免穿鑿附會, 非善本也]"는 평가를 내렸다. 『사고전서총목(권사십일)』 「경부(經部) 사십일)」 「소학류이(小學類二)」 「문자(文字)」, 위의 책, 73~75쪽.

17 진(晉) 장읍의 서적에서 이름을 취한 자전이다. 『설문해자』를 존중하여 매 글자의 아래에 『설문해자』를 인용하는 동시에 자신의 새로운 해석을 덧붙였다. 위의 책, 75쪽.

典)』[18] 등이 있다. 부수의 수량이나 종류에는 차이가 있지만, 기본적으로는 모두『설문해자』를 수용했다고 말할 수 있다.

2) 주석서 및 간행본(刊行本)의 발행

청대 이전에『설문해자』를 개정하여 출판하거나 주석한 학자로는 당(唐)의 이양빙(李陽氷), 남당말(南唐末)과 송초(宋初)의 서현·서개(徐鍇) 형제, 남송(南宋)의 이도(李燾), 명(明)의 모진(毛晉) 등이 있다. 당 이전에도『설문해자』를 전수한 학자들의 이름과 서적이 사적에 기록되어 있지만, 대부분 전해지지 않는다.[19]

이양빙이 개정하여 출판한『설문해자』는 모두 20권인데, 일찍이 실전되었다. 당대에는 시로 관리를 선발하였고, 또 해서를 표준 글자체로 삼았기 때문에 시대적 요구에 부응하여『절운』과『옥편』이 유행하였다. 이러한 때에 유명한 서예가였던 이양빙이『설문해자』를 간행하여 전서와 주문(籒文)의 학습을 도모하자, 만당(晚唐) 시기에는 이양빙의『설문해자』간행본이 일시에 성행하였다. 이양빙은 전서를 쓸 것과『설문해자』를 배울 것을 고집하여 문화유산을 계승하는 데에는 공적이 있지만, 자신의 독단적인 해석에 근거하여『설문해자』를 임의로 고친 부분이 많아서 서현과 서개에게 비판을 받았다.[20]

---

18 전통적인 자전의 집대성작으로 강희 55년(1716)에 완성되었다. 자형을 중심으로 하여 음과 의미를 관통하는『설문해자』의 체례를 계승, 확대, 발전시켰으며, 직접적으로는『자휘』와『정자통』을 따라 214부수로 나누고, 총 47,035자를 수록하였다. 황덕관·진병신, 하영삼 역, 앞의 책, 122~125쪽.

19 위(魏)나라 때에는 한단순(邯鄲淳)의『선허씨자지(善許氏字指)』가 있었고, 오(吳)나라 때에는 엄준(嚴峻)의『호설문(好說文)』과 작자미상의『설문음은(說文音隱)』이 있었으며, 남북조(南北朝) 시기에는 유엄묵(庾儼默)의『연설문(演說文)』이 있었다. 장기윤, 앞의 책, 79쪽.

『설문해자계전(說文解字繫傳)』은 남당 말에 서개가 지은 『설문해자』 주석서이고, 『교정설문해자(校定說文解字)』는 북송(北宋) 초에 서현 등이 간행한 것으로, 현전하는 가장 오래된 『설문해자』이다.[21] 서개는 이 양빙이 임의로 첨가한 설을 제거하는 일에 힘을 쏟았다. 이 때문에 『설문해자계전』은 『설문해자』의 본래 모습을 거의 회복한 상태였지만 그다지 확산되지 않았다.[22] 서현은 『설문해자』를 교정하여 시비나 진위를 판별하였으며, 본래 15권이던 『설문해자』를 상하로 나누어 30권으로 만들고, 각 글자 아래에 반절(反切)을 첨가하였다. 또 각 부수의 뒤에는 새로 402개의 글자를 덧붙이고 '설문신부(說文新附)'라고 표시하였다. 후에는 주로 서현의 『설문해자』가 유통되었다.

『설문해자오음운보(說文解字五音韻譜)』는 남송(南宋)의 이도가 지은 것이다. 검색의 편리를 위하여 540개의 부수를 『집운(集韻)』의 운목(韻目)에 따라 재배열하여, '일(一)'에서 시작하여 '해(亥)'로 끝나는 부수의 순서를 '동(東)'에서 시작하여 '갑(甲)'으로 끝나는 순서로 고쳤다. 비록 『설문해자』의 체제를 변화시켰지만 기본적인 내용은 서현의 『설문해자』를 그대로 이용하였으므로, 서현본 『설문해자』의 대용으로 사용할 수 있었다. 이 책은 검색의 편리함 때문에 대단히 유행하여 원·명 시대에 『설문해자』라고 하면 바로 이 책을 가리켰고, 서현이 교정한 『설문해자』는 거의 찾아볼 수 없게 되었다.[23] 명(明) 만력(萬曆, 1573~1619) 시기에 백랑서사(白狼書社)에서 이 책을 다시 인쇄하면서 '오음운보(五

---

20 서개의 『설문해자계전』에는 전적으로 이양빙의 『설문해자』를 비판한 「거망편(去妄篇)」이 있다.

21 서현 등이 교정하여 간행한 『설문해자』는 대서본(大徐本)이라고 하고, 『설문해자계전』은 소서본(小徐本)이라고 하는데, 소서본이 대서본보다 먼저 완성되어 대서본에 영향을 주었다.

22 아츠지 데츠지(阿辻哲次), 심경호(沈慶昊) 역, 『한자학(漢字學)—설문해자(說文解字)의 세계』, 이회, 1996, 230쪽.

23 위의 책, 232쪽.

音韻譜'라는 네 글자를 제거하고『대서교정본설문해자(大徐校訂本說文解字)』로 유통했기 때문에 학자들은 모진(毛晉)이 송본(宋本)을 간행하고 나서야 서현의『설문해자』를 보게 되었다.[24]

명대에는 유명한 장서가인 모진, 모의(毛扆) 부자가 '일(一)'로 시작하여 '해(亥)'로 끝나는 형식의 송본『설문해자』2종을 입수한 뒤, 전후 5회에 걸쳐 개정하여 출판하였다. 이를 모진의 서재 이름을 따라『급고각설문해자(汲古閣說文解字)』라고 한다. 이 책은 모의가 멋대로 수정하여 원래의 모습을 잃은 부분이 많았기 때문에, 후에는 이 책을 수정한 단옥재(段玉裁)의『급고각설문정(汲古閣說文訂)』이 나왔다. 이 책은 '일(一)'로 시작하는『설문해자』의 본래 모습을 회복하였다는 점에서 의의가 크다는 평가를 받는다.

3) 육서 연구

육서라는 명칭은『주례(周禮)·보씨(保氏)』에 처음 등장하였고, 한대(漢代) 정중(鄭衆)과 반고(班固) 등도 이 명칭을 언급했지만,[25] 구체적인 정의는『설문해자』에서 처음으로 시도되었으며 이후로 한자의 구조에 대한 중요한 이론이 되었다.『설문해자』에서 처음 정의되고 예시되었다는 점에서, 그리고『설문해자』의 모든 글자를 육서에 근거하여 분석했다는 점에서『설문해자』는 육서 연구의 출발이라고 할 수 있다.

육서는 남송 이후 이학(理學)이 성행하면서 본격적으로 연구되었다.

---

24 용우순, 앞의 책, 392쪽.

25 정중(鄭衆)은 육서를 '상형(象形), 회의(會意), 전주(轉注), 처사(處事), 가차(假借), 해성(諧聲)'으로 분류했고, 반고(班固)는 '상형, 상사(象事), 상의(象意), 상성(象聲), 전주, 가차'로 분류했다.

송대 이후로 유행한 이학의 취지는 명물(名物)과 훈고에 있는 것이 아니라 의리(義理)를 논술하고 해석하며 성명(性命)을 말하는 데 있었기 때문에, 아학(雅學)이 중단되고 육서의 학문이 『설문해자』 연구를 대체하게 되었다.[26]

육서에 대해 전문적인 저작을 남기지는 않았지만 서현과 서개도 『설문해자』를 개정하고 주석하면서 육서에 대해 천명한 부분이 있었다.[27] 전문적으로 육서를 논한 저서는 남송 정초(鄭樵)의 『육서략(六書略)』이 처음이다. 정초는 육서를 자학(字學)과 경학(經學)의 근본으로 생각하고, 『설문해자』의 체계를 탈피하여 순전히 육서에만 근거해 모든 문자를 연구하였다.[28] 『육서(六書)·서(序)』에서 "성인(聖人)의 도(道)는 육경(六經)을 통해 나타났고, 육경이라는 저작은 문자를 통해 기록되었으며, 문자의 근본은 육서에 달려 있다. 육서에 대해 정확하게 알고 있지 않으면 어떻게 육경의 의미를 알 수 있겠는가?"[29]라고 하여, 육서를 이해하지 못하면 육경에 통달할 수 없다고 주장했다. 이 책이 나온 이후로 육서학이 대단히 성행하여, 원초(元初) 대동(戴侗)의 『육서고(六書故)』(33권),[30] 원(元) 양환(楊桓)의 『육서통(六書統)』(20권)과 『육서소원(六

---

26 호기광(胡奇光), 이재석(李宰碩) 역, 『중국소학사(中國小學史)』, 동문선, 1997, 258쪽.
27 서개는 '육서삼우설(六書三耦說)'을 주장하여 육서에 대한 새로운 견해를 제시하고 송원명 시기 육서 이론 연구에 영향을 미쳤다. 당회흥(黨懷興), 『송원명육서학연구(宋元明六書學硏究)』, 중국사회과학출판사(中國社會科學出版社), 2003, 2~3쪽.
28 『육서략』은 모든 글자를 육서에 따라 배열하여, 상형자에서 608자, 해성자에서 21,810자, 지사자에서 107자, 회의자에서 740자, 전주자에서 372자, 가차자에서 598자 등 총 24,235자를 수록하였다. 황덕관·진병신, 하영삼 역, 앞의 책, 187쪽.
29 "聖人之道唯借六經, 六經之作唯借文字, 文字之本在於六書, 六書不分, 何以見義?" 호기광, 이재석 역, 앞의 책, 290쪽에서 재인용.
30 『설문해자』의 부수를 따르지 않고 책 전체를 숫자, 천문, 지리, 사람, 동물, 식물, 공사(工事), 잡사(雜事), 확정 불능 등과 같은 9개의 부류로 나누고, 또 479개의 세목(細目)을 세워 각각의 글자를 의미에 따라 9부 속으로 귀속시켰다. 해설과정에서 금문(金文)을 이용하여 문자를 정확하게 고석한 부분이 적지 않으며, 본의와 차의(借義)를 명확하게 구별하였고, 일성지전(一聲之轉), 성근의통(聲近義通), 인성구의(因聲

書溯源)』,[31] 주백기(周伯琦)의 『설문자원(說文字原)』(1권)과 『육서정와(六書正訛)』(5권),[32] 명(明) 조휘겸(趙撝謙)의 『육서본의(六書本義)』(12권),[33] 위교(魏校)의 『육서정온(六書精蘊)』(6권),[34] 양신(楊愼)의 『육서색은(六書索隱)』(5권),[35] 오원만(吳元滿)의 『육서정의(六書正義)』(12권), 『육서총요(六書總要)』(5권), 『육서소원직음(六書遡原直音)』(2권), 『해성지남(諧聲指南)』(1권), 조환광(趙宦光)의 『설문장전(說文長箋)』(7권)[36] 등 육서 연구가 계속해서 이어졌다.[37]

求義) 등의 중요한 개념을 운용하였다. 호기광, 이재석 역, 위의 책, 294쪽.

31 『육서통』은 육서로 수록자를 통괄하여, 상형을 10가지, 회의를 16가지, 지사를 9가지, 전주를 18가지, 형성을 18가지, 가차를 14가지 부류로 나누고 수록자를 고문과 대전(大篆), 종정문(鐘鼎文), 소전의 순서로 배열하였다. 『육서소원』(12권)은 전적으로 『설문해자』에 실리지 않았거나 중문 등에 붙어 있는 글자들을 대상으로 만든 것이다. 황덕관·진병신, 하영삼 역, 앞의 책, 188쪽.

32 『예부운략』의 운부에 따라 일상생활에서 자주 쓰이면서 혼동하기 쉬운 2천여 자를 수록하여 이들의 고금체를 변별하고 시비를 밝힘으로써 전사과정에서 발생한 오류를 바로잡으려는 목적으로 편찬되었다.

33 『설문해자』의 540부수를 360부수로 줄이고, 육서론과 육서상생(六書相生)에 관한 여러 그림들을 수록하였는데, 대체로 정초의 『육서략』을 모범으로 삼아 만들었다. 『사고전서총목』에서는 이 책을 "각 부수 아래의 차례와 육서의 서체를 변별함이 매우 상세하고도 분명했으며, 연구 또한 상당히 심사숙고했음을 알 수 있다"고 했다. 황덕관·진병신, 하영삼 역, 앞의 책, 188쪽.

34 고문에 근거하여 소전의 잘못을 바로잡고, 소전을 택하여 고문의 결핍됨을 보충했으며, 오직 창힐을 모범으로 삼고, 여러 주문과 이사의 소전을 참고하여 옳은 것은 취하고 옳지 않은 것은 바로잡았다고 하였다. 그러나 『사고전서총목』에서는 이 책에서 근거한 주문이 모두 근거가 없다고 비평했다. 위의 책, 188쪽.

35 『설문해자』에서 빠진 부분들을 모두 모아서 엮었는데, 고문과 주문을 위주로 했으며 금문 자료도 많이 수록하였다. 그러나 출처를 밝히지 않아 대조해 볼 수 없다는 결점이 있다. 위의 책, 188쪽.

36 조환광의 『육서장전』은 『설문장전』104권의 끝에 덧붙여 있다. 이 책은 「설문해자·서」에 근거하여 육서의 정의를 해석하고 이것을 각 6권의 첫머리로 삼았으며, 이전의 육서 연구자들의 학설에 대해 일일이 변론하여 한대 이후의 육서 연구를 검토한 책이다. 위의 책, 189쪽.

37 이미 실전되었거나 잘 알 수 없는 저작으로 송(宋) 예공무(倪公武)의 『육서본의(六書本義)』, 송말원초 허겸(許謙)의 『가차론(假借論)』, 원(元) 하중(何中)의 『육서강령(六書綱領)』, 원 오정도(吳正道)의 『육서연원자방변오(六書淵源字旁辨誤)』와 『육서

3. 청대 설문학의 성립과 발전

앞에서도 언급했듯이 고염무(顧炎武, 1613~1682)조차 『설문해자오음운보』를 서현의 『설문해자』로 오해할 정도로 청초(淸初)까지는 『설문해자』를 연구하는 학자가 거의 없었다. 왕부지(王夫之, 1619~1692)가 만년에 『설문해자』를 연구하여 『설문광의(說文廣義)』를 저술한 것을 제외하면, 고염무가 『일지록(日知錄)』에서 『설문해자』의 부족한 점을 지적하고,[38] 방이지(方以智, 1611~1671)가 『통아(通雅)』(52권)에서 『설문해자』를 많이 인용한 정도였다.[39] 본격적인 『설문해자』 연구는 건륭(乾隆, 1736

원(六書原)』, 원 두본(杜本)의 『육서통편(六書通編)』, 원 예당(倪鐘)의 『육서류석(六書類釋)』, 원 모해(车楷)의 『육서변의(六書辨疑)』, 명(明) 조고칙(趙古則)의 『육서지남(六書指南)』, 『성음문자통(聲音文字通)』, 명 주모위(朱謀㙔)의 『육서본원(六書本原)』, 『육서관옥(六書貫玉)』, 『육서저론(六書著論)』, 명 도관(涂觀)의 『육서음의(六書音義)』, 명 양신(楊愼)의 『육서련증(六書練證)』, 명 이승(伊乘)의 『육서고(六書考)』, 명 이등(李登)의 『육서지남(六書指南)』, 명 주통계(朱統稽)의 『육서미(六書微)』, 명 왕극관(汪克寬)의 『육서본의(六書本義)』, 명 정일조(丁日造)의 『육서고(六書考)』, 명 포굉(包宏)의 『육서보의(六書補義)』, 명 하승(夏乘)의 『육서정의(六書正疑)』, 명 계수용(季守鏞)의 『육서본의내외편(六書本義內外篇)』, 명 유인(劉寅)의 『육서직해(六書直解)』 등이 있었다. 이밖에 오대말(五代末) 송초 곽충서(郭忠恕)의 『패휴(佩觽)』, 송 왕안석(王安石)의 『자설(字說)』, 송 왕성미(王聖美)의 『자해(字解)』, 송 장유(張有)의 『복고편(復古編)』, 송 왕백(王柏)의 『정시지음(正始之音)』, 명 왕응전(王應電)의 『동문략고(同文略考)』, 명 방이지(方以智)의 『통아(通雅)』 등도 육서에 대해 서술한 내용이 있는 중요한 저작이다. 당회홍, 앞의 책, 42~45쪽.

38 고염무는 『설문해자』가 육서의 취지를 밝혀 문자 제작의 근본을 알게 한 것은 위대하지만, 후대 학자들이 『설문해자』를 맹목적으로 받들며 결점이 없다고 생각하는 점은 잘못이라고 하였다. 『일지록』 권21; 장기윤, 앞의 책, 133쪽에서 재인용.

39 복지진(濮之珍)은 『통아』에서 『설문해자』를 많이 인용하였기 때문에, 이 책이 명말 청초에 가장 먼저 『설문해자』을 연구한 저작이라고 하였다. 복지진(2003), 김현철 등 공역, 『중국언어학사』, 신아사, 503쪽. 방이지는 『통아』 「1권」(1639)에서 각각의 사물에 하나의 문자가 있고 문자가 각기 하나의 뜻을 지니는 한자의 번거로움을 지적하고, "유럽처럼 사물마다 음을 합성하고 음에 따라 문자를 구성하면 음이 중복되는 일 없이 가장 뛰어난 문자가 되지 않겠는가"라고 하였는데, 이는 로마자 표기법으로부터 영향을 받은 대담한 한자개혁론의 맹아이다. 다케다 마사야, 서은숙 역, 『창

~1795) 중엽에 혜동(惠棟, 1697~1758)이 『독설문기(讀說文記)』(15권)를 지으며 시작되었다고 한다.[40] 그 후에 강영(江永, 1681~1762)과 대진(戴震, 1724~1777)이 육서에 대해 토론했고, 대진은 자신의 연구 성과를 단옥재(1735~1815)에게 전수하였다.[41] 대진은 "경전의 지극함은 도(道)에 있다. 도를 밝혀 주는 것은 단어이다. 단어를 밝혀 주는 것은 글자이다. 글자로부터 단어를 통하고, 단어로부터 도를 통한다. (…중략…) 글자를 알려면 전서(篆書)에서부터 고찰해야 하므로 허신의 『설문해자』를 구하여 얻었다. 3년에 그 절목(節目)을 얻어서 성인이 글자를 만든 본말에 대해 점차 알게 되었다. 또 허신의 고훈(古訓)에 미진한 부분이 있을까 의심스러워 친구로부터 『십삼경주소(十三經注疏)』를 빌려서 읽으니, 한 글자의 의미라는 것은 당연히 여러 경전들을 꿰뚫고 육서에 근원을 둔 연후에야 비로소 정해진다는 것을 알게 되었다"[42]라고 하여 설문학의 기본 정신을 확정하였고, 단옥재가 그의 뜻을 이어 설문학을 창도하였다.

1) 청대 『설문해자』 연구 양상

단옥재는 1776년에 『설문해자독(說文解字讀)』을 저술하기 시작하여 1791년에 완성하고, 이 책을 기초로 1807년에 『설문해자주(說文解字注)』를 완성하였다. 단옥재의 『설문해자주』는 이전의 모든 판본에 근거하여 『설문해자』를 교감하고, 한자 형·음·의의 상호관계를 전면

힐의 향연」, 이산, 2004, 146~148쪽.

40 복지진, 김현철 등 공역, 앞의 책, 503쪽.

41 위의 책, 504쪽.

42 황덕관·진병신, 하영삼 역, 「여시중명론학서(與是仲明論學書)」, 앞의 책, 207쪽에서 재인용.

적으로 논술하였으며, 『설문해자』의 통례(通例)를 만들고, 『설문해자』의 단순한 해석을 방대한 용례를 들어 증명하고, 의미의 변천에 대해서도 상세히 주를 달았다. 이 때문에 『설문해자주』는 출판되자마자 학자들의 찬사를 받으며 설문학이 크게 흥성하는 데 결정적인 역할을 하였다.[43] 이 이후로 『설문해자』 연구는 사회적 기풍이 되었고, 『설문해자』를 연구하고 저술하는 사람이 일일이 지적할 수 없을 정도로 많아졌다.[44] 왕명성(王鳴盛, 1720~1797)이 『설문해자정의(說文解字正義)·서(序)』에서 『설문해자』에 대해 천하제일의 서적이라고 칭찬하며 "아무리 많은 책을 읽었어도 『설문해자』를 읽지 않았다면 아무 소용이 없다[說文爲天下第一種書. 讀遍天下書, 不讀說文, 猶不讀野. 但能通說文, 余書皆未讀, 不可謂非通儒也]"고 말한 것은,[45] 『설문해자』가 당시 학자들에게 어떠한 권위를 가졌는지 잘 보여준다. 여러 학자들이 청대의 설문학 저작들을 몇 가지 종류로 분류하였는데,[46] 그 가운데 장기윤(張其昀 : 1998)의 분류가 가장 자세하므로, 이 글에서는 이에 근거하여 청대 『설문해자』 연구서를 총 11가지로 분류한다.

(1) 『설문해자』 주석서

『설문해자』를 주석하고 전면적으로 연구한 것으로, 설문사대가(說文

---

43 왕균은 『설문해자구두』 「서」에서 "苟非段茂堂氏力闢榛蕪, 與許君一心相印, 天下亦安知所謂說文哉"라고 하였다.

44 정복보의 『설문해자고림』 「인용제서성씨록(引用諸書姓氏錄)」에서는 청대에 설문학에 종사한 학자를 203명으로 기록하였다.

45 장기윤, 앞의 책, 131쪽에서 재인용.

46 왕력은 청대 설문학을 ① 교감하고 고증한 것, ② 개정한 것, ③ 전면적으로 연구한 것, ④ 선배 혹은 동시대인의 저작을 보충 정정한 것의 4종류로 나누었다. 『중국문자학서목고록(中國文字學書目考錄)』에서는 ① 교감한 것, ② 종합적으로 주석한 것, ③ 체례를 연구한 것과 찰기, ④ 부수를 연구한 것, ⑤ 일문(逸文) 및 신부자(新附字)를 연구한 것, ⑥ 인용 경전과 경전의 문자를 연구한 것, ⑦ 해성(諧聲)을 연구한 것, ⑧ 기타의 8가지로 분류하였다. 왕력, 이종진·이홍진 공역, 앞의 책, 176쪽.

四大家)의 저작이 대표적이다. 설문사대가는 단옥재, 계복(桂馥), 주준성(朱駿聲), 왕균(王筠)을 가리키며, 이들의 저작은 청대 설문학 저작 가운데에서 가장 수준이 높다고 평가받는다. 단옥재[47]의 『설문해자주』, 계복(1736~1805)[48]의 『설문해자의증(說文解字義證)』, 주준성(1788~1858)[49]의 『설문통훈정성(說文通訓定聲)』, 왕균(1784~1854)[50]의 『설문구두(說文句讀)』와, 이들의 저작을 보충하고 정정한 뉴수옥(鈕樹玉, 1760~1827)[51]의 『설문단주정(說文段注訂)』, 서승경(徐承慶)[52]의 『설문해자주광류(說文解字注匡謬)』, 왕소란(王紹蘭, 1760~1835)[53]의 『설문단주정보(說文段注訂補)』, 풍계분(馮桂芬, 1809~1874)[54]의 『설문해자단주고정(說文解字段注考正)』, 서호(徐灝, 1810~1879)[55]의 『설문단주전(說文段注箋)』, 풍수령(馬壽齡, ?~1870)[56]의 『설문단주찬요(說文段注撰要)』, 허한(許瀚, 1797~1866)[57]의 『설문해자의증교례(說文解字義證校例)』와 『모선생교계주설문조변(某先生校桂注說文條辨)』 등이 있다.

(2) 『설문해자』 교감서(校勘書)

청대 설문학자들은 수백 년의 전승 과정을 통해 많은 변화를 겪은 『설문해자』를 교감하여 본래 모습을 회복하기를 희망했다. 그래서 전

---

47 강소(江蘇) 금단(金壇) 출신. 건륭 25년 거인(擧人).
48 산동(山東) 곡부(曲阜) 출신. 건륭 54년 거인.
49 강소 오현(吳縣) 출신, 가경 23년 거인.
50 산동 안구(安丘) 출신, 도광 원년(元年) 거인.
51 강소 오현 출신 .
52 강소 원화(元和) 출신, 건륭 51년 거인.
53 절강(浙江) 소산(蕭山) 출신, 건륭 57년 거인.
54 강소 오현 출신, 도광 12년 거인.
55 광동(廣東) 번우(番禺) 출신, 학해당제생(學海堂諸生).
56 안휘(安徽) 당도(當涂) 출신, 제생.
57 산동 일조(日照) 출신, 도광 15년 거인.

적들에 인용된『설문해자』를 주요 근거로 삼고, 후에 발견된『당사본설
문해자목부잔권(唐寫本說文解字木部殘卷)』에 근거하여 이서본(二徐本)을
교정하였다. 먼저 서현본을 교감한 저작으로는 단옥재의『급고각설문
정』, 주균(朱筠, 1729~1781)[58]의『교간모본설문해자(校刊毛本說文解字)』, 전
점(錢坫, 1741~1806)[59]의『설문해자각전(說文解字斠詮)』, 손성연(孫星衍, 1753~
1818)[60]이 교간(校刊)한『방송소자본설문해자(仿宋小字本說文解字)』, 엄가
균(嚴可均, 1762~1843)[61]과 요문전(姚文田, 1758~1827)[62]의『설문교의(說文校
議)』, 엄장복(嚴章福)[63]의『설문교의의(說文校議議)』(1857), 뉴수옥의『설
문해자교록(說文解字校錄)』, 진창치(陳昌治)[64]와 여영춘(黎永椿)의『일전
일행본설문해자(一篆一行本說文解字)』등이 있다. 서개의『설문해자계
전』과『설문해자운보(說文解字韻譜)』를 교감한 저작으로는 왕헌(汪憲,
1721~1771)[65]의『설문계전고이(說文繫傳考異)』와 주문조(朱文藻, 1735~180
6)[66]의『설문계전고이(說文繫傳考異)』, 왕균의『설문계전교록(說文繫傳校
錄)』[67]과『설문운보교(說文韻譜校)』, 기준조(祁寯藻, 1793~1886)[68]의『교감
송본설문계전(校勘宋本說文繫傳)』, 풍계분(馮桂芬, 1809~1874)[69]의『설문해
자운보보정(說文解字韻譜補正)』, 왕계숙(汪啓淑, 1728~1799)[70]의『교간대자

---

58 순천(順天) 대흥(大興, 지금의 北京) 출신, 건륭 진사(進士).
59 강소 가정(嘉定) 출신, 건륭 39년 부공생(副貢生).
60 강소 양호(陽湖)출신, 건륭 52년(1787) 진사.
61 절강 오정(烏程) 출신, 가경 5년(1800) 거인.
62 절강 사안(歸安) 출신, 가경 4년(1799)진사.
63 절강 오정 출신.
64 광동 번우 출신.
65 절강 인화(仁和) 출신, 건륭 14년 진사.
66 절강 인화 출신, 제생.
67 이 책은 주문조의『설문계전고이』를 교정하기 위해 지은 것이다.
68 산서(山西) 수양(壽陽) 출신, 가경 15년 거인, 19년 진사.
69 강소 오현 출신, 도광 12년 거인, 20년 진사.
70 안휘 흡현(歙縣) 출신이나 항주(杭州)에서 살았다. 집에 개만루(開万樓)가 있었고 장

본설문계전(校刊大字本說文繫傳)』, 마준량(馬俊良)[71]의 『교각건상본설문계전(校刻巾箱本說文繫傳)』, 장례당(臧禮堂, 1776~1805)[72]의『중편설문계전(重編說文繫傳)』, 전사신(錢師愼)[73]의『설문계전간이(說文繫傳刊異)』, 묘기(苗夔, 1787~1857)[74]의『설문계전교감기(說文繫傳校勘記)』, 강유고(江有誥, ?~1851)[75]의『설문계전정와(說文繫傳訂譌)』등이 있으며, 이서본을 서로 비교하거나 함께 교감한 것으로는 주사단(朱士端)[76]의『설문교정본(說文校定本)』, 막우지(莫友芝, 1811~1871)[77]의『당사본설문해자목부전이(唐寫本說文解字木部箋異)』등이 있다.

(3) 육서 연구서

허신이 제시한 육서의 정의는 매우 간략하고, 또 예로 든 글자가 적어서 해석의 여지가 많았다. 이로 인해 서로 다른 육서설(六書說)이 생겨났으며, 그 가운데 전주(轉注)와 가차(假借)에 대한 이견이 특히 많았다.『설문해자』연구가 활발해지면서 전문적으로 육서에 대해 연구한 저서가 출현하였는데, 대표적인 것으로 대진의 『육서론(六書論)』, 강성(江聲, 1721~1799)[78]의『육서설(六書說)』과 요문전의『육서론(六書論)』, 정지동(鄭知同, 1831~1890)[79]의『육서천설(六書淺說)』, 황이주(黃以周, 1828~1899)[80]의『육

서(藏書)가 수 천 종에 달했다.
71 절강 석문(石門) 출신, 건륭 진사.
72 강소 무진(武進) 출신.
73 강소 가정 출신, 전대흔의 손자.
74 하북(河北) 소녕(蕭寧) 출신, 도광 19년 우공생(優貢生).
75 안휘 흡현 출신.
76 강소 보응(寶應) 출신, 도광 원년(1821) 거인.
77 귀주(貴州) 독산(獨山) 출신, 도광 11년 거인.
78 강소 원화 출신.
79 귀주(貴州) 준의(遵義) 출신.
80 정해청(定海廳) 자미(紫微) 출신, 동치 9년 거인.

서통고(六書通故)』,[81] 장도(張度, 1830~1895)[82]의 『설문해자색은(說文解字索隱)』,[83] 요평(廖平, 1852~1932)[84]의 『육서구의(六書舊義)』 등이 있다. 전적으로 전주와 가차에 대해 논한 것으로는 조인호(曹仁虎, 1731~1787)[85]의 『전주고의고(轉注古義考)』, 만광태(萬光泰, 1717~1755)[86]의 『전주서언(轉注緖言)』, 허종언(許宗彦, 1768~1818)[87]의 『육서전주설(六書轉注說)』, 홍량길(洪亮吉, 1746~1809)[88]의 『육서전주록(六書轉注錄)』, 유태공(劉台拱, 1751~1805)[89]의 『전주가차설(轉注假借說)』, 손경세(孫經世)[90]의 『설문해자가차고(說文解字假借攷)』, 허한(許瀚)의 『전주거례(轉注擧例)』, 증국번(曾國藩, 1811~1872)[91]의 『여주태학공양론전주서(與朱太學孔陽論轉注書)』,[92] 후강(侯康, 1798~1837)[93]의 『가차석례(假借釋例)』, 위원(魏源, 1794~1857)[94]의 『전주석례(轉注釋例)』와 『가차석례(假借釋例)』, 호곤(胡琨)[95]의 『육서가차전주설(六書假借轉注說)』, 장술조(莊述祖, 1750~1816)[96]의 『설문전주(說文轉注)』 등이 있다.

---

81 『육서통고』는 『예서통고(禮書通故)』 「100卷」(1878)에 수록되어 있다.
82 절강 장흥(長興) 출신, 인화 출신이라는 설도 있다.
83 『설문해자색은』 1권에 부록으로 「보례(補例)」 1권을 두고 전적으로 육서에 대해 해설하였다.
84 사천(四川) 청양(靑陽) 출신, 광서 16년 진사.
85 강소 가정 출신, 건륭 진사.
86 절강 수수(秀水) 출신, 건륭 원년(1736) 진사.
87 절강 덕청(德淸) 출신, 건륭 51년(1786) 거인, 가경 4년(1799) 진사.
88 강소 양호(陽湖) 출신, 건륭 55년(1790) 진사.
89 강소 보응 출신, 건륭 50년(1785) 단도현훈도(丹徒縣訓導)로 임명됨.
90 복건(福建) 혜안(惠安) 출신, 진수기(陳壽祺, 1777~1834)를 스승으로 따름.
91 호남(湖南) 장사부(長沙府) 상향(湘鄕) 출신, 도광 18년(1838) 진사.
92 주준성의 아들인 주공양(朱孔陽)이 전주를 논하는 편지를 보내자 이에 답한 글이다. 증국번의 『증문정문집(曾文正文集)』에 들어 있다. 장기윤, 앞의 책, 240쪽.
93 광동 번우 출신, 도광 15년 거인.
94 호남 소양(邵陽) 출신이나 강소 양주(揚州)로 이주, 도광 2년(1822) 거인.
95 절강 인화 출신.
96 강소 무진 출신, 건륭 45년(1780) 진사.

(4) 『설문해자』 체례(體例) 연구서

『설문해자』의 체례에 대해 밝히거나, 다른 사람들의 『설문해자』 체
례 연구에 대해 의문을 제기하거나 보충한 저작들이 있다. 왕균의 『설
문석례(說文釋例)』, 왕부지(王夫之, 1619~1692)[97]의 『설문광의(說文廣義)』,
전대흔(錢大昕, 1728~1804)의 『십가재양신록(十駕齋養新錄)』,[98] 전대소(錢
大昭, 1744~1813)[99]의 『설문통석(說文統釋)』, 공광거(孔廣居)[100]의 『설문의
의(說文疑疑)』(1802), 동조(董詔)[101]의 『설문측의(說文測議)』(1796 완성), 강
원(江沅, 1767~1838)[102]의 『설문석례(說文釋例)』, 진전(陳瑑)[103]의 『설문거
례(說文擧例)』, 장행부(張行孚)[104]의 『설문발의(說文發疑)』(1883), 섭덕휘
(葉德輝, 1864~1927)[105]의 『육서고징(六書古徵)』 등이 있다.

(5) 『설문해자』 인용 경전 연구서

『설문해자』에서 인용한 경전 중에는 오늘날 통행되는 경전과 내용
이나 문자가 다른 것들이 있다. 이와 같은 차이는 경전을 전사하는 과
정에서 비롯된 것일 수도 있고, 유파가 다른 데서 비롯된 것일 수도 있
다. 또 옛날에는 문자를 통가(通假)하는 경향이 많았던 것도 하나의 원
인이라고 할 수 있다. 청대에는 『설문해자』를 여러 경전들과 비교하여
그 차이를 분별하고 통가자(通假字)와 정자(正字)를 밝히는 연구가 이루

---

97 호남 형양(衡陽) 출신.
98 전대흔에게는 전적으로 문자학을 논한 저작이 없지만, 이 책에는 『설문해자』와 관
련된 논술이 있으며, 그 가운데 일부가 『설문해자』의 의례에 관한 것이다. 장기윤,
앞의 책, 254~256쪽.
99 강소 가정 출신, 가경 원년 효렴(孝廉). 전대흔의 동생.
100 강소 강음(江陰) 출신, 건가 시기에 생활.
101 섬서 안강 출신, 건가 시기에 생활.
102 강소 원화 출신, 단옥재와 교유.
103 강소 가정 출신, 도광 24년 거인.
104 절강 안길(安吉) 출신, 광서 시기(1875~1908) 거인.
105 호남 상담(湘潭) 출신, 광서 18년 진사.

어졌는데, 대표적인 것으로는 오옥진(吳玉搢, 1698~1773)[106]의『설문해자인경고(說文解字引經考)』, 이부손(李富孫, 1764~1844)[107]의『설문변자정속(說文辨字正俗)』, 엄장복의『경전통용고(經典通用攷)』, 전대흔의『설문답문(說文答問)』, 임백동(林伯桐, 1778~1847)[108]의『설문경자본의(說文經字本義)』, 뇌준(雷浚, 1814~1893)[109]의『설문인경례변(說文引經例辨)』, 종린(鍾麟)[110]의『역서시예사경정자고(易書詩禮四經正字攷)』등이 있다.

(6)『설문해자』중문(重文) 연구서

『설문해자』에는 정문(正文) 9,353글자 이외에 중문 1,163글자가 수록되어 있다. 허신은 소전을 위주로 하였지만 고문과 주문도 수록하였고, 혹체(或體)가 있으면 그것도 모두 수록하였다. 소전과 고문, 주문 사이에는 계승과 발전의 관계가 있기 때문에 연구할 만한 가치가 있었으며, 특히 금석학(金石學)의 발전으로 학자들은 종정문(鐘鼎文)을 이용하여『설문해자』의 중문을 연구할 수 있었다. 대표적인 저작으로 양대육(楊大堉)[111]의『설문중문고(說文重文攷)』, 장술조의『설문고주소증(說文古籀疏證)』, 엄가균의『설문익(說文翼)』, 오대징(吳大澂, 1835~1902)[112]의『설문고주보(說文古籀補)』, 손이양(孫詒讓, 1848~1908)[113]의『고주습유(古籀拾遺)』와『명원(名原)』, 양문걸(楊文杰)[114]의『설문중문고(說文重文考)』,

---

106 강소 산양 출신, 건륭 10년 공생.
107 절강 가흥 출신, 가경 6년 공생.
108 광동 번우 출신, 가경 6년 거인.
109 강소 오현 출신, 동치 8년(1869) 감생(監生).
110 절강 장흥(長興), 함풍 11년 부공생.
111 강소 강녕 출신. 최초로『설문해자』의 重文을 연구한 저작이지만 전해지지 않는다. 뉴수옥과 교유했다. 장기윤, 앞의 책, 299~300쪽.
112 강소 오현 출신, 동치 7년(1868) 진사.
113 절강 서안(瑞安) 출신.
114 절강 인화 출신, 동치 시기 공생, 광서 시기 효렴방정(孝廉方正).

진경용(陳慶鏞, 1795~1858)[115]의 『설문고주고(說文古籀考)』, 소도관(蕭道管, 1855~1907)[116]의 『설문중문관견(說文重文管見)』, 증기택(曾紀澤, 1839~189 0)[117]의 『설문중문본부고(說文重文本部考)』, 이조망(李祖望)[118]의 『설문중 문고(說文重文考)』, 섭덕휘의 『설문주문고증(說文籀文考證)』, 정오(丁午) 의 『중문(重文)』 등이 있다.

(7) 『설문해자』의 일문(逸文) 및 신부자(新附字) 연구서

『설문해자』는 계승되는 동안 글자들이 보충되었다. 송대 서현본에 는 각 부수의 끝에 신부자가 들어 있으며, 서개 역시 편방(偏旁)으로는 보 이지만 정문에는 수록되지 않은 7개의 글자를 보충하였다.[119] 이 방면의 전문적인 저작으로는 뉴수옥의 『설문신부고(說文新附考)』와 『속고(續 考)』, 왕균의 『설문신부고교정(說文新附考校正)』, 정진(鄭珍, 1806~1864)[120] 의 『설문일자(說文逸字)』와 『설문신부고(說文新附考)』, 이정(李楨)[121]의 『설문일자변증(說文逸字辨證)』,[122] 장명가(張鳴珂, 1829~1908)[123]의 『설문일 자고(說文佚字考)』, 왕정정(王廷鼎)[124]의 『설문일자집설(說文佚字輯說)』(1889), 뇌준의 『설문외편(說文外編)』, 반혁준(潘奕雋, 1740~1830)의 『설문해자통

---

115 복건 진강(晉江) 출신, 도광 12년(1832) 진사.

116 복건 후관(侯官) 출신, 광서 8년(1882) 거인.

117 호남 상향 출신, 증국번의 아들. 동치 9년(1870)호부원외랑(戶部員外郞), 광서 3년 (1877) 입경(入京).

118 강소 강도(江都) 출신, 함풍·동치 시기 학자.

119 류(劉), 지(志), 최(崔), 유(由) 등. 이 밖에 왕균도 『설문석례』에서 「보전(補篆)」이라 는 편을 두어 81자를 보충하였고, 왕후의 『설문오익』에도 「습유(拾遺)」 1권이 있어 서 119자를 보충하였다. 장행부의 『설문발의』에도 「일자(逸字)」편이 있으며 모두 85자를 보충하였다. 장기윤, 앞의 책, 311쪽.

120 귀주 준의 출신.

121 호남 상음 출신.

122 광서 시기에 정진의 『설문일자』를 수정하여 지은 책이다. 장기윤, 앞의 책, 254~256쪽.

123 절강 가흥 출신.

124 강소 진택(震澤) 출신.

정(說文解字通正)』, 전대소의 『설문신보신부고정(說文新補新附考正)』, 모제성(毛際盛, 1764~1792)의『설문신부통의(說文新附通誼)』, 왕약(王約)의『설문신부종고(說文新附縱考)』, 양문걸(楊文杰)의『설문일문고(說文佚文考)』와 『설문결문고(說文缺文考)』등이 있다.

(8) 『설문해자』 부수(部首) 연구서

오옥진의『육서부서고(六書部敍考)』,[125] 장화(蔣和)[126]의『설문자원집주(說文字原集注)』, 오조(吳照, 1755~1811)[127]의『설문편방고(說文偏旁考)』와 『설문자원고략(說文字原考略)』, 묘기의『설문건수자독(說文建首字讀)』, 진건후(陳建侯)[128]의『설문제요(說文提要)』, 장행부의『설문갈원(說文楬原)』, 유응(劉凝)[129]의『음원표(韻原表)』, 증정매(曾廷枚)의『자원정고(字原征古)』, 요문전의 『문자편방거략(文字偏旁擧略)』, 장기창(蔣騏昌)[130]의 『오경문자편방고(五經文字偏旁考)』(1794), 호중(胡重, 1741~1811)[131]의『설문자원운표(說文字原韻表)』, 황수봉(黃壽鳳)[132]의『설문부수균어(說文部首均語)』, 풍계분의『설문부수가(說文部首歌)』, 전경증(錢慶曾)의『설문부거표(說文部居表)』, 계문찬(桂文燦)[133]의『설문부수구두(說文部首句讀)』, 방전(方恮)[134]의『설문자원표(說文字原表)』, 요형(饒炯)의『설문해자부수정(說文解字部首訂)』(1904), 윤팽수(尹彭壽)[135]의『설문부수독보주(說文部首讀補注)』, 하

---

[125] 간행되지 않았고 남릉서씨장(南陵徐氏藏)에 원고가 있다. 장기윤, 앞의 책, 325~326쪽.
[126] 강소 무석(無錫) 출신, 건륭 51년(1786) 거인.
[127] 강서(江西) 남성(南城) 출신.
[128] 복건 복주(福州) 출신.
[129] 강서 남풍(南豐) 출신, 청초의 공생(貢生).
[130] 강소 양호 출신.
[131] 절강 수수 출신.
[132] 강소 오현 출신.
[133] 광동 남해 출신, 도광 29년 거인.
[134] 강소 양호 출신, 광서 시기 사람.

기걸(何其杰)[136]의 『설문자원인(說文字原引)』 등이 있다.

(9) 『설문해자』의 성부(聲符) 및 독음(讀音) 연구서

청대 고음학(古音學)의 발전과 더불어 『설문해자』가 고음 연구의 중요한 자료로 인식되면서 『설문해자』의 성독(聲讀) 및 석음(釋音)에 대해 연구한 저작들이 출현하기 시작했다. 청대에 가장 먼저 『설문해자』에 근거하여 성독을 연구한 사람은 대진이다. 단옥재는 대진의 뒤를 이어 『육서음운표(六書音均表)』를 저술하였으며, 이 분야의 가장 저명한 저술은 주준성의 『설문통훈정성(說文通訓定聲)』을 꼽을 수 있다. 그 밖에는 전당(錢塘, 1735~1790)[137]의 『설문성계(說文聲系)』, 안길(安吉)[138]의 『육서운정(六書韻征)』, 필원(畢沅, 1730~1797)의 『설문해자구음(說文解字舊音)』, 강원의 『설문해자음운표(說文解字音韻表)』, 요문전의 『설문성계(說文聲系)』, 척학표(戚學標, 1742~1824)[139]의 『한학해성(漢學諧聲)』, 장혜언(張惠言, 1761~1802)[140]의 『설문해성보(說文諧聲譜)』, 전복(錢馥)[141]의 『해성전주가차고음거례(諧聲轉注假借古音擧例)』, 송보(宋保)[142]의 『해성보일(諧聲補逸)』, 등정정(鄧廷楨, 1776~1846)[143]의 『설문해자쌍성첩운보(說文解字雙聲疊韻譜)』, 엄가균의 『설문성류(說文聲類)』와 『설문성류출입표(說文聲類出入表)』, 왕채(汪菜)[144]의 『설문성류(說文聲類)』와 『성보(聲譜)』, 『삼성론(三

---

135 미상, 『민국시기총서목(民國時期總書目)』에 기록이 있다.
136 미상, 『민국시기총서목』에 기록이 있다.
137 강소 가정 출신, 건륭 45년(1780) 진사, 전대흔의 조카이다.
138 강소 무석 출신, 건륭 시기 거인.
139 안휘 태평(太平) 출신, 건륭 45년(1780) 진사.
140 강소 무진 출신, 가경 4년(1799) 진사.
141 절강 해녕 출신. 완원의 서문이 있다.
142 강소 고우(高郵) 출신. 건가 시기 학자.
143 강소 강녕 출신. 가경 6년 진사. 양광총독(兩廣總督) 역임.
144 안휘 흡현 출신, 가경 12년 우공.

聲論)』(모두 미간행), 진례(陳澧, 1810~1882)[145]의『설문성표(說文聲表)』, 묘기의『설문성독표(說文聲讀表)』와『설문성정(說文聲訂)』, 진립(陳立)[146]의『설문해성자생술(說文諧聲孳生述)』, 추한훈(鄒漢勳, 1805~1854)[147]의『설문해성보(說文諧聲譜)』, 유희재(劉熙載)[148]의『설문쌍성첩운(說文雙聲疊韻)』, 장행부의『설문심음(說文審音)』, 왕육(王育)의『설문오음운보설(說文五音韻譜說)』, 장술조의『설문해성(說文諧聲)』, 진전의『설문성계(說文聲系)』, 전역(錢繹)[149]의『설문해자독약고(說文解字讀若考)』, 전동(錢侗)[150]의『설문음운표(說文音韻表)』, 정리항(丁履恒, 1770~1832)[151]의『설문형성유편(說文形聲類編)』, 왕종속(王宗涑)의『설문성계도설(說文聲系圖說)』, 허계림(許桂林)의『허씨설음(許氏說音)』, 심도관(沈道寬, 1773~1851)[152]의『육서강비(六書糠秕)』, 방대곤(龐大堃)[153]의『형성집략(形聲輯略)』, 유상(劉庠)[154]의『설문해성보(說文諧聲譜)』, 강유고의『해성표(諧聲表)』, 오림(吳林)의『설문성류(說文聲類)』, 서양원(徐養原)[155]의『설문성류(說文聲類)』, 섭덕휘의『설문독약자고(說文讀若字考)』등이 있다.

(10)『설문해자』검자(檢字) 연구서
『설문해자』의 540부수와 각 부수에 속한 글자 간의 선후 배열에는

---

145 광동 번우 출신, 도광 12년 거인.
146 강소 구용(句容) 출신, 도광 진사.
147 호남 신화(新化) 출신, 함풍 원년 거인.
148 강소 흥화 출신, 도광 24년 진사.
149 강소 가정 출신, 전대소의 아들.
150 강소 가정 출신, 전대소의 후사, 전대흔의 조카, 가경 거인.
151 강소 무진 출신, 가경 6년 발생(拔貢).
152 절강 은현(鄞縣) 출신, 가경 25년 진사. 호남 지현(知縣) 역임.
153 강소 상숙(常熟) 출신, 가경 24년 거인.
154 강서 남풍 출신, 함풍 원년 거인.
155 절강 덕청 출신, 가경 부공.

일정한 원칙이 있지만 파악하기가 어렵다. 이 때문에 『설문해자』에서 특정 글자를 검색하는 것은 결코 용이한 일이 아니다. 청대에는 전적으로 『설문해자』의 검자상의 편리를 위해 저술된 저작들이 출현했는데, 대표적인 것으로 허손행(許巽行)[156]의 『설문분운이지록(說文分韻易知錄)』, 사은면(史恩緜)[157]의 『설문이검(說文易檢)』, 진환(陳奐, 1786~1863)[158]의 『설문부목분운(說文部目分韻)』, 전조오(錢肇鼇)[159]의 『설문분운(說文分韻)』, 주왈패(朱曰佩)[160]의 『설문검자첩법(說文檢字捷法)』, 모모(毛謨)[161]의 『설문검자(說文檢字)』 등이 있다.

(11) 기타 『설문해자』 연구서

혜동(1697~1758)[162]의 『혜씨독설문기(惠氏讀說文記)』, 석세창(席世昌)[163]의 『석씨독설문기(席氏讀說文記)』(1815), 정덕흡(程德洽)[164]의 『설문광의(說文廣義)』, 왕후(王煦)[165]의 『설문오익(說文五翼)』(1808), 왕옥수(王玉樹)[166]의 『설문념자(說文拈字)』(1803), 오능운(吳凌雲, 1753~1803)[167]의 『소학설(小學說)』, 홍이훤(洪頤煊, 1765~?)[168]의 『홍씨독설문록(洪氏讀說文錄)』, 양운창(梁運昌)[169]의 『독설문해자소전(讀說文解字小箋)』(1824), 사목(沙木)[170]의 『설

---

156 강소 화정(華亭) 출신. 건륭 18년(1753) 발공, 절강, 광서, 안휘 3성의 지현 역임.
157 강소 무진 출신, 동치, 광서 시기 문자학자.
158 강소 장주(長洲) 출신, 단옥재의 제자.
159 강소 가정 출신, 제생.
160 강소 가정 출신, 세공생(歲貢生).
161 절강 귀안 출신, 가경 4년(1799) 진사, 시랑(侍郎) 역임.
162 강소 원화 출신.
163 강소 상숙 출신.
164 강소 장주 출신.
165 절강 상우(上虞) 출신, 건륭 거인.
166 섬서 안강 출신, 건륭 54년(1789) 공생, 광동 혜주(惠州) 통판(通判) 역임.
167 강소 가정 출신, 가경 5년(1800) 세공생.
168 절강 임해 출신.

문대자전(說文大字典)』, 위원의『설문의아(說文擬雅)』, 유월(兪樾, 1821~1907)[171]의『아점록(兒笘錄)』(1862) 등이 있다.

2) 청대 설문학의 시기적 특징

위에서 언급한『설문해자』연구 저작들을 시기별로 정리하면 다음과 같다.

미상	순치(順治) 강희(康熙) 옹정(擁正) 1643~1753	건륭(乾隆) 1735~1795	가경(嘉慶) 1790~1820	도광(道光) 1820~1850	함풍(咸豊) 1850~1861	동치(同治) 광서(光緒) 1861~1908
22	1	21	47	33	7	16

시기 구분은 청대의 연호(年號)에 따랐고, 생졸연도를 파악할 수 없는 경우에는 미상으로, 출판연도가 명확한 것은 저자의 생졸연도와 관계없이 출판연도로 계수하였다. 그러나 대부분은 정확한 출판연도를 알기 어려워 저자의 활동 시기를 위주로 판단하고 계수하였다.

위의 표를 통해 청초에는『설문해자』가 거의 연구되지 않다가, 건륭 시기부터 연구가 활발해졌고, 가경 시기에 가장 많이 연구되었음을 알 수 있다. 가경 이후로는 도광 시기에 많은 연구서들이 출현했으며, 함풍 시기에 주춤하다가 동치·광서 시기에 다시 저서들이 출현했지만 이전 시기만큼 활발하지는 않았다.

그렇다면『설문해자』연구가 이러한 시기적인 특징을 가지는 원인

---

169 복건 장락(長樂) 출신, 가경 4년(1799) 진사.
170 절강 가흥 출신, 건가 시기 설문학자, 전서 전문가.
171 절강 덕청 출신, 도광 30년(1850) 진사.

이 어디에 있으며, 또 함풍 시기 이후로 연구 저작이 현저하게 줄어든 이유는 무엇인가에 대해 의문을 가지게 된다. 이러한 의문에 대해서는 당시의 시대적, 학술적 상황을 살펴봄으로써 그 해답을 찾을 수 있을 것이다.

양계초(梁啓超)는 청대의 학술을 "송명(宋明) 이학(理學)에 대한 일대의 반동이며, 그 주된 이념은 복고(復古)이다"[172]라고 규정하고, 그 자취를 계몽기, 전성기, 탈변기로 나누어 설명하였다. 계몽기는 대략 순치·강희·옹정 3대(1644~1735)에 해당하고, 전성기는 건륭·가경 2대(1736~1820)에 해당하며, 탈피기[173]는 도광·함풍·동치·광서·선통 5대(1821~1911)에 해당한다.

계몽기의 학자들은 명말의 실속 없고 황당무계한 양명학(陽明學)에 대항하고[174] 한학(漢學)과 송학(宋學)을 회복하자고 주장했다. 특히 고염무는 "경학이 곧 이학이다"라고 주장하며, 송·명 유학자들의 굴레에서 벗어나 직접 옛 경전으로 돌아가 연구할 것을 가르쳤다.[175] 그는 "구경(九經)을 읽는 것은 문자를 밝히는 것으로부터 시작되며, 문자를 밝히는 것은 음을 파악하는 것에서부터 시작된다. 제자백가(諸子百家)의 전적을 연구하는 것도 역시 이와 같다讀九經自考文始, 考文自知音始. 以至諸子百家之書, 亦莫不然"고 하여 음운과 문자로 말미암아 경자백가(經子百家)에 통하는 연구 방법을 제시하였다. 고염무는 고서(古書)를 함부로 고친 명말의 사회적 기풍의 해로움을 목격한 뒤, 고서의 원래

---

172 양계초, 전인영 역, 『중국 근대의 지식인』, 혜안, 2005, 27쪽.
173 양계초는 "시대사조는 일반적으로 계몽기, 전성기, 탈피기와 쇠퇴기의 네 단계로 나눌 수 있지만, 청학의 경우 탈변기는 동시에 쇠퇴기이기도 했다"고 하였다. 위의 책, 33쪽.
174 명대 말기에는 광선(狂禪) 일파가 나와서 "길에 가득찬 사람이 모두 성인이다", "술, 여자, 재물, 노여움은 깨달음의 길에 장애가 되지 않는다"라고 주장하는 지경에 이를 정도로 도덕적으로 타락했다. 게다가 과거시험에서 첩괄(帖括)을 중시하는 것이 천하를 뒤덮어, 학문하는 사람들은 깊이 있는 학문을 추구하지 않았다. 위의 책, 38쪽.
175 위의 책, 28쪽.

모습을 회복하여 고금문화(古今文化)의 원류를 탐구하려는 목적에서 음운(音韻)과 문자로부터 경자백가에 통한다는 소학(小學)의 방향을 제시한 것이다.[176]

이 시기에 염약거(閻若璩, 1636~1704)는 『상서고문소증(尙書古文疏證)』을 지어 동진(東晋) 말기에 나온 『고문상서(古文尙書)』 16편 및 같은 시기에 나온 공안국(孔安國)의 『상서전(尙書傳)』이 모두 위서(僞書)임을 밝혔고,[177] 호위(胡渭, 1633~1714)는 『역도명변(易圖明辨)』을 지어 『하도락서(河圖洛書)』가 『역(易)』의 원리와 무관함을 밝혔다.[178] 이들의 저서는 그동안 신성불가침으로 여겨졌던 경서에 대한 의구심을 불러일으켰다. 그 결과 경전은 연구의 대상과 학문의 주제가 될 수 있었고, 이후의 학자들이 송학을 거부하고 한학으로 돌아가는 발단이 되었다. 그러나 이 시기는 학술의 방향을 잡는 시기였으며 『설문해자』 연구는 아직 시작되지 않았다.

건가 시기에 이르면 경학은 전성기로 진입하여, 송학을 반대하고 동한의 고문경학(古文經學)을 회복하는 것을 주요 임무로 삼게 되었다.[179] 고문경학은 소학과 밀접한 관계에 있었으므로, 이 시기에는 소학의 각 부분에 걸쳐 대가와 대작이 이어졌다.[180] 이 시기 학자들은 근본적으로 실사구시(實事求是), 무징불신(無徵不信)의 학문방법을 가지고 있었

---

176 호기광, 이재석 역, 앞의 책, 331쪽.

177 양계초, 전인영 역, 앞의 책, 48쪽.

178 무극(無極)과 태극(太極), 하도락서는 송학을 구성하는 핵심적인 개념이었다. 송대 학자들의 이기(理氣) 철학은 모두 여기에서 비롯되었다. 그런데 호위의 이 책은 하도락서가 복희(伏羲), 문공(文王), 주공(周公), 공자(孔子) 때에 있었던 것이 아니며 역(易)의 원리와 무관함을 밝혀 송학에 치명상을 입혔다. 위의 책, 49~51쪽.

179 이 시기의 학자들은 송명의 도학가(道學家)가 논한 경학은 도불(道佛)의 견해가 뒤섞여 있기 때문에 공맹(孔孟)의 도가 지닌 참의미를 알려면 한인들의 경전 해설에서 찾아야 한다고 여겼다. 풍우란, 박성규 역, 『중국철학사(하)』, 까치, 1999, 629쪽.

180 연구의 범위는 경학 중심이었지만 문자학, 음운학, 사학, 천문학과 수학, 전장제도, 금석, 교감, 집일 등에까지 미쳤다. 호기광, 이재석 역, 앞의 책, 326쪽.

는데, 그들이 증거로 인용하고 자료로 취한 것들의 대부분이 양한(兩漢) 시대에까지 다다랐기 때문에 이들의 학문을 한학이라고 부르기도 한다.[181] 학술 경향이 한대로 돌아간다는 것은 허신과 정현으로 대표되는 소학을 부흥시킨다는 의미이다.[182] 특히 『설문해자』는 후대의 학설에 의해 오염되지 않고, 고대의 훈고를 그대로 보존하고 있는 가장 중요한 도구로 인정되면서 활발히 연구되기 시작했다.

한편 강희로부터 옹정, 건륭 시기의 청나라 정부는 한족 출신 학자에 대해 강경과 회유의 양면 정책을 시행하였다. 그래서 한편으로는 문자옥(文字獄)을 일으키고 다른 한편으로는 고대문헌의 정리 작업을[183] 시행하였는데, 문자옥 때문에 학자들은 문학과 사학을 연구하지 못했고, 특히 근대의 일을 말할 수 없었다. 그래서 오로지 음운과 문자를 통해 고전을 연구하는 분야에 몰두할 수밖에 없었다.[184]

당시의 이러한 정치적인 상황과 한학의 부흥이라는 학술 경향으로 인하여, 혜동의 『독설문기』를 시작으로 전문적으로 『설문해자』를 연구하는 풍조가 생겼고 성취가 높은 저서들이 연이어 출현했다.

---

181 당시에는 크게 두 개의 고증학 유파가 있었다. 하나는 혜동의 환파(晥派) 일명 안휘파(安徽派)이고 다른 하나는 대진(戴震)의 오파(吳派) 일명 강소파(江蘇派)이다. 혜동의 학파는 한대의 학자에게서 나온 학설은 모두 존중해야 한다고 여겨 감히 질책하는 자가 있으면 도에 대한 믿음이 돈독하지 못하다고 간주하였다. 그러나 대진은 누구의 말이건 상관없이 막연하게 믿으려 하지 않고 반드시 그렇게 된 연유를 탐구하였고, 충분히 믿을 만하지 않으면 성철부사(聖哲父師)의 말이라고 해도 믿지 않는 과학적인 연구정신을 가지고 있었다. 그래서 양계초는 혜동의 학술은 한학(漢學)이지만, 대진의 학술은 청학(淸學)이라고 평가했다. 양계초, 전인영 역, 앞의 책, 86~89쪽.
182 호기광, 이재석 역, 앞의 책, 327~328쪽 참조.
183 건륭 37~47년(1772~1782)에 궁중에서 소장하고 있던 서적과 전국의 민간에 소장된 서적을 골라 모아서 『사고전서』를 편찬하였다. 수집된 서적 중에는 못마땅하게 여겨져 소각되거나 금서(禁書)가 된 것도 많았으며, 수록된 책 중에서도 부분적으로 고쳐진 것이 있다. 수록된 서적은 모두 8행 22자로 고쳐 썼고, 분류와 제요(提要)를 붙였다. 편집의 중심인물은 총찬관인 기윤을 비롯하여 대진, 소진함(邵晉涵), 주영년(周永年) 등이다.
184 호기광, 이재석 역, 앞의 책, 331~332쪽 참조.

도광 · 함풍 시기 이후로 경학은 탈변기에 도달하여, 동한의 고문경학에 반대하고 서한(西漢)의 금문경학(今文經學)을 회복하며 궁극적으로는 선진제자학(先秦諸子學)에 도달하려는 경향을 보인다. 금문경학은 명물훈고(名物訓詁)를 중시하지 않고 미언대의(微言大義)에 치중했기 때문에 이 시기부터 설문학은 차츰 쇠퇴하여 청말에 유월(兪樾, 1821~1906)과 손이양(孫詒讓, 1848~1908)에 의해 종결을 맞게 된다.[185] 이 시기에도 지속적으로 『설문해자』를 연구하는 학자들이 있었고 저서도 출현했지만, 이전 시기의 왕성함을 회복할 수 없었다.

청대의 학술이 '송 · 명 이학에 대한 반대' → '고증학(考證學)의 성립' → '한학의 부흥' → '금문경학 운동의 부흥'이라는 변화를 겪게 되는 가장 큰 원인은, 국가의 쇠락에 따른 시대적 요구에 부응한 것으로 이해할 수 있다. 대외적으로는 1840년의 아편전쟁을 시작으로 서구 열강과의 전쟁에서 계속 실패하고, 대내적으로는 1853~1864년까지의 태평천국의 난으로 온 나라가 고통을 겪으면서, 학자들 사이에서는 자연히 당시의 정치와 학술에 대한 반성이 일어났다. 그들은 이러한 혼란의 원인이 한학의 공론적 성격과 사회적 무관심에서 야기되었다고 생각하였고,[186] 사회적 혼란을 통해 경세(經世) 의식을 갖게 된 학자들은 소학 위주의 한학에서 그 해답을 찾을 수 없었다. 지식인들은 정치를 개선하여 자강하려는 목적에 가장 부합한 것으로 미언대의를 이야기하는 전한의 서적을 채택했고, 강유위(康有爲, 1858~1927)는 심지어 후한말에 나온 고문경전을 모두 유흠(劉歆)의 위작이라고 주장하였다. 이에 따라 한학파가 가장 숭앙했던 허신과 정현이 모두 배격의 대상이 되었으니, 이 시기에 설문학이 쇠퇴하기 시작한 것은 당연한 일이다.

도광, 함풍 이후로는 금문학(金文學)이 날로 발전하였는데, 이것도 설

---

185 호기광, 이재석 역, 위의 책, 327쪽 참조.
186 벤자민 엘먼, 양휘웅 역, 『성리학에서 고증학으로』, 예문서원, 2008, 454~457쪽.

문학의 변화에 일정한 역할을 한 것으로 보인다. 금문학은 은상(殷商)과 주(周)의 동기(銅器)위에 새겨진 명문(銘文)을 고증하는 것이다. 청대에는 고대 청동기물들이 더욱 풍부하게 발견되어 궁중 내에 소장한 것 외에 적지 않은 부분을 개인이 소장하였다. 정부에서 소장하고 있던 청동기물은 『서청고감(西淸古鑒)』(1747), 『녕수고감(寧壽古鑒)』(1779), 『서청속감갑편(西淸續鑒甲編)』(1793), 『서청속감을편(西淸續鑒乙編)』(1793) 등의 관찬(官撰) 서적으로 간행되었다. 이러한 서적들이 금석학의 부흥을 일으켜, 그 후로는 개인이 소장하고 있던 청동기들도 책으로 출판되었다. 개인 소장의 청동기를 수록하고 그림을 그려 넣은 뒤 명문과 고석을 단 최초의 저작은 전점의 『십육장락당고기관지(十六長樂堂古器款識)』이다. 뒤를 이어 완원(阮元, 1764~1849)의 『적고재종정이기관지(積古齋鐘鼎彝器款識)』, 오식분(吳式芬, 1796~1856)의 『미고록금문(攈古錄金文)』, 오대징의 『각재집고록(愙齋集古錄)』 등이 출현하며 금문 연구의 단서를 열었다. 손이양이 이들을 계승하면서 고문자를 자의적으로 추측하는 기풍이 사라지고 분석과 종합을 통해 고문자의 역사적 변천 규율을 연구하게 되었다.[187] 손이양의 연구를 계기로 고문자학은 금석학에서 독립하여 하나의 분과로 성장하였으며, 이전에 『설문해자』를 경전처럼 존중하고 허신을 공자의 후계자로까지 받들었던 것과는 달리, 고문이나 주문을 이용하여 허신을 비난하는 일이 잇따라 나타났다. 이 분야의 저서로는 손이양의 『고주습유(古籀拾遺)』가 대표적이다. 그는 고문자로 경전을 고증하고 문자를 설명하기 위해 제일 먼저 『설문해자』를 보충 수정하였다. 이후로 갑골문(甲骨文)이 발견되면서 고문자연구가 설문학을 대신하여 문자학의 주요 내용이 되었다.

벤자민 엘먼은 고증학의 쇠락을 강남을 중심으로 한 학자 집단이 태

---

187 호기광, 이재석 역, 앞의 책, 478쪽.

평천국의 난으로 인해 와해되었기 때문으로 분석하였는데, 실제로 『설문해자』 연구자들의 출신 지역을 살펴보면 강소(江蘇, 50명), 절강(浙江, 27명)이 압도적으로 많았고, 그 밖에 호남(湖南, 8명), 광동(廣東, 6명), 안휘(安徽, 5명), 복건(福建, 5명), 산동(山東, 4명), 강서(江西, 3명), 귀주(貴州, 3명), 섬서(陝西, 2명), 호북(湖北, 1명), 하북(河北, 1명), 산서(山西, 1명), 사천(四川, 1명), 북경(北京, 1명) 등으로, 강남의 학자들이 주축이 되었음을 알 수 있다. 결국 청대 설문학은 명대 학술에 대한 반성에서 출발한 고증학의 성립과 함께 태동하고, 한학의 부흥으로 인해 절정에 이르렀다가, 태평천국의 난이 유발한 연구 집단의 몰락과 사회참여에 무관심했던 공론적 성격의 한계로 인해 쇠퇴했다고 말할 수 있겠다.

4. 나오며

『설문해자』는 동한 시대에 문자에 대한 인식과 사용상의 혼란을 바로잡으려는 목적으로 허신에 의해 창조되었다. 허신은 문자를 해설할 때 정통한 사람들의 학설을 널리 흡수하였고, 한자의 자형 구조를 깊이 있게 분석하였으며, 중국 고대의 명물과 훈고의 백과사전이라고 할만큼 다양한 내용을 수록하였다. 이 때문에 『설문해자』의 문자 해설은 경전 주석의 근거가 되었고, 『설문해자』의 격식은 후대 자전의 모범이 되었으며, 『설문해자』에서 제시한 한자 이론은 문자 연구의 중심 주제가 되어왔다. 그러나 시대가 바뀌어 표준 자형이 해서로 고정되고, 본의보다는 인신의(引伸義)가 더 많이 사용되면서 자연히 『설문해자』의 자전적 가치는 감소할 수밖에 없었다. 그렇게 일부의 서예가나 학자들에 의해 명맥을 유지하던 『설문해자』는 청대에 들어 고증학의 성립과 한학의 부흥이라는 시대적 상황 아래에서 다시 그 연구 가치를 회복하게 되었다. 『설문해자』가 도교와 불교에 의해 감염된 경전을 본래의 모습으로 회복시킬 수 있는 가장 중요한 근거 자료로 인식되면서 전에 없이 전면적으로 연구된 것이다.

그러나 아편전쟁을 시작으로 서구 세력에게 계속 패배하는 중국의 현실은 당시의 정치와 학문을 반성하게 하였고, 그러한 문제를 해결할 보다 적극적인 해결책을 강구하게 하였다. 학문을 위한 학문, 『설문해자』 자체에 대한 연구는 더 이상 의미 있는 일이 되지 못했다. 그리고 송대부터 축적되어 온 금문학이 발전하면서 『설문해자』는 고문자 자료로서도 과거와 같은 중요한 지위를 가지기 어렵게 되었다.

과거는 과거를 평가하는 현재가 어떠하냐에 따라 다르게 평가될 수 있다.[188] 『설문해자』라는 한 권의 문자학 저작이 때로는 경전 연구의 핵심인 것처럼 숭앙되고, 또 때로는 시효가 지난 자료로 처리되는 것 역시 그 시대의 현재적 요구와 인식이 달라서이다. 그러나 청대의 설문학이 당시의 시대적, 학술적 요구에 따라 흥성했다가 쇠퇴하였다고 해도, 『설문해자』의 연구 가치는 간과될 수 없으며, 청대 설문학의 연구 성과와 후대 언어문자 연구에 끼친 긍정적인 효과 역시 과소평가될 수 없을 것이다.

---

188 벤자민 엘먼, 양휘웅 역, 앞의 책, 12~13쪽.

참고문헌

廉丁三, 「說文解字注 部首字 譯解」, 서울대 박사논문, 2003.

이병관, 『중국언어학사(상하)』, 대전 : 도서출판 보성, 2008.

이원석, 『近代中國의 國學과 革命思想』, 서울 : 국학자료원, 2002.

다케다 마사야, 서은숙 역, 『창힐의 향연』, 서울 : 이산, 2004.

벤자민 엘먼, 양휘웅 역, 『성리학에서 고증학으로』, 서울 : 예문서원, 2008.

濮之珍, 김현철 외 共譯, 『중국언어학사』, 서울 : 신아사, 2003.

阿辻哲次, 沈慶昊 역, 『漢字學－說文解字의 세계』, 서울 : 이회, 1996.

梁啓超, 전인영 역, 『중국 근대의 지식인』, 서울 : 혜안, 2005.

王　力, 李種振·李鴻鎭 譯, 『中國言語學史』, 대구 : 계명대 출판부, 1983.

풍우란, 박성규 역, 『중국철학사(하)』, 서울 : 까치, 1999.

胡奇光, 李宰碩 譯, 『中國小學史』, 서울 : 東文選, 1997.

黃德寬·陳秉新, 河永三 역, 『漢語文字學史』, 서울 : 東文選, 2000.

黨懷興, 『宋元明六書學研究』, 北京 : 中國社會科學出版社, 2003.

劉志成, 『中國文字學書目考錄』, 成都 : 巴蜀書社, 1997.

蘇寶榮, 『許愼與說文解字』, 河南 : 大象出版社, 1997.

龍宇純, 『中國文字學』, 臺北 : 臺灣學生書局, 1984.

李元惠·周雙利, 『說文解字概論』, 北京 : 靑文書屋, 1992.

張其昀, 『說文學源流考略』, 貴陽 : 貴州人民出版社, 1998.

丁福保, 『說文解字詁林』, 北京 : 中華書局, 1982.

向光忠 主編, 『說文學研究』第1輯, 武漢 : 崇文書局, 2004.

胡樸安, 『中國文字學史(上下)』, 北京 : 商務印書館, 1988.

『설문해자주說文解字注』를 통해 본 단옥재段玉裁의 문자관文字觀*

염정삼

1. 들어가며

이 글은 청대(淸代)의 대표적인 고증학자였던 단옥재(段玉裁)의 문자관을 일별하려는 목적을 가지고 있다.[1] 청대 고증학의 발달은 해석학적인 입장에서 경전 주석의 큰 전환점을 마련해주었다. 똑같은 경전에 대한 학문이라 하여도 한대(漢代)와 송명대(宋明代) 그리고 청대(淸代)를

---

* 이 글은 『중어중문학』 34집에 「『說文解字注』를 통해 본 段玉裁의 文字觀」의 제목으로 실린 논문을 수정·보완한 것이다.
1 단옥재가 『詩』와 『書』등의 경서를 주로 연구하였다는 점에서, 그를 '고증학자'라고 부르기보다는 우선 '經學家'로 부르는 것이 타당할 것이다. 그러나 이 글에서는 宋學에 반대하고, 漢學에 주력했던 '考證'의 관점에서 『說文解字』를 연구했다는 의미에서 그를 '고증학자'로 명명한다.

구획하는 가장 큰 특징은 역시 경전을 대하는 태도와 방법론의 차이라고 할 수 있다. 송대 성리학(性理學)을 집대성한 주자(朱子)는 인간의 본성[性]과 이치[理] 사이의 관계를 사변적으로 정리하여 전통경학을 다시 정립하였다. 이것은 경전의 자자구구에 대한 해석에 충실했던 한대 훈고학의 방법론을 일면 계승하면서도 과감하게 탈피한 것이었다. 그러나 한편으로 주자가 세계를 포섭하는 객관적인 원리로서 제시한 '리(理)'는 '인격과 도덕의 수양'의 원리로만 인식되는 경향을 보여주었으며 인간의 본성에 대한 탐구 영역인 마음[心]에 대한 논의에서는 주관적이고 공허한 담론으로 귀결될 소지를 보여주고 있었다. 특히 명대 말기에 양명(陽明) 좌파(左派)인 태주(泰州)학파는 그 단점의 전형적인 폐해를 보여주었는데 명말청초의 혼란기를 겪은 명대 말기의 지식인들은 '의리(義理)'에 기초하여 경전을 해석하던 송명 이학적 방법론에 대하여 깊이 반성하기 시작하였다.

대표적으로 고염무(顧炎武)는 양명학 좌파의 선학(禪學), 청담적(淸談的)인 성격을 비난하고 주희의 '격물치지설'을 계승하면서도 심성을 수양한다는 '치심(治心)'의 공부보다는 외면적인 실천을 중시하였다. 그는 '박학(博學)'의 측면에서 경전을 연구하기 위해서, 음운학으로부터 착수하여 고의(古義)를 밝히고 고제(古制)를 고증해야 한다는 학문방법론을 제시하였는데 그의 이런 고증학적인 방법론은 학문의 엄밀성을 부여해주었다. 물론 고염무에게 있어서 주자의 이학이 전면적으로 부정된 것은 아니었다. 그의 의도는 경학에서 이학이 올바르게 추구되려면 고증적인 방법론이 필요하다는 의미였다. 그러나 18세기 중엽 이후에는 송학－주자학에 대항하는 한학(漢學)으로 고증학이 등장하기 시작하였다. 이것은 소주(蘇州)에서 활동하던 혜동(惠棟) 중심의 오파(吳派) 고증학이 제창된 다음부터였다.[2] 혜동을 만난 이후 환파(晥派)의 대진(戴震) 역시 반주자학의 기치를 세우게 되었다. 대진은 "경(經)의 도

(道)를 밝히는 것은 사(詞)이며, 사(詞)를 구성하는 것은 자(字)이니, 자(字)로부터 사(詞)를 통하고 사(詞)로부터 도(道)를 통해야 한다"고 주장하였다. 이는 성인(聖人)의 도(道)를 '경전 속의 문자와 전장제도(典章制度)'(명물도수(名物度數))에서 탐구해야 한다는 실증주의적 방법론을 분명히 확립한 것이었다. 대진은 그 중요성을 다음과 같이 강조하였다.

만약 육경(六經)에서 찾지 않는다면 공자·맹자의 의도를 알 수가 없고 자의(字義), 제도(制度), 명물(名物)에 대하여 탐구하지 않는다면 경전의 언어에 통할 수가 없다. 송대 유가들이 훈고의 학문을 비난하고 언어 문자에 관한 지식을 경시하였는데 이는 강을 건너려고 하면서도 노를 던져버리는 것과 같고, 높은 곳에 오르려 하면서도 사다리를 없애는 것과 같다.

非求之六經, 孔孟不得, 非從事於字義, 制度, 名物, 無由以通其語言. 宋儒譏訓詁之學, 輕語言文字, 是欲渡江而棄舟楫, 欲登高而無階梯也.[3]

대진의 학문이 궁극적으로 지향한 목표는 분명히 경전의 의리를 추구하고 성인의 도를 아는 데에 있었다. 그러나 그는 마치 강을 건너기 위한 도구인 노처럼, 높은 곳에 오르기 위한 사다리처럼 그것을 위한 가장 중요한 방법론으로서 문자(文字) 소학(小學)을 제시하였다. 따라서 고증학의 흥성은 곧 소학의 흥성을 가져왔다. 그중에서도 한대의 문자학서인 『설문해자(說文解字)』가 가장 중요한 문헌으로 존중되었고 심각하게 연구되었다. 심지어 '설문학'이 학문으로서 분과할 정도로 『설문』연구에 막대한 학문적인 역량이 투입되었다. 이들 고증학자들의 바탕이 없었다면 경전에 대한 이해와 해석이 주관적인 독단으로 빠

---

2 고증학적 작업의 선구적인 길은 閻若璩의 『尚書古文疏證』과 胡渭의 『易圖明辨』이 열었다고도 할 수 있다. 그러나 반주자학적인 기치를 내건 고증학파로서는 惠棟의 吳派와 江永, 戴震의 晥派(安徽 남부)를 들게 된다.

3 戴震, 「與段若膺論理書」, 『孟子字義疏證』, 中華書局, 1961, 184쪽.

지는 위험을 벗어날 길이 없을 것이다. 그런 의미에서 『설문』에 대한 기본적인 이해와 연구는 고증학적 바탕을 무시할 수는 없으며, 단옥재 (段玉裁)의 주석 작업도 중요한 의의를 부여받아야 할 것이다.

그런데 혼란스러운 것은 철저하게 텍스트와 경전에 부속되어 있어야 할 주석 작업에 때로 원래의 텍스트와 경전을 벗어나는 것들이 발견된다는 점이었다. 예를 들어 허신(許愼)의 『설문』에 의하면 '易(역)'자는 도마뱀을 완전 상형한 글자이기도 하지만 음양의 원리를 반영하여 만든 글자이기도 하다.

> 비서(秘書)의 설명[說]에 "日(일)과 月(월)을 가지고 易(역)자를 만들었다"라고 하였는데 즉 음양(陰易)을 본떠서 (글자를 만들었다는 말이다.) 일설에는 勿(물)로 구성되었다 하기도 한다.[4]

그러나 단옥재는 이 설명이 '易'자의 본래 의미와는 아무 상관이 없으며 육서의 근본이 아니라고 일축해버린다.[5] 또 하나의 예를 들면 '象 (상)'자에 대해서도 『역·계사전(繫辭傳)』에 의하면 "象은 모양을 그려 보는 것이다(象也者, 像也)"라고 분명히 象자가 상상, 이미지, 연상 작용과 관련 있는 글자라고 밝히고 있다. 그러나 단옥재는 이것도 본래 의미와는 관련이 없는 가차라고 일축한다.[6] 경전을 해석하기 위하여 문자를 연구해야 하고 그런 기반에서 『설문』을 연구한 고증학의 대가, 단옥재는 때로 『설문』의 해석을 거부해야 했고 심지어 경전에 근거한 문자해석도 벗어나야 했다. 이 글의 문제의식은 여기에서 출발한다. 왜 단옥재는 철저하게 『설문』의 관점에 충실해야 한다는 고증학적 기

---

4 『설문해자』 제9편 하 '易'부, 「說解」 참조.
5 『설문해자』 제9편 하 '易'부, 「段玉裁 注」 참조.
6 『설문해자』 제9편 하 '象'부, 「段玉裁 注」 참조.

반에 서있었으면서도 그것을 벗어나야 했는가?

따라서 이 글은 청대 고증학의 방법론에 입각한 단옥재의 주석 작업이 『설문』에 대한 이해에 기여한 부분과 그렇지 못한 부분을 구분하여 살펴보고, 단옥재의 『설문』이해가 서 있는 바탕은 무엇이었는지를 고찰해보고자 한다.

2. 허신(許愼) 문자관(文字觀)의 충실한 반영

우리가 텍스트를 이해하려는 목적을 가지고 대상에 접근할 때 그 방법은 크게 두 가지로 나눌 수 있다. 하나는 대상으로서의 텍스트가 해석자와는 본질적으로 독립하여 외부에 실재한다고 전제하고 '텍스트의 자율성'을 옹호하면서 텍스트 분석을 통하여 그 속에 파고드는 방법이다. 또 하나는 "텍스트에 대한 이해와 해석은 그 자체로 무엇인가?"라는 보다 포괄적인 문제를 묻고, '이해'라는 것이 항상 해석자의 현재와 관련을 맺을 수밖에 없음을 강조하여 '현재 우리에게 갖는 의미'를 찾는 방법이다. 전자가 텍스트의 '객관적인 해석'의 가능성을 인정하고 텍스트의 존재를 강조한다면 후자는 해석자의 '주관적인 이해'에 근거하여 현재적인 의미를 강조한다.[7] 이 두 가지 관점 모두 해석하려는

---

7   리차드 E. 팔머, 李翰雨 譯, 『해석학이란 무엇인가』, 文藝出版社, 1988, 80~87쪽 참조. 팔머는 현재 이 두 개의 기본적인 입장을 대표하는 이론가로서 에밀리오 베티(E. Betti)와 한스 게오르그 가다머(H. Gadamer)를 들고 있다. 즉 베티는 해석 대상의 자율성을 인정하고 객관적 해석의 가능성을 주장하며 가다머는 보다 철학적인 문제에 관심을 가지고 이해가 하나의 역사적인 행위이며 그러므로 항상 현재와 관련을 맺을 수밖에 없다고 주장한다. 가다머에 의하면 '객관적으로 타당한 해석'을 믿는 것은 소박하고 불철저한 태도이다.

대상을 앞에 두고 대상과 해석자가 철저하게 분리될 수 있다는 것을 뜻하지는 않는다. 유의해야 할 것은 해석의 중점을 어디에 두는가에 따라 해석자의 관점과 태도가 달라지고 따라서 대상에 대한 해석의 결과물도 그 영향 아래 놓이게 된다는 점이다. 우리가 이 점을 인정한다면 마치 가다머(Gadamer)로 대표되는 현대 해석학의 입장에 어느 정도 동조하고 있는 것이다.[8] 그러나 현대 해석학의 지배적인 조류와는 달리 대상에 객관적으로 접근할 수 있으며 텍스트에 대하여 주관성에 좌우되지 않는 절대적인 해석이 가능하다는 믿음은 동서를 막론하고 심원한 역사와 근거를 가지고 있다.

중국에서 전통적으로 텍스트를 대하는 방법을 위에서 구분한 해석학적인 관점으로 반성해 본다면 몇 천 년을 지속한 경전에 대한 주석(注釋), 혹은 주소(注疏)의 작업은 주관적인 해석자의 이해보다는 텍스트의 절대적인 독립성을 전제한 객관적인 해석을 지향하고 있었다고 말할 수 있다. 공자 이래로 전통 문헌을 다루는 '술이부작(述而不作)'의 태도가 그 방향을 이미 결정하고 있었다고 해도 과언은 아니다. 극도로 주관적인 해석의 개입을 억제하는 중요한 장치 가운데 하나는, 바로 잘 모르는 곳을 비워두는 '궐의(闕疑)'의 태도였다. '궐의'의 전통에 의하면 해석자는 해석이 의심스러운 곳에서 자의적으로 주관을 개입하여 진행시키지 말고 그 자리에서 멈추어 '모른다'는 겸손의 표현과 '비워두는' 절제력을 통하여 텍스트 자체에 대한 존중을 드러내야 한다.

현대 서구 해석학의 이론가들에게서도 그에 동조적인 관점이 발견된다. 예를 들어 베티(E. Betti)는 "대상은 스스로 말한다. 대상 속에는 객관적으로 검증 가능한 의미가 들어있기 때문에 올바를 수도 있고 틀릴 수도 있다. 만약에 대상이 관찰자와 독립해서 존재하고 스스로 말

---

8   리차드 E. 팔머, 李翰雨 譯, 「가다머의 변증법적 해석학」, 위의 책, 283~315쪽 참조.

하지 않는다면 어떻게 그것을(대상의 의미를) 들을 수 있는가?"라고 주장한다.[9] 베티의 주장에서 우리가 만나는 것은 바로 공자 이래 중국의 전통적인 주석가들에게 보이는 경전을 대하는 입장이다.

대상이 스스로 말하게 한다는 것은 바로 텍스트가 텍스트로서 충실하게 제시되는 것을 전제로 한다. 이는 대상의 실제 모습[實]을 왜곡하지 않고 드러낸다는 주장이나, 앞서 말했던 '궐의'와 '술이부작'의 전통과도 일맥상통한다. 이것은 더 나아가 지금 현재의 주관적인 판단을 유보하고 대상에 대한 체험과 관찰을 중시하는 태도로도 발전할 수 있기 때문에 경험주의나 실증주의와도 그리 멀리 떨어진 것이 아니다.[10]

우리는 중국 전통경학의 고증학적인 방법론에서 보다 실증적이고 과학적인 형태로 텍스트에 접근하는 태도를 만나게 된다. 예를 들어 단옥재는 주관적인 선입견을 배제하고 지극히 객관적인 태도로 고인들의 말을 평가할 것을 주장하였다.

> 지금 사람들이 고인들이 말한 바의 옳고 그름을 가릴 때에는 마땅히 마음을 공평하게 하고 기질을 편안히 하여 어느 것이 옳고 그른지 분석하여야 하며 함부로 비난하는 말을 사용해서는 안 된다.
> 今人及古人所說之是非, 皆當平心易氣, 分析其孰是非, 不當用詬詈之言.[11]

---

9   리차드 E. 팔머, 위의 책, 95쪽 재인용. 객관적인 해석학을 정초하기 위한 노력은 특히 슐라이어마허(Fr. D.E. Schleiermacher)에게서 보여진다(강돈구, 『슐라이어마허의 해석학』, 이학사, 2000 참조).

10 예를 들어 딜타이(W. Dilthey)는 인문학적인 텍스트에서의 이해는 '체험'을 그 맥락으로 삼는다고 주장하였다. 딜타이에 의하면 의미는 근본적으로 체험의 본성에 근거를 두고 있는 전체에 대한 부분의 관계에서 생겨난다. 즉 의미는 삶의 연관, 즉 체험과의 만남에 내재되어 있다. 그는 삶을 이해하기 위하여 체험을 통한 접근방법은 논리적인 이성보다 심원하다고 주장한다(리차드 E. 팔머, 위의 책, 148~183쪽).

11 段玉裁, 「經韻樓集」 11 : 40b, 『段玉裁遺書』, 大化書局, 1986.

여기에서 "마음을 공평하게 가지고 기질을 편안하게 한다[平心易氣]"
는 말은 텍스트를 대하는 해석자의 태도를 지적한 것이다. 해석자가
주관적인 선입견을 가지고 시비를 판별하여 텍스트에 대한 객관적인
평가에서 벗어난 비난만을 일삼는다면 그것은 올바른 텍스트 분석법
이 아니다. 고인의 경전이 그대로 진실을 드러내주도록 해석자는 주관
적인 마음[心]을 공평하게 만들고 기질[氣]을 한쪽의 평가에만 쏠리지
않도록 잡아주어야 한다.

그런 의미에서 단옥재는 일면 허신의 문자론을 철저하게 따라가면
서 『설문』에 드러난 해석을 중시한다. 그 첫 번째가 '성훈(聲訓)'의 방식
을 친절하게 소개하는 것이었고, 두 번째가 허신의 육서론(六書論)을
신봉하는 것이었다.

1) 성훈(聲訓) 방식에 대한 소개

『설문』에서 가장 많이 흔하게 등장하는 방식이 소위 '성훈'의 방법이
다. '성훈' 방식의 설해란 즉 풀이되는 글자와 풀이하는 글자가 서로 '소
리'상의 유사성을 강하게 가지고 있다는 말이다. 성모(聲母) 상의 유사
성을 가지고 풀이될 때에는 '쌍성(雙聲)'으로 풀이되었다고 하며 운모
(韻母) 상의 유사성을 가지고 풀이될 때에는 '첩운(疊韻)'으로 풀이되었
다고 한다. 이 경우는 너무 많아서 일일이 예를 들 수도 없지만 단옥재
주에 의하여 설명된 몇 가지를 예를 들면 아래와 같다.

　黍(서) : 【단옥재 주】'더위[暑(서)]' 때에 파종하므로 '黍(서)'라고 말한다.
　마치 2월에 나고 8월에 익어 '중화(中和)'를 얻으므로 '禾(화)'라고 부르는
　것과 같다. 모두 첩운(疊韻)으로 훈석(訓釋)한 것이다.[12]

韭(구) : 【단옥재 주】 '久(구)'로 '韭(구)'자를 설명하는 것과 '和(화)'로 '禾(화)'자를 설명하는 것은 그 예가 같다. '韭'와 '久'는 첩운(疊韻)이다.[13]

馬(마) : 【단옥재 주】 '馬(마)', '怒(노)', '武(무)'자가 첩운(疊韻)인 것을 가지고 풀이하였다. 역시 첩운으로 풀이한 "門(문)은 듣는대聞(문)]는 뜻이다", "戶(호)는 보호한대護(호)]는 뜻이다"라고 한 예와 같다.[14]

이 성훈의 방식은 엄밀하게 말하면 단순한 소리상의 유사성만이 아니라 의미상의 연관성도 강하게 가지고 있다. 따라서 서로 풀이해주는 글자들 간에는 동의어의 관계가 형성될 수 있다. 이것을 단옥재는 '호훈(互訓)'관계로 정의하면서 넓게는 육서론(六書論) 가운데 전주(轉注)를 설명하는 것까지도 포괄하고 있다. 따라서 성훈을 인정하는 것은 문자에서의 의미연관을 인정한다는 것과 맥을 같이 한다. 하지만 단옥재는 어디까지나 쌍성·첩운이라는 소리상의 연관성에 치중하면서 성훈을 다루고 있다.

2) 육서론(六書論)에 대한 이해

단옥재가 또 하나 심혈을 기울여 주석한 것은 바로 육서였다. 그는 허신의 육서론이야말로 문자를 포괄하는 중요한 이론이라고 주장한다.

육서란 문자(文字)·성음(聲音)·의리(義理)의 총결산이다. 지사·상형

---

12 『설문해자』 제7편 상 '黍'부.
13 『설문해자』 제7편 하 '韭'부.
14 『설문해자』 제10편 상 '馬'부.

· 형성 · 회의가 있음으로써 '글자의 모양(字形)'이 여기에서 다 설명될 수 있고 글자마다 발음(音)이 있어서 '성음(聲音)'은 여기에서 다하고 전주 · 가차가 있어서 '자의(字義)'는 여기에서 다 설명된다. 글자는 다른데 의미가 같은 것은 '전주'라 하고 뜻은 다르지만 글자가 같은 것을 '가차'라 한다. 전주가 있음으로 해서 백 가지 글자가 하나의 뜻일 수 있고 가차가 있어서 한 글자가 여러 가지 뜻을 가질 수 있다. (…중략…) 대진(戴震)은 '지사 · 상형 · 형성 · 회의 네 가지는 문자의 뼈대(體)이고 전주 · 가차 두 가지는 문자의 활용(用)'이라 하였으니 성인이 다시 태어나도 이 말을 바꾸지는 않을 것이다.[15]

그러나 엄밀한 의미에서 허신의 육서론은 연역적인 문자 이해의 논리이며, 결코 귀납적인 분석 틀은 아니다. 이것은 허신과 동시대의 형이상학이 만들어낸 문자론이다.[16] 하지만 단옥재는 육서를 모든 문자에 적용하려고 하였다. 이것이 바로 단옥재가 육서에 대한 판정에서 무수히 혼란상을 보여주고 있는 이유이다. 우선 그는 허신이 바탕으로 하고 있던 형이상학을 철저하게 무시하였다. 그것이 허신 육서론의 본질을 파악하는 데 실패하게 하고, 단옥재를 위시하여 청대 음운학적 육서론이 만들어진 배경이었다. 이 글은 다음에서 그가 어떤 방식으로 형이상학을 도외시하였는가를 살펴보고 그 이후 단옥재의 육서 이해가 드러내는 혼란상을 살펴보고자 한다.

---

15 段玉裁 注, 『說文解字』 敍 참조.
16 이에 대해서는 拙稿, 「許慎 文字觀의 理論的인 軸―六書論을 중심으로」 41집, 중국문학, 2004 참조.

3. 형이상학(形而上學)에 대한 도외시

1) '一(일)'자에 대한 주석

『설문해자』에 대한 접근방식은 청대 이전과 설문학 흥성 이후가 현저하게 다르다. 그러한 『설문』연구 관점의 차이는 바로 『역(易)』의 형이상학적 해석학을 수용하는가 여부로 드러난다. 그것을 보여주는 대표적인 예는 바로 서개(徐鍇)와 단옥재의 태도이다. 서개는 우리가 현재 볼 수 있는 형태로 『설문』판본을 복원하고 통석(通釋)했던 남당(南唐) 시대의 학자이다. 그런데 그의 관점을 청대의 단옥재와 비교해보면 선명하게 드러나는 차이점이 있다. 다음은 서개의 『설문해자계전(說文解字繫傳)』과 단옥재의 『설문해자주』의 '一(일)'자에 대한 주석이다.

【서개 주】一(일)은 천지(天地)가 아직 나뉘지 않은 것이다. 태극(太極)은 양의(兩儀)를 낳는다. '一'은 널리 흩어져 있던 것이 처음 모인다는 뜻이다. 이것을 일컬어 형상 없는 형상이라 하고 물체 없는 상형이라 한다. 반드시 가로로 쓴 것은 천(天)·지(地)·인(人)의 기운이 사방을 가로로 이어주고 있는 것을 상형하였기 때문이다. 노자(老子)는 도(道)가 '一'을 낳는다고 말하였다. (그런데 허신은) 지금 도(道)가 '一'에서 선다고 말하였으니[17] 그것은 '一'을 얻은 후에야 도가 모양을 갖추기 때문이다. 무욕(無欲)의 상태에서 그 오묘함을 볼 수 있기 때문에 왕필(王弼)은 도(道)는 무(無)에서 시작한다고 말하였다. 무(無)는 또한 말로 풀이할 수 없다. 그러므로 문자를 만드는 것은 '一'에서 시작한다. 만약 천지가 아직 나누어

---

17 『說文解字』. '一'부의 許慎 說解는 "惟初太極, 道立於一, 造分天地, 化成萬物"로 되어 있다.

지지 않았다면 말을 기탁할 수가 없다. 반드시 그것을 나누어야 한다면 천지는 '一' 다음에 오게 된다. 그러므로 '一'을 첫머리로 삼는다.

一者, 天地之未分. 太極生兩儀. 一旁薄始結之義. 是謂無狀之狀, 無物之象. 必橫者, 象天地人之气, 是皆橫屬四極. 老子曰, 道生一. 今云道立於一者, 得一而後道形. 無欲以觀其妙, 故王弼曰道始於無. 無又不可以訓. 是故造文者起於一也. 苟天地未分, 則無以寄言. 必分之也, 則天地在一之後, 故以一爲冠首.[18]

【단옥재 주】『한서(漢書)』에서 "근본을 근본으로 삼으려 한다면 수(數) 는 '一(일)'에서 시작한다"고 말하였다.

『漢書』曰, 元元本本, 數始於一.[19]

서개가 '도(道)'와 '태극(太極)'과 '양의(兩儀)' 등의 철학적인 개념과, 심지어 왕필(王弼)의 '무(無)'의 개념에까지 힘입어 '一'자를 설명하려는 것과 대조적으로 단옥재는 철저하게 형이상학적인 의리해석에 침묵하고 있다. 단옥재의 태도는 철저하게 고증적 방법론에 근거한『설문』주석의 전형을 보여준다. 이것은 고염무, 대진으로부터 단옥재로 이어지는 고증학 계보의 흔들릴 수 없는 신념이기도 했다. 즉 처음부터 이론과 관점으로 대상을 재단하지 말고 실(實)과 물(物)을 관찰하고 체험한 증거를 가지고 연구한다는 실증적인 방법을 주장한 것이다.[20] 그들의 실증적인 방법이란 결국 음운의 유사성으로 문자해석을 시도한다는 것이었는데, 문제는 문자의 의미연관이 그렇게 간단하지 않다는 데

---

18 徐鍇, 『說文解字繫傳』「繫傳」一, 中華書局, 1986.
19 段玉裁, 『說文解字注』第一篇 上 '一'부, 天工書局印行.
20 그러나 고증학적 연구방법은 그 자체로는 한계를 가진다. 진정으로 해석자의 주관적인 이해가 무엇인가를 탐구하는 포괄적인 질문으로 '객관적인 텍스트 해석'이라는 소박한 믿음이 함몰될 위험성은 언제나 있기 때문이다. 더욱이 해석자가 텍스트의 객관성을 의심하지 않고 무조건 전제하는 경우 번쇄한 자구해설로 중첩되는 경향을 배제하기가 힘들어진다.

에 있었다. 다음에 보게 될 '易(역)'자나 '象(상)'자에 대한 이해에서도 단옥재는 '가차(假借)'의 논리로 형이상학을 벗어나려고 하였다.

2) 『역』의 형이상학에 대하여

'易'이라는 글자와 '象'이라는 글자에 대한 허신과 단옥재의 견해차를 살펴보자. 다음은 '易'자에 대한 허신의 설해이다.

> 易(역) : '蜥易(석역)', '蝘蜓(언전)', '守宮(수궁)' 등으로 (불리는 도마뱀의 일종)이다. 모양을 본떴다. 비서(秘書)의 설명에 '日과 月을 가지고 易자를 만들었다'고 하였는데 즉 음양을 본떠서 글자를 만들었다. 일설에는 勿로 구성되었다 하기도 한다.[21]

그런데 정작 '易'자를 설해한 허신의 입장을 다시 설명하는 단옥재의 의견은 흥미롭다. 허신은 '易'자에 '도마뱀'이라는 의미와 '일월음양(日月陰陽)의 역(易)'이라는 의미가 공존하는 현상을 도외시하지는 않는다. 그러나 반면에 단옥재는 장황하게 경전을 인용하면서 '易'자가 원래 도마뱀을 뜻하는 글자였음을 역설하고 있다.

> 【단옥재 주】 내 생각에는 '易(역)'과 '彖(단)'의 두 글자는 모두 가차(假借)하여 이름[名]을 삼은 것이다. '象(상)'자가 '모양을 비슷하게 본뜬다[像似]'는 의미의 像(상)'자로 쓰이는 것과 같다. 그래서 허신은 '易'자 설해에서 먼저 본래 의미(도마뱀)를 말하고 그 후에 '비서(秘書)의 설명'을 인용

---

21 許慎, 『설문해자』 제9편 하 '易'부, 허신 說解 참조.

하였던 것이다. '비서'라고 말한 것은 그 설이 반드시 옳지는 않다는 것을 밝힌 것이다. (…중략…) 이 설은 '易'자의 위 부분은 '日'로 구성되어 양(陽)을 본떴고 아래 부분은 '月'로 구성되어 음(陰)을 본떴다는 말이다. '위서(緯書)' 등에서 글자를 설명할 때에는 자형을 가지고 대부분 말하였으며 그 의미를 설명한 것은 아니었다. 이렇게 하는 것은 바로 이치에 가까운 것 같아 보이지만 육서(六書)의 근본은 아니다. 그러므로 '易'자의 아래 부분의 자형도 역시 '月'은 아니다.[22]

이러한 단옥재의 관점은 『역』에서 중요한 의미를 담당하고 있는 '象(상)'자에 대한 주석에서도 드러난다.

象(상) : 【단옥재 주】 (…중략…) 『주역・계사전』에는 "象也者, 像也(象은 모양을 유사하게 그려본대[像]의 뜻이다)"라고 하였으니 이것은 옛날부터 『주역』에서 쓰인 '象'자가 곧 '像'자의 가차임을 말해주는 것이다. 『한비자(韓非子)』에서 "사람들이 살아있는 코끼리[象]를 본 적이 거의 없어서 그림을 그려서 그 실제 모습을 상상하였다. 그래서 여러 사람들이 머릿속으로 실물처럼 상상하는 것[意想]을 모두 '象'이라 한다"고 하였다. 아마도 옛날에는 '象'자만 있었고 '像'자는 없었던 것 같다. 그래서 '像'자가 아직 만들어지기 이전에 '생각으로 모양을 그려본대[想像]'는 뜻이 이미 생겨서 『주역』에서 '象'자를 '모양을 머릿속으로 유사하게 그린대[想像]'는 뜻으로 사용하게 된 것이다. 마치 '易'자를 가지고 '간단하고 쉽대[簡易(간이)]', '변한대[變易(변역)]'는 뜻의 글자로 사용한 것이 모두 소리에서 그 의미를 얻은 것과 같다. 글자의 모양에서 의미를 얻은 것이 아니다. '한비자'의 설명은 세속에서 유행하던 이야기를 가지고 설명한 것이며 "본래

---

22 段玉裁 注, 『설문해자』 제9편 하 '易'부 참조.

그 의미에 해당하는 글자가 없어서 어떤 글자의 소리에만 기탁해서 나타내려는 의미를 드러낸다[本無其字, 依聲托事]"는 (假借의) 원리를 설명해 주는 것은 아니다.[23]

　단옥재는 '象'자를 역상(易象)의 의미로 풀어내는 것은 다름이 아니라, 象이 '像'의 가차(假借)이기 때문이라는 입장을 분명히 하고 있다. 그러나 이것은 경전을 충실히 해석하는 납득할 만한 설명이 될 수는 없다. 경전에 의하면 '象'의 본래 의미인 '코끼리'라는 뜻보다는 역상(易象)에서의 '象'의 의미가 더 일반적으로 쓰였다. 그렇다면 문자자형에 근거한 이론으로만 해석할 것인가? 아니면 경전의 의미에 충실할 것인가? 애초에 경전을 올바르게 해석하기 위하여 문자학을 필요로 하지는 않았는가? 그것은 차치하고라도 문자해석에 있어서 가차와 인신의 차이는 일관성 있게 설명하기 어려운 경우가 많은데 문자 본래 의미로 설명할 수 없는 의미를 모두 가차라고 판단하면 해결이 되는가? 물론 그렇다고 꿰어질 수 있는 끈은 다 끌어다 자형과 의미에서 확산과 연관을 거듭하는 인신의 방법이 만사형통인 것은 분명히 아니다. 이것은 단옥재의 육서판정에 있어서도 계속해서 제기되는 문제이다. 다시 말해서 문자의 의미 연관성은 이미 허신의 시대에 역상(易象)의 이론에 근거하여 만들어진 틀이었다.[24] 그것을 문자학만의 이론으로 재단해서는 끊임없는 혼란을 막을 수가 없다. 다음은 그런 혼란상의 예들이다.

23　段玉裁 注, 『설문해자』 제9편 하 '象'부 참조.
24　이에 대해서는 졸고, 「漢字 形象의 의미론적 연관 구조에 관하여」 35집, 중어중문학, 2004 참조.

4. 단옥재 문자 이해의 혼란

1) 상형(象形) · 지사(指事)의 모호함

일반적으로 부수 글자의 경우에는 허신이 상형자로 정의한 경우가 많다. '상형'이란 어떤 사물을 완전하게 그려내어 그 모양을 통해 글자를 만들고 그것으로 하나의 의미를 표현한다는 말이다. 가장 간단하면서도 완전한 의미를 나타낼 수 있으므로 '부수 글자'라는 의미에서도 가장 유용한 개념이었다. 상형자는 따라서 하나의 완전한 자형과 완전한 의미와 완전한 소리를 갖춘 가장 기본적인 글자라고 할 수 있다.

그러나 허신은 육서 가운데에서 또 하나의 기본 글자를 만드는 방법인 '지사'에 대해서는 오직 '上(상)'자의 설해와 '上'부에 부속된 '下(하)'자 아래에서만 명시하였을 뿐 이외에는 어느 글자가 지사자라고 밝힌 경우가 없다. 따라서 지사에 대한 이론이 분분하게 되었는데 단옥재는 다음과 같이 '上'자의 주석에서 자신의 견해를 밝히고 있다.

> 上(상) : 【단옥재 주】 지사자는 대단히 적다. 이런 이유로 지사임을 밝혀 놓은 것이다. '一'자 아래에서 말하지 않은 것은 '一'이 지사임은 따로 말할 필요가 없기 때문이다. 상형은 그 물건이 실제로 있으니 '日', '月'자가 그 예이다. 지사는 물건에 구애되지 않고 그 사건을 지시하니 '上', '下'자가 그 예이다. 천지(天地)를 형(形)으로써 말하면 하늘이 위에 있으면 땅은 아래에 있고 땅이 위에 있으면 하늘이 아래에 있다는 것은 모두 그 사건을 두고 하는 말이다.[25]

---

25 段玉裁 注, 『설문해자』 제1편 상 '上'부 참조.

허신은『설문』「서」에서 지사에 대하여 "지사는 쳐다보면 알 수 있고, 잘 살펴보면 기억해낼 수 있는 방법[指事者, 視而可識, 察而見意]"이라고 풀이하면서 '上', '下'자만을 예로 들고 있다. 그런데 여기에서 단옥재는 '지사'를 '상형'과 비교해서 풀이하고 있다. 즉 상형이란 '실제로 그 사물을 있는 그대로 그려낸 (글자이고)', 지사는 '그 사물의 실제 모습과는 상관없이 그 사물이 처한 상황'을 표현하는 것이라고 설명한다.

그래서 단옥재는『설문』「敍」의 주석에서 "지사가 상형과 구별되는 점은 다음과 같다. 형(形), 즉 모습은 하나의 물건만을 일컫는 것에 비하여, 사(事), 즉 일은 여러 가지 물건의 상황을 포괄할 수 있다[指事之別於象形者, 形謂一物, 事晐衆物]"고 하였던 것이다. '여러 가지를 포괄하는 상황[晐衆物]'이라는 의미를 가진 '事(사)'에 대해, 단옥재가 더 자세히 설명한 것은 '上'자의 주석에서이다. 즉 하늘[天]과 땅[地]을 형(形)으로 볼 때, "하늘이 위[上]에 있다고 하면 땅이 아래[下]에 있는 것이고 땅이 위[上]에 있다 하면 하늘은 아래[下]에 있는 것이다." 여기에서 하늘과 땅이 처한 상대적인 위치야말로 바로 '事'다. 단옥재의 주석에 의하면, 허신의 지사에 대한 「서」의 구절은 "지사가, 상형처럼 척 보아서 무엇을 나타내고 있는 글자인지 어느 물건을 그린 것인지 알 수 있는 것이 아니라, 주의 깊게 보아야만[視] 알 수 있으며 상세하게 살펴야만[察] 의미를 기억할 수 있는 것이다"라고 풀이된다. 결국 '지사'는 실제 보이는 모습이 아니라 사건의 발생 등에서 추상적으로 의미를 표현해내는 방법이란 뜻이다. 그런데 단옥재는 '上(상)', '下(하)'자 이외에도 '一(일)', '二(이)', '三(삼)', '四(사)'라든가 '乙(을)', '丁(정)', '戊(무)', '己(기)' 등의 글자를 '지사'로 설명하고 있다.[26] 또한 그 외에도 단옥재가 지사라고 풀이한

---

26 '上(상)', '下(하)'자가 '위'와 '아래'의 위치를 나타내는 글자이므로, 구체적 물건의 의미를 떠난 추상성을 획득했음은 그렇다 할 수 있으나, 단옥재가 스스로 '지사'라고 이해하고 있는 '一(일)', '二(이)', '三(삼)', '四(사)'라든가 '乙(을)', '丁(정)', '戊(무)', '己

글자들은 여러 예가 있다. 다음에 인용한 것은 단옥재가 '지사'라고
풀이한 예들이다.

丶(주) : 【단옥재 주】 내가 보기에 이 글자는 육서에서 지사가 된다. 모
든 사물엔 분별이 있고, 일에는 가(可)함과 불가(不可)함이 있으며, 의도
에는 그렇게 만든 주된 원인[意所存主]이 있다. 그러므로 마음이 그 멈출
자리를 표시하게 되는 것은 모두 그런 것이다. 그러므로 '丶(주)'자는 단순
히 '책을 읽을 때에 멈추어 곧 바로 그 자리에 표시한다'는 것만을 뜻하는
것이 아니다.[27]

凶(흉) : 땅이 파인 곳에 다리가 엇갈려 그 가운데로 빠지는 모양을 본뜬
것이다. 【단옥재 주】 이 글자는 지사이다.[28]

厶(사) : 【단옥재 주】 "스스로를 위해 둘러싼다는 의미에서 '厶(사)'자를
만들었다[自營爲厶]"고 하면 육서 가운데에 '지사'이고 "사사로운 것을 나
눈다는 의미에서 公(공)자를 만들었다[八厶爲公]"고 하면 육서 가운데에
'회의'이다.[29]

이상의 예를 살펴보면, 단옥재는 임의로 '지사'를 해석하고 있는 것
으로 보인다. 예컨대 찍어놓은 점을 보고 '丶(주)'자를 만들었다면, 왜
그것이 '상형'이 될 수는 없는지 설명되지 않는다. 결정적으로 허신이

(기)' 등의 글자는 왜 '지사'에 속해야 하는지 잘 이해되지 않는다. 그러므로 허신이
추상적인 문자로 든 '지사'와 단옥재가 이해한 '지사'의 개념, 즉 '숫자 등을 표시하기
로 약속한 기호'라는 의미에서 해석한 '지사'가 반드시 일치하는가는 더 연구해 볼 문
제이다.

27 段玉裁 注,『설문해자』제5편 상 '丶'부 참조.
28 許愼 說解, 段玉裁 注,『설문해자』제7편 상 '凶'부.
29 段玉裁 注,『설문해자』제9편 상 '厶'부 참조.

말하는 상형과 지사의 구분 점이 관념적인 데에 있지, 결코 단옥재가 이해한 것처럼 실제 문자에 구현되어 있지 않다는 점이다. 허신이 물(物)과 사(事)를 구별한 것 역시 구체성과 추상성의 축을 사용한 것은 아니었다. 허신이 '상형'이라고 설해한 글자의 예들은 결코 구체적인 물상에 머무르지 않기 때문이다. 예를 들어 '八(팔)'자를 설해하면서 "서로 나뉘어 등지는 모양을 상형한다"[30]고 하였는데 그렇다면 왜 '八'자는 상형이고 'ㅿ(사)'자는 지사가 되는가? '八'자가 드러내는 추상성은 'ㅿ'자가 드러내는 추상성만 못하다고 어떻게 단정할 수 있는가?

2) 회의(會意)·형성(形聲)의 혼동

상대적으로 분명하게 구분될 것 같은 회의와 형성 역시 선명하게 나뉘는 기준을 가지고 있는가를 묻게 만든다. 상형과 지사가 가장 단순하면서 더 이상 쪼개어 질 수 없는 단 하나의 자형과 의미와 소리를 가진 글자를 의미한다면, 상형과 지사에 비하여 형성과 회의는 분해될 수 있는 '성분'들로 이루어진 글자들이다. 여기에서 말하는 '성분'이란, 상형이나 지사 등의 방법으로 만들어진 가장 단순한 글자들을 원칙적으로 지칭한다. 허신이 『설문』「서」에서 형성에 대하여 언급하였을 때 단옥재는 형성과 지사·상형의 구분점을 다음과 같이 말하였다.

> 【단옥재 주】 (형성이) 지사·상형과 구별되는 점은 지사·상형은 독체(獨體)이고 형성은 합체(合體)라는 것이다.[31]

---

30 許慎 說解, 『설문해자』 제2편 상 '八'부 참조.
31 段玉裁 注, 『說文解字』 敍 참조.

즉 지사와 상형은 단순한 자형으로 '독체'라고 불리는 것이며 형성은 그 '독체'들이 합하여진 '합체'라는 것이다. 이런 점에서는 회의자도 마찬가지이다. 그러나 또 다시 형성과 회의는 명백한 구별점을 가지는데 그것을 단옥재는 다음과 같이 말하였다.

> 【단옥재 주】 (형성이) 회의와 구별되는 점은 회의가 의미를 주로 한 합체라면 형성은 소리를 주로 한 합체라는 것이다.[32]

다시 말하면 회의는 단독체의 글자들을 조합하였으되 그 글자들의 의미를 주로 하여 만들었으며 형성은 단독체의 글자들을 조합하면서 의미를 나타내는 글자와 소리를 나타내는 글자로 조합되었다는 것이다. 따라서 형성자에는 소리를 나타내는 성분이 있으므로 독음을 알기가 쉽고 회의자는 그렇지 못하다는 것도 추론할 수 있다.

그런데 문제는 앞에서도 언급하였듯이 어떤 특정의 글자를 두고 설명하게 될 때 회의의 방법이 일으키는 혼란이다. 첫 번째는 단독체의 결합으로 이루어져야 하는 회의의 글자들에서 구성된 부분들을 완전한 글자들로 나누어 분석할 것인가 아니면 전체적으로 상형의 글자로 볼 것인가의 차이가 생겨난다. 예를 들면 '亼(집)'자의 경우에 이 글자를 '入(입)'자와 'ㅡ(일)'자의 조합으로 볼 것인가 아니면 완전 상형으로 볼 것인가 하는 문제가 제기된다. '亼(집)'자와 같은 예는 『설문』 전체에 걸쳐서 여러 번 등장한다. 아래에 들어 놓은 것이 그 예들이다.

亼(집) : 【단옥재 주】 허신 책의 통례는 구성부분이 완전한 글자일 때는 반드시 '从某'라고 말한다. 여기에서와 같이 '从入ㅡ'처럼 말하는 것은 바

---

32 段玉裁 注,『說文解字』敍 참조.

로 구성부분들이 완전한 글자라는 말이다. (그러나 '厶'자의 경우에는) '厶'과 '一'로 구성되었는데도 회의자가 아니다. 그래서 또 아래에 덧붙이기를 "象三合之形(셋을 합한 모양을 본떴다)"이라고 하였으니 즉 '厶'자가 회의자인 것 같지만 실은 상형자임을 설명하고 있는 것이다.[33]

壬(정) : 人과 士로 구성되어 있다. 士는 일한다[事]는 뜻이다. 일설에 '壬'자는 사물이 땅에서 꼿꼿하게 뻗어 나오는 것을 본떴다고도 한다.[34]

禿(독) : 儿(인)으로 구성되었으며, 위는 벼이삭의 모양을 본떴다. 秀자에서 소리를 취하였다. 【단옥재 주】 허신의 책에서 '소리를 취하다[取其聲]'(취기성)이라고 말한 곳이 두 군데 있다. 첫 번째는 '丗(세)'자 아래에서인데 "从卅而曳長之, 亦取其聲(卅(삽)으로 구성되었으며 길게 끄는 모양으로 구성되었는데, 또한 예(曳)자에서 소리를 취하였다)"이라고 하였다. 여기에서 말하는 '取其聲'이란 '丗'자가 '曳'의 소리를 취했다는 말이다. 두 번째는 여기 '禿(독)'자에서인데 "象禾秀之形, 取其聲(벼이삭의 모양을 본떴다. 秀자에서 소리를 취하였다)"라고 하였으니 '禿'자가 '秀'의 소리를 취했다는 뜻이다. 모두 회의이면서 상형임을 설명한 것이다.[35]

夫(부) : 【단옥재 주】 '一(일)'과 '大(대)'로 구성되면 '天(천)'자가 되고, '大'와 '一'로 구성되면 '부(夫)'자가 된다. 이렇게 보면 사람[人]과 하늘[天]은 같은 것이다. '天'자의 '一'은 '大' 위에 덮어 썼으니 회의가 되는데 '夫'자의 '一'은 '大'의 머리를 꿰었으니 상형이 되기도 하고 회의가 되기도 한다.[36]

---

33 段玉裁 注, 『설문해자』 제5편 하 '厶'부 참조.
34 許愼 說解, 『설문해자』 제8편 상 '壬'부 참조.
35 段玉裁 注, 『설문해자』 제8편 하 '禿'부 허신 설해 및 단옥재 주 참조.
36 段玉裁 注, 『설문해자』 제10편 하 '夫'부 참조.

土(토) : 땅은 만물을 토해낸다. 二(이)는 땅 위와 땅 속의 모양을 본떴으며 ㅣ(곤)은 사물이 나오는 모양을 본떴다.【단옥재 주】('土'자는 '二'와 'ㅣ'의) 두 글자의 상형을 합쳐 회의자를 만든 것이다.[37]

위의 예들이 보여주는 것은 합체인 회의와 형성에서 생겨나는 또 하나의 혼란이다. 회의와 형성의 구분을 이론적으로는 말끔하게 할 수 있으나, 실제로 특정한 글자를 들어 접근할 때 의미상의 결합인가 소리와 의미의 결합인가가 분명하지 않을 수도 있다는 것이다. 즉 다시 말하면 의미를 가진 단독체의 결합이라는 회의의 방법에서 의미를 나타내는 글자 가운데 소리를 또한 나타내어 줄 수도 있는데, 그럴 경우에 과연 회의인가 형성인가 확정하기가 쉽지 않은 것이다. 이 혼란은 사실 한자에서 대단히 광범위하게 일어난다. 분명한 형성자의 경우에도 소리를 나타내는 부분이 명백하게 의미와의 연관성이 없다고 단정하기 어려운 경우가 대단히 많기 때문이다. 다음의 예들은 바로 회의와 형성의 혼동을 드러내어 주는 것들이다.

囧(경) :【단옥재 주】"月로 구성되었다(从月)"고 한 것은 달이 해의 빛으로 (자신의) 빛을 삼기 때문이다. "창문[囧]으로 구성되었다[从囧]"고 한 것은 "비단 걸린 창문이 열려 밝다[麗廔闓明]"는 의미를 취하고 있기 때문이다. '囧'자는 또한 소리를 나타내기도 하는데 ('囧亦聲'이라고) 말하지 않은 이유는 ('从月囧'이라고) 회의의 방법을 들어 설명하면서 형성을 포괄하고 있기 때문이다.[38]

里(리) : 田(전)과 土(토)로 구성된다. 일설에는 土(사)가 소리를 나타내

---

37 許愼 說解, 段玉裁 注, 『설문해자』 제13편 하 '土'부 참조.
38 段玉裁 注, 『설문해자』 제7편 상 '囧'부 참조.

는 부분이라고도 한다. 【단옥재 주】 여기에서 말하는 '일설'은 "十(십)을 미루어 一(일)과 합한다"는 의미를 가진 '士(사)'자를 가지고서 ('里'자를 '田(형부)'과 '士(성부)'로 구성된) 형성자로 만들었다는 뜻이다.[39]

3) 전주(轉注) · 가차(假借)와 의미의 혼동

전주와 가차에 대해서 역시 같은 문제가 제기될 수 있으며 육서 가운데에서도 가장 이론이 분분하다. 기본적으로는 지사·상형·회의·형성의 방법을 통해 완성된 글자들을 가지고 그 바탕 위에서 글자들을 운용하는 방법이라고 보는 견해에 대진 이하의 학자들은 동의한다. 따라서 전주이든, 가차이든 만들어진 글자 사이의 관계를 두고 이야기하는 것이다. 전주는 의미상의 관계로 맺어지고 가차는 소리상의 관계로 맺어진다.

전주에 대한 대진과 단옥재의 관점을 살펴보자.

老(노) : 【단옥재 주】 허신이 『설문』「序」에서 "五曰轉注, 建類一首, 同意相受, 考老是也(다섯 번째를 전주라고 하는데 동의(同意)를 서로 주고받을 수 있는 글자들이다. 考(고)자와 老(로)자가 전주의 예이다)"라고 하였는데 학자들은 대부분 이 말을 이해하지 못하였다. 대진이 말하기를 "(허신은) 老자 아래에서 '考의 뜻이다'라고 하였고 考자 아래에서는 '老의 뜻이다'라고 하였다. 이것은 허신이 글자는 다른데 뜻이 같은 것을 예로 들려고 한 것이다. 그 뜻이 같은 글자들을 하나로 하여 '류'로 묶었으니 그것이 이른바 '류를 세워 하나의 부수로 한다[建類一首]'는 것이고 그 글자들이

---

[39] 許愼 說解, 段玉裁 注, 『설문해자』 제13편 하 '里'부 참조.

서로 풀이[訓詁]해 주고 있으니 그것이 이른바 '의미가 같아 서로 풀이해 준다[同意相受]'는 것이다'라고 하였다. '考'자와 '老'자가 마침 허신의 책에서는 같은 부수에 속해 있긴 하다. 그러나 대체로 허신의 책에서는 부수를 달리하면서도 이 글자와 저 글자가 전문(篆文)으로 서로 풀이해 주는 경우는 전주로 보아야 할 것이다. 예컨대 '塞, 窒也'와 '窒, 塞也', '但, 裼也'와 '裼, 但也'와 같은 부류가 그렇다.[40]

위의 예문은 광범위하게 의미상의 유사성을 가지고 전주를 정의하고 있는 것을 보여준다. 즉 서로 풀이해 줄 수 있는 동의어 관계에 있는 것은 전주로서 간주된다는 뜻이다. 따라서 의미를 풀어주는 훈석자와 피훈석자의 관계에서 전주를 바라볼 때 전주는 다음과 같은 확산양태를 띠게 된다.

① 소리상의 유사함이 의미상의 유사함과도 연결된다. (성훈의 방식)
② 자형상의 유사함이 의미상의 유사함과 연결된다. (같은 부수자 안의 설해방식)
③ 피훈자의 의미확장(인신의)을 가지고 훈석자를 연결시킨다.

이렇게 정리해보면 전주는 단순한 동의어 관계에서 머물지 않고 의미단위의 집단을 넓게 형성하게 된다. 따라서 흔히 말하는 인신과 동의어의 관계가 어디까지인지 모호해지는 문제도 피할 수 없게 된다.

가차의 경우에 전주에 비하여 명백한 관계를 가진 것처럼 정의되는데, 즉 의미상의 끈이 끊어지고 소리상의 연결만으로 관계가 맺어진다는 것이다. 단옥재는 특히 허신이 가차를 정의했던 방법으로 특정형식

---

40 段玉裁 注, 『설문해자』 제8편 상 '老부 참조.

을 주목하여 바라보고 있는데 다음의 예는 그 관점을 보여주는 것이다.

屮(철) : 고문에서는 혹 艸(초)자로 여기기도 한대古文或以爲艸字. 【단옥재 주】 대체로 '고문에서 (이 글자는) 某자로 사용되었대古文以爲某字' 라는 말은 육서 중 가차를 설명하는 말이다. (여기서의) 以(이)는 사용한 대用]는 뜻으로, 본래는 그 글자가 아니지만 고문에서는 그 글자를 某자 로 사용하였다는 말이다.[41]

위의 인용은 단옥재가 보기에 허신이 "古文以爲某字(고문에서 某자로 사용되었다)"라고 명시한 글자들은 서로 가차의 관계에 있다는 것을 설명하고 있다. 옛날 글자 중에 의미상의 연관은 없고 새로운 의미를 나타내기 위하여 그 글자의 자형과 소리만을 빌어다 쓴 것이 가차라는 설명이다. 단옥재는 『설문』의 주에서 여러 차례 가차의 예를 풀이하고 있는데 다음은 그런 예들이다.

臤(간) : 고문(古文)에서는 이 글자를 '賢(현)'자로 여겼다. 【단옥재 주】 "고문에서 ~으로 여긴다(古文以爲)"라고 말한 것은 모두 고문(古文)의 가차이다. 그 예는 '屮(철)'자에서 설명하였다.[42]

丂(고) : 【단옥재 주】 '亏(우)'와 '丂(고)'는 발음이 다르지만 자형이 비슷하고 자의가 서로 가까워서 고문에서는 '丂'를 '亏'로 쓰기도 한다. '巧(교)' 와 '丂(고)'는 동음 가차다.[43]

---

41 許愼 說解, 段玉裁 注, 『설문해자』 제1편 하 '屮'부 참조.
42 段玉裁 注, 『설문해자』 제3편 하 '臤'부 참조.
43 段玉裁 注, 『설문해자』 제5편 상 '丂'부 참조.

來(래) : 【단옥재 주】 하늘로부터 내려 준 보리이므로 '來麰(래모)'라 하고 간단히 '來'라 한다. 그래서 물건이 오는 것을 '來'라고 하게 되었다. 허신이 설명하는 '來'자의 의미 확장은 그와 같은 것이다. 예컨대 서로 어긋난대[相背韋]는 의미의 '韋(위)'자가 가죽[皮韋]이라는 뜻으로 쓰인 것, 새[朋鳥]라는 의미의 '朋(붕)'자가 무리[朋攩]라는 뜻이 된 것, 새가 깃들대[鳥西]는 의미의 '西(서)'자가 방위[東西]를 나타내는 글자가 된 것, 간지[子丑]의 '子(자)'자가 사람을 나타내는 인칭이 된 것, 까마귀라는 의미의 '烏(오)'자가 감탄을 뜻하는 말[烏呼]의 '烏'가 된 것 등으로서 이 글자들은 모두 인신 의미가 유행하자 본의가 없어진 것이다.[44]

舜(순) : 【단옥재 주】 '舜'은 '俊(준)'과 동음 가차자이다. 그래서 『산해경(山海經)』에서는 '帝舜(제순)'을 '帝俊(제준)'으로 썼다.[45]

兄(형) : 【단옥재 주】 引伸되어 『이아』에서 말한 대로 "남자 중에 먼저난 이(先生)는 兄(형)이라고 부르고 뒤에 난 이(後生)는 弟(제)라고 부른다." 즉 선생(先生)의 나이는 후생(後生)보다 자연히 많으므로 '兄'이라 부른다는 뜻이다. '兄'자가 이렇게 쓰이는 것은 '弟'자의 본래 의미가 '가죽으로 묶는 순서'였는데 그것으로 남자 후생을 부르는 이름으로 삼은 것과 같다. '君(군)'이나 '父(부)'자는 세상에서 가장 중요한 존재를 부르는 말이므로 정자(正字)를 사용하고, '兄'자와 '弟'자는 소리에 기탁하여 그 일을 나타내는[依聲託事] 가차자다.[46]

能(능) : 【단옥재 주】 (허신 설해에서 '能獸堅中, 故偁賢能. 而彊壯, 偁能

---

44 段玉裁 注, 『설문해자』 제5편 하 '來'부 참조.
45 段玉裁 注, 『설문해자』 제5편 하 '舜'부 참조.
46 段玉裁 注, 『설문해자』 제8편 하 '兄'부 참조.

傑也'의) 이 네 구절은 '能'자의 가차된 의미를 설명한 것이다. '賢能(현능)', '能傑(능걸)'이라는 뜻이 유행하자 ('곰'이라는) 본래 의미는 거의 없어졌다. '子(자)'자 아래서 "십일월에 양기(陽氣)가 발동하여 만물이 이에 자라난다. 사람들이 이 글자를 호칭으로 삼았다"라고 한 것도 그러한 예이다. '韋(위)', '朋(붕)', '來(래)', '西(서)', '烏(오)'자 등의 다섯 개 전문(篆文) 아래의 허신의 설해가 모두 가차를 설명하는 예이다.[47]

氏(씨) : 【단옥재 주】 옛날 경전에서 '氏'자와 '是(시)'자는 대부분 통용되었다. 『대대례기(大戴禮記)』에서 "昆吾者衛氏也(곤오(昆吾)는 衛氏이다)"라고 한 구절 이하에 나오는 여섯 개의 '氏'자가 모두 '是'자의 가차이다. 『한서』나 한비(漢碑)에서 '氏'를 빌어서 '是'자로 쓴 것은 셀 수 없이 많다. 따라서 '姓氏'의 ('氏'자는) 본래 '是'자로 써야 하는데 '氏'자를 빌어서 그렇게 썼다. 사람들이 그저 습관적으로 쓰느라고 잘 살펴서 알아보지 못했을 뿐이다. '姓(성)'이란 위에서 통괄해 주고 '氏(씨)'는 아래에서 나뉘는 것이다. '是'란 분별하는 말[分別之틀]이니 ('姓氏'의 '氏'자는) 본래 '是'로 썼던 것이다. 한비(漢碑)에 일찍이 '姓某是(성모시)'라는 말이 있었다. 지금은 오직 '氏'자가 '姓氏'의 '氏'자로만 쓰인다. '氏'자의 본래 의미에 대해서는 허신만이 말하고 있는데 잘 모르는 사람들은 그 설명이 새롭고 괴이한 것이라고 말하고 있다. (…중략…) ('모양을 본떴다[象形]'는) 말은 '氏'자에서 'ㅌ'모양이 산 옆구리에 (산언덕이) 붙어 있는 모양을 본떴다는 뜻이다. '氏'가 '姓'에 붙어 있는 것도 이와 같은 의미를 가지고 있다고 할 수 있다.[48]

它(사) : 움직이는 동물[虫]이다. 虫(훼)로 구성되고 길다. 몸을 구부리고 꼬리를 내린 모양을 본떴다. 상고(上古) 시대에는 풀에 앉을 때 뱀[它]를

---

47 段玉裁 注, 『설문해자』 제10편 상 '能'부 참조.
48 段玉裁 注, 『설문해자』 제12편 하 '氏'부 참조.

두려워하여 서로 "뱀은 없는가[無它乎]"라고 물었다. 【단옥재 주】'상고'는 신농(神農) 이전의 시대를 말한다. 서로 "뱀은 없는가[無它]"라고 물었다는 것은 후인들이 "탈이 없었는가[不恙, 無恙]"라고 말하는 것과 같다. 언어가 변하다 보니 "별고 없었는가[無別故]"가 그 말에 상당한다. 이 '它'자를 빌어다 혹은 '佗(타)'의 의미로 쓰기도 하고 세속에서는 '他(타)'자의 의미로 쓰기도 한다. 경전에서는 대부분 '它'자를 사용하여 '彼(피)'와 같은 말로 썼다. 허신은 이것으로써 가차의 예를 설명한 것이다.[49]

且(차) : 【단옥재 주】"又以爲几字"라고 한 것은 고문에서 가차하는 방법이다. '几'자도 땅에 닿는 것이므로 '几'자와 '且'자는 같은 글자이다.[50]

그런데 위의 예문들을 자세히 살펴보면 단순히 소리만의 관계로 가차를 정의하기가 어렵다는 것이 드러난다. 즉 가차와 의미의 인신이 구별되기 어려운 지점이 속속 발견되는 것이다. 단옥재가 한편으로는 의미의 인신이라고 하면서 또한 가차라고 설명하는 것을 '來(래)', '兄(형)', '氏(씨)', '它(사)'자 등의 주석에서 모두 발견할 수 있다. 그 구분이 더욱 모호하게 설명된 다음의 예를 보자.

后(후) : 【단옥재 주】『이아·석고(釋詁)』, 『모전(毛傳)』에서 모두 "后는 군주[君]라는 뜻이다"라고 하였다. 허신이 ('后'자의 의미를) '정체(政體)'를 이어가는 군주'라고 알고 있는 것은 '后'가 '後(후)'의 뜻으로 풀이되기 때문이다. 왕조를 개창한 군주는 앞[先]에 있고 그 정체를 잇는 군주는 뒤[後]에 있다. 그것을 나누어 말하면[析言] 그와 같이 (선후를 나누게 되고) 함께 말하면[渾言] 구별하지 않는다. (…중략…) 경전에서는 대부분 '后'를 가

---

49 許愼 說解, 段玉裁 注, 『설문해자』 제13편 하 '它'부 참조.
50 段玉裁 注, 『설문해자』 제13편 하 '且'부 참조.

차하여 '後'로 썼다. 『의례(儀禮)』의 주에서 『효경』의 설을 인용하여 말하기를 "后란 뒤[後]라는 뜻이다"라고 하였으니 이것은 '后'가 '後'의 가차임을 말하는 것이다.[51]

주석을 따라서 읽다 보면 도대체 '后'가 '後'로 해석되는 것이 인신 의미의 확장이라는 말인지, 아니면 가차라는 말인지 확정하기 어렵다.

5. 나오며

지금까지 우리는 단옥재의 경우에 육서론에 대한 전폭적인 지지와 형이상학적 해석에 대한 침묵이 교차하는 것을 살펴보았다. 결과적으로 문자에 대한 단옥재의 이해 자체가 한계를 드러내는 것을 그의 육서에 대한 주석을 통하여 살펴보았다. 이것이 바로 단옥재『설문』이해의 장점과 단점을 드러내어 주는 결절이다. 그는 문자학의 이론적인 근거로서 육서론을 받아들였으나 정작 허신의 육서론이 기초하고 있는 형이상학적 세계관을 수용하지 못하였다. 그 결과 '의미'망이 구축된 문자세계를 '음운'의 원리에 의해서만 재단하고자 하는 병폐를 양산하게 된다.

허신의 문자관은 간단한 것이 아니다. 그것은 '도(道)'의 형이상학과 그에 기반한 육서론, 그리고『역(易)』의 순환적인 관계론이 결합한 것이다. 반면에 단옥재의 문자 해석 관점은 단지 자형과 자음의 관계론

---

51 段玉裁 注, 『설문해자』제9편 상 '后'부 참조.

과 고증적 육서론이었다. 다시 말해서 허신의 육서론이 관념적인 관계망의 구축 위에서 성립한 것이었다면, 단옥재의 육서 이해는 실증적인 기반 위에 선 것이었으므로, 그 둘은 영원히 평행선을 그릴 수밖에 없는 것이다. 허신에 의하면 육서는 상형성, 지사성, 회의성, 전주성 등으로 명명될 수 있는 관념적인 경향성의 것이지만 단옥재는 구체적인 글자가 육서에 무엇에 해당되는지를 밝히고자 하였으므로 육서 판정의 혼란상을 피할 수 없었다. 허신의 육서론은 문자 생성의 선험적인 기준이지, 결코 이미 유통되는 문자를 선명하게 분류할 수 있는 판단기준이 아니다. 허신이 만들어놓은 문자의 코스몰로지는 강력한 순환 관계론에 기반한 것이었다. 반면 단옥재는 넘실거리는 경학 자료의 늪에서 문자해석의 역사적 실증자료들을 망라함으로써 문자를 통한 경학의 이해를 시도하고자 하였다. 결과적으로 단옥재의 『설문』이해는 고증적 경학방법의 덫에 걸려서 문자로도, 경학으로도 진전하지 못하였다. 허신이 『역』의 관계론에 힘입어 가까스로 넘었던 문자의 심연을 그는 결코 건너지 못한 것이다. 이미 허신의 시대에도 문자는 그 역사와 의미 해석의 가능성을 무한대로 벌려놓고 있었다. 불행인지 다행인지 아직 우리에게도 문자는 그 깊이와 넓이를 쉽게 보여주지 않고 있다. 우리는 어떻게 그 바다를 유람할 것인가?

참고문헌

曺秉漢, 「淸代의 思想—經世學과 考證學」, 『講座中國史』, 서울 : 知識産業社, 1989.

강돈구, 『슐라이어마허의 해석학』, 서울 : 이학사, 2000.

裘錫圭, 李鴻鎭 譯, 『中國文字學』, 서울 : 신아사, 2001.

리차드 E. 팔머, 李翰雨 譯, 『해석학이란 무엇인가』, 서울 : 文藝出版社, 1988.

阿辻哲次, 沈慶昊 역, 『漢字學』, 서울 : 以會文化社, 1996.

王力, 李種振·李鴻鎭 譯, 『中國言語學史』, 대구 : 계명대 출판부, 1983.

陸宗達, 金槿 譯, 『說文解字通論』, 대구 : 啓明大 出版部, 1986.

胡奇光, 李宰碩 譯, 『中國小學史』, 서울 : 東文選, 1997.

黃德寬·陳秉新, 河永三 역, 『漢語文字學史』, 서울 : 東文選, 2000.

戴 震, 「與段若膺論理書」, 『孟子字義疏證』, 臺北 : 中華書局 1961.

段玉裁 撰, 『段玉裁遺書』, 臺北 : 大化書局, 1986.

徐鍇 撰, 『說文解字繫傳』, 北京 : 中華書局, 1987.

許愼 撰, 段玉裁注, 『說文解字注』, 經韻樓本天工書局印行.

_____, 徐鉉 校定, 『說文解字』, 香港 : 中華書局, 1989.

『설문해자說文解字』에서의
연면사連綿詞에 대한 관점[*]

단옥재段玉裁 주注를 중심으로

신원철

1. 들어가며

이 글에서는 『설문해자(說文解字)』에서 연면사(連綿詞)를 어떻게 설명하고, 그를 통해서 허신(許愼)과 단옥재(段玉裁)가 연면사에 대해 어떠한 관점을 가지고 있는지를 논의하고자 한다.

연면사[1]는 중국어의 특징으로, 형음의(形音義)로 이루어진 구성요소 중에서 음(音)에 치중한 단어 구성 방식이다. 이는 두 자 이상의 한자(漢

---

[*]   이 글은 『中國文學』第72輯(韓國中國語文學會, 2012.8)에 게재된 것을 수정·보완한 것이다.

[1]   이외에도 표기상으로는 '聯綿', '聯緜' 등으로 쓰기도 한다. 이 단어 자체도 각각의 한자의 뜻에서 유래한 것이 아닌, 말 그대로 이어지는 말을 나타내는 '연면사'이다.

字)가 연속하여 그 속에 포함된 글자와는 크게 관련 없는 새로운 의미를 나타내는 것으로, 이를 나누어서 설명할 수 없는 것을 가리킨다. 예를 들어 '앵무새'를 중국어로 나타낼 때 일반적으로 '鸚鵡(앵무)'라고 표기하지만, 한편으로는 '鸚母'라 표기하기도 한다. 이 때 '母'라는 자가 가지고 있는 여러 뜻 중 '어미' 혹은 '암컷'이라는 점은 '앵무새'를 나타내는 데 사용된 것과 아무런 상관이 없다. 이는 비록 두 글자로 구성되어 있지만, 각각의 자가 가지고 있는 고유한 의미를 나타내지 않고 한 가지 사물이나 개념을 가리킬 때 사용한다. 또한 '우아하게 꿈틀대는 모습'을 나타내는 단어로 [weiyi][2]라고 발음하는 중국어 단어는 '逶夷', '逶蛇', '委蛇', '蜲蛇', '委佗' 등의 형태로 표현된다. 이는 모두 표기하는 형태를 달리하고 있지만 '우아하게 꿈틀대는 모습'이라는 하나의 뜻을 나타내고자 하는 것이다. 이는 해당 단어가 [weiyi]라는 음에서 의미가 나타나는 것이지, 표기로 쓰인 한자에서 드러나는 의미가 아니라는 점을 뜻한다.

연면사를 구성하는 한자의 고유한 의미가 연면사가 나타내고자 하는 의미와 관련이 없다는 점은 연면사가 의미를 나타내는 데에 있어 음성적 측면을 우선시하는 점과 관련이 있다. 이는 다음과 같은 과정에서 발생했을 것으로 볼 수 있다. 먼저 가리키고자 하는 대상에 대해 음성을 수단으로 하는 음성 언어에 의한 유통이 있고, 이후 이를 문자(文字)로 기록했을 때 문자의 특성에 맞추어 음성 언어에 대해 표기한 것이다. 이 과정에서 문자로서의 한자의 주요한 쓰임은 그의 고유한 역할이라고 주지(周知)된 대상의 형태와 의미에 부합하여 나타나는 상징적인 측면이 아니라 음성적 표기수단으로서의 역할, 즉 발음을 포함하는 음성 언어를 기록하기 위한 쓰임이 된다. 이 때 연면사의 구성성분으로서의 한자와 일반적인 사용에서 나타나는 한자를 구분해 본다

---

2 발음을 표기할 때에는 '[   ]'라는 기호를 통해 표시하도록 할 것이다.

면 각각 구어(口語, spoken language)와 문어(文語, written language)를 기록하기 위한 수단이라는 점으로 볼 수 있을 것이다. 또한 중국어 표기 수단으로서의 한자가 단지 단음절어(單音節語, monosyllable)의 조합이 아닌, 이음절 이상의 다음절어(多音節語, disyllable and polysyllable)로서 언어를 기록하는 기능을 수행하고 있다는 점에서도 한자가 가지고 있는 역할에 대한 확대 해석이 가능하다. 이는 곧 문헌을 포함한 중국어에서의 언어적 특성을 살펴볼 수 있는 근거로 삼을 수 있다.

『설문해자(說文解字)』는 한자에 대한 연구서로, 각 글자를 부수라는 체계 하에 배열하고 그에 대한 의미적 설명과 구성 요소에 대한 설명을 더한 체제를 하고 있다. 예를 들어 권구하(卷九下) 산부(山部)에서 '岱(대)' 자는 "岱, 太山也, 从山代聲"이라는 형식으로 구성되었다. 여기서 '太山'은 의미적 설명이고, '从山代聲'은 구성 요소에 대한 설명이다. 『설문해자』에서는 자의 의미를 나타내는 의부(義部)는 '从(종)' 이하에, 음성을 나타내는 성부(聲部)는 '聲(성)' 앞에 배치하는 것이 일반적이다. 따라서 '从山代聲'은 '산과 관련이 있는 의미를 가진 [대(代)]라고 발음하는 자'로 해석할 수 있다. 이를 통해서 한자가 가지고 있는 형, 음, 의를 일목요연하게 드러내고 있다. 이러한 점에 의거하면 『설문해자』에서 한자를 설명하는 방식을 통해 연면사를 설명하기에는 부족하다. 연면사는 앞에서 언급한 바와 같이 한자 하나의 글자에 대한 설명이 아닌 두 자 이상의 한자가 결합하여 함께 있어야만 그 의미가 드러나기 때문이다. 일반적으로 『설문해자』에서는 하나의 자에 대해 각각 설명하는 방식을 가지고 있기 때문에 두 자 이상이 나란히 놓여야만 하는 연면사에 대해 설명하기에는 적절하지 않은 것으로 보인다. 그렇지만 『설문해자』에는 연면사와 관련한 한자가 수록되어 있고, 이에 대한 논의가 이루어지고 있다.

이 글에서는 『설문해자』 내에서 연면사로 알고 있는 자에 대해서 조사한 후, 그 구성방식과 단옥재 등의 설명을 함께 볼 것이다. 또한 연면사에 대해서『설문해자』에서 이견을 보이는 경우도 함께 언급할 것이다. 이러한 점들을 기반으로『설문해자』에서의 연면사를 구성하고 있는 한자에 대한 허신과 단옥재의 관점을 살펴보고, 나아가 연면사로 대표되는 음성 언어적 현상에 대한 시각을 볼 수 있는 근거가 될 것이다.

2.『설문해자』에서의 연면사

1) 한자의 관점으로서의 연면사에 대한 고찰

연면사에 대해서는 앞에서 간략하게 설명을 하였다. 여기에서는 연면사에 대한 내용을 그 구성자와 연계해서 논의하기에 앞서, 한자가 연면사를 표기하는 수단으로서 사용될 때 나타나는 여러 문제에 대해 고찰하도록 하겠다.

한자는 하나 이상의 획을 교차하여 구성하는 하나의 자(字)로 구성되었다. 이를 구체적으로 살펴보면 음운을 담아내기 위해 해당 의미를 음성화하는 방식으로서 성부(聲部)라는 것을 통해 구체적인 발음을 나타내고 있으며,[3] 의미에 대한 범주화의 방식으로서 부수(部首)가 있다. 이들을 통해 해당 한자가 가지고 있는 발음과 의미를 체계적으로 파악할 수 있다. 이 중에서 어떠한 것, 즉 성부와 부수 중 무엇이 먼저 나타

---

3   이는 해성자(諧聲字)라고도 하는 형성자(形聲字)에서의 성부(聲部)보다 포괄적인 것으로, 부수자(部首字)의 경우 내재하는 발음을 가리킨다. 예를 들어 수(首)는 이를 [shǒu]로 읽도록 하는 '首' 자체가 이 자(字)의 성부(聲部)이다.

난 개념인지를 생각해 보는 것은 쉬운 일이 아니다.[4] 이는 문자의 소통 수단으로서의 측면에서 살펴본다면, 해당 문자가 음성적 변화를 거치지 않고 시각적으로만 전달되었는지, 아니면 음성적 변화를 통하여 의미적 전달을 하는지와 같은 문제가 있기 때문이다. 특히 한자의 경우 시각적 측면에서 강조되고 상대적으로 음성을 표기하는 점이 시각적 측면에 비해 약하기 때문에 이에 대해 답을 내리기 쉽지 않다. 이러한 문제에 대한 출발점으로 여기에서 언급할 수 있는 것은 대부분의 한자는 의미의 범주화로서의 부수, 음을 유추해낼 수 있는 수단으로서의 성부로 구성되었다는 점이다. 이는 한자 내에 의미와 더불어 음성 또한 해당 음을 나타낼 수 있는 단서로서 존재한다는 것이다. 이는 또한 한자가 의미를 나타내는 데에 장점을 가지고 있을 뿐만 아니라 음성을 나타내는 데에도 쓰일 수 있음을 의미한다.

표음(標音)에 있어 한자의 특징으로는 한 자가 한 음절을 나타낸다는 것이다.[5] 이러한 점에 비추어 보면 연면사는 둘 이상의 음절로 구성되어 하나의 의미를 표현하기 때문에 하나의 자로 표기할 수 없다. 이로 인해 한자 한 자(이를 단자(單字)라 한다)로 표현하기가 곤란하다. 즉 한자가 추구하는 하나의 자에 하나의 발음과 하나의 의미를 나타내는 것에서 위반되기 때문이다.[6] 그렇지만 중국어 문장에서 연면사가 사라지거나 표기되지 않는, 즉 하나의 한자로 연면사를 모두 대체하는 일은 발생하지 않았다. 이는 연면사를 한자라는 표기 수단으로 기록하는 데에 있어 한자의 특성 중에 일부, 즉 음성을 나타내는 기능을 사용했음

---

4 그리고 이 점에 대해 답을 내리는 것은 이 글의 범위를 넘어서는 부분이라 생략한다.
5 예외로 볼 수 있는 것으로는 현대 중국어에서의 접미사로 쓰이는 아(兒)이다.
6 이는 하나의 자가 여러 의미[多義]와 발음[多音]을 포함하고 있는 점과는 다르다. 여기서 말하고자 하는 것은 단자가 일정한 문맥상에서는 하나의 발음과 하나의 의미를 가리킨다는 것이다. 또한 의미를 가리키지 않는 허사(虛詞) 등도 지시하는 내용이 '없다'는 의미를 가리키는 것으로 보고자 한다.

을 의미한다.

이에 대한 과정을 살펴보기 위해 먼저 논의해야 할 점이 있다. 인간이 태어나기 전에 이미 존재했던 사물에 대해 인간이 인지하고 이를 전달하고자 했을 때, 어떠한 음성화 과정을 거쳤는지에 대해서이다. 중국인들이 한 음절의 발음으로 의미를 나타내고자 했을 때, 두 음절 이상을 가진 단어에 대한 분석을 통해 한 음절로 나타내는 것에서 유래한 것일까? 아니면 두 음절 이상을 가지는 단어들은 애초에 유사한 의미를 가진 각각의 단어들을 조합한 합성어에서 유래한 것일까? 이 두 상황에 대해서 논의해 보도록 하겠다. 일단 인류 중에서 음절 단위로 자신들의 음을 분석하고 설명하고 있는 곳은 중국이 유일한가? 많은 부분 중국의 영향을 받은 한국과 일본 등에서 한 음절의 단어가 중국어 단어를 차용하였을 때에는 중국과 마찬가지로 동일한 의미를 지니기도 한다. 그러나 그들에 대한 고유어를 살펴보자면 모두 한 음절 속에서 의미를 나타내는 것은 매우 제한적이고 드물다. 따라서 이와 같은 한 음절 내에 여러 의미를 포함시키는 시도는 중국어에 해당하는 비교적 독특한 현상으로 보아도 무방할 것이다.

그렇지만 중국어에서도 단자로 의미를 나타내지 못하는 경우가 존재한다. 이를 단어의 구성을 통해서 설명해 보고자 한다. 한자가 나타내는 내용은 어느 경우 단어가 아닌 구나 절, 심지어는 문장과 동일한 상황을 나타내기도 한다. 이에 대한 예를 『설문해자(說文解字)』권일상 (卷一上) 옥부(玉部)의 부속자(部屬字)에서 검토하도록 하겠다.

'瓊(경)', '瑔(전)' 등에 대해서『설문해자』에서는 "옥이다(玉也)"라고 하였다. 이는 '瓊', '瑔' 등이 어떠한 옥을 가리키는 데에 쓰이고 있음을 나타낸다. 이를 구성요소로 분석하는『설문해자』의 방식을 따라 살펴본다면, '瓊', '瑔' 등은 모두 옥을 나타내는 '王'을 부수로 하고 '敬'과 '典'이라는 발음을 통하여 각각 특정한 옥을 가리키는 것이다. 이는 해당 사물을 가리키는 단어로서의 자이다. 그러나 『설문해자』에서 '璿', '珕' 이후에 나타나는 부속자에 대한 설명을 보도록 하자. '瑱(전)'은 『설문해자』에서 "옥으로 귀를 채우는 것이다[以玉充耳也]"라고 하였는데, 이는 사람을 매장할 때 옥을 귀에 채워 넣는 행위를 가리킨다. 이는 하나 이상의 단어로 설명해야 하는 것이다. 이러한 점은 직접 실물을 보거나 문장 내에서의 쓰임을 통해 살펴보지 않으면 해당 자에 대한 이해가 불가능하다. 하나의 단어가 시각적으로 주는 설명의 한계점으로 인해 그가 가리키는 사물 또는 행위에 대한 이해에 도움을 주지 못한다.

지금까지 『설문해자』 옥부(玉部)에서의 부속자에 대한 설명을 통해 한자가 가지고 있는 의미의 범위를 살펴보았다. 이를 통해 한자가 나타내고자 하는 단어로서의 의미의 포함 범주가 단순한 사물을 가리키는 것에서 사물의 특징을 나타내고, 더 나아가서 그 행위를 가리키는 것 등으로 발전해 나감을 볼 수 있다.[7] 이 때문에 한자에 있어 어디까지 하나의 단어이고, 어디서부터 두 단어 이상을 조합하여 만들어낸 것인가를 드러내는 것은 어려운 점이다. 또한 이러한 점은 품사에 따른 형태론적 변화가 나타나지 않는 한자에 있어 인신 및 활용의 단서가 된다. 이에 의거하면 한자라는 문자는 의미적 측면에서 살펴보면 한 자 내에 의미적 완결성을 가지고 있음을 알 수 있다. 이는 곧 자[字]가 단어[詞]의 역할을 하는 것이고, 이 점에 충실한 것이 바로 한자이다.

이와 같은 점에 비추어 보면 연면사는 앞에서 설명한 한자가 표기하고자 하는 방식과는 차이가 있다. 즉 단자로도 충분히 구현할 수 있는 의미에 대해 둘 이상의 자로 기록하기 때문이다. 예를 들어 서론에서 언급한 '鸚鵡(앵무)'는 각각 분리하여 놓았을 때 다른 사물 또는 어떠한 새[8]를 나타내는 것이라고 보기 어렵다. '鸚鵡'를 '鸚(앵)'과 '鵡(무)'로 분

7　이는 『설문해자』에서 자의 배열과도 관련이 되는 부분이다.
8　'앵무(鸚鵡)'에서 드러나는 부수인 조부(鳥部)를 근거로 '새'임을 유추할 수 있다.

리하여 보았을 때 '鸚(앵)'이 위진남북조(魏晉南北朝) 이후 단독으로 '앵무새'를 나타내는 뜻으로 쓰이기는 하지만[9] '鵡(무)'가 단독으로 '앵무새'의 뜻을 나타내는 경우는 존재하지 않는다. 그리고 '앵(鸚)' 또한 남북조 이전의 상황에서는 단독으로 사용된 적이 없는 것에 의거하면 '앵무새'를 나타내기 위해 '앵무(鸚鵡)'를 각각 '앵(鸚)'과 '무(鵡)'로 분리하여 사용할 수 없는 것이다. 이는 '앵무새'를 나타내기 위한 하나의 한자를 새롭게 만들어내기 보다는 [앵무]라는 발음에 근거하여 '鸚鵡'라는 표기를 구현하고 이를 유지해 오는 쪽으로 언중(言衆)이 선택했음을 의미한다. 따라서 중국어에서 연면사는 한자를 구성하는 방식과는 다른 단어를 구성하는 하나의 방식으로 존재하는 것이다.

연면사는 대개 두 자 사이에 일정한 음운적 연관 관계가 나타나기도 한다. '躑躅(척촉)'은 성모(聲母)가 동일하다. 이러한 것을 쌍성(雙聲)이라고 한다. 실족(失足)을 나타내는 '蹉跎(차타)'는 운모(韻母)가 동일하다. 이러한 것을 첩운(疊韻)이라고 한다. 이러한 점을 통해 두 자가 동일한 부수로 구성되었으며 쌍성 혹은 첩운의 관계를 가질 때에는 연면사로 구성된 것으로 볼 수 있기도 하다. 그러나 연관 관계가 없다고 해서 두 자가 연면사로 이어지지 않는 것은 아니다. 앞서 들었던 '鸚鵡(앵무)'는 두 자 사이에 쌍성과 첩운의 관계를 갖지 않는다. 이는 단어가 발생함에 있어 음운적인 유사성이 존재하는 것이 필수적인 것은 아니라는 점을 나타내고, 연면사가 자의 분리와 결합 등에 의하여 발생한 것은 아니라는 단서가 된다.

앞의 논의에 이어 한자 중 일부는 연면사를 구성하는 두 자의 음을 이어서 단자로 변한 것처럼 보이기도 한다. '필(筆)'과 '불률(不律)'은 나란히 붓을 가리키는 단어로, '불률(不律)'은 연면사이고 '필(筆)'은 단자이다. 동일한 사물을 나타내는 데에 있어 연면사와 단자가 공존하면

---

9 『한어대사전(漢語大詞典)』의 용례를 참조하였다.

서, '필(筆)'의 음성적 구성은 '불률(不律)'을 축약한 것으로 보인다.[10] 이는 '불률(不律)'을 '필(筆)'이라는 단음절로 나타내기 이전의 중국어 단어의 원형(原型)으로 볼 수 있을 것이다.[11] 또한 성(姓)을 나타내는 것으로써 '곡량(穀梁)'과 '공양(公羊)'으로 표현되는 것은 '강(姜)'으로 대표되는 성에 대한 것이라고 하는 의견이 있다.[12] 이는 곧 한자가 하나의 자로써 완정한 의미를 추구하고는 있지만 연면사와 같은 두 음절 이상의 의미를 나타내는 표기 방식과 일정한 관련이 있고, 음성적으로도 유사함을 나타낸다. 따라서 중국어에서 의미를 나타냄에 있어 하나의 자로만 표시할 수 없고, 이 때문에 하나의 의미를 나타내는 단어를 구성함에 있어 두 자 이상의 한자를 사용하기도 함을 알 수 있다.

이처럼 연면사의 특징상 두 자를 결합하여 하나의 뜻으로 인식해야

---

10 李珍華, 周長楫 編撰, 『漢字古今音表』, 北京 : 中華書局, 1999에서의 상고음 재구에 의하면 '筆'은 [幫紐物韻], '不'은 [幫紐之韻], '律'은 [來紐物韻]으로 보았다. 이에 의거하면 '筆'은 음성적으로 '不'의 聲母와 '律'의 韻母를 결합한 형태이다.

11 이에 대해 곽박(郭璞)은 『이아(爾雅)』 석기(釋器)에서 "촉(蜀) 지방 사람들이 필(筆)을 불률(不律)이라 불렀다. 말이 변한 것이다[蜀人呼筆爲不律也, 語之變轉]"라 하여 둘 사이에 일정한 관계가 있었을 것으로 주장하였다.

12 『사고전서총목제요(四庫全書總目提要)』 춘추공양전주소(春秋公羊傳注疏) 조(條)에서 다음과 같이 말하였다. "또한 송대(宋代) 나벽(羅璧)의 『지유(識遺)』에서 말하였다. '공양(公羊)과 곡량(穀梁)은 고(高)와 적(赤)이 전(傳)을 지었다고 하는 것 이외에는 이와 같은 성(姓)이 또 보이지 않는다. 만견춘(萬見春)이 말하였다. 모두 강(姜)자의 운각(韻脚)을 나눈 것으로, 아마도 강성(姜姓)을 가탁한 것이다.' 살펴건대 추(鄒)는 주루(邾婁)가 되고, 피(披)는 발제(勃鞮)가 되고, 목(木)은 미모(彌牟)가 되고, 식(殖)은 설직(舌職)이 되는 것은, 음이 와전한 것을 기재한 것으로 경전(經典)에 원래 이러한 일이 있다. 그렇지만 제자가 그 앞선 스승을 기록하고, 자손이 그의 조상을 기록한다는 점에 있어서는, 끝내 본 글자를 헷갈리는 것에 이르러서 별도로 음을 합하는 것으로써 하지는 않았을 것이다. 나벽(羅璧)이 말한 것은 기이한 것을 특히 좋아하는 것이다[又羅璧識遺稱 : 公羊, 穀梁自高, 赤作傳外, 更不見有此姓. 萬見春謂皆姜字切韻脚, 疑爲姜姓假托.' 按鄒爲邾婁, 披爲勃鞮, 木爲彌牟, 殖爲舌職, 記載音訛, 經典原有是事. 至弟子記其先師, 子孫述其祖父, 必不至竟迷本字, 別用合聲. 璧之所言, 殊爲好異]." 이 내용을 보면 『사고전서총목제요』에서는 비록 본래 논의하고자 했던 '공양(公羊)'과 '곡량(穀梁)'이 '강씨(姜氏)'인 것에 대해서는 전승 관계상 일어나기 힘든 일이라고 부정하였지만, 그와는 별도로 아래에 제시한 예를 통해 '음이 와전하여' 하나의 자에 대해 둘 이상의 한자로 나타내고 있음을 볼 수 있다.

한다는 점을 간과한다면 잘못된 해석을 할 수 있다. 그 대표적인 예는 다음과 같다. '주저함'을 가리키는 연면사인 '猶豫(유예)'는 '猶與', '由與', '尤與', '猶夷', '狐疑' 등의 각기 다른 표기로 쓰인다. 이는 형태는 조금씩 다르지만 모두 동일한 뜻을 가리키는 것이다. 이들 중에서 '호의(狐疑)'에 대해서는 다음과 같은 용례가 있다.

> 나는 주저하였다.
> 朕狐疑.
>
> ―『한서(漢書)』문제기(文帝紀)

이에 대해 안사고(顔師古)의 주(注)에서는 다음과 같이 설명하였다.

> 여우는 짐승 중에서 의심이 많아 얼어 있는 강을 건널 때에 살피고 건넌다. 따라서 의심이라는 것을 말할 때에는 '호의(狐疑)'라고 한다.[13]

이는 '狐疑(호의)'를 연면사로 보지 못하고 표기법에 의거하여 설명을 만들어 낸 것이다. 즉 '주저함'과 '여우'와는 어떠한 상관관계도 없지만 표기에 쓰인 '狐疑(호의)' 중 '狐(호)'를 본래 글자가 지닌 뜻인 '여우'로 보고 이에 의거하여 잘못 풀이한 것이다. 이는 연면사를 살펴볼 때 주의해야 하는 사항이지만, 이와 같은 오분석을 통해 연면사를 단자로 각각 분석하여 의미를 추구했던 일반적인 경향을 동시에 볼 수 있다.

지금까지 연면사를 한자의 특성과 관련하여서 논의하였다. 한자가 가지고 있는 중국어의 기록수단을 넘어서는 특징을 살피면서 아울러 단어 구성에 있어 자가 담당하는 부분과 문장 내의 부속으로서의 단어[詞]를 자[字]로 만들어내고자 하는 경향이 있지만, 연면사는 이러한 일

---

13 "狐之爲獸, 其性多疑, 每渡冰河, 且聽且渡. 故言疑者, 而稱狐疑."

반적인 한자의 구성방식과는 다른 것으로, 하나의 뜻을 나타내기 위해 두 자가 모여 단어를 이루고, 그 속에 쓰인 자는 별도의 의미를 가지지 않음을 확인할 수 있다. 이를 숙지하지 못할 때에는 자의(字義)에 얽매여 잘못된 분석 또는 의미 파악을 할 수도 있음에 대해 논의하였다.

2) 『설문해자』에서의 연면사 표기

『설문해자』는 단자에 대한 훈석과 그 구조에 대한 설명을 더하여 형음의에 대한 복합적인 내용을 서술하고 있다. 이는 앞에서 설명한 소전체(小篆體)로 대표되는 형태, 모성(某聲)과 독약모(讀若某) 등으로 대표되는 음성, 훈석을 통해서 파악하는 의미로 구성되는 『설문해자』의 설명방식 체계로 구체화한다. 『설문해자』의 구성은 하나의 자에 대한 구조와 학습에 있어 숙지해야 하는 모든 정보를 제공하는 데에 적합하며, 아울러 그 구성과 관련한 일정한 분석 방식 또한 제공하고 있다. 이를 뒤집어 이야기하면 문자(文字)를 새롭게 만들어낼 수 있는 방식을 제공하는 것이다. 특히 여러 자를 부수로 구분하여 일정한 분류로 묶어 의미를 시각적으로 파악할 수 있게 한 것은 한자의 고유한 의미 표현의 특성을 이용하여 적용한 것이다. 이러한 점 때문에 『설문해자』는 부수를 체례로 사용하여 단순한 문자에 대한 해설서가 아닌 논리적 정합성 또한 갖춘 한자 연구서가 되었다.[14]

---

14 "이는 이전에는 없었던 책으로, 허신(許愼)이 홀로 창한 것이다. 이는 그물이 벼리로 엮이는 것과 같고, 갖옷은 목덜미를 통해서 들어 올리는 것과 같으니, 근원을 탐구하여서 흐름을 모으고, 요체를 잡고서 상세하게 설명하였으니, 『사주편(史籀篇)』, 『창힐편(倉頡篇)』, 『범장편(凡將篇)』 등의 어지럽게 섞인 장절이 없는 체례를 가진 책과는 그 속의 뜻에 대해서 말할 수 없다[此前古未有之書, 許君之所獨創, 若網在綱, 如裘挈領, 討原以納流, 執要以說詳, 與史籀篇, 倉頡篇, 凡將篇亂雜無章之體例, 不可以道裏計]." 『설문해자(說文解字)』 서(序) "각각의 부수에 위치시키고는 섞어 놓지 않았

『설문해자』에서는 연면사에 대해 다음과 같이 서술하고 있다. 그 예로서『설문해자』권일상(卷一上) 옥부(玉部)의 '琅(낭)' 자를 살펴보면 "琅, 琅玕似珠者"로 설명하였다. 이는 앞에서 살펴본『설문해자』의 체제와는 다르다. 이는 몇 가지 해석 방식이 가능하지만,[15] 가장 가능성이 높은 것으로는 설명부분에 있는 훈석어(訓釋語)로서 피훈석어(被訓釋語) '낭(琅)'이 포함된 두 음절 단어를 먼저 제시하고 이후에 사물이나 개념의 특징을 나타내는 설명으로 볼 수 있는 구절이 이어지고 있는 것으로 파악하는 것이다. 그렇다면 '琅玕(낭간)'이 연면사인지를 확인할 필요가 있다.『한어대사전』과『대한화사전(大漢和辭典)』등에서는 '琅玕(낭간)' 이라는 항목에 대해서 공히 "亦作'瑯玕'"(『漢語大詞典』), "瑯玕にも作る" (『大漢和辭典』)이라고 하여 "瑯玕(낭간)으로도 쓸 수 있다"고 제시한다. 형태적으로 일치하지 않지만 발음이 동일한 자를 사용해 표기한다는 점을 통해 '琅玕(낭간)'은 위에서 언급한 것과 같이 발음을 위주로 하는 연면사이다. 이 때 위에서 제시한『설문해자』의 해당 항목은 '琅玕(낭간)'을 설명하는 것이 아니라 '琅(낭)'을 설명하는 부분임에도 불구하고 '琅玕(낭간)'을 설명의 주요 내용으로 제시하고 있다. 이는 허신이 연면사 '琅玕(낭간)'에 대해 형태상으로는 '琅(랑)'이라는 단자로 분리하여 제시하고 있지만 결국 '琅玕(낭간)'이라는 연면사를 설명하고자 한 것이다. 이어지는 권일상(卷一上) 옥부(玉部)에 있는 '琅(낭)'과 인접한 '玕(간)'에 대한 설명 부분을 보면 다음과 같다. "玕, 琅玕也." 이를 통해 '琅(낭)'과 '玕(간)'의 항목에서 각각 그 자체를 설명하지 않고 '琅玕(낭간)'을 이용하여 설명하고 있다. 또한 두 항목은 바로 이웃하고 있으며, 그 배열순서 또한 '琅(낭)' 항목 뒤에 '玕(간)'을 배치하고 있음을 볼 수 있다.『설문해자』에서는 이처럼 연면사를 구성하는 자에 대해 최대한 연면사로서의

다(分別部居, 不相雜厠也]"에 대한 단옥재(段玉裁) 주(注).
[15] 가능성에 대한 모든 제시는 생략하도록 한다.

위치를 유지하면서 아울러 각 자에 대한 설명을 더할 때에도 그 연면사를 병기하여 해당 자가 연면사에 속하는 것임을 밝혔다. 이는 허신이 연면사에 대해 하나의 단어로 인식하고 있음을 알 수 있는 증거이다.

이 '琅玕(낭간)'의 '琅(낭)'에 대해서 단옥재(段玉裁)는 주(注)를 통해 명물(名物)에 대한 고증을 하였다. 그 고증 대상은 '琅(낭)'이라는 단자가 아닌 '琅玕(낭간)'이라는 연면사로, 이러한 점은 단옥재가 이 부분에서 설명하고자 하는 대상이 바로 '琅玕(낭간)'임을 밝히고 있는 것이다. '琅(낭)'에 대한 단옥재의 주를 보면 다음과 같다.

> 『상서(尙書)』 우공(禹貢)에서 "각각의 좋은 옥 그리고 옥구슬(구림랑간(璆[16]琳琅玕))"이라 하였는데, '낭간(琅玕)'에 대해 정현(鄭玄)의 주(注)[17]에서 말하였다. "낭간(琅玕)은 옥구슬이다." 왕충(王充)의 『논형(論衡)』 솔성편(率性篇)에서 말하였다. "구림랑간이라는 것은 땅에서 나는 것으로, 자연산 구슬(眞珠玉)이다. (…중략…) 바다에서 나온 구슬과 『상서』 우공의 낭간(琅玕)[18]은 모두 자연산 구슬(眞珠)이다." 『본초경(本艸經)』 청랑간(靑琅玕)[19]에 대해서, 도정백(陶貞白), 즉 도홍경(陶弘景)은 즉 좌사(左思) 「촉도부(蜀都賦)」[20]의 청주(靑珠)라 하였다. 그렇지만 모씨주(某氏注)의 『상서』,[21] 곽박주(郭樸注)의 『이아』 석지(釋地)와 『산해경(山海經)』 권이(卷二), 권십일(卷十一)에서 모두 말하였다. "낭간(琅玕)은 돌 중에서 구슬과 비슷한 것이다." [22]

---

16 십삼경주소본(十三經注疏本)에서는 '球(구)'로 되어 있다.
17 『시(詩)』 대아 · 한혁(大雅 · 韓奕) "왕에게 가을 인사드리러 간다(入覲于王)"의 모전(毛傳) "구림랑간(璆琳琅玕)"에 대한 음의(音義), 즉 『경전석문(經典釋文)』에 인용된 내용이다.
18 사고전서본(四庫全書本)에서는 '璆琳(구림)'으로 되어 있다.
19 이는 『증류본초(證類本草)』 권오(卷五), 『본초강목(本草綱目)』 권팔(卷八)에 수록된 내용이다.
20 이는 『문선(文選)』 권사(卷四)에 있다.
21 이는 위공전(僞孔傳) 『상서(尙書)』, 즉 『고문상서(古文尙書)』를 가리킨다.

위의 설명에서 알 수 있는 것은 '琅(낭)' 자에 대한 설명이 아니라 '琅玕(낭간)'과 관련한 예문을 제시하고 있다는 것이다. 또한 '琅(낭)' 자 뒤에 등장하는 '玕(간)' 자에 대한 허신의 풀이는 "낭간이다[琅玕也]"라 하고는 별도의 설명을 더하지 않고 "옥(玉)을 구성성분으로 하고 간(干)이 음성성분이다[从玉干聲]"으로 자의 구성에 대해서만 언급하였다. 이는 '琅(낭)' 자 부분에서 이미 "琅玕, 似珠者"라는 훈석(訓釋)을 통해 밝혔기 때문이다. 또한 이어지는 곳에서 『상서』 우공편의 옹주(雝州) 항목에서 구림랑간(璆琳琅玕)이라 하였다[禹貢雝州璆琳琅玕]"으로, 바로 경전에서 '낭간(琅玕)'이 쓰인 예를 들었다. 이는 '玕(간)'에 대한 설명이 아니라 '琅玕(낭간)'에 대해서 언급하고 있는 것이다. 지금까지의 훈석과 예시는 모두 '琅(낭)', '玕(간)' 등의 단자에 대한 설명이 아니라 '琅玕(낭간)'이라는 연면사를 풀이하기 위한 것이다.

이를 통하여 보았을 때, 허신과 단옥재 모두 연면사(連綿詞)에 대해서 인식하고 고려하여서 배열·제시 및 설명하였고, 허신이 『설문해자』를 정리할 당시에 '琅玕(낭간)'이라는 어휘가 사용되었으며, 이는 각각의 단자로 분리되어 각각의 뜻으로 나타낼 수 없는 상황이었음을 추론할 수 있다. 이를 통해 『설문해자』에서도 순수한 문자로서의 한자가 아닌 연면사라는 구어(口語)와 관련한 내용을 설명하고 있다는 점에 대해서도 확인할 수 있다. 아울러 한자가 의미를 표현하기 위한 수단과 아울러 음운 표기의 수단으로도 사용되고 있음에 대해 허신과 단옥재 모두 인정하고 있음을 알 수 있다.

---

22 "尙書, 璆琳琅玕, 鄭注曰, 琅玕, 珠也. 王充論衡曰, 璆琳琅玕. 土地所生. 眞玉珠也. 魚蚌之珠, 與禹貢琅玕皆眞珠也. 本艸經, 靑琅玕, 陶貞白謂卽蜀郡賦之靑珠. 而某氏注尙書, 郭注爾雅山海經皆曰, 琅玕, 石似珠. 玉裁按. 出於蚌者爲珠, 則出於地中者爲似珠, 似珠亦非人爲之. 故鄭, 王謂之眞珠也."

3. 『설문해자주』에서의 연면사를 통한
단주(段注)의 관점과 그 적용

본 장에서는 『설문해자주(說文解字注)』의 연면사에 대한 설명을 통해 단옥재의 주에서 보이고 있는 연면사에 대한 관점과 그 적용을 검토하고 이에 대해 논의해보고자 한다. 여기에서는 음성언어(音聲言語)를 중시하는 관점과 그 적용에 의한 『설문해자』 원문에 대한 교감 등으로 나누어 살펴보도록 하겠다.

1) 음성언어를 중시하는 관점

연면사에 대한 단옥재의 관점은 권일상(卷一上) 옥부(玉部)의 '瑾瑜(근유)'에 대해 설명할 때 볼 수 있다. 이는 『설문해자』에서 연면사를 구성하는 자가 둘 다 나타나는 최초의 예이다.[23] 이 중에서 '瑜(유)'에 대한 주이다.

---

[23] 이에 앞서 시부(示部)에서는 '祭祀(제사)'와 '祝禰(축류)' 등을 연면사로 볼 수 있기도 하다. 그러나 '祭祀'에서는 '祀(사)'에 대해 "제사가 끊이지 않는 것이다[祭無已也]"로 풀이하여, 제사의 일종이긴 하지만 다른 의미로 풀었으며, '禰(류)'에 대해서는 '祝(축)'과 결합한 형태로 나타나고, '祝禰(축류)'에 대해서 '祝由(축유)'라는 다른 이체 표기도 존재하기 때문에 충분히 연면사로 볼 수 있는 면이 있다. 그렇지만 '祝(축)'에 대해 "제사지내는 사람이 읊는 말이다[祭主贊詞者]"로 풀이하여 '祝禰(축류)'로 풀고 있지 않음을 알 수 있다. 이들은 『설문해자』에서 제시하고 있는 연면사(連綿詞)에 대한 일반적인 표기 방식과 약간씩 다른 점 때문에 이 항목에서는 제외하였다. 참고로 '祝由(축유)'에 대해서는 다음과 같은 오분석(誤分析)이 있다. 『소문(素問)』 이정 변기론(移精變氣論) : "약이 속을 다스릴 수 없고, 침과 폄석이 밖을 다스릴 수 없다면, 따라서 정기를 옮기면서 기도할 뿐이다[毒藥不能治其內, 鍼石不能治其外, 故可移精祝由而已]." 그러나 이에 대한 왕빙(王冰)의 주에서는 다음과 같이 말하였다. "정기를 옮기고 기운을 변화시켜, 약을 사용하지 않고, 병의 근원에 대해 빌면서 말하면서, 침과 폄석을 수고로이 쓰지 않을 뿐이다[移精變氣, 無假毒藥, 祝說病由, 不勞鍼石而已]." 왕빙은 '축유(祝由)'의 '유(由)'를 '병의 근원(병유(病由))'로 풀었다. 이는 곧

모든 두 자를 합하여 문장을 이루는 것, 예를 들어 '瑾瑜(근유)'와 '玫瑰(민괴)' 같은 것들은 그 뜻에 대해서는 앞의 자에서 이미 들었다면, 뒤의 자에서는 예로 다시 들지 않는다. 속본(俗本)에서는 대부분 이러한 원칙이 어지럽게 되었다. 여기서는 '야(也)' 자 앞에 '미옥(美玉)' 두 자(字)가 있는 것이 이러한 것이다.[24]

여기서는 앞에서 설명한 범례와 동일한 내용을 설명하고 있다. 즉 『설문해자』에서 연면사를 구성하는 자를 제시하였다면 훈석하는 부분에서 해당 연면사를 제시하고 이에 대한 설명을 더하기도 한다. 이후 연면사의 구성자에 대해서는 연면사를 제시하지만 그에 대해서 반복되는 설명을 하지 않는다. 그러나 『설문해자』의 통행본인 서현본(徐鉉本)에서는 이러한 원칙이 어긋나 있기에 이를 주의해서 보아야 한다고 한 것이다. 이 중 "여기서는 '야(也)' 자 앞에 '미옥(美玉)' 두 자가 있는 것이 이러한 것이다[此也字之上有美玉二字是]"라는 표현은 서현본에서 '瑜(유)' 자의 '瑾瑜(근유)' 뒤에 다시 '미옥(美玉)'이 붙어 있는 점을 지적한 것이다. 이러한 점을 통해 단옥재가 『설문해자』에서의 연면사를 하나의 단어로 되어 있음을 인식하였고, 자[字]와 단어[詞]에 대해 구별해 주고 있음을 알 수 있다.

그러나 반드시 이 원칙, 즉 연면사는 두 단어가 인접한 상황에서 각자의 자에서 연면사를 제시하며, 앞의 자에서 그 뜻을 설명하고 뒤의 자에서는 설명을 하지 않는다는 것이 항상 지켜지는 것은 아니다. 『설문해자』 권삼상(卷三上) 언부(言部) '詰(힐)' 자는 "묻다의 뜻이다[問也]"로 설명하고 있다. 그렇지만 같은 권(卷)의 '詘(굴)' 자에서는 "구부러지다

'축유(祝由)'가 연면사임을 알지 못하고 풀이한 것이다.

24 "凡合二字成文, 如瑾瑜, 玫瑰之類, 其義旣擧於上字, 則下字例不復擧. 俗本多亂之. 此也字之上有美玉二字是." 『說文解字注』 卷一上 「玉部 瑜字」.

의 뜻인 '詰詘(힐굴)'이다[詰詘也]"라 하여 '詰(힐)'과 연면사를 이루고 있음을 알 수 있다.[25] 이 두 자 사이에는 '讍(망)', '詭(궤)', '證(증)' 등의 자가 있다. 이러한 점은 앞에서 언급한 '연면사를 이루는 자는 연속하여 나타난다는' 상황과는 어긋나는 것이다. '讍(망)', '詭(궤)', '證(증)' 등의 자를 살펴보면 각각 "망(讍)은 책망하다의 뜻이다[讍, 責望也]", "궤(詭)는 책망하다의 뜻이다[詭, 責也]", "증(證)은 알리다의 뜻이다[證, 告也]" 등으로 풀고 있다. 이들을 살펴보면 모두 상대방에게 말을 건네는 것으로 곧 '詰(힐)' 자와 의미상으로 연관이 있는 자이다. 이를 통해 알 수 있는 것은 '詰(힐)' 자의 본래 뜻은 '묻다'이지만 '詘(굴)'과 결합하였을 때에는 연면사로 쓰이고, 또한 '詘(굴)' 자는 '구부러지다, 굽다'의 뜻으로는 '詰(힐)'과 결합하여 '詰詘(힐굴)'로 쓰이지만, '접다, 꺾이다'의 뜻으로 쓰일 때에는 단독으로 쓰기도 한다. 따라서 『설문해자』에서는 이어서 다음과 같이 말하였다. "다른 뜻으로는 옷을 접는 것[屈襞]을 말한다[一曰屈襞]." 이러한 점은 또한 일정한 자가 연면사로 구성되었을 때에는 그 본래의 뜻이 반영되지 않음을 나타내는 예이다. 이는 음성언어로서의 중국어가 동일한 발음으로 다른 의미를 포함하고 있을 때에 표기 수단으로 한자가 사용되고 있기 때문으로 볼 수 있다.

이와 관련하여 단옥재는 연면사에 대해 '단호(單呼)'와 '유호(絫呼)'라는 방식을 통해 설명하였다.[26] 이는 반드시 연면사로 쓰이는 단어로서의 자와 단독으로도 사용할 수 있는 한자가 연면사에 포함되어 연면사를 구성하는 자를 구분하여 설명하기 위한 것으로, 단호를 통해서 해

---

25 이에 대해 단옥재가 말하였다. "두 자는 쌍성(雙聲)의 관계로, 구부러지다[屈曲]의 뜻이다[二字雙聲, 屈曲之意]." 쌍성이라는 표현에서 이 둘이 결합하여 연면사를 이루고 있음을 알려주고 있다.

26 이에 대해서는 劉曉英, 「『說文解字』中的聯綿詞研究」, 『邵陽學院學報』(社會科學), 2002;, 趙錚, 「從『說文解字注』看段玉裁的連綿詞觀」, 『湖北大學學報』, 2003.9; 張風嶺, 「『說文解字』中的聯綿詞釋義方法研究」, 『呂梁學院學報』, 2012.2 등에서 나란히 연면사에 대한 단옥재의 술어로 파악하였다.

당 한자 단독으로 의미를 만들어낼 수 있는 경우가 있음을 가리키는 것이다.[27] 그렇지만 단호와 유호라는 설명에서 가리키는 내용은 대부분 동일한 사물이나 상황을 가리킨다. 이 때 유호는 두 자 이상이 결합하여 쓰이고 있음을 나타내는 표현이다. 예를 들어 권일상(卷一上) 초부(艸部) '莎(사)'자의 "'鎬侯(호후)'이다[鎬侯也]"에 대한 단옥재의 주에서는 다음과 같이 설명하였다.

> 『대대례기(大戴禮記)』하소정(夏小正)에서 말하였다. "정월(正月)의 제호(緹縞)에 대해, '호(縞)'라는 것은, '莎隨(사수)'이다. '제(緹)'라는 것은, 그 열매이다. 먼저 '제(緹)'라고 말하고, 뒤에 '호(縞)'라고 말한 것은 어째서인가? '제(緹)'가 먼저 보인 것이다." 『이아』석초(釋艸)에서 말하였다. "薃侯(호후)'는 '사(莎)'이고, 그 열매가 '제(媞)'이다." 살피건대 '호(縞)', '호(薃)', '호(鎬)' 등은 같은 자이다. 허신은 『이아』석초의 '鎬侯(호후)'를 하나의 단어로 보았다. '鎬侯(호후)'는 쌍성이고, '莎隨(사수)'는 첩운으로 모두 이어서 호칭한[綦呼] 것이다. 단독으로 호칭하면[單呼] '호(縞)', '사(莎)'라고 한다.[28]

이는 '鎬侯(호후)'와 '莎隨(사수)'가 동일한 사물이고 이들에 대한 각각의 단호는 '호(縞)', '사(莎)'로, 연면사를 구성하는 자와 단어로 각각 쓰일 수 있음을 말한 것이다. 이는 음성을 중심으로 언어가 구성, 정착되어 드러나는 것임을 나타내는 것이다.

지금까지 연면사를 통해 단옥재가 음성언어를 중시하는 관점에 대

---

27 趙鑽, 위의 글, 86쪽에서는 '단호(單呼)'와 '유호(綦呼)'를 '언어[語言]'가 다른 까닭으로 서술하였다. 이 때 언어가 달라지는 구체적인 양상을 해당 언어의 발음[語音]의 변화로 보았다.
28 "夏小正 : 正月緹縞. 縞也者, 莎隨也. 緹也者, 其實也. 先言緹而後言縞者, 何也. 緹先見者也. 釋艸 : 薃侯, 莎. 其實媞. 按 : 縞薃鎬同字, 許讀爾雅鎬侯爲句. 鎬侯雙聲, 莎隨屢韻, 皆綦呼也. 單呼則曰縞, 曰莎."

해 논의하였다. 이는 단옥재가 한자를 의미를 나타내는 단어와 표기 수단으로 구별하고 있음을 알 수 있는 증거이고, 이를 통해 연면사에 대해서는 음성언어를 중시하고 있는 것으로 파악된다.

2) 『설문해자』 원문에 대한 교감(校勘)

이 부분에서는 연면사에 대한 이해의 실천적인 측면으로 단옥재가 연면사를 근거로 하여 『설문해자』의 원문을 교감하는 것에 대해 논의 하도록 하겠다.

『설문해자』 권팔상(卷八上) 인부(人部)에 있는 '傿(애)' 자에 대한 허신의 설명 부분을 보면 다음과 같다.

> '傿'의 소전체인 傿는 '仿佛(방불)'의 뜻이다.
>
> 傿, 仿佛也.

'傿(애)'자의 훈석어인 '仿佛(방불)'은 '비슷하다'라는 뜻을 나타내는 연면사이다. 그러나 서현본 『설문해자』에서는 '仿(방)' 자와 '佛(불)' 자에 대하여 각각 다른 훈석을 하면서 따로 쓰이는 것처럼 제시하였다. 이에 대한 각각의 원문은 다음과 같다.

> '仿(방)'은 '비슷하다'라는 뜻이다.
>
> 仿, 相似也.
>
> '佛(불)'은 볼 때 자세히 살피지 않는 것이다.
>
> 佛, 見不審也.

그렇지만 이와 같은 '仿(방)' 자와 '佛(불)' 자가 '優(애)' 자 뒤에 연이어 제시되고 있는 점을 주목할 필요가 있다. 『설문해자』에서는 부속자에 대해 의미상으로 비슷한 자를 일정 단위로 묶어놓았다. 예로 『설문해자』 권일상(卷一上) 옥부(玉部)를 살펴보면 "옥(玉)의 이름이다[玉名]", "옥(玉)과 비슷한 것이다[似玉者]" 등 의미상으로 비슷한 자가 묶여 있는 것을 볼 수 있다. 이러한 점에 미루어 보면 동일한 위치에 있는 '優(애)', '仿(방)', '佛(불)' 등은 또한 의미상으로 비슷한 것임을 유추할 수 있다. 특히 '優(애)' 자의 훈석어로 '仿佛(방불)'이 쓰였음에 비추어보면 '仿(방)' 자와 '佛(불)' 자가 연면사로서 표제어로 제시되었다고 볼 수 있는 가능성은 증가한다.

　　이러한 관점 속에서 단옥재는 '優(애)' 자에 대해 『예기(禮記)』의 예를 들어 설명하였다.

> 『예기』 제의(祭義)에서 말하였다. "제사 지내는 날에는 방에 들어가서 마치 그럴듯하게 반드시 그 자리에서 뵙는 듯이 하여야 한다[祭之日, 入室優然必有見乎其位]." 이에 대한 정의(正義)에서 말하였다. "애(優)는 그럴듯하게 보는 것이다[髣髴見]. 뵙기를 어르신들이 신위에서 뵙는 것과 같이 하는 것이다."[29]

　　이 중 『예기』 제의의 정의에서 설명하는 곳에서 '優(애)'의 뜻으로 '방불견(髣髴見)'이라고 말하였는데, 이 중에서 '髣髴(방불)'은 견(見)에 대한 수식어로, '방(髣)'과 '불(髴)'을 분리해서 볼 수 있는 것이 아님을 쉽게 알 수 있다. 즉 『설문해자』에서 이야기하는 '仿佛(방불)'과 '髣髴(방불)'은 동일한 것으로, 이를 통해서 이것이 연면사임을 확인할 수 있다.

　　이처럼 '優(애)'자의 훈석어인 연면사 '仿佛(방불)'에 착안하여 단옥재

---

[29] "祭義曰, 祭之日, 入室優然必有見乎其位. 正義云：優, 髣髴見也. 見如見親之在神位也."

는 앞에서 언급한 '仿(방)' 자와 '佛(불)' 자의 원문을 다음과 같이 교감하였다.

> '仿(방)'은 '仿佛(방불)'로 비슷해 보이지만 보는 것이 올바르지 못한 것이다.
> 仿, 仿佛, 相似, 視不諟也.
> '佛(불)'은 '仿佛(방불)'의 뜻이다.
> 佛, 仿佛也.

이와 같이 교감한 이유에 대해 단옥재는 다음과 같이 말하였다. 다음은 '仿(방)'자에 대한 단옥재의 주이다.

> '仿佛(방불)'은 쌍성첩자(雙聲疊字)이다. 각본(各本)에서는 모두 멋대로 고치고서는 옛날의 기록을 잘못되었다고 하였다. 지금은 『문선』 권칠(卷七) 「감천부(甘川賦)」와 권십일(卷十一) 「경복전부(景福殿賦)」의 이선(李善) 주에서 인용한 것에 의거하여서 고친다.[30] (…중략…) '仿佛(방불)'은 '仿佛(방불)'이라고도 하고, '髣髴(방불)'이라고도 하고, '拂拔(불방)'이라고도 하고,[31] '放悲(방불)'이라고도 한다. 속체(俗體)로는 '彷彿(방불)'이라고도 한다. '仿(방)'은 또한 '髣(방)'이라고도 한다.[32]

쌍성첩자라는 것은 연면사에 대한 다른 표현이다. 이 설명에 의거하면 '仿(방)' 자 자체에 대해서 설명하는 것이 아니라 '仿佛(방불)'이라는

---

[30] 『설문해자』를 인용한 곳은 「경복전부(景福殿賦)」의 이주(李注)가 아닌 「노령광전부(魯靈光殿賦)」의 주이다. 그곳에서 "說文曰, 仿佛, 相似視不諟也"라 하였다.

[31] 이는 『의례(儀禮)』 기석례(旣夕禮)에서의 정현 주에서 그 예를 볼 수 있다. 이에 대해 『경전석문』에서는 "판본에 따라서는 '仿佛(방불)'이라고도 한대本又作仿佛]"라 하여, 현재 제시하고 있는 형태와 동일한 것으로 사용된 것도 있음을 밝혔다.

[32] "仿佛, 雙聲疊字也. 各本皆改竄非舊. 今依甘川賦, 景福殿賦李注所引訂. (…중략…) 仿佛或作仿佛. 或作髣髴, 或作拂拔, 或作放悲. 俗作彷彿. 仿或又作髣."

연면사에 대해서 풀이하고 있음을 볼 수 있다. 특히 끝부분의 '혹작(或作)'이라는 술어를 통해 '佛佛', '髣髴', '拂拔', '放悲', '彷彿' 등으로 이체(異體)를 제시하고 있는데, 이 또한 '彷彿(방불)'이 연면사이고, '彷(방)'이 그 구성요소임을 보여주는 것이다.

다음은 '佛(불)' 자에 대한 단주이다.

> 『옥편(玉篇)』 권삼(卷三) 인부(人部)에 의거하였다. 전체 책의 예와 합치한다. 살펴건대, 표부(髟部)에는 '髴(불)'이 있는데, 비슷하다. 즉 '佛(불)'의 혹자(或字)이다.[33]

단옥재는 "전체 책의 예와 합치한다[與全書例合]"라는 방식으로 『설문해자』의 범례를 언급하면서 '佛(불)'을 설명하고 있는 상황에 대해 거론하고 있다. 이를 통해서 단옥재는 『설문해자』에서 쌍성첩자(雙聲疊字) 등으로 나타나는 연면사를 어떻게 표시하였는지에 대해서 인지하고 있었음을 알 수 있다.

앞에서의 논의에 따르면 '彷(방)'과 '佛(불)'로 제시된 표제자는 모두 '彷彿(방불)'을 설명하기 위한 것이다. 단옥재의 설명에 따르면 서현본 『설문해자』의 기술은 잘못된 것으로, '彷彿(방불)'을 추가하여 설명해야 하는 것이다.

이와 같이 단옥재는 『설문해자』에서 연면사에 대해 설명하는 것으로 인식하여 단자로 설명하고 있는 서현본의 원문을 교감하였다. 이와 관련하여 『설문해자주(說文解字注)』 권십사상(卷十四上) 근부(斤部) '구(斫)' 자에 대한 원문을 보자.

> '斫斸(구촉)'은 땅을 파는 기구이다.

---

[33] 依玉篇. 與全書例合. 按髟部有髴, 若似也. 卽佛之或字.

斫斸, 所㠯斫也.

이는 서현본의 내용과는 다르다. 서현본은 이를 "파다(斫也)"라 하여
단옥재가 제시한 원문에서 "斫也"의 앞에 있는 "구촉소이(斫斸所㠯)" 등
의 네 자가 없다. 이는 '斫(구)' 자가 '작(斫)'으로 표시되는 '파다'의 뜻으
로 쓰인다는 점을 나타내는 것이다. 그러나 '斫(구)' 자가 단독으로 사용
된 예는 볼 수 없다.[34]

이에 대해 단옥재는 다음과 같이 설명하였다.

> 각본(各本)에서는 "斫斸所㠯" 네 자가 없다. 지금 보충한다. 『이아』 석기편
> 에서 말하였다. "'斫斸(구촉)'은 '정(定)'을 가리킨다[斫斸謂之定]." '斫斸(구
> 촉)'은 두 자를 합쳐서 한 단어를 이루는 것이다[合二字成文].[35]

이를 풀이해 보면 다음과 같은 내용임을 알 수 있다. 서현본은 '斫
(구)'자와 '斸(촉)'에 대해 모두 "파다(斫也)"로 풀이하였다. 이는 일견 허
신의 체계에 맞는 듯 보인다. 동일한 의미로 구성된 것은 인접한 위치
에 배치하기 때문이다. 그렇지만 단옥재는 '斫(구)'와 '斸(촉)'이 단독으
로 사용되는 예를 찾지 못하였다. 그리고 『이아』 석기의 "'斫斸(구촉)'은
'정(定)'을 가리킨다[斫斸謂之定]"에 착안하여 이를 교감한 것이다. 그렇
다면 『설문해자』의 문장과 어떠한 관련이 있기에 교감을 위한 근거로
삼을 수 있는지 파악하기 위해서 『이아』의 해당 문장은 어떠한 뜻인지
살펴보고자 한다.

『이아』 석기의 "'斫斸(구촉)'은 '정(定)'을 가리킨다[斫斸謂之定]"에 대해

---

34 이 점 때문에 서개(徐鍇)의 『설문해자계전(說文解字繫傳)』에서는 『이아』 석기편(釋
器篇)의 "구촉(斫斸)은 정(定)을 가리킨다[斫斸謂之定]"를 인용하였다.

35 "各本無斫斸所㠯四字, 今補. 爾雅, 斫斸謂之定. 斫斸合二字成文."

곽박 주에서는 "호미(서(鋤))의 종류이다[鋤屬]"라 하였다. 이에 대한 손석(孫奭)의 소(疏)에서 이순(李巡)의 설명, 『광아(廣雅)』, 『여씨춘추(呂氏春秋)』 등의 의견을 종합하여 '斫劚(구촉)'과 '정(定)'이 동일한 기구임을 밝혔다.[36] 이는 '斫劚(구촉)'과 '정(定)' 등이 호미[鋤]의 종류임을 밝혀주는 것이다. 따라서 '斫(구)'와 '劚(촉)'으로 나누어 볼 수 없고, 하나로 연결된 연면사로 보아야 하는 증거가 된다.

또한 단옥재는 『주례(周禮)』 고공기·거인(考工記·車人)의 주[37]에서 '斫劚(구촉)'의 의미를 지닌 단어가 '句欘(구촉)'으로 사용되고 있음에 주목하였다.[38] 형태는 다르지만 발음이 동일한 단어라는 점에서도 이 단어가 연면사로 사용되는 것임을 확인할 수 있다. 이를 근거로 하여 『설문해자』에서의 연면사의 표기 방식에 준거, 앞에서 제시한 예문과 같이 교감하였다. 이는 연면사로 쓰이는 단어를 근거로 본문을 교감한 예이다.

그렇지만 단옥재는 '斫劚(구촉)'이라는 하나의 단어를 분석하는 데에 있어서는 각각의 구성자를 나누어 성훈적(聲訓的) 풀이를 시도하였다.

---

36 이순(李巡)이 말하였다. "호미의 다른 명칭이다." 『광아(廣雅)』 석기편(釋器篇)에서 말하였다. "정(定)은 호미[耨]를 가리킨다." 『세본(世本)』에서 말하였다. "누(耨)를 만든다." 『여씨춘추(呂氏春秋)』 임지편(任地篇)에서 말하였다. "호미[耨]의 자루는 한 척으로, 이것은 제도로 정해진 것이다. 그중 호미는 6촌으로, 김매는 도구이다." 이에 대한 고유(高誘) 주(注)에서 말하였다. "호미는 김을 매기 위한 것이다. 6촌은 식물 사이에 넣기 위한 것이다." 『모시(毛詩)』 주송·신공(周頌·臣工)에서 말하였다. "가래와 호미를 구비하시외[庤乃錢鎛]." 이에 대한 모전(毛傳)에서 말하였다. "닦[鎛]은 호미이다." 뉘[耨]와 정[定]은 하나의 기물이다.[李巡曰, 鋤別名也. 廣雅云, 定謂之耨. 世本云, 垂作耨. 呂氏春秋云, 耨柄尺, 此其度也. 其耨六寸, 所以間稼也. 高誘注云, 耨, 耘苗也. 六寸, 所以入苗間. 詩頌臣工云, 庤乃錢鎛. 毛傳云 : 鎛, 耨也. 耨及定當是一器.]

37 『주례』 고공기·거인(考工記·車人)의 본문 "길이가 1.5선(宣)을 촉(欘)이라고 한다[一宣有半謂之欘]"에 대한 정현의 주에서 『이아』 석기의 문장을 인용하는 내용을 가리킨다.

38 『주례(周禮)』 고공기·거인(考工記·車人)의 주(注)에서는 구촉(句欘)으로 되어 있다[考工記車人注作句欘].【단옥재 주(注)】

'斫(구)'는 갈고리[鉤]를 뜻하는 것이고, '厵(촉)'은 벤대[斫]를 가리키는 말이다.[39]

여기에서 단옥재는 '斫(구)'와 '구(鉤)', '厵(촉)'과 '작(斫)' 사이의 음운적 유사함[40]을 통해 해당 의미를 지니고 있다고 보았다. 이는 각각의 자에 대한 설명으로는 타당할 수도 있다.[41] 그렇지만 '斫厵(구촉)'이라는 하나의 단어 내에 있는 구성자를 각각 나누어 의미적으로 해석한 것은 '斫厵(구촉)'을 하나의 단어로 보고 있는 관점과 모순되는 것이다. 단어를 구성하고 있는 음절이 반드시 의미와 연결된다고 볼 수는 없다. 이러한 분리할 수 없는 단어를 나누어 설명하고 있는 점은 단옥재의 분석에 있어서 오점(誤點)이라 할 수 있다.

지금까지 연면사를 이용하여 『설문해자』 원문을 교감한 상황에 대해 논의하였다. 이를 통해 단옥재의 연면사에 대한 관점을 바탕으로 허신의 체례를 충실히 반영, 원문을 '복원'하고자 했던 노력의 일환으로 볼 수 있다. 그러나 그 분석에 있어서는 성훈적(聲訓的) 분석이라는 연면사를 하나의 단어 단위로 보지 못하고 각각의 자에 대한 합성으로 볼 수 있는 잘못된 방식을 적용하고 있음 또한 확인하였다.

---

39 "斫之言鉤也, 厵之言斫也."

40 구(斫)와 구(鉤)는 해성자(諧聲字)로서, 촉(厵)과 작(斫)은 李珍華, 앞의 책에 의거하면 상고음(上古音)의 성모(聲母)가 장모(章母)로 동일함을 근거로 한다.

41 특히 단독으로 쓰이기도 하는 '厵(촉)' 자를 '작(斫)'으로 풀이하는 것은 어원적인 부분에서도 가능할 수도 있다.

4. 나오며

지금까지 연면사를 구성하는 한자에 대해서 『설문해자』를 중심으로 살펴보았다. 『설문해자』에서 연면사에 대한 표기와 이에 대한 주를 통해 허신과 단옥재의 연면사에 대한 시각과 그 관점을 논의하였다.

연면사는 구어에 대한 반영이다. 『설문해자』는 문자의 근본적인 구성에 대해서 탐구하는 것을 주된 주제로 삼은 책이다. 그렇지만『설문해자』에서는 구어가 나타내고 있는 언어 현상에 대해서 반영하고자 하였다. 이러한 이유로『설문해자』는 표시하고자 하는 연면사에 대해서 그 연면사를 구성하는 두 자 이상의 한자를 연속으로 나열하고, 훈석 내에 그에 대해서 제시, 언급하고 그 뜻을 설명하는 방식으로 하였던 것이다. 또한 단옥재는 이에 대해서 설명하면서 연면사임을 인식할 수 있도록 단호(單呼)와 유호(絫呼), 쌍성(雙聲), 첩운(疊韻) 등의 술어를 통해 연면사의 관계를 설명하고 그 용례 등을 제시하였다. 즉 허신과 단옥재라는 두 연구자 또한 연면사에 대해 표기수단인 자에 얽매이지 않고 분석하는 인식을 가지고 있었음을 알 수 있다.

이를 통해 허신이『설문해자』라는 자서(字書)를 만들었을 때에도 연면사라 하는 자(字)의 형태에서 발생한 것이 아닌 음성에서 드러난 것을 반영하여 작성하였음을 알 수 있고, 이는 곧 음성 언어에 대한 관심이 반영된 것으로 파악된다. 또한 이에 대해 주석한 단옥재 역시 허신의 언어에 대한 관점을 파악하면서 본인의 언어에 대한 의견을 주를 통해 설명하고 있음을 확인하였다.

이어서 단주(段注)를 통한『설문해자』연면사에 대해 음성언어에 대한 중시라는 관점과 이를 적용한 원문에 대한 교감 등의 측면을 통해 논의하였다. 이는 또한 하나의 원칙인 의미 단위로서의 단어와 표기

수단으로서의 문자를 구별하고 있다는 점으로 귀납할 수 있다. 『설문해자』 내에서의 연면사에 대한 전면적인 현황과 이에 대한 검토를 통하여 앞에서의 논의가 정합성이 있는지에 대한 사항 등은 추후의 연구과제로서 보충하고자 한다.

참고문헌

(東漢) 許　愼 撰, (宋) 徐鉉 校定, 『說文解字』, 北京 : 中華書局, 1963.
_____, (淸) 段玉裁 注, 『說文解字注』, 上海 : 上海古籍出版社, 1981.
(東漢) 班　固 撰, 『漢書』, 北京 : 中華書局, 1962.
(晉) 郭　璞 傳, 『山海經』, 北京 : 中華書局, 1985.
(梁) 蕭　統 編, (唐) 李善 注, 『文選注』, 臺北 : 世界書局, 1962.
(梁) 顧野王, 『玉篇』, 臺北 : 臺灣中華書局, 1966.
(唐) 陸元朗, 『經典釋文』, 北京 : 中華書局, 1985.
(宋) 徐　鍇 撰, 『說文解字繫傳』, 北京 : 中華書局, 1987.
(淸) 永　瑢 等撰, 『合印四庫全書總目提要及四庫未收書目禁燬書目』, 臺北 :
　　　臺灣商務印書館, 1978.
(淸) 王聘珍, 『大戴禮記解詁』, 北京 : 中華書局, 1983.

劉曉英, 「『說文解字』中的聯綿詞硏究」, 『邵陽學院學報』(社會科學), 2002.
趙　錚, 「從『說文解字注』看段玉裁的連綿詞觀」, 『湖北大學學報』, 2003.9.
張風嶺, 「『說文解字』中的聯綿詞釋義方法硏究」, 『呂梁學院學報』, 2012.2.

諸橋轍次, 『大漢和辭典』, 大修館書店, 1968.
黃　暉 撰, 『論衡校釋』, 北京 : 中華書局, 1990.
李珍華, 周長楫 編撰, 『漢字古今音表』, 北京 : 中華書局, 1999.
李學勤 主編, 『尙書注疏』, 北京 : 北京大 出版社, 2000.
_____, 『周禮注疏』, 北京 : 北京大 出版社, 2000.
_____, 『禮記注疏』, 北京 : 北京大 出版社, 2000.
_____, 『論語注疏』, 北京 : 北京大 出版社, 2000.
_____, 『春秋公羊傳注疏』, 北京 : 北京大 出版社, 2000.
_____, 『爾雅注疏』, 北京 : 北京大 出版社, 2000.
_____, 『毛詩注疏』, 北京 : 北京大 出版社, 2000.
漢語大詞典編撰委員會, 『漢語大詞典』, 上海 : 漢語大詞典出版社, 2002.

『四庫全書』電子版.
『漢語大詞典』電子版.

『설문해자주說文解字注』를 통해 본
형성자形聲字 성부聲符의 속성과 그 의미[*]

단옥재段玉裁의 고금자古今字 관계 설정과 우문설右文說 논의의 접점을 중심으로

문수정

1. 들어가며

　허신(許愼)의 『설문해자(說文解字)』는 한대(漢代)에 편찬된 자서(字書)로서 표제자(標題字)의 자형구조를 분석하고 그에 따른 본의(本義)를 풀이한 책이다. 청대(淸代)의 단옥재(段玉裁)에 의해 편찬된 『설문해자주(說文解字注)』는 『설문해자(說文解字)』에 대한 주석서(注釋書)로서, 각 표제자와 관련된 구체적인 예문이 제시되어 있으며, 문자 및 단어 의미에 대한 다양한 언어학적 설명도 포함되어 있다. 청대의 고증학적(考證

---

*　이 글은 『中國文學』 第72輯(韓國中國語文學會, 2012.8)에 게재된 동일제목의 논문을 수정·보완한 것이다.

學的) 학술 경향의 영향을 받은 단옥재가 수많은 경서(經書) 내의 예문을 통해 허신의 의미풀이가 더욱 타당성을 지닐 수 있도록 뒷받침하고 있다는 점은 대상 텍스트에 대한 주석가로서의 존중을 보여준다. 한편 단옥재 자신이 살고 있는 현재의 관점에서 허신의『설문해자』체계 내의 글자를 새로운 '관계'의 망(網)으로 묶어내는 언어학적 설명이 시도되는 것을 목격할 수 있는데, 이는 주석 대상 텍스트의 체계가 주석가 자신이 지니고 있는 특정 관점에 의해 재구축될 수 있음을 보여주기도 한다.

단옥재의 주석에서 비교적 큰 비중을 차지하는 글자 간의 '관계' 설정은 그가 한대와 청대 사이의 시간적 간격에 따른 언어변화를 인식하고 있었음을 알 수 있다. 이러한 인식은 특히 그의 고금자(古今字) 설명에서 확인할 수 있다. 『설문해자』는 각 표제자의 본의 풀이와 구조 분석에 주력하고 각 글자 간의 '관계'에 대해서는 직접적으로 언급하지 않는다.[1] 그러나 단옥재의 시기는『설문해자』체계가 구축된 이후 오랜 기간에 걸쳐 글자 의미의 파생과 변화를 겪은 후였으며, 고음(古音) 연구를 비롯한 언어 연구의 축적으로 글자 간의 통시적·공시적 관계에 대한 관심도 매우 높은 상황이었다. 주석 대상 텍스트와의 시간적 간격과 언어 및 문자에 대한 새로운 학술적 분위기는 주석가이자 언어 연구자인 단옥재가 허신의 텍스트에 주석 작업을 함에 있어 언어변화 및 한자체계를 새로운 시각으로 바라보게 하였다. 그리하여 허신의 의미풀이를 보충하는 데 그치지 않고 청대의 언어사용 상황을 반영하여

---

1 물론 허신이 '隶(이)'에 대하여 "'隶' 무리에 속하는 글자들은 모두 '隶'로 구성된다[凡隶之屬皆從隶]"라고 한 것에서 볼 수 있듯이 그 역시 같은 성부(聲符)를 지닌 글자의 의미적 공통성 및 한자의 '형(形)-음(音)-의(義)' 세 요소의 관계에 대한 인식이 있었다고 할 수 있다. 그러나 이 글에서는 단옥재가 허신의 원문을 해설하는 과정에서 'A'와 'B'라는 두 글자를 지정하고 그 두 글자가 '고(古)-금(今)' 관계에 놓여있음을 직접 언급하고 있다는 점에서 종전과는 다른 언어학적 인식을 보여주고 있는 것으로 보았다.

글자 간의 관계를 규정 및 서술하는 데 많은 비중을 할애하였으며, 특히 '고(古)-금(今)' 관계에 대한 설명은 언어변화와 이에 대한 단옥재의 인식, 그리고 주석가로서 그러한 변화 및 새로운 인식을 어떻게 반영시키고 있는지에 대한 단옥재의 태도를 확인할 수 있는 부분이다.

단옥재가 본 '고금' 관계에 있는 글자들 사이에는 의미가 동일하고 성부(聲符)[2]가 공통분모로서 포착되는 경우가 많은데, 이러한 현상은 두 글자 사이의 의미적 공통성이 형성자 성부와 밀접한 관련을 맺고 있다는 점을 시사한다. 이처럼 동일한 '성부'를 중심으로 의미관계가 이어지는 현상은 송대(宋代)의 '우문설(右文說)'에서 보는 '우문(右文)'의 특성, 즉 형성자 성부가 지닌 '역사성(歷史性)'과 연관 지어 설명할 수 있다. 우문설 및 이에 영향을 받은 이후의 연구 흐름은 형성자 성부의 역사적 함의를 발견하는 과정이었으며, 이는 단옥재의 언어인식에 큰 영향을 미친 건가학파(乾嘉學派)의 '소리'-'의미'의 관계에 대한 논의와도 밀접한 관련이 있다.

이에 이 글에서는 단옥재 주석에서 보이는 고금자 관계 설정 양상을 통해 의미의 공통성과 성부 사이의 관계를 확인하고 우문설 및 이와 관련된 이후의 연구 흐름을 고찰하여, 형성자 성부가 지닌 역사성이 단옥재가 설정한 고금자 관계에서 보이는 공통된 성부의 속성과 같은 맥락에서 설명될 수 있음을 확인할 것이다. 이상의 논의는 '주석'이라는 행위를 통해 '한대'와 '청대'라는 두 시점을 연결하고자 했던 단옥재가 어떠한 언어인식을 바탕으로 텍스트를 대하며, 어떠한 의도로 그와 같은 해설을 가하였는지를 확인할 수 있는 하나의 길이 될 수 있다.

---

2   이 글에서 '성부(聲符)'는 '형성자(形聲字)의 성부(聲符)'를 가리킨다.

2. 『설문해자주(說文解字注)』의
'고금자(古今字)' 관계 설정 양상 및 특성

『설문해자주』에는 청대의 인성구의(因聲求義)를 중시하는 학술적 경향이 짙게 반영되어 있다. 이는 같은 성부 또는 같거나 비슷한 소리를 가진 글자들 사이의 의미적 연관성이 단옥재의 언어 해석에 비중 있게 반영되어 있다는 점에서 확인된다. 특히 단옥재 주석 중 '고금자'에 대한 설명은 소리와 의미의 긴밀한 관계를 보여준다. 다음은 '余'에 대한 단옥재 주석의 일부이다.

> 고금자를 논할 때 가장 중요한 점은 음(音)이 같은지 여부이며, 『예경(禮經)』 고문(古文)에서는 '余一人'이라 하고 『예기(禮記)』에서는 '予一人'이라 한 것처럼 옛날에는 저 글자를 썼다가 지금은 다른 글자를 쓰게 된 경우가 이에 해당한다. 그러나 '余'와 '予'는 본래 별개의 글자로서, '予'와 '余'가 같은 글자임을 말하는 것은 아니다.[3]

고금자는 동일한 의미를 나타내는 '옛 글자'와 '지금의 글자'를 지칭한다. 위의 인용문에서 볼 수 있듯이 단옥재는 시간의 상대적 선후 관계에 따라 글자의 고금을 구분하였으며[4] 고금자 간에 '음(音)'이 같음을

---

3 "凡言古今字者, 主謂同音, 而古用彼今用此異字. 若『禮經』古文用'余一人', 『禮記』用'予一人'. '余', '予'本異字異義, 非謂'予', '余'本一字也." 孫啓榮, 「也談段玉裁的古今字觀」, 『承德民族師專學報』第27卷 第3期, 承德 : 承德民族師專, 2007, 32쪽 재인용.

4 위의 글에서는 단옥재가 상대적 시간 개념에 의하여 고금(古今)을 구분한 것임을 밝히며 다음의 구절을 인용하였다. "고금(古今)은 특정적인 명칭이 아니다. 삼대(三代)가 옛날이면 한(漢)이 지금이요, 한(漢)·위진(魏晉)이 옛날이면 당송(唐宋) 이후가 지금이다(古今者, 不定之名也. 三代爲古則漢爲今, 漢魏晉爲古則唐宋以下爲今)." 段玉裁, 『廣雅疏證』「序」.

인식하고 있었다.

何愼怡는 단옥재의 고금자 설명에 대해 논하며, 단옥재가 '소리를 통해 의미를 해석하는[以聲爲義]' 방식을 크게 두 가지로 구분하였다.[5] 하나는 '성방(聲旁)을 근거로 하여 소리를 통해 의미를 탐구하는 방식[依據聲旁, 由聲求義]' 또 하나는 '자형(字形)에 얽매이지 않고 소리에서 뜻을 얻는 방식[不限形體, 于音得義]'이다. 두 가지 방식의 차이는 '자형'이 지니고 있는 의미와 소리의 유효성 여부에서 비롯된다. 전자는 성부가 지니는 '의미'와 '소리' 모두 유효한 방식이고, 후자는 성부의 자형에서 읽히는 의미는 배제하고 단지 '소리'에만 근거하여 의미를 풀이하는 방식이다. 두 가지 방식 모두 성부가 지닌 의미 또는 소리를 통해 글자의 뜻을 풀이하는 방식이나 이 중 전자는 성부가 지니는 역사적 함의와 밀접한 관련이 있다. 孫啓榮은 단옥재의 고금자에 대해 논하며 다음의 몇 가지 예를 들었다.[6]

古字	—	今字
隶(이)	—	逮(체)
疋(소)	—	疏(소)
悅(열)[7]	—	悅(열)
釋(석)	—	懌(역)

5　何愼怡,「論段玉裁的以聲爲義說」,『深圳敎育學院學報』新4卷 第1期, 深圳 : 深圳敎育學院, 1999, 94쪽.

6　孫啓榮,「也談段玉裁的古今字觀」,『承德民族師專學報』第27卷 第3期, 承德 : 承德民族師專, 2007, 32쪽.

7　'說'의 발음을 '설'이 아닌 '열'이라고 한 것은 '說'에 대한 단옥재의 주석 내용을 따른 것이다. "이 글자는 본래 두 개의 의미와 두 개의 음을 지니고 있지 않았다. 아마도 나중에 (허신 원문의 '一曰談說'라는) 이 네 글자가 추가된 후 '失'과 '爇'의 반절음(설)으로 읽게 된 것 같다[此本無二義二音. 疑後增此四字別音爲失爇切]."『說文解字注』, '說'에 대한 주석 참조.

위의 예에서 제시된 고금자들은 자형 구조상 각각 같은 성부를 공유하고 있으며 따라서 같거나 비슷한 발음을 지닌다. 단옥재의 주석에서 고금자라는 명칭으로 묶이는 글자들의 관계 유형을 살펴보면 몇 가지 특징이 나타나는데, 孫啓榮은 이를 한자의 형(形)·음(音)·의(義) 세 가지 기준에 따라 나누어 설명하였다.[8]

---

(1) '자형(字形)' 방면

① 형방(形旁)이 추가되는 경우 (台-怡, 牙-芽, 卒-猝 등)

② 성방(聲旁)은 그대로인 상태에서 형방만 바뀌는 경우 (說-悅, 偃-堰, 裳-常 등)

③ 성방이 바뀌는 경우 (筍-笋, 仙-僊 등)

(2) '자음(字音)' 방면 : 서로 동일하거나 비슷한 음

(3) '자의(字義)' 방면

① 고자(古字)의 의미범주가 더 넓은 경우 (금자(今字)의 의미가 고자(古字) 의미의 일부 담당)

② 고자와 금자가 동시에 사용되다가 고자 의미는 변하고 금자가 그 본의를 갖게 되는 경우

③ 음과 뜻은 같은데 옛날과 지금 전혀 다르게 사용되어 금자가 완전히 고자를 대신하게 된 경우 (고자 없어짐)[9]

이에 대하여 각 항목 별 공통점을 정리하면 다음과 같다.

(1) 자형 방면 : ③과 같은 특수한 경우를 제외하고는 '성방'이 같다

---

8   孫啓榮, 앞의 글, 33쪽.

9   이 경우 "A가 쓰이면서 B는 사용하지 않게 되었다[A行而B廢矣]", "A가 없어지고 B가 사용되었다[廢A而用B]" 등의 설명을 덧붙인다. 孫啓榮, 앞의 글, 33쪽 예문 참조.

(2) 자음 방면 : 서로 비슷하거나 같다

(3) 자의 방면 : '공통의 의미'가 존재한다

　(1)에서 자형상으로 성방이 같은 경우가 많다는 점과 (2), (3)의 공통점을 접합시켜 본다면, 두 글자의 고금 관계에서 '형성자 성부'가 모종의 의미작용을 하고 있음을 추정할 수 있다. 또한 세 항목 중 변화의 폭이 가장 적은 것은 바로 글자의 '자음'이다. 이 점을 고금자 간에 보이는 자형 방면의 특성과 연결 지어 보면, 우문설의 맥락을 이은 학자들의 연구에서 확인되는 '성부의 역사성'과 밀접한 관련이 있음을 알 수 있다. 특히 자형 방면의 특성 중 (1)의 ①과 ②는 성부의 자형은 변하지 않고 형방이 추가되거나 변하는 양상을 보이는데, 이는 글자의 분화과정 ― 성부의 역사적 함의를 설명하는 과정에서 다룰 ― 으로도 설명할 수 있다. 한편 (1)의 ③에서의 성부는 의미작용을 하는 것이 아니라 순수하게 표음기능만을 지니고 있는 성분인데, 이 역시 의미의 연관성 측면에서 보면 '소리'를 근거로 '의미'를 찾고자 했던 단옥재의 언어관을 반영한다.

　그렇다면 실제 단옥재의 고금자 해설 양상은 어떠한지 몇 가지 예를 통해 확인해 보자. 아래의 고금자는 앞에서 인용한 孫啓榮[10]의 예의 일부이며, 각 예의 아래에 필자의 설명을 덧붙였다.

① 隶(이) - 逮(체)

隶(이)

【허신 원문】 '이르다'라는 뜻이다[及也].

　【단옥재 주】 이 글자와 辵部의 '逮'은 음과 뜻이 모두 같다. '逮'가 주

10　孫啓榮, 앞의 글, 2007.

로 사용되면서 '隸'는 폐기되었다[此與夂部隸音義皆同. 逮專行而隸廢矣].

　　逮(체)

　　【허신 원문】'夂'으로 구성되고, '隶'이 성부이다[從夂, 隶聲].

　　　　【단옥재 주】'隶部'에서 "隶는 '이르다'라고 했다. 이 글자는 形聲 구조이자 會意 구조의 글자이다[隶部曰, 隶, 及也. 此形聲包會意].

　　단옥재는 '逮'에 대한 주석에서 '隶'이 '逮'의 성부로서 형성(形聲) 결합을 이루고 있을 뿐 아니라, '隶'이 '逮'의 의미와 긴밀하게 연결되어 있다는 점에서 회의(會意) 결합이기도 하다고 설명했다. 또한 '隶'에 대한 주석에서 "'逮'이 주로 사용되면서 '隶'이 폐기되었다"고 한 것에서 볼 수 있듯이 각 글자에 대한 주석에서 두 글자가 서로 고금자 관계임을 직접 언급하지는 않았으나, 두 글자가 동일한 대상을 지칭하는 것으로서 상대적인 선후(先後) 관계에 놓인 글자임을 설명하여 '고금' 관계가 성립함을 드러내었다. 여기서 자형구조상 그리고 의미상 보이는 특징은 두 글자 중 한 글사가 다른 한 글자의 성부가 되고, 그것이 새로 만들어지는 글자의 의미와도 직접적인 연관을 맺는다는 점이다. 이러한 특성은 다음의 예에서도 확인된다.

　　② 疋(소)-疏(소)

　　　疋(소)

　　【허신 원문】 어떤 경우 '疋'는 '기록하다'를 뜻한다[一曰疋記也].

　　　　【단옥재 주】 '記'에 대한 풀이에서 '疋也'라 하였다. 이는 전주(轉注)로서 후대에 '疋'가 '疏'로 바뀐 것이다. '疋'와 '疏'는 고금자 관계이다[記下云疋也. 是爲轉注. 後代改疋爲疏耳. 疋疏古今字].

　　　疏(소) : 단옥재의 주석에서 '疋'와 '疏'의 고금관계를 언급하지 않았음.

記(기)

【허신 원문】 기록함이다[疋也].

【단옥재 주】 '疋'는 각 판본에서 '疏'라고 하였다. 여기서 바로잡는다. '疋部'에서 "어떤 경우 '疋'는 '기록하다'를 뜻한다"고 하였다. '疋'와 '記' 두 글자는 轉注 관계이다. '疋'의 今字는 '疏'이다[疋各本作疏. 今正. 疋部曰, 一曰疋, 記也. 此疋記二字轉注也. 疋今字作疏].

'疋(소)'와 '疏(소)'의 관계에 대해서는 '疋(소)'에 대한 주석에서 '記(기)'의 풀이를 인용한 후 직접 '고금자'임을 언급하였다. 또한 '記(기)'에 대한 주석에서도 "'疋'의 금자(今字)는 '疏'이다"라고 하여 '疋(소)'와 '疏(소)'가 고금 관계에 있음을 언급했다. '疋'와 '疏'는 자형 면에서 포함관계를 이루며 발음 또한 같다. '疏'에 대한 주석에서는 '疋(소)'와 '疏(소)'가 고금자 관계임을 직접 언급한 부분은 없으나 허신의 원문에서 "疏는 통함이다. '㐬'와 '疋'의 의미가 결합된 글자이다. '疋'는 성부기도 하다"[11] 라고 한 것에서 볼 수 있듯이 '疋'가 고금자 관계에 있는 '疋(소)'와 '疏(소)' 사이의 의미 및 음성의 교집합 영역임을 알 수 있다.

이상에서 살펴본 고금자 관계의 글자들은 다음과 같은 공통점을 지닌다. 첫째, 자형 구조 상 성부를 공유한다. 둘째, 그 성부가 음성표기의 기능 외에 의미작용도 겸한다. 단옥재에게 '고금' 관계란 동일 대상을 가리키는 옛 글자와 지금의 글자의 관계이다. 글자는 언어를 기록하는 수단이므로 가리키는 대상이 같다면 음성언어 역시 변함이 없을 것이나 음성을 표기하는 문자에는 변화가 생길 수 있다. 이 변화는 한자체계에서 글자의 파생에 따른 형방의 추가 또는 교체로 나타난다.

---

11 "疏, 通也. 從㐬從疋, 疋亦聲."『說文解字』卷14「厶部」.

변화는 언제나 시간의 흐름을 동반한다. 단옥재가 주석에서 보여준 글자들 간의 '고금' 관계는 시간의 흐름에 따른 언어변화를 반영함과 동시에, 시간의 흐름 속에서도 그대로 유지되는 '음성'과 그것을 통한 '의미'의 보존체를 확인시켜 준다. 이 보존체가 바로 고금자 사이의 공통 요소인 '성부'인 것이다.

한자, 그중에서도 '형성자'의 자형을 성부(聲符)와 의부(意符)로 나누어 각각의 기능을 분리시켜 인식할 경우, '성부'와 '의미작용'이라는 두 단어는 무관한 것이라고 간주하기 쉽다. 그러나 위의 예에서 볼 수 있듯이 동일 성부를 중심으로 형성되는 글자 의미망에서 형성자 성부는 의미 파생의 중심적 위치에 있다. 의미 파생에 따른 글자의 파생은 시간적 선후 관계를 이루는데 이 과정에서 형성자 성부는 짧게는 동시대, 길게는 수백 년을 관통하는 의미의 보존체가 된다. 형성자 성부의 이와 같은 속성을 '성부의 역사성'이라 칭하고자 하는 것은 바로 이 때문이다.

형성자 성부가 지닌 역사성은 성부가 지닌 음성적 요소를 통해 의미를 이끌어내게 된다는 측면에서 청대 학자들의 '인성구의(因聲求義)' 인식과 밀접한 관련이 있다. '소리-의미' 간의 관계에 대한 집착은 간혹 지나치게 자의적인 연결로 귀결되기도 했으나 여기서 주목해야 할 것은 한자의 형(形)·음(音)·의(義) 세 요소 중 자형과 의미의 긴밀한 관계에 묻혀 있던 자음이라는 요소가 형성자 성부를 통해 글자의 과거와 현재를 이어주는 중심축으로서 인식되고 있었다는 점이다. 단옥재의 고금자 관계에서 보이는 형성자 성부를 우문설의 맥락에서 설명할 수 있는 부분은 바로 이 지점이다.

沈兼士 역시 단옥재의 『설문해자주』에서 어떠한 성부의 글자가 대체로 혹은 반드시 어떠한 뜻을 지닌다고 언급한 예 68가지를 뽑아 표로 정리하여 단옥재가 글자들의 '우문'을 통해 글자의 의미를 파악하고

있었다고 하였다. 표의 일부를 보자.[12]

聲母	臤	叚
形聲字	鏗(剛也)	騢-馬赤白雜毛, 謂色似鰕魚也.
段注擇要	此形聲中有會意也. 堅者土之臤, 緊者絲之臤, 鏗者金之臤, 彼二者入臤部, 會意中有形聲也.	凡叚聲多有紅義, 是以瑕爲玉小赤色.
部首	金	馬
篇數	14	10

　　그는 동일 성부를 지닌 글자, 즉 같은 소리를 지닌 글자들 사이에 공유되는 의미가 있었으며 그것이 성부인 오른쪽 성분에서 나온다는 점을 분명히 인지하고 있었다. 위의 표에 의하면 '鏗(견)'[13]에 대하여 성부인 '臤(견)'이 의미작용을 하고 있다. 또한 "이는 형성 결합이면서 회의 결합이다(此形聲中有會意也)"라는 설명과 함께 성부 '臤'이 지니고 있는 의미가 '堅(견)', '緊(긴)', '鏗(견)'의 의미와 각각 연계되어 있다는 것과 앞의 두 글자 '堅', '緊'이 '臤部'에 속해 있다는 것도 밝히며 '臤'이 의미부(意符)로 분류되었음을 보여주기도 했다.[14] 어느 쪽이든 '臤(견)'은 성부이면서 의미를 나타내기도 했고, 의미부이면서 소리도 나타내는 성분으

12　표는 沈兼士, 「右文說在訓詁學上之沿革及其推闡」, 『沈兼士學術論文集』, 北京 : 中華書局, 1986, 86~94쪽 참조.

13　鏗(견) : 강철. 날을 담그다.

14　단옥재가 부가설명을 한 바와 같이 '臤', '堅', '緊', '鏗' 네 글자는 '臤'이 지니고 있는 의미를 공유하고 있으므로 모두 같은 부수에 있어도 이상할 것이 없으나, 허신은 '鏗'만 '金部'에 귀속시켰고, 나머지 세 글자는 '臤部'에 귀속시켰다. 이 부분에 대해서는 허신의 부수 설정 및 부속자 구성에 있어 어떠한 기준을 적용했는가와 연관을 지어 생각해 볼 필요가 있다.

로 설명되고 있다. 같은 맥락에서 '騢(하)', '鰕(하)', '赮(하)' 등의 글자에 대해서도 "凡叚聲多有紅義"처럼 '叚(가)'를 성부로 두고 있는 글자들이 대체로 '붉다紅'의 의미를 지니고 있음을 밝혀주었다. 이와 같은 설명은 단옥재의 의식 속에서 '소리'를 근거로 '의미'를 밝힌다는 인식이 작용하고 있었음을 보여준다.

이처럼 글자의 의미 풀이에 '소리'가 중요한 근거 요소로 작용하고, 고금자 논의에서도 성부를 공유하는 글자들의 사용상황 변화가 언급되는 양상은, '성부'가 글자의 의미와 관계를 맺되 단어 의미 변화의 종적 흐름과도 긴밀하게 관련되어 있음을 시사한다. 이 같은 성부의 내재적 특성은 우문설 이후 형성자 성부의 '의미'에 주목했던 연구의 흐름을 통해 보다 구체적으로 이해할 수 있다.

3. '우문(右文)'·연구와 형성자(形聲字) 성부(聲符)의 역사적 함의

단옥재의 고금자 관계 설정에서 보이는 형성자 성부의 역사성은 송대(宋代)부터 원대(元代)로 이어지는 우문설의 흐름에서 보이는 성부의 속성과 같은 맥락에서 설명 가능하다. 다음을 보자.

왕성미(王聖美)는 자학(字學)을 함에 글자의 의미를 우문(右文)에서 찾았다. 옛 자서들은 모두 좌문(左文)을 의부로 두고 있다. 대개 '字'는 그 부류[類]는 왼쪽에 나타나고, 의미[義]는 오른쪽에 나타난다. 물과 관련된 부류가 왼쪽이 모두 '水'로 구성되는 것과 같다. '우문'이란 '戔'이 '작음'을 뜻하여, 물이 얕은 것이 '淺'이고 돈 중에 작은 것이 '錢'이며 부서져 작아진 것은 '殘'이고 조개 중에 작은 것이 '賤'[15]이 되는 경우로, 이 같은 부류의 글자들은 모두 '戔'으로 의미를 이룬다.[16]

위의 인용문은 심괄(沈括)[17]의 『몽계필담(夢溪筆談)』 卷14에 실린 내용으로, 두 개의 구성요소로 이루어진 한자의 오른쪽 성분의 의미작용에 대한 내용이다. 이는 북송(北宋) 때의 학자 왕성미(王聖美)[18]의 견해를 인용한 것으로, 왕성미(王聖美)는 좌·우 두 부분의 글자가 결합하여 이루어진 글자, 즉 합체자(合體字)의 의미에 직접적인 영향을 주는 의미가 오른쪽에 있는 성분에서 나오며, 오른쪽 성분이 같은 글자들 간에는 공통의 의미가 존재한다고 했다. 여기서 언급되는 글자들은 오늘날 형성자에 해당하며 '우문'은 형성자의 '성부'에 해당한다.

허신이 『설문해자』에서 부수(部首)를 중심으로 글자를 분류함에 따라 자형과 의미 사이의 관계는 매우 공고해졌다. 그 이후 오랜 기간 동안 형성자의 형부는 의미를 나타내고 성부는 소리를 나타낸다는 인식이 굳어져 왔기에, 성부로 분류됐던 형성자의 오른쪽 성분이 한자의 의미와 직접적인 관계를 맺고 있다는 점을 제기한 왕성미의 견해는 당시 학자들의 기존 관념에서 벗어난 새로운 내용이었다.

---

15 '값이 싸다'의 의미. 조개가 화폐로 사용될 경우에 해당한다.
16 "王聖美治字學, 演其義以爲右文. 古之字書, 皆從左文. 凡字, 其類在左, 其義在右. 如水類, 其左皆從水. 所謂右文者, 如戔, 小也, 水之小者曰淺, 金之小者曰錢, 歹而小者曰殘, 貝之小者曰賤. 如此之類, 皆以戔爲義也." 沈刮, 『夢溪筆談』, 臺灣 : 臺灣商務印書館, 1968, 95쪽 참조.
17 자(字)는 존중(存中). 북송(北宋) 때의 학자이자 정치가. 주요 저서로는 『몽계필담(夢溪筆談)』 26卷, 『보필담(補筆談)』 3卷 등이 있다.
18 이름은 자소(子韶), 자(字)는 성미(聖美). 북송(北宋) 시기 태원(太原) 사람. 『자해(字解)』 20卷을 지었으나 당시 왕안석(王安石)의 『자설(字說)』과 상반되는 내용이 많아 세상에 전해지지 않았다고 한다. 黨懷興, 『宋元明六書學研究』, 北京 : 中國社會科學出版社, 2003, 134쪽 참조.

왕성미 논의의 대상인 우문이 형성자의 성부에 해당하는 성분이라는 것은 형성자의 소리를 담당하는 요소가 의미와도 연관되어 있다는 점에서 주목할 만하다. 그것이 성부기 이전에 그 자체의 발음과 의미를 갖춘 독립적 요소라는 점과 합체자의 성부 역할을 하고 있다는 점에서 언어현상을 설명할 수 있는 복합적인 의미가 내재되어 있음을 짐작할 수 있다. 왕성미 이후 학자들의 우문 관련 연구의 흐름은 우문이 의미작용의 중심에 놓여있거나 동일한 우문을 지닌 글자들이 같은 의미를 공유하는 현상을 바탕으로 그것이 글자 및 단어의미의 파생과 근원을 설명하는 데 있어 중요한 단서가 되는 요소라는 점을 보여준다. 다음에서 이와 관련된 대표적인 학자들 — 왕성미(王聖美), 왕관국(王觀國), 대동(戴侗) — 의 연구를 살펴보기로 한다.

왕성미(王聖美) - 우문설(右文說)의 제기

우문설을 가장 먼저 제기한 학자는 왕성미로 알려져 있으며, 앞에서 소개한 심괄의 『몽계필담』에 인용된 내용으로 전해지는 것이 전부다. 그의 견해는 비록 짤막한 인용에 불과하지만 후대 학자들이 계속해서 이어갈 만한 의미 있는 내용을 담고 있다. '錢(C)=金(a)+戔(b)'와 같은 합체자에서 (a)는 (C)가 어떠한 '부류'에 속하는지를 나타내고 (b)는 (C)의 의미와 직결되는 의미[19]를 나타내는 성분으로, (a)보다 더 구체적으로 (C)의 의미를 한정시키는 역할을 한다. 그는 '淺', '錢', '殘', '賤'

---

19 여기서 '의미[義]'가 구체적으로 무엇을 가리키는지에 대해서 다양한 견해가 있다. 허성도(1998)는 右文이 나타내는 이 '義'를 단어의 '의미소'에 해당하는 것으로 보았다. ※ 의미소 : '의의소'의 유의어이다. 의의소란 실질의미, 즉 관념을 표시하는 언어요소로서 '어근', '어간'과 일치한다(『표준국어대사전』 참조).

등의 예를 통해 이 합체자들의 의미가 모두 (b)에 해당하는 '戔(쌓일 전)'
이 지니고 있는 '작음[小]'이라는 의미에서 비롯됨을 보여줌으로써 우문
이 의미작용을 한다는 점과 함께 우문을 공유하는 글자들 간의 의미관
계를 규명하는 데 시선을 돌리게 된 계기를 마련했다.

왕성미가 제시한 예와 설명방식은 합체자의 오른쪽 성분의 '표음(表
音)' 기능이 아닌 '표의(表意)' 작용에 주목한 것으로, 당시 형성자의 성
부로서 '자음' 부분에만 주목을 받던 오른쪽 성분에서 그 자체의 '자형'
이 지니고 있는 '자의'를 발견하고, 그것을 통해 의미공유 그룹을 묶어
냈다는 점에서 의의가 있다. 이 때 우문은 사실 각 글자의 성부로서 기
능하고 있었으나, 우문설이 제기되는 시점에는 우문의 '자형'을 통해
읽을 수 있는 '의미'가 주요 관심대상이었다. 아래의 〈그림 1〉을 보자.

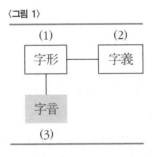

〈그림 1〉

(1)　　　　(2)

字形 ——— 字義

字音

(3)

〈그림 1〉의 (1), (2), (3)은 각각 '우문'의 자형 · 자의 · 자음을 나타낸
다. 우문설 제기 이전에는 형부와 성부의 결합으로 이루어진 합체자의
오른쪽 성분이 그것이 지닌 '자음'에 의해 성부로 분류되는 데 그쳤을
뿐 우문 자체의 '자형'과 '자의'에 대한 별도의 설명은 시도되지 않았다.
그러나 우문설의 제기로 우문의 '자형'이 지닌 '자의'의 존재가 새로이
주목받게 되었으며, 이는 형성자 성부가 '소리'를 나타내는 데만 활용
되는 구성 성분이 아니라, 그 자체의 의미로써 합체자의 의미에 직접적

인 영향을 미치는 성분이라고 인식하게 된 전환점이었다고 볼 수 있다.

왕관국(王觀國)[20] - 자모설(字母說)

송대(宋代)의 왕관국은 형성자의 성부를 글자의 모체[字母][21]가 되는 성분으로 보았다. '모체설[字母說]'은 그가 저술한 『학림(學林)』 권(卷)5에 보인다. 그는 왕성미가 '우문'이라고 칭했던 성분을 글자의 모체[字母]로 보고, 단어의 의미파생에 따라 글자의 모체에 편방이 추가되는 과정을 고찰하여 의미의 근원이 글자의 모체에 있음을 제시했다. 다음에서 왕관국의 설명을 보자.

'盧'는 글자의 모체[字母]로서, '金'을 더하면 '鑪'가 되고, '火'를 더하면 '爐'가 되며, '瓦'를 더하면 '甗'가 되고, '目'을 더하면 '矑'가 되고, '黑'을 더하면 '黸'가 된다. 글자의 일부를 생략할 경우, 추가된 편방을 생략하고 모체인 글자만 사용하여, 여러 가지 의미가 (모체인 글자에) 담기게 된다. 예를 들어 '田'은 모체가 되는 글자로서 '사냥하다'라는 의미의 '畋'[22] 대신 쓰이기도 하고, '밭을 갈다'는 의미의 '佃'[23] 대신 쓰이기도 한다. 생략된 형태로 사용할 경우 '田'자가 여러 의미를 충당하며 다른 글자들도 이와 마찬가지이다.[24]

---

20 생졸연도 미상. 대략 1140년대의 사람이며 장사(長沙) 출신이다. 『학림(學林)』 10卷을 저술했다.
21 현재 통용되는 '字母'의 뜻과 구별하기 위해 '모체'로 번역하였다.
     字母 : ① 한 개의 음절을 자음과 모음으로 갈라서 적을 수 있는 낱낱의 글자. ② 중국 음운학에서 동일한 성모를 가진 글자들 가운데에서 한 글자를 골라 그 대표로 삼은 글자. 한글의 초성에 해당함.(『표준국어대사전』 참조.)
22 畋(전) : 사냥하다.
23 佃(전) : 밭을 갈다.

그의 견해를 바탕으로 글자 간의 관계도를 그려 보면 아래와 같다.

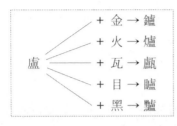
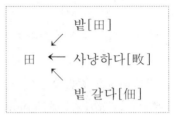

　그는 우선 '盧'를 '글자의 모체[字母]'로 설정하고, 이 모체에 '金', '火', '瓦', '目', '黑' 등의 편방이 추가되어 각각 '화로'를 뜻하는 '鑪'과 '爐', '술병'을 뜻하는 '甗', '눈동자'를 뜻하는 '矑', '새까맣다'를 뜻하는 '黸' 등이 생성된 것으로 보았다. 왕관국이 이와 같은 분석을 한 것은 '鑪', '爐', '甗', '矑', '黸' 등의 의미 역시 모체인 '盧'의 '검다'라는 의미에서 비롯되었다고 여겼기 때문이다.[25] 마찬가지로 '田'과 '畋'·'佃' 간의 의미관계 및 사용에 대해 언급하며 글자를 생략하여 쓸 경우 글자의 모체에 해당하는 '田'으로 다른 파생의미까지 다 나타낼 수 있다고 보았다.

　'글자의 모체'라는 개념설정 후 의미파생에 따라 편방이 추가되거나 파생된 글자 대신 모체가 되는 글자를 사용할 수 있다고 본 것은, 그가 글자 파생의 선후과정에 대해 인식하고 있었음을 보여준다. 그의 설명에 따르면 '盧'를 구성성분으로 삼는 글자들 중 '盧'가 글자의 모체로서

24　"盧者, 字母也, 加金則爲鑪, 加火則爲爐, 加瓦則爲甗, 加目則爲矑, 加黑則爲黸. 凡省文者, 省其所加之偏旁, 但用字母, 則衆義該矣. 亦如田者, 字母也, 或爲畋獵之畋, 或爲佃田之佃. 若用省文, 惟以田字該之, 他皆類此." 王觀國, 『學林』, 北京 : 中華書局, 1988(2006), 176쪽.

25　'鑪', '爐', '甗', '矑', '黸' 다섯 글자 중 '矑', '黸' 두 글자에는 '검다'라는 의미가 포함되어 있는 반면, '화로', '술병' 등을 뜻하는 '鑪', '爐', '甗' 세 글자에서는 직접적으로 '검다'의 의미가 확인되지 않는다. 본문에서는 王觀國의 견해를 바탕으로 간단히 서술하였으나 추후 자세히 확인해 볼 필요가 있다.

가장 먼저 존재했고, 그 모체로부터 '鑪', '爐' 등의 파생자가 나중에 생겨났다는 것이다. 왕성미 단계에서 우문이 동일 우문을 지닌 글자들 간의 공통 의미를 나타냄 — 공시적 관점에서의 교집합이 형성 — 을 확인할 수 있었던 것에 그쳤다면, 왕관국의 연구에서는 우문의 자형과 그것이 갖고 있는 의미가 파생자들의 모체이자 파생 의미들의 근원이 깃든 형체로서 해석 — 통시적 관점으로 확대 — 되었다. 즉 '우문'을 단순히 합체자의 오른쪽에 위치하여 글자의 의미에 영향을 미치는 요소로 본 것이 아닌, 문자와 언어의 발전과정을 읽어낼 수 있는 중요한 성분으로 다루기 시작한 것이다.[26] 표면적으로는 형성자로 분류되는 글자들의 성부가 글자분화와 의미파생의 단서를 제공하는 것으로 보고 있다는 점에서, 왕관국의 연구가 형성자 성부에 내재되어 있던 역사성을 보다 명확하게 드러내고 있다고 할 수 있다.

대동(戴侗)[27] – 소리에서 비롯되는 의미 인식

송말(宋末) 원초(元初)의 대동은 『육서고(六書故)』에서 글자의 의미가 소리에서 비롯된다는 인식을 바탕으로 단어의 발생과 분화에 대하여 집중적으로 연구했다. 다음 예문은 그가 이미 '인성구의'에 대한 사고방식을 갖추고 있었음을 보여준다.

---

26 張健銘・張婉如(「淸代民國學者對漢語語源問題的探討」, 『山東社會科學』 第10期, 山東 : 山東省社會科學界聯合會, 2009, 148쪽) 역시 왕관국의 '字母' 개념은 글자의 근본이 한자의 형부가 아닌 성부에 있음을 인식했다는 점을 나타내며, 이는 중국의 언어문자 연구에서 처음으로 '글자의 근원'을 개념화한 시도라고 하였다.
27 1200~1285, 자(字)는 중달(仲達). 남송(南宋) 시기 저명한 문학가이며 절강(折江) 영가(永嘉) 사람이다.

글자는 소리에서 생기는 것으로, 소리가 있어야 글자로 기록된다. 의미와 소리는 병존하는 것이지 글자에서 생겨나는 것이 아니다. 훈고학자들은 글자를 보고 의미를 찾는 법은 알지만 소리를 통해 의미를 찾는 법은 모른다. 문자의 운용에 있어서는 해성(諧聲)만큼 조합력이 뛰어난 방법이 없고, 가차(假借)만큼 다양하게 변화시킬 수 있는 방법이 없다. 글자만 보고 의미를 파악하고 소리를 통해 의미 찾는 것을 모르는 경우, 그 글자의 진정한 뜻[情]을 제대로 파악하는 것을 본 적이 없다.[28]

그는 언어를 기록하는 문자의 운용에 해성과 가차만큼 효율적인 방법이 없음을 주장했다. 그리하여 해성과 가차 두 개의 큰 축을 중심으로 의미의 관계망을 만들고 글자 분화의 유형을 크게 본의분화(本義分化)와 가차분화(假借分化)로 나누었다. 이를 위해 그는 의미가 비롯되는 소리부, 즉 형성자의 성부에서 '본의(本義)' 및 '가차의(假借義)'를 찾았고, 자연히 그가 연구한 우문은 그 자형이 지닌 의미가 인정됨과 동시에 우문 자체의 소리까지도 고려되었다. 다음은 그가 말한 '본의분화'의 예이다.

'昏'은 본래 날이 어두워짐을 뜻한다. 마음이나 눈이 어두운 것은 날이 어두워진 것과 같으며, '心' 또는 '目'을 더하기도 한다. 시집 장가는 반드시 어두울 때 보내므로 '昏'[29]이라고 하며, '女'를 붙이기도 한다. '熏'은 본래 연기가 끼는 것을 말한다. 해가 질 무렵도 그 빛깔이 어둑어둑하여 '熏'

---

28 "夫文生于聲者也, 有聲而后形之以文. 義與聲俱立, 非生于文也, 訓詁之士, 知因文以求義矣, 未知因聲以求義也. 夫文字之用, 莫博于諧聲, 莫變于假借. 因文以求義而不知因聲以求義, 吾未見能盡文字之情也." 戴侗, 『六書故』「六書通釋」 참조. 黨懷興, 앞의 책, 139쪽 재인용.
29 본래 인용문에는 '婚'으로 되어 있었으나, 문맥에 의하면 편방이 붙지 않은 '昏'이 들어가야 한다.

이라고 하며, 『초사(楚辭)』에서는 '纁黃(저녁 무렵)'이라 하였고, '日'을 붙이는 경우도 있다. 비단 중 색이 검붉은 것도 마찬가지로 '熏'이라 하며, '糸'나 '衣'를 붙이는 경우도 있다. 술 마신 사람의 술기운이 성하여 위로 올라오는 것도 '熏'이라 하며, '酉'를 붙이기도 한다. 어찌 사람들이 쉽게 알 수 있도록 한 것이 아니겠는가. 그런데 도리어 배우는 이들은 본의를 알 수 없게 되었다.[30]

위의 예문은 '昏'과 '熏'의 본의에서 파생된 여러 어휘들의 자형이 어떻게 분화되었는지를 설명하고 있다. 예문의 내용을 간단하게 나타내 보면 아래와 같다.

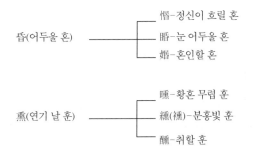

'昏'이라는 자형이 갖고 있는 '어둡다'라는 의미는 '정신이 흐리다', '눈이 어둡다', '(어두울 때) 시집 장가를 보내다'라는 파생의미의 '본의'이다. 그리고 각 파생의미를 나타내는 데 더해진 추가적인 의미소, 즉 '정

---

30 "昏, 本爲日之昏, 心目之昏猶日之昏也, 或加心與目焉, 嫁取者必以昏時, 故因謂之昏, 或加以女焉. 熏, 本爲煙火之熏, 日之將入, 其色亦然, 故謂之熏, 『楚辭』猶作纁黃, 或加日焉; 帛色之赤黑者亦然, 故謂之熏, 或加糸與衣焉; 飮酒者酒氣醺而上行, 亦謂熏, 或加酉焉. 夫豈不欲人之易知也哉. 然而反使學者昧于本義" 戴侗, 『六書故』「六書通釋」 참조. 黨懷興, 앞의 책, 139쪽 재인용.

신(마음)[忄]', '눈[目]', '딸[女]'을 나타낼 수 있는 편방이 본의를 나타냈던 본 글자 '짭'에 결합됨을 설명한 것이다.

대동이 '본의'라는 용어를 사용하고 그것이 형성자 성부 자리의 '우문'에 담겨 있음을 보여준 것은 왕관국이 '모체[字母]'라는 개념을 설정한 것과 비슷하면서도 다르다. 왕관국의 '모체[字母]'가 '글자의 모체'로서 형성자 성부의 자형에서 비롯되는 의미 중심으로 파생관계를 부각시키는 개념이라면, 대동의 '본의 및 가차의' 개념은 자형 자체보다는 자형이 지닌 '소리'에서 비롯되는 의미를 중심으로 파생 관계를 논하고 있다. 그러나 대동의 연구에서도 글자나 의미의 파생관계를 논함에 있어 성부가 본의를 보존하고 있는 요소로서 인식되고 있음을 확인할 수 있는데 이 역시 성부에 내재되어 있는 역사적 함의와 밀접한 관련이 있는 사항이다.

이상의 연구 흐름을 통해 글자 분화 과정과 의미파생 과정에 대한 탐색의 중심에 형성자의 성부가 놓여 있음을 확인할 수 있었다. 이는 자형 분화의 측면에서 성부가 '초문(初文)'이었다는 점을 인식한 것에서 나아가 글자의 '소리'와 '의미' 사이의 관계가 기존에 생각했던 것보다 더욱 밀접하다는 점을 알려주는 실마리이기도 하다. 물론 가차의 과정에서 발음만 같은 다른 성부를 빌리는 경우도 있으므로 성부가 같으면 반드시 동일 의미망으로 귀속된다는 명제가 언제나 참이 될 수는 없다. 그러나 성부에서 의미를 찾았던 일련의 과정을 통해 형성자의 성부가 '음성적 정보만'을 보여주는 부수적인 요소가 아닌 의미파생에 따른 글자 분화의 역사를 내포하고 있는 성분으로서 존재해 왔다는 점이 드러난 것이다.

4. 성부(聲符)의 속성과 단옥재(段玉裁)의 주석(注釋)

―두 시점(時點)의 연결

이상에서 단옥재의 고금자 논의와 우문설 논의를 중심으로 형성자 성부에 내재되어 있는 역사적 함의에 대해 살펴보았다. 두 논의에서 형성자 성부는 의미의 횡적(橫的) 또는 종적(縱的) 연속성을 내포하고 있는 중요한 축으로 간주된다고 볼 수 있는데, 단옥재의 고금자 논의에서는 그것이 의미의 종적 연속성과 관련이 있다. 고금자 간의 공통적인 형성자 성부는 시간의 흐름에 따라 파생과 변화를 겪은 글자들 간의 의미적 연결고리로서 작용한다. 단옥재는 이 연결고리를 통해 허신 텍스트 속의 'A'(古字)와 'B'(今字)라는 점을 이어주고, 때로는 허신 시대에는 보이지 않았던 점과 보였던 점까지도 연결시킨다. 앞에서 살펴본 형성자 성부가 지닌 속성에 대한 이해는 단옥재 주석에서의 이 같은 고금 관계 설정이 어떤 의미를 지니는지 설명하는 데에도 중요한 역할을 한다.

필자는 단옥재의 주석에서 고금자를 논하고 있는 것이 단옥재의 시기와 허신의 시기 사이의 간극을 메워주는 작업으로서, 단옥재의 언어학자로서의 인식과 주석가로서 대상 텍스트를 어떻게 대했는지를 가늠할 수 있게 하는 부분으로 보았다. 즉 허신의 체계를 보충 및 보완하되, 그 범위 안에서 자신의 시대를 기준으로 한 체계를 재구축한 것이다. 이것은 대상 텍스트의 "실제 모습[實]을 왜곡하지 않되",[31] 자신의 시대와 대상 텍스트 저자의 시대를 이어주는 작업이었다.

일례로 고금자 관계에 있는 '隶(이)[32]-逮(체)[33]' 두 글자에 대한 허신과

---

31 염정삼, 「說文解字注를 통해 본 段玉裁의 文字觀」, 『中語中文學』 第34輯, 한국중어중문학회, 2004, 5쪽.

단옥재의 풀이를 비교해 보면 다음과 같은 차이가 보인다. 허신은 '隶'와 '逮' 사이의 관계를 직접적으로 설명하지 않는다. 물론 '隶' 부류에 속하는 글자는 모두 '隶'로 구성된다('隶'의 의미를 지닌다)는 언급을 통해 '隶'를 지니는 글자들의 집합이 그러한 의미적 특성을 지닌다는 점을 언급하기는 했으나 이는 부수로서 '隶'를 다루고 있었기 때문에 덧붙인 것이지, '隶'와 '隶'로 구성되는 개별 글자들 간의 '관계'에 초점을 맞춘 설명은 아니다. 반면 단옥재는 허신이 풀이한 '隶'의 본의에 대하여, '辵部'의 '逮'가 이 글자와 음과 뜻이 같으며 '逮'가 주로 사용된 후 '隶'는 사용하지 않게 되었다는 언어사용상의 변화도 덧붙여 설명하였다. 또한 '逮'가 '隶'를 성부로 지니고 있다는 허신의 설명에 대해 '隶'의 본의를 인용하며 '逮'가 형성 결합이자 회의 결합구조의 글자임을 밝혔다. 단옥재가 '逮'에서는 두 글자 사이를 직접 밝히지 않았으나 이 글자가 '형성'이자 '회의'를 겸하는 글자로 보고 있는 점은, 성부 '隶'가 의미작용

---

32 『說文解字注』'隶'. (허신 원문의 (1)에 대한 주석이 단옥재 주 (1)에 해당한다. 주 33 동일.)

【허신원문】'이르다'라는 뜻이다. (1) '又'와 '尾'의 생략형의 의미가 결합된 것이다. 오른손으로 꼬리[尾]를 잡은 자가 뒤에서 따라가는 것이다. (2) '隶' 무리에 속하는 글자들은 모두 隶로 구성된다. [及也. (1) 從又, 尾省. 又持尾者從後及之也. (2) 凡隶之屬皆從隶.]

【단옥재 주】(1) 이 글자와 辵部의 '逮'은 음과 뜻이 모두 같다. '逮'가 주로 사용되면서 '隶'는 폐기되었다. (2) 徒와 耐의 반절음이다. 고음은 15부에 속한다. [(1) 此與辵部逮音義皆同. 逮專行而隶廢矣. (2) 徒耐切. 古音在十五部.]

33 『說文解字注』'逮'.

【허신원문】'唐逮'이다. (1) '이르다'를 뜻한다. (2) '辵'으로 구성되며, '隶'는 성부이다. (3) [唐逮. (1) 及也. (2) 從辵. 隶聲. (3)]

【단옥재 주】(1) 여기서 끊는다. (2) '唐逮'는 쌍성으로 옛날 말인 듯하다. 『釋言』에서 "遏遻逮也"라 하였고, 『方言』에서 "東齊에서는 '蝎'이라 하고, 北燕에서는 '噎'이라 한다. '逮'는 通語이다"라 하였다. (3) '隶部'에서 "隶는 '이르다'라고 했다. 이 글자는 形聲 구조이자 會意 구조의 글자이다. 徒와 耐의 반절음이다. 고음은 15부에 속한다. [(1) 逮. (2) 唐逮雙聲. 蓋古語也. 釋言曰. 遏遻逮也. 方言曰. 東齊曰蝎. 北燕曰噎. 逮通語也. (3) 隶部曰. 隶, 及也. 此形聲包會意. 徒耐切. 古音在十五部.]

을 하고 있음을 다시 한 번 짚어줌과 동시에 두 글자 사이의 의미관계를 인식하고 있었음을 드러낸다. 이 같은 단옥재의 설명은 의미관계 설정 측면에서 매우 직설적이며, 단옥재 자신의 시대를 기준으로 당시의 언어사용 상황을 반영하고, 자신과 동시대의 독자들을 대하는 태도로써 허신의 텍스트에 설명을 가한 것으로 볼 수 있다.

　단옥재의 주석은 『설문해자』의 틀을 그대로 유지한 상태에서 풍부한 자료를 통한 언어학적 설명을 가하고 있다. 주석은 대상 텍스트에 사용된 글자나 문구의 의미를 보다 명확하게 풀이하는 작업으로, 그 과정에서 주석을 하는 사람의 학술적 경향이 반영될 수밖에 없다. 『설문해자주』 역시 『설문해자』의 각 글자에 대한 설명을 명확하게 풀이하기 위하여 지어졌고, 그 안에는 주석가 단옥재의 학술적 인식이 반영되어 있다. 그중 고금자에 대한 설명은 서로 다른 시점(時點) 사이의 언어변화에 대한 인식을 읽을 수 있게 하는 부분이다.

　단옥재가 시간의 흐름에 따른 언어변화를 고금자의 관계를 통해 설명한 것은 성부에 내포된 역사성이 이전 시기 뿐 아닌 청대에도 타당성을 인정받고 있었으며 청대 학술계에서 주목했던 '개념-소리' 간의 밀접한 관계를 눈으로 보여준다는 점에서 의의가 있다. 이러한 의의를 '주석'이라는 더 큰 범주에서 바라본다면, 역사성을 지닌 형성자 성부는 주석가의 시대와 주석 대상 텍스트가 담고 있는 시대를 이어주는 연결고리의 역할을 하는 것으로 볼 수 있다. 결국 단옥재의 고금자 그룹이 성부 (A)를 중심으로 (aA), (bA), (cA), (dA) 식의 양상을 보이는 점은 두 가지 사항을 시사한다.

　　① A의 '역사성'을 통해 의미 변화의 종적 흐름을 확인할 수 있고, A에서 비롯된 글자 간의 횡적인 의미관계의 망(網)을 만들어 낼 수 있다.
　　② 주석가 단옥재의 체계 vs 허신의 체계 : 허신의 체계에 입각하되, 단

옥재의 언어학적 인식과 그 시대의 언어상황을 반영한 단옥재만의 체계가 재구성되고 있다.

단옥재와 허신의 체계를 중심으로 본다면, 단옥재의 고금자 관계 설정은 허신의 텍스트 체계 내에 있는 점과 점 사이를 연결해 준다. 그 관계 설정의 대상은 허신의 체계에 있는 것이기도 하고, 허신 당시에는 없었거나 미처 체계 내로 포섭되지 못했던 글자가 되기도 한다. 즉 단옥재의 현재를 기준으로 글자 간의 관계를 규정짓는 과정에서 허신의 체계 내에 없는 글자까지도 언급을 하게 된다는 점에서, 단옥재의 주석은 결국 단옥재 자신의 '오늘'이 반영된 체계를 재구축해내는 행위가 된다. 이러한 점에서 본다면 주석 작업을 함에 있어 대상 텍스트가 그 자체로 온전히 다루어지는 것이 과연 가능한지에 대한 의문을 던져볼 수도 있다.

주석의 대상은 언제나 주석하는 시점보다 앞선 시간에 이루어져 있고 그 사이에 언어와 사상의 패러다임은 변화한다. 단옥재는 가능한 한 허신의 체계를 존중하되 자신의 시대가 포함되어 있지 않은 그 체계를 자신의 시대를 기준으로 재인식하고 재구축하였다. 즉 단옥재의 '고금자' 관계 설정은 허신의 시대와 단옥재의 시대 사이에 언어를 기록하는 문자 ― 한자(漢字) ―가 겪은 변화를 설명하는 하나의 방법이었으며, '고금자' 간에 보이는 형성자 성부의 역사적 함의는 서로 다른 언어상황을 담고 있는 두 체계 간의 연속성을 이해하는 데 필요한 중요한 속성이라고 할 수 있다.

참고문헌

염정삼, 「說文解字注를 통해 본 段玉裁의 文字觀」, 『中語中文學』 第34輯, 한국중어중문학회, 2004.

허성도, 「漢字의 意味素 研究－'朋·盧·槑'를 중심으로」, 『中國語文學』 第32輯, 영남중국어문학회, 1998.

濮之珍, 김현철 外 譯, 『中國言語學史』, 서울 : 신아사, 1999.

(宋) 王觀國, 『學林』, 北京 : 中華書局, 1988(2006).

(淸) 段玉裁, 『說文解字注』, 上海 : 上海古籍出版社, 1988.

孟　飛, 「右文考」, 國學網, 2007.
　　　(http://www.guoxue.com/lwtj/content/mengfei_ywk.htm)

潘福剛, 「'右文說'與聲訓」, 『瀋陽大學學報』 第19卷 第6期, 瀋陽 : 瀋陽大學, 2007.

孫啓榮, 「也談段玉裁的古今字觀」, 『承德民族師專學報』 第27卷 第3期, 承德 : 承德民族師專, 2007.

沈兼士, 「右文說在訓詁學上之沿革及其推闡」, 『沈兼士學術論文集』, 北京 : 中華書局, 1986.

王三格·徐璐璐, 「段玉裁與王筠文字學思想之對比」, 『大慶師範學院學報』 第28卷 第6期, 大慶 : 大慶師範學院, 2008.

張健銘·張婉如, 「淸代民國學者對漢語語源問題的探討」, 『山東社會科學』 第10期, 山東省社會科學界聯合會, 2009.

蔡永貴·李岩, 「'右文說'新探」, 『新疆師範大學學報』(哲社版) 第1期, 烏魯木齊 : 新疆師範大學, 1998.

何愼怡, 「論段玉裁的以聲爲義說」, 『深圳敎育學院學報』 新4卷 第1期, 深圳 : 深圳敎育學院, 1999.

黨懷興, 『宋元明六書學研究』, 北京 : 中國社會科學出版社, 2003.

沈　刮, 『夢溪筆談』, 臺北 : 臺灣商務印書館, 1968.

王　力, 『中國言語學史』, 上海 : 復旦大學出版社, 2006.

제
3
부

조선시대의 설문학

조선시대 문집에 보이는 중국 언어 문자 연구 조망*
이덕무李德懋의 『청장관전서靑莊館全書』를 중심으로

문준혜

1. 들어가며

한자는 매우 이른 시기에 우리나라에 전래되었다.[1] 비록 차용이기는 하지만 기록할 수 있는 도구를 확보하면서 우리의 역사와 문화, 언어와 문학이 그것으로 기록되었다. 그러나 한자는 단순히 우리의 언어를 기록하는 표음수단으로 차용된 것이 아니었다. 한자를 이용하여 글

---

* 이 글은 『중국어문학지(中國語文學誌)』 제38집(2012.4.30)에 발표된 논문을 수정·보완한 것이다.

1 한자의 전래에 관해 명확한 기록이 있는 것은 아니지만, 위만조선(衛滿朝鮮, 기원전 2세기 경)과 한사군(漢四郡, BC. 108~107)의 설치라는 역사적인 기록과, 1988년 경상남도(慶尙南道) 창원시(昌原市)에서 출토된 기원전 1세기 때의 실물 붓과 잘못 쓴 글자를 고치는 데 쓰던 칼은 당시 한반도에서 한자가 이미 사용되고 있었다는 것을 증명한다. 하영삼(河永三), 「한국역대설문해자연구종술(韓國歷代『說文解字』研究綜述)」, 『중국어문학(中國語文學)』 제56집(第56輯), 2010, 180쪽.

을 쓴 사람들은 우리의 말과는 구조와 유형이 다른 중국어의 법칙을 따라 글을 지었다. 말은 한국어식으로 하고 글은 중국어식으로 쓰는 특이한 이중 구조였던 것이다.[2] 글을 쓸 때마다 언어적 차이를 느껴야 했다면 언어와 문자에 대한 사고가 남다르지 않았을까?[3]

선조들은 한자로 문자생활을 영위하며 수준 높은 문학 작품을 창작했고, 세계적으로 인정받는 훌륭한 역사 기록물들을 생산해 냈다. 그러한 과정에서 한자 자체에 대한 연구가 이루어졌을 것이라는 가정은 그리 무리한 생각이 아닐 것이다. 예컨대 15세기 초에 발명된 훈민정음(訓民正音)은 그 자체가 음성학에 대한 깊이 있는 이해 없이는 만들어질 수 없었을 것이고, 중국 어음을 정확하게 표기하기 위해 만든 새로운 자모는[4] 중국 어음에 대한 세밀한 관찰과 이해를 전제로 하는 것이다. 이것은 조선시대에 이미 훌륭한 언어 문자 연구의 이론과 전통이

---

2 그러나 일상생활에 사용된 문서는 국어의 간섭현상이 심하여 한자를 사용했지만 중국어식 문장이 아닌 국어식 문장이 많았다. 황위주, 「한국한문학 연구의 몇 가지 과제」, 『한국한문학연구의 새지평』, 소명출판, 2005, 1030~1032쪽 참고.

3 『청장관전서』제52권 「이목구심서(耳目口心書)」 5에서 이덕무는 "중국에 태어나지 않은 자로서 문장에 능숙하기 더욱 어려운데 이는 방언이 방해되기 때문이다. 중국 사람은 한 마디 말이라도 문자가 아닌 것이 없다. 아이 때부터 귀로 듣고 입으로 말하는 것이 모두 음과 뜻이 있다. 다만 글을 배우기 전에는 눈으로 무슨 글자인지를 분별하지 못할 뿐이다. (…중략…) 가령 백 마디 말의 글을 중국 사람에게 읽게 하면 늘거나 줄어짐도 없어 다만 백 마디 말일 뿐이지만, 우리는 방언으로 풀이하므로 백 마디 말이 거의 3~4백 마디 말이 되고 또 토가 있어서 거의 50~60 말이 되어 중국과 비교하면 4~5 갑절이나 된다. 그리하여 1년 내내 부지런히 공부해도 몇 가지 글을 읽게 될 뿐이므로 우리나라 사람의 문장에 대한 식견이 끝내 중국 사람에게 미치지 못한다"라고 하였다. 중국어와 국어의 언어적 차이를 인식한 글이라고 할 수 있다.

4 예를 들면 'ㄲ, ㄸ, ㅃ, ㅆ, ㆅ, ㆆ'와 같이 당시 고유어에 사용되지 않은 문자도 『동국정운(東國正韻)』의 23자모에 포함시키고 있으며, 'ㅸ'과 같이 순음 아래에 ㅇ을 연서하여 경순음을 표기한 예를 따라 'ㆄ, ㆄ, ㅱ' 등과 같은 초성도 만들어 사용하였다. 또 훈민정음의 'ㅈ, ㅊ, ㅉ, ㅅ, ㅆ'을 이용하여 'ᅎ, ᅔ, ᅏ, ᄼ, ᄽ'은 중국어의 치두음을, 'ᅐ, ᅕ, ᅑ, ᄾ, ᄿ'은 중국어의 정치음을 표기하기 위해 따로 만들었다. 이재돈, 「소통의 관점에서 본 한국에서의 중국어학 연구 약사(略史)」, 한국 중국어문학 연구의 정체성 모색 한국중국어문학회 2007년 상반기 학술대회 발표논문, 2007, 207쪽.

존재했다는 사실을 알려준다.

　그러나 전통시대의 학문에 대한 연구는 어디까지나 시(詩)와 산문(散文)을 중심으로 하는 한문학(漢文學)이나 유가(儒家)의 경전을 연구하는 경학(經學) 위주로 진행되어 왔고, 그것의 기초가 되는 한자학(漢字學)에 대한 연구는 소략한 편이었다.[5] 하지만 한국 한문학은 매 시기마다 당대의 한학 기초학의 토대 위에 그 수준이 형성되어 왔기 때문에,[6] 전통시대에 수행된 한자학, 즉 한학 기초학의 내용과 수준에 대한 체계적인 연구는 한문학의 깊이 있는 이해를 위해서 뿐 아니라, 균형 잡힌 한국학술사의 기술을 위해서도 반드시 필요한 연구 과제이다. 이러한 관점에서 필자는 조선시대에 이루어진 중국의 언어 문자에 대한 연구 성과를 개괄해보고, 그 내용과 수준이 어떠한지 살펴보고자 한다. 구체적으로는 중국의 언어와 문자를 연구한 전문 저서 이외에, 개인의 문집에 포함되어 있는 언어 문자 관련 내용을 이덕무(李德懋)의 『청장관전서(靑莊館全書)』를 중심으로 살펴보고, 이를 통해 조선시대 중국 언어 문자 연구의 실제를 파악하고자 한다.

5　양원석(楊沅錫)은 문자, 훈고, 성운학에 대한 연구가 청대(淸代) 학술의 중심으로 평가받는 것과는 달리, 조선의 문자 훈고학이 양적으로나 질적으로 미흡하다는 평가를 받는 이유는 당시 조선의 학계에서 문자 훈고학의 학문적 위상이 변두리적 위치에 불과했으며, 이 분야를 전문적으로 연구하는 학자도 많지 않았고, 연구 성과물도 소략한 편이기 때문이라고 지적했다. 양원석, 「조선 후기문자훈고학연구(朝鮮後期文字訓詁學硏究)」, 고려대 박사논문, 2006, 2~3쪽.

6　심경호는 문자학과 음운학을 문학에 이용한 대표적인 예를 들어 이와 같이 말했다. 심경호, 「한학기초학사 서설」, 『한국 한문학연구의 새지평』, 소명출판, 2005, 988쪽.

2. 조선시대의 중국 언어 문자 연구 서적

과거에는 중국의 언어와 문자를 연구하는 학문 분야를 소학(小學)이라고 불렀다. 소학은 독립적인 학문 분야라기보다는 대학(大學)을 위한 기초 학문으로 간주되었으며, 다른 학문을 위한 도구와 방법론으로 활용되었다.[7] 조선시대 중국의 언어와 문자에 대한 연구는 문학과 경학을 위한 도구적 의미에서, 또는 중국음과 차이를 보이는 한국 한자음의 표준 확립을 위해서, 그리고 중국어 학습을 위한 실용적인 목적에서 이루어졌다고 할 수 있다. 전통시대에 소학은 문헌에 기록된 한자의 형음의(形音義)를 연구하는 것이 그 주된 내용이었기 때문에, 연구의 대상은 주로 한자였다. 소학은 연구의 중점에 따라 다시 한자의 형체를 위주로 연구하는 문자학(文字學), 한자의 발음을 연구하는 성운학(聲韻學), 한자의 의미를 연구하는 훈고학(訓詁學)으로 세분되는데, 조선시대의 문자학은 한자 학습을 위해 편찬한 자서류(字書類), 한자의 구조와 자원(字源)을 논한 설문류(說文類)의 서적을 통해 살펴볼 수 있고, 성운학(聲韻學)은 주로 조선시대에 편집, 간행된 운서(韻書)를 통해서 그 내용과 수준을 파악할 수 있다. 훈고학(訓詁學)은 주로 경서의 주석에 나타나 있는데, 의미와 관련된다는 측면에서 어휘류(語彙類)의 서적을 훈고학 저서로 분류할 수 있다. 그리고 중국어에 대한 연구는 역관(譯官)의 양성을 위해 편찬된 중국어 교재를 통해 파악할 수 있다. 조선시대에 간행된 중국의 언어 문자 관련 서적을 정리하면 다음과 같다.

7 　조선 후기(18세기 후반 이후)에 이르러서야 경학의 부용물이라는 기존의 성격을 탈피하고 문자훈고학 자체에 대한 연구를 진행한 측면이 있다. 양원석, 앞의 책, 8쪽.

1) 문자학 관련 서적

초학자용 한자 학습서:

『훈몽자회(訓蒙字會)』1527년 최세진(崔世珍, ?~1542)

『신증류합(新增類合)』1574년 유희춘(柳希春)

『석봉천자문(石峰千字文)』1583년 한석봉(韓石峯)

『초학자훈증집(初學字訓證輯)』이식(李植, 1584~1647)

『아희원람(兒戱原覽)』1803년 장혼(張混, 1759~1828)

『초학자휘(初學字彙)』장혼

『몽유편(蒙喩編)』1810년 장혼

『아학편(兒學編)』정약용(丁若鏞, 1762~1836)

『자류주석(字類註釋)』1856년 정윤용(鄭允容)

『초학문(初學文)』허전(許傳, 1797~1886)

『정몽류어(正蒙類語)』1884년 이승희(李承熙)

『설문(說文)』및 자원(字源) 연구서:

이익(李瀷)의 「설문」(『성호사설(星湖僿說)·경사문(經史門)』제18권)

『자학제강(字學提綱)』이형상(李衡祥, 1653~1733)

『제오유(第五游)』[8] 심유진(沈有鎭, 1723~미상)

『육서경위(六書經緯)』[9] 홍량호(洪良浩, 1724~1802)

『설문신의(說文新義)』남정화(南正和, 1758년 출생)(실전됨)

『설문해자익징(說文解字翼徵)』1872년 이전 박선수(朴瑄壽)

---

8   현전하는 한국 최초의 한자 자원 연구서. 미완고(未完稿)로 사본(寫本)이며 1책 103
    장으로 구성되었다. 하영삼, 앞의 책, 185쪽.
9   글자의 뜻만 간단하게 해석하고 자원(字源)의 풀이가 부족했던 당시의 운서(韻書)를
    보완하여 상용자 1,700여 자를 대상으로『설문』에 근거하여 글자의 원래 의미를 자
    세하게 해석한 책이다. 위의 책, 190쪽.

『자훈(字訓)』허전(실전됨)

이규경(李圭景)의 「설문변증설(說文辨證說)」 등 (『오주연문장전산고(五洲衍文長箋散稿)・경사편(經史篇)・경전류(經傳類)・소학(小學)』)

2) 성운학(聲韻學) 관련 서적

성운학 관련 서적으로는 중국의 운서에 한글 자음을 병기하거나 독자적으로 편찬한 운서들과 음운에 관한 전문 연구 저작들이 있다.

운서(韻書) :

『홍무정운역훈(洪武正韻譯訓)』1455년 『홍무정운(洪武正韻)』에 한글 자음 병기

『사성통고(四聲通考)』1447년 신숙주(申叔舟)

『동국정운(東國正韻)』1447년 신숙주, 최항(崔恒), 박팽년(朴彭年) 등

『삼운통고(三韻通考)』세종 때로 추정[10] 조선시대 과거시험에서 사용

『속첨홍무정운(續添洪武正韻)』필사본 최세진『홍무정운역훈』의 보완서

『사성통해(四聲通解)』1517년 최세진『사성통고』의 보완서

『증보삼운통고(增補三韻通考)』숙종(재위 1674~1720) 때 김제겸(金濟謙), 성효기(成孝基)

『삼운보유(三韻補遺)』1702년 박두세(朴斗世)

『화동정음통석운고(華同正音通釋韻考)』1747년 박성원(朴性源)『삼운통고』에 한글자음을 병기한 서적

『화동협음통석(華東叶音通釋)』박성원

---

10 이재돈, 앞의 책, 208쪽.

『삼운성휘(三韻聲彙)』1751년 홍계희(洪啓禧)

『규장전운(奎章全韻)』1792, 1796년 이덕무(李德懋) 등

『전운옥편(全韻玉篇)』18세기 말

음운에 관한 연구 저작 : 대부분 문집의 일부나 부록으로 수록되어 있다.

『경세정운(經世正韻)』1678년 최석정(崔錫鼎)

『운해훈민정음(韻解訓民正音)』1750년 신경준(申景濬)

『운학본원(韻學本源)』황윤석(黃胤錫, 1729~1791)

『오음정(五音正)』이광사(李匡師, 1705~1777)

『사칠정음운고(四七正音韻考)』박경가(朴慶家, 1779~?)

3) 훈고학 관련 저서

한자 어휘 분류집 :

『신보휘어(新補彙語)』[11] 인조 초 완성 김진(金搢)

『환영지(寰瀛志)』1770년 위백규(魏伯珪)

『고금석림(古今釋林)』1750~1789년 이의봉(李義鳳)

『재물보(才物譜)』1798년 이만영(李晚永)

『광재물보(廣才物譜)』미상

『물보(物譜)』1802년 이가환(李嘉煥), 이재위(李載威)

『자산어보(玆山魚譜)』정약전(丁若銓, 1758~1816)

『몽학의휘(蒙學義彙)』1804년 정약전

『아언각비(雅言覺非)』1819년 정약용

---

11 59권 13책의 어휘 중심의 유서(類書).

『물명고(物名攷)』1820년 유희(柳僖)

『청관물명고(靑館物名攷)』정약용

『조수충어초목명(鳥獸蟲魚艸木名)』신작(申綽, 1760~1828)

『시명다식(詩名多識)』정학상(丁學祥), 정학포(丁學圃)

『사류박해(事類博解)』미상 이공(李公, 심로순(沈老淳)의 외조부) 1839년
과 1855년 간행본이 있음

『물명찬(物名纂)』1890년 유모(柳某)

『만물록(萬物錄)』미상

『만물류찬(萬物類纂)』미상

『자의물명수록(字義物名隨錄)』미상

『신편옥총(新編玉叢)』미상

『물명(物名)』미상

4) 중국어 학습 교재

『직해소학(直解小學)』태조 때 설장수(偰長壽)

『훈세평화(訓世評話)』1473년 이변(李邊)

『번역노걸대(飜譯老乞大)』중종 때 최세진

『번역박통사(飜譯朴通事)』중종 때 최세진

『노걸대언해(老乞大諺解)』1670년

『박통사언해(朴通事諺解)』1677년 권대운(權大運) 박세화(朴世華) 등

『오륜전비언해(伍倫全備諺解)』1720년 교회청(敎誨廳) 15인 역

『구간노걸대(舊刊老乞大)』1745년

『노걸대신석(老乞大新釋)』1761년

『노걸대신석언해(老乞大新釋諺解)』약 1761년 변헌(邊憲) 등

『박통사신석언해(朴通事新釋諺解)』1765년 김창조(金昌祚)

『박통사신석(朴通事新釋)』1765년 김창조(金昌祚)

『중간노걸대(重刊老乞大)』1795년 이수 등

『중간노걸대언해(重刊老乞大諺解)』약 1795년 이수(李洙) 등

『화음계몽(華音啓蒙)』1883년 이응헌(李應憲)

『화음계몽언해(華音啓蒙諺解)』1883년 이응헌

5) 이국어(異國語) 간 어휘 대응 사전

『조선관역어(朝鮮館譯語)』15세기 초

『어록해(語錄解)』1657년 정양(鄭瀁) 중국어 속어 사전

『역어류해(譯語類解)』1682년, 1690년 신이행(愼以行), 김경준(金敬俊) 등

『동문류집(同文類集)』미상 만주어 어휘집

『동문류해(同文類解)』1748년 만주어 어휘집

『역어유해보(譯語有解補)』1775년 김홍철(金弘喆)

『몽어류해(蒙語類解)』1768년 수정 간행

『한청문감(漢淸文鑑)』1771년 이담(李湛), 김진하(金振夏) 등

『방언집석(方言集釋)』1778년 홍명복(洪命福) 등

『고금석림(古今釋林)』1789년 이의봉

『수호지어록(水湖志語錄)』정학영(丁學榮)

많은 서적들이 18세기 중후반에 출판된 것을 확인할 수 있는데, 이
는 그 즈음에 小學이 하나의 학문 분야로 인식된 것과 관련지을 수 있
다. 조선의 소학은 1792년에 정조(正祖, 1777~1800년 재위)가 「육서책(六書
策)」[12]을 통해 주자(朱子)의 『소학』이 아닌, 또 다른 학문분야로서의 소

학을 천명하면서 본격적으로 시작되었다고 할 수 있다.[13] 정조는 "천지 만물의 조화와 무궁한 자취가 글을 의뢰하지 않는 것이 없으므로 문자의 공용(公用)이 매우 크다",[14] "학문은 격물치지(格物致知)보다 중요한 것이 없고, 격물치지는 문자보다 더 긴요한 것이 없다"[15]고 천명하고 문자가 모든 학문의 기초라고 주장했는데, 통치자의 이러한 인식은 소학의 성립과 발전에 큰 영향을 끼쳤을 것이다. 아래에서는 정조시대에 활약했던 이덕무의 문집에서 소학과 관련된 내용을 선별하여 살펴보고, 당시 소학의 내용과 수준을 파악하고자 한다.

3. 이덕무의 『청장관전서』에 보이는 중국 언어 문자 관련 내용

아정(雅亭) 이덕무(1741~1793)는 개인의 학문적 성향뿐 아니라 규장각 검서관(奎章閣檢書官)이라는 직책을 역임한 덕에 방대한 서적을 접할 수 있었으며, 이를 통해 박학다식하고 고증이 치밀한 것으로 유명하다. 그의 시문집(詩文集)인 『청장관전서』는 총 71권 33책으로 구성되었는데, 저자의 다채로운 학풍과 치밀한 고증이 잘 나타나 있고, 영정조

---

12 「육서책문(六書策問)」은 정조가 1792년에 이덕무, 박제가, 윤행임, 서영보, 남공철, 이서구, 이가환, 성대중, 유득공 등에게 『규장전운』의 교정을 지시하며, 아울러 문자학의 주요 문제와 개념 등을 질문한 책문이다.

13 심경호, 앞의 책, 988쪽.

14 "凡天地萬物造化不窮之跡, 莫不有待而資取焉. 大矣哉, 文字之功用也." 『아정유고(雅亭遺稿)』 12 「육서책(六書策)」

15 "夫學莫大於格致, 格致莫要於文字." 『아정유고』 12 「육서책」

(英正祖) 시대에 꽃핀 학문과 문화운동의 성과를 잘 반영해주고 있다.[16]

『청장관전서』 가운데 소학 관련 내용은 전체 분량의 극히 일부분에 해당된다. 그나마도 여러 곳에 흩어져 있고, 정조의 「육서책」에 답한 「대책문(對策問)」을 제외하면 대체로 단편적이다. 여기저기에 흩어져 있는 소학 관련 내용을 『설문』 등을 이용하여 한자의 구조와 의미를 증명한 내용, 한자 음운학과 관련된 내용, 중국어 어휘에 관한 내용 등으로 구분하여 살펴보자.

1) 문자학과 관련된 내용―「육서책문」에 대한 「대책문」

「육서책문」은 정조가 1792년에 이덕무, 박제가(朴齊家), 윤행임(尹行恁), 서영보(徐榮輔), 남공철(南公轍), 이서구(李書九), 이가환(李家煥), 성대중(成大中), 유득공(柳得恭) 등에게 『규장전운』의 교정을 지시하며, 아울러 문자학의 주요 문제와 개념 등을 질문한 글이다. 정조는 이들이 평소에 글을 읽고 고문(古文)과 기자(奇字)를 많이 알고, 또 운서를 편찬 정리하는 일을 담당하였으므로 문자에 관련된 질문에 능히 답할 수 있을 것이라고 생각하고[17] 문자와 관련하여 십여 가지 사항을 질문했다.[18] 「대책문」

---

16 1978년 민족문화추진회에서 국역본(國譯本)을 간행하였다. 이 글은 국역본에 근거하여 작성하였다.

17 "今子大夫平居讀書, 多識古文奇字, 而又當承命編釐韻書, 安得不發策求助補予格致." 『아정유고』 12 「육서책」.

18 정조의 질문을 정리하면 다음과 같다. ① 춘추 이전에는 文이라고 말하고 字라고 말하지 않았는데, 문과 자를 아울러 칭한 것은 언제부터인가? 字의 본래 의미는 '기르다'에 가까운데 왜 字를 文으로 훈석하였는가? ② 문상(文象)이 성립되어 결승(結繩)에 대신하고 조적(鳥跡)이 밝아져서 서계(書契)가 만들어지고, 독체(獨體)가 문(文)이 되고 합체(合體)가 자(字)가 되고, 문에는 팔상(八象)이 있고 자에는 육류(六類)가 있으니, 그 이루어진 정밀한 뜻을 자세히 논할 수 있겠는가? ③ 육서의 미묘한 뜻을 다 말할 수 있는가? ④ 전주와 가차에 대한 다양한 논의와 이론은 모두 근거가 있는 것인

의 답변을 중심으로 이덕무의 문자관 및 문자 연구 내용을 살펴보자.

(1) 문자관(文字觀): 문자는 만사(萬事)의 근본(根本)이다.

이덕무는 "글은 백가지 사무의 강령이요 온갖 사물의 근본적인 규칙이므로 육예(六藝)의 하나를 차지하며 오례(五禮)를 겸하여 포괄하는 것이다. (…중략…) 팔괘(八卦)가 이미 그어지고 만상이 나누어지매 문자가 큰 수레가 되고 경적이 여섯 고삐가 되어 선왕의 교화가 백대에 행하여 물건에 미치는 공이 조화와 같으니 소홀히 할 수 없다"[19]라고 주장한다. 그리고 진(秦)이 멸망한 것은 호해(胡亥) 때문이 아니라 글자체를 변혁한 데서 비롯되었다고 보았다.

하(夏)·은(殷)·주(周)의 동(鐘)·정(鼎)·이(彝) 등의 그릇에 새긴 기록과『주역(周易)』,『상서(尙書)』,『효경(孝經)』의 글을 보면 글자가 모두 원만하고 질박하여 생생불이(生生不已)의 묘미를 갖추었는데, (…중략…)

가? ⑤ 팔괘가 충(忠)이 되고 고문이 질(質)이 되고 주문이 문(文)이 된다고 하는데, 충, 질, 문이 문자에 무슨 관계가 있어서 이렇게 나누는 것인가? ⑥ 문(文), 자(字), 서(書)는 각각 독자적인 뜻이 있는데 통하여 훈석할 수 있는가? ⑦ 진한에서 팔체를 병용한 것을 분석할 수 있고, 견풍이 삭제해서 육체로 정한 것을 고루 들 수 있는가? ⑧ 범(梵)·가로(伽盧)·계힐(季頡)을 축전(竺典)에서 세 사람으로 병칭(竝稱)한 것과, 서화(瑞華)·화초(花草)·운하(雲霞)의 후래에 변한 삼체(三體)를 모두 그 득실을 지적할 수 있겠는가? ⑨ 가로한 것은 긴 배가 조그만 물가를 횡단하는 것 같고, 곧은 것은 봄 댓순이 골짝에서 빼어나는 것 같다는 것은 어디에서 형상을 취한 것인가? ⑩ 하락(河洛)이 열리면서 도서(圖書)가 조짐(兆眹)하고, 가화(嘉禾)가 나면서 수서(穗書)가 시작되었다 하니 어디에서 증거를 취한 것인가? ⑪ 문자는 분적의 근본이요 사장의 택우요 언어의 체모이다.『설문해자』덕분에 후세에 소학이 남아 있다. 주자는 소학을 예기류의 지류에서 구하였는데, 주자의 소학은 후학에게 공이 있는 것인가? ⑫ 오직 일종의 육예(六藝)에 종사하는 자들이 가끔 옛것을 고증하여 문자(文字)로 소학(小學)을 삼아 괴이한 견해와 고벽한 의논이 지금까지 분분한 것은 무슨 까닭인가?

19 "書爲百務之網領, 萬品之統紀, 迺所以列於六藝之一, 而兼該禮樂射御數五藝者也. 徐鉉所謂八卦旣匣, 萬象旣分, 則文字爲之大略, 載籍爲之六轡. 先王敎化, 行於百代. 及物之功, 與造化均, 不可忽也者."

진대(秦代) 이사(李斯)의 소전(小篆)과 정막(程邈)의 예서(隷書)에서는 둥근 모양이 네모형태로 바뀌고 모든 획이 날카롭게 되었으며, (…중략…) 여기에서 병기를 좋아하고 싸움을 숭상하는 버릇이 발로되어 하늘의 둥근 것을 닮아 생생불이하는 기상이 사라져 세도가 위태하고 인심이 투박하게 되었다.[20]

이덕무는 고대의 글자는 하늘의 둥근 모양을 닮아 글자체가 모두 원만한데, 소전과 예서에 이르러 둥근 모양이 네모 형태로 바뀌고 획이 날카로워지면서 인심이 바뀌고 나라가 망하는 데까지 이르게 되었다고 생각한 것이다. 이는 글자체가 인심과 국가의 명운을 움직일 수 있을 정도로 매우 중요한 역할을 한다고 인식한 것으로, 문자를 모든 일의 근본이라고 생각한 이덕무의 문자관을 잘 보여준다고 할 수 있다. 그러나 서사의 '편리'를 추구하는 글자체의 자연스러운 변천 과정을 인정하지 않은 것은 문자의 발전에 대한 인식의 한계를 드러낸 것이라고 할 수 있다. 이덕무는 이처럼 문자를 중요하게 생각했기 때문에 문자의 구조를 정확하게 인식하고 한 점 한 획이라도 틀리지 않고 쓰는 것을 중요하게 여겼다.[21] 이 때문에 자연히 육서(六書)와 『설문(說文)』의

---

20 "臣嘗閱夏殷周錘鼎彝器款識, 及古周易尚書孝經之文, 渾然圜樸, 皆具生生不已之妙. 大凡天休至圜, 故天之所生, 皆肖天而圜, 以其圜也不局不礙, 而生生不已, 大而日月星辰, 細而艸木之實, 蟲鳥之卵, 何嘗有不圜之体耶, 故古之字体, 亦莫不肖天而圜, 聖王体天, 以之考文則天下大治, 至秦而事不師古, 以吏道易君道, 不惟燒毀六經, 遺禍後世, 六書亦隨而殘, 嗚呼. 此天下之大變, 夫李斯慘覆人也, 師承苟卿之性惡, 其心蘊畜之猜險, 發之爲小篆, 削圜爲方, 背古易俗, 以啓程邈徒隷之書, 邈, 獄囚也, 久係雲陽, 幽鬱積中, 刱造隷書, 曲折無漸, 稜芒四出, 日趨於謬, 三代古文, 格而不行. 噫, 日之全規而變爲方匡, 月之半規而易爲縱結, 則字体之倒置, 可類而推, 至若點如仰釘, 畫如偃刀, 豎如立戈, 跳如倒鉤, 策如飛石, 掠如側戈, 喙如倚槍, 磔如垂釖, 嗜兵之象, 尚戰之習, 一於是發露, 向所謂肖天之圜生生不已者, 索然不復見矣, 以此而行之官府, 施之士民, 垂之久遠, 世道安得而不危, 人心安得而不渝, 臣以爲秦之亡, 不亡於胡亥, 而亡於變易字体."

21 『청장관전서』 59권 「앙엽기(盎葉記)」 6 「정한강서학(鄭寒岡書學)」에 정한강이 한 획 한 점도 틀린 곳이 없이 글자를 썼다고 칭찬하는 내용이 있다. "內閣有東賢簡帖,

학습을 강조했다.

(2) 육서(六書)와 『설문(說文)』의 학습을 강조하다.

이덕무는 "글씨를 쓸 때에는 아무리 바빠도 자획이 완성되지 못한 글자를 만들어서는 안 되며",[22] "육서에 밝지 못하면 육경(六經)을 통달할 수 없으므로 먼저 『설문』을 읽어 자획, 자의, 자음을 분명히 알고 그 다음에 글을 읽어야 의미를 더욱 깨닫게 된다"[23]고 생각했다. 이는 이덕무가 정확한 문자사용을 위해 육서와 『설문』의 학습이 중요함을 천명한 것이라고 할 수 있다. 이덕무는 문자 교육의 부재로 인해 글자가 와전되고 발음이 그릇되었다고 지적하며 다음과 같은 예를 들었다.

> 娚(남)의 훈고(訓詁)는 '재잘거리다[喃]'인데 '아내의 형제'로 칭하고, 侄
> (질)의 훈고는 '어리석다[痴]'인데 '형제의 아들'로 칭하고, 趾(지)는 본래
> '발가락'인데 '발꿈치[踵]'라고 훈고하고, 棟(동)은 '옥척(屋脊, 용마루)'인데
> '기둥[柱]'으로 훈고하고, 羔(고)는 '양의 새끼'인데 '고력(羖䍽)'으로 부르고,
> 藿(곽)은 '콩잎'인데 '해채(海菜)'로 부르고, 獤(돈)으로 貂(초)를 대신하고,
> 栯(명)으로 筧(견)을 대신하고, 勺(작)을 夕(석)이라고 하고, 菽(숙)을 太
> (태)라고 하고, 薔薇(장미)를 海棠(해당)이라고 하고, 連翹(연교)를 辛夷
> (신이)라 하고, 揮(휘)와 周(주)가 뜻이 같고, 仍(잉)과 因(인)이 소리가 같
> 고, 啚(비)와 圖(도)를 같이 칭하고, 曹(조)와 曺(조)를 달리 써서 이와 같
> 은 종류가 이루 다 손가락으로 꼽을 수 없는데 감히 문사(文詞)에 쓰고 장

載鄭文穆公述小札一張, 字字究驗, 則無一畫一點紕繆者, 始識寒岡爲儒林中第一書學,
嘗與朴在先, 嗟嘆良久."

22　"書雖忙, 勿作未成字, 如劉作劉, 權作栵, 羅作, 嚴作叩, 邊作過之類也."『청장관전서』
　　「사소절(士小節)」제3「사전(士典)」3「교습(敎習)」.

23　"不明六書, 不可以通六經, 先讀說文, 洞曉字畫字義字音, 可以次第讀書, 益覺有味."『청
　　장관전서』「사소절」「사전」2「교습」.

주(章奏)에 올리니, 누가 문명한 세상에 이렇게 거칠고 경박한 버릇이 있으리라고 생각하였겠습니까?[24]

이는 잘못된 한자 사용과 훈고의 문제를 지적한 것이다. 이덕무는 이 모든 원인이 육서에 대한 학습이 이루어지지 않기 때문이라고 생각하고 그 해결책으로『설문』을 학관(學官)에 세워 모두가『설문』을 배우게 할 것을 제안했다.

신의 어리석은 생각으로는 자(字)와 운(韻)은 새의 두 날개와 같아서 어느 한편도 폐할 수 없으니,『설문』과『광운(廣韻)』의 학관을 세워 곽충서(郭忠恕)의『한간(汗簡)』과 주백기(周伯琦)의『정와(正譌)』로 자서(字書)의 우익을 삼고, 고염무(顧炎武)의 『음학(音學)』과 소장형(邵長蘅)의 『운략(韻略)』으로 운서의 우익을 삼고, 좋은 판본을 사서 번각하여 널리 전하며, 궐문에 달아매고 정식(程式)을 삼아서, 관각(館閣)의 신하와 상서(庠序)의 선비와 가숙(家塾)의 아이와 장옥(場屋)의 유생과 관부(官府)의 서리(胥吏)와 위항(委巷)의 학구(學究)로 하여금 집마다 두고 사람마다 익히지 않는 이가 없게 하고 아침저녁으로 보고 연구하게 하면, 형(形)·의(意)·사(事)·성(聲)·가차(假借)·전주(轉注)를 확실히 깨달아서 예전에 싫어하고 미워하던 것을 지금은 알아서 흡족히 여기고, 예전에 조롱하고 비웃던 것을 기쁘게 복종할 것입니다. 그런 다음 경사(經史)를 새로운 안목으로 읽어 보면 성(蟶)이 조개의 종류인 것을 한인(漢人)이 아니라도 장사치도 알게 되며, 분(笨)이 댓속인 것을 무관(武官)을 의뢰하지 않고 연신(筵臣)도 깨닫게 될 것입니다.[25]

---

24 "娚訓, 喃也, 而稱之以妻之兄弟, 侄訓, 癡也, 而稱之以兄弟之子, 趾本足指, 而訓爲踵也, 棟本屋脊, 而訓爲柱也, 羔是羊子, 而呼以羖䍽, 藿是荳葉, 而呼以海菜, 獤以代貂, 楄以代筧, 勺以爲夕, 菽以爲太, 薔薇以爲海棠, 連翹以爲辛夷, 揮周同義, 仍因幷聲, 畾畾共稱, 曹曹異用, 似此之類, 指不勝僂, 而洒敢用諸文詞, 登諸章奏, 孰爲文明之世, 有此鹵莽之習也哉."

이덕무는『설문』을 학습하여 한자의 구조를 정확하게 알아야 한자
를 바르게 사용할 수 있다고 했지만, 오로지 옛것만을 숭상한 것은 아
니었다. 그는 한편으로는 "습속의 그릇된 점을 다 변경시킬 수는 없으
므로, 언어나 서찰에서 너무 심한 것을 제외하고는 습속을 따르는 것
이 옳으며, 기이한 글자나 옛날 음운을 써서 통하지 못하게 해서는 안
된다"[26]고 하여 언어 문자생활에서의 융통성도 발휘하였다. 이덕무는
이처럼 한자의 원래 구조를 파악하고 정확하게 서사해야 한다고 생각
했기 때문에 초서(草書)와 같이 한자의 구조를 파괴한 서체에 대해서
못마땅하게 생각했다.

(3) 서체(書體)에 관하여

이덕무는 서체의 발전에 대해 "고문(古文)이 맨 처음으로 나왔는데
대전(大篆)·소전(小篆)으로 나뉘었고, 예서(隸書)·장초(章草)·비백(飛
白)이 생기자 서예가 비로소 갈림길이 많아져 귀일할 수가 없었다. (…
중략…)『설문』에 실려 있는 고문 396개와 주문(籒文) 145개에는 황제
(黃帝)와 주(周) 선왕(宣王)의 자취가 오히려 남아 있는 것이 있다"[27]고

---

25 "臣愚以爲字二書, 如鳥兩翼, 不可偏廢, 說文廣韻, 立之學官, 以郭忠恕汗簡, 周伯琦正
譌, 爲字書之羽翼, 以顧炎武音學, 邵長蘅韻略, 爲韻書之羽翼, 購得善本, 繙刻廣傳, 懸
之象魏, 着爲程式, 使館閣之臣, 庠序之士, 家塾之童, 場屋之儒, 官府之胥吏, 委巷之學
究, 莫不戶置而人習, 朝覽而夕究, 形意事聲假借轉注, 犁然覺悟, 昔之厭惡, 今焉暢洽,
昔之譏笑, 今焉悅服, 更讀經史, 頓然改觀, 則蟪之蚌屬, 不待漢人而販夫知之, 笨之竹
裡, 不籍武官而筵臣覺之."「육서책」.
26 "然習俗譌誤, 不可盡變, 言語書札, 去泰去甚, 姑且從俗, 勿用奇字古韻, 扞格不通, 可
也."『청장관전서』「사소절중(士小節中)」「사전」2.
27 "古文首出, 而大小之篆, 分隸之書, 童牸飛白, 藝始多歧, 莫能歸一, 後漢許愼, 着說文十
四篇五百四十部, 本蒼頡之篇九千三百五十三字, 則秦篆之全也, 其所載古文三百九十
六, 籒文一百四十五, 軒周之跡, 猶有存者, 而小學之傳, 不絶如線, 賴有此一書而已 (…
중략…) 噫, 魏晉之間, 鍾王之流, 始以草楷相尙, 欹斜放縱, 惟取華媚, 悅人之目, 視六
書, 如玉苴絲也, 匪人固不足責, 而義之賢士, 何若是其違道, 至以變爲便婳, 攻書之家,
踵譌襲謬, 迷不知改, 豈不慨惜, 或云草書出於堯舜之世, 則刱造者合被四凶之誅, 旨哉
言也."「육서책」.

했다. 그리고 "슬프다! 위진(魏晉) 사이에 종요(鍾繇), 왕희지(王羲之)의 무리가 비로소 초서·해서를 숭상하고 마음대로 획을 긋고 글씨를 써서 화려만을 일삼아 사람의 눈만 기쁘게 하였고, 육서 보기를 초개와 같이 하였다. 종요는 좋지 못한 사람이니 책할 것이 없지마는, 희지는 어진 선비인데 어찌 이같이 도에 어긋나서, 溲嫂(수수)를 바꾸어 便嬖(편수)로 만들어 글씨를 공부하는 사람들이 그릇된 것을 답습하여 고칠 줄 모르게 하였으니 어찌 애석하지 않은가? 혹은 말하기를 '초서(草書)가 요순(堯舜)의 세상에 나왔다면 창조한 자는 마땅히 사흉(四凶)과 같이 베임을 당하였을 것이다' 하니 재미있는 말이다"라고도 했다.

이덕무는 한자 서체의 발전을 파악하며, 고문이 가장 먼저 나온 문자이고 그것에서 대전, 소전으로 나뉘어 발전되었으며, 다시 예서, 초서, 해서가 출현했다고 보았다.[28] 이는 허신(許慎)이 『설문·서』에서 언급한 내용으로, 이덕무는 한자 서체의 변천에 대해 허신의 견해를 수용하고 있음을 알 수 있다. 또 한자의 구조를 파괴하여 극도로 서사의 편리성을 추구한 초서에 대해 매우 부정적인 견해를 나타낸 것을 통해, 이덕무는 한자의 서사에 대해 강한 정자관(正字觀)을 가지고 있었음을 알 수 있다.

(4) 기타

이덕무의 문집에는 『설문』에 근거하여 한자를 분석하고 단어를 풀이한 내용이 많다. 명나라의 여유기(呂維祺)가 지은 『음운일월등(音韻日月燈)』에서 '인(寅)'과 '신(申)'이 모두 '구(臼)'로 구성되었다고 말한 것에 대해 이덕무가 언급한 내용을 살펴보자.

---

[28] 그러나 고문(古文)은 황제 시대의 문자가 아니라, 춘추전국시대 동방 육국에서 사용한 문자이므로 이덕무가 고문을 이와 같이 파악한 것은 시대적인 한계라고 할 수 있다.

명(明)의 여유기는 『음운일월등』을 저술하고, 용(舂)자를 바로잡기를, '『회남자(淮南子)』에 고용(高舂)·하용(下舂)의 글귀가 있는데, 고유(高誘) 의 주(註)에서 '고용(高舂) 때는 수졸(戍卒)들을 더 내는 것이니 곧 백성들 이 방아를 찧는 때이다'라고 했다. 그러나 내 생각에 고용(高舂)은 인시(寅 時)이고, 하용(下舂)은 신시(申時)이다. 왜냐하면 인(寅)과 신(申) 두 글자 는 구(臼)자를 따라 만들어졌기 때문이다'라고 했다. 그러나 내 생각에 여 씨(呂氏)는 전혀 『설문』을 읽지 않은 것 같다. 인(寅)[29]과 신(申)[30]은 모두 국(臼)[31]으로 구성되었고 구(臼)로 구성되지 않았다. 살펴보면 『시화(詩 話)』에서는 '두 손[兩手]을 국(臼)이라고 한다'고 했고, 『집운(集韻)』에서는 '발음이 공(幷)이며 손을 깍지 끼는 것이다'라고 했으며, 『설문』에서는, '인(寅)은 빈(髕)[32]이다. 정월에 양기(陽氣)가 동(動)하여 황천(黃泉)을 떠 나 위로 올라가려고 하지만 음기(陰氣)가 여전히 강하다. 덮어서 아래에 서 꿈틀거리지 못하게 만드는 모습을 상형한 것이다'라고 했으며, 서현은 '빈(髕)은 물리친다는 뜻인데 사람의 양기가 위로 재빠르게 나가려고 하 는데 위에서 막아 '면(宀)' 아래에 있게 하는 것이다. 국(臼)은 그것을 물리 치는 것이다'라고 했으니, 바로 상형(象形)이다.[33]

---

29 寅: 髕也. 正月, 陽气動, 去黃泉, 欲上出, 陰尙彊, 象宀不達, 髕寅於下也. 凡寅之屬皆從 寅. 霋, 古文寅. 弋眞切. 徐鍇曰: "髕斥之意, 人陽气銳而出, 上閡於宀. 臼, 所以擯之也."

30 申: 神也. 七月, 陰气成, 體自申束. 從臼, 自持也. 吏臣餔時聽事, 申旦政也. 凡申之屬 皆從申. 皀, 古文申. 昌, 籒文申. 失人切.

31 臼: 叉手也. 從𦥑, 彐. 凡臼之屬皆從臼. 居玉切.

32 『설문해자주(說文解字注)』에서 단옥재는 이 글자가 인(濥)을 잘못 쓴 것이라고 했다. 이 에 따라 해석하면 "나오려고 꿈틀댄다"는 뜻으로 해석해야 한다. 염정삼(廉丁三), 「설문 해자주부수자역해(說文解字注部首字譯解)」, 서울대 출판문화원, 2009, 722쪽.

33 "明呂維祺, 案字介孺, 新安人, 萬曆進士, 官兵部尙書, 講學敦氣節, 罷官居洛陽, 流賊陷 城, 被執不屈遇害, 著音韻, 日月燈, 訂舂字曰, 淮南子有高舂下舂之文. 高誘注, 高舂時, 加戌民雄舂時也. 愚謂高舂者, 寅時也. 下舂者申時也. 寅申二字從臼故云云, 余謂呂 氏, 專不讀說文, 寅申俱從臼, 不從臼也. 案詩詁曰, 兩手曰臼, 集韻音幷, 叉手也, 說文, 髕也, 正月陽氣動, 去黃泉欲上出, 陰尙彊也, 象不達, 髕寅於下也. 徐曰, 髕擯斥之意, 人陽氣上銳而出閡於也. 臼所以擯也, 象形." 『청장관전서』 57권 「앙엽기(盎葉記)」 4.

이덕무는 여유기가 『회남자』 '고용(高舂)'의 '용(舂)'자에 얽매여 인(寅)과 신(申)을 구(臼)로 구성된 것으로 억지 해석한 것을 『설문』에 근거하여 이와 같이 증명하였다. 이는 이덕무가 『설문』의 문자 분석을 신뢰하고 그것을 문자 해설의 근거로 삼았음을 보여준다. 그러나 『설문』의 내용을 모두 수용한 것은 아니었다. 정조의 「육서책」에서 전주와 가차에 대해 질의한 내용에 답하면서는 '상(上)', '하(下)'를 '인(人)'이 '일(一)'의 위에 있는 구조라고 분석하고, '무(武)'는 본래 형성자인데 『좌전(左傳)』에서 회의로 잘못 분석했다고 했는데,[34] 이는 『설문』과 다른 독특한 문자 해설이다. '상(上)'과 '하(下)'를 '인(人)'과 '일(一)'의 결합으로 분석한 것은 현재의 자형에 근거한 임의적인 해설이라고 할 수 있고, '무(武)'를 형성으로 분석한 것은 정초(鄭樵)의 설을 인용한 것으로 보인다.[35] 이밖에 요금원청(遼金元淸)의 문자에 대한 기록,[36] 『목천자전(穆天子傳)』의 기이한 글자들에 대한 기록,[37] 무조(武朝)가 글자를 만든 것에 대한 논의[38] 등도 문자 연구와 관련 있는 내용이라고 할 수 있다.

2) 성운학(聲韻學)과 관련된 내용

이덕무는 정조의 명으로 『규장전운(奎章全韻)』의 편찬을 주도한 인물이므로 당연히 성운학에 대한 조예가 깊었을 것이다. 성운학적 연구는 『규장전운』의 내용과 수준을 통해 더 정확하게 알 수 있겠지만, 문

---

34 "指事之上下, 人在一上, 人在一下, 各有其事, 可指而知也. 象形之日月, 取形圓缺, 象于篆体也. 諧聲之江河, 以水爲形, 工可爲聲也. 會意之武信, 止戈爲武, 人言爲信. 然戈是形而止是音, 則原係諧聲, 而左氏之誤也." 「육서책」.

35 양원석, 앞의 책, 46~47쪽.

36 『청장관전서』 60권 「앙엽기」 7.

37 『청장관전서』 57권 「앙엽기」 4.

38 『청장관전서』 59권 「앙엽기」 6.

집에도 성운학과 관련된 몇 가지 내용이 보인다.

우선 청나라 학자 이조원(李調元)에게 보내는 편지에 "우리나라는 운학(韻學)이 발달하지 못하여 세간에 유행하는 것은 『삼운통고(三韻通考)』뿐이며, 통운법이 중국과 매우 다르다"[39]라고 말하며 중국의 통운법은 『패문운부(佩文韻府)』에 따른 것인지, 이어(李漁)의 『입옹대운(笠翁對韻)』역시 올바른 것인지 질문하는 내용이 있다. 이를 통해 당시 조선에서 주로 사용된 운서를 알 수 있고 통운법이 중국과 다르다는 것을 알 수 있다.

통운에 대해서는 유련(柳璉)에게 보내는 편지에도 언급한 바가 있다. "통운과 협운은 분간하기가 매우 어렵습니다. 『운회소보(韻會小補)』는 고독(古讀, 옛날의 음독, 곧 통운이다)과 고협(古叶, 옛날의 협운)을 나누어 놓았으나, 자세히 연구하여도 분명하게 구별할 수 없었습니다"[40]라고 하며 통운과 협운의 분간이 어렵고, 『운회소보』의 고독과 고협은 이해하기 어렵다고 했다. 아울러 "이제 협운을 편찬하되, 『운회소보』를 위주로 하고 또 『당운정(唐韻正)』을 인용하여 보충한다면 크게 어긋나는 일이라, 끝내 합하려 해도 합할 수 없을 것이니, 이는 반드시 할 수 없는 일입니다. 그러므로 반드시 이 아우가 앞에서 말한 것과 같이 하여, 혹은 『운회소보』의 협운에 따라 금과옥조(金科玉條)로 삼고 만일 『운회소보』를 따르지 않으려면 단연코 『운략(韻略)』으로 주종을 삼아야 합니다. (…중략…) 화음(華音)은 모두 『사성통해』를 따라 글자마다 조검(照檢)하면, 비록 진선(眞善)하지는 못할망정 편방(偏邦) 사람이 임의로 중국의 정음(正音)을 정하는 것보다는 낫지 않겠습니까?"[41]라고 한 것을

---

39 "東國韻學魯莽, 行世者爲三韻通考一冊, 通韻之法, 迥與中國有異."『청장관전서』19권「아정유고」11.

40 "通叶之分甚難, 韻會小補, 分立古讀 卽通韻古叶, 而細究之, 則不能截然有別."『청장관전서』19권「아정유고」11.

41 "今編叶音, 以小補爲主, 又引唐韻正補之, 則大是乖剌, 終年求之而不可合, 此必不得之

보면, 유련이 협운에 관련된 책을 편찬하면서 『운회소보』를 위주로 하고 『당운정』을 인용하여 보충하려고 하자, 두 책을 혼합하는 것은 옳지 않고 하나를 정하여 따르는 것이 좋다고 의견을 제시하였다. 이것은 성운학에 대한 이해를 바탕으로 자신의 견해를 밝힌 것이라고 할 수 있다.

이덕무는 또 속음(俗音)의 혼란을 지적하며 "언어 문자 음운의 평상거입(平上去入)은 분명하게 발음해야 한다. 지금 속음에서 통제사(統制使)의 '統'자와 영남(嶺南)의 '嶺'자와 비변랑(備邊郞)의 '備'자를 다 평성으로 하고, 동작진(銅雀津)의 '銅'자와 금수(禽獸)의 '金'자와 간폐(肝肺)의 '肝'자를 다 거성으로 하며, '리(李)'와 '이(爾)', '려(呂)'와 '여(與)', '룡(龍)'과 '용(容)', '련(蓮)'과 '연(緣)'의 음을 혼동하고 심지어는 '형(兄)'을 '성(城)', '향(香)'을 '상(常)'이라고 하는 것은 모두 야비하다"[42]고 하며 한자음을 정확하게 발음할 것을 주장했다.

3) 어휘와 관련된 내용

『청장관전서』에서는 단어의 유래와 정확한 의미를 풀이한 내용도 찾아볼 수 있다. 예를 들어 '태(太)'는 본래 '크다', '심하다' 등의 의미인데, 당시에는 대두(大豆)를 '태(太)'라고 부르기도 했다. 그 이유에 대해 이덕무는 다음과 같이 풀이했다.

事也, 故必如弟前言, 或從小補之叶, 爲金科玉條, 如不從小補, 則斷以韻畧爲正, 今夏入燕, 祝芷塘之說如此, 而又檢唐韻正補小補韻之注之不逮者, 其華音則一從四聲通解之訓民正音, 卽諺文也, 逐字照檢則雖不盡善, 毋寧逾於偏邦之人任意臆定中華之正音也." 『청장관전서』19권 「아정유고」 11.

[42] "言語文字音韻, 平上去入, 須要分明, 如今俗音統制使之統, 嶺南之嶺, 備邊郞之備, 皆作平聲, 銅雀津之銅, 禽獸之禽, 肝肺之肝, 皆作去聲, 又李爾呂與龍容, 蓮緣混音, 甚至兄曰城, 香曰常, 皆野陋也." 『청장관전서』28권 「사소절(중) 사전」 2.

옛 풍속에 관부의 문부(文簿)에 대두 몇 섬이라고 적으려면 갖추어 적기가 어려워서 '대(大)'자만 쓰고 그 밑에 콩 모양의 점을 찍어 나타냈다. 이것이 차츰 어긋나 '대(大)'와 점을 합해 '태(太)'가 되었고, 온 세상이 모두 대두를 '태(太)'라고 부르게 되었다.[43]

이것은 글자의 뜻을 모르고 쓰다가 잘못된 것이 굳어져서 표문(表文)에서도 두분(豆分)과 태평(太平)이 대구로 쓰인 것을 비판하는 내용이기는 하지만, 이덕무가 어휘의 유래와 사용에 대해 관심을 기울인 일면을 볼 수 있다.

또 이덕무는 삼국시대부터 고려에 이르기까지 불교를 숭상했기 때문에 우리말에 범어(梵語)가 많다고 말하고, 그 예로 "범어의 마도사남(摩兜舍喃)은 곧 사람을 이르는 말인데, 우리나라의 방언에 인(人)을 '사람'이라고 하는 것은 사남(舍喃)과 음이 서로 비슷하다. 그리고 마라(摩羅)는 만(鬘, 머리 장식)인데, 우리나라의 방언에 수(首)를 '마리'라 하니 만(鬘)은 곧 수발(首髮)이다. 또 아마(阿摩)는 바로 녀(女)인데, 우리나라의 방언에 모(母)를 '어마'라 하고 북도(北道) 사람들은 직접 여인을 '어미'라 부른다. '보타(普陁)'는 곧 해(海)인데 우리나라의 방언에 해(海)를 '바다'라고 한다"[44]고 했다.

또 몽고어에 대해 기록한 글도 있다. "몽고어에는 대개 카·타 두 음이 많다. 또 ㄱ·ㅂ·ㅅ 따위 입성 세 가지가 있는데, 조선음(朝鮮音)에 비하

---

43 "俗儒又不知字義, 不辨大豆小豆, 每稱豆太, 蓋以豆爲小豆, 太爲大豆, 甚至製表者, 以豆分太平爲對陋矣, 古俗官府簿記, 書大豆幾石, 煩難具書, 只書大字, 其下作一點, 象豆形, 久而浸訛, 合爲太字, 擧世皆以太豆, 爲太, 牢不可罷, 靑生菽, 俗亦呼之爲靑太, 金慕齋日記, 亦曰村人饋靑太."『청장관전서』52권「이목구심서」5.

44 "東國自三國, 至高麗, 尊尙釋道, 故方言往往有梵語, 梵語摩兜舍喃, 此云人, 東國方言, 人曰사람, 與舍喃相近, 摩羅, 此云鬘, 東國方言, 首曰마리, 鬘, 卽首髮, 阿摩, 此云女, 東國方言, 母曰어마, 北道人直呼女人曰어미, 普陁, 此云海, 東國方言, 海曰바다, 此其槩也."『청장관전서』57권「앙엽기」4,「동국다범어(東國多梵語)」.

면 한둘이 더 있다. 예를 들면 조선말은 천(天)의 뜻새김을 '하늘'이라 하는데 몽고말은 '텅거리'라 하고, 조선말은 일(日)의 뜻새김을 '히'라 하는데 몽고말은 '나란'이라고 한다. 조선말은 우(雨)의 뜻새김을 '비'라 하는데 몽고말은 '보로간'이라 하며, 조선말은 로(露)의 뜻새김을 '이슬'이라 하는데 몽고말은 '시구더리'라 한다"[45]고 하며 몽고어와 우리말의 음성적 차이를 언급하고, 다시 의서(醫書)에서 신낭(腎囊)을 고환(睾丸)이라고 하는 것이 몽고어에서 유래했음을 밝혔다. "신낭(腎囊)을 의서에서는 고환이라 한다. 하지만 자서(字書)를 내리 상고해도 그런 뜻은 없다. 일찍이 『몽어류해(蒙語類解)』를 열람하니, 낭(閬)의 뜻이 신낭으로 새겨져 있었다. 대개 고려 사람이 원(元)나라에 벼슬했고, 원나라 사람이 고려에 와서 거류했기 때문에 우리나라 말이 몽고말과 같은 것이 많다."[46]

4. 나오며

앞에서 중국의 언어와 문자를 연구한 전문 서적을 정리하는 가운데 많은 서적이 18~19세기에 출현했다는 것을 알 수 있었다. 일반적으로

---

45 "大抵多카타二音, 亦有ㄱㅂㅅ三入聲, 較朝鮮音衍一二, 如朝鮮訓天曰하눌, 蒙古曰텅거리, 朝鮮訓日曰히, 蒙古曰나란, 朝鮮訓雨曰비, 蒙古曰보로간, 朝鮮訓露曰이슬, 蒙古曰시구더리." 『청장관전서』 58권 「앙엽기」 5, 「몽고어(蒙古語)」.

46 朝鮮之俗以閬, 音郎, 說文, 門高也, 莊子胞有重閬註, 閬, 空曠也, 爲腎囊醫書, 謂睪丸之名, 歷考字書, 無其義. 嘗閱蒙語類解, 閬訓腎囊, 蓋高麗人仕元, 元人來留高麗. 故東語多同蒙語, 案蒙語類解凡例, 大書名物, 用中原語, 如鐃鐵喗吶等, 皆是也, 其下輒以訓民正音, 分註蒙古朝鮮兩語, 今閬亦大書而分註其下, 似是中原語, 然歷考譯語類解, 同文類解, 朴通事老乞等書, 及諸演義小說, 皆無以閬訓睪丸, 抑亦撰輯者, 以東人本語, 排列於中原之語歟." 『청장관전서』 58권 「앙엽기」 5, 「몽고어」.

이러한 현상은 이 시기 즈음에 소학이 하나의 학문 분야로 연구되기 시작했다는 표지로 해석된다. 그러나 그렇게 본격적으로 연구되기 이전에도 소학에 대한 탐색의 시간과 관심이 증대되는 시기가 있었을 것이다. 『설문』의 연구를 예로 들어보면, 조선에서는 19세기 중후반이 되어서야 비로소 전문적으로 『설문』을 연구한 『설문신의(說文新義)』와 『설문해자익징(說文解字翼徵)』이 출현하는데, 기존에는 남정화(南正和)나 박선수(朴瑄壽)의 개인적인 연구 취향 또는 청대 학술의 영향으로 이러한 연구서가 출현했다고 보았다. 왜냐하면 『설문해자』는 조선시대에 중국의 운서가 여러 차례 복각된 것과 비교하여[47] 한 차례의 복각도 이루어지지 않았기 때문에, 당시 조선에서는 『설문』을 그리 중요한 책으로 보지 않은 것으로 파악한 것이다. 그러나 이덕무의 저술을 살펴보면, 당시 국왕을 포함한 문신들이 육서와 『설문』을 매우 중요한 전적으로 생각했고, 일정 수준의 연구가 있었으며, 글자의 해석에 적극적으로 활용했다는 것을 알 수 있다. 이와 같은 저변이 있었기 때문에 19세기 중후반에 『설문신의』와 『설문해자익징』 같은 『설문』 연구서와 『제오유(第五遊)』 같은 자원(字源) 연구서가 출현할 수 있었던 것이다.

청대(淸代)는 설문학(說文學)이 극성하여 학문의 주류를 이루었다고 알고 있지만, 처음부터 그랬던 것은 아니다. 「육서책」과 그에 대한 「대책문」이 지어진 1792년은 중국에서 『설문』에 대한 연구가 시작되는 시기였고 절정기가 아니었다.[48] 그때에는 아직 설문사대가(說文四大家)

---

47 『신간배자예부운략(新刊排字禮部韻略)』(1300~1679), 18종 중국 운서의 복각; 『신편직음예부옥편(新編直音禮部玉篇)』(1464~1540), 3종 중국 운서의 복각; 『고금운회거요(古今韻會擧要)』(1398~1883), 7종 중국 운서의 복각; 『운회옥편(韻會玉編)』(1563~1810), 3종 중국 운서의 복각; 『홍무정운(洪武正韻)』(?~1770), 3종 중국 운서의 복각. 심경호, 앞의 책, 208쪽.

48 문준혜, 「『說文解字』의 수용양상─淸代 說文學의 성립과 발전을 중심으로」(『中國文學』 62집, 2010)에서는 청대의 『설문해자』 연구서를 시기별로 조사하여 청초(淸初)에는 『설문해자』가 거의 연구되지 않다가, 건륭(乾隆) 시기(1736~1795)에 연구가 시

의 저서도 나오지 않았으며, 실제로 이덕무가 인용한 『설문』 관계 서적은 대부분 청대 이전 학자들의 것이다. 그렇다면 이덕무가 『설문』을 관학에 두고 집집마다 교육을 받도록 해야 한다고 주장한 것은 중국의 학술적 영향을 받았기 때문이라기보다는, 오히려 실사구시(實事求是)에 입각한 실학자(實學者)들의 학문 태도가 발휘된 것으로 해석할 수 있다. 이는 조선의 학술사가 중국 학술의 일방적인 수용이 아님을 증명하는 근거가 될 수 있다.

이 글에서는 조선시대 중국 언어 문자 관련 전문 서적을 정리하고 단편적이나마 『청장관전서』에 수록된 중국의 언어 문자 관련 내용을 살펴보았다. 이를 통해 중국 언어 문자에 대한 이덕무의 연구 내용과 수준을 알 수 있었고, 더 나아가 당시 조선의 소학 연구 상황과 중국 서적의 수용 양상 등을 조금이나마 가늠할 수 있었다. 전문적인 저서로 간행되지 않고 문집의 일부로 포함되어 있는 중국의 언어 문자 연구 기록들은 작게는 조선의 소학사(小學史), 크게는 조선의 학술사(學術史)를 파악하는 데 중요한 단서들을 제공할 수 있다. 따라서 문집에 흩어져 있는 기록들을 모으는 작업을 지속한다면 조선시대 중국의 언어 문자 연구 개황과 수준을 파악할 수 있고, 나아가 한국의 한자 기초학의 역사를 좀 더 세밀하고 정확하게 기술할 수 있을 것이다. 이 글이 그러한 작업의 시작이 되기를 기대한다.

작되었고, 가경(嘉慶), 도광(道光) 시기에 가장 활발하게 연구되었다고 했다. 설문사 대가의 저서는 모두 가경, 도광 시기에 출현했다.

참고문헌

(朝鮮) 李德懋・민족문화추진회 역,『국역 靑莊館全書』, 서울 : 민족문화추진
　　　회, 1981.
　　_____, 한국고전종합DB.(http://db.itkc.or.kr/itkcdb/mainIndexIframe.jsp.)

김동준,「소론계 학자들의 자국어문 연구활동과 양상」,『민족문학사연구』35
　　　호, 2007.
문준혜,「『說文解字』의 수용양상−淸代 說文學의 성립과 발전을 중심으로」,
　　　『中國文學』62집, 2010.
徐漢庸,「이덕무의 중국 문자학 인식」,『한문학논집』30집, 2010.
심경호,「한문학 연구의 회고와 전망」,『고전문학연구』제18집, 2000.
　　____,「한학기초학사 서설」,『한국한문학연구의 새지평』, 서울 : 소명출판,
　　　2005.
　　____,「연세대 소장 유서 및 한자어휘집의 가치」,『동방학지』, 2009.
심소희,「『皇極經世・聲音唱和圖』연구」, 연세대 박사논문, 1995.
楊沅錫,「朝鮮 後期 文字訓詁學 硏究」, 고려대 국어국문학과 박사논문, 2006.
　　____,「19세기 朝鮮에서의 段玉裁 학문에 대한 인식 및『說文解字注』수용
　　　양상」,『우리어문연구』39집, 2011.
염정삼,「說文解字注部首字譯解」, 서울 : 서울대 출판문화원, 2009.
이재돈,「소통의 관점에서 본 한국에서의 중국어학 연구 略史」, 한국 중국어문
　　　학 연구의 정체성 모색 한국중국어문학회 2007년 상반기 학술대회 발
　　　표 논문, 2007.
河永三,「「六書策」所見朴齊家與李德懋之文字觀比較」,『國際中國學硏究』
　　　第6輯, 2003.
　　____,「韓國 歷代『說文解字』硏究 綜述」,『中國語文學』第56輯, 2010.
황위주,「한국한문학 연구의 몇 가지 과제」,『한국 한문학연구의 새지평』, 서울
　　　: 소명출판, 2005.

신병주,『규장각에서 찾은 조선의 명품들』, 서울 : 책과 함께, 2007.
심경호,『한학연구입문』, 서울 : 이회, 2006.
이기문・이호권,『국어사』, 서울 : 한국방송통신대 출판부, 2010.

박선수朴瑄壽와 『설문해자익징說文解字翼徵』[*]

문준혜

1. 들어가며

『설문해자익징(說文解字翼徵)』은 조선 후기의 문신(文臣) 박선수(朴瑄壽, 1821~1899)가 『설문해자(說文解字)』의 체재상의 결함을 보완하고 문자해설상의 오류를 바로잡으려는 목적으로 편찬한 『설문해자』 연구서이다.

한자(漢字)가 유입된 이래로 우리 선조들은 그것을 빌어 문자생활을 영위하며 수많은 저작을 남겨왔고, 그러한 과정에서 한자에 대한 축적된 이해가 있었으리라는 것은 의심의 여지가 없다. 그러나 오랫동안 한자는 오직 학습과 운용의 대상이었을 뿐, 그 자체가 연구의 대상이

---

[*] 이 글은 2008년 6월, 『규장각(奎章閣)』에 수록된 논문을 수정 · 보완한 것이다.

되지는 못한 것으로 보인다.[1] 역대로 중국의 운서(韻書)가 여러 차례 복각(復刻)되었다고는 하지만,[2] 이것도 어디까지나 한문학(漢文學)을 위한 도구적 성격이 강한 것이지 한자음(漢字音) 자체에 대한 관심에서 기인한 것은 아니었다. 한자 자체에 대한 연구가 그리 활발하지 않던 시대에 한자를 연구대상으로 삼은 문자학 전문서적이라는 점에서, 또 현전하는 유일한 조선시대의『설문해자』연구서라는 점에서[3] 『설문해자익징』은 높은 학술적 의의를 지닌다. 그러나『설문해자익징』은 이러한 존재적 의의뿐 아니라, 내용적인 측면에서도 상당한 가치를 지니고 있다. 당시 중국은『설문해자』의 연구가 하나의 학문분야로 성립될 만큼 성황을 이루었는데,[4] 『설문해자익징』은 단순히 중국학자들의 연구 성과를 수용하여 소개하는 수준에 그치지 않고, 독창적인 문자이론과 과학적인 연구방법으로 한자를 연구했으며, 중국학자들의 연구 성과를

---

1 이는 실용적인 성격의『옥편(玉篇)』이 일반자전을 지칭하는 보통명사로 쓰일 만큼 큰 영향력을 발휘한 것에 비해, 한자연구의 비조(鼻祖)라고 할 수 있는『설문』에 대해서는 주석서(註釋書)는 차치하고 복각조차 이루어진 기록이 없다는 사실을 통해 확인할 수 있다. 하영삼(河永三),「박선수(朴瑄壽)『설문해자익징(說文解字翼徵)』의 문자이론(文字理論)과 해석체계(解釋體系)의 특징(特徵)」,『중국어문학(中國語文學)』38, 2001, 480쪽.

2 조선조에 복각되어 가장 많이 사용되었던 중국의 운서(韻書)는『예부운략(禮部韻略)』,『고금운회거요(古今韻會擧要)』,『홍무정운(洪武正韻)』3종이 있다. 그중『예부운략』은 한국에서 발견되는 판본만 해도 20여 종이 될 정도로 많이 복각되었다. 이는 조선의 실정상 과거에서의 작시용(作詩用)으로 간략하게 만든『예부운략』이 사용에 가장 간편했기 때문이다. 이승자,『조선조 운서한자음의 전승양상과 정리규범』, 도서출판 역락, 2003, 37~38쪽.

3 『설문해자익징』보다 이른 시기에 전문적으로『설문해자』를 연구한 서적으로 남정화(南正和, 생졸년 미상)의『설문신의(說文新義)』가 있었지만 이미 실전(失傳)되었으므로,『설문해자익징』은 현전하는 조선시대의 유일한『설문해자』연구서가 된다.

4 『설문해자』의 연구는 건륭(乾隆)·가경(嘉慶) 시기에 설문학이라는 전문 분야를 형성할 만큼 성행하였다. 정복보(丁福保)의 통계에 따르면, 청나라 초기부터 말기까지『설문해자』연구자 중 현전하는 저작을 남긴 학자들만 해도 203명에 이르고 비교적 유명한 학자만 해도 50여 명에 이른다고 한다. 황덕관(黃德寬)·진병신(陳秉新), 하영삼(河永三) 역,『한어문자학사(漢語文字學史)』, 동문선(東文選), 2000, 210쪽.

비평하며 새로운 시각으로 한자에 존재하는 다양한 현상들을 설명하였다. 이에 이 글은 조선시대의 설문학(說文學)을 대표하는『설문해자익징』의 저자와 저술 당시의 학술적 배경,『설문해자익징』의 내용과 가치 등을 자세히 소개하고, 이를 통해 조선시대 한자 연구의 수준을 고찰해보고자 한다.

2. 박선수와『설문해자익징』의 저술 배경

1) 박선수의 이력과 가계

박선수의 자(字)는 온경(溫卿)이고 호(號)는 온재(溫齋)이며 본관(本貫)은 반남(潘南)이다. 실학(實學)의 대가(大家)인 박지원(朴趾源, 1737~1805)의 손자이자 개화파의 정신적 지주로 추앙받는 박규수(朴珪壽, 1807~1877)의 동생이다. 1864년에 증광별시문과(增廣別試文科)에 장원급제한 이후로 사간원대사간헌(司諫院大司諫憲, 1865), 암행어사(暗行御史, 1867), 참찬관(參贊官, 1873), 대사간(大司諫, 1873), 이조참의(吏曹參議, 1874), 예방승지(禮房承旨, 1878), 성균관대사성(成均館大司成, 1883), 공조판서(工曹判書, 1884), 형조판서(刑曹判書, 1894) 등을 역임하였다.[5]

박선수에 대해서는 이상의 간략한 기록이 전해질 뿐이지만, 가학(家學)을 통해 조부 박지원의 실학사상을 계승했으리라 짐작할 수 있다. 이 뿐 아니라 형 박규수는 실사구시(實事求是)로 요약되는 방법론을 가

---

5   『한국민족문화대백과사전(韓國民族文化大百科辭典)』참고.

지고 학문에 임한 인물이었으므로,[6] 박선수도 역시 그와 비슷한 학문적 경향을 지녔을 것으로 추측할 수 있다. 실제로 김윤식(金允植)은 『설문해자익징』의 「서문(序文)」에서 "(박선수는) 한자를 자세히 살펴가며 손가락으로 그려보는 동안에 어렴풋하게나마 얻은 바가 있으면, 밤중일지라도 반드시 촛불을 들게 하고 그것을 기록했으며, 앉아서 새벽이 오기를 기다렸다가 형인 환재(瓛齋)선생의 처소에 가서 침상을 마주하고 토론하였는데, 환옹(瓛翁)도 역시 기뻐하며 이를 허락하였다. 비록 천리나 되는 먼 곳에 있었을지라도 반드시 가서 다시 묻고 정확한 답을 얻은 후에 원고에 올렸다"[7]라고 기록하였다. 박규수는 당시에 금석문(金石文)이나 서화(書畵)에 탁월한 식견을 가진 것으로 인정받았는데, 박규수가 중국의 문우들과 주고받은 서신을 보면, 그가 『금석문자기(金石文字記)』등의 금석학 관계 서적을 탐독했으며, 중국학자들과 비문(碑文)의 탁본(拓本)과 서첩(畵帖) 등을 교환했고, 금석학에 대한 문답도 자주 주고받은 것을 알 수 있다.[8] 이것은 박선수가 금문(金文)에 근거하여 문자를 해설하는 방법을 확립하는 데에 일정한 도움을 주었을 것이다. 박규수는 1872년에 동지사(冬至使)로 청(淸)을 방문했는데, 그 때 오대징(吳大澂), 동문찬(董文燦) 등 당시 중국의 저명한 문자학자들에게 박

---

6 박규수는 실학과 개화(開化)사상의 가교자로 지목을 받아온 인물이다. 그는 평소 고염무(顧炎武)의 실사구시적 학문자세를 흠모하여 고염무의 「화론(畵論)」에 붙인 「제발(題跋)」에서 "산수는 물론 인물, 누대, 성시(城市), 초목, 충어(蟲魚)에 이르기까지 오직 진경(眞境)의 실사(實事)여야 하니 필경 실용(實用)으로 돌아가야 한다. 그런 연후에라야 비로소 화학(畵學)이라고 이를 수 있다"고 주장하였다. 비록 회화의 실용적 기능에 치중해서 사실성을 강조한 미학(美學)이기는 하지만 이러한 주장은 학문 일반에까지 영향을 미쳐서 "학(學)이란 모두 실사이다. 천하에 어찌 실(實)이 없이 학(學)이라 이를 수 있겠는가?"라고 역설하였다. 김윤식은 박규수의 학문 세계를 총괄하여 '실사구시'로 특징지었다. 임형택, 『실사구시(實事求是)의 한국학』, 창작과비평사, 2002, 129쪽.

7 "顧眄指畵之間, 恍然如有所得, 雖夜中必呼燭記之, 坐而待旦, 走至伯氏瓛齋先生所, 對床討論, 瓛翁亦欣然許之, 雖在千里之遠, 必往復質正, 然後登稿."

8 이완재, 『박규수연구(朴珪壽研究)』, 집문당, 1999, 156~157쪽.

선수의 『설문해자익징』을 소개하였고, 그 이후로도 서신 교환을 통해 『설문해자익징』의 저술 상황을 언급하였다. 박규수가 중국학자들에게 보낸 편지 가운데 『설문해자익징』을 언급한 내용은 다음과 같다.

　　동생의 『설문익징』은 여전히 추가하여 보충하는 중에 있고 아직 마치지 못하였습니다. 또한 이곳은 책을 인쇄하는 일이 매우 어려우며, 본래 출판하는 곳과 책을 간행하는 일을 업으로 삼는 사람이 없습니다. 이 때문에 조만간 반드시 경도(京都)[9]의 좋은 기술자를 괴롭히려고 합니다. 그러나 또한 자금이 쉽지 않은 것이 괴로우니 어찌해야 할지 모르겠습니다. 이 책은 비록 지식이 없는 사람이라도 취할만한 점이 있으니, 만약 그것을 가치가 없다고 여겨 그만둔다면 또한 애석해할만 합니다. 만약 책값을 얻어 인쇄를 한다면 면목을 새롭게 하는데 해가 없을 것이며, 이와 같은 기호를 가진 사람들은 반드시 앞을 다투어 구할 것인데, 어떻게 생각하시는지 모르겠습니다. 완성본을 깨끗이 필사한 뒤에 오랜 벗인 고재(顧齋)[10]에게 보내어 묻고자 하였으나 이번에는 미치지 못하였습니다.

　　家弟說文翼徵, 尙有追補未了. 且敝處刻書極難, 元無書坊刊書爲業之人. 以是早晩必欲煩都下良工, 而又苦費貲未易, 奈何奈何. 此書雖未知識者有取, 而若屬之覆瓿而止, 則亦可惜. 若書賈得而刻之, 亦不害爲新面目, 而同此嗜好者, 必爭求之, 未知以爲何如. 待其淨寫完本, 欲以奉質於顧齋老友, 而此番未及耳.

　　　　―「1873년에 동문찬에게 보낸 편지(여동운감문찬(與董雲龕文燦))」

　　온경(溫卿)의 『설문익징』은 여전히 추가하여 보충하는 중에 있고 아직 끝마치지 못했습니다. 그러나 이곳에는 본래 책을 펴내는 부서가 없어서

9　중국의 수도, 북경을 말한다.
10　왕헌(王軒)을 가리킨다.

어느 때에나 그것을 출판에 부칠 수 있을지 모르겠습니다. 만약 끝내 무가치하게 여겨진다면 역시 애석하다고 할 것입니다. 이곳의 사정이 아침에 저술하면 저녁에 이미 간행되는 도하(都下)와 같지 않음이 안타깝습니다.

溫卿設文翼徵, 尙在追補未完. 然敝處本無刊書之局, 未知何時當付之梨棗. 若竟至覆瓿, 則亦云可惜. 恨不如都下朝有述作, 夕已登梓也.

　　　―「1874년에 오대징에게 보낸 편지(여오청경대징(與吳淸卿大澂))」

　　제 동생의 이름은 선수이고, 자는 온경이며, 호는 온재입니다. 관직은 이부좌시랑(吏部右侍郞)을 지냈고 나이는 올해 54세입니다. 일찍부터 옛 전적을 탐독하였고, 저서로는 『설문익징』 10여 권이 있는데, 이 책은 종정(鐘鼎)의 고문(古文)으로 『설문(說文)』의 소전(小篆)을 증명한 것으로, 의심스럽고 잘못된 것을 밝힌 것이 많으며 매우 근거가 있으니 반드시 후대에 전해야 근심이 없을 것입니다. 그러나 우리나라에는 육서(六書) 소학을 하는 사람이 거의 없으니, 만약 중주(中州)의 선비 가운데 안목이 있는 자가 아니라면, 끝내 가치 없는 책으로 귀결되고 말 것이 두려워 반드시 창사(廠肆)에서 출판을 도모해보려고 하지만, 비용이 얼마인지 모르겠습니다. 게다가 이러한 일은 마음이 있는 사람이 주장하지 않으면 어찌 뜻한 바와 같이 훌륭하게 될 수 있겠습니까? 원서가 아직 탈고되지 않아 이번에는 훌륭하신 여러 군자들에게 보내어 묻지 못하겠습니다. 비록 그렇게 되었지만, 바라건대 의논하여 저의 이러한 소원을 이룰 수 있을 지 없을 지 알려주시면 어떻겠습니까? 육서의 학문은 궁격(窮格)의 첫 번째 일인데, 요사이 전문가들은 자질구레한 것을 즐기느라 본래의 소중한 것들을 잃고 있으니, 이것이 안타까울 따름입니다. 각하(閣下)께서 어떻게 생각하시는지 미처 살펴 알지 못하였으니, 또한 고명한 논의를 들을 수 있기를 바랍니다.

胞弟其名瑄壽, 字溫卿, 仍號溫齋, 官經吏部右侍郞, 年今五十有四. 夙耽墳典, 著有說文翼徵十有餘卷. 其書以鍾鼎古文, 證說文小篆, 多所發明疑訛, 甚有根據, 必傳無慮. 但東方少爲六書小學者, 如非中州之士具眼者, 恐終歸覆瓿, 必欲謀梨棗於廠肆, 而旣不識工費多少, 且此等事非有有心人主張, 那能如意精良耶. 原書尚未脫稿, 今未及奉質諸大雅君子. 雖然, 幸商量示其可否遂願, 如何如何. 六書之學, 亦窮格第一事, 而向來專門家未免瑣細玩喪, 此爲可恨, 未審閣下以爲何如, 亦願聞高明之論耳.

　　 ―「1874년에 만청려에게 보낸 편지(여만용수청려(與萬庸叟靑藜))」

　이상을 통해 박규수 역시 문자학을 중요하게 생각했고, 금석학에 조예가 깊었으며, 『설문해자익징』의 가치를 높이 평가하였음을 알 수 있다. 이와 같은 배경은 박선수가 『설문해자익징』을 저술하는 데에 커다란 바탕이 되었다고 생각할 수 있다.

2) 저술 당시의 사회적, 학술적 분위기

　『설문해자익징』은 저자의 서문이나 발문(跋文)이 없기 때문에 정확히 언제 저술되었는지 알 수 없다. 다만 1874년에 박규수가 만청려에게 보낸 서신에서 곧 완성되어 출판을 도모한다고 했던 것으로 미루어 본다면, 1874년에서 그리 멀지 않은 시기에 완성되었을 것으로 추정할 수 있다. 『설문해자익징』은 완성된 이후 원고의 상태로 보관되다가 1912년에 석인본(石印本)으로 출판되었다.

　『설문해자익징』은 내용과 규모로 볼 때 단기간에 완성될 수 있는 성격의 저서가 아니다. 따라서 1872년에 박규수가 중국을 방문할 때 『설문해자익징』의 초고를 휴대했다면, 『설문해자익징』의 저술은 그보다 훨씬 이른 시기에 시작되었을 것이다. 아래에서는 당시 조선의 학술 경향을 고찰하여 『설문해자익징』이 어떠한 상황에서 저술되었는지 살펴보자.

조선 후기에 이르면 실학의 실증적 연구방법이 확립되고[11] 문자학(文字學)이 극성했던 중국의 학술풍토가 수입되면서 조선의 학술은 이전 시기와 차이를 보이기 시작한다. 이는 임진왜란(1592~1598)과 병자호란(1636)이 초래한 참혹한 현실이 일부 학자들의 시선을 현실상황으로 돌리게 하였으며, 현실의 문제를 해결하기 위한 방법을 정통이념의 밖에서 찾으려는 욕구를 불러일으킨 것에서 시작되었다고 할 수 있다.[12] 또 17세기를 전후하여 양명학(陽明學), 서학(西學), 고증학(考證學) 등의 새로운 학풍이 유입되었는데, 특히 고증학의 객관적이고 실증적인 연구 태도는 실학파 학자들에게 경전(經典)에 대한 새로운 이해의 가능성을 보여주었다. 즉 주자학(朱子學)의 사변적(思辨的) 해석 방법에서 벗어나 훈고적(訓詁的) 실증을 통해 경전의 본뜻에 접근하는 방법이 만들어진 것이다. 이러한 학술 경향으로 인하여 문자에 대한 관심이 증대되면서 성호(星湖) 이익(李瀷, 1681~1763), 다산(茶山) 정약용(丁若鏞, 1762~1836) 등이 문자의 원리를 토론하기 시작했고, 보만재(保晩齋) 서명응(徐命膺, 1716~1787), 풍석(楓石) 서유구(徐有榘, 1764~1845), 이계(耳溪) 홍량호(洪良浩, 1724~1802), 아정(鴉亭) 이덕무(李德懋, 1741~1793)와 그의 손자 오주(五洲) 이규경(李圭景, 1788~미상) 등이 문자학에 관심을 나타냈

---

11 실학은 양대 전란을 겪으며 기존의 정치적, 경제적, 사상적 기반이 흔들리기 시작한 조선 후기에 등장한 전통적 유학의 개신적(改新的) 사상이다. 보통 3기로 구분하여 제1기는 경세치용학파(經世致用學派), 제2기는 이용후생학파(利用厚生學派), 제3기는 실사구시파(實事求是派)라고 한다. 제3기는 경서와 금석, 고전의 고증에 주력했던 시기이다. 김순희, 『설문해자익징(說文解字翼徵)에 관한 연구(硏究)』, 중앙대 문헌정보학과 박사논문, 1995, 14~15쪽.

12 당시의 정통이념인 주자학은 국가의 존망이 걸린 전쟁을 치루면서도 현실을 파악하는 시각을 여전히 의리론(義理論)에 두고 있었으며, 외적이 어떻게 불의하고 우리의 어떠한 태도가 의리에 맞는가를 논의하는 데 관심의 비중이 놓여 있었다. 금장태(琴章泰), 『한국실학사상연구(韓國實學思想硏究)』, 집문당(集文堂), 1987, 15쪽.

다.[13] 또 당시의 통치자인 정조(正祖, 1777~1800 재위) 역시 격치(格致)에 있어 문자의 중요성을 역설하며 문자학을 장려하였다.[14]

조선의 실학은 18세기에 현저한 발전을 이루며 경학과 경세학(經世學)을 포괄하는 사상체계를 형성하여, 주자학에서 벗어난 새로운 방법론을 모색하기 시작하였고, 19세기 정약용에 이르면 경전을 주석(註釋)하는 데에 주자학파의 의리론적(義理論的) 해석에서 벗어나 훈고적 실증을 중요시하는 한학(漢學) 내지 고증학의 방법이 도입되었다. 정약용은 글자의 뜻이 분명하지 않으면 구(句)・장(章)・편(篇)의 뜻을 이해할 수 없고, 글자의 뜻도 온전히 알지 못한 채 경전의 정신을 논의하는 것은 착오만 깊어지게 할 뿐임을 지적하며, 경전의 단어나 개념을 훈고적 근거를 가지고 설명하였다.[15] 실학자들의 이러한 연구태도는 박선수의 문자 해설에서도 찾아볼 수 있다. 일례로 '상(上)'자의 해설을 살펴보자.

'上'자는 『설문』에 "높다는 뜻이다. 이것은 '上'의 고문(古文)이다. 지사자이다. '⊥'부에 소속된 글자들은 모두 '⊥'으로 구성되었다. '上'은 '上'의 전문(篆文)이다高也. 此古文上. 指事也. 凡⊥之屬皆从⊥. 上, 篆文上"라고 풀이되어 있다. 그러나 박선수는 금문(金文)에서 '上'이 '二'〈곽숙종

---

13 김태수(金泰洙), 1996, 「육서심원고(六書尋源攷)」, 『한문학논집(漢文學論輯)』 14, 497~498쪽; 강신항(姜信沆), 『국어학사(國語學史)』, 보성문화사, 1986 참조. 특히 이규경(李圭景)의 『오주연문장전산고(五洲衍文長箋散稿)』에는 자서(字書)에 대해 서술한 문장들이 있는데, 그중 「설문변증설(說文辨證說)」은 전문적으로 『설문해자』에 인용된 경전의 문장에 대해 논한 글이다.

14 "夫學莫大於格致, 格致莫要於文字. 予於文字之學, 雖未嘗專心用力, 而其於音義沿革之間, 蓋不無粗窺端倪者. 今予大夫平居讀書, 多識古文奇字者, 而又當承命編輯韻書, 安得不發策助補予格致. 其悉敷陳, 毋拘程式, 予將親覽焉." 정조(正祖)의 「육서책(六書策)」. 김태수, 위의 글, 499쪽에서 재인용.

15 "惟讀書之法, 必先明詁訓, 詁訓者字義也, (…중략…) 後世談經之士, 字義未了, 議論先起, 微言愈長, 聖旨彌晦, 毫釐旣差, 燕越逾分, 此經術之大蔀也." 『여유당전서(與猶堂全書)』「상서고훈서례(尙書古訓序例)」, 금장태, 앞의 책, 65~69쪽에서 재인용.

(虢叔鐘), '二'〈모공정(毛公鼎)〉형태로 쓰인 것에 근거하여, '上'자는 본래 '二' 형태로 쓰였다고 설명하였다. 그리고 『시(詩)』「대아(大雅)」「황의(皇矣)」의 "維此二國, 其政不獲, 維彼四國, 爰究爰度"을 『모전(毛傳)』에서 "二國은 은(殷)과 하(夏)이다[二國, 殷夏也]"라고 주석을 한 것에 의문을 제기하며 다음과 같이 풀이하였다.

> 나는 '二國'은 곧 '상국(上國)'으로서, 오로지 은만 가리키고 하까지 함께 일컫는 것이 아니라고 생각한다. 어째서 그렇게 말할 수 있는가? '사국(四國)'이란 사방(四方)에 있는 나라이므로, '유피(維彼)'라고 바로 지칭해도 의미가 분명하다. 그러나 '二國'이 은, 하 이대(二代)를 지칭하는 것이라면, 「소고(召誥)」에서 "옛 선민 하나라를 살펴 보건데, (…중략…) 이제 은나라를 살펴 보건데[相古有夏, (…중략…) 今相有殷]"라고 말한 다음에 "오직 이 두 나라는[維此二國]"이라고 말한 것과 같이, 앞에서 마땅히 은과 하를 거론했어야 한다. 또 그 아래의 "이에 서쪽으로 주(周)나라를 돌아보시고 여기에 천명(天命)을 내리시게 되었네[乃睠西顧, 此維與宅]"라는 구절을 보면, 이것은 오로지 은이 패망하고 주가 일어나는 것을 말한 것이다. 따라서 '二'는 바로 '上'자가 '二' 형태로 쓰인 것이라고 의심된다.
>
> 四國, 四方之國也. 直稱維彼, 而語自分明. 若如稱殷夏二代, 則當先言殷夏, 如召誥之言相古有夏, 今相有殷. 然後, 乃可稱維此二國. 且以下文乃睠西顧, 此維與宅視之, 專指殷之亡, 周之興而言. 故疑二字, 卽上字之作二者也.

또 경전의 주석이 잘못된 이유에 대해서는 다음과 같이 분석하였다.

> 『설문』에는 '四'자의 중문(重文)이 '亖' 형태로 쓰여 있고 '四'의 주문(籀文)[16]이라고 풀이되었는데,[17] 이것은 허신이 미처 살피지 못한 것이다. '亖' 형태로 쓰인 것은 상대(商代)의 글자에서부터 볼 수 있고, '𦉭' 형태로

쓰인 것은 주문으로서 「엽갈문(獵碣文)」[18] 및 같은 시기의 금명(金銘)에 보이는 것이다. 내 생각에 「황의」, '維此上國'의 '上'은 '二' 형태로 쓰여 있었고, '維彼四國'의 '四'는 '亖' 형태로 쓰여 있었을 것이다. 앞뒤의 말이 '三四'의 '四'와 짝이 되고, 글자가 '一二'의 '二'와 비슷했기 때문에 옮겨 쓰고 해독하면서 잘못되기 쉬웠을 것이다.

說文四字重文作亖, 解云籀文四. 此許氏未審也. 作亖之四, 見自商篆, 作⑳之四, 籀文也. 見獵碣文及同時金銘. 愚謂皇矣詩, 維此上國之上作二. 維彼四國之四作亖. 語對三四之亖, 篆似一二之二, 傳寫解讀易致相譌也.

위의 해설은 전통적인 경전해석에 대해서 고문자 자료에 근거하여 논리적으로 재해석하는 실증적 연구방법을 잘 보여준다.

비슷한 시기에 김정희(金正喜, 1786~1856)는 박제가(朴齊家)의 영향을 받아 북학파(北學派)를 계승하고 청(淸)의 고증학을 수용하여 고증학적 실학을 전개하였다. 김정희는 24세(1809) 때에 동지사를 따라 북경(北京)에 들어갔는데, 이때 당시의 석학인 옹방강(翁方綱, 1733~1818)과 완원(阮元, 1764~1849) 등을 만나 직접 지도를 받음으로써 고증학의 정통 방법을 수용하고 실사구시로 표방되는 실증적 학문 방법에 주력하였다. 이 시기에 북경의 학계는 종래 경학의 보조학문으로 존재하였던 금석학, 문자학, 음운학, 천산학(天算學), 지리학(地理學) 등의 학문이 모두 독립적인 진전을 보이고 있었는데, 그 가운데서도 금석학은 문자학과 서도사(書道史)의 연구와 더불어 독자적인 학문분야로 큰 발전을 이루

---

16 주문은 서주(西周) 말기에 주(周) 선왕(宣王)의 태사(太史)인 주(籀)가 만든 글자를 말하며, 대전(大篆)이라고도 한다. 진(秦)의 이사(李斯)가 대전을 개량하여 소전(小篆)을 만들었다는 기록이 있는 것을 보면, 대전 즉 주문은 서주 말기에 만들어진 서체라고 할 수 있다. 박선수는 亖이 ⑳보다 오래된 자형이라는 설명을 하고 있는 것이다.
17 '四' : 陰數也. 象四分之形. 凡四之屬皆從四. 𦉬, 古文四. 亖, 籀文四. 息利切. (14下, 四部.)
18 엽갈문은 석고문(石鼓文)을 가리킨다. 태평한 시절과 군주의 유렵(遊獵) 상황을 읊는 내용이기 때문에 이런 명칭으로 불렸다.

고 있었다. 김정희는 이러한 학문적 방법론을 금석학에 적용하여 31세 (1816) 때에 북한산비(北漢山碑)가 「진흥왕순수비(眞興王巡狩碑)」임을 밝혀냈다.[19] 김정희가 저술한『금석과안록(金石過眼錄)』은 단순한 수집에 그쳤던 기존 금석문 연구에 비하여, 분석・검토 및 평가과정을 거쳤다는 점에서 획기적인 저술로 평가된다. 김정희는 금석학에 대한 깊은 연구를 바탕으로 후학을 지도하여 조선금석학파(朝鮮金石學派)를 성립시켰다.[20] 김정희 이후로는 오경석(吳慶錫, 1831~1879)이 가장 두드러진 금석학자인데, 그는 박규수와 교류하며 개화를 주도했던 인물이었다. 오경석은 신라 이후의 금석문을 수집하고 연대, 편찬자 등을 고증하여『삼한금석록(三韓金石錄)』[21]을 저술하였다.『설문해자익징』에는 조선의 금석학자나 그들의 저서가 인용되지 않았지만, 금석학의 유행과 이들의 연구 성과는 박선수가 금문을 근거로『설문해자』를 연구하는 방법론을 세우는 데에 일정한 영향을 미쳤을 것이라고 짐작할 수 있다.

『설문해자익징』은 이와 같이 전시대로부터 축적되어 온 실학의 실사구시적 방법론과 문자의 연구를 중시하는 분위기, 금석학 연구의 토양 위에서 출현하였다고 할 수 있다. 그렇다고 해도 문자학은 당시에 많은 사람들이 관심을 가지는 학문분야는 아니었다. 정인보(鄭寅普)는

---

19 김정희는 북한산비의 문구를 판독하여 그것이 진흥왕순수비임을 고증할 때에 함흥에 있는 진흥왕순수비와 비교하고『삼국사기(三國史記)』와『문헌통고(文獻備考)』, 중국의 사서(史書) 등을 검토하여 건립연대, 왕호, 연호, 직관, 강계 등을 엄밀히 고증하였다. 「진흥왕순수비」의 고증적 연구는 역사 연구에서 실증적 엄밀성을 유감없이 발휘함으로써 금석학의 새로운 경지를 열었다는 평가를 받는다. 금장태, 앞의 책, 72~74쪽.

20 그 대표적인 학자들로서는 신위(申緯), 조연영(趙寅永), 권돈인(權敦仁), 신관호(申觀浩), 조면호(趙冕鎬) 등을 들 수 있다.

21 1858년(철종 9)에 필사본 1책으로 간행되었다. 내용은 서문・범례・금석목록・본문 순으로 구성되어 있다. 서문은 청나라의 하추도(何秋濤)가 썼으며, 그 목록은 삼국 35종, 고려 112종이다. 목록의 수는 147종이지만, 실제 본문에는 고구려고성각자(高句麗古城刻字)를 포함해 8종만 수록되어 있다.

「육서심원서(六書尋源敍)」에서 조선시대 한자 연구의 역사를 기록하며, "근세에 이르러 옥동(玉洞) 이서(李漵)[22]가 『설문』을 연구하여 영조(英祖) 시대에 이름을 날렸고, 그 연구의 결과에 대해 성호 이익과 다산 정약용 등이 모두 토론한 바가 있었으며, 보만재 서명응, 풍석 서유구 조손(祖孫), 이계 홍양호, 아정 이덕무 등 또한 저술한 바가 있었다. 다만 한 권의 책으로 써낸 것은 오로지 심연(心淵) 남정화(南正和)의 『설문신의(說文新義)』가 있었으나, 오늘날 그 책은 소재를 알 수가 없다. 고종(高宗) 때에는 계전(桂田) 신응조(申應朝)와 온재 박선수가 모두 소학을 좋아하였는데, 온재의 장점은 고금문(古金文)에 있었다. 마지막으로 성대(惺臺) 권병훈(權丙勳)선생이 우뚝 솟아났으니, 그가 지은 책이 바로 『육서심원』이다"[23]라고 하였는데, 200년이 넘는 기간 동안 언급된 인물이 겨우 10여 명에 불과하다는 것이 당시 이 분야의 연구 분위기를 가늠할 수 있게 한다. 이점은 박규수가 1874년에 '중국의 지우 만청려에게 보낸 편지'에서 『설문해자익징』이 출판되지 못하고 사장될까 염려하며, "우리나라에는 육서 소학을 하는 사람이 거의 없다(但東方少爲六書小學者)"[24]고 쓴 것을 통해서도 알 수 있다. 이러한 시대 상황 아래에서 『설문해자익징』과 같은 전문 문자학 저작이 출현했다는 것은 무엇보다 박선수 개인의 문자학에 대한 열정과 실사구시적 학문 추구가 중요한 저술의 배경이 되었다고 할 수 있을 것이다.

---

22 조선 후기의 문신으로 본관은 여주(驪州). 자는 징지(徵之), 호는 옥동(玉洞) 또는 옥금산인(玉琴散人)이다. 대사헌 하진(夏鎭)의 아들이며, 이익(李瀷)의 형이다. 관직은 찰방(察訪)에 그쳤지만, 글씨로 이름을 날려서, 『성재집(性齋集)』에서는 "동국(東國)의 진체(眞體)는 옥동에서 비롯되었다"고 평가하였다.

23 "逮至近世, 玉洞李氏漵, 以治說文, 著元陵世, 其風之所及, 星湖茶山, 皆討論焉. 若徐保晚, 楓石祖孫, 洪耳溪, 李雅亭, 亦有述造. 然勒成一書, 則心淵南氏正和說文新義. 今其書不知所在矣. 高宗時, 申桂田, 朴溫齋, 皆好小學. 溫齋所長, 在古金文, 而最後有惺臺權先生, 卓礫崛起, 其所著曰, 六書尋源, 今此書, 是也." 권덕주(權德周), 『육서심원자료집(六書尋源資料集)』, 2005에서 재인용.

24 『환재집(瓛齋集)』 권10, 「여만용수청려(與萬庸叟靑藜)」.

3. 『설문해자익징』의 구성과 내용

1) 『설문해자익징』의 구성

『설문해자익징』은 14권(卷) 6책(冊)으로 구성되었다.[25] 박선수는 『설문해자』에 수록된 총 9,353개 글자 가운데 1,377개 글자를 선별하여 540개의 부수(部首)아래에 배열하고, 각 글자에 대해 금문을 제시하거나 또는 자신의 견해를 서술하는 방식으로 『설문해자익징』을 편찬하였다. 책 전체의 구성은 아래의 도표와 같다.

책수	내용	부수	수록자수
제1책	김윤식의 「서문」		
	제1권	제1부 '一'-제14부 '艸'	50
	제2권	제15부 '小'-제44부 '冊'	119
제2책	제3권	제45부 '㗊'-제97부 '狀'	143
	제4권	제98부 '哭'-제142부 '角'	106
제3책	제5권	제143부 '竹'-제205부 '桀'	144
	제6권	제206부 '木'-제230부 '邑'	84
제4책	제7권	제231부 '日'-제286부 '黹'	132
	제8권	제287부 '人'-제323부 '无'	88
제5책	제9권	제324부 '頁'-제369부 '象'	81
	제10권	제370부 '馬'-제409부 '心'	91
	제11권	제410부 '水'-제430부 '卅'	68

---

25 이 글은 규장각소장 『설문해자익징』「규(奎) 6135」를 저본으로 하여 작성하였다.

책수	내용	부수	수록자수
제6책	제12권	제431부 '乙'－제466부 '系'	103
	제13권	제467부 '糸'－제489부 '劦'	63
	제14권	제490부 '金'－제540부 '亥'	105
		김윤식과 김만식(金晩植)의 「부기(附記)」	
		「설문해자서」	
계	14권	540부	1,377

　박선수는 수록 한자를 해설할 때 일정한 형식을 마련하였다. 먼저 각각의 문자를 해설하기에 앞서 부수와 부수의 순서, 그 부수에 속해 있는 글자와 중문의 수량, 자신이 증명한 글자의 수량을 한 줄로 제시하여 부수별로 대략의 윤곽을 파악할 수 있게 하였다. 예를 들면, '一' 자의 윗부분에 "一部弟一, 屬文四, 重文一, 徵三"이라고 한 줄로 기록하여, '一'부가 전체 540개 부수 가운데 첫 번째 부수이며, 소속된 글자는 모두 4개이고 중문은 1개이며, 자신이 설명한 글자는 모두 3개라는 사실을 밝혀 놓았다. 그런 다음『설문해자』의 원문을 수록하고, 그 아래에 해당 글자의 금문과 그것의 출처를 제시하였으며,[26] 다시 그 아래에 ' : ' 기호를 표시한 후 자신의 견해를 서술하였다.

　판식은 사주단선(四周單線)이고 반곽(半郭)의 크기는 21.6cm×15cm이다. 반엽(半葉)은 11행(行)이고 각 행은 구분선이 없이 22개의 글자를 적을 수 있다.[27] 어떤 글자는 책의 위쪽에 본문의 내용을 정리하거나 근거를 보충하는 내용을 적은 김만식 두주(頭註)가 있다.[28] 책의 맨 앞에는 김윤식이 쓴「서문」이 있다.『설문해자익징』의 실제 모습은 다음과 같다.

26　금문은 적게는 1개부터 많게는 8개까지 제시되었으며, 금문이 없는 경우에는 바로 해설을 하였다.

27　김순희, 앞의 책, 29쪽.

28　대부분의 두주(頭註)는 김만식이 작성하였지만, 김윤식이 보충한 내용도 있는데, 그것은 '윤왈(允曰)'로 표시하여 구분하였다.

說文解字翼徵第一

潘南朴瑄壽溫卿治
清風金晚植器卿習

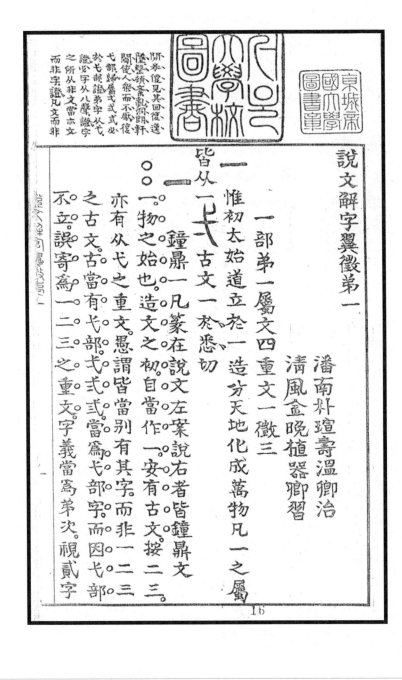

一部第一屬文四重文一徵三

惟初太始道立於一造分天地化成萬物凡一之屬皆从一

古文一於悉切

○○○一物之始也。造文之初。自當作一。安有古文按二三。

○鐘鼎一凡篆在說文左案說右者皆鐘鼎文亦有从弋之重文。愚謂皆當別有其字。而非一二三之古古當有弋部弋弍弍當爲弋部字。而因弋部之所以非弋當有弍必从弋於弋部證弍弌弍必不立。誤寄爲一二三之重文字義當爲弟次。視貳字

2) 『설문해자익징』의 내용

『설문해자익징』은 한자에 대한 총체적인 연구서라고 할 수 있을 만큼 다양한 내용을 담고 있는데, 주로 논의한 내용은 크게 아래의 세 가지로 분류할 수 있다.

　　첫째, 한자의 분류
　　둘째, 부수와 부속자 귀속(歸屬)의 문제
　　셋째, 한자음의 유래

문자(文字)는 언어를 기록하여 의사를 전달하는 도형부호를 의미하는 하나의 단어이지만, 좀 더 세밀하게 나누어 보면 문(文)과 자(字)는 각각 다른 두 가지의 성질을 나타낸다.[29] 허신은 『설문해자』의 「서문」에서 문자를 다음과 같이 정의했다.

　　창힐이 처음 문자를 만들었을 때에는, 대개 종류에 따라 상형하였으므로, 그것을 문(文)이라고 하였다. 그 후에 형(形)과 성(聲)이 서로 더해지니, 그것을 바로 자(字)라고 하였다. 문은 사물의 형상을 근본으로 하고, 자는 불어나서 점점 많아진다는 말이다
　　倉頡之初作書, 蓋依類象形, 故謂之文. 其後形聲相益, 卽謂之字. 文者物象之本, 字者言孶乳而浸多也.

허신은 글자를 구성하는 기본 단위를 문, 이 기본 단위들이 조합된 것을 자라고 한 뒤, 구성 원리에 따라 모두 6가지의 서로 다른 구조, 즉

29　임윤(林尹), 권택룡(權宅龍) 역, 『중국문자학개설(中國文字學槪說)』, 형설출판사(螢雪出版社), 1997, 11쪽.

육서로 한자를 분류하였다. 『설문해자』의 「서문」에 육서의 각 명칭에 대한 정의와 예가 제시되어 있다.

상형(象形) : 그 물건을 그려서 이루어 형체를 따라 구부러지고 꺾이는 것으로서 '일(日)', '월(月)'이 그것이다.

畵成其物, 隨體詰詘, 日月是也.

지사(指事) : 보면 알 수 있고 살피면 뜻을 볼 수 있는 것으로서 '상(上)', '하(下)'가 그것이다.

視而可識, 察而見意, 上下是也.

회의(會意) : 종류를 나란히 하고 뜻을 합하여 가리키는 바를 보이는 것으로, '무(武)', '신(信)'이 그것이다.

比類合誼, 以見指撝, 武信是也.

형성(形聲) : 일을 이름으로 삼아 비유를 취하여 서로 이루는 것으로 '강(江)', '하(河)'가 그것이다.

以事爲名, 取譬相成, 江河是也.

전주(轉注) : 하나의 머리를 세워서 뜻이 같으면 서로 주고 받는 것으로 '고(考)', '로(老)'가 이것이다.

建類一首, 同意相受, 考老是也.

가차(假借) : 본래 그 글자가 없는데 소리에 의하여 일을 의탁한 것으로 '령(令)', '장(長)'이 이것이다.

本無其字, 依聲託事, 令長是也.

그러나 육서로는 모든 한자의 구조를 설명할 수 없기 때문에 이후로 새로운 방법으로 한자를 분류하려는 시도가 존재했다.[30] 문과 자의 구

---

30 양신(楊愼)의 '사경이위설(四經二緯說)', 대진(戴震)의 '사체이용설(四體二用說)', 당란(唐蘭)의 '삼서설(三書說)', 용우순(龍宇純)의 '칠서설(七書說)', 구석규(裘錫圭)의

분, 육서의 분류 등은 한자의 구조에 대한 깊이 있는 탐구의 결과라고 할 수 있다. 모든 한자가 동일한 방법으로 만들어지지 않았다는 것을 인식하고, 각각의 구조를 분석하여 본래의 의미와 발음을 탐구하는 것은 한자에 대한 깊이 있는 이해를 바탕으로 할 뿐 아니라, 또 한자를 깊이 있게 이해하는 데에 도움을 준다. 따라서 이것은 한자를 연구하는 과정에서 필연적으로 접근하게 되는 분야일 수밖에 없다. 박선수도 한자의 구조적 차이를 인식하고 한자의 구성 원리를 규명하려고 하였는데, 허신이나 허신 이후의 중국학자들이 오로지 육서의 범위 내에서 설명하였던 것과 달리 독창적인 방법으로 한자의 구조를 파악하고 분류하였다.

　박선수는 한자를 크게 문과 자로 구분하였다. 그러나 그 내용은 중국학자들의 정의와 차이가 있다. 박선수는 한자 가운데 발음성분이 있는 글자는 자로, 발음성분이 없는 글자는 모두 문으로 분류하였다. 그래서 『설문해자』에서는 '상(相)'자[31]가 '목(目)'부에 속한 회의자이지만, 박선수는 발음성분이 없기 때문에 마땅히 문으로 분류해야 한다고 하였다. 그러나 발음성분이 있는 글자라고 해도, 그것이 다른 글자의 구성성분으로 사용되었다면, 박선수는 그 글자를 다시 자가 아닌 문으로 분류하였다. 그래서 『설문해자』에서는 '제(帝)'자[32]가 '상(上)'부에 속한 형성자이지만, 박선수는 '제(帝)'가 금문에서 '방(旁)'의 구성성분인 것에 근거하여, 마땅히 문으로 분류해야 한다고 주장하였다. 또 발음성분이 있고 다른 글자를 구성하지 않았다고 할지라도, 그것이 고유한 의미[전의(專義)]를 나타내면, 박선수는 그 글자도 역시 자가 아닌 문으

'신삼서설(新三書說)' 등.

31 '相 : 省視也. 从目从木. 易曰地可觀者, 莫觀於木. 詩曰相鼠有皮. 息良切.

32 '帝 : 諦也. 王天下之號也. 从上朿聲. 霏, 古文帝. 古文諸上字皆从一, 篆文皆从二. 二, 古文上字. 후言*示辰龍童 音章皆从古文上. 都計切. 서현본(徐鉉本)에는 '언(言)'이 없다. 이 글자는 서개본(徐鍇本)을 따르고 있다.

로 분류하였다. 그래서『설문해자』에서는 '애(哀)'자[33]가 '구(口)'부에 속한 형성자이지만, 박선수는 마땅히 전의의 문으로 분류해야 한다고 주장하였다. 하영삼(2001)은 '전의'에 대해 글자의 의미가 그것의 구성성분에서 파생된 것이 아니라 의미 형성의 독립성을 가지는 글자를 가리키는 것이라고 하였는데, 좀 더 부연하자면 전의는 어떤 글자의 의미와 그것의 구성성분의 의미 사이에 긴밀한 관계가 존재하지 않음을 가리키는 것이다. '애(哀)'자를 예로 들면, '애(哀)'는 '의(衣)'와 '구(口)'로 구성되었지만, 옷이나 입과는 무관한 '슬퍼하다'라는 인간의 심리상태를 나타낸다. 박선수는 '애(哀)'를 '구(口)'부에 속하게 하는 것이 의미상 적절하지 않다고 보았고, 이와 같은 글자들을 모두 전의의 문으로 분류하였다.

박선수는 한자를 크게 문과 자 둘로 나눈 뒤에, 문을 다시 '번종(繁從)', '연종(聯從)', '첩종(疊從)', '반문(反文)', '전성(專聲)', '전의(專義)' 등으로 세분하였다.

'번종'은 세 개 이상의 구성성분으로 이루어진 글자를 의미하며, '번종불배(繁從不配)'라고도 한다. 허신은 '제(祭)'자[34]에 대해 "제사이다. '시(示)'와 손으로 고기를 잡은 모습으로 구성되었다"고 설명하고, '시(示)'부에 소속시켰다. 그러나 박선수는 "'제(祭)'자는 번종불배이고, 발음성분이 없으므로 마땅히 문으로 분류해야 한다. '번종불배'라는 것은 '우(又)'와 '육(肉)'으로 구성된 글자가 없으며,[35] '시(示)'를 합하여 모두 세 개의 글자로 구성되었다는 말이다. 이후로 번종이라고 말하는

33　'哀': 閔也. 从口衣聲. 烏開切.

34　"祭字, 絲從不配, 而無從聲, 則當是文. 絲從不配者, 謂無從又從肉之字, 合示爲三從也. 後凡言絲從倣此."

35　유동춘(柳東春)은 '우(又)'와 '육(肉)'으로 구성된 '유(有)'자가 존재하기 때문에, 박선수의 분석이 타당하지 않다고 지적하였다. 유동춘, 「관우조선말문자학저작『설문해자익징』(關于朝鮮末文字學著作『說文解字翼徵』)」 제2계(第2屆), 『일한중국어언학국제학술연토회논문집(日韓中國語言學國際學術硏討會論文集)』, 2007.

것은 모두 이와 같다"라고 설명했다.

'연종'은 '연종(連從)' 또는 '연비(連比)'라고도 하는데 동일한 글자 두 개를 옆으로 나란히 연결하여 만들었다는 뜻이고, '첩종(疊從)'은 같은 글자를 위 아래로 중첩시켜 만들었다는 뜻이다. 허신은 '조(棗)'와 '극(棘)' 두 글자를 모두 '자(朿)'부에 소속시키고, 각각 "대추이다. 자(朿)를 중첩시킨 형태로 이루어졌다[羊棗也. 從重朿]", "무더기로 자라는 작은 대추이다. 자(朿)를 나란히 한 형태로 이루어졌다[小棗叢生者. 從並朿]"라고 설명하였다. 그러나 박선수는 '자(朿)'부에서 "자(朿)부에는 '조(棗)'와 '극(棘)' 두 글자가 있는데, 모두 첩종과 연종이고, 전성의 문이다. 그렇다면 '자(朿)'부에는 마땅히 속한 글자가 없어야 한다[部內有棗棘二字, 而疊從聯從, 爲專聲之文, 則朿部當無屬文]"고 하였다.

'반문'은 어떤 글자를 좌우나 상하로 뒤집어 만든 글자를 가리킨다.

허신은 '법(乏)'자를 "『춘추전(春秋傳)』에서는 '정(正)'을 뒤집은 것이 '乏'이라고 했다[春秋傳曰反正爲乏]"라고 설명하고, '정(正)'부에 소속시켰다. 그러나 박선수는 '정(正)'자에서 "'핍(乏)'은 '정(正)'의 반문이므로, 역시 부수로 세워져야 하며, '정(正)'부에는 소속된 글자가 없어야 한다[正之反文也, 當亦建首, 則正部當無屬文]"고 하였다.

'전성'은 어떤 글자의 발음이 그것의 구성성분에서 유래한 것이 아니라, 발음형성의 독립성을 가지는 글자라고 할 수 있다. '개(介)'자를 예로 들면, 허신은 '개(介)'자를 "한계를 짓는다는 뜻이다. '팔(八)'과 '인(人)'으로 구성되었다. 사람에게는 각각 지켜야 할 한계가 있다[畫也. 从八从人. 人各有介]"라고 설명하고 '팔(八)'부에 소속시켰다. 그러나 박선수는 "'개(介)'자는 전성이므로 마땅히 문으로 분류되어야 한다[介字專聲, 當爲文]"고 하였다. 박선수의 분류에 따르면 발음성분이 없는 글자는 모두 전성의 문이다.

'전의'는 앞에서 설명하였다.

이 밖에도 한자 중에는 어떤 글자에 지사부호나 상형부호 등을 첨가하여 만든 글자들이 있는데, 박선수는 구성성분 가운데 독립된 문자가 아닌 성분을 가지고 있는 글자도 역시 자가 아니라 문으로 분류해야 한다고 주장하였다. 이상의 박선수의 한자 분류 개념을 도식화하면 다음과 같다.

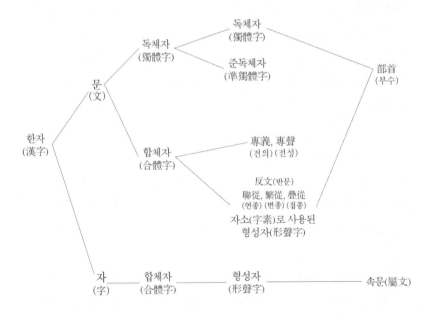

박선수는 문을 이상의 여러 종류로 세분하고, 각 글자를 문과 자로 분류하였다. 문과 자로 분류하는 것은 부수로 설정할 것인지, 아니면 다른 글자에 귀속시킬 것인지를 결정하는 중요한 근거가 된다. 박선수는 문은 모두 부수로 설정해야 하며, 자는 그것의 의미성분에 소속되어야 한다고 주장하였다. 이것은 부수귀속법(部首歸屬法)의 일반적인 원칙이라고 할 수 있는데, 박선수는 『설문해자』에서 이러한 원칙을 지키지 못한 경우를 찾아 일일이 수정하였다. 또 부수에 문자를 귀속시키는 문제에 있어서, 중국학자들은 자형(字形)을 중심으로 판단하고 자형을 통해 의미를 연관시켰지만, 박선수는 자형 뿐 아니라 일차적인 의미까지 고려하여 귀속(歸屬)의 문제를 결정하였다. '경(卿)'자를 예로 들어 살펴보자.

『설문해자』에는 '경(卿)'자[36]가 "이치를 잘 밝힌다는 뜻이다. 『주례(周禮)』의 육경(六卿)에는 천관총재(天官冢宰), 지관사도(地官司徒), 춘관종백(春官宗伯), 하관사마(夏官司馬), 추관사구(秋官司寇), 동관사공(冬官司空)가 있다. '경(卯)'으로 구성되었고 급(皀)은 발음을 나타낸다"고 풀이되었고, '경(卯)'부에 속해 있다. 그러나 박선수는 '경(卿)'자를 다음과 같이 분석하였다.

'경(卿)'자는 금명(金銘)에서 '식(食)'으로 구성되었다. 그렇다면 마땅히 '식(食)'부의 글자가 되어야 할 것이다. 그러나 '식(食)'은 녹(祿)을 중시했기 때문에 '경(卿)'의 구성성분이 된 것이며, '경(卿)'은 먹을거리의 종류가 아니다. 따라서 '식(食)'부에 소속될 수 없고 마땅히 문으로 분류해야 한다. 대개 옛날에 '식(食)'과 발음을 나타내는 '경(卯)'으로 구성된 것은 '공경(公卿)'의 '경(卿)'이었고, '경(卯)'과 발음을 나타내는 '향(皀)'[37]으로 구성된 것은 '주향(州鄕)'의 '향(鄕)'이었다. 이에 대한 설명은 '향(鄕)'부의 '향(鄕)'자에 보인다.

卿字, 金銘從食, 當證爲食部字, 而食以重祿而從之, 卿非食類, 則當是文. 蓋古者, 從食卯聲者, 爲公卿之卿, 從卯皀聲者, 爲州鄕之鄕. 說見鄕部鄕字下.

---

36 '卿' : 章也. 六卿, 天官冢宰, 地官司徒, 春官宗伯, 夏官司馬, 秋官司寇, 冬官司空. 從卯皀聲. 去京切.
37 '皀'자에는 허량절(許良切)과 피급절(皮及切) 두 개의 음절이 있다.

박선수는 '경(卿)'을 '식(食)'과 발음성분 '경(卯)'으로 구성된 형성자로 분석하였다. 그렇다면 '경(卿)'자는 '식(食)'부에 속해야 한다.[38] 그러나 박선수는 '경(卿)'이 '식(食)'으로 구성된 것이 분명하지만, 먹을거리의 종류가 아니기 때문에 '식(食)'부에 속할 수 없으며 마땅히 문(文)으로 분류해야 한다고 주장하였다. 바꾸어 말하면 먹을거리의 종류와 같이 '식(食)'자의 의미와 직접적이고 일차적인 관계에 있는 글자만 '식(食)'부에 속할 수 있다는 뜻이 된다. 이것은 박선수가 어떤 글자와 그것의 의미성분 사이에 밀접한 의미 관계가 존재해야 한다고 생각했는지를 잘 보여준다.

박선수는 한자의 내부 구조를 탐구하여 각 글자를 문과 자로 분류하고, 부수로 설정할 것인지 아니면 다른 부수에 소속시킬 것이지를 구분하였을 뿐 아니라, 각 글자의 발음의 유래를 찾는 데에 관심을 기울였다. 박선수는 발음성분도 의미형성에 기여한다는 견해를 가지고 있었다. 즉 발음성분은 단순한 표음부호가 아니라, 의미성분의 역할을 겸한다는 것이다. '간(簡)'자는 『설문해자』에 "글씨를 쓴 나무 조각이다. '죽(竹)'으로 구성되었고 '간(閒)'은 발음을 나타낸다[牒也. 从竹閒聲]"라고 풀이되어 있다. 그러나 박선수는 "간(簡)'은 대나무 조각을 엮은 것이다. 줄을 받아들일만한 틈이 있기 때문에 '죽(竹)'과 '간(閒)'으로 구성되었다[簡, 編竹片也. 有容繩之隙, 故從竹閒]"라고 설명하여, '간(閒)'이 발음성분인 동시에 '틈을 받아들이다'라는 의미를 나타내는 것이라고 풀이하였다. 또 박선수는 하나의 글자에는 본래 하나의 발음만 존재해야 한다고 생각하고, 두 개 이상의 발음을 가진 글자들을 중점적으로 분석하였으며, 발음성분이 동일한데도 불구하고 체계적으로 서로 다르게 발음되는 일련의 형성자들을 분석하였다. 박선수는 이러한 현상들

---

38 박선수는 '경(卯)'을 '경(卿)'의 발음성분으로 분석하였다. 따라서 '경(卿)'은 '경(卯)'부에 속할 수 없다.

을 서로 다른 두 개의 글자가 하나로 합쳐지면서 소멸된 글자의 발음이 흔적을 남긴 것으로 해석하였다. '다(多)'자를 예로 들어 살펴보자.

'다(多)'자는 발음이 '득(得)'과 '하(何)'의 반절인데, 어째서 또 '척(尺)'과 '씨(氏)'의 반절인 '치(侈)'와 '익(弋)'과 '지(支)'의 반절인 '이(移)' 역시 '다(多)'로 구성된 것일까? 내 생각에 옛날에는 두 개의 '월(月)'로 구성되어 '吕' 형태로 쓰인 글자가 있었을 것이다. 그것의 성모(聲母)는 '척(尺)'과 같았고 운모(韻母)는 '지(支)'와 같았을 것이다. 그래서 '치(哆)'와 '치(侈)'는 그것의 성모를 발음성분으로 취했고, '이(移)'와 '이(㢲)'는 그것의 운모를 발음성분으로 취한 것이다.

案多字音切得何, 而何故尺氏切之侈, 弋支切之移從多. 竊謂古有從二月作 吕之文, 頭聲若尺, 韻聲若支. 哆, 侈從其頭聲, 移, 㢲從其韻聲.

박선수는 이상의 세 가지 문제를 중점적으로 탐구했으며, 그러한 과정에서 자형의 혼동과 와변(譌變)의 문제 등도 아울러 토론하였다.

4.『설문해자익징』의 가치와 한계

1)『설문해자익징』의 가치

(1) 금문에 근거하여 체계적으로『설문해자』를 비평한 최초의 저작이다.

일반적으로 금문에 근거하여『설문해자』를 연구한 최초의 저작은 청말(清末) 오대징의『설문고주보(說文古籒補)』로 알려져 있다. 오대징은 고대 청동기 명문(銘文) 중에서 3,500여 글자를 모으고 간단한 설명을 첨가하여『설문고주보』를 편찬하였으며, 이를 통해『설문해자』에 수록된 고문과 주문(籀文)의 미비한 점을 보충하였다.『설문고주보』는 두 종류의 판본이 있는데, 초판본은 1883년에 간행되었고 중간본(重刊本)은 1898년에 간행되었다.[39]『설문고주보』의 저술 과정은 오대징의 「자서(自序)」에 다음과 같이 기록되어 있다.

> 나 대징은 오로지 고문을 좋아하여, 어려서부터 그것을 익혔다. 30년 동안 수집을 게을리 하지 않았으며, 풍(豐), 기(岐), 경(京), 낙(洛) 등지의 들판을 돌아다니며 재물을 아끼지 않았다. 또한 당대의 박식한 사람들과 사귀며 나의 견문을 넓히고, 서로 의견을 나눔으로써 정답을 구했다. 스승과 친구들이 남긴 탁본과 종잇조각을 마치 천구(天球)와 하도(河圖)처럼[40] 진귀하게 여기며 세밀하게 연구하고 조그만 부분까지도 변별하였다. 이에 옛 이기(彝器)의 문장을 취하여, 그중에서 분명하고 쉽게 밝힐 수 있고 보아서 알 수 있는 것을 골라 3,500여 자를 얻었다. 이것들을 모아서 편집하고, 옛 뜻풀이를 참고하고 자기의 의견을 덧붙여 이름을『설문고주보』라고 하였다.
>
> 大澂篤耆古文, 童而習之, 積三十年, 搜羅不倦. 豐岐京洛之野, 足跡所經地, 不愛寶. 又獲交當代博物君子, 擴我見聞, 相與折衷, 以求其是. 師友所遺拓墨片紙, 珍若球圖, 硏精究微, 辨及瘢肘. 爰取古彝器文, 擇其顯而易明, 視而可識者, 得三千五百餘字, 彙錄成編, 參以故訓, 附以己意, 名曰 說文古籀補.

오대징의『설문고주보』는 설문학에 있어서 크게 진전된 연구였다.

---

39 초판본에는 1,093개의 글자에 대한 금문이 수록되어 있고, 중간본에는 1,410자에 대한 금문이 수록되어 있다.

40 천구와 하도는 고대 천자(天子)의 보기(寶器)를 말한다.

청대에는 설문학이 극도로 발전하여, 교감이나 정리, 주음(注音) 수준이었던 이전 시대의 『설문해자』 연구를 새로운 단계로 끌어올렸다. 그러나 황덕관은 금문에 깊이 통달하지 못했던 것이 청대 설문학자들의 학술의 한계였다고 지적한 바 있다.[41] 문자를 연구할 때에는 그것이 만들어질 당시의 자형에 근거하는 것보다 더 좋은 자료가 없는 법인데, 갑골문이 출토되기 이전에는 바로 금석문자(金石文字)가 가장 오래된 자형을 보존하고 있었기 때문이다. 이것은 허신이 당시에 통용되던 예서(隷書)가 아니라 고문자(古文字)에 속하는 소전과 주문, 고문 등을 근거로 문자의 본래 의미와 형태와 발음을 연구하여 『설문해자』를 완성한 것과 유사하다. 오대징의 연구는 뒤이어 손이양(孫詒讓, 1848~1908)의 『명원(名原)』(1903년 완성)과 마서륜(馬叙倫, 1885~1970)의 『설문해자육서소증(說文解字六書疏證)』(1928년 완성)으로 계승 발전되었다.[42]

『설문해자익징』의 완성 시기에 대해서는 분명한 기록이 없기 때문에 언제라고 단정하여 말할 수 없지만, 박규수가 1872년의 사행(使行)에 『설문해자익징』의 초고를 휴대했던 것과, 1873~1874년에 중국의 지우(知友)들에게 보낸 서신들에서 "조만간 출판하고자 한다"고 언급한 것으로 미루어 본다면, 이 시기에 거의 완성되었다고 보아도 무리가 아닐 것이다.

오대징이 『설문해자익징』의 초고를 본 것은 1872년의 일이다. 이때는 『설문고주보』가 출판되기 10여 년 이전이라는 것은, 박선수의 『설문해자익징』이 오대징의 저술에 일정한 영향을 미쳤을 가능성도 있다는 의미가 된다. 이뿐 아니라 오대징과 손이양의 저작은 『설문해자』에서 빠진 글자를 보충하거나 단편적인 바로잡기이지 체계적인 저술은 아니었다. 『설문』의 매 글자에 대해 고문자 자료에 근거하여 설명을

---

41 황덕관·진병신, 하영삼 역, 앞의 책, 253쪽.
42 하영삼, 앞의 글, 481~482쪽.

붙이고 잘못된 점을 바로잡은 것은 마서륜의 『설문해자육서소증』에 이르러서였다.[43] 그렇다면 『설문해자익징』은 금문에 근거하여 『설문해자』를 보충했다는 점에서뿐 아니라, 고문자에 근거하여 『설문해자』의 잘못된 해석을 과감하게 바로잡은 체계적인 저작이었다는 점에서도 최초였다고 할 수 있다.

(2) 독창적인 문자 이론을 제시하였다.

『설문해자익징』의 가치는 중국학자들과 차별되는 독창적인 문자 이론을 수립했다는 면에서도 찾을 수 있다. 앞에서도 언급했듯이 청대 설문학자들은 전대의 연구 수준을 월등히 뛰어 넘어 『설문해자』 연구를 새로운 단계로 끌어 올렸다. 그들은 『설문해자』의 체례에 대해 설명하고 서문과 본문에 주석을 달았으며, 문자의 형음의(形音義) 관계를 비롯한 문자의 구조와 변화규칙 등을 탐구하였다. 또한 음운(音韻)과 훈고학적 지식을 운용하여 학술적으로 이전 학자들보다 뛰어난 성취를 이루었다. 그러나 그들의 연구는 커다란 범위에서 『설문해자』의 이론적 테두리를 벗어나지 못하는 것이었다.[44] 그러나 박선수는 『설문해자』에 구속받지 않고 자신만의 이론을 수립하고 그 이론에 근거하여 한자를 탐구하였다. 이것은 특히 한자의 구조에 대한 분석에서 잘 나타난다. 한자의 구조는 전통적으로 허신이 제시한 육서 안에서 이해되었지만, 모든 한자를 육서로 분석할 수 없다는 한계로 인하여 새로운 분류가 시도되기도 하였다. 명대(明代) 양신(楊愼)의 '사경이위설(四經二緯說)'이나 청대 대진(戴震)의 '사체이용설(四體二用說)'은 육서 중 상형, 지사, 형성, 회의

---

43 하영삼, 위의 글, 482쪽.
44 세실리아 링크비스트는 갑골문이 발견되기 이전의 중국학자들은 지난 2000여 년 동안 『설문해자』에 근거해 판에 박힌 연구를 해왔으며, 『설문』을 해석된 글들이 층층이 쌓여 마치 산처럼 높아져 갔다고 평가하였다. 세실리아 링크비스트, 김하림·하영삼 역, 『한자왕국』, 청년사, 2002, 16쪽.

의 네 가지 구조와 전주, 가차의 두 가지 구조를 구분한 것이다. 그들은 앞의 네 가지는 문자를 만드는 방법이고 뒤의 두 가지는 기존의 글자를 활용하는 방법이라고 설명했는데, 그러나 이것도 역시 육서의 범위 내에서 한자의 구조를 파악한 것이라고 할 수 있다. 본격적으로 육서의 명칭과 정의에서 벗어나 한자를 새롭게 분류한 것은 당란(唐蘭)의 '삼서설(三書說)'이다. 당란은 『고문자학도론(古文字學導論)』(1934)과 『중국문자학(中國文字學)』(1949)에서 한자의 구조를 상형, 상의(象意), 형성의 세 가지로 구분하였다. 상형은 구체적 물체를 그린 것이나 관습적으로 사용하는 기호라고 정의하였고, 상의는 형성문자가 생겨나기 전 소수의 상형문자를 제외한 나머지 모든 글자를, 형성은 발음성분이 포함된 경우의 모든 문자를 말한다. 그 이후로 용우순(龍宇純)의 '칠서설(七書說)'(1984)[45]과 구석규(裘錫圭)의 '신삼서설(新三書說)'(1988)[46] 등이 제기되었다.

박선수는 중국의 학자들이 여전히 육서의 틀에서 벗어나지 못하고 그 안에서 한자의 구조를 이해하려고 했던 시대에 새로운 개념으로 한자의 내부 구조를 파악하였고, 그것에 근거하여 각각의 한자를 분석하

---

45 용우순(1984)은 한자의 구성 방법을 7가지 종류로 분류하였다,
① 순수표형자(純粹表形字) : 순수 독체 상형자로서 '일(日)'과 '록(鹿)'이 여기에 속한다. ② 순수표의자(純粹表意字) : 표현하고자 하는 의미를 그린 것으로 '상(上)'과 '음(飮)'이 여기에 속한다. ③ 순수표음자(純粹表音字) 의미와 무관하며 독음과의 관련 속에서만 기능하는 것으로 '무(無)'가 여기에 속한다. ④ 형의자(形意字) : 상형과 상의를 겸한 것을 지칭한다, 원래 상형했던 것의 의미가 불분명해지자 다시 어떤 형체를 더함으로써 표현하고자 하는 의미를 더욱 구체화시킨 것이다. '미(眉)'와 '과(果)'가 여기에 속한다. ⑤ 형음자(形音字) : 상형자에 발음성분을 더한 것으로 '치(齒)'가 여기에 속한다. ⑥ 음의자(音意字) : 표의자에 발음성분을 더한 것으로 '재(災)'가 여기에 속한다. ⑦ 순수약정자(純粹約定字) : 문자 사용자 간의 약속에 의해 굳어진 의미관계를 갖는 글자로서, '오(五)'와 같은 숫자가 여기에 속한다.
46 구석규(1999)는 한자의 구성 방법을 모두 3가지 종류로 분류하였다.
① 표의자(表意字) : 추상자(一, 凸), 상물자(象物字)(日, 馬), 지시자(指示字)(本, 末), 상물자 형식의 상사자(象事字)(大, 左), 회의자(會意字)(信, 休), 변체자(變體字) : 기존 글자의 형체를 바꾸어 만든 글자(日-今), ② 형성자(形聲字), ③ 가차자(假借字).

였다. 박선수는 한자를 크게 발음성분의 유무에 따라 문과 자로 양분한 뒤, 문은 다시 번종, 연종, 첩종, 전의, 전성 등으로 세분하였는데, 이러한 분류가 과연 한자의 실정에 합당한가에 대해서는 논의의 여지가 있지만, 허신의 육서를 벗어나 독창적인 시각으로 한자의 구조 법칙에 대한 새로운 이론을 수립했다는 것은 높이 평가할 만하다.

(3) 엄밀한 고증방법을 개척하였다.

김윤식은 「서문」에서 박선수의 문자 연구 방법을 다음과 같이 묘사하였다.

> 만약 허신이 자의(字義)에 대해 미처 밝히지 못한 부분이 있으면, 일단 금명(金銘)으로 판단하여 동이(同異)를 비교한 뒤, 문장을 살펴서 그릇됨을 분별하고 잘못된 것을 바로잡았는데, 마치 혹리(酷吏)가 옥사(獄事)를 다스리는 것 같았다. 간혹 금명에 없는 글자가 있으면 유추하여 두루 설명하였는데, 신변의 사물 어느 것에서든 근원을 만나는 오묘함이 있었고, 은밀하고 미세한 부분까지 궁구하고, 생각을 다하였다.
>
> 若許氏字義之有未晰處, 一以金銘斷之, 比較同異, 考文辨贗, 正其僞謬, 如酷吏之治獄. 或有金銘之所無者, 亦可推類旁通, 有左右逢源之妙, 窮極幽微, 竭其心思.

윗글에 따르면, 박선수의 연구방법은 출토된 금문 자료가 있는 경우와 없는 경우에 따라 각각 다르게 적용되었다. 금문 자료가 있는 경우, 박선수는 먼저 금문의 자형을 통해 판단하고, 다시 명문과 전적(典籍) 등에서 그 글자가 어떠한 의미로 쓰였는지를 살펴서 해당 문자에 대해 정확한 해설을 하려고 하였다. 또 금문에 없는 글자는 유추를 통해 해석하였다. 예를 들어 '기(祈)'자에서는 다음과 같이 설명하였다.

'기(祈)'자는 종정(鐘鼎)에 보이지 않는다. 그러나 금명에는 '단(單)'과 '기(旂)'로 구성되어 '䰙' 형태로 쓰인 글자가 있으며, 이 글자는 언제나 '이로써 장수를 기원한다[用䰙眉壽]'라는 구절에 사용되었다.[47] 『사기(史記)』「진본기(秦本紀)」의 '기년궁(蘄年宮)'에 대해 '주(註)'에서 "기년(蘄年)은 장수를 구하는 것이다[蘄年, 求年也]"라고 한 것을 통해, '䰙'와 '기(蘄)'의 의미가 '기(祈)'와 같다는 것을 알 수 있다.

祈字不見鐘鼎, 而金銘有從單從旂作䰙者, 辭皆用䰙眉壽. 『史記』「秦本紀」, 蘄年宮, (註)蘄年, 求年也, 知䰙蘄義同祈.

박선수의 이러한 엄밀한 고증의 방법은 후대의 문자학자들이 문자를 해석할 때 중요한 원칙으로 삼았던 '이중증거법(二重證據法)'의 초보적인 형태라고 할 수 있으며, 금문 자료에 해당 글자가 직접 나타나지 않을 경우 다른 글자에 근거해 추론하였다는 것 역시 이후 문자해석의 방법에 있어 '편방분석법(偏旁分析法)'의 초보적인 운용이라고 평가할 수 있다.[48]

2) 『설문해자익징』의 한계

(1) 문자 해석상의 오류

문자의 수량은 문자를 사용하는 시대의 요구에 부응하게 마련이다. 따라서 문자가 제작되어 사용되기 시작한 시기에는 문자의 개수가 그리 많지 않다가, 사회가 발전하며 기록해야 하는 내용이 많아지면서 점차 더 많은 문자가 만들어지고 사용되었을 것이다. 그러나 문자는

---

47 설상공(薛尙功)의 『역대종정이기관지법첩(歷代鐘鼎彝器款識法帖)』에 수록되어 있는 「공중반(邛仲槃)」, 「희환두(姬姭豆)」, 「백석부정(伯碩父鼎)」, 「사책부정(史頙父鼎)」, 「진강정(晉姜鼎)」 등에 '用䰙眉壽'라는 명문(銘文)이 보인다.
48 하영삼, 앞의 글, 472~473쪽; 유동춘, 앞의 글.

한 번의 생성을 통해 고정된 형태로 영원히 존재하는 것이 아니라, 마치 생물체처럼 변화를 겪으며 발전한다. 그래서 한자는 자형상(字形上)으로 고자(古字)와 금자(今字), 이체자(異體字)가 있고, 자음상(字音上)으로는 고음(古音)과 금음(今音), 방언음(方言音)이 있으며, 의미상(意味上)으로는 본의(本義)와 인신의(引伸義), 가차의(假借義)가 있다.[49]

하나의 한자는 처음에 하나의 의미를 나타내기 위해 만들어졌겠지만, 이후에는 관련된 다른 의미들까지도 함께 나타내게 되었을 것이다. 기억해야 하는 문자를 새로 만드는 것 보다는 연상에 의해 허용되는 범위 내에서 하나의 글자가 여러 의미를 담당하는 것이 더 경제적이기 때문이다. 그러나 하나의 문자가 담당해야 하는 의미가 지나치게 많아져서 도리어 기억에 혼동을 일으키는 상황이 되면, 자연히 의미에 따라 새로운 글자를 만들거나 발음을 달리하여 구분하는 방법이 고안된다. 그래서 한자에는 하나의 글자가 여러 개의 의미를 담당하는 현상, 심지어는 하나의 글자가 서로 상반된 의미를 나타내는 현상도 존재하고, 동일한 발음성분을 가진 글자들이 편방을 달리하지만 공통된 의미를 가지고 있는 현상, 그리고 하나의 글자가 두 개 이상의 발음을 갖는 현상 등이 존재하는데, 이러한 현상은 대체로 분화(分化)로 설명할 수 있는 것들이다. 그런데 박선수는 한자에 존재하는 다양한 현상들을 대부분 문자의 합병으로 해석하였다. 그래서 고금자(古今字)나 이체자를 서로 다른 두 개의 글자로 파악한 경우가 있고, 한 글자가 상반된 의미를 나타내는 현상 역시 두 개의 서로 다른 글자가 합병된 것으로 설명했으며, 두 개의 발음을 가진 글자도 역시 서로 다른 두 개의 글자가 합병되며 흔적을 남긴 것으로 파악하였다.

먼저 고금자나 이체자를 각각 다른 글자로 파악한 경우를 살펴보자.

---

49 김용걸, 『한자자형의 세계』, 성신여대 출판부, 2002, 86쪽.

박선수는 '작(作)'자에서 "'작(作)'자는 종정에 보이지 않는다. 그러나 금명에서 '만들다'라는 의미의 '작(作)'이 '止' 형태로 쓰였다면, '작(作)'자는 마땅히 '止'으로 구성되어 '𣥺' 형태로 쓰였을 것이다作字不見鐘鼎, 而金銘作成之作止, 則作字當從止作𣥺]"라고 설명하여, '작(作)'은 '일어나다[起]'라는 의미를 나타내는 글자이고 '止'은 '만들다'라는 의미를 나타내는 글자라고 하였다. 그러나 '작(作)'은 본래 '止' 형태로만 쓰이다가 진대(秦代)에 와서 '인(人)'이 첨가되어 '작(作)'으로 쓰였으므로, '작(作)'과 '止'은 고금자 관계에 있는 동일한 글자이지, 처음부터 각각 서로 다른 의미를 나타내는 두 개의 글자가 아니다.

다음으로는 하나의 글자가 서로 상반되는 두 개의 의미를 나타내는 현상에 대한 해석을 살펴보자. 박선수는 '축(祝)'자에 '축복하다'라는 의미와 동시에 '저주하다'라는 의미가 존재하는 것에 대해 다음과 같이 풀이하였다.

'축(祝)'자에는 '저주하다[詛祝]'라는 의미도 있는데, 옛날에는 '저주하다'라는 의미를 나타내는 글자와 '축문을 주관하는 사람'을 의미하는 글자에 반드시 구별이 있었을 것이다. 그렇다면 오늘날 '구(口)'로 구성된 '주(呪)'가 바로 그 글자일 것이다.

又詛祝之祝, 在古不應無別, 則今世從口之呪, 當卽其字, 而頭聲相近, 當從祝省.

박선수는 '축(祝)'자에 존재하는 '저주하다'라는 의미가 옛날에는 '주(呪)'자로 표현되었다고 하였다. 그러나 '주(呪)'자는 『설문해자』에 보이지 않는다. 그렇다면 후에 혼동을 피하기 위해 의미에 따라 서로 구별되는 자형을 만들었다고 볼 수 있다.

또 박선수는 한 글자가 두 가지 이상의 발음으로 읽히는 것을 모두 합병 현상으로 해석하였다. 그래서 '고(告)'자에서 다음과 같이 주장하였다.

경전(經傳)의 '고(告)'자에 입성(入聲)과 거성(去聲)의 두 가지 발음이 있는 것은 또 어째서인가? 내 생각에 옛날에는 횡목(橫木)을 상형하여 'Ψ' 형태로 쓰고 '질곡(桎梏)'[50]의 '梏(곡)'처럼 읽는 글자가 있었을 것이다. 그리고 거성(去聲)인 '고(告)'는 그것이 이미 '알리다'라는 뜻을 나타내는 것을 취하여 '구(口)'와 'Ψ'의 생략형으로 구성되었을 것이다. 그렇지 않다면 '고(告)'자에는 단지 입성(入聲)으로 읽히는 한 가지 발음만 있었고, '고(告)'로 구성된 글자 가운데 어떤 것이 거성이었는데 생략되면서 '고(告)'와 통용되었기 때문에 서로 혼동된 것이다.

經傳告字, 有入去二讀, 又何故也. 竊意在古有象橫木作Ψ, 讀若桎梏之梏, 而去聲之告, 取其已帶告意, 從口從Ψ省. 不然則告字止有入聲一音, 而從告之字, 或去聲而省通相亂.

박선수의 논리에 따르면 '고'로 발음하는 글자와 '곡'으로 발음하는 글자가 각각 존재하다가 후에 하나의 자형으로 합병되면서 '고(告)'에 두 개의 발음이 생겼다는 것이다. 이와 같은 해석법은 분명한 근거가 없을 뿐 아니라, 오히려 처음에 더 많은 한자가 존재했다는 의미가 되어 버린다. 따라서 박선수가 한자에 존재하는 많은 현상들을 오로지 합병으로 해석한 것은 한자의 변화와 발전의 실제 과정과 맞지 않는다고 할 수 있다.

---

50 질곡(桎梏)을 잘못 쓴 것으로 보인다.

(2) 중국음운학의 지식이 높지 않았다.

박선수는 대체로 반절(反切)을 신뢰하였고 반절에 근거하여 발음성분을 분석하였다. 박선수는 '제(帝)'자에서 다음과 같이 주장하였다.

> 허신은 '자(朿)'가 '제(帝)'의 발음성분이라고 설명했지만, '자(朿)'는 '칠(七)'과 '사(四)'의 반절이므로[51] '제(帝)'의 성모나 운모를 나타낼 수 없다. 따라서 '제(帝)'는 전성의 문이다. 음절(音切)[52]은 후세에 생겨났고 운자(韻字)는 경전에 나타나 있지 않다. 그러나 이것으로 문자의 발음의 같고 다름을 설명한다면 더 이상 간편한 것이 없으므로, 구애받지 않고 들어서 설명할 것이다.
>
> 許氏以朿證聲. 朿音切七四, 非頭聲與履音, 則乃專聲之文也. 音切起於後世, 韻字不著經典, 而用以證文字聲音之同異, 則便要莫尙, 故不拘擧稱.

그러나 『설문해자』에 기록된 반절은 『당운(唐韻)』의 음운체계를 반영한다는 점에 유의해야 한다. 이것은 허신이 『설문해자』를 저술할 때나, 처음으로 한자가 만들어진 그 당시의 발음과는 이미 많은 차이가 있는 음운 체계이다. 따라서 전적으로 이것에 근거하여 발음을 분석하였다면, 자연히 착오를 피할 수 없게 된다. 다시 '여(余)'자를 예로 들어보자. 박선수는 '여(余)'를 발음성분으로 취한 형성자가 한 계열은 '여'로 발음되고, 한 계열은 '도'로 발음되는 현상을 발견하고, 그것을 '여(余)'의 중문인 '㙷'와 관련지어 해설하였다.

> 무슨 이유로 '여(余)'로 구성된 글자 중 반 이상이 '도(荼)'로 발음되는 것

---

51 서현본 『설문해자』에는 칠사절(七賜切)로 쓰여 있고, 서개본(徐鍇本)은 칠지반(七智反)으로 쓰여 있다.

52 여기에서 음절은 반절로 발음을 표시한 것을 의미한다.

인가? 이것은 분명히 구성성분이 '여(余)'가 아니기 때문에 그런 것이다. 그렇다면 '荼'字가 바로 '도(茶)'로 발음하는 글자인데, 중첩시켜 쓰는 것이 어려워서 생략하여 '여(余)'로 구성되도록 했기 때문에 그런 것이 아닐까?

何從余之字, 過半讀茶. 是必所從非余而然也. 然則豈非荼字讀茶, 而疊重難寫, 省從余乎.

그러나 '여(余)'와 '도(茶)'는 『당운』의 반절음으로는 발음상의 관계가 비교적 멀지만, 상고음(上古音)에서는 모두 '정모(定母)'에 속하는 같은 발음이었다.[53]

(3) 문자의 분석과 해설에 관념의 구속을 받았다.

박선수는 어머니, 아버지, 하늘과 땅, 황제 등을 나타내는 글자들을 모두 문으로 분류하였다. 그리고 "또 다른 증거를 기다릴 것도 없이, '천(天)'은 만물의 아버지인데 이것이 문이 아니고 자일 수 있겠는가?且不待諸證, 以萬物之父, 而不爲文, 而爲字哉", "땅은 만물의 어머니이므로 마땅히 문으로 분류해야 한다地爲萬物之母, 當是文"라고 설명하였다. 박선수는 문과 자에 가치 개념을 부여했으며, 문은 보다 근원적이고 본질적인 성격의 것이라고 파악한 것으로 보인다. 더 나아가 박선수는 춘하추동(春夏秋冬)이나 동서남북(東西南北) 등과 같은 중요한 개념들도

---

53 증운건(曾運乾)은 송대(宋代) 36자모(字母) 중 '유(喩)'모(0)에 해당하는 글자들이 『절운(切韻)』계 운서의 반절에서는 두 종류로 뚜렷하게 나뉘어져 상호 대립하고 있으며, 후대 등운학자(等韻學者)들도 한 종류는 3등에, 다른 한 종류는 4등에 배열하여 이들을 각각 유삼(喩三), 유사(喩四)라 칭하였다는 사실을 발견하였다. 그러나 형성자나 이문(異文), 성훈(聲訓) 등의 자료를 보면 유삼(喩三)은 갑(匣)모와, 유사(喩四)는 '정(定)'모(d)와 밀접한 관계에 있다는 것을 알 수 있다. 즉 유사(喩四)에 속하는 '여(余)'가 상고시대에는 '정'(定)모에 속하는 글자였다는 것이다. 그렇다면 '여(余)'를 발음성분으로 취한 글자들이 '도'로 실현되는 것은 후대의 음변(音變) 현상으로 해석해야 한다. 이재돈(李在敦), 『중국어음운학(中國語音韻學)』, 학고방, 2007, 289쪽.

모두 문으로 분류하였다. 사실 위의 개념들은 인간의 삶에서 매우 중요한 것들이다. 그리고 중요한 의미나 개념을 나타내는 글자는 분명히 일찍부터 존재했을 것이다. 그러나 언어를 시각적인 부호로 만들어내는 방법은 다양할 수 있고, 또 어떤 개념의 가치가 그 개념을 나타내는 기호의 제작방법에까지 영향을 미친다고 할 수는 없다. 따라서 위의 개념들이 중요하기 때문에 문으로 분류되어야 한다는 논리는 타당하지 않다. 다시 '효(孝)'자를 예로 들어 보자. 허신은 '효(孝)'자를 "부모를 잘 모시는 사람이다. '로(老)'의 생략형과 '자(子)'로 구성되었다. 아들이 늙은 부모를 받들었다는 의미이다[善事父母者. 從老省, 從子. 子承老也]"라고 설명하였다. 그러나 박선수는 '효(孝)'자를 다음과 같이 분석하였다.

'효(孝)'자는 금명에서 '로(老)'를 생략하지 않은 형태로 구성되었다. 허신이 아들이 늙은 부모를 받들었다고 설명한 것에는 다소 천박한 측면이 있다.[54] 그래서 '교(爻)'의 생략형으로 구성되었다고 설명한 사람[55]과 '교(敎)'의 생략형으로 구성되었다고 증명한 사람이 있었는데, 이 두 설 역시 옳지 않다. 만약 '교(爻)'의 생략형으로 구성되었다고 말한다면, '교(爻)'는 '고(古)'와 '효(肴)'의 반절이므로 그것의 성모나 운모가 '로(老)'의 발음을 나타낼 수 없다. 만약 '교(敎)'의 생략형으로 구성되었다고 말한다면, 비록 운모는 운이 맞지만, '교(敎)'자는 '복(攴)'으로 구성되었고 '교(爻)'가 발음을 나타내므로, 『설문해자』에 부수로 설정되어 있는 것은 옳지 않다. '효(孝)'자는 전의의 문이므로, 문이 아니고 자인 '교(敎)'로 구성되었을 리 없다. 그래서 내 생각에는 '학(學)'의 생략형으로 구성된 것 같다.[56] 종신토

---

54 '효(孝)'의 의미를 '자승로(子承老)'라고 말한다면, 부모가 돌아가시면 효도도 역시 끊어지는 것이므로 천박하다고 말한 것이다.

55 대동(戴侗)은 『육서고(六書故)』에서 '교(爻)'는 '효(孝)'의 본자(本字)라고 말했는데, 아마도 이것을 가리키는 것 같다.

56 '효(孝)'의 아랫부분을 구성하고 있는 '자(子)'가 아들이라는 의미의 '자(子)'가 아니라

록 종사하기 때문에 '로(老)'로 구성되었고, 겸허하여 멈추지 않기 때문에 '학(學)'으로 구성되었다. '학(學)'의 성모가 발음을 나타내어 '효(孝)'처럼 읽는 것에는 '효(斅)'자가 있다. 『설문해자』에는 '학(學)'이 '효(斅)'자의 중문으로 수록되어 있는데, 이것은 옳지 않다. '학(學)'은 문이고 '효(斅)'는 자이다. '효(孝)'는 비록 '학(學)'이 발음을 나타내지만 마땅히 문으로 분류해야 한다.

孝字金銘, 從老不省. 許氏說子承老, 有涉膚淺. 故有證從爻省者, 有證從教省者, 二說, 亦非也. 若謂從爻省, 爻, 古肴切, 非頭聲與韻聲. 若謂從教省, 雖偕韻聲, 教字從攴爻聲, 說文之立爲建首, 非也. 孝字, 以專義之文, 不應從字而非文之教. 瑄壽竊謂當從學省, 以終身從事而從老, 謙虛不居而從學也. 從學頭聲, 而讀若孝者, 斅字是也. 說文以學爲斅字重文, 非也. 學則文, 而斅則字也. 孝雖從學聲, 當是文.

효(孝)의 개념이 '효(孝)'자의 분석에 영향을 미쳐서, 두 개의 구성성분으로 이루어졌고 발음성분이 있다고 분석하였음에도 불구하고 역시 문으로 분류해야 하며 부수로 설정해야 한다고 주장한 것을 볼 수 있다.

(4) 근거가 부족한 상태에서 생형(省形)과 생성(省聲)으로 분석한 경우가 많았다.

생성과 생형은 어떤 글자의 생략된 형태가 발음성분이나 의미성분이 되는 경우를 가리키는 용어이다. 그러나 이것은 한정된 범위 내에서 인정될 수 있는 문자 구성방법으로 근거할 만한 증거, 예컨대 생략되었다고 말한 구성성분이 생략되지 않은 형태로 쓰인 고문자가 있는

'학(學)'의 생략형이라는 것이다.

등의 증거가 없는 이상 타당하지 않은 경우가 대부분이다. 그러나 박선수는 문자의 구조를 분석하려는 의욕이 앞선 나머지, 종종 통시적(通時的) 감각을 잃고 모든 글자를 일직선상에 놓은 채 구성성분을 추적하였다. 이 때문에 일부 글자에서는 자의적인 해석을 피할 수 없었으며, 후대에 생긴 글자가 먼저 나온 글자의 구성성분이라고 분석하는 오류를 범하기도 하였다. '막(莫)'자를 예로 들어 살펴보자. '막(莫)'자는 『설문해자』에서 '망(茻)'부에 속해 있다.

> 내 생각에 '막(茻)'자는 마땅히 소속된 글자가 있는 부수로 설정되어야 한다. 『의례(儀禮)』「특생궤식례(特牲饋食禮)」의 '준(蕘)'자[57]는 발음과 의미가 '준(餕)'자[58]와 동일하다. 그렇다면 '준(蕘)'자는 마땅히 '준(餕)'의 생략형으로 구성되었을 것이다.[59] 따라서 '茻'부가 있어서 거기에 소속되어야 한다는 것을 알 수 있다.
>
> 竊謂茻字, 當是有屬文之建首. 按『儀禮』「特牲饋食禮」, 蕘字音義同餕, 當從餕省. 故知有茻部.

박선수는 『의례』에 나오는 '준(蕘)'자가 '준(餕)'의 생략형으로 구성되었다고 분석하였다. 이것은 '막(莫)'의 아래에 있는 '식(食)'이 바로 '준(餕)'의 생략형이며, '준(蕘)'자의 발음성분이라는 말이다. 그러나 '준(餕)'은 송대 서현(徐鉉) 등이 새로 덧붙인 글자이므로 허신의 시대에는 아직 출현하지 않았다고 보아야 한다. 이러한 설명은 후대에 출현한 글자가 오히려 선진시대의 전적에서 사용된 글자의 구성성분이라고 설명하는 모순을 초래하였다. 또 '함(咸)'자에서는, "내 생각에 '함(咸)'자는

---

57 이 글자는 『설문해자』에 수록되어 있지 않다.
58 '餕' : 食之餘也. 從食夋聲. (5下, 食部의 新附字)
59 이 말은 '준(蕘)'의 구성성분인 '식(食)'이 '식'이 아니라 '준(餕)'의 생략형이며, 이 글자의 발음성분이라는 뜻이다.

'함(含)'의 생략형이 발음을 나타내므로 마땅히 '술(戌)'부에 속해야 한다[竊謂咸字, 當從含省聲, 見戌部]"라고 설명하였는데, '함(咸)'의 구성성분인 '구(口)'가 '함(含)'의 생략형이라는 설명은, '함(咸)'과 발음이 같은 글자 가운데에서 '구(口)'로 구성된 글자를 취해서 설명했다는 것 이외에 어떠한 개연성도 찾기 어렵다.

위에서 언급한 내용들은 박선수의 문자 해설에서 발견되는 전반적인 경향이다. 이것은 개인적인 오류일 수도 있고 시대적인 한계일 수도 있다. 이러한 한계가 존재한다는 사실을 인식하고 『설문해자익징』을 읽어야 그 내용상의 옥석(玉石)을 가릴 수 있을 것이다.

5. 나오며

박선수의 『설문해자익징』은 현전하는 조선시대의 유일한 문자학 저작으로서, 박선수 개인의 열정과, 문자학에 대한 관심이 증대되고 금석학이 발전하였던 시대적 학술 경향의 배경 아래에서 탄생하였다.

박선수는 당시 가장 오래된 자형을 보존하고 있었던 금문에 근거하여[60] 소전을 근거로 해설한 『설문해자』의 내용을 수정하는 과학적인 연구방법을 사용하였다. 또 당시 중국에서 극성하던 고증학과 설문학의 영향을 받았지만, 중국학자들의 연구내용과 방법을 단순 수용하는 차원에 그치지 않고, 자신만의 이론을 수립하여 그 안에서 한자를 분석하고, 중국학자들의 연구내용을 비판하였다.

---

60 현전하는 가장 오래된 한자는 1899년에 발견된 갑골문(甲骨文)이다. 그러나 박선수가 『설문해자익징』을 저술할 때에는 갑골문의 존재가 아직 알려지지 않은 때였다.

『설문해자익징』의 내용 가운데에는 개인적인 한계와 시대적 한계로 인하여 해설상의 오류가 존재하는 부분도 있지만, 『설문해자익징』의 과학적인 연구 방법과 독창적인 연구 내용은 오랜 기간에 걸쳐 누적되어 온 조선 학자들의 한자에 대한 이해와 학술의 수준을 잘 반영하고 있다.

참고문헌

(朝鮮) 朴珪壽, 『瓛齋集』(韓國文集叢刊 312), 서울 : 民族文化推進會, 2003.

『韓國民族文化大百科辭典』.

金泰洙, 「六書尋源攷」, 『漢文學論輯』 14, 1996.

김순희, 「說文解字翼徵에 관한 研究」, 중앙대 박사논문, 1995.

文準彗, 「說文解字翼徵 解說字 譯解」, 서울대 박사논문. 2008.

河永三, 「朴瑄壽 『說文解字翼徵』의 文字理論과 解釋體系의 特徵」, 『中國語
　　　　文學』 38, 2001.

姜信沆, 『國語學史』, 서울 : 보성문화사, 1986.

權德周, 『六書尋源資料集』, 서울 : 해돋이, 2005.

琴章泰, 『韓國實學思想研究』, 서울 : 集文堂, 1987.

김용걸, 『한자자형의 세계』, 서울 : 성신여대 출판부, 2002.

이승자, 『조선조 운서한자음의 전승양상과 정리규범』, 서울 : 도서출판 역락, 2003.

이완재, 『朴珪壽研究』, 서울 : 집문당, 1999.

李在敦, 『中國語音韻學』, 서울 : 학고방, 2007.

임형택, 『實事求是의 한국학』, 파주 : 창작과비평사, 2002.

黃德寬・陳秉新, 河永三 譯, 『漢語文字學史』, 서울 : 東文選, 2000.

세실리아 링크비스트, 김하림・하영삼 역, 『한자왕국』, 파주 : 청년사, 2002.

林　尹, 權宅龍 역, 『中國文字學槪說』, 서울 : 螢雪出版社, 1997.

柳東春, 「關于朝鮮末文字學著作『說文解字翼徵』」 第2屆, 日韓中國語言學國
　　　　際學術研討會論文集, 2007.

裘錫圭, 『文字學槪要』, 臺北 : 萬卷樓圖書有限公司, 1999.

龍宇純, 『中國文字學』, 臺北 : 臺灣學生書局, 1984.

『설문해자익징說文解字翼徵』과 『설문고주보說文古籒補』의 비교 고찰[*]

문준혜

1. 들어가며

　박선수의『설문해자익징』(이하『익징』으로 약칭함)과 오대징의『설문고주보』(이하『고주보』로 약칭함)는 비슷한 시기에 비슷한 방법으로『설문해자(說文解字)』(이하『설문』으로 약칭함)를 연구했다는 공통점 때문에 쉽게 관련지어 생각하게 된다.『익징』은 현전하는 조선시대의 유일한 『설문』연구서로서, 이전 학자들의 단편적인 논의를 뛰어넘어 한자의 형음의(形音義)를 체계적으로 연구한 중요한 저작이고,『고주보』는 청

---

[*]　이 글은『중국어문학지(中國語文學誌)』제32집(2010.4.30)에 게재된 논문을 수정·보완한 것이다.

대(淸代) 고문자학(古文字學) 저작들 가운데 자형(字形)의 구조를 분석하고 문자의 원류를 고증하는 데 있어서 이전 학자들에 비해 커다란 진보를 이룬 중요한 저작이다. 따라서 이들은 연구 내용이나 방법 면에서 뿐 아니라, 자국의 학문 분야에서 차지하는 지위라는 측면에서도 공통점을 가진다고 할 수 있다. 그러나 직관적으로 느껴지는 두 저작의 유사성은 아직 구체적으로 검토된 적이 없다.[1] 과연 두 저작은 어떤 측면에서 얼마나 공통점을 가지고 있으며 또 얼마나 차별되는 특징을 가지고 있는 것인가?

필자가 이 글을 구상하게 된 것은, 20년 정도에 달하는 출판년도의 차이와 일부 조선의 학자들이 중국서적의 내용을 그대로 수용하여 자기의 것으로 저술하는 전통(?)이 있었다는 이유로, 『익징』이 『고주보』의 연구방법과 내용을 그대로 답습한 수준일 것이라는 회의적인 질문과 대면했기 때문이다.[2] 『익징』에 대한 이러한 평가는 과연 타당한 것일까? 이에 대한 해답은 아마도 『익징』과 『고주보』에 대한 구체적인 비교를 통하여 찾을 수 있을 것이다. 이에 필자는 『익징』과 『고주보』를 내용적인 측면과 형식적인 측면으로 나누어 비교·고찰함으로써 두 저작 사이에 존재하는 유사성과 차별성을 구체화하고, 각 저작의 특성과 가치를 조명할 것이다. 이와 함께 두 저작의 완성 시기와 두 학자간의 교류 여부도 고찰하고자 한다.

---

1 김순희, 『說文解字翼徵에 관한 研究』, 파주 : 한국학술정보(주), 2005; 양원석, 「조선 후기 문자훈고학」, 고려대 박사논문, 2006에 소단원으로 『익징』과 『고주보』를 비교한 내용이 있다.
2 이 질문은 『익징』을 소개하는 논문을 발표했을 때 청중이 제기한 것으로, 근거를 토대로 한 공식적인 이의제기는 아니었다.

2. 『설문해자익징』과 『설문고주보』 약술

1) 박선수와 『설문해자익징』

『설문해자익징』은 조선 후기의 문신(文臣) 박선수(1821~1899)가 『설문해자』의 체재상의 결함을 보충하고 문자해설의 오류를 바로잡으려는 목적으로 편찬한 책이다.

박선수의 자는 온경(溫卿)이고 호는 온재(溫齋)이며 본관은 반남(潘南)이다. 실학(實學)의 대가인 박지원(朴趾源, 1737~1805)의 손자이고, 박종채(朴宗采, 1780~1835)의 아들이며, 개화파의 정신적 지주로 추대되는 박규수(朴珪壽, 1807~1877)의 동생이다. 고종(高宗) 1년인 1864년에 증광별시문과(增廣別試文科)에 장원급제한 이후, 사간원대사간(司諫院大司諫, 1865), 암행어사(暗行御史, 1867), 참찬관(參贊官, 1873), 대사간(大司諫, 1873), 이조참의(吏曹參議, 18742), 예방승지(禮房承旨, 1878), 성균관대사성(成均館大司成, 1883), 공조판서(工曹判書, 1884), 형조판서(刑曹判書, 1894) 등을 역임하였다. 저서로 『설문해자익징』 14권이 있으며, 박규수의 문집인 『환재선생집(瓛齋先生集)』 11권을 편집하였다.[3]

박선수에 대해서는 이상의 간략한 기록이 전해질뿐이지만, 그가 가학을 통해 조부 박지원의 실학을 계승했으며, 또 『익징』의 내용을 함께 논의했던[4] 형 박규수가 실사구시(實事求是)로 요약되는 방법론을 가지고 학문 연구에 임했다는 사실을 통해[5] 박선수 역시 이와 비슷한 학

---

3 『한국민족문화대백과사전』 참고.
4 "雖夜中·必呼燭記之, 坐而待旦, 走至伯氏瓛齋先生所, 對床討論, 瓛翁亦欣然許之, 雖在千里之遠, 必往復質正, 然後登稿" 『익징』 「서문(序文)」.
5 박규수는 실학과 개화사상의 가교자로 지목을 받아온 인물이다. 그는 혼평의(渾平儀)와 지세의(地勢儀) 같은 천문 지리에 관계된 기구를 손수 제작했으며, 평소 고염

문적 경향을 지녔을 것으로 추측할 수 있다. 박선수는 당시에 고문자(古文字)에 능하다는 평가를 받고 있었다. 정인보(鄭寅普)는 「육서심원서(六書尋源·敍)」에서 "근세에 이르러 옥동(玉洞) 이서(李漵)가 『설문』을 연구하여 영조(英祖)시대에 이름을 날렸고, 그 연구 결과에 대해서 성호(星湖) 이익(李瀷)과 다산(茶山) 정약용(丁若鏞)이 모두 토론한 바가 있었으며, 보만재(保晚齋) 서명응(徐命膺), 풍석(楓石) 서유구(徐有榘), 이계(耳溪) 홍량호(洪良浩), 아정(雅亭) 이덕무(李德懋) 등이 또한 저술한 바가 있었다. 다만 한 권의 책으로 써낸 것은 오로지 심연(心淵) 남정화(南正和)의 『설문신의(說文新義)』만이 있었으나, 오늘날 그 책은 소재를 알 수가 없다. 고종(高宗) 때에는 계전(桂田) 신응조(申應朝)와 온재(溫齋) 박선수(朴瑄壽)가 모두 소학(小學)을 좋아하였는데, 온재의 장점은 고금문(古金文)에 있었다"[6]라고 하였다. 200년이 넘는 기간 동안 문자를 연구한 사람으로 겨우 10여 명이 언급되었다는 것은 당시에 이 분야를 연구하는 학자들이 거의 없었다는 의미이다. 그러한 상황에서 박선수는 개인적인 노력으로 이 분야에서 일정한 성취와 인정을 얻었음을 알 수 있다.

박선수가 『익징』을 저술하게 된 동기는 김윤식(金允植)이 쓴 서문을 통해 알 수 있다. 박선수는 『설문』이 자서(字書)의 비조(鼻祖)이며 한자가 만들어진 원리를 보존하여 후대에 전달한 중요한 책이지만, 그 체재가 엄밀하지 못하고 교감이 미진하여 오류가 적지 않다고 판단하였

무(顧炎武)의 실사구시적 학문자세를 흠모하였다. 김윤식은 박규수의 문집 서문에서 그의 학문 세계를 총괄하여 '실사구시'로 특징지었다. 임형택, 『실사구시(實事求是)의 한국학』, 창작과비평사, 2002, 129쪽.

6 "逮至近世, 玉洞李氏漵, 以治說文, 著元陵世, 其風之所及, 星湖茶山, 皆討論焉. 若徐保晚, 楓石祖孫, 洪耳溪, 李雅亭, 亦有述造. 然勒成一書, 則心淵南氏正和說文新義. 今其書不知所在矣. 高宗時, 申桂田, 朴溫齋, 皆好小學. 溫齋所長, 在古金文, 而最後有惺臺權先生, 卓礫崛起, 其所著曰, 六書尋源, 今此書, 是也." 권덕주(權德周), 『육서심원자료집(六書尋源資料集)』, 해돋이, 2005에서 재인용.

다.[7] 그리고 이러한 오류는 허신(許愼)이 근거한 자료의 한계에서 비롯되었기 때문에, 허신이 문자해설의 근거로 삼은 소전(小篆)보다 더 오래된 문자인 금문(金文)을 이용하면 허신의 문자해설상의 오류를 바로잡을 수 있다고 생각하고, 청동기물 수백 종을 참고하여 『익징』을 저술하게 된 것이다.[8]

『익징』은 언제 완성되었는지 정확한 연도를 알 수 없다. 완성된 이후 김만식(金晩植)과 김윤식[9]의 교열을 거친 뒤 원고의 상태로 보관되다가, 저자의 사후 13년 만인 1912년에 광문사(光文社)에서 석인본(石印本)으로 출판되었다. 총 14권, 6책으로 구성되었다.

2) 오대징과 『설문고주보』

『설문고주보』는 청나라 말기의 관료이자 학자인 오대징(1835~1902)이 『설문』에 수록된 고문(古文)과 주문(籒文)의 부족한 부분을 보충하려는 목적으로 편찬한 책이다.

오대징의 자는 지경(止敬) 혹은 청경(淸卿)이고 호는 항헌(恒軒)이며 별호는 각재(愙齋)이다. 강소성(江蘇省) 오현(吳縣)[10] 출신이다. 동치(同治)

7　"先從氏翠堂公曰, 說文解字爲字書之祖, 倉頡精義非此莫得而傳, 然尙恨體裁不嚴, 校勘未盡. 此舅氏翼徵書所由起也."

8　박선수가 『설문』의 연구에 금문을 이용할 수 있었던 것은 김정희(金正喜)로부터 시작된 금석학(金石學) 연구의 토양이 있었기 때문에 가능했다. 김정희는 청대 고증학을 수용하여 실증적 학문 방법에 주력했으며, 금석학에 대한 깊은 연구를 바탕으로 후학을 지도하여 조선금석학파를 성립시켰다. 문준혜, 「『설문해자익징(說文解字翼徵)』 해설자(解說字) 역해(譯解)」, 서울대 박사논문, 2008, 7쪽.

9　김만식(1834~1900)의 자는 기경(器卿)이고 호는 취당(翠堂)이며 본관은 청풍(淸風)이다. 박선수의 외오촌조카이다. 『한성순보(漢城旬報)』의 창간호를 발행하였다. 김윤식(1835~1922)의 자는 순경(洵卿)이고 호는 운양(雲養)이다. 박규수의 문인이며 박선수의 외오촌 조카이다.

7년(1868) 진사(進士)로서, 광서(光緒) 12년(1886)에 광동순무(廣東巡撫)에 발탁되었고, 13년(1887)에는 하남(河南)과 산동(山東)을 관할하는 하도총독(河道總督)이 되었으며, 18년(1892)에는 호남순무(湖南巡撫)를 지냈다. 그러나 조선의 동학농민운동으로 인해 유발된 청일전쟁(淸日戰爭, 1894~1895)에 출전했다가 패배하여 실각하였고, 벼슬에서 물러나서는 용문서원(龍門書院)의 주강(主講)을 지냈다. 오대징은 금석학(金石學) 뿐 아니라 서화(書畵)로도 유명하여 산수와 화훼를 잘 그렸고, 전서(篆書)에 뛰어났다. 젊은 시절에는 진환(陳奐, 1786~1863)에게 전서를 배우고, 후에는 양기손(楊沂孫, 1812~1881)의 계시를 받아 소전과 금문을 결합하는 서법을 계발했으며, 이러한 서법으로 『논어(論語)』, 『효경(孝經)』 및 서찰 등을 썼다. 저서로 『설문고주보』, 『자설(字說)』, 『항헌길금록(恒軒吉金錄)』, 『고옥도고(古玉圖考)』, 『각재집고록(愙齋集古錄)』, 『효경(孝經)』, 『권형도량실험고(權衡度量實驗攷)』, 『주진양한명인인고(周秦兩漢名人印攷)』 등이 있다.

「자서(自敍)」에 따르면, 오대징은 어려서부터 고문을 좋아하여 꾸준히 학습했고, 30년 동안이나 끊임없이 유물들을 사 모았으며, 당대(當代)의 많은 기물들을 보고 많은 학자들을 만남으로써 견문을 넓혔다. 스승과 친구들이 남긴 탁본이나 종잇조각들을 세계 지도와 같이 아끼고 연구하여 조그마한 부분까지도 변별했다. 그 결과물로 고대 청동기물의 명문(銘文) 중에서 분명하게 드러나고 보아서 알 수 있는 글자들 3,500여 자를 모아서 옛 훈고를 참고하고 본인의 견해를 덧붙여 『고주보』를 지은 것이다.[11]

---

10 오늘날의 소주(蘇州)이다.

11 "大澂篤耆古文, 童而習之, 積三十年搜羅不倦. (…중략…) 又獲交當代博物君子, 擴我見聞, 相與折衷, 以求其是. 師友所遺拓墨, 片紙珍若球圖. 硏精究微, 辨及瓣肘, 愛取古彝器文, 擇其顯而易明, 視而可識者, 得三千五百餘字, 彙錄成篇, 參以故訓, 附以己意, 名曰說文古籀補."

청대에 금문을 통해 『설문』을 보충하거나 교정하는 풍조는 엄가균 (嚴可均, 1762~1843)으로부터 시작되었다. 엄가균은 이기(彝器)의 문자를 이용하여 『설문』을 보충한 『설문익(說文翼)』을 저술하였고, 장술조(莊述祖, 1750~1816) 또한 『설문고주소증(說文古籒疏證)』을 저술하였으며, 허한 (許瀚)과 왕균(王筠)도 종종 금문을 이용하여 『설문』의 자형을 비교하였다.[12] 그리고 오대징이 그들의 뒤를 이어 『고주보』를 편찬하면서 고문자를 수집하는 풍조를 일으켰는데,[13] 『고주보』는 갑골문(甲骨文)이 출토되기 이전에 금문에 근거하여 비교적 정확한 견해를 많이 제시한 것으로 높게 평가받는다.[14] 이 책은 『설문』의 잘못과 이전 학설의 오류를 바로잡는 데 힘을 기울여, 이후의 고문자 연구에 큰 영향을 미쳤다.[15]

『고주보』는 1883년에 초판본이 간행되었고, 1895년에 중간본이 편찬되었다. 모두 14권으로 구성되었다.

---

12 그러나 『설문익』과 『설문고주소증』은 출판되지 않고 각 저자의 문집에 수록되어 있으며, 허한과 왕균 역시 단편적으로 금문을 이용하였을 뿐 전문적인 저작을 남긴 것은 아니다.

13 당란(唐蘭), 『고문자학도론(古文字學導論)』, 제로서사(齊魯書社), 1981, 53쪽.

14 왕력(王力), 이종진・이홍진 역, 『중국언어학사(中國言語學史)』, 계명대 출판부, 1983, 222쪽.

15 황덕관(黃德寬)・진병신(陳秉新), 하영삼(河永三) 역, 『한어문자학사(漢語文字學史)』, 동문선(東文選), 2000, 267쪽.

3. 『설문해자익징』과 『설문고주보』 비교

1) 구성과 형식

『익징』과 『고주보』는 『설문』에 수록된 한자를 대상으로 했기 때문에 권수나 한자의 배열순서 등이 『설문』과 동일하다. 그러나 『설문』을 그대로 옮겨 놓은 것이 아니라 각 저서의 목적에 맞게 재편성 하였다.

『익징』은 모두 6책 14권으로 이루어졌다. 책의 맨 앞에는 김윤식의 「서문」과 출판의 경위를 적은 짧은 글이 있고, 목차나 저자의 서문 없이 바로 '일(一)'자의 해설로 시작하여 마지막 '해(亥)'자의 해설까지 이어진다. '해(亥)'자의 해설 뒤에는 김만식과 김윤식이 『익징』을 교감하고 느낀 점을 적은 「발문」 형식의 짧은 글과 「설문해자서」가 수록되어 있다.

각 권은 첫줄에 권수가 제시되고, 다음 줄 하단에 저자와 교열자의 이름이 적혀 있으며, 그 다음 줄에 부수(部首)와 부수의 일련번호, 속문(屬文)의 수량, 중문(重文)[16]의 수량 및 저자가 해설한 글자의 수량이 제시되어 있다. 540개의 부수 모두 이러한 형식으로 일목요연하게 정리하였다. 그 다음에 『설문』의 원문을 적고, 그 아래 종정문(鐘鼎文)을 제시했으며, 다음 줄에 ':' 표시를 한 뒤 자신의 견해를 서술하였다.[17]

『고주보』도 역시 14권으로 구성되었다. 책의 맨 앞에는 반조음(潘祖蔭)과 진개기(陳介祺)의 「서문(敍文)」과 오대징의 「자서」가 실려 있고, 그

---

16 중문(重文)은 같은 글자의 이체자(異體字)를 가리킨다. 『설문』 「서」에 따르면, 『설문』에는 소전으로 쓰인 원문(原文) 이외에도 고문이나 주문과 같은 이체자가 모두 1163개 수록되어 있다.

17 『설문』에는 각 권의 맨 앞에 해당 권에 들어 있는 부수의 수량, 수록 한자의 수량, 중문의 수량 및 해설하는 데 사용한 글자의 수량이 제시되어 있다.

뒤에 「범례(凡例)」 12 항목이 있다. 그리고 바로 권1부터 권14까지가 수록되어 있다. 『고주보』는 1883년에 간행된 초판본과 1895년에 완성된 중간본이 있는데, 수록한 글자의 수량과 구성에 차이가 있다. 초판본에는 14권의 뒤에 「보유(補遺)」(문(文)62, 중(重)38)와 「부록(附錄)」(문542, 중142)[18]이 있고, 중간본에는 14권의 뒤에 「부록」(문536, 중119)만 있고 「보유」는 없다.

각 권은 첫줄에 권수가 제시되어 있고, 다음 줄에 저자의 이력과 이름이 적혀 있으며, 그 다음 줄에 해당 권에 수록된 전체 글자의 수량과 중문의 수량이 적혀 있다. 수록한 문자들을 부수에 따라 분별하지 않았고, 『설문』의 원문을 수록하지도 않았으며,[19] 다만 『설문』의 순서에 따라 배열하였다. 『익징』과 『고주보』의 실제 모습은 다음과 같다.

---

18 '부록'에는 모두 모두 536개의 글자가 수록되어 있다. '부록'에 수록된 한자들은 대부분 정확하게 어떤 글자인지 고석(考釋)할 수 없는 것들이다. 오대징은 추측이 가능한 것에 대해서는 '의(疑)~'라고 표시하여 어떤 글자일 것으로 생각된다고 밝혔으며, 그렇지 않은 것은 다만 금문의 자형과 출처만 제시하였다.
19 해설 시 필요에 따라 선택적으로 『설문』의 원문을 수록하였다.

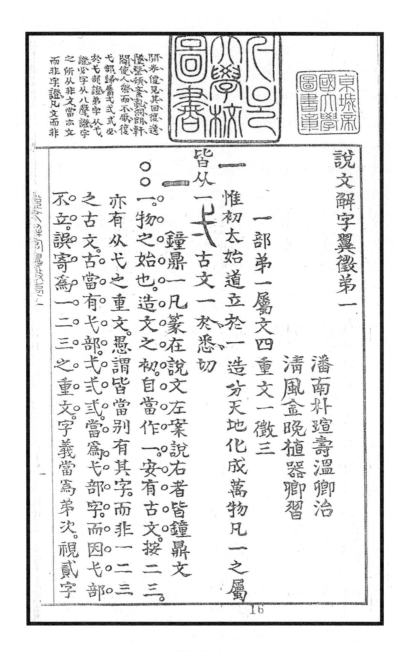

說文解字翼徵第一

潘南朴瑄壽溫卿治

清風金晩植器卿習

一部第一屬文四重文一徵三

惟初太始道立於一造分天地化成萬物凡一之屬

皆從一

一〬七古文一於悉切

〇〇一〬物之始也。造文之初。自當作一。安有古文接二三。

一凡篆在說文左案說右者皆鐘鼎文

鐘鼎一凡篆在說文左案說右者皆鐘鼎文

亦有從七之古當有七部字。而因七部

之古文古當有七部字。弌當爲七部字。

愚謂皆當別有其字。而非一二三

不立誤寄爲一二三之重文字義當爲弟次。視貳字

『설문해자익징』

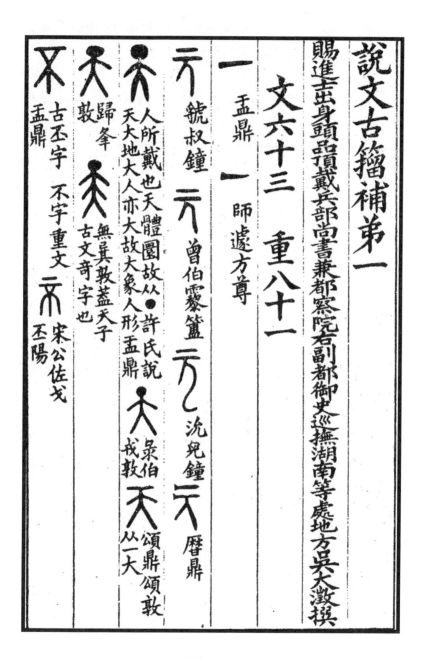

説文古籀補弟一

賜進士身頭品頂戴兵部尚書兼都察院右副都御史巡撫湖南等處地方吳大澂撰

一　盂鼎　一　師遽方尊

文六十三　重八十一

元　虢叔鐘　元　曾伯黍簠　元　沈兒鐘　元　曆鼎

人所戴也天體圜故从●許氏說天大地大人亦大故大象人形盂鼎

歸夆　敦

無其敦蓋天子古文奇字也

天　泉伯戈　戎敦　天　頌鼎頌敦从一大

古丕字盂鼎　不字重文宋公佐戈　丕陽

『익징』과『고주보』는 수록한 글자의 수량에서 차이를 보인다. 수록 한자의 수량을 비교하여 표로 나타내면 아래와 같다.

권	『설문』	『익징』	『고주보』(1895)	『고주보』(1883)
1	14部 672字	14部 50字	文63(重81)	文43(重44)
2	30部 693字	30部 119字	文114(重254)	文89(重118)
3	53部 630字	53部 143字	文146[20](重335)	文115(重190)
4	45部 748字	45部 106字	文65字(重140)	文50(重84)
5	63部 527字	63部 144字	文123(重261)	文106(重183)
6	25部 753字	25部 84字	文139(重218)	文98(重131)
7	56部 714字	56部 132字	文151(重278)	文103(重185)
8	37部 611字	37部 88字	文76(重173)	文64(重109)
9	46部 496字	46部 81字	文53(重159)	文42(重113)
10	40部 810字	40部 91字	文95(重147)	文83(重104)
11	21部 685字	21部 68字	文88(重130)	文80(重109)
12	36部 779字	36部 103字	文110(重341)	文99(重260)
13	23部 699字	23部 63字	文79(重191)	文64(重171)
14	51部 603字	51部 105字	文108(重657)	文100(重544)
합	540部 9353字	540部 1377字	文1410(重3365)	文1136(重2345)

위의 표를 통해 알 수 있듯이『익징』과『고주보』는『설문』에 수록된 모든 한자를 대상으로 하지 않았다. 저술의 의도에 따라『설문』의 9,353자 가운데 일부를 선정한 것이다.

『익징』과『고주보』는 수록한 한자를 해설하는 방식에서도 차이를 보인다.『익징』에 수록된 한자는 해설 방식에 따라 네 가지 부류로 나눌 수 있다.

---

20 『고주보』의 권3에는 146개의 한자가 수록되어 있다고 적혀있지만, 실제로는 147개의 한자가 수록되어 있다. 실수로 잘못 계수한 것 같다.

①『설문』의 원문과 금문을 수록하고, 그 아래 저자의 해설을 적은 경우이다.

②『설문』의 원문과 금문만 수록하고, 저자의 해설이 없는 경우이다.

③『설문』의 원문과 저자의 해설만 있고, 금문은 제시하지 않은 경우이다.

④『설문』의 원문만 수록한 경우이다. 4의 경우는 부수인 글자가 대부분으로, 체제상의 필요에 의해 수록된 것으로 생각된다.

『고주보』에 수록된 한자는 두 가지 종류로 분류할 수 있다.

① 고문자만 제시한 경우이다.

② 고문자를 제시하고, 저자의 해설을 적은 경우이다.

그러나『익징』의 해설과『고주보』의 해설은 그 분량과 내용에 있어서 상당한 차이가 있다. 해설상의 차이는 다음 절에서 고찰하기로 한다.

『익징』과『고주보』에 수록된 한자의 수량은 대략 1,400여 자 내외인데,[21] 두 저서에 모두 수록된 한자도 있고 어느 한쪽에만 수록된 한자도 있다. 구분하여 살펴보면 다음과 같다. 본 도표는『고주보』의 중간본을 대상으로 하였다.

---

[21] 『고주보』(1883)의 「서문」에서는 수록한 한자가 3,500여 개라고 했는데, 이것은 중문을 합하여 계산한 것이다.

권	공통으로 수록된 글자	『익징』에만 수록된 글자	『고주보』에만 수록된 글자
1	一元天上帝旁下示祿福神祭祀祖祝祈三王皇玉璧璋士中屯每蘇蘭鞫蘿若折莫	禮祥琥珝珏气丨中屮艸蘭蓮荷草春蓐艸	丕祉祼環琘瑕壯熏茅蒲艾蕣董荊葉茲萃蔡薄芻芻䓛芉苛蔥苣茶蕛葟芯
2	小八分曾尚介公必余番半牛牢告吾君命召唯哉台咸右齑吉周唐各嚴單喪走趙趍趑趍趕止腫堶歷歸登歲此正是邁辻迬造逆通還遣遘達遣追邀邊道遽德復微後復得御行衛橐龢冊嗣	少尒釆寀哀悉胖牲犀犧犉口名啓哀凵叩啝哭少⺍步乏迬隨連迫進迮逢彳徐復于攵延齒牙足疋品喦龠	豕牡牻牁牸牼哲吞吐叱否郉趙起趑趨趙迲速遷遲遻道逋逢逞遠迺達佳雈彼假廷建延距路
3	噐器干商句古十千卅卅世言語謂許諸記誓諫誡䜌譌諆訶蕭章童妾對僕羍戒犀具共異與興晨轉勒帚爲靱虱巩又父變尹政又秉取反卑史事聿書畫叵臣叟臤臭寺導皮啓肇效故政敕攸寇數敵牧敎貞用甫葡炎爾爽	畕舌羊弟谷只卤卜啻信諱詔譽詠訴諮競音辛羍美収奐犮升臼叟㸦革鬲鬲爪乎爭刄厄鬥丿支丰隶殺几夙寸殸攴數更救摮敆卜爻	諐博諾䜋謀識訊謹詁計評雋訟許讁經兢業奉戴要譽韓韡鑾誾譅誾誾誾右叉胾羑叔叚肅隶堅藏將專徵敏敃攸斂斁敵敓欻攻敗改敺學庸
4	目眔相眀眉自魯者嬌百鼻皕翟雝鷹堆萑莦苜羊羣美雚鸞鳳鳴烏鳥畢幽惠玄茲放受敵奴利初則剛割制罰角衡	旻罟省盾白奭瞀羽翏隹隻奮奪萑丫莀牽羌羑羍羍雛蟲鳥鶴鴻搗鴽焉⺑羋羋再眘幻敘奴乏舃爭曶夕死咼骨肉腎胃胤筋刀刃刿丰未牏	嘗聖雔雝奪難鵁棄幾疐舒爰臚齍胥膽散劍解
5	箸節簡簋簠箕爿典奠左工巨𢆶甘肰甚曰舀𠃌鳴廬丂可分義乎亐平旨嘗喜彭鼓鼓豆豐虎虐虛虒虎虢號盇盉盉盍盅益𥁋血壺饗䭈食饒飤饉今舍會倉入內矢射侯高冂鬲京亯亳厚高嗇牆來麥致韋弟夅橐	竹箸笌筑笑巧廷巫亡号壴尌豐虘虍虓皿凵去血、主皀養亼夅僉侖亼佥知尤旱富啚乆爰亵炙羲夏夒夂舛舜夊夅久桀	蒲策筍箐差曹寧亖盧盦盉鬯䖵饗饙飧饗䰞飲餡鑤亳亭央良舞譯螽韓
6	木杜栙桵棫柞楊柳杞枋樹朱末格橆築樂極釆析枼朮東無楚才之師出南生零華刺枲圖圂因員貝賢賞賜賓貴賣邑邦都郜鄦酃邱邦郯	梓樗某栐楍林麓焱帀朱耑毛巫禾稽巢黍束柬槖囗回朕負貯賈鄉鄉	親樊松條橐槀棗槃櫺枏梁橫榴樑柿林國圃貨賣齎貣貣膌賚贏買賃賣貼鄙鄁鄨鄭邠祁邢邶鄞邨鄧鄍鄂邾鄐鄒邾鄁鄍邵郴鄏鄅邯邿邖鄀邙鄐鄀鄍郘邺邵鄩鄥郂都邦都都都鄖郾邜酃鄉鄡都那鄏邡鄍鄐鄧鄲鄲

권	공통으로 수록된 글자	『익징』에만 수록된 글자	『고주보』에만 수록된 글자
7	日時昧晉暴昔旦韗旂游旛旅族晶月肭霸有明夕夜外夙多夢甬卤橐齊鼎克彔禾穆稻穗季秋秦秝黍黎麻家宅室宣向寏安寑實寶宰守宥宦宵宿客寅索宄宋宗宮呂突廟宀同帥帚市帛白皂	早旭軓冘冥星參疊㽞盟夢夤毌弓東橐齎束片秀秝香米粱㱿臼皀凶朮杭𣏗朿崇韭瓜瓠宀㝛完宂宕穴广藥冃冄网罟两巾布朿帶	昭昌施朔期盟㒼𩫖𩫖穂程宏康宴寴富寔㝖寏寠𩇵窀窔宷宧疾瘀㾮㾁瘍痔痤癰瘯痔瘳瘻痍瘦㾰疛癅瘃瘝瘥㾩瘓痿㾆痺㿋疸癰痒瘕痀痷疢疫痁痊痀痝瘧瘟痀瘺廁兩㓐帶常㡀柏
8	人保佩伊備位傳作伐七匕從北丘衆聖重監臨身殷衣衮褒襄裏藝裘老耆壽考毛尸舟俞舟般服方兒允兄先見歈	仁何付侮散代卓㒵從比似壬𡈼臥冃袁裕㲋居屖尺尾履鞍舫儿兌充競先兒兜禿㝵覞欠次㳄盜旡	伯仲備傳俌𨾋償俾使佃佟俘𠀎化㒸𩠐𩠐表袞裹屄屈餘覓觀親觀歌欺
9	頌頷碩頡頤顯首𦣻須文司令卲卿辟敬鬼畏厶山廣庹廟厂厰石長勿易豕豪豚㑸易	頁百面丏㬎縣乡參廖妄髟后丘卩印色卯勹旬包苟由禺㲋岡崔屵𠂤庂仄广丸危磬廾而㕣希乚多众象	顓題顒項彥厄匍弟𡴥府廄龐廚䟐肆而𦤔麀豹
10	馬駒駕駗薦鹿麤麀兎犬獻狄猶能熊燎然熱光黑焚赤大夾奄夸夷亦吳喬奔壺㚔埶㚔尢羝奚亣立息心㥃念憲慶㤪	鷹麤纛危魯臬㝵狂狀獄鼠火炎焱㷔焱炙矢㝵㚅交允㚘夆圛皋夲㚔丂㒵夫竝晉凶巤愼㥃愓恥憐恖	駭駉馮駈騎駈㲋鍵騋麗堡狂爈爈威㸒奏㚅㝵志忠㥃懋慕㥃念㥃意忌忍㥃悲㥃愈㥃想惡慈㥃悳㥃感㥃㥃悖
11	水沱汧洛深淮洹漳滔淵淖湖湛涇泊湯湎濯巠侃州𤁒辰兼谷冬雨霝扇零魚鯀鯉鰂鰕鮮鮑灉燕龍非	漢滂注液淒瀞沈林檾㯕㯕瀬巜巛邑泉麤永仌雲黔鰻魦鱟鱻飛飞	河江沔潞沈漸濼濟海汪涌淑清澤涅沙涿渠沬淏澴泰渾洽㳻㳻溝㳻湽㳻㳻㳻㳻流涉霝雪零露霝魴鮐鯛㻐翼
12	孔不否至到局㞷門閒闊閄聖聽臣手攣揚女姪姜姬姞妘婚妻婦妃妊母姑威妹始好如毋民弗也氏戈戎戌或弋武戠戉我義亡乍匼匹匸曲弓彊弘彊弛弼孫	乚廷鹵鹽戶耳聞肥失㞷奴㫱妄婁丿乂厂弋乀㱿戲弋戔丨琴乚匚區医匸㽝瓦弜弦系絲	聞關閔閑䦗聃耿擇招撲拍㫈嬴嫽娍妣㛍嬀妹嬯嬞妝娷姽嬾姍㛥姟妭拍妭龡戰戲戠㦣瑟望無匃匽䫡㫈弔張發

---

22 『설문』에서 '우(右)'자는 '구(口)'부와 '우(又)'부에 두 번 나온다. 그래서 『고주보』에 '우(右)'자가 두 번 보인다.

권	공통으로 수록된 글자	『익징』에만 수록된 글자	『고주보』에만 수록된 글자
13	經繼終縞組緐綏彝韓絲率虺蜀龜鼉鼄二亟土基堵圤壞封城圭堇覲里釐田畮畯留畺黃男加	糸統絕續綬鮝素絣虫雖蚀蟲風它黽鼄卵恆亘凡地垚畕力劦	緒純紝紀纘納紹約結綈纆綰絬縈緘縱維綆綮績繆紿繯紛絪轡蠻坤垣均墧壐墨增坏野當助勳勝動
14	金鋻鑄錯鐘鎗鏐鑾處且斤斧斯所新車較載範輔軍𠂤官陵陰陽陟降陳除四亞五六七九禽萬嘼獸甲乙丙丁戊成己㠱庚辛壬癸子穀季孟孨丑寅卯辰巳㠯午未申酉酒醴酎配醵尊戌亥	鏄鈋幵勺几斯斗矛軒輿輂㕯阜隉䧿厽宁叕内禹亂巴辠辭辡字了𠫓畬酓	錫鍇鑪銖鋝鈞鈴鏻鍯鍏錁鈺凥釿輅轗轄陸阿阪隅隗陘陴陣辪辥疑脊羞酷酬酗

『익징』에 수록된 한자들은 모두 『설문』에 있는 것들이지만, 『고주보』에는 『설문』에 없는 글자들도 많이 수록되어 있다.

2) 해설 내용

『익징』과 『고주보』에 수록된 글자 아래에는 금문만 제시된 경우도 있고, 저자의 해설이 부가된 경우도 있다. 외형적으로 보면, 『고주보』에는 금문만 제시된 경우가 많으며, 해설도 비교적 간단하여 길어도 100자를 넘지 않는다. 그러나 『익징』의 해설은 짧게는 10자 내외부터 길게는 1,100여 자에 이르며, 金文이 없고 저자의 해설만 있는 경우도 많다. 몇 개의 글자를 예로 들어 해설의 내용을 살펴보자.

23 『고주보』에서는 '乃'와 '𠧟'를 한 글자로 보았다.

'一(일)'자[24]

『익징』: 『설문』에서 '一'의 고문(古文)이라고 한 '弍'에 대해, '一'은 처음 만들어졌을 때에도 자연히 '一'의 형태로 썼을 것이므로 고문이 있을 수 없다고 말하고, "'二'와 '三'에도 '弍'으로 구성된 중문이 있는 것과 연관지어 '弍'의 의미와 구조를 분석하였다.[25]

『고주보』: '一'의 금문을 제시하고 그것의 출전이 〈우정(盂鼎)〉과 〈사거방존(師遽方尊)〉인 것을 밝혔다.[26]

'天(천)'자[27]

『익징』: '天'은 '一'과 '大'가 아니라, 검은색의 원형과 '심하다'라는 의미의 '夨(太(태))'로 구성되었다고 분석했으며, 天은 만물의 아버지이므로 마땅히 부수로 설정되어야 한다고 했다.[28]

---

24 '一': 惟初太始, 道立於一. 造分天地, 化成萬物. 凡一之屬皆从一. 弍, 古文一. 於悉切. (1上, 一部)

25 一, 物之始也. 造文之初, 自當作一, 安有古文. 按二三, 亦有從弍之重文, 愚謂皆當別有其字, 而非一二三之古文. 古當有弍部, 弍弎弍當爲弍部字, 而因弍部不立, 誤寄爲一二三之重文. 字義當次弟次. 視貳字從弍, 弟字從弍, 可知也. 說文蕉字解爲韋束之次弟, 而不言所從. 愚謂從弍從韋束兒, 爲不蹤定限之意. 弍字從弍從工, 爲不違規矩之意. 必字從弍從八, 爲分別不惑之意. 故知弍弍弍以次弟會意, 當見弍部, 而其證有弍部, 不特此也. 弍字見厂部, 而所從象形而非文. 凡所從非文者, 皆文而非字. 文而非字者, 皆建首文也. 證一. 弟戈, 以建首之文而從弍. 凡建首之從文, 皆建首文也. 證二. 必字見八部, 以弍證聲, 而必八初聲相諧, 乃八爲聲而弍爲部也. 證三. 此一, 無重文之證, 而又竊謂一部當無屬文. 按一部屬文, 有元天丕吏四字, 而皆專義, 則當是文. 夫文, 非爲統字而作. 故三四五六七之部本無屬文, 則一二八九十之部, 當亦一例無屬文.

26 ━〈盂鼎〉, ━〈師遽方尊〉.

27 '天': 顚也. 至高無上. 从一大. 他前切. (1上, 一部)

28 案天字, 金銘, 從渾圓之象, 從太甚之夨, 而不從一大. 金銘者, 商周時鐘鼎彝器之銘也. 金銘, 有作夨者, 行於大命大事大臣大夫, 則大小之大也. 有作夨者, 行於大廟大室大保大祝, 則太甚之太也. 大太在古, 以闊挂作夨, 竦立作夨爲別, 而小篆改夨作夰, 乃謂今文大, 改古文, 其說, 非也. 夨義至大無加. 故爲甚意, 則天之從夨, 不待說解而明矣. 晚周金銘, 天字雖或從一, 其從夨不從夨則自如也. 小篆夨改爲夰, 故小篆天字, 或作夰, 亦卽從太也. 其初, 從渾圓不從一. 渾圓, 是會意, 而非文, 則天無以託部, 自歸於文. 又按說文, 刊木之刊, 作棼, 是必有?字, 當義多受天賜, 讀如刊. 故從於棼也. 棼字, 與暴乾

『고주보』: '天'의 금문 에 대해 사람이 머리에 이고 있는 것으로, 천체를 상형한 ●과 사람을 상형한 '大'로 구성되었다고 설명했다.[29]

'上(상)'자[30]

『익징』: '上'의 금문이 '二' 형태인 것에 근거하여 『시(詩)』「대아(大雅)」「황의(皇矣)」의 "維此二國, 其政不獲, 維彼四國, 爰究爰度(유차이국, 기정불획, 유피사국, 원구원탁)"의 '이국(二國)'을 '상국(上國)'으로 해석하였다.[31] 문자의 구조와 의미를 분석하는 것에서 한걸음 더 나아가, 문자의 연구를 경전의 훈고에 응용하였다.

『고주보』: '上'의 고자(古字)라고 설명하고 출전을 밝혔다.[32]

之乾借韻, 則在古, 乾暴之乾, 或卽㚩字. 聯從天則必專聲, 而與天字同爲建首之文, 亦木林禾秝之類也. 且不待諸證, 以萬物之父, 而不爲文, 而爲字哉.

29 人所戴也. 天體圜, 故從●. 許氏說天大地大人亦大, 故大象人形. 〈盂鼎〉, 大(彔伯戎敦), 天(頌鼎), 〈頌敦〉從一大.

30 '上': 高也. 此古文上. 指事也. 凡上之屬皆從上. 上, 篆文上. 時掌切. (上上, 上部)

31 案許氏於帝字下, 引篆文諸從二之字, 云二古文上字, 而於此建首上字作上, 而不作二者, 許氏未得見金銘上字故也. 金銘上作二, 下作二, 一二之二作二, 以畫之長短與均一爲別. 然恐不無相誤. 案『詩』「皇矣」維此二國, 其政不獲, 維彼四國, 爰求爰度. (傳)曰二國, 殷夏也. 竊謂二國, 或卽上國, 專指殷, 而非並稱夏. 何以言之. 四國, 四方之國也. 直稱維彼, 而語自分明. 若如稱殷夏二代, 則當先言殷夏, 如召誥之言相古有夏, 今相有殷. 然後, 乃可稱維此二國. 且以下文乃睠西顧, 此維與宅視之, 專指殷之亡, 周之興而言. 故疑二字, 卽上字之作二者也. 說文四字重文作三, 解云籒文四. 此許氏未審也. 作三之四, 見自商篆, 作㐅之四, 籒文也. 見獵碣文及同時金銘. 愚謂皇矣詩, 維此上國之上作二. 維彼四國之四作三. 語對三四之三, 篆似一二之二, 傳寫解讀易致相譌也. 毛傳釋文一本, 殷夏之夏, 釋音作是. 此釋大抵可疑. 夫夏字無此一讀, 則何故而釋音爲是. 豈釋音之意則謂毛氏讀二國爲上國, 傳作二國, 殷是也, 而夏字古文作是, 與小篆是字無別, 故傳寫者認是卽夏, 妄改作夏, 而爲之辨誤歟. 若然, 傳何不曰上國殷是, 而乃云二國殷是也. 部內有帝旁下三字, 而帝下俱有建首之證, 旁字當從帝省作帝, 當見帝部, 則上部當無屬文.

32 二古上字. 〈毛公鼎〉. 〈虢叔鐘〉同.

'祈(기)'자[33]

『익징』: 금문에는 '祈'자가 보이지 않지만, '單(단)'과 '旂(기)'로 구성되어 '䣛' 형태로 쓰인 글자가 항상 '用䣛眉壽(이로써 장수를 기원한다)'라는 구절에 사용된 것과,[34] 『사기(史記)』「진본기(秦本紀)」의 '蘄年宮(기년궁)'의 「주(註)」에서 "蘄年은 장수를 구하는 것이다[蘄年, 求年也]"라고 한 것에 근거하여 '䣛'을 '祈'자로 고석하였다. 그리고 '祈'자의 발음성분이 '시(示)'라는 주장[35]을 반박하고, 형성자와 그 발음성분의 관계를 자세히 분석하였다.[36]

---

33 '祈' : 求福也. 从示斤聲. 渠稀切. (1上, 示部)

34 설상공(薛尙功)의 『역대종정이기관지법첩(歷代鐘鼎彝器款識法帖)』에 수록되어 있는 〈공중반(邛仲槃)〉, 〈희환두(姬奐豆)〉, 〈백석보정(伯碩父鼎)〉, 〈사책보정(史頎父鼎)〉, 〈진강정(晉姜鼎)〉 등에 '用䣛眉壽'라는 명문(銘文)이 보인다.

35 묘기(苗夔)가 『설문성정(說文聲訂)』에서 언급한 내용이다.

36 祈字不見鐘鼎, 而金銘有從單從旂作䣛者, 辭皆用䣛眉壽. 『史記』「秦本紀」, 蘄年宮, (註)蘄年, 求年也, 知䣛蘄義同祈. 許氏以斤證聲於祈, 而近世有人謂斤非聲, 當行從建首聲例, 從示斤下當補示亦二字, 作示亦聲. 按所謂從建首聲例者, 如胖字當見肉部, 註當作從肉半聲, 而乃收半部, 註作從肉從半, 半亦聲. 幽字當見山部, 註當作從山茲聲, 而乃收茲部, 註作從山茲, 茲亦聲, 是也. 愚謂此例, 古所必無. 夫建首者, 文也. 屬文者, 字也. 文以統字而不假以聲, 字統於文而不冒其聲. 此爲正例. 故錦字從金聲, 則爲帛部字, 而不在金部, 悉字從心聲, 則爲釆部字, 而不在心部. 其初如無一定之例, 從建首聲之字, 何無見於屬文多如金心等部, 而偏行於屬文少, 如牛茲等部乎. 當是許氏以前之人, 見部首之無屬文, 取他建首屬字苟充. 故許氏仍舊, 而以亦聲別之也. 文非爲統字作, 故無可屬之字, 則但有文獨立. 故說文建首如久才等三十七部無屬字. 愚斷謂所稱從建首聲例, 可一一劈破有當爲文者, 有當屬他建首者. 說者所云祈字當從示聲, 此指終聲也. 夫平聲之祈, 如何從通韻去聲之示終聲哉. 凡從聲初聲爲宗, 終聲次之. 兩聲俱諧, 如功從工, 紀從己, 謂之雙聲合韻. 初聲諧而終聲有平仄之分, 如莪從我, 俱從具, 槀從高, 棟從東, 謂之雙聲. 其實皆初聲也. 只從初聲, 如夜從亦, 袞從公, 祼從果, 洗從免, 鳳從凡, 存從才, 璜從黃, 皆初聲也. 無平上去入而通從者, 惟初聲爲然. 而終聲, 則只與本韻及本韻之平上去三聲相從, 如岐從支, 俗從谷, 洛從各, 祥從羊. 此本韻之聲也. 如賦從武, 廟從朝, 運從軍, 此本韻之平上去聲也. 通從平上去聲, 其例最下. 故其字不多, 況可以通韻之故, 而平仄相從乎. 或曰如終從冬聲, 松從公聲, 豈非通韻而從者乎. 如頌訟從公聲, 豈非去聲之迤從通韻平聲者乎, 曰皆有不然之證. 以言終字, 則非從冬. 冬乃從終. 金銘終字作夅, 則冬字當以四時之終, 而從夅從仌會意. 夅爲質而仌爲註也. 爲註意者, 當爲聲, 而仌非聲, 則當從凍省. 蓋從凍之初聲也. 且春夏秋俱有文而非字之證. 說見各文下. 今只舉其一以明之. 夏字金銘作𦥮, 小篆亦作𦥮. 從頁從夊, 而曰爲贅從, 則

『고주보』: '祈'의 고자(古字)로서 '止'와 '단(單)'과 '근(斤)'으로 구성되었다고 분석하고, 다양한 중문을 수록하였다.[37]

'王(왕)'자[38]

『익징』: 금문(金文) '王'자의 아래 획이 쟁반 같은 형태로 쓰인 것에 근거하여 "하나가 셋을 관통하는 것이 '王'이다"라고 한 공자(孔子)의 설명을 반박하고, '王'부에 속한 '閏(윤)'은 '王'이 발음성분이므로 '門(문)'부에 소속되어야 하고, '皇(황)'자는 본래 '王'으로 구성된 글자가 아니므로 '王'부에 소속되어서는 안 된다고 설명했다.[39]

『고주보』: '王'자는 '二'와 '土'으로 구성되었는데, '土'은 옛날의 '火(화)'자로서, 땅 속에 불이 있는 모습이며, 불의 기운이 성한 것으로부터 덕(德)이 성한 것까지 가리키게 되었다고 설명했다.[40]

繁從也. 凡字繁從者不得爲字而自歸於文. 夏旣爲文而不爲字, 則春秋冬獨可不爲文而爲字乎. 冬旣爲文, 則託部證聲之例, 自無所施矣. 以言松頌訟, 則請自聲之所自而證之. 其初有專聲之谷, 而浴從谷, 容從浴省, 則余封切頌兒之頌, 本從容作𩕢, 祥容切之松, 本從頜省作𥯤, 似用切頌德之頌, 本從𥮐省作𩖜, 似用切之訟, 本從頜省作𧮰, 而後因省畫. 頜兒之頜, 頜德之頜, 皆誤從公作𩕢, 復誤從小篆公作𩕏, 合爲一字. 松柏之𥮐, 爭訟之䛴, 亦誤從公粉作𥱟, 遂皆誤以公證聲. 則松以公伯爲意, 訟以公平爲意之說, 從而傅會. 若夫循其聲而探其義, 則又孰如浴以洗身幽僻而從谷, 容以取其間暇而從浴, 頜以寬和見外而從容, 𥮐以四時同貌而從頜, 頜以祈祝長茂而從𥮐, 䛴以理決無怨而從頜之爲義深長, 視頜從𥮐之初聲, 𥮐從頜之終聲, 容從浴之初聲, 浴從谷之終聲, 則知初聲之有冒皆從, 而終聲之只從本韻, 而不得通韻相從矣. 今人謂斤非祈聲者, 當以斤爲擧欣切, 祈爲渠希切. 斤祈初聲, 有平順暴厲之殊而言也. 此中國音學家所謂傍紐聲, 而我東音斤祈初聲, 未嘗少殊, 使東人作音切, 則祈可作斤希擧希, 無復起疑於許氏證聲. 苟非承受之正, 直溯本初, 則東方何代, 一一釐正而醇確如是哉.

37 𧝓古祈字, 从止从單从斤. 𩵋〈齊侯壺〉省單, 𩰤〈齊侯壺〉, 𩷒〈邾公鐘〉, 𩰇或从旂从言,〈白𩵋敦〉, 𩰬〈太師虘豆〉用𣐪多, 福从𩰤省, 亦古祈字.

38 '王': 天下所歸往也. 董仲舒曰: 古之造文者, 三畫而連其中謂之王. 三者, 天地人也, 而參通之者王也. 孔子曰: 一貫三爲王. 凡王之屬皆从王. 玉, 古文王. 雨方切. 李陽冰曰: 中畫近上. 王者則天之義. (1上, 王部)

39 王字在周中葉以前, 下畫作盤形, 則一貫三爲王, 知非夫子之言. 部內有閏皇二字, 而閏從王聲, 當見門部. 皇字, 其初不從王, 則王部當無屬文.

40 王大也, 盛也. 从二从土, 土, 古火字. 地中有火, 其氣盛也, 火盛曰王, 德盛亦曰王.〈孟

'皇(황)'자[41]

『익징』: '士(사)'와 태양이 빛나는 모습으로 구성되어, '빛나다'라는 의미를 나타냈다고 분석했다. 그리고 '皇'자에는 발음성분이 없고, 또 구성성분 가운데 태양이 빛나는 모습은 온전한 글자가 아니므로, 문(文)과 자(字) 중에서 문으로 분류해야 한다[42]고 설명했다.[43]

『고주보』: 해가 땅에서 솟아오르는 모습을 상형하여, '크다'는 의미를 나타냈다고 분석하였다.[44]

'茲(자)'자[45]

『익징』: 수록되지 않았다.

『고주보』: '艸(초)'부의 '茲(자)'와 '玄(현)'부의 '茲(자)'[46]가 경전에서 통용되는 현상이 있었다고 설명했다.[47]

鼎〉,　〈格仲尊〉,　〈者□鐘〉,　〈丁子尊〉,　〈商方尊〉,　〈克鼎〉,　〈姑馮口鑷〉此晚周文字, 與古鉢相類.　〈古鉢文〉,　〈古鉢文〉,　〈古鉢文〉.

41　'皇': 大也. 從自, 自, 始也. 始皇者, 三皇, 大君也. 自, 讀若鼻. 今俗以始生子爲鼻子. 胡光切. (1上, 王部)

42　박선수는 한자를 크게 文과 字로 분류하였다. 박선수의 분류에서 字는 발음성분이 있는 글자를 의미하고, 文은 발음성분이 없는 글자를 의미한다.

43　皇字多見鐘鼎. 從士從昇日光輝兒者, 皆周中葉以上之篆, 而或從□王, 或從□王者, 見於晚周金銘, 則當是史籀所改也. 竊謂皇者, 光輝也. 取德於士, 取象於日, 以德輝, 日輝會意. 皇天, 皇□, 皇帝, 皇后, 其初只是讚崇之詞也. 浸假而遂爲帝王之稱謂. 如洪範之惟皇作極, 則籀文改從□王. □與□同, 故轉從自王. 臺無從聲, 所從日輝非文, 則乃文而非字.

44　□大也. 日出土則光大, 日爲君象, 故三皇稱皇.　〈頌敦〉,　〈虎姑敦〉,　〈師龢父敦〉,　〈陳侯因□敦〉,　〈齊子仲姜鎛〉,　〈王孫鐘〉,　亦〈王孫鐘〉.

45　'茲': 艸木多益. 從艸, 茲省聲. 子之切. (1下, 艸部)

46　'茲': 黑也. 從二玄.『春秋傳』曰何故使吾水茲?子之切. (4下, 玄部)

47　□□『說文』艸部茲, 艸木多益, 玄部茲, 黑也.『春秋傳』曰, 何故使吾水茲. 今經典二字多通用.〈石鼓〉.

'蔥(총)'자[48]

『익징』: 수록되지 않았다.

『고주보』:『예(禮)』「옥조(玉藻)」의 '三命赤韍蔥衡(삼명적불총형)'에 근거하여 『설문』의 '繱'자[49]가 '멱(糸)'으로 구성된 것은 후인(後人)이 더한 것이라고 설명했다.[50]

'必(필)'자[51]

『익징』: '必'의 발음 성분을 '八(팔)'로 분석하였다가 발음 성분이 없는 글자라고 정정하고, 부수로 설정해야 한다고 설명했다.[52]

『고주보』:『주례(周禮)』「고공기(攷工記)」의 '天子圭中必(천자규중필)'에 대한 전대흔(錢大昕)의 설(說)을 인용하여 '必'을 앞을 가리는 물건으로 풀이했다.[53]

'半(반)'자[54]

『익징』: 부수이므로 수록은 하였지만, 해설을 하지는 않았다.

『고주보』: '半'의 고자(古字)는 '八'과 '千(천)'으로 구성되었다고 분석하고, 소전에서 '牛(우)'로 구성되어 고의(古義)를 잃었다고 설명했다.[55]

---

48 '蔥': 菜也. 從艸悤聲. 倉紅切. (1下, 艸部)

49 '繱': 帛青色, 從糸蔥聲. 倉紅切. (13上, 糸部)

50 ⦿古蔥字. 象形. 禮三命赤韍蔥衡. 青謂之蔥也. 許氏說繱帛青色, 從糸, 後人所加.〈毛公鼎〉

51 '必': 分極也. 從八弋, 弋亦聲. 卑吉切. (2上, 八部)

52 必字以從八聲, 謂當有弋部而見屬. 旣證於首卷, 又證於建首下. 愚之意專主非八部字而言, 而再思, 則當是專義之文, 而亦非弋部字.

53 ᕦ攷工記, 天子圭中必, 錢宮詹說必通繹, 小篆作䪐䪍也. 所以蔽前.〈鄦惠鼎〉ᕦ〈寶盤〉

54 '半': 物中分也. 從八從牛. 牛爲物大, 可以分也. 凡半之屬皆從半. 博幔切. (2上, 八部)

55 ᕫ古半字. 從八從千. 千爲成數, 中分之, 則半也. 或曰, 從八從升. 小篆從牛, 失古義矣.〈半斨幣〉ᕫ〈虞半斨幣〉ᕫ〈安邑半斨幣〉.

'對(대)'자[56]

『익징』: 금문 자형이 소전과 같은 것에 근거하여 허신이 "본래는 '구(口)'로 구성되었는데 '사(土)'로 구성되도록 고쳤다"고 한 것은 옳지 않다고 설명했다.[57]

『고주보』:『익징』과 마찬가지로 허신의 설명이 옳지 않다고 하였다.[58]

'顚(전)'자[59]

『익징』: 수록하지 않았다.

『고주보』: '塡(전)'의 구성성분인 '土(토)'는 'ᄂ' 모양이 잘못 변한 것이라고 설명했다.[60]

이상을 통해『익징』과『고주보』는 모두 금문의 구조를 분석하고 의미를 설명했으며,『설문』의 해설상의 오류와 자형의 잘못된 변화를 지적하였음을 알 수 있다. 차이점은, 박선수의 해설은 부수의 선정과 어떤 부수에 귀속(歸屬)시킬 것인지의 문제, 형성자와 그 발음성분의 관계, 경전의 고증, 문과 자의 분류 등 다양한 문자학 주제를 다루고 있는데 반해, 오대징의 해설에는 이러한 내용이 없다는 것이다. 반면에 오대징의 해설에는 어떤 글자가 경전에서 서로 통용되었는지를 설명하

---

56 '對 : 譍無方也. 從丵從口從寸. 對, 對或從土. 漢文帝以爲責對而爲言，多非誠對，故去其口以從士也. 都隊切. (3上，丵部)

57 對字金銘, 左偏丵下從一, 如今楷書, 則許氏說本從口, 改從士, 皆非也. 絲從專聲, 則當是文.

58 對 小篆作對. 許氏說, 對或從士. 漢文帝以爲責對而爲言，多非誠對，故去其口以從士也. 今彝器對字, 多從丵, 不從口. 許說非也. 〈虢叔鐘〉，對〈太保敦〉如此, 對或不從又，〈虢子卣〉，對〈彔伯戎敦〉對字從貝，對〈君父敦〉，敢對揚王休，對字如此，對〈厝鼎〉，對〈無敻敦〉，對〈歸夆敦〉.

59 '顚 : 頂也. 從頁眞聲. 都秊切. (9上，頁部)

60 對古顚字, 仆也. 從頁從ᄂ. 象顚沛之形. 詩小宛卉我塡寡桑柔倉兄塡兮瞻卬孔塡不瀀, 皆當作對. 今詩作塡誤ᄂ爲土. 〈毛公鼎〉.

는 내용과, 중문 사이에 존재하는 차이를 설명하는 내용이 많은데, 이것은 박선수가 다루지 않은 내용들이다.

3) 근거 자료

　『익징』과 『고주보』는 모두 금문을 이용하여 『설문』을 연구하였지만, 참고한 자료는 다소 차이가 있다.

　『익징』은 종정문(鐘鼎文)에 근거하고 또 경전이나 고대의 전적들도 이용하였다. 종정문은 실물을 본 것이 아니고, 송대(宋代) 이후로 중국에서 간행된 금석학(金石學) 저작들을 이용하였다. 『익징』에서 언급한 금석학 저작으로는 『집고(集古)』,[61] 『고고(考古)』,[62] 『박고(博古)』[63]와 『역대종정이기관지법첩(歷代鐘鼎彝器款識法帖)』,[64] 『적고재종정이기관지(積古齋鐘鼎彝器款識)』[65] 등이 있다. 그러나 이것들은 대체로 모사(模寫)가 정교하지 않고 고석(考釋)이 정밀하지 않아서 근거로 삼기에 부족한 수준의 서적들이다.[66] 이 밖에도 출처를 기록하지 않아서 정확하게 알 수

61　송(宋) 구양수(歐陽修)가 금석 명문들을 수집하여 편찬한 책이다. 구양수는 이 책을 근거로 역사서나 문헌들의 오류를 고증하였다.

62　송(宋) 여대림(呂大臨)이 편찬한 금석학 서적이다. 총 10권으로 청동기(靑銅器) 224점, 석기(石器) 1점, 옥기(玉器) 13점 등을 수록하고 기물의 형태와 명문, 명문에 대한 해석문 등을 수록하였다.

63　송(宋) 왕보(王黼)가 편찬한 금석학 서적이다. 총 30권으로 청동기물 839점을 수록하고 매 기물마다 그것의 크기, 용량, 중량, 명문, 명문에 대한 고석(考釋) 등을 수록하였다.

64　송(宋) 설상공(薛尙功)이 편찬한 금석학 저작이다. 총 20권으로 511점의 명문을 수록하였다. 시대의 선후에 따라 분류 배열하였고, 명문을 모사한 뒤 해석문을 달았으며 역사서와 문헌들과 관련된 문제에 대해서는 간략하게 고증을 달았다.

65　청(淸) 완원(阮元)의 금석학 저작이다. 10권 550점의 청동기 명문을 수록하였는데, 경전과 역사를 결합해서 명문을 고석하였고, 고대 청동기 명문의 역사적인 가치를 구경(九經)과 맞먹는다고 했다.

66　황덕관·진병신, 하영삼 역, 앞의 책, 261쪽.

는 없지만, 몇몇 문자학 서적들과 『설문』 연구서들을 참고한 것으로
보인다. 그 가운데 청대의 것으로는 풍운붕(馮雲鵬)의 『금색(金索)』[67]과
묘기(苗夔)의 『설문성정(說文聲訂)』이 있으며, 남송(南宋) 정초(鄭樵)의
『통지(通志)』 「육서략(六書略)」, 원(元) 대동(戴侗)의 『육서고(六書故)』와
주백기(周伯琦)의 『육서정와(六書正訛)』등도 참고하였다. 박선수가 『익
징』을 저술하던 때에 중국에서는 설문학(說文學)이 흥성하여 많은 연
구서들이 출현하였다. 그러나 박선수가 설문사대가(說文四大家)의 주
석을 참고했는지의 여부는 분명하게 알 수 없다. 다만 '片(편)'자를 해설
하면서 단옥재(段玉裁)를 언급한 것을 발견할 수 있다.[68] 박선수는 금문
이외에도 경전과 고대의 전적을 이용하여 문자를 해설하였다. 경전으
로는 『시경(詩經)』, 『서경(書經)』, 『주역(周易)』, 『논어(論語)』, 『맹자(孟子)』,
『예기(禮記)』, 『이아(爾雅)』 등을 인용하였고, 그밖에 『장자(莊子)』, 『사
기(史記)』, 『한서(漢書)』, 『석문(釋文)』도 인용하였다.[69]

오대징은 "여대림(呂大臨)과 설상공(薛尙功)의 금석학(金石學) 저작들
은 옮겨 쓰여지고 다시 새겨지는 과정을 거치며 본래의 모습을 많이
잃었다"[70]고 생각하여, 기존의 서적을 참고하였을 뿐 아니라 직접 탁본
(拓本)을 수집하였으며, 탁본을 확인하지 못한 것은 비록 이전의 금석
학 저작에 있는 것이어도 수록하지 않았다.[71] 오대징은 종정문을 위주
로 하면서도, 고폐(古幣), 고칭(古稱), 고도기(古陶器), 석고(石鼓)도 근거

---

67 청(淸) 풍운붕(馮雲鵬)의 금석학 저작이다. 12권인데 상부(上部) 6권을 '금색(金索)'
   이라고 하며 상주(商周)로부터 한송원대(漢宋元代)의 종정(鐘鼎), 병기(兵器), 과착
   (戈戳), 양도(量度), 잡기(雜器), 천도(泉刀), 새인(璽印), 경감(鏡鑑), 권량잡기(權量雜
   器) 및 고전폐(古錢幣), 일본고경(日本古鏡), 모각기물(摹刻器物) 들을 수록하였다.
68 『익징』 7권.
69 김순희, 앞의 책, 41~42쪽.
70 "自宋以來, 鐘鼎彝器之文, 始見于著錄, 然呂薛之書, 傳寫覆刻, 多失本眞." 「자서」.
71 "所編之字, 皆據墨拓原本, 去僞存眞, 手自摹寫, 以免舛誤. 至博古考古圖及薛氏阮氏吳
   氏之書, 未見拓本者, 槪不采錄. 「범례」.

자료로 삼았고 한대(漢代)의 비문(碑文)도 참고하였다. 그리고 경전이나 고대의 전적을 인용하여 글자의 의미를 설명하거나 글자 간의 통용 관계를 설명하였는데, 그때에 인용한 서적으로『예기(禮記)』,『주례(周禮)』,『시경(詩經)』,『서경(書經)』,『의례(儀禮)』,『국어(國語)』,『전국책(戰國策)』,『춘추좌씨전(春秋左氏傳)』,『수경주(水經注)』,『이아(爾雅)』,『논어(論語)』,『자통(字通)』,『한서(漢書)』,『석명(釋名)』,『석문(釋文)』,『군고록(攈古錄)』,[72] 강성(江聲)의『고문상서(古文尚書)』등이 있다. 오대징은 문자를 해설할 때 여러 학자들의 설을 인용하였다. 그가 언급한 학자들은 가규(賈逵), 전대흔(錢大昕), 완원(阮元), 장정제(張廷濟),[73] 양기손(楊沂孫),[74] 서동백(徐同柏),[75] 진개기(陳介祺), 오동발(吳東發),[76] 오영광(吳榮光),[77] 심수용(沈樹鏞),[78] 유사륙(劉師陸),[79] 허한(許瀚)[80] 등으로, 청대 금석학자들이 많다.『익징』에 있는 금문들은 대부분 출처가 생략되었는데,『고주보』에 수록된 금문은 모두 출처가 기록되어 있다.

---

72 오식분(吳式芬, 1796~1856)의 책이다. 삼대(三代)부터 원대(元代)까지의 청동고기와 비명(碑銘) 등을 수록하였다.

73 장정제(1768~1848) : 청대 금석학가이자 서법가이다.

74 양기손(1812 或 1811~1881) : 청대 서법가이다.

75 서동백(1775~1860 或 1854) : 청대 전각가(篆刻家)이다. 육서와 전주(篆籀), 고문기자(古文奇字)에 정통했다.

76 오동발(1747~1803) : 청대 경학자이자 금석학자이다.『상서(尚書)』에 정통하여 완원의 초빙을 받아『경적찬고(經籍籑詁)』의 편집에 참여했고, 금석문자에도 정통하여 완원의『적고재종정이기관지』에 영향을 미쳤다.

77 오영광(1773~1843) : 청대 장서가(藏書家)이다. 역사적으로 가치가 있는 문물(文物)과 비첩(碑帖)을 수집하고 간행하였다.

78 심수용(1832~1873) : 청대 장서가이다. 소장한 서화(書畵), 비적(秘籍), 금석(金石) 등이 매우 풍부했다.

79 유사륙 : 청대 장서가이다. 평생 7천여 종에 이르는 책과 종정, 이기(彝器), 금석문자를 수집하였다.

80 허한(1797~1866) : 청대의 저명한 문자금석학가, 교감학가(校勘學家), 방지학가(方志學家), 서법가이다.

4) 저작 시기

　『고주보』는 1883년에 초판본이, 1895년에 1,200여자를 보충한 증보본이 간행되었다. 이는 오대징의 「자서」를 통해 분명히 알 수 있다. 반면에 『익징』은 언제 완성되었는지 분명한 기록이 없다. 다만 「서문」을 통해서 저자의 사후 13년 만인 1912년에 출판되었다는 사실만 알 수 있다. 두 저서 사이에는 적게는 17년, 많게는 29년의 시간차가 있다. 이 때문에 『익징』이 『고주보』의 연구방법과 내용을 그대로 표절한 것이 아니냐는 의구심을 제기하는 학자들이 있는데, 만약 그렇다면 『익징』의 학술적 가치는 마땅히 재평가되어야 할 것이다. 본 절에서는 『익징』이 언제 완성되었는지, 또 『익징』을 저술할 때 『고주보』를 참고하였는지에 대해 고찰하고자 한다.

　먼저 『익징』의 완성 시기를 판단하기 위해서 「서문」의 기록을 살펴보기로 하자. 「서문」에 따르면 박선수는 박규수의 생전에 자주 『익징』의 내용을 토론하였다.[81] 박규수는 1877년에 임종했는데, 박선수는 형의 사후에 지기(知己)를 잃은 것을 아쉬워하며 더욱 문자학에 힘썼고, 만년에 그의 연구는 더욱 오묘한 경지에 이르렀다고 한다.[82] 그렇다면 『익징』은 1877년 이전에 이미 저술되기 시작했음을 알 수 있다.

　『익징』의 저작 시기를 논할 때 주목해야 할 것은 박규수가 중국에 사신으로 가면서 『익징』의 초고를 중국학자 왕헌(王軒), 동문찬(董文燦), 오대징(吳大澂) 등에게 보였다는 기록이다. 박규수는 2차례에 걸쳐 중국을 사신으로 방문한 적이 있는데, 첫 번째는 1861년에 이루어졌고 두 번째는 1872년에 이루어졌다. 박규수는 1차 중국사행 때에 고정림

81　"顧眄指畫之間, 恍然如有所得, 雖夜中必呼燭記之, 坐而待旦, 走至伯氏瓛齋先生所, 對床討論, 瓛翁亦欣然許之, 雖在千里之遠, 必往復質正, 然後登稿."

82　"瓛翁卽世後, 先生退居鄕第, 晚年所造, 尤臻妙詣."

사우(顧亭林祠宇)와 자수사(慈壽寺)를 방문하고 심병성(沈秉成), 풍지기(馮志沂), 왕증(王拯), 왕헌(王軒), 황운곡(黃雲鵠), 동문찬등의 중국문우와 교우하였다. 2차 중국사행은 주로 중국 문사들과 학문적 유대를 맺고 견문을 넓히기 위해서였는데, 이때 교유한 학자들에게 『익징』을 보였더니 허신의 공신(功臣)이며 완성된 이후에 낙양(洛陽)의 지가(紙價)가 오를 것이라고 칭찬하였다고 한다.[83] 이것은 적어도 1872년에는 이미 초고가 완성되었거나 아니면 일정한 분량이 저술된 상태에 있었다는 사실을 말해준다. 이뿐 아니라 박규수는 중국의 문우(文友)들로부터 서적을 입수하고 또 보내기도 했는데, 보내는 서적의 목록에 『익징』이 포함되어 있었다.[84] 그렇다면 박선수는 『고주보』가 완성되기 10여 년 전에 이미 『익징』의 연구 방법을 확립하여 초고를 완성한 것으로 볼 수 있다.

『익징』의 저작 시기를 판단할 수 있는 또 다른 기록은 이자명(李慈銘, 1830~1894)의 『월만당독서기(越縵堂讀書記)』이다. 『월만당독서기』의 「언어문자편(言語文字篇)」에 『익징』에 대한 독후기가 들어있는데, 먼저 박규수에 대해 설명한 것으로 보아 박규수의 사행(使行) 때 『익징』을 접한 것으로 생각된다. 박선수에 대해서는 박규수의 동생으로 『설문해자익징』 14권을 지었다고 했고, 조선의 형편상 보고 들은 것이 적고 서적이 많지 않은데 형성(形聲)의 원리를 탐구하고 경전의 의미를 참고하여 독창적인 견해를 보인 것이 많다고 평가하였다.[85] 이 독후기는 동치(同治) 임인(壬申, 1872) 10월 7일에 기록되었다.

이상의 기록을 종합하면, 『익징』은 1872년에 이미 14권으로 구성된

---

83 "瓛翁嘗奉使入燕, 携帶〈說文翼徵〉未成艸, 示王軒, 董文燦, 吳大澂諸君, 皆瑩於說文之學者也, 莫不大加稱賞曰, 此許氏之眞功臣, 非若徐鉉父子之依文解釋而已. 俟其全稿出當見洛陽紙貴也."

84 이완재, 『박규수연구(朴珪壽研究)』, 집문당, 1999, 159쪽.

85 "彼國見聞旣少, 書籍不多, 而能究悉形聲, 參稽經義, 往往獨抒所見, 亦難能也."

초고가 완성된 상태였다고 판단할 수 있다. 그러나 1874년에 박규수가 오대징에게 보낸 편지에서 『익징』이 아직 완성되지 않았다고 한 것과, 그러면서도 출판을 염려한 점으로 미루어 본다면,[86] 출판을 앞두고 계속 수정 보완되고 있었다고 판단할 수 있다.

『익징』과 『고주보』는 그 성격상 단기간에 완성될 수 있는 저작이 아니다. 박선수는 필생의 노력을 문자 연구에 쏟아 『익징』을 완성했고, 오대징도 30여 년간 금석문자를 수집하고 정리하여 『고주보』를 저술하였다. 두 학자는 공교롭게도 비슷한 시기에 유사한 방법으로 『설문』을 연구했지만 그 연구는 개별적으로 이루어진 것으로 보인다. 확실한 것은 『익징』이 『고주보』의 계발을 받거나 그대로 답습한 저술이 아니라는 점이다.

4. 나오며

『익징』과 『고주보』는 비슷한 시기에 금문을 이용하여 『설문』을 연구했다는 공통점을 가지고 있지만, 구성과 체제 및 문자 해설 내용 등에서 적지 않은 차이를 발견할 수 있다.

구성에 있어서, 『익징』은 『설문』의 부수 체제를 유지하여 부수 아래에 문자를 배열한 반면에, 『고주보』는 부수로 구분하지 않고 다만 『설문』의 순서에 따라 문자를 배열하였다. 그리고 수록한 글자들을 보면,

---

[86] "溫卿設文翼徵, 尙在追補未完. 然敝處本無刊書之局, 未知何時當付之梨棗. 若竟至覆瓿, 則亦云可惜. 恨不如都下朝有述作, 夕已登梓也." 『환재집』「여오청경대징(與吳淸卿大澂)」.

『익징』은 『설문』에 수록된 글자만을 대상으로 하였지만, 『고주보』는 『설문』에 수록되지 않은 글자들도 대상으로 하였다는 점이 다르고, 『익징』은 금문(金文)이 없는 경우에도 수록하고 해설한 경우가 있는데, 『고주보』는 금문이 없이 해설만을 위해 수록된 글자는 없었다. 이는 『익징』은 문자 해설에 중점이 있었고, 『고주보』는 고문(古文)과 주문(籒文)의 보충에 중점이 있었음을 보여준다.

해설 내용에 있어서, 두 저작은 금문에 근거하여 한자의 구조를 분석하고, 『설문』의 내용상의 오류와 자형의 잘못된 변화를 지적한 점 등은 유사하지만, 『익징』은 『고주보』에 비해 부수 설정의 타당성을 검토하고, 경전의 내용을 고석하고, 형성자와 그 발음성분의 관계를 고찰하는 등 비교적 다양한 내용을 다루었다. 반면에 『고주보』는 『익징』보다 다양한 중문(重文)을 수록하였고 모든 글자의 출처를 명시하여 자료로서의 가치가 높다.

두 저작 모두 송대(宋代) 이후의 금석학 저작들과 경전 및 고대의 전적을 참고하고 여러 학자들의 설을 인용하여 금문을 제시하고 문자를 해설하였다. 그러나 『고주보』는 실물의 탁본을 참고하고, 성취가 높은 청대의 금석학 저작 및 금석학자들의 설을 인용하여 비교적 정확한 견해를 많이 제시하였다.

저작 시기를 살펴보면, 『익징』이 『고주보』보다 먼저 완성된 것으로 보인다. 혹은 『고주보』가 『익징』의 계발을 받았을 가능성이 있다고 생각할 수도 있지만, 『고주보』가 출판되기 이전에 『익징』을 보았다는 사실만으로 그렇게 설명하는 것은 근거가 부족하다. 다만 두 저작 모두 단기간에 완성될 수 있는 것이 아니므로, 어떤 영향관계를 추측하기보다는 각각 독립적으로 저술되었다고 하는 것이 좋겠다.

참고문헌

(朝鮮) 朴珪壽, 『瓛齋集』(韓國文集叢刊 312), 서울 : 民族文化推進會, 2003.

(朝鮮) 朴瑄壽, 『說文解字翼徵』, 서울대 규장각 소장본.

문준혜 「『說文解字翼徵』解說字 譯解 」, 서울대 박사논문, 2008.

양원석, 「조선 후기 문자훈고학」, 고려대 박사논문, 2006.

吳濟仲, 「說文古籀補與金文編之比較考」, 『韓中言語文化研究』, 2004.

河永三, 「朴瑄壽 『說文解字翼徵』의 文字理論과 解釋體系의 特徵」, 『中國語文學』 第38輯, 2001.

權德周, 『六書尋源研究資料』, 서울 : 해돋이, 2005.

김순희, 『說文解字翼徵에 관한 研究』, 파주 : 한국학술정보(주), 2005.

이완재, 『朴珪壽研究』, 서울 : 집문당, 1999.

임형택, 『實事求是의 한국학』, 파주 : 창작과비평사, 2002.

한국정신문화연구원 사전편찬부, 『한국민족문화대백과사전』, 분당 : 한국정신문화연구원, 1981.

阿辻哲次, 沈慶昊 역, 『漢字學』, 서울 : 이화, 1996.

王 力, 이종진·이홍진 역, 『中國言語學史』, 대구 : 계명대 출판부, 1983.

胡奇光, 李宰碩 譯, 『中國小學史』, 서울 : 東文選, 1997.

黃德寬·陳秉新, 河永三 譯, 『漢語文字學史』, 서울 : 東文選, 2000.

(漢) 許愼 撰, (宋) 徐鉉 校訂, 『說文解字』, 南京 : 江蘇古籍出版社, 2003.

(淸) 吳大澂, 『說文古籀補』, 續修四庫全書, 1881.

_____, 『說文古籀補』, 國學基本叢書, 臺北 : 臺灣商務印書館, 1895.

唐 蘭, 『古文字學導論』, 齊南 : 齊魯書社, 1981.

劉志成, 『中國文字學書目考錄』, 成都 : 巴蜀書社, 1997.

徐无聞, 『甲金篆隷大字典』, 成都 : 四川辭書, 1996.

龍宇純, 『中國文字學』, 臺北 : 臺灣學生書局, 1984.

兪紹宏 『說文古籀補研究』, 北京 : 中國社會科學出版社, 2008.

李慈銘, 『越縵堂讀書記(上·中·下)』, 臺北 : 世界書局印行, 1975.

張其昀, 『說文學原流考略』, 貴陽 : 貴州人民出版社, 1998.

필자소개(집필순)

염정삼(廉丁三, Yum Jung Sam)

서울대학교 중어중문학과에서 「『說文解字注』部首字 譯解」로 박사학위를 받았으며, 현재 서울대학교 인문학연구원 HK문명연구사업단 HK교수로 재직하고 있다. 저역서로 『설문해자주 부수자 역해』, 『문선(文選) 역주』(공역), 『중국의 지식장과 글쓰기』(공저), 『묵경』 1, 2 등이 있다.

김정현(金定炫, Kim Jung Hyun)

이화여자대학교를 졸업하고 서울대학교 중어중문학과에서 박사과정을 수료한 후, 중국 復旦大學 古籍整理研究所에서 「『小學集成』元刻本及朝鮮翻元本研究」로 박사학위를 받았으며, 현재 서원대학교 중어중문학과에서 강의하고 있다.

김광일(金光一, Kim Kwang Il)

중국 復旦大學에서 「『群書治要』研究」로 박사학위를 받았으며, 현재 서울시립대학교 중국어문화학과에 재직하고 있다. '문헌의 전승과 유통'이라는 관점에서 중국문화를 연구하면서 「사라진 중국책, 일본에서 살아남다」, 「문헌학적 관점에서 본 盧和 『食物本草』」, 「密陽本 『新刊明本治家節要』의 문헌가치」 등의 논문을 발표하였다.

당윤희(唐潤熙, Dang Yun Hui)

서울대 중어중문학과에서 석사학위를 받고, 박사과정을 수료하였으며, 北京大學 中國語言文學系에서 중국고전산문과 중국고전문헌학

전공으로 박사학위를 받았다. 석사논문은 「宋代 古文家의 '記'文 硏究」이며, 박사논문은 「韓國現存『論語』註釋書版本硏究(현재 한국에 소장되어 있는 『논어』 주석서 판본 연구)」이다.

문준혜(文準彗, Moon Joon Hye)

이화여자대학교 중어중문학과에서 학부와 석사를 마치고 서울대학교 중어중문학과 대학원에서 박사학위를 취득하였다. 이화여자대학교 중어중문학과의 강의전임강사를 역임하였다. 현재는 이화여자대학교 와 서울대학교에서 강의하고 있다. 저서로 『說文解字翼徵整理與硏究』(공저)와 『중국 고전의 이해』(공저)가 있고, 『說文解字』 및 『說文解字翼徵』에 관한 다수의 논문을 발표하였으며, 전통 시기 한국의 중국 문자학에 관심을 가지고 연구를 수행하고 있다.

신원철(申杬哲, Shin Won Chul)

서울대학교 중어중문학과 대학원에서 석사와 박사학위를 취득하였다. 박사논문은 「『經傳釋詞』에 나타난 因聲求義 연구」이다. 중국 경학의 다양한 방면에 관심을 가지고 있고, 현재는 서울대학교, 한밭대학교 등에서 강의하고 있다.

문수정(文秀貞, Moon Su Jeong)

서울대학교 중어중문학과 대학원에서 석사학위를 취득하고 박사과정을 수료하였다. 석사논문은 「한중일 삼국 상형한자 비교연구」이다. 현재 漢字의 '古-今' 관계에 내포되어 있는 다양한 언어 및 문자 변화의 흐름을 분석하여, 한자 체계가 지니고 있는 보편성과 특수성을 확인하는 내용의 학위논문을 준비 중이다.